RIZIN

ein Wissenschaftskrimi

Lothar Beutin

neobooks

Impressum

Verlag: Edition Milestone, Lothar Beutin
Drygalskistr. 5
14195 Berlin
lotharbeutin@gmx.de
Druck: epubli ein Service der
neopubli GmbH, Berlin

Printed in Germany

PROLOG

Montag, der 25 April 20..

Leonhard Schneider ärgerte sich, dass er um zehn Uhr abends noch ins Institut fahren musste. Aber nach dem Anruf von Tanja war er zu besorgt, um zu Hause am Kamin weiter sitzen zu bleiben. Es war Ende April, der Himmel war schon seit Stunden dunkel und Schneider fuhr über die regennassen Straßen durch die Berliner Innenstadt zu seinem Arbeitsplatz am Institut für experimentelle Epidemiologie. Als er nach einer halben Stunde das Institutsgelände erreichte, sah er nur ein paar Lichter durch die Flurfenster des vierstöckigen Laborgebäudes scheinen. Natürlich, selbst die hartnäckigsten Forscher waren inzwischen nach Hause gegangen, in den Büro- und Laborräumen war kein Licht mehr zu sehen. Der Anruf von Tanja war kurz gewesen und plötzlich abgebrochen.

„Leo? Tanja hier! Du, alles ist durcheinander und die Rizinpräparate ...“, dann ertönte das Besetztzeichen.

Schneider versuchte Tanja zu Hause anzurufen, nichts! Dann ihr Handy und danach die drei Nummern in den Büro- und Laborräumen. Wieder nichts. Tanjas Handy war abgeschaltet. Er sprach eine Nachricht auf ihre Mailbox. Nach ihren Worten schien es klar, dass sie vom Institut aus angerufen hatte. Schneider wusste, dass Tanja diese Tage alle acht Stunden ins Labor kommen musste, um die Botox-Produktion in Gang zu halten. Jedenfalls wollte er zuerst zum Institut fahren, und falls sie dort nicht wäre, bei ihr zu Hause vorbeischauen. Nachdem er noch ein paar Minuten überlegt hatte, zog er seine Regenjacke an, setzte sich in sein Auto und machte sich auf den Weg.

Schneider war schon oft nachts im Institut gewesen, manchmal war das arbeitstechnisch notwendig. Jedes Mal war es eine eigenartige Stimmung, weil niemand in dem sonst so belebten Gebäude unterwegs war. Durch die Abwesenheit der Menschen waren die Geräusche der Maschinen und des ganzen Gebäudes plötzlich sehr präsent. Ein wenig unheimlich war es, wenn man allein durch die leeren Flure lief, oder im Labor arbeitete.

Als Schneider durch die Pforte des Instituts ging, saß da der Nachtwächter in dem Glaskasten, wo am Tag der Pförtner Anrufe entgegen nahm. Nachdem Schneider sich in das Besucherbuch eingetragen hatte, durchquerte er eine zweite Tür, die sich hinter der Pforte befand. Er kam in das bei Tag so hellerleuchtete Foyer mit dem glänzenden Marmorboden. Es lag jetzt im Halbdunkel, nur schwach erleuchtet von den roten Dioden der Lichtschalter. Schneider lief an der Marmorbüste des Institutsgründers vorbei, bis zu der Treppe, die ihn zu einer Passage führte, welche den Altbau mit dem Neubau verband. Durch die Fenster der überdachten Passage konnte man auf den nur spärlich beleuchteten Innenhof schauen. Auf der linken Seite im Erdgeschoss des Neubaus sah man die dunklen Fenster der Kantine, daneben lag der Eingang, den man nur vom Hof aus betreten konnte. Noch weiter rechts lag das Büro von Hartmann, der die Elektronenmikroskopie leitete. Dort brannte noch Licht. Von der Passage aus konnte Schneider nicht soweit in das Büro hineinschauen, um zu sehen, ob Hartmann dort noch saß. Auf dem Hof standen zwei Autos, auch das war nichts Ungewöhnliches, manche ließen ihre Wagen die ganze Nacht auf dem Gelände stehen. Vielleicht waren doch noch einige da, die jetzt arbeiteten. Als er den Durchgang überquerte, konnte er das dreistöckige Nebengebäude sehen, in dem sich die Wohnungen des Hausmeisters und der Institutsgäste befanden. Aus der Wohnung des Hausmeisters leuchteten die flackernden, kalten Strahlen eines Fernsehers durch die geschlossenen Vorhänge. Nur in einer der darüber liegenden Gästewohnungen brannte Licht.

Nachdem Leo Schneider durch den Verbindungsweg in den Neubau gelangt war, befand er sich in einem Vorraum, der mit Briefkästen für die einzelnen Arbeitsgruppen bestückt war. Wer weiter zu den Laborräumen wollte, musste durch eine Tür, die nur mit Chipkarte zu öffnen war. Das Licht an der kleinen Box wechselte von Rot nach Grün, als Schneider seine Karte davor hielt. Die Tür öffnete sich geräuschlos. Dahinter verliefen zwei dämmrige Flure strahlenförmig voneinander ab, um im rückwärtigen Teil des Gebäudes, dessen Grundriss wie ein Dreieck aufgebaut war, auf die Seiten eines dritten Flurs zu treffen. Von diesem Flur aus gelangte man in die Labore und das Büro von Schneider. Alle Wege lagen im

Halbdunkel, nur spärlich erleuchtet von dem Licht, das die kleinen grünen Kästen, die die Fluchtwege anzeigten, aussandten.

Schneider hätte die Flurbeleuchtung einschalten können, aber ein besorgtes Gefühl, das sich nach dem Anruf von Tanja eingestellt hatte, hielt ihn davon ab. Er wollte seine Ankunft nicht durch deutliche Signale ankündigen. Außerdem entschied er sich, über den rechten Flur zu gehen. Eigentlich war das ein Umweg, wenn man direkt zu seinem Labor wollte. Aus der geöffneten Tür des im Innentrakt gelegenen Zentrallabors kamen brummende Maschinengeräusche. Dort standen die Ultrazentrifugen. Schneider schaute vom Flur aus in den dunklen Raum und konnte die Positionen der wuchtigen Zentrifugen an den kleinen Lämpchen, die auf ihren Konsolen in verschiedenen Farben leuchteten, schemenhaft erkennen. Ein Gerät lief pfeifend auf hohen Touren, ein auf Dauer schwer erträglicher Ton, deshalb machte man solche Zentrifugenläufe gerne nachts, wenn kaum jemand da war.

Schneider lief den Flur weiter entlang und horchte in die Dunkelheit. Manchmal hörte er ein Knacken, ein Kühlschrank sprang an, ein Ventilator sirrte, immer gab es in diesem Bau Geräusche. Als Schneider weiterging, glaubte er für einen Moment Schritte zu hören, er blieb stehen und horchte, aber da war nichts. Er gelangte bis an die Einmündung des Korridors, in dem seine Labore lagen, und schaute vorsichtig um die Ecke. Niemand war zu sehen und doch blieb er angespannt mit dem Gefühl, dass etwas nicht stimmte. Weiter hinten konnte er auf dem Boden etwas schemenhaft erkennen. Als er näherkam, sah er dort einen zerbrochenen Glaskolben liegen. Flüssigkeit war ausgelaufen und bedeckte die Stelle, an der Glassplitter auf dem Boden zerstreut waren.

Das musste nach sieben Uhr passiert sein, dachte Schneider, sonst hätte die Putzkolonne es noch beseitigt. Vorsichtig ging er die paar Schritte bis zur Tür des ersten Labors. Er horchte an der Tür, aber er hörte nichts. Als er sie aufschloss, lag das Labor friedlich im Halbdunkel, nur vom Licht der Straße erleuchtet. Schneider ging weiter zur Tür des benachbarten Labors; dort, wo er und Tanja gewöhnlich arbeiteten. Von diesem Labor gelangte man auch in sein Büro. Nachdem er den Schlüssel in das Schloss gesteckt hatte, ließ dieser sich unerwartet nicht drehen. Schneider erschrak. Jemand hatte das Schloss manipuliert.

Leo Schneider erinnerte sich an seinen letzten Besucher. Herr Dr. Baloda, der so plötzlich verschwunden war, nachdem er ihm vor drei Tagen im Institut seinen Besuch abgestattet hatte. Er versuchte noch einmal, den Schlüssel herumzudrehen. Als er dabei mit seiner linken Hand auf die Türklinke griff und sie hinunter drückte, flog die Tür plötzlich auf. Sie war nicht abgeschlossen gewesen! In dem Moment, als Schneider seine Hand zum Lichtschalter ausstreckte, hörte er ein Geräusch. Er verspürte noch einen Schlag auf den Kopf, der so heftig war, dass er gleich zu Boden ging.

Für einige Zeit hatte Schneider das Bewusstsein verloren. Es musste wohl so gewesen sein, sagten die Feuerwehrleute seiner Frau Louisa, nachdem sie ihn in die Erste Hilfe des nahe gelegenen Universitätsklinikums transportiert hatten. Verdacht auf Schädelverletzung. Louisa Schneider hatte die Pforte des Instituts gegen dreiundzwanzig Uhr angerufen, weil ihr Mann nicht an sein Handy ging. Der Nachtwächter hatte im Gebäude nach ihm gesucht und nachdem er Schneider bewusstlos auf dem Flurboden liegen sah, die Feuerwehr und Polizei alarmiert. Nicht weit von Schneider lagen ein paar Glasscherben. Sein Handy sei nicht auffindbar, teilte die Polizei mit. Man wäre mit der Spurensicherung befasst. Offenbar hatte ja ein Überfall stattgefunden.

Schneider war für die nächsten vierundzwanzig Stunden nicht ansprechbar. Er lag in einem Dämmerzustand auf der neurologischen Station des Universitätsklinikums, nur einen Häuserblock vom Institut entfernt. In kurzen lichten Momenten stellte er sich Fragen. Wer hatte ihn niedergeschlagen? Was war mit Tanja geschehen? Er war zu weit gegangen, hatte zu lange abgewartet und hätte Tanja nicht so tief in die Sache hineinziehen dürfen. Der zerbrochene Kolben im Flur. Tanjas Anruf! Jemand hatte die Rizinproben gesucht und Schneider konnte nicht einmal darüber reden. Zwischen Traum- und Wachzuständen liefen die Ereignisse der vergangenen Monate im Kopf von Schneider ab. Wie ein unscharfer Film, der manchmal riss und an den unmöglichsten Stellen wieder neu begann.

1.

Schon eine Weile, bevor Leo Schneider zu einem dringenden Termin bei Professor Krantz, dem Direktor des IEI, gebeten wurde, hatte sich abgezeichnet, dass dem Institut einschneidende Veränderungen bevorstanden. IEI, das war das Berliner Institut für Epidemiologie und Infektionsforschung und Schneider war dort als Leiter einer bakteriologischen Forschungsgruppe angestellt. Schneider war Mitte vierzig und hatte fast zwanzig Jahre an verschiedenen Instituten in der bakteriologischen Forschung gearbeitet. Er pflegte einen familiären Umgang mit seinen Leuten, den er als *Management by love* bezeichnete. Leo Schneiders Arbeitsalltag verlief über die Jahre weitgehend ungestört, das sollte sich jedoch ändern, als Herbert Krantz zum Direktor des IEI ernannt wurde. An diesem Tag begann für das IEI eine neue Zeit, deren Morgenröte sich am 11. September 2001 im Schein der brennenden Twin Towers in Manhattan abzeichnete.

Leonhard Schneider war ein neugieriger Wissenschaftler, er arbeitete am besten aus Eigenmotivation, war aber kein Workaholic. Wie viele seiner Zunft quälte er sich mit der Vorstellung, zu wenige Ergebnisse zu produzieren, selbst wenn das nicht der Fall war. Viele entwickelten diesen Komplex während ihrer Ausbildung, da waren sie noch formbar und hatten wenig Selbstbewusstsein. Nach der Promotion hielten nur diejenigen weiter durch, die sich im Zwang des ewigen *nie genug*, zu Arbeit und Erfolg antrieben. Nachdem Schneider seine Doktorarbeit abgeschlossen hatte, musste er sich eine neue Position suchen und machte die übliche Tingeltour eines mit Zeitverträgen beschäftigten Wissenschaftlers. Zuerst noch ein paar Monate Verlängerung und dann für zwei Jahre als *Postdoc* in Paris.

In Paris hatte Leo Schneider seine Frau Louisa kennengelernt. Durch Zufall, wenn man es so nennen mag. Sie waren sich an der Metrostation *Porte de la Chapelle* begegnet. Er kannte die Stadt kaum, fragte sie nach dem Weg, und als sie sah, wie Schneider in die falsche Richtung lief, hatte sie ihn ein Stück begleitet. Louisa studierte Medizin und wurde neugierig, als sie hörte, dass Schneider an Infektionserregern arbeitete. Schließlich gingen sie in ein Café, um ihr Gespräch fortzusetzen. Schon bei dieser ersten Begegnung hatten beide das Gefühl, als wären sie miteinander vertraut. Verwandte Seelen erkennen sich schnell. Beide wollten sich wiedersehen. Nach ein paar Monaten zogen sie zusammen in eine kleine Dachwohnung in der *Rue St. Vincent de Paul*. Ihre Tochter Elsa kam noch in Paris zur Welt, kurz bevor Leos Vertrag am *Institut Pasteur* endgültig auslief. Die

Familie zog nach Berlin, Leo hatte dort einen Anschlussvertrag an der Universität. Wieder und wieder arbeitete er mit befristeten Verträgen in neuen Instituten, bis er durch glückliche Umstände mit neununddreißig Jahren eine Festanstellung am IEI bekam.

Das alles lag jetzt ein paar Jahre zurück. Schneider hatte gelernt, dass der Wissenschaftsbetrieb überall ähnlich lief. Die langen Jahre mit den kurzen Arbeitsverträgen, einer unfreiwilligen Arbeitslosigkeit und der immer wiederkehrenden Aussicht auf eine ungewisse Zukunft hatten seinen Durchhaltewillen gestärkt. Durch den häufigen Institutswechsel war er Hierarchien gegenüber gleichgültig geworden. Vielleicht hatte er es deswegen versäumt, sich ein Netz von Beziehungen aufzubauen, nachdem er im IEI fest angestellt war. Das Gespräch mit seinen Vorgesetzten suchte er nur, wenn es sich nicht umgehen ließ. Es interessierte ihn auch nicht besonders, wer mit wem am Institut eine Affäre hatte. Während er im Labor stand, hatten andere ihre Zeit mit Schreiben von Anträgen, Beschwerden oder Forderungen verbracht, hatten in den Vorzimmern einflussreicher Personen geduldig gewartet, traten in Parteien und Organisationen ein und zogen auf der Karriereleiter an Schneider vorbei, auch wenn sie sonst nichts zustande gebracht hatten.

So war ihm anfänglich der neue Direktor Krantz auch keinen besonderen Gedanken wert. Schneider hatte Dekane, Direktoren, Präsidenten und Minister kommen und gehen sehen, seine eigentliche Arbeit blieb davon im Grunde unberührt. Aber das hatte sich nun geändert. Die Atmosphäre am IEI kühlte ab und selbst Schneider in seinem Labortreibhaus musste merken, dass es nicht mehr so weitergehen würde, wie bisher.

Der Vorgänger von Krantz war ein Verwaltungsjurist, den man nur als eine Zwischenlösung betrachtete. Man hoffte, ihn bald durch einen hochkarätigen Vertreter der Forscherzunft ablösen zu können. Eine solche Koryphäe wurde in der Person des Mediziners Professor Herbert Krantz, gefunden. Krantz vermittelte seiner Umgebung den Eindruck, zu den Großen in der AIDS-Forschung zu gehören. Seine Bewunderung für den als skrupellos geltenden Amerikaner Gallo, von dem man sagte, er hätte seinen französischen Kollegen Montagnier um die Entdeckung des AIDS Virus geprellt, machten ihn nicht zu einem Sympathieträger. Aber darum ging es Krantz auch nicht. Als Direktor hätte er sich um Ausgleich zwischen den verschiedenen Abteilungen im IEI bemühen müssen. Aber Krantz war Partei. Nur der Virologie galt seine ganze Unterstützung. Die dafür benötigten Mittel und das Personal zog er aus den anderen Bereichen ab. Arbeitsgruppen, die nicht in seine Vorstellungen passten, löste er komplett auf. Damit kam er auch dem nie endenden Ruf nach Reformen entgegen. Wer fragte schon danach, ob diese sinnvoll waren? Parallel dazu gestaltete er sich ein Institut nach seinem Maß. Dazu transferierte er ganze Arbeitsgruppen aus seiner alten Wirkungsstätte in das IEI. Diese neuen Gruppen bezeichnete er auf Betriebsversammlungen als sein Tafelsilber und erweckte damit bei allen anderen im Institut den Eindruck, als würden sie zum Wegwerfbesteck gehören.

Bei seinem Dienstantritt versprach der neue Direktor Krantz Bürokratieabbau und flache Hierarchien. Das klang nach Revolution und es stimmte auch. Denn bald danach gab es nur noch zwei Hierarchien, den Direktor und den Rest des Instituts. Bürokratieabbau bedeute für ihn, dass seine Anweisungen ohne Wenn und Aber vollzogen werden mussten.

Zu Terminen kam Krantz gewöhnlich etwa fünfzehn Minuten zu spät. So vermittelte er den Eindruck, ein vielbeschäftigter Mann zu sein. Nach einer Viertelstunde tauchte er in dem mit Milchglaswänden abgeteilten Wartezimmer auf und murmelte etwas von dringenden Meetings, während er seinen Besuch in die edel eingerichtete Bürosuite führte. Große finanzielle Aufwendungen konnten dort besichtigt werden. Aus den ehemaligen Laborräumen hatte Krantz Wände und Decke herausreißen und alles neu gestalten lassen. Die Beleuchtung, die sich dem Tageslicht automatisch anpasste, die schweren, gepanzerten Türen, die sich leicht und lautlos wie auf Kufen bewegten und das teure, steril wirkende Mobiliar hinterließen einen bleibenden Eindruck. Für die unterkühlte Atmosphäre sorgte eine eigene Klimaanlage, die Krantz sich auf das Dach des Institutes hatte montieren lassen.

Seine Personalentscheidungen verliefen nach einem genauen Ritus. Er bat die Betroffenen eine Woche vorher zum Gespräch, ohne dass sie erfuhren, worum es ging. Für viele waren es Tage des bangen Wartens, denn Krantz war für Überraschungen gefürchtet. Bei Umsetzungsmaßnahmen nahm sein Leitungsstab teil, Personalchefin Kanter und Vizedirektor Arnold.

Frau Kanter erschien gewöhnlich erst weit nach neun Uhr im Institut und blockierte mit ihrem knallgelben Auto die Parkplätze von Mitarbeitern, die vor ihr gekommen waren. Um sein Auto auszulösen, musste man Frau Kanter anrufen und sich die Frage gefallen lassen, warum man schon so früh nach Hause ging. Vizedirektor Arnold war ein ebenso dümmlicher wie bösartiger Charakter. In seinem Gehabe erinnerte er an die Figur des Untertanen aus dem gleichnamigen Buch von Heinrich Mann. Arnold war ein Radfahrertyp, der nach oben buckelte und nach unten trat. Krantz hielt sich gewöhnlich zurück, er zog im Hintergrund die Fäden und ließ Kanter und Arnold agieren. Als Bürotäter machte er sich die Finger nicht schmutzig.

Bald war die Reihe an Schneider, bei einem dieser Dramen mitzuspielen. Nach den üblichen fünfzehn Minuten holte Krantz ihn in sein Büro, um sich bei Tee und Gebäck über personelle Überkapazitäten in Schneiders Bereich auszulassen. Die Personalchefin blätterte dabei desinteressiert in einem Aktenordner, während der Vize Arnold sich hektisch Notizen machte. Frau Daniela Schulz aus Schneiders Gruppe wurde für andere Tätigkeiten im IEI benötigt. Schneiders Einwände kommentierte Krantz mit der Bemerkung: „Sie können wohl nicht richtig kommunizieren.“ Schneider verstand das nicht. Kommunizieren, das wollte er doch. Und dem Direktor erklären, dass er Frau Schulz dringend brauchte. Ob Krantz das nicht verstehen würde. Krantz gefiel die Aufgeregtheit von Schneider nicht. Schneider sei viel zu emotional. Den Rest der Sitzung überließ er Kanter und Arnold. Als Daniela Schulz kurz danach in eine andere Arbeitsgruppe wechseln musste, hatte Schneider begriffen, dass es um seine berufliche Existenz ging.

Im Gegensatz zu den eher lässig angezogenen Wissenschaftlern am IEI war Krantz stets konservativ gekleidet, er bevorzugte den dunkelgrauen Maßanzug. Seine hohe Stirn und das seitlich heruntergekämmte, weißgraue Haar gaben ihm das Image eines Denkers. Seine Mundpartie, die von einem dünnen Schnurrbart überspannt wurde, verriet mehr von seinem wahren Charakter und verzog sich bisweilen zu einem zynischen Grinsen.

Typischerweise sprach Krantz mit leiser Stimme, ein rhetorischer Trick, den er bewusst einsetzte. So erzwang er andächtiges Zuhören. Man fürchtete, seine bedeutungsschweren Mitteilungen sonst nicht richtig zu verstehen. Den Personalrat hatte er in der Tasche, die alten Mitarbeiter hatten sich angepasst oder waren gegangen. Die neu Eingestellten wussten nicht, dass es vor Krantz kollegialere Umgangsformen am IEI gegeben hatte. Binnen weniger Monate hatte sich das IEI in ein gefügiges Instrument in den Händen seines Direktors verwandelt.

Die Unterwerfung des IEI unter seine Interessen war kein Selbstzweck, sie diente Krantz auf seinem Weg zu einer Person des öffentlichen Lebens. Seine Eitelkeit fixierte ihn wie ein Spiegelbild auf seine öffentliche Wirkung. Dabei kam ihm zugute, dass ein Institut für Infektionskrankheiten im Fokus der Medien stand. Kontakte zwischen Institutsangehörigen und Journalisten bedurften seiner persönlichen Genehmigung. Interviews gab er gerne selbst, am Telefon, da fiel es nicht auf, wenn er fachlich nicht Bescheid wusste. Hatte er doch seine wissenschaftlichen Souffleure neben sich sitzen, die ihm in den Gesprächspausen die notwendigen Stichworte ins Ohr flüsterten. So vermittelte er der Öffentlichkeit ein „Professor Allwissend", ein modernes Universalgenie zu sein, das auf jede Frage zu Infektionskrankheiten die passende Antwort bereithatte.

Nachdem er auf diese Weise schnell zu einem landesweit bekannten Experten geworden war, ging er noch einen Schritt weiter. Nun vermittelte er seine Botschaft im Fernsehen, verpackt in Form von düsteren Zukunftsprognosen. Neue Seuchen bedrohten das Land, Massenimpfungen seien erforderlich, aber Impfstoff, Geld und gute Forscher wären Mangelware. Nur er und sein Institut könnten das Land vor dem Untergang bewahren. Szenarien mit toten Vögeln und der Entstehung neuer Todesviren, mit Seuchenzügen als Folgen von Tsunami und Wirbelstürmen wurden durch seine Reden schon Gewissheit. Ob sie jemals einträfen, war zweitrangig. Sein Bekanntheitsgrad stieg, sein Nimbus als wissenschaftliche Überkapazität wuchs zu einer festen Größe des politischen Lebens. So setzte er die Politik unter Zugzwang, spekulierte auf Zufluss von Geld und Personal und vermehrte sein Prestige.

2.

Ein paar Wochen, bevor überraschend alle Laborleiter des IEI zu einer Sitzung bei Krantz einbestellt wurden, waren in den USA Dinge passiert, die das Szenario eines Hollywoodfilms in den Schatten stellten. Nur wenige Tage nach den Anschlägen des 11. September erhielten amerikanische Politiker Briefe, die außer einer banalen Botschaft weißen Staub enthielten, der den Empfängern um die Nase wehte. Ein paar Tage danach entwickelten sie Anzeichen einer Grippe, bekamen Fieber und Schüttelfrost, um bald darauf im Schockzustand zu sterben.

Die Ursache dafür war schnell gefunden. Es war Milzbrand, eine Krankheit, die vor hundert Jahren bei Pelzverarbeitern eine Rolle spielte, heutzutage aber so gut wie verschwunden war. Proben aus den Wohnungen der Briefopfer identifizierten den weißen Staub als Sporen des Milzbrandbakteriums *Bacillus anthracis*. Anthrax hieß diese Seuche wegen der anthrazitschwarzen Hautgeschwüre, die sich bei den Infizierten bildeten. Ohne antibiotische Behandlung verlief Anthrax meistens tödlich. Einige der Briefempfänger starben, denn bevor man wusste, was die Ursache ihrer Erkrankung war, kam die Antibiotikatherapie zu spät.

Der Verdacht auf Bioterrorismus im Geleit der *nine eleven* Anschläge in Manhattan lag auf der Hand. Hatten Nachrichtendienste nicht geheime Produktionsstätten für Biowaffen im Irak entdeckt? War Anthrax nicht eine der bekanntesten Biowaffen überhaupt? Einfach in der Herstellung und verheerend in der Wirkung. So verheerend, dass Sporen des Milzbranderregers, welche die britische Armee auf eine unbewohnte Insel abgeworfen hatte, fünfzig Jahre danach immer noch ansteckungsfähig waren. Für die Militärs relativierte das die Eignung von Anthrax als Kriegswaffe, weil man das Land des Gegners für Jahrzehnte lang nicht ohne Schutzanzug betreten konnte. Aber für Terroristen, die Angst und den Tod verbreiten wollten, schien diese Waffe dagegen viel besser geeignet zu sein.

Diese Absicht teilten auch Kreise des japanischen Militärs, die Anthrax im Zweiten Weltkrieg in China einsetzten, um die Zivilbevölkerung zu dezimieren. Nach Kriegsende wurden die Verantwortlichen von den Alliierten zum Tode durch den Strang verurteilt. Doch einige konnten ihren Hals durch ihre Kenntnisse retten, die sie den Siegermächten zur Verfügung anboten. So entstand zu Beginn des Kalten Krieges eine staatlich geförderte B-Waffen Entwicklung, welche die Atombomben im Portfolio der Drohkulisse ergänzen sollte. Die Großmächte betrieben geheime

Forschungseinrichtungen zur Entwicklung von biologischen Waffen. Das in der Sowjetunion gelegene Institut in *Stepnogorsk* fiel nach der Wende durch die weiträumige Verseuchung der Umgebung mit Viren und Bakterien auf. Entdeckt wurde das nur durch Zufall, weil *Stepnogorsk* in den Wirren der Wendezeit von ausländischen Experten besucht werden durfte. Ein amerikanisches Gegenstück zu *Stepnogorsk* war *Fort Detrick* im Bundesstaat Maryland. Hier musste man sich nie von ausländischen Inspektoren in die Karten gucken lassen. Als der Kalte Krieg nach 1990 eine Pause machte, litt *Fort Detrick* wie sein russischer Gegenpart an nachlassendem Interesse der Militärs. Mit der Folge, dass die Budgets dieser Institute immer mehr schrumpften.

Nach dem Auftauchen der Anthraxbriefe war das Interesse an B-Waffen wieder geweckt. Gewisse Leute mochten daraus einen Nutzen ziehen. Aber die Aktion geriet bald außer Kontrolle, weil die präparierten Briefe nicht nur ihre Adressaten trafen, sondern zwischen den Walzen der Sortieranlagen in der Post aufplatzten und ihren staubigen Inhalt auf die dort Arbeitenden verteilten. Dadurch wurde die Verbreitung der Milzbrandbakterien unvorhersehbar.

Wer konnte hinter den Briefen stecken? Die Analyse der Sporen ergab, es handelte sich um ein professionell hergestelltes Produkt. Die Verarbeitung der Bakterien zu einem feinen, flüchtigen Pulver konnte nur mit Spezialmaschinen erfolgt sein. Von offizieller Seite wurde ein Zusammenhang mit der Terrororganisation al-Quaida gezogen, die kurz zuvor mitten in Manhattan ihre Handlungsfähigkeit unter Beweis gestellt hatte. Hatten die Attentäter des 11. September nicht bewiesen, wie weit der Terrorismus in die Infrastruktur des Landes eingesickert war? Waren die Terroristen möglicherweise schon in *Fort Detrick*?

Die Anthraxbriefe waren ein gefundenes Fressen für die Medien und Deutschland blieb davon nicht ausgenommen. Die Briefe kursierten zwar nur in den USA, doch jeder erwartete ihr Auftreten in anderen Ländern. An einem Frühsommertag war es in der deutschen Hauptstadt soweit: Eine Angestellte des Möbelhauses Hiller fand nach Ladenschluss einen im Geschäft abgelegten Brief, der außer einem staubigen Papiertaschentuch mit einer unverständlichen Botschaft weiter nichts enthielt. Der Umschlag landete zunächst bei der Polizei, dann beim Landeskriminalamt und schließlich wurde der Staatsschutz eingeschaltet. Pressemitteilungen, wie *Anthraxbrief in Berlin aufgetaucht*, konnten nicht mehr verhindert werden und die Angestellte des Möbelhauses freute sich über die vielen Interviews.

Hier bestand Verdacht auf terroristische Aktivität, es mussten Untersuchungen an dem Briefinhalt vorgenommen werden. Diese hätte jedes medizinische Labor durchführen können, aber es handelte sich um eine Sache der höchsten Sicherheitsstufe, um ein Politikum. Welche Institution kam dafür besser infrage als das IEI unter der Leitung des berühmten Professors Herbert Krantz?

Für das IEI begann mit diesem Tag eine neue Epoche, der Einstieg in die Biowaffenforschung. Das Landeskriminalamt meldete sich bei Direktor Krantz, ob die Untersuchung des Briefes in seinem Institut erfolgen könnte. Krantz gab zurück, das sei selbstverständlich kein Problem. Er verschwieg, wie schlecht die Voraussetzungen dafür inzwischen waren, denn er selbst hatte Monate zuvor die klinische Bakteriologie am IEI so gut wie aufgelöst. Die freiwerdenden Mittel und das Personal waren längst auf die virologischen Fachgruppen verteilt. Aber Herbert Krantz irritierte das nicht. Unmittelbar, nachdem das LKA sich bei ihm gemeldet hatte, zitierte er die Leiter aller Laborbereiche zu sich. Schneider war vom Anruf aus dem Präsidialbüro überrascht, weil der Termin umgehend war. Als Schneider, der sich nicht besonders beeilt hatte, Krantzens Bürosuite betrat, saßen dort bereits Kollegen aus allen Abteilungen des Instituts.

Sogar Krantz war diesmal pünktlich, und nachdem Schneider eingetroffen war, eröffnete er die Sitzung. „Ich musste Sie kurzfristig zu mir bitten, da der schon befürchtete Ernstfall eingetreten ist. Heute sind wir vom LKA informiert worden, dass ein im Möbelhaus Hiller deponierter Brief möglicherweise Anthraxsporen enthält. Ich habe bereits mit dem Bundeskriminalamt Kontakt. Man erwartet von höchster Stelle eine unverzügliche Aufklärung des Sachverhaltes durch das IEI. Ich setzte voraus, dass der Nachweis dieser Sporen für uns kein Problem darstellt!“

Mit der Betonung auf seine letzten drei Worte starrte er Leo Schneider an, wie ein räuberisches Insekt, möglicherweise, weil Schneider das einzige noch existierende bakteriologische Labor am IEI betrieb. Schneider war zu überrascht, um darauf zu reagieren.

Krantz legte nach: „Ich nehme an, dass diese Untersuchung bei Ihnen problemlos durchgeführt werden kann, Herr Schneider?“ Der leise Tonfall war unüberhörbar, da alle Anwesenden wie gebannt schwiegen.

Leo Schneider zögerte. Er hatte nichts für die Untersuchung von Anthrax im Labor vorrätig, er arbeitete mit anderen Bakterien, die Durchfall verursachten. Aber ein Test für Anthraxsporen wäre schnell aufgebaut und vielleicht eine Chance, sein Labor zu erhalten. Er überlegte ein paar Sekunden zu lange. Als er gerade „Ja, aber ...“, sagen wollte, kam von Gerhard Hellman, dem Leiter der virologischen Abteilung, der Satz: „Wir können das machen!“

Damit hatte Schneider nicht gerechnet. Der Veterinär Hellman hatte vielleicht als Student das letzte Mal mit Bakterienkulturen gearbeitet. Ob Hellman überhaupt wusste, wie man sporenbildende Anthrax Bazillen erkennt? Schneider war sprachlos, in seinem Kopf schossen sich die Gedanken gegenseitig ab. Instinktiv spürte er, wenn er weiter schwieg, würde sein Labor bald nicht mehr existieren. „Ja, natürlich können wir diese Untersuchungen durchführen“, sagte er eine gefühlte Unendlichkeit später.

Krantz fixierte ihn weiterhin, seine Augen verengten sich, dann blickte er auf seinen Duzfreund Hellman. Er verzog seine schmalen Lippen zu einem dünnen Grinsen, das seinen Oberlippenbart zu einem Strich gerinnen ließ. „Ich denke, Sie beide werden das übernehmen und dabei zusammenarbeiten. Sie sind beide für das Gelingen verantwortlich, wir dürfen uns gegenüber dem LKA keine Schwächen erlauben. Das war es für heute, ich schließe die Sitzung, Sie können zurück an Ihre Arbeit, meine Damen und Herren.“

Schneider nickte. Ihm blieb nichts weiter zu sagen und er sah, wie Hellman zufrieden grinste, als alle Anwesenden eilig das Präsidialbüro verließen, froh, dass der Kelch diesmal an ihnen vorübergegangen war. Alle, bis auf Hellman, der keine Anstalten zum Gehen machte. Schneider stand betont langsam auf, hoffte, Hellman würde auch gehen, aber der blieb sitzen und Schneider ging mit gesenktem Kopf aus dem Raum. Wie ein Schlafwandler lief er durch das Vorzimmer an der Chefsekretärin vorbei, verließ den Präsidialtrakt und ging den Flur im Altbau des Instituts entlang. Hellman hatte als Leiter der virologischen Abteilung viel mehr personelle und apparative Mittel, als Schneider mit seinen verbliebenen zwei technischen Assistentinnen. Hellman und Krantz kannten sich schon aus Studienzeiten, zwei Duzfreunde, beide um die sechzig. Schneider fühlte, dass zwischen ihm und den beiden Männern eine Kluft lag, die er nicht überwinden konnte noch wollte.

„Männer über sechzig sind gefährlich, denn sie haben keine Zukunft!“ Diesen Satz hatte Leo Schneider einmal in einer Festrede für einen graumelierten Klinikchef gehört und der fiel ihm jetzt wieder ein. Im Gegensatz zu Hellman musste Schneider ungefährlich sein, denn er hatte sich mit Mitte vierzig noch um seine Zukunft zu sorgen. Er stellte sich Hellman vor, der jetzt bei Krantz saß und wahrscheinlich über ihn herzog. Ohne es richtig wahrzunehmen, war Schneider in sein Labor gelangt. Er grübelte, was Hellman und Krantz wohl ausheckten. Eine Rolle würde er dabei spielen, aber welche? Wie selbstverständlich war Hellman sitzen geblieben, als alle anderen den Raum verließen. Krantz hatte Schneider auch nicht gebeten, an dem Gespräch teilzunehmen. Langsam beruhigte Schneider sich wieder. Natürlich war es spannend, einer neuen Herausforderung zu begegnen, aber sein Entsetzen über das, was er gerade erlebt hatte, überwog.

Schneiders Assistentin Tanja fragte, wie es gelaufen war. Nach der Antwort „Nur das übliche Zeug von Krantz, war wie immer furchtbar“, sah sie ihn ungläubig an. In diesem Moment wurde ihm klar, es war Unsinn, die Sache herunterzuspielen. Er fügte hinzu: „Vielleicht müssen wir ab jetzt etwas mit Bazillen arbeiten.“

Tanjas Kollegin Karin regte sich auf, fand es Schwachsinn, von einem Tag auf den anderen die Arbeit völlig umzustellen. Tanja zuckte mit den Achseln, meinte: „Und wenn schon, das kriegen wir hin.“ Sie blieb gelassen, war geduldig und verließ sich auf ihre Erfahrung. Bevor sie zu Schneider kam, hatte sie für die Gerichtsmedizin im Leichenschauhaus gearbeitet. Zwar war sie keine ausgebildete Sektionsassistentin, hatte sich aber die dafür notwendigen Fähigkeiten zur Präparation der Organe, der Fixierung der Proben und der fotografischen Dokumentation angeeignet. Oft war sie mit diesen Arbeiten stundenlang allein in dem neonbeleuchteten Sektionssaal und was sie jeden Tag dort sah, brachte ihr eine stoische Grundhaltung ein. Eines Tages hatte sie genug davon und sich auf die Stelle am IEI bei Schneider beworben. Ihm hatte sie erzählt, es wäre der Geruch des Todes gewesen, den sie irgendwann nicht mehr ausgehalten hätte. Eine Erbschaft aus dieser Beschäftigung war das Rauchen, das sie sich in dieser Zeit angewöhnt hatte, um den Leichengeruch, von dem sie meinte, er würde an ihr kleben, zu überdecken. Gelernt hatte Tanja den Beruf einer veterinärmedizinischen Assistentin in einer Großtierpraxis. Von ihrem Lebenslauf her war sie einiges gewohnt und kannte vieles. Ihre Ehe mit ihrem Mann Arno war vor drei Jahren in die Brüche gegangen, nachdem sie ihn *in flagranti* mit ihrer besten Freundin ertappt hatte. Sie hatte sich damals geschworen, nie wieder zu heiraten. Seitdem lebte sie allein, bis auf kurze Affären, die aber nie länger als ein paar Wochen oder Monate hielten.

Leo Schneider sagte nichts weiter und verzog sich in sein Büro. In seinen Gedanken drehten sich die Worte „Anthrax, Bazillen, Anthracis, Bacillus" im Kreis. Wie alle Bazillen hatte Anthrax die Eigenschaft Sporen zu bilden. Als Spore konnten die Bazillen sich zwar nicht vermehren, waren aber auch nicht tot und konnten in dieser Form Hitze, Kälte und Trockenheit jahrzehntelang überdauern. Man nahm an, das Leben hätte sich im All in Form von Sporen verbreitet, denn nur Sporen könnten den langen Weg durch den kalten und trockenen Weltraum unbeschadet überstehen. Träfen sie irgendwann auf einen neuen Planeten mit günstigen Lebensbedingungen, dann konnten die Sporen wieder auskeimen und sich wie ganz gewöhnliche Bakterien vermehren. Und das Leben auf der Erde? Waren Bakterien nicht die erste Stufe davon gewesen?

Am späten Nachmittag, als er allein im Labor war, erinnerte sich Leo Schneider daran, dass er früher schon einmal mit Bazillen gearbeitet hatte. Er war damals zweiundzwanzig, es war in den drei Monaten, bevor er mit seiner Diplomarbeit begann. Er verdiente sich sein erstes Geld in seinem späteren Beruf als studentische Hilfskraft im Labor von Helmuth Linde. Dort sollte er Mutanten des Heubacillus isolieren. Der Heubacillus war harmlos. Er kam im Erdboden und auf Pflanzen vor und sein Name kam daher, dass er aus einem Aufguss aus Heu und Wasser leicht anzuzüchten war. Im trockenen Heu überlebte der Bazillus als Spore.

Die Widerstandsfähigkeit von Sporen gegen Hitze hatte Schneider durch eine absichtslose Spielerei selbst erfahren. Nachdem er den ganzen Tag mit den Heubazillen gearbeitet hatte, brachte er sie aus einer Laune heraus über der Flamme des Bunsenbrenners zum Kochen. Das habt ihr davon, dachte er, als er die blubbernde Bouillon betrachtete. Dann wurde er neugierig. Ob einige der Bazillen diese Hitze vielleicht überlebt hatten? Da war noch eine Schale mit dem Nährboden übrig, auf dem man die Bazillen zu Kolonien wachsen lassen konnte. Aus einem Bazillus wurden durch ständige Teilungen nach wenigen Stunden Millionen, und weil sie dicht nebeneinander wuchsen, wurden ihre Kolonien für das bloße Auge als millimetergroße, gelbliche Punkte sichtbar. Nachdem Schneider die aufgekochten Bazillen auf dem Nährboden verteilt hatte, stellte er die Schale in den Brutschrank. Er ließ sie über Nacht dort, damit die Bazillen sich vermehren konnten. Allerdings rechnete er nicht damit, dass es überlebende Bazillen gab, und ging nach Hause.

Als er am nächsten Morgen die Schale aus dem Brutschrank nahm, waren aber doch ein paar Kolonien zu sehen. Schneider verstand das nicht und sprach mit Helmuth Linde darüber. Als der die Geschichte hörte, lachte er und sagte: „Ist doch klar, da waren ein paar Sporen in deiner Kultur. Es gibt immer welche, sozusagen für den Notfall und nur die Sporen überleben das Kochen. Alle anderen Bazillen gehen kaputt. Nachdem du die Sporen auf den Nähragar gebracht hast, sind sie ausgekeimt und wieder zu Kolonien herangewachsen. So einfach ist das.“

Schneider hatte das beeindruckt. Es war etwas anderes, darüber in einem Lehrbuch zu lesen, oder die über der Flamme brodelnde Kultur zu sehen, um festzustellen, dass in der kochend heißen Suppe doch nicht alles Leben erloschen war.

Diese Geschichte war ihm wieder eingefallen. Er dachte an die Durchfallbakterien, mit denen er arbeitete. Die bildeten keine Sporen und schon bei 60 °C Hitze wären sie alle futsch gewesen. Und dann fiel ihm ein, was er mit dem Staub aus dem Anthraxbrief machen musste. In Wasser auflösen, aufkochen und danach auf den Nähragar bringen. Wenn der Staub Sporen enthielt, würde er sie am nächsten Tag als Kolonien finden. Genauso wie damals mit dem Heubazillus. Wenn aber nichts auf dem Nähragar wuchs, dann enthielt der Staub keine Sporen und damit auch keine Anthraxbazillen.

Schneider wurde zuversichtlicher. Nachdem er aus Datenbanken die genetischen Eigenschaften der Anthraxbazillen ermittelt hatte, beschloss er, diese durch PCR-Verfahren nachzuweisen. PCR, das stand für eine Methode, mit der Teile der Bakterien DNA millionenfach vermehrt wurden. Nach einer Stunde hatte man soviel davon, dass man das Produkt durch eine Färbung sichtbar machen konnte. Bildete sich ein gefärbtes Produkt, dann enthielt die Probe Anthraxbazillen, wenn nicht, dann nicht. Die PCR konnte er an einem Tag durchführen. Einen Anthraxstamm zur Kontrolle würde ihm Krantz mit seinen Beziehungen schon organisieren, dachte Schneider.

Aber vieles lief anders, als Schneider dachte. Nach der Sitzung bei Krantz war Gerhard Hellman nicht untätig geblieben und legte mit seinen Leuten los. Für ihn war das die Gelegenheit, zur mächtigsten Figur im IEI neben Krantz aufzusteigen und das wollte er sich nicht entgehen lassen. Nur deswegen hatte er gleich die Initiative ergriffen. „Wir können das machen!" Das dumme Gesicht von Schneider hatte er noch vor Augen. Hellman musste lachen, denn Schneider bekam gar nicht mit, was er alles machte.

Die von Krantz verordnete Zusammenarbeit begann damit, dass Schneider den Brief aus dem Möbelhaus nie zu Gesicht bekam. Hellman hatte den Brief und seinen Inhalt mithilfe eines medizinischen Labors als ungefährlich identifiziert. Mit dem Ergebnis war er dann zu seinem Freund Krantz gegangen, um sich für die schnelle Aufklärung beglückwünschen zu lassen. Schneider blieb uninformiert, aber Hellman kam in dieser Zeit öfter bei ihm im Labor vorbei und fragte ihn über dies und jenes aus. Schneider fühlte sich bestätigt, denn er merkte, wie wenig Hellman von Bakteriologie verstand. Hellman war doch von ihm abhängig, dachte er. Der hatte zwar viele Leute, aber keinen Mikrobiologen.

Aber Hellman hatte etwas ganz anderes vor. Leo Schneider war für ihn Konkurrenz, die er kaltstellen wollte. An einem Freitagnachmittag kam er in das Labor von Schneider und kündigte einen neuen Brief zur Bearbeitung auf Anthrax an. „Schaffen Sie das bis morgen?", fragte Hellman.

Leo Schneider und Tanja waren bei der Arbeit und schauten Hellman entgeistert an. Schneider begann zu rechnen, in der Summe ergab das eine Arbeitszeit von acht Stunden. Wenn er jetzt damit anfing, würde er bis Mitternacht daran sitzen. „Haben Sie die Probe dabei?", fragte Schneider.

„Die soll bald mit der Polizei im Institut eintreffen, ich melde mich dann gleich bei Ihnen“, erwiderte Hellman.

Das konnte sich bis in den Morgen hinziehen. Tanja wollte eigentlich schon seit einer halben Stunde weg sein. Vor Montag war nicht wieder mit ihr zu rechnen. Hellman wollte das Ergebnis aber bis morgen. Schneider sagte zu, ihm blieb auch keine andere Wahl. Weigerte er sich, am Wochenende zu arbeiten, hätte Hellman einen Grund ihn bei Krantz anzuschwärzen. Eigentlich wollte er früher gehen, seine Tochter Elsa hatte ihren Besuch aus Frankreich angekündigt. Früh gehen konnte er jetzt abschreiben. Ich muss sehen, wie weit ich komme, dachte er, wenn es zu spät wird, mache ich den Rest der Arbeit morgen früh.

Hellman schien zufrieden, er ging und versprach, die Probe vorbeizubringen. Nachdem Tanja fort war, setzte Schneider sich in sein Büro, machte sich einen Tee und überlegte, ob er alles für die Untersuchung parat hatte. Die Zeit verging, Schneider wartete auf die Probe, nachdem er die Vorbereitungen abgeschlossen hatte. Die Gefäße und Reagenzien standen auf Eis, alles war bereit. Es fehlte nur noch die Probe. Inzwischen war es bereits Viertel nach sieben. Schneider hatte seine Frau Louisa angerufen und gesagt, es würde später werden.

Die Zeit verging und das Untersuchungsmaterial war immer noch nicht da. Schließlich rief Schneider bei Hellman an. Erst in seinem Büro, dann im Labor, aber niemand hob ab. Die Privatnummer von Hellman hatte er nicht. Vielleicht hatte Hellman angerufen, als Schneider auf der Toilette gewesen war? Aber dann hätte er es doch noch einmal versucht oder wäre vorbeigekommen. Und wenn die Proben heute gar nicht mehr kämen? Schneider ging in den zweiten Stock und fand die Labore und das Büro von Hellman verschlossen. Inzwischen war es acht Uhr. Niemand war mehr da, der Auskunft geben konnte. Schneider rief den Pförtner an und fragte, ob Proben für ihn hinterlegt wurden. Nein, da war nichts!

Schneider beschloss, nach Hause zu gehen. Der arrogante Hellman hatte es nicht für nötig befunden, ihm zu sagen, dass die Probe heute nicht mehr eintreffen würde. Schneider ärgerte sich über den gestohlenen Abend. Kurz nach neun Uhr war er zu Hause. Er hatte zwölf Stunden im Institut verbracht und musste Louisa erklären, warum er morgen den ganzen Tag im Institut verbringen müsste. Elsa war gerade angekommen und enttäuscht, weil er am Wochenende kaum noch Zeit hatte.

Nach einer schlecht verbrachten Nacht rief Schneider am Samstag früh die Pforte des IEI an. Dort stand der Kühlschrank für Probenmaterial, welches außerhalb der Dienstzeiten abgegeben wurde. Der Pförtner schaute nach, es gab nichts und er konnte sich nicht erinnern, dass seit gestern etwas für Schneider eingetroffen war. Toll, dachte Schneider. Wieder einmal so eine Ankündigung. Er kannte das schon. Beim leisesten Verdacht gab es sofort Großalarm. Die Polizei hatte einen Heidenrespekt vor den Briefen und wollte sie so schnell wie möglich abliefern. Wahrscheinlich war es blinder Alarm gewesen. Immerhin, der Samstag war gerettet.

Aber es war alles ganz anders und nach einem ruhigen Sonntag mit seiner Familie, wartete am Montag im Institut eine Überraschung auf Schneider. Kaum hatte er das Labor betreten, kam Tanja und sagte: „Du, der Hellman hat schon dreimal angerufen, der ist stinksauer und hat gefragt, wo wir denn am Freitag gewesen sind."

„Wieso?", fragte Schneider, „Hellman war doch am Freitagabend längst weg. Ich habe bis nach acht gewartet, nach ihm gesucht und ihm hinterher telefoniert."

Tanja war noch nicht fertig. „Hellman hat gesagt, er hätte deinetwegen die Probe selbst untersuchen müssen, damit das Ergebnis rechtzeitig für das BKA vorliegt."

Jetzt dämmerte Schneider, was hier gespielt worden war. Eine Intrige. „So ein Schwein!", platzte es aus ihm heraus.

Und so war es. Hellman hatte durch seine Mitarbeiter die Anthrax-PCR aufbauen lassen und von Krantz Anthraxbazillen bekommen. Er hatte Schneider nichts davon erzählt und außerdem hatte Hellman den ersten Zugriff auf die eintreffenden Verdachtsproben. Wie Schneider später erfuhr, war die Probe in Wirklichkeit schon am Freitagvormittag in Hellmans Labor gelangt. Hellman hatte die Ergebnisse schon in der Tasche, als er am Nachmittag bei Schneider im Labor auftauchte. Mit seiner Inszenierung wollte Hellman nur erreichen, dass Schneider nach vergeblichem Warten irgendwann nach Hause ging. Am Samstag hatte Hellman dem Direktor das Ergebnis der Untersuchung mitgeteilt und sich über den unzuverlässigen Schneider beklagt, der es vorgezogen hatte, seinen Feierabend einzuläuten, anstatt seine Pflicht zu tun.

Ob Krantz über die Intrige Bescheid wusste, spielte keine Rolle. Hellman hatte sein Ziel erreicht. Von nun an hatte er die Federführung bei der Untersuchung der Verdachtsproben, Schneider war zur Randfigur geworden. Kurz darauf besiegelte Krantz das offiziell und ernannte Hellman zum Leiter der Arbeitsgruppe Bioterrorismus. Von Zusammenarbeit mit Schneider war nur noch in soweit die Rede, als dass man in ihm einen Zuarbeiter sah. Mit seinen neuen Befugnissen ließ Hellman einen Raum im Innentrakt des Neubaus als Hochsicherheitslabor ausbauen. Er bekam Mittel, den schon älteren Mikrobiologen Bartow, der seine Position an der Humboldt-Universität verloren hatte, einzustellen. Jetzt hatte Hellman seinen Mikrobiologen, ein Veterinär, der sich mit Anthrax gut auskannte. Bartow blieb auf Hellman angewiesen, denn der gab ihm nur befristete Arbeitsverträge, deren Verlängerung er vom Wohlverhalten Bartows abhängig machte.

Die Alarmstufe für Anthrax blieb bestehen. Damit hatte Hellman weitreichenden Zugriff auf die Techniker und Wissenschaftler des IEI. Er erstellte einen Dienstplan, der die Wochenenden, Feiertage und Ferienzeiten mit einschloss. Alle Mitarbeiter, auch Schneider und seine Assistentinnen, hatten sich zu einem festgelegten Zeitplan zu Diensten einzutragen. Die Einweisung der Mitarbeiter in die Anthraxuntersuchung erfolgte durch Bartow und seine Assistentin. Kurze Zeit danach berichteten Krantz und Hellman auf einer Pressekonferenz, was sie zur biologischen Gefahrenabwehr auf die Beine gestellt hatten. Die Bürger konnten beruhigt schlafen, für ihre Sicherheit war gesorgt. Dieser Coup steigerte das Ansehen von Krantz. Anfragen im Parlament und Druck von politischer Seite ließen Geld und neue Stellen für den Aufbau der neuen Abteilung *Biologische Gefahrenabwehr*, kurz BIGA genannt, fließen.

Durch den Presserummel schwoll die Menge der verdächtigen Briefsendungen, die im IEI eintrafen, mehr und mehr an. Krantz hatte einen Mechanismus in Gang gebracht, der sich von selbst verstärkte und so am Leben erhielt. Was die Briefe betraf, so erschien der Geisteszustand der Absender oft bedrohlicher als ihr Inhalt.

Anonym geschrieben, enthielten sie meistens Beschimpfungen und Bedrohungen. Wenn Leute etwas über sich in den Medien lesen, hören oder sehen wollten, reichte es schon, einen solchen Brief mit einer Prise Backpulver an die Adresse eines Prominenten, Ministeriums oder einer Botschaft zu schicken.

Am nächsten Tag konnten sie dann das öffentliche Echo ihrer Aktion verfolgen. Manch einer fand es schade, anonym zu bleiben und tat sich mit seinem Werk wichtig. Aber die wenigen Briefschreiber, die von der Polizei geschnappt wurden, waren solche, die sich irgendwann verplappert hatten.

Briefe, die Verdacht erregten, wurden von der Polizei in bruchsichere Spezialbehälter verpackt und mit Blaulicht und Sirene ins IEI gebracht. Für einen Brief im Wert von einem Euro entstanden mehrere Tausend Euro Kosten, wenn man die Polizei- und die Laborarbeit berechnete. Das Geld fehlte an anderer Stelle, aber das kümmerte Krantz nicht. Wie viele Briefe mussten noch eintreffen, bevor man begriff, dass es vernünftiger war, sie gefahrlos zu vernichten, anstatt jede Woche ihren Pegelstand in der Zeitung auszukrähen?

Schneider hatte sich das bald gefragt. Aber mit Vernunft hatte es nichts zu tun. Es ging um Geld, Macht und Einfluss. Selbst der zuständige Minister profitierte davon, weil seine Stellung in der Regierung gestärkt wurde. Als die Briefwelle abrupt endete und man Bilanz zog, hatte es in Deutschland nicht einen Brief gegeben, der tatsächlich Anthraxbazillen enthalten hatte.

Schneider war in dieser Zeit mit den Anthraxuntersuchungen, bis auf die Wochenenddienste, nicht weiter beschäftigt. Hellman hatte sein Ziel erreicht und benötigte ihn nicht mehr. Nach der Intrige war Schneiders Ruf beim Direktor sowieso ruiniert. Hellman hatte jetzt die Leitung der BIGA, dazu Personalstellen und Mittel, sich die neuesten Laborgeräte und DNA-Sequenziergeräte anzuschaffen. Was Schneider zur Verfügung stand, war dagegen mehr als bescheiden. Nachdem er für Hellman keine Konkurrenz mehr darstellte, schien Leo Schneider aus der Schusslinie geraten zu sein. Man ließ ihn in Ruhe weiter an seinen alten Projekten arbeiten.

In dieser Zeit gab es neue Informationen zu den echten Anthraxbriefen, die in den USA kursiert hatten. Mit Sicherheit stammten die Sporen aus einem Profilabor. Dafür sprachen die genetischen Eigenschaften der Bazillen und die Aufbereitung des Sporenpulvers. Immerhin, die Sache hatte dazu gedient, dass man nun willens war, den Schurkenstaaten im Nahen, Mittleren und Fernen Osten militärisch das Handwerk zu legen. Nachdem ein Mitarbeiter des Anthraxlabors aus *Fort Detrick* tot aufgefunden worden war - es sah wie Selbstmord aus - endete der Briefspuk so plötzlich, wie er angefangen hatte. Die Briefe waren nun nicht mehr wichtig, der Krieg gegen den Terror hatte begonnen und es gab gewaltige finanzielle Zuwendungen für die biologische Sicherheitsforschung. Für jede Milliarde, die in den USA ausgegeben wurde, floss in Deutschland nur eine Million. IEI Direktor Krantz versäumte keine Gelegenheit, sich darüber auszulassen. Aber auch die Millionen sicherten den Fortbestand der BIGA, nachdem es keine Anthraxbriefe mehr gab.

Die von Hellman geleitete BIGA war inzwischen größer geworden. Ein Leiter der bakteriologischen Sektion wurde gesucht und in der Person des Biochemikers Horst Griebsch gefunden. Hellman hatte darauf geachtet, dass man jemanden einstellte, der ihm als Konkurrent nicht gefährlich werden konnte. Griebsch hatte sich praktisch kaum mit Bakterien beschäftigt. Er war jahrelang in der Verwaltung tätig gewesen und somit für Hellman der geeignete Kandidat.

Mit der Verschärfung der Irakkrise drängte die Politik zu einem immer weiteren Ausbau der biologischen Sicherheitsforschung. Saddam Hussein und andere Schurken hatten in ihren Arsenalen außer Anthrax noch andere Biowaffen. Die musste man beforschen, um dagegen gewappnet zu sein. Hellman und Griebsch bekamen von Krantz den Auftrag die BIGA entsprechend aufzurüsten. Für Schneider bedeutete das vor allem, dass er und seine Gruppe dem Newcomer Griebsch unterstellt wurden.

3.

Leo Schneiders neuer Vorgesetzter, Professor Horst Griebsch war mit Anfang fünfzig fast völlig kahl. Mit seinem Kinnbart, der dicken Hornbrille und seiner gesetzten Stimme gab er das Bild eines gestandenen Mannes der Wissenschaft. Von dem eher plump auftretenden Hellman unterschied er sich durch einen jovialen Umgangston. Als typischer Alt-Achtundsechziger bot er seinen

Mitarbeitern gerne das Du an. Je nach seinem Gegenüber vermittelte er das Image des guten Kumpels oder des väterlichen Freundes.

Griebsch redete viel von Loyalität. Loyalität war eine Sache, die er forderte, aber nicht bereit war zu geben. Er bat seine Mitarbeiter zu Vieraugengesprächen, in denen er mit angeblich wichtigen Informationen hausierte, die er wie Schwarzmarktware anbot. Manche ließen sich davon beeindrucken, fühlten sich geschmeichelt und machten alles, was er von ihnen wollte. Griebsch war bewusst, dass er von vielem etwas, aber nichts richtig verstand. Das machte ihn zu einem unsicheren Vorgesetzten, der seine Leute gegeneinander ausspielte. Nur so konnte er sich in seiner Position einigermaßen sicher fühlen.

Bei einem dieser Treffen sagte er zu Schneider: „Wir sind doch beide an Wissenschaft interessiert, das mit dem Bioterror ist doch nur vordergründig." Schneider glaubte ihm, erzählte von sich und von seinen Problemen mit Hellman und Krantz. Griebsch verstand das, versprach Unterstützung und als Zeichen der Zusammenarbeit überließ er Schneider die Betreuung seiner Studenten. Das ersparte ihm Arbeit und gleichermaßen hoffte er, davon zu profitieren. Am wichtigsten war ihm aber, er hatte den unbequemen Schneider eingebunden und glaubte, dieser würde in seinem Sinne funktionieren.

Vielleicht hätte Schneider auf diese Art auch funktioniert. Hier ein bisschen Geld für die Forschung, da ein paar Studenten und dort eine kleine Freiheit im Labor. Das Problem lag bei Griebsch, bei seinem Argwohn, der ihm als Mensch ohne Rückgrat wie eine Krücke diente. Eine Zeitlang hielt die labile Konstruktion zwischen Griebsch und Schneider, aber ein kleiner Anlass genügte, um sie zum Einsturz zu bringen.

Der Anlass hieß Rudolf Drewitz, ein früherer Vorgesetzter Schneiders. Drewitz stand kurz vor seiner Pensionierung, damit war er praktisch immun gegenüber den Disziplinierungsmaßnahmen der Leitung. Drewitz war von der Idee getrieben, die dunklen Machenschaften im IEI ans Licht zu bringen. Die von Krantz betriebene Abwickelung der Bakteriologie hatte ihm nicht gepasst. Drewitz war kurz vor dem Mauerbau aus der DDR in den Westen übergesiedelt, um dort Mitglied einer großen politischen Partei, die für Gerechtigkeit stand, zu werden. In der Partei und im Institut machte er sich bald einen Namen als Kommunikator. Er saß mehr am Telefon als im Labor. Mit seiner Partei und seiner Rolle als Kämpfer für die Gerechtigkeit stand er in Fundamentalopposition zu Krantz.

Drewitz startete eine Kampagne gegen den Vizedirektor Tobias Arnold, nachdem er auf dem Fotokopierer zufällig einen Beratervertrag gefunden hatte. Einen Vertrag, den Arnold mit einer Pharmafirma abgeschlossen und unachtsam liegengelassen hatte. Für den Beamten Arnold konnte das Konsequenzen haben. Beraterverträge bedurften der Genehmigung des Ministeriums. Arnold hatte nicht darum ersucht. Die Geschichte wäre in einem Disziplinarverfahren geendet, wenn Krantz mit seinem Einfluss die Sache nicht heruntergespielt hätte. Arnold war ihm daraufhin so ergeben, dass er sich ein gerahmtes Porträt von Krantz neben das Foto seiner Familie auf den Schreibtisch stellte.

Drewitz, der über seine Partei Verbindungen zu Parlamentariern hatte, bohrte weiter. Immerhin ging es um ein fünfstelliges Honorar. Er brachte Arnold immer wieder in Erklärungszwang. Irgendwann hatte Drewitz Schneider davon erzählt. Drewitz sagte, es gäbe noch mehr Informationen und er könne dafür sorgen, dass Arnold nicht mehr lange als Vizedirektor tragbar wäre. Das wirkte übertrieben, aber Schneider wusste, wie viel Einfluss Drewitz in bestimmten Kreisen hatte. Drewitz Aktivitäten liefen zumeist über die Frauen von Politikern, die in dieser Zeit der Opposition angehörten. Gegenüber den Damen spielte er die Rolle des galanten Kavaliers, führte sie aus, bevorzugt in die Oper oder ins Konzert. Weil Drewitz schwul war, hatte er ein besseres Gespür für die Bedürfnisse dieser Frauen, als ihre eigenen Männer, die sich kaum noch für ihre Gattinnen interessierten.

Schneider war klar, Drewitz ging es dabei um politische Einflussnahme. Aber Arnold hatte sich ihm gegenüber mies verhalten, als Krantz ihm seine Assistentin Daniela abgezogen hatte. Aus diesem Grund fand Leo Schneider die Initiative von Drewitz auf eine Art amüsant. Aus einer Laune heraus hatte Schneider Griebsch von Drewitz Plänen erzählt. Griebsch gab ja den Anschein, distanziert gegenüber der Institutsleitung zu sein.

Als Schneider eines Nachmittags in sein Labor kam, flüsterte Tanja ihm zu: „Albino ist bei dir im Büro.“ So nannte sie Arnold, wegen der farblosen Haare und seiner Augen, die manchmal rötlich wie bei einer weißen Maus schimmerten. Schneider dachte sich nichts weiter. Als er in sein Büro kam, saß Arnold dort auf einem Stuhl. Arnold ließ ihm keine Zeit für Fragen und polterte los: „Mir wurde zugetragen, dass Herr Drewitz Ihnen gegenüber verleumderische Behauptungen über mich aufgestellt hat, mit der Absicht, meine Person zu schädigen. Ich muss Sie bitten, als Zeuge zur Verfügung zu stehen, damit wegen übler Nachrede Disziplinarmaßnahmen gegen Herrn Drewitz vorgenommen werden können."

Schneider war perplex. Woher wusste Arnold von dieser Sache? Ob Griebsch etwas erzählt hatte? Aber zuerst musste er Arnold abwimmeln und sagte: „Wenn man alles, was einem auf dem Flur zwischen den Labortüren erzählt wird, für bare Münze nimmt, müsste man das halbe Institut wegen Beleidigung und übler Nachrede anzeigen."

Arnold ließ sich nicht abwimmeln und drohte Schneider, er mache sich strafbar, wenn er den Verleumder Drewitz deckte. Schneiders Position im Institut sei dann gefährdet. An der Geschichte von Drewitz musste also etwas dran sein, dachte Schneider und ärgerte sich, Griebsch davon erzählt zu haben, denn nun bekam er dafür die Quittung. Ihm blieb nur zu sagen: „Wissen Sie Herr Arnold, ich kann mich an den Inhalt des Gespräches nicht mehr genau erinnern, was soll ich denn da zu Protokoll geben?" Schneider blickte an Arnold vorbei auf seinen Computerbildschirm, auf dem es außer Schwärze nichts zu sehen gab.

Arnold wurde knallrot und richtete sich halb auf. „Denken Sie doch mal daran, wie ich damit an den Pranger gestellt werde." Seine Stimme stieg um einen Grad höher. „Das ist unkollegial, Herr Schneider, Sie können mich nicht einer solchen Schmutzkampagne aussetzen!"

Diese Leute redeten immer dann von Kollegialität, wenn sie selbst in der Patsche saßen, dachte Schneider. „Ich kann mich nicht an ein solches Gespräch erinnern, Herr Professor Arnold. Bedaure."

Arnold stand ruckartig auf, der Bürostuhl rollte nach hinten und prallte an einen Tisch. Dann verließ er das Büro, ohne noch etwas zu sagen. Besser so, dachte Schneider, wer wusste schon, was er sonst noch zu Arnold gesagt hätte. Nun hatte er sich einen erklärten Feind gemacht. Noch Stunden später ging Schneider diese Sache nicht aus dem Kopf. Er ärgerte sich über die Hinterhältigkeit, mit der Griebsch ihn ins Vertrauen gezogen hatte, aber noch mehr über seine eigene Naivität.

Am gleichen Tag ging er zu Griebsch, um zu reden. Er dachte, Griebsch würde alles abstreiten, aber das Gegenteil war der Fall. „Drewitz ist doch ein Spinner, er hat dir früher soviel Ärger gemacht, warum schützt du ihn?“

Schneider fing an sich zu rechtfertigen und sagte, die Sache war nicht für Arnolds Ohren bestimmt. Er hatte gedacht, Griebsch würde das vertraulich behandeln und im Übrigen würde er niemanden anschwärzen.

Griebsch versuchte Schneider zu überreden: „Ich habe Arnold das alles doch nur in unserem Interesse erzählt. Drewitz will uns allen schaden. Wenn er mit seinen Behauptungen Gehör findet, steht das ganze IEI schlecht da, und auch du leidest darunter.“ Sein Tonfall wurde plötzlich schärfer: „Für uns alle wäre es besser, wenn Drewitz möglichst bald geht. Es bringt nichts, sich vor ihn zu stellen.“

Leo Schneider fühlte, wie er in eine Richtung gedrängt wurde, in die er nicht wollte. Hatte Griebsch nicht versprochen, dass alles vertraulich blieb? Jetzt gab er sogar zu, Arnold informiert zu haben. Vielleicht hatte Arnold jetzt wieder seine Finger drin und wollte ihn durch Griebsch dazu bringen, Drewitz doch anzuschwärzen. Schneider hatte die Lust zu weiterem Reden verloren. Griebsch schaute ihn durch seine Brille an, als erwartete er etwas von ihm. Schneider schwieg. Als die Spannung zunahm und Schneider schließlich aufstand und gehen wollte, hörte er, wie Griebsch ihm hinterher rief: „Ich halte dir den Rücken frei, aber dafür erwarte ich von dir Loyalität, vergiss das nicht!“

Leo Schneider war schon auf dem Flur, als er die Drohung begriff. Jetzt hatte er Arnold und Griebsch gegen sich. Irgendetwas musste er tun. Er dachte an Drewitz. Drewitz war nicht sein Freund, konnte aber vielleicht auf der politischen Ebene etwas erreichen. Eine Zeitlang geschah nichts. Arnold und Schneider behandelten sich wie Luft, wenn sie sich begegneten. Schneider erinnerte sich, wie er vor ein paar Jahren Arnold im Hallenbad getroffen hatte. Arnold stand nackt unter der Dusche und tat so, als würde er Schneider nicht kennen. Dabei hatte er ihn genau gesehen. Vermutlich hasste Arnold ihn seitdem, es hatte ihm nicht gefallen, dass ihm Untergeordnete einen Einblick auf seine bescheidene Männlichkeit nehmen konnten.

Nach einigen Tagen ging Schneider doch zu Drewitz und erzählte ihm von Arnolds Forderung und dem Gespräch mit Griebsch. Drewitz lachte hämisch und verzog seinen Mund zu einer Grimasse. „Der macht mir keine Angst, im Gegenteil. Arnold und Griebsch sind korrupte Existenzen, Schwächlinge, denen das Handwerk gelegt werden muss." Er tat einem Seitenblick, als wollte er sich vergewissern, dass niemand anderes zuhörte und flüsterte: „Und Krantz, der sich vor Arnold stellt, der ist sowieso fertig, dem haben sie nämlich die Eier abgeschnitten." Schneider schaute ihn mit großen Augen an. „Ja!", betonte Drewitz genüsslich: „Sie haben ihn kastriert, ihm die Eier abgeschnitten. Totaloperation, Krebs!" Drewitz nickte mehrmals und sah Schneider aus seinem bleichen Gesicht an, in dem die Augen tief in den Höhlen lagen. Er erinnerte Schneider an den Vampir Nosferatu aus dem Film von Fritz Lang. „Woher willst du denn das wissen?", fragte er.

„Man hat so seine Quellen", erwiderte Drewitz und griente, als er sah, wie seine Worte bei Schneider Wirkung zeigten. Wie schon so oft versuchte er, Schneider für seine Partei zu begeistern. Der wehrte ab. „Sei nicht töricht", sagte Drewitz. „Du brauchst Verbündete. Wie willst du denn das alleine durchstehen?"

Schneider wollte sich keiner Organisation verpflichten. Drewitz war inzwischen der Dritte, der ihn vor seinen Karren spannen wollte. Mit jeder neuen Person, mit der er über seine Schwierigkeiten sprach, wurde seine Situation komplizierter.

„Sei nicht dumm", bedrängte ihn Drewitz weiter, „überleg es dir."

Schneider empfand eine tiefe Leere vor der Sinnlosigkeit dieser ganzen Intrigen. Warum ließ man ihn nicht einfach in Ruhe arbeiten? Seine Beziehung zu Drewitz war seit jener Zeit distanziert, als er und Tanja den Eindruck gewonnen hatten, dass mit Drewitz politischen Verbindungen etwas nicht stimmte. Drewitz war kurz vor dem Mauerbau aus der DDR in den Westen gekommen. Zu Mauerzeiten durfte er unbegrenzt in die DDR reisen, im Westen galt er als verfolgter Dissident. Drewitz brachte von drüben immer wieder Antiquitäten mit, Sachen, die man unmöglich legal ausführen konnte. Beide glaubten, dass er ein Agent der Stasi war. Vielleicht hatte er auch über sie beide berichtet. Als ihre Neugierde groß genug geworden war, gingen sie in die Glinkastraße, um bei der Stasiunterlagenbehörde ihre Akten einzusehen. Es dauerte Monate, bis die Nachricht kam, dass es keine Akten über sie gab. Wahrscheinlich war Drewitz zu raffiniert, als das man ihm so einfach hätte auf die Schliche kommen können. Bei ihm war alles möglich und Schneider wusste immer noch nicht, ob er ihm die Geschichte mit Krantzens abgeschnittenen Eiern glauben sollte.

Nachdem Schneider nicht auf sein Angebot reagiert hatte, verhielt sich Griebsch ihm gegenüber zunehmend reserviert. Bisweilen machte er Andeutungen, als würde er etwas erwarten. Schneider zog sich nur noch mehr zurück. Wenn Griebsch ihn ansprach, gab er nur Belanglosigkeiten von sich und vermied nach Möglichkeit jeglichen Kontakt.

Nachdem die Anthraxbriefe Geschichte waren, sah es für eine Weile so aus, als würde man Schneider in Ruhe lassen. Dann kam der Anruf aus dem Präsidialbüro. Krantz persönlich. Schneider sollte der neu eingestellten Kollegin Dr. Pflüger doch für eine Zeitlang mit einer seiner beiden Assistentinnen aushelfen. Schneider könne selbst entscheiden, welche seiner beiden Damen er entbehren wolle. Er hätte nicht viel Zeit, sagte Krantz, Einzelheiten sollte Schneider mit seinem Stellvertreter Arnold besprechen.

Natürlich ging es nicht um eine Aushilfe für kurze Zeit, das war für endgültig. Aber wie sollte Schneider das beweisen? Kollegiale Hilfe für die neu eingestellte Kollegin konnte er doch nicht ausschlagen. Schließlich suchte er doch das Gespräch mit Arnold.

„Sie wollen sich doch nicht weigern, Ihrer Kollegin Pflüger für eine Zeit mit personeller Unterstützung auszuhelfen?“, sagte Arnold. Das Gespräch bereitete ihm Vergnügen und er gab sich keine Mühe, es zu verbergen. „Handeln Sie doch einmal im Sinne der *Corporate Identity*.“

Corporate Identity war ein zuweilen beschworener, aber nicht existierender Instituts-Gruppengeist, der von der Leitung herbeizitiert wurde, wenn Entscheidungen gegen den Willen der Beschäftigten durchgesetzt werden sollten. Jetzt bedauerte Schneider, dass er zu Arnold gegangen war. Er wollte nicht wählen, ob Tanja oder Karin gehen musste. Zum Glück nahm Karin ihm diese

Entscheidung ab. Schneiders Arbeitsgruppe war somit auf Tanja und ihn reduziert. Das würde auf Dauer nicht genügen, um ihre Selbstständigkeit zu behaupten.

Eine Zeit ging zu Ende, in der Schneider aus seiner Arbeit Kraft gewinnen konnte. Die nächste Umsetzungsmaßnahme würde ihn direkt treffen. Tanja und er schwammen bereits in einem Stellenpool, aus dem man für die nächste Umstrukturierung schöpfen würde. Es war nur noch eine Frage des Wann und nicht mehr des Ob. Vielleicht musste er dann den Messknecht für einen Wissenschaftler spielen, der zum Tafelsilber von Krantz gehörte? Diese Vorstellung erzeugte bei Schneider Panik. Seine früheren Erfolge würden bald vergessen sein, ein *has been*, wie man in den USA zu solchen Leuten sagte. Mit den Jahren würde man ihn wie einen zahnlosen Wolf im Institut immer mehr herumstoßen.

Diese Erwartungen brachten ihm schlaflose Nächte, eine Anzahl grauer Haare und deutlichere Falten um die Mundwinkel ein. Die nervliche Anspannung durch eine Situation, auf die er keinen Einfluss hatte, steigerte seine Unrast und seinen Bewegungsdrang. Als Reaktion kaufte er sich ein Paar Inlineskates und begann nach der Arbeit und an den Wochenenden auf einsamen Straßen auf und ab laufen. Er nahm es wie eine Medizin. Auf einer dieser Touren geschah etwas mit ihm. Vielleicht waren es die warmen Sonnenstrahlen auf der Haut, die Luft, die ihm ins Gesicht wehte, oder das Lächeln der Skaterin, die ihm entgegenkam. Der Gedanke, nicht alles mit sich geschehen zu lassen, sondern selbst nach einem Ausweg zu suchen, war plötzlich da und sehr stark.

Eine Stellenausschreibung erschien ihm als die Gelegenheit, sein Schicksal selbst in die Hand zu nehmen. Am IEI wurde eine neue Arbeitsgruppe Toxine, die sich mit Giftstoffen beschäftigen sollte, eingerichtet. Für die Leitung suchte man jemanden mit toxikologischen und bakteriologischen Kenntnissen. Diese neue Gruppe sollte Griebsch unterstellt sein. In der Zwischenzeit hatte Leo Schneider erfahren, dass Griebsch für die Umsetzung von Karin verantwortlich gewesen war. Drewitz hatte ihm diese Information aus dem Personalrat gesteckt. Schneider gab trotzdem sein Bewerbungsschreiben ab. Er und Tanja waren bereits Griebsch unterstellt und der würde sie beide sowieso nicht mehr lange weiterwerkeln lassen.

In der Stellenausschreibung stand etwas von Giftstoffen, von biologischer Sicherheit und Gefahrenabwehr gegen Terroranschläge. Schneider zweifelte am Erfolg seiner Bewerbung. Zwar kannte er sich mit Bakteriengiften aus, aber Arnold hatte bei der Stellenbesetzung sicherlich ein Wort mitzureden. Drewitz steckte Schneider weitere Informationen zu. Demnach gestaltete sich die Suche nach Toxikologen als schwierig. Es gab nicht viele davon und noch weniger, die bereit waren, an das IEI zu wechseln. Wenn es fähige Leute waren, erwarteten sie mehr Gehalt und Gestaltungsmöglichkeiten, als Krantz ihnen zugestehen mochte. So folgte eine Stellenausschreibung auf die andere und das Ministerium drängte immer stärker auf baldige Besetzung.

Schließlich entschloss Krantz sich zur billigsten Lösung, er akzeptierte Schneiders Bewerbung. Die AG-Toxine interessierte ihn im Grunde nicht und die Personalmittel, die er für die Neueinstellung eines externen Bewerbers gebraucht hätte, konnte er damit einsparen und in seine virologischen Projekte stecken. Für einen Misserfolg müsste Schneider verantwortlich zeichnen. Mit dieser Logik waren Arnold und Hellman überstimmt, die sich bis zuletzt gegen Schneider ausgesprochen hatten.

Leo Schneider durfte weiter mit Tanja zusammenarbeiten. Allerdings waren zwei Leute für eine Arbeitsgruppe nicht ausreichend. Arnold veranlasste, dass zusätzlich eine Wissenschaftlerin aus seiner Abteilung der AG-Toxine zugeteilt wurde. Sie war fünfzehn Jahre jünger als Schneider, Immunologin und hieß Beatrix Nagel. Beatrix, die jeder Bea nannte, bekam zu ihrer Unterstützung noch zwei technische Assistenten, Jacek und Maria. Offiziell war Beatrix Nagel Schneider nachgeordnet. Von der Leitung hatte sie den Auftrag, darauf zu achten, was Schneider trieb und sollte melden, wenn er die AG-Toxine für seine alten Forschungsprojekte benutzte. Dadurch war Schneider in seiner Entscheidungsfreiheit eingeschränkt. Nominell blieb er ihr Vorgesetzter und wollte die Aufgaben so verteilen, dass er und Bea sich nicht sonderlich ins Gehege kämen.

4.

Griebsch hatte bei der Stellenbesetzung hin und her laviert. Als Opportunist merkte er, woher der Wind wehte und hatte am Ende für Schneider votiert. Allerdings gab es noch Widerstand von Hellman, mit dem Griebsch es sich nicht verscherzen wollte. Als Leiter der BIGA befürchtete Hellman Machtverlust durch eine neue Arbeitsgruppe im Bereich Bakteriologie unter Griebsch. Hellman war Virologe. Tatsächlich aber gab es mehr Bakterien und Toxine als Viren auf der Liste potenzieller Biowaffen. Einzig das Pockenvirus überstand Austrocknung, alle anderen Viren gingen in der Umwelt schnell kaputt und waren damit als B-Waffen schlecht geeignet.

Um seinen Einfluss zu wahren, verfasste Hellman genaue Auflagen, über welche Themen die AG-Toxine arbeiten sollte. In einer Liste des amerikanischen CDC waren das Pflanzengift Rizin und das Bakteriengift Botulinumtoxin als wichtigste Biowaffen beschrieben. Nachdem Krantz seinem Freund Hellman bei der Stellenbesetzung widersprochen hatte, ließ er ihm freie Hand bei der Aufgabenverteilung. Horst Griebsch hatte keine eigenen Ideen und war dankbar für Hellmans Vorschläge. Diese sahen die Entwicklung von Nachweisverfahren für Rizin und Botulinumtoxin vor. Nachweisverfahren, die so empfindlich sein sollten, dass mit ihrer Hilfe Anschläge aufgedeckt, Spuren verfolgt und Gegenmaßnahmen entwickelt werden konnten.

Hellman rechnete sich aus, dass Schneider an diesen Aufgaben scheitern würde. Dann konnte er der jungen Beatrix Nagel die Leitung der AG-Toxine zuschanzen. Aber vorher musste er diese Frau von sich abhängig machen, damit sie ihm nützlich war. Einen Hebel dazu hatte er: Beas Mann Ronald Nagel, der mit einem befristeten Vertrag in Hellmans Abteilung als Wissenschaftler angestellt war. Hellman konnte Bea mit Ronalds Vertragsverlängerung unter Druck setzen. So hatte er die Entwicklung im Griff.

Leo Schneider wurde bei der Aufgabenplanung für seine neue Arbeitsgruppe nicht befragt. Er bekam als Vorgabe mit Botulinumtoxin und Rizin zu arbeiten. Seine neue Kollegin Bea wusste nicht mehr über diese Stoffe, als er selbst. Schneider kannte sich mehr mit Bakterientoxinen aus und Bea mehr mit den Nachweismethoden. Dadurch würden sie aufeinander angewiesen sein, hoffte er.

Allerdings konnte Leo Schneider mit Beatrix auf die Dauer nicht mithalten. Sie arbeitete in der Regel zehn bis zwölf Stunden täglich.

Eigentlich war sie ein zarter Typ, mit aschblonden Haaren, grauen Augen und einem schmalen Gesicht, aber mit einem starken Willen ausgestattet. Als Frau hatte sie es in der Wissenschaft doppelt so schwer, wie ein Mann. Frauen mussten mehr leisten, um anerkannt zu werden, diesen Eindruck hatte Bea gewonnen. Ihren Mann Ronald hatte sie im IEI kennengelernt. Beide waren in der gleichen Arbeitsgruppe und neu in Berlin. Beide träumten davon, später in ein renommiertes Forschungsinstitut in den USA zu gehen. Am Anfang sahen sie sich eher als Konkurrenten, doch die gegenseitige Sympathie überwog. Bedingt durch die langen Arbeitstage und Nächte im Institut fanden beide kaum die Zeit, sich einen Bekanntenkreis außerhalb ihrer Arbeitswelt aufzubauen. So nutzten sie die Möglichkeit, Arbeit und Privatleben zu verbinden. Ihre Beziehung und die baldige Heirat waren ein Gegenpol zu der ungewissen Zukunft, welche die Arbeit in der Forschung beiden bot.

Schneider erzählte Bea, dass er früher auch oft so lange im Labor gesessen hatte. Durch seine Ehe mit Louisa und seinem Bekanntenkreis in Berlin war das Institut aber nie der Mittelpunkt seines Lebens gewesen. Das Leben bestand eben nicht nur aus dem Labor. Mit Mitte vierzig wollte er nicht mehr so weitermachen, wie kurz nach seiner Doktorarbeit. Bea akzeptierte das ohne Widerspruch. Im Gegenteil, es war ihr sogar recht. Sie hoffte, den flügellahmen Schneider durch forscherisches Durchstarten früher oder später zu beerben und die Leitung der AG-Toxine zu bekommen. Dann wäre auch eine feste Stelle für Ronny in Aussicht und sie konnten ihren Kinderwunsch verwirklichen. Die Zeichen von Krantz waren doch eindeutig. Sie hatte zwei technische Assistenten bekommen, während Schneider nur mit Tanja auskommen musste.

Schneider begann, sich mit Rizin und Botulinumtoxin zu beschäftigen. Er lernte mehr über die Eigenschaften von Giftstoffen, die in der Natur vorkamen. Rizin und Botulinumtoxin waren die stärksten bekannten Gifte überhaupt. Zuerst musste er sich diese Stoffe jedoch beschaffen. Als er nach möglichen Bezugsquellen suchte, erschien es ihm leichter, mit Rizin zu beginnen. Rizin kam in den Samen des Wunderbaums vor, einer Pflanze mit dem lateinischen Namen *Ricinus communis*. Rizinus wurde in warmen Ländern großflächig zur Ölgewinnung angebaut. Schneider hatte

Bilder der Pflanze gesehen und sie kam ihm bekannt vor. Rizinus war zwar kein einheimisches Gewächs, aber Schneider kannte die großen auffälligen Sträucher aus Parkanlagen und sie waren ihm in Erinnerung geblieben.

Die Rizinussamen waren überraschend leicht zu beschaffen. Immerhin waren die Samen sehr giftig, es genügte, ein paar davon zu verzehren, um daran zu sterben. Vögel und wilde Tiere verschmähten diese Samen instinktiv und so schützte die Pflanze ihre Nachkommenschaft. Eigentlich kam so etwas häufig in der Natur vor. Viele Pflanzen produzierten Giftstoffe gegen Fressfeinde. Der Tabak war ein gutes Beispiel, Schneider hatte früher viel geraucht. Das Nikotin in den Blättern diente zur Abwehr gegen fressgierige Insekten. Aber für den Menschen wurde der Tabak dadurch erst attraktiv. „Ob die Natur das vorgesehen hatte?“, fragte sich Schneider halb belustigt. Aber am Ende profitierte die Tabakpflanze von der menschlichen Sucht, denn deswegen wurde sie in einer Menge verbreitet, wie sie es von allein in der Natur nie geschafft hätte. Schneider dachte gerne über solche Fragen nach. Die Biologie und die Physik waren schon immer eine Herausforderung an die Philosophie gewesen.

Die Recherchen über Rizin brachten Interessantes zutage. Tatsächlich war dieser Stoff schon für kriminelle Zwecke genutzt worden. Nicht von religiösen Fanatikern oder politischen Desperados, sondern vom Geheimdienst eines regulären Staates, des damals kommunistischen Bulgarien. Ein bulgarischer Dissident namens Georgij Markov, der im Londoner Exil lebte und dessen Aktivitäten in seiner alten Heimat Missfallen erregten, sollte auf raffinierte Weise liquidiert werden. Ein Agent wurde mit einem Regenschirm ausgerüstet, dessen Spitze in einer Injektionsvorrichtung endete. Der Agent suchte die scheinbar zufällige Begegnung mit Markov im Getriebe der Londoner Innenstadt. Er stach ihm wie versehentlich mit dem Schirm ins Bein, um mit einer Entschuldigung in der Menge zu verschwinden. Markovs oberflächliche Verletzung stellte sich bald als schwerwiegend heraus. Er bekam Vergiftungserscheinungen, Fieber, Übelkeit und Erbrechen um wenige Tage nach dem Vorfall qualvoll zu sterben.

Vielleicht wusste der britische Geheimdienst MI5 mehr, als offiziell bekanntgegeben wurde. Jedenfalls wurde bei Markov eine ausführliche Autopsie durchgeführt. In der Einstichstelle fand man eine winzige hohle Metallkugel, die noch Reste von Rizin enthielt, das durch den Anschlag in seinem Körper freigesetzt wurde. Weniger als ein tausendstel Gramm davon reichten, um einen erwachsenen Menschen umzubringen.

Umso erstaunlicher schien es, dass Rizinussamen so leicht erhältlich waren. Wenn man es genauer nahm, gab es allerdings viele Giftpflanzen, die einem schon vor der eigenen Haustür begegneten. Wurde nicht Sokrates durch das Gift des einheimischen Wasserschierlings umgebracht? Im alten Ägypten tötete man Delinquenten, indem man ihnen einen Extrakt aus Aprikosenkernen zu trinken gab. Wem fiel beim Anblick eines blühenden Oleanders ein, dass diese Pflanze in anderen Ländern Pferdetod hieß? Bei Rizinus kam noch etwas hinzu, es war eine Nutzpflanze, die großflächig zur Ölgewinnung angebaut wurde.

Als Schneider die Rizinussamen in der Hand hielt, kamen sie ihm bekannt vor. Wie vollgesogene Zecken sahen sie aus, auffällig hell und dunkel gescheckt. An Halsketten, die als Hippieschmuck auf Flohmärkten in Amsterdam verkauft wurden, hatte er sie vor vielen Jahren gesehen.

Jetzt hatte er das Rohmaterial und es gab keine Ausrede mehr, nicht mit der praktischen Arbeit anzufangen. Zumal Bea schon fragte, wann die Rizinpräparationen fertig wären. Sie hatte inzwischen Rizin über den Laborfachhandel bezogen. Eine winzige Menge hoch gereinigtes Rizin, laut Etikett in einem mit der EU eng assoziierten Land hergestellt und über Chemikalienfirmen in Deutschland vertrieben. Teurer Stoff, aber sie brauchten ihn, um die Qualität des aus den Samen präparierten Rizins zu prüfen.

Schneider bearbeitete die Rizinussamen unter einer Sicherheitswerkbank, er musste vermeiden, dass ihm bei der Präparation das Gift ins Gesicht geblasen wurde. Unter der scheckigen Schale kamen weiße, wachsweiche Bohnen zutage, die sich leicht zu einem Brei zermalen ließen. Nach einer Weile setzte sich an der Oberfläche der Flüssigkeit eine Ölschicht ab. Es war Rizinusöl, der eigentliche Grund, warum man diese Pflanze großflächig kultivierte. Rizinusöl enthielt kein Rizin, aber unter der

Ölschicht befand sich ein wässriger Extrakt, der das Rizin enthielt. Schneider passierte ihn durch einen Filter, der so feine Poren hatte, dass er keine Mikroorganismen durchließ. Auf diese Weise hatte er ein keimfreies Präparat. Das war notwendig, sonst würde der Extrakt von Bakterien, für die Rizin nicht schädlich war, schnell zersetzt werden.

Leo Schneider hatte lange überlegt, wie er den Extrakt auf seine giftige Wirkung prüfen konnte. Für die Bakterientoxine hatte er Zellkulturen benutzt. Zellkulturen simulierten den lebenden Organismus. Es waren Körperzellen, die ursprünglich aus Organen von Menschen isoliert worden waren und in Kulturflaschen im Labor weiter gezüchtet wurden. Im Gegensatz zum lebenden Organismus waren diese Zellen im gewissen Sinn unsterblich, denn sie vermehrten sich solange, wie man sie im Labor wachsen ließ. Es gab eine Zelllinie mit dem Namen *HeLa*, benannt nach den Initialen einer Frau, die vor fünfzig Jahren an Krebs gestorben war. Einige ihrer Krebszellen hatte man isoliert und bemerkt, dass sie in Nährlösung wuchsen, solange man sie regelmäßig mit Nährstoffen versorgte und ihre Ausscheidungen entfernte.

Schneider nahm eine Ampulle mit *HeLa* Zellen aus dem Kühltank, wo sie bei -170 °C in flüssigem Stickstoff aufbewahrt wurden. Er taute sie auf und gab sie in eine Nährlösung. Dabei fiel ihm ein, dass die Zellen von einer Frau stammten, von der seit Jahrzehnten nichts mehr übrig war. Nichts, bis auf einen Teil, der jetzt vor ihm lag und immer noch lebendig war. *HeLa* Zellen hatten alles, was das Leben grundsätzlich ausmachte. Sie ernährten, schieden aus und vermehrten sich. Natürlich würde aus ihnen nie wieder ein Mensch entstehen, aber wo begann das Leben eigentlich? War nicht ein Teil des Wunders, das einst zu dieser Frau gehörte, in den Zellen verblieben?

Als er nach drei Tagen genug *HeLa* Zellen in den Kulturschälchen vermehrt hatte, versetzte er sie mit Verdünnungen seiner Rizin Extrakte und beobachtete die Wirkung im Lichtmikroskop. Schon vierundzwanzig Stunden später sah er, was das Rizin angerichtet hatte. Je konzentrierter die Extrakte waren, desto stärker waren die *HeLa* Zellen zerstört. Schneider musste seine Präparate zehntausendfach verdünnen, um an den Punkt zu kommen, wo keine Giftwirkung mehr zu beobachten war.

Durch diese Versuche konnte er die Menge des Rizins bestimmen. Als er genug Extrakte hergestellt hatte, trennte Schneider das Rizin von allen anderen Stoffen und machte es durch eine spezielle Färbung sichtbar. Mit dem gereinigten Rizin konnte er Antikörper herzustellen. Um Antikörper herzustellen, musste er Tiere gegen Rizin immunisieren. Der Organismus der Tiere würde das Rizin als körperfremd erkennen, und als Reaktion darauf die entsprechenden Antikörper produzieren. Antikörper hatten die Eigenschaft, sich mit dem fremden Stoff zu verbinden und seine giftige Wirkung dadurch zu verhindern. Genau solche Antikörper brauchten sie für die Nachweisverfahren, die in der AG-Toxine entwickelt werden sollten.

Zur gleichen Zeit, als Schneider an diesen Versuchen arbeitete, traf sich in einem Konferenzraum des IEI ein nicht öffentlicher Zirkel. Die Mitglieder dieses Kreises setzten sich aus Ministerialbeamten und hochrangigen Vertretern aus Polizei und Militär zusammen. Als Experten aus dem IEI waren die Professoren Griebsch und Hellman eingeladen. Der Zweck dieser Zusammenkunft lag in der Ausarbeitung von Planspielen zu möglichen bioterroristischen Anschlägen. Genau genommen ging es um Maßnahmen zur Erkennung und Abwehr schon im Vorfeld möglicher Attentate. Allerdings hatte kaum einer der Teilnehmer entsprechende Kenntnisse, die meisten von ihnen waren Juristen und Verwaltungsbeamte. In endlosen Diskussionen vermischten sich Fantasie und Wirklichkeit zu skurrilen Szenarien, die am Ende zu Papier mit dem Vermerk „*Geheim! Nur für den Dienstgebrauch!*“ gebracht wurden.

Natürlich wusste niemand von ihnen, ob und welche biologischen Waffen die Terroristen einsetzen würden. Auch nicht wo noch in welcher Weise. So tappte man in den Gefilden der eigenen Fantasie herum und kam sich dabei sehr bedeutend vor. Es hieß, das Pentagon hätte Drehbuchautoren aus Hollywood beauftragt, sich Szenarien zu bioterroristischen Angriffen zu erdenken. Offenbar traute man diesen Leuten in Washington mehr Realitätssinn zu, als den Staatsbeamten und sogenannten Experten. Mit der kreativen Unterstützung von Cineasten hoffte man, auf zukünftige Bedrohungen besser vorbereitet zu sein.

In Deutschland erwartete man entsprechend kreative Ideen von den Professoren Hellman und Griebsch. Es mangelte den beiden auch nicht an Ideen und mit der inhaltlichen Gestaltung sollten sich dann die ihnen unterstellten Wissenschaftler beschäftigen. Wozu hatte man denn die ganze Belegschaft des IEI durch die Sicherheitsüberprüfung checken lassen? So gelangte diese Aufgabe auch an Schneider. Schneider zweifelte, dass man Anschläge mit biologischen Waffen vorhersehen könnte. Dazu gab es einfach zu viel verschiedene Möglichkeiten. Terroristen hatten sich bisher auch nicht die Mühe gemacht, mit biologischen Waffen anzugreifen. Warum auch? Für so etwas brauchte man Fachleute, teure Geräte und Speziallaboratorien. Die täglichen Nachrichten zeigten, dass diese Leute sich mit Schusswaffen und Sprengstoff vollauf begnügten. Beides stand ihnen doch unbegrenzt zur Verfügung. Woher die Waffen kamen, darüber sprach man selten. Wahrscheinlich, weil sie in den Ländern gefertigt wurden, die sich im Krieg mit den Terroristen befanden.

Solche Gedanken spielten in den Planungen des Zirkels jedoch keine Rolle. Hellmans Idee war, dass Terroristen Wasserspender mit Botulinumtoxin vergiften könnten. Daraus ergaben sich viele Fragen. Wie lange würde das Gift im Wasser stabil bleiben? Wie viel musste man hineinschütten, damit ein Schluck tödlich war? Wie viele würden daran sterben, bevor man wüsste, woher die Bedrohung kam? Dergleichen Planspiele gab es in Hülle und Fülle. Griebsch entwickelte ähnliche Ideen zu Rizin. Auch dazu gab es natürlich viele Fragen.

Schneider bekam diese geistigen Ergüsse auf seinen Schreibtisch und sollte sie mit Zahlen wissenschaftlich untermauern. Er empfand diese Vorstellungen gleichermaßen krank wie sinnlos. Natürlich war alles denkbar, aber das wirkliche Leben bot mehr Möglichkeiten, als die Papierwelten dieser Männer zuließen. Andere Kollegen aus dem IEI zeigten mehr Engagement und arbeiteten fleißig an ihren Hausaufgaben. Natürlich alles „*Geheim, nur für den Dienstgebrauch.*“ Wer diese Schriftstücke alles zu Gesicht bekam, wusste niemand. Vielleicht waren darunter Leute, die man damit erst auf entsprechende Ideen brachte? Gerade solche Leute stellten das größte Risiko dar. Geltungssüchtige Menschen wie Hellman, dem der Kamm schwoll, als ihn ein General als Biowaffenexperten titulierte.

Eitle Gecken wie Krantz, die darauf warteten, durch einen Anschlag oder eine Seuche in ihren düsteren Orakeln bestätigt zu werden. Simpel gestrickte Angeber wie Griebsch, die hofften, im Fahrwasser einer großen Aktion einmal als Held ins Licht der Öffentlichkeit zu gelangen.

Es gab andere, die auch so dachten wie Schneider. Einer von ihnen war ein bekannter Experte, der manchmal auch im Fernsehen auftrat. Die Zahl der Wissenschaftler in der Biowaffenforschung war seiner Meinung nach schon viel zu groß. Das Risiko für Anschläge würde dadurch nur steigen. Ein Biologe, der sein Wissen für kriminelle Ziele einsetzen wollte, wäre gefährlicher ein Terrorist, der nichts von Biologie verstand. War nicht ein Laborant aus *Fort Detrick* verdächtigt, der Absender der Anthrax Briefe gewesen zu sein? Man konnte ihn nicht mehr fragen, denn er hatte, nach dem offiziellen Bericht, vor seiner Verhaftung seinem Leben ein Ende gesetzt.

Am IEI war es mittlerweile riskant, solche Ansichten offen auszusprechen. Es gab überall Leute, die für Nachrichtendienste arbeiteten. Man wusste nicht wer, aber die Frau eines Kollegen, die als Sekretärin beim BND angestellt war, hatte erzählt, in allen größeren Betrieben wären V-Leute beschäftigt. Die sollten einschätzen, wer ein potenzielles Sicherheitsrisiko darstellte. Ketzerische Gedanken, wie Schneider sie hatte, gehörten schon dazu.

Eigentlich hatte das Beispiel der DDR doch gezeigt, dass die Bespitzelung der Menschen dem Staat nichts erbrachte. Bis 1989 hatte man 180 km Akten in der Stasizentrale gesammelt, war aber nicht in der Lage gewesen, den eigenen Untergang vorauszusehen. Solche Gedanken ließen Schneider kopfschüttelnd zurück, als er über den Zirkel, die BIGA und die ganzen Szenarien, die dort kursierten, nachdachte. Natürlich alles „*Geheim, nur für den Dienstgebrauch!*“

5.

Nach einigen anfänglichen Schwierigkeiten hatte Schneider das Rizin soweit präpariert, um es für die Herstellung von Antiserum einzusetzen. Aber jetzt ergab sich ein neues Problem. Antikörper gegen Rizin gab es nirgendwo zu kaufen und es wurde bald klar, warum. Um Antiserum herzustellen, musste man Tiere mit Rizin immunisieren. Durch die giftige Wirkung des Rizins starben die Tiere, bevor sie überhaupt Zeit hatten, Antikörper zu bilden. Etwa so, wie es Georgij Markov in London ergangen war. Schneider versuchte es mit Rizinverdünnungen, aber ohne Erfolg. Nachdem er die Tiere mit dem verdünnten Rizin immunisiert hatte, musste er feststellen, dass die Menge des Giftes nicht ausgereicht hatte, um das Immunsystem der Tiere zu stimulieren. Auf diese Art bekam er keine Antikörper.

Aber es gab doch schon Impfungen gegen bakterielle Toxine! Schneider informierte sich, wie man es bei Tetanustoxinen, die Wundstarrkrampf auslösen, gemacht hatte. Der Trick war, das Toxin zu verändern, damit es nicht mehr giftig war, man nannte das Produkt ein Toxoid. Damit konnte man problemlos immunisieren. Das Toxoid musste aber dem Tetanustoxin noch so ähnlich sein, dass Antikörper erzeugt wurden, die auch mit dem ursprünglichen Toxin reagierten. Das klang einfach, aber war die eigentliche große Kunst. Ein mit dem Toxoid geimpfter Mensch wurde nicht krank, bildete aber Antikörper, die ihn bei einer Infektion auch gegen das tödliche Tetanustoxin schützen konnten.

Genau so musste es doch auch für Rizin funktionieren. Um ein Rizin Toxoid zu erzeugen, kam eine Reihe von Chemikalien infrage. Schneider musste ihre Wirkung ausprobieren und mit seinen Zellkulturen prüfen, ob das Rizin nach der Behandlung noch giftig war. Das war ein langer Weg und es war keinesfalls sicher, dass er am Ende neutralisierende Antikörper gegen das Gift in den Händen halten würde.

Bea drängelte. Sie brauchte das Antiserum, um den Nachweistest für Rizin aufzubauen und sie suchte den schnellen Erfolg. Schneider erzählte ihr von seinen Vorstellungen. Bea kannte sich mit Toxinen nicht aus, hatte aber schnell begriffen, worum es ging. Schneider führte Beas Nervosität auf ihren übersteigerten Ehrgeiz zurück. Er kannte die wahren Gründe nicht. Bea musste Griebsch und Hellman regelmäßig Bericht erstatten. Griebsch verlangte das von ihr als Vorgesetzter. Da er selbst wenig von der Sache verstand, ließ er sich leicht mit Allgemeinplätzen zufriedenstellen. Mit Hellman war es nicht so leicht. Hellman wollte Erfolge der AG-Toxine für sich vermarkten und Griebsch und Schneider kaltstellen. Hellman hatte Bea versprochen, ihren Mann Ronald mit einer Planstelle zu versorgen, wenn sie ihm Informationen lieferte, die seinem Vorhaben nutzten. Sie wusste, dass Hellman genug Einfluss bei Krantz hatte, um Ronald die Stelle zu verschaffen. Ihrem Mann erzählte sie nichts davon. Ronny war ehrgeizig. Er hatte schon einen Wissenschaftspreis gewonnen und hätte es abgelehnt, mithilfe seiner Frau und Hellmans Protektion eine Festanstellung zu erreichen.

Dem argwöhnischen Griebsch war bewusst, dass er für Krantz neben Hellman nur die zweite Garnitur war. Das kränkte ihn. Hatte er nicht stets versucht, sich bei Krantz in ein gutes Licht zu setzen? Für Krantz hatte er Artikel über biologische Waffen geschrieben und darauf verzichtet, dass sein Name als Autor genannt wurde. Überhaupt war er Krantz jederzeit zu Diensten. Aber es half nichts, der Mediziner Krantz und der Veterinär Hellman verachteten den Biochemiker Griebsch. Umso stärker, je mehr er sich bei ihnen anbiederte. Griebsch spürte das aus den Worten und der Körpersprache der beiden. Krantz schien in ihm nur einen nützlichen Idioten zu sehen. Hellman würde immer eine Nummer größer sein als er.

Irgendwann hatte Griebsch begriffen, dass es keinen Sinn machte, Krantz einfach nur hinterherzulaufen. Er beschloss, von nun an zweigleisig zu fahren. Äußerlich blieb er der loyale Beamte, in Wirklichkeit verfolgte er seine eigenen Pläne. Er würde sich die Anerkennung schon holen, die ihm zustand. Griebsch erhöhte den Druck auf Beatrix und gab ihr zu verstehen, dass Schneider sie nur ausnutzen wolle. Er versprach, ihr bei der nächsten Gelegenheit die Leitung der Arbeitsgruppe zu übertragen. Schließlich gehörte diese AG doch zu seinem Kompetenzbereich. Beatrix sollte ihn nur noch genauer darüber informieren, was in der AG vor sich ging. Vor allem genauer und früher als Hellman. Der Moment würde kommen, an dem er diese Informationen für seine Karriere nutzen könnte.

Für Bea schien das perfekt. Hellman wollte sich für ihren Mann einsetzen und Griebsch förderte ihre Karriere. Sie sollte ihm dafür doch nur Bericht erstatten und das war völlig normal. Selbst, wenn es Schneider nicht passte. Schneider galt bei Griebsch und Hellman nicht viel, von ihm hatte sie kaum etwas zu befürchten. Bald würden sie und Ronny gemeinsam die AG-Toxine managen.

Schneider war ganz in seiner Arbeit mit dem Rizin aufgegangen. Es machte fast soviel Spaß wie in alten Zeiten. Er hatte eine neue wissenschaftliche Herausforderung gefunden und begann, das Rizin mit allen möglichen Chemikalien zu behandeln. Manche wirkten sehr radikal und veränderten das Rizin zu sehr, sodass es für die Herstellung von Antikörpern nicht mehr geeignet war. Andere Stoffe zeigten dagegen kaum eine Wirkung. Schlimmer noch, denn Rizin erwies sich als ein hartnäckiger Stoff, dem chemischer Stress nicht viel ausmachte. Diese Versuche zogen sich lange hin, die Behandlungen brauchten Tage und danach mussten die Präparate an den Zellkulturen auf ihre Wirkung geprüft werden. Kein Wunder, dass es nirgendwo Antiserum gegen Rizin zu kaufen gab. Sämtliche Kataloge und Websites pharmazeutischer Firmen hatte Schneider durchgewälzt, nichts.

Zum Glück verlor Rizin nach einigen Tagen bei Umgebungstemperatur seine giftige Wirkung allmählich von selbst. Vielleicht lag darin auch die Lösung. Möglicherweise waren die natürlichen Abbauprodukte des Rizins besser geeignet für die Herstellung von Antiserum. Schneider nahm sich vor, mehr Arbeit darin zu investieren.

Wochen vergingen. Hellman drängte auf neue Ergebnisse und der Zeitvertrag von Ronny, der in zwei Monaten ablief, tickte in Beas Kopf wie eine Uhr. Bei der nächsten Pressekonferenz wollte Hellman über einen Durchbruch in der AG-Toxine berichten. Weil Schneider mit seinen Versuchen bisher nicht vorangekommen war, bestand Bea darauf, Kaninchen mit ansteigenden Mengen von Rizin zu immunisieren. Sie hoffte, Antikörper zu bekommen, bevor die Tiere an der Giftwirkung des Rizins starben. Schneider war skeptisch, aber er konnte Bea nicht daran hindern. Die Versuche endeten kläglich. Nach der Impfung mit geringen Mengen Rizin zeigten die Tiere keine Vergiftungserscheinungen, bildeten aber auch keine Antikörper. Beim Überschreiten einer bestimmten Dosis starben sie schnell und qualvoll, ohne vorher Antikörper produziert zu haben.

Als Schneider sah, wie tief enttäuscht Bea vor dem Käfig mit den toten Kaninchen stand, dachte er zunächst, es wäre wegen der Tiere, merkte aber bald, dass es nicht der Grund war. Dann glaubte er, es wäre ihr Ehrgeiz, weil sie als junge Wissenschaftlerin Erfolge brauchte. Inzwischen hatte er sich ein neues Verfahren zur Immunisierung überlegt und um Bea zu ermutigen, erzählte er ihr davon.

Rizin musste in die Körperzellen eindringen, um diese zu zerstören. Schneider hatte die Idee, Rizin mit einem zweiten, ungiftigen Stoff zu verbinden, damit es nicht mehr in die Körperzellen eindringen konnte. Das gekoppelte Rizin würde nur im Blutstrom zirkulieren, wo es keinen Schaden anrichten konnte, aber für das Immunsystem erkennbar war. Die Kaninchen würden gegen diesen Stoff Antikörper machen, zumindest hoffte Schneider das. Bisher war es nur eine Idee. Bea rechnete sich aus, dass für die notwendigen Versuche viel mehr Zeit vergehen würde, als ihrem Mann Ronald verblieb. Aber Schneiders Idee klang gut und sie nahm sich vor, der Entwicklung vorzugreifen. Als sie das nächste Mal bei Hellman vorsprach, stellte sie die ganze Sache als schon realisiert dar, damit Hellman sich endlich für ihren Mann einsetzte.

Hellman nahm die Neuigkeit gerne auf und berichtete zwei Wochen später auf einer Pressekonferenz über einen Durchbruch zu einer Rizin Schutzimpfung. Den Erfolg der AG-Toxine schrieb er hauptsächlich dem Wirken des Duos Krantz und Hellman zu. Die Pressevertreter griffen das gerne auf und revanchierten sich mit positiven Artikeln. Damit rückte die Existenz der AG-Toxine, die Hellman in der Pressekonferenz erwähnt hatte, zum ersten Mal in das Licht der Öffentlichkeit.

Nach der Pressekonferenz häuften sich Anrufe von Journalisten im Institut. Manche davon fanden den Weg bis in das Büro von Schneider. Der wollte nicht mit einer unausgegorenen Geschichte in Zusammenhang gebracht werden. Zuerst verwies er die Journalisten an die Pressestelle des IEI gemäß der offiziellen Anweisung von Krantz. Sollten Krantz und Hellman sich doch darstellen, wie sie wollten. Aber die Rivalität zwischen Griebsch und Hellman war ihm nicht verborgen geblieben. Im Institut sprach man so offen davon, dass es jeder mitbekommen musste. Schneider hatte sich schon gewundert, dass Griebsch bei der Pressekonferenz nicht zu sehen gewesen war. Alles Weitere lieferte die Gerüchteküche des Instituts, deren Herdplatten nie kalt wurden.

Bald kam Schneider der Gedanke, dass es besser sei, wenn Griebsch und Hellman sich miteinander beschäftigten, anstatt mit ihm. Dafür konnte er etwas tun. Er musste nur alle Anrufe von Journalisten an Griebsch weiterleiten. Formal war das korrekt, Griebsch war sein Vorgesetzter. Für Griebsch sah es so aus, als würde Schneider den Dienstweg genau einhalten. Bei diesem Gedanken musste Schneider in seinem Büro plötzlich so laut auflachen, dass Tanja an die Tür kam und ihn erstaunt ansah.

Die Pressestelle des IEI war für Journalisten eine unergiebige Nachrichtenquelle. Sie waren froh, endlich an einen wirklichen Experten vermittelt zu werden. Bevor er ihre Anrufe weiterleitete, erzählte Schneider ihnen, Griebsch sei der geistige Vater der Rizinforschung am Institut. Ein Universitätsprofessor und ausgewiesener Biochemiker. Leo Schneider und Beatrix Nagel seien nur bei Griebsch im Labor beschäftigt und hätten nichts zu berichten. Die Journalisten stiegen darauf ein. Griebsch war ein neuer Kontakt und nach den langweiligen Mitteilungen aus der Pressestelle hofften sie auf spannendere Informationen.

Horst Griebsch saß am Schreibtisch und stellte gerade seine Kaffeetasse ab, als das Telefon klingelte. Wie immer ließ er es erst dreimal läuten, bevor er abnahm, um sein barsches *Grippsch* in den Hörer zu blaffen. Er war schlechtgelaunt. Die Pressekonferenz, zu der man ihn nicht eingeladen hatte, lag noch nicht lange zurück. Am Telefon war ein Journalist. Griebsch war überrascht, der Mann schien ihn recht gut zu kennen. Als der Journalist ihm dann erzählte, er kenne die Hintergründe und wüsste, dass nicht Hellman, sondern er der Experte für Rizin sei, taute Horst Griebsch schnell auf. Er wusste nichts von Schneiders Hintergrundaktivitäten. Der Journalist hatte schnell gemerkt, wie Griebsch sich geschmeichelt fühlte, nachdem er ihm das gesagt hatte. Alsbald hatte Griebsch einen Termin für sein erstes Interview.

Nachdem Horst Griebsch noch mehrere derartige Anrufe erhalten hatte, gewann er allmählich die Überzeugung, ein hinlänglich bekannter Bioterrorismusexperte zu sein. Das baldige Angebot auf ein exklusives Interview für eine überregionale Zeitung empfand er schon als eine Selbstverständlichkeit. Leo Schneiders Saat war aufgegangen, allerdings hatte er nicht bedacht, was Griebsch den Journalisten alles erzählen würde. Schneider wusste nicht, dass Bea alle drei Tage bei Griebsch vorstellig wurde und aus der AG-Toxine berichtete. Manches davon hatte Griebsch nicht richtig verstanden und Dinge, die erst in der Planungsphase waren, hielt er für schon verwirklicht. Dieses Gemisch aus Fantasie und Wirklichkeit vermarktete er für sein Interview. Sein professoraler Habitus gab das Übrige, um ihn zu einem idealen Kandidaten für einen Artikel auf der Wissenschaftsseite der Frankfurter Zeitung zu küren. Nach dem Interview ließ er sich noch gerne dazu bewegen, neben der Marmorbüste des Institutsgründers für ein Foto zu posieren.

Als Schneider an einem Morgen in sein Labor kam, hatte ihm Tanja die aufgeschlagene Frankfurter Zeitung auf den Tisch gelegt. Im Wissenschaftsteil gab es eine ganze Seite mit dem Interview und einem Foto von Griebsch, wie er mit gedankenvoller Miene neben der Büste des Institutsgründers stand. „Lies mal“, sagte Tanja wütend. „Da steht, Griebsch hat das alles selbst gemacht, wofür wir uns hier die ganze Zeit abrackern.“

Tatsächlich, in dem Artikel mutierte Griebsch zum großen Rizin Experten, der durch seine Forschungen gezeigt hatte, wie man das Teufelszeug neutralisiert und dagegen einen Impfstoff herstellt. Es war nicht klar, ob Griebsch oder der Journalist übertrieben hatte, aber das war eigentlich nebensächlich. Weniger nebensächlich waren die Einzelheiten, die dort standen. Einzelheiten, die weder Griebsch noch der Journalist kennen konnten, es sei denn, jemand hätte ihnen diese Informationen gegeben. Weder er noch Tanja kamen dafür infrage. Schneider fühlte deutlich sein Herz klopfen. Bei dem Gedanken, dass sein Labor überwacht wurde und jemand ihre Aufzeichnungen registrierte, wurde ihm schlecht. Er las den Artikel ein zweites Mal, fand aber keine Namen, nur allgemein die AG-Toxine. IEI Direktor Krantz wurde für sein Wirken des Lobes voll erwähnt. Das passte zwar nicht in den Zusammenhang, aber es wunderte Schneider auch nicht.

„Griebsch hat das Interview bestimmt nicht vorher von Krantz absegnen lassen“, sagte Leo zu Tanja. „Krantz hat angeordnet, dass alles, was an die Presse gehen soll, ihm erst vorgelegt werden muss. Der hätte doch dieses Interview nach der letzten Pressekonferenz gar nicht akzeptiert. Ich glaube, Griebsch hat das einfach allein durchgezogen, weil er gegen Hellman punkten wollte. Den letzten

Absatz mit der Lobeshymne auf Krantz hat er nur eingebracht, um ihm zu schmeicheln."

Tanja war noch mehr geladen, als Leo dann sagte: „Lass den Griebsch doch angeben. Vielleicht hilft uns das und wir bekommen für die AG-Toxine personelle Unterstützung. Vielleicht kommt Karin wieder zurück in unsere Gruppe." Er glaubte das aber nicht wirklich und Tanja brummelte verärgert: „Früher hättest du dir das nicht so einfach bieten lassen."

„Hast du wirklich Lust darauf, dass dein Name im Zusammenhang mit Biowaffen in der Zeitung steht?", fragte Leo. „Da fällt mir ein, wolltest du nicht im Sommer nach New York fliegen? Ist dir klar, auf welchen CIA Listen du erscheinst, wenn dein Name in diesem Zusammenhang in der Presse erscheint?" Bei diesem Stichwort fiel Schneider Sam Stevenson ein, ein Gastwissenschaftler aus den USA, ohne eigenes Projekt, der in den letzten Wochen durch die verschiedenen Abteilungen des IEI geschleust wurde.

Tanja überlegte und ihr fielen Drewitz und die Stasiakten aus der Glinkastraße ein, die es nie gegeben hatte, oder nicht mehr gab. „Stimmt, daran habe ich gar nicht gedacht, als ich den Artikel gelesen habe. Unsere Arbeit hat sich so verändert. Früher waren wir stolz, wenn unsere Sachen veröffentlicht wurden und jetzt? Wir können nichts mehr publizieren, ohne das Krantz, Hellman und Griebsch bestimmen wann, wo und was."

„Aber auch weil wir keine Lust haben, ins Fadenkreuz von irgendwelchen Spinnern zu geraten", fügte Leo hinzu. Nachdem er sich wieder gefasst hatte, las er den Artikel erneut gründlich Wort für Wort. Nein, weder er noch Tanja waren darin erwähnt. Er war froh, dass Griebsch so eitel gewesen war, sich selbst und nur sich selbst als den größten Rizinexperten aller Zeiten dargestellt zu haben.

Tanja ließ die Sache trotzdem keine Ruhe. Am nächsten Tag fragte sie Schneider, ob er nicht ein anderes Projekt für sie hätte. Etwas, von dem man nicht morgen wieder in der Zeitung lesen müsste. Schneider brauchte Tanja nicht mehr so oft für die Rizinarbeiten und war damit einverstanden. Es gab schließlich noch ein zweites Projekt, das sie bearbeiten mussten: Botulinumtoxin, kurz BoNT. Da Tanja gerne mit Bakterien arbeitete, ermutigte Leo sie, sich darin einzuarbeiten und die Clostridien, die das BoNT produzierten, zum Wachsen zu bringen. Vielleicht konnten sie dadurch auch mehr über die undichte Stelle im Labor herausfinden. Sie beschlossen, mit niemandem über das BoNT Projekt zu reden und alle Aufzeichnungen darüber nicht auf dem Institutsrechner, sondern nur auf einem USB-Stick zu speichern. Das war eigentlich verboten, aber die Leute aus der IT-Abteilung kümmerten sich gewöhnlich nicht um solche Einzelheiten. Die hatten schon genug Sorgen, das Netzwerk am Laufen zu halten. Hellman und Griebsch schienen Leo und Tanja nicht als versiert genug, um selbst virtuell schnüffeln zu können.

Tanja war der einzige Mensch im IEI, dem Leo Schneider noch vertraute. Da sie sich schon so lange kannten, gingen sie miteinander um wie ein altes Ehepaar, gerade weil nie etwas zwischen ihnen gelaufen war. Nach dem veröffentlichten Interview mit Griebsch hatte Schneider Bea in Verdacht, ihm die Informationen zugesteckt zu haben. Schlimm genug, wenn es so war, aber noch schlimmer, wenn sie auf eine andere, unbekannte Art abgehört wurden. Vielleicht würden sie es ja doch noch herausbekommen. Wenn es bald ein Interview über Botulinumtoxine gäbe, wüssten sie zumindest Bescheid.

Von einem Kollegen aus Leipzig hatte Schneider Clostridienstämme bekommen, die verschiedene Typen von Botulinumtoxin produzierten. Allerdings konnte man die Clostridien nicht in der normalen Atmosphäre wachsen lassen, weil sie gegenüber Sauerstoff empfindlich waren. Außerdem brauchten diese Bakterien Eiweiß als Nahrungsquelle. Tanja musste die Clostridien deshalb in eine Fleischbouillon einimpfen und in Gastöpfen bebrüten, in denen der Luftsauerstoff durch Stickstoff ersetzt worden war. Unter diesen Bedingungen gediehen sie gut und produzierten auch das Botulinumtoxin. Tanja gefiel die neue Aufgabe, vielleicht erinnerte sie die Arbeit mit den Clostridien, die nur auf Leichen wuchsen, an ihre frühere Stelle in der Gerichtsmedizin. Jedenfalls konnte sie den Gestank, der von diesen Bazillen ausging, erstaunlich gut ertragen.

Währenddessen führte Schneider seine Experimente mit Rizin weiter fort und hielt Beatrix nur so weit wie nötig darüber auf dem Laufenden. Aber er war aufmerksam. Wenn er Bea traf, beobachtete er sie und suchte nach Anzeichen, die ihm verdächtig vorkamen. Im Büro ließ er sie mitten im Gespräch sitzen. Er sagte, er müsste Unterlagen holen, um kurz danach plötzlich wieder aufzutauchen. Er wollte sie dabei ertappen, wenn sie in seinen Protokollen wühlte oder in seinen Computerdateien. Aber Bea verhielt sich unverdächtig. Der Blick ihrer grauen Augen blieb unbefangen und hielt dem seinem stand, als er sie fragte, ob Griebsch die Sachen aus dem Interview von ihr hatte. Leo Schneider wusste nicht mehr, wem er glauben sollte.

Natürlich drängelte Bea immer mehr, ohne Antiserum konnte sie keine Nachweismethode entwickeln und Hellman setzte sie weiterhin unter Druck. Schneider wusste von Ronalds Zeitvertrag und wie sehr diese Situation Ronald und Bea belastete. Er selbst hatte bis zum Alter von neununddreißig Jahren unter solchen Bedingungen gearbeitet und trotzdem hinderte ihn ein unbestimmtes Gefühl daran, ein positiveres Bild von Bea zu gewinnen. Leo Schneider forschte weiter an der Entwicklung des Rizinantiserums, weil ihn interessierte, ob es funktionieren würde, so wie er es sich vorgestellt hatte. Bea redete ihm nach dem Fiasko mit ihren Immunisierungen nicht mehr in seine Versuche rein.

6.

Horst Griebsch war in Hochstimmung, nachdem das Interview in der Frankfurter Zeitung erschienen war. Sein Name war jetzt der eines Experten. Sogar aus dem Ministerium rief man ihn an, man interessierte sich für seine Meinung. Hellman hatte es sich nicht verkniffen, in einer Runde mit Arnold und Krantz über ihn zu lästern, aber Krantz schien Griebsch das Interview nicht weiter übelzunehmen und kommentierte es auch nicht. Arnold, der ein Gespür für Machtfragen hatte, hielt sich an Krantzens Linie.

Krantz schien ihn endlich zu respektieren, dachte Griebsch. Er fühlte sich ermutigt, seinen eingeschlagenen Weg weiter zu gehen. Bald ergab sich eine neue Gelegenheit dazu. Anfang Februar erhielt Griebsch eine Einladung zu einem Vortrag bei einer internationalen Konferenz, veranstaltet von der Organisation für wirtschaftliche Zusammenarbeit und Entwicklung, OECD. Das Thema über Bioterrorismus schien genau auf ihn zugeschnitten: *The bioterrorist threat as a challenge to the modern society*. Die Liste der Referenten war beeindruckend. Tagungsort war die alte Kaiserstadt Kyoto in Japan. Genau seine Kragenweite. Allerdings musste er sich seine Teilnahme noch von Krantz absegnen lassen. Er rief im Sekretariat des Direktors an und bekam zu seiner Überraschung sofort einen Termin.

Nachdem er Krantz die Einladung vorgelegt hatte, schaute ihn dieser etwas spöttisch an, um zu bemerken: „Und Hellman, ist der nicht eingeladen?“

Griebsch riss seine Augen auf. Es klang, als ob Krantz Hellman und nicht ihn zu dieser Tagung schicken wollte. Krantz räusperte sich, schwieg und schien durch die Einladung, die er immer noch in der Hand hielt, hindurchzublicken. Griebsch hatte sich gerade einige Worte zurechtgesetzt, mit denen er Krantz bearbeiten wollte, als dieser ihn ansah und sagte: „Gut, einverstanden. Ich gehe davon aus, dass Sie das IEI bei dieser wichtigen Tagung entsprechend vertreten, Herr Kollege! Einige der Teilnehmer kenne ich persönlich, also machen Sie uns keine Schande.“

Bevor Griebsch noch etwas sagen konnte, hatte Krantz schon seinen Antrag auf Dienstreise unterschrieben, ihm die Hand gegeben und damit das Gespräch beendet. Griebsch stand vor der Tür des Präsidialbüros und schlug vor Freude seine Hände zusammen. „Herr Kollege!“, hatte Krantz gesagt. Arnolds Sekretärin, Frau Schupelius, lief im Flur an ihm vorbei und schaute ihn erschreckt an. Beschwingt wie auf Flügeln eilte Griebsch zurück in sein Büro.

Jetzt galt es, Nägel mit Köpfen zu machen, und zwar sofort. Die Konferenz sollte schon in drei Wochen stattfinden. Horst Griebsch ließ sich von der Institutsverwaltung seine Reise organisieren und bestellte Beatrix Nagel umgehend zu sich. Von der Tagung erzählte er ihr nichts, sondern erbat sich von ihr eine Präsentation zu den Rizinarbeiten. Beatrix akzeptierte das, ohne nach dem „Warum und wofür“ zu fragen. Sie hatte ihn auch nie auf das Interview angesprochen, denn sie war der Überzeugung, dass er sich auf diese Weise für die AG-Toxine einsetzte. Vier Tage später übergab sie ihm die Präsentation. Als Griebsch die Folien am Computer betrachtete, empfand er sie als zu nüchtern. Sie enthielten zu viel Fachchinesisch und erschienen ihm nicht brisant genug. Er gestaltete sie um, sodass sie zu seinen eigenen Ausführungen passten und seine führende Rolle bei den Arbeiten betonten. Jetzt hatte er die Präsentation so stark verändert, dass er Beatrix Nagel nicht weiter erwähnen musste, und setzte stattdessen nur sich selbst als Verfasser ein.

Die Konferenzsprache war Englisch und Griebsch hatte den Titel seines Vortrags schon vor Augen: *Ricin as a potential bioterrorist weapon, new vaccination strategies (1).* Er schaute zufrieden auf die Titelfolie mit der fetten Überschrift, der Hintergrund war dunkelblau gehalten. Das hatte doch Stil! Horst Griebsch summte zufrieden vor sich hin.

Er wollte es sich auch nicht nehmen lassen, Hellman persönlich von seiner Einladung in Kenntnis zu setzen. Unter einem Vorwand ging er in dessen Büro und bat darum, ihn während seiner Abwesenheit zu vertreten. Hellman lächelte säuerlich, als Griebsch ihm von der Einladung berichtete. Es schien ihn aber auch nicht sonderlich zu überraschen, wahrscheinlich hatte Krantz ihn bereits darüber in Kenntnis gesetzt. Hellman schob sich ein Stück Schokolade in den Mund und komplimentierte Griebsch mit ein paar Floskeln wieder hinaus.

Die Tage bis zum Abflug vergingen schnell. Die Konferenz sollte zwei Tage dauern und am Freitagmittag, den 4. März, beendet sein. Seinen Rückflug hatte Griebsch so organisiert, dass er am Samstag für einen Tag Aufenthalt in Singapur hatte. So hatte er noch Zeit, Kyoto anzuschauen, um danach in Singapur shoppen zu gehen.

Am 1. März saß Griebsch im Flugzeug von Frankfurt nach Singapur. Er war froh, das verschneite Berlin zu verlassen, um in Kyoto berühmt zu werden. In seiner Aktentasche steckte sein Vortrag, er holte die Papiere heraus und blätterte immer wieder in den Folien. Sein Sitznachbar schielte herüber, schien beeindruckt, wahrscheinlich hatte er Worte aus dem Vortrag mitgelesen. Griebsch driftete ab in seine Gedankenwelt. Sein Ansehen würde wachsen und seine Position im IEI endgültig zementiert werden. Hellman konnte dann auch nicht mehr darum herumkommen. Wie säuerlich der geguckt hatte, als er in sein Büro kam. Und Krantz? Der konnte ihn jetzt auch nicht mehr übergehen, so wie bei der letzten Pressekonferenz. Dem schien es ja plötzlich ganz recht zu sein, dass Horst Griebsch so viel Eigeninitiative entfaltete. Vielleicht war er von Hellman enttäuscht? So ist Krantz, dachte Griebsch, er spielt die Leute gegeneinander aus. Aber ich habe ihn durchschaut und ihn dazu gebracht, das zu machen, was ich möchte. Bei diesem Gedanken war er richtig mit sich zufrieden und bestellte sich, als die Stewardess vorbeilief, ein Glas Sekt.

Nach fast zehn Stunden Flug landete die Maschine in Singapur, *Changi Airport*. Horst Griebsch fühlte sich wie gerädert. Es war schon eine Zumutung, dass vom Institut nur *Economy* Tickets erstattet wurden. *Business Class* wäre für ihn als Vertreter Deutschlands bei so einer wichtigen Konferenz angemessen gewesen. Sein Vordermann hatte die Rückenlehne während des Fluges weit zurückgeklappt und Griebsch in seiner Bewegungsfreiheit fast völlig eingeschränkt. Als er mit steifen Schritten aus dem Flugzeug ins Freie trat, kam ihm ein Schwall tropischer Luft entgegen, 28 °C. In Berlin hatte das Thermometer 3 °C über null angezeigt. Das Wetter brachte ihn in eine bessere Stimmung. In Singapur hatte er zwei Stunden Aufenthalt bis zu seinem Weiterflug nach Osaka. Er schlenderte durch die mit Palmen bepflanzte, lichtdurchflutete Halle des Flughafens. Erstaunlich, wie günstig es hier Elektronik zu kaufen gab. Gut, dass er für den Rückflug einen Tag Aufenthalt in dieser Stadt eingeplant hatte. Griebsch war müde und es lagen noch sechs Stunden Flugzeit bis Japan vor ihm. Und dann musste er noch den Schnellzug von Osaka bis Kyoto nehmen.

Bei der Landung in Osaka war es früh am Morgen. Durch die neun Stunden Zeitdifferenz fühlte er sich wie am späten Abend. Er musste noch den ganzen Tag durchhalten, um sich an den neuen Tagesrhythmus zu gewöhnen und zu Konferenzbeginn fit zu sein. Zum Glück war der Bahnhof nicht weit vom Flughafen. Der *Haruka Express*, die Zugverbindung nach Kyoto, war zum Glück in Englisch ausgeschildert. In der Bahn döste Griebsch in seinem Sitz am Fenster und ließ die Stadtlandschaft von Osaka an sich vorbeiziehen. Die futuristisch anmutenden Hochhäuser und die mehrstöckigen Autobahnen, die sich durch die Stadt schlängelten. Platz war hier Mangelware, auf den Hochhausdächern gab es Sportplätze, selbst die Flächen unter Eisenbahnbrücken und Autobahnunterführungen wurden landwirtschaftlich genutzt. Zwischen Osaka und Kyoto fuhr der Zug durch eine zersiedelte Vorortlandschaft. Freies Land gab es auch hier nicht, dafür Einfamilienhäuser mit Gärten, in denen Kohl und anderes Gemüse angepflanzt waren.

„*Hai!*“ (2). Ein lauter Schrei ließ Griebsch aufschrecken. Er schob sich aus seinem Sitz hoch und drehte sich um. Im Durchgang zwischen zwei Waggons stand ein uniformierter Fahrkartenkontrolleur, der sich noch einmal mit einem militärisch zackigen „*Hai*“ und einigen Verbeugungen ankündigte, um dann seinen Gang durch den Großraumwagen anzutreten. Jeder Fahrgast wurde mit so einem „*Hai*“ und einer schnellen Verbeugung begrüßt und das alles nur, um den Fahrschein zu kontrollieren. Griebsch wurde munterer. Das zackige Auftreten des Mannes und die Beflissenheit der Fahrgäste flößten ihm Respekt ein. Zum Glück hatte er gleich seine Fahrkarte parat. Was würde dieser Samurai mit ihm anstellen, wenn nicht? Als der Zug im Hauptbahnhof von Kyoto hielt, sah Griebsch beim Aussteigen das gesamte Zugpersonal auf dem Bahnhof Spalier stehen, um die Fahrgäste mit lauten Rufen und vielen Verbeugungen zu verabschieden. Griebsch winkte den Männern und Frauen gönnerhaft zu, hielt aber inne, als er sah, wie ihn die anderen Fahrgäste erstaunt ansahen.

So müssten die Abteilungsleiter im IEI begrüßt und verabschiedet werden. Auch Schneider müsste dann für ihn Spalier stehen. Diese Vorstellung brachte ihn zum Lachen. Aber Krantz war zu sehr Leisetreter, als dass ihm so etwas gefallen würde. Der Herr Direktor bevorzugte Diskretion.

Auf dem Platz vor dem Bahnhof stieg er in ein Taxi. “*Kyoto Royal Hotel*“, rief er dem Fahrer zu. Als sie losfuhren, bekam er einen Schreck, aber in Japan galt Linksverkehr und der schon befürchtete Unfall fand nicht statt. Das Hotel war mitten im Stadtzentrum gelegen, ein klotziger, achtstöckiger Neubau. Der Fahrer entließ ihn unter der überdachten Einfahrt. Beim Einchecken ärgerte sich Horst Griebsch, weil die Hotelangestellten seinen Namen nicht richtig verstanden. Sein Englisch war doch gut! Als er anfing, ihn mit lauter Stimme zu buchstabieren, bemerkte er, wie sich in der Mimik der Hotelangestellten eine Mischung aus Entsetzen und Faszination widerspiegelte. Schließlich bekam er ein Zimmer im 6. Stock.

Nachdem er seine Sachen verstaut hatte, schaute er auf den Stadtplan. Der war auf Englisch und somit lesbar für ihn. Das Hotel lag dicht an der Untergrundbahn, der *Tozai-Line*. Morgen musste er diese Bahn nehmen, um zum KICH, der *Kyoto International Conference Hall* zu gelangen, wo die Konferenz stattfinden sollte.

Inzwischen war es schon Mittag und Griebsch, der im Flugzeug eingepfercht zwischen seinem Sitznachbarn und der Rückenlehne seines Vordermannes kaum zum Schlafen gekommen war, fühlte vor Müdigkeit jede Muskelfaser in seinem Körper. Er wollte aber bis zum Abend wach bleiben und verbrachte seine Zeit mit Sightseeing. Sein erstes Ziel war das *Nijo-Castle*, eine alte Burg aus der Shogunzeit. Faszinierend fand er den langen Flur, der das Gebäude umgab. Der Flurboden war mit Dielenbohlen versehen, in die unsichtbar Nägel eingelassen waren. Die Nägel knarrten, wenn man darüber lief, und sollten damit dem Burgherren anzeigen, an welchem Ort sich gerade jemand befand. Solche Erfindungen gefielen Griebsch und regten seine Fantasie an.

Er schlenderte weiter durch die Innenstadt von Kyoto und geriet in der Nähe des Bahnhofs in eine *Pachinko*-Halle *(3)*, die er zunächst für ein Warenhaus hielt. Als Horst Griebsch durch die gläserne Tür trat, gelangte er in eine lärmumtoste Halle, die durch schmale Gassen, welche links und rechts von Spielautomaten umsäumt waren, unterteilt war. Vor den Automaten sitzend, sahen die Spieler wie hypnotisiert dem Fall Hunderter kleiner Stahlkugeln nach, die sich an Stahlstiften vorbei, wie in einem Hindernislauf, durch den Automaten bewegten. Die englische Aufschrift *Million* schien zu besagen, dass man etwas gewinnen konnte. Als ein lächelnder Angestellter auf ihn zukam, sich verbeugte und ihn auf Japanisch ansprach, trat Griebsch den Rückzug an. Er verließ das vermeintliche Kaufhaus fluchtartig. Auf der Straße ließ er sich weiter treiben. Es gab so viele Radfahrer hier, das hatte er in Japan nicht erwartet. Die Leute auf der Straße blickten ihn nicht an, schenkten ihm anscheinend keine Aufmerksamkeit, obwohl nur wenige Ausländer in dieser Stadt zu sehen waren. Als er sich einmal zufällig umdrehte, bemerkte er, dass sie dem großen und massiven *Gaijin (4)* neugierig hinterher schauten, sobald er an ihnen vorbei gegangen war.

Inzwischen war sein Hunger so groß geworden, dass sich ein Restaurantbesuch nicht mehr aufschieben ließ. Auf dem Weg kam er an einer kleinen Gaststätte vorbei, an deren Fensterscheibe Fotos der dort angebotenen Speisen zu sehen waren. Das gab ihm den notwendigen Mut, hier Essen zu gehen. Als er die Tür öffnete, begrüßten ihn die Angestellten im Chor mit einem vielstimmigen *Konnichiwa (5)* und *Irasshaimase (6)*, als wäre er der lang ersehnte, einzige Gast. Dabei war das Restaurant, das sich von innen als kleiner Imbiss entpuppte, voller Menschen. Griebsch dachte an das Personal des *Haruka Express*. Wie die Leute sich hier um ihre Kunden bemühten. In Berlin wäre er bei solchen Anlässen je nach Tageszeit höchstens mit einem schnoddrigen „Morjen, Tach", oder „n 'Abend", begrüßt worden.

Er deutete mit seinem Finger auf eines der abgebildeten Gerichte und bekam nach kurzer Zeit eine Schüssel, die mit Reis, auf dem dünne Streifen von Rindfleisch lagen, gefüllt war. Auf dem rechteckigen Tablett befand sich außerdem noch eine Tasse Misosuppe, eine Schale grüner Tee und ein paar Essstäbchen. Horst Griebsch beobachtete die übrigen Gäste, die in einer Reihe neben ihm an dem U-förmigen Tresen saßen. Wie sie sich hemmungslos Soßen auf ihre Gerichte kippten und mit ihren Stäbchen rosafarbene Ingwerscheiben auf den Reis platzierten. Griebsch kam nicht gut mit den Essstäbchen zurecht, man bot ihm aber kein Besteck an. So hatte er Mühe, überhaupt satt zu werden und der Gedanke an die nächsten Gäste, die geduldig auf einer Bank am Eingang auf einen Platz am Tresen warteten, beunruhigte ihn. Ob sie ihn dabei beobachteten, wie schlecht er mit den Stäbchen zurechtkam? Nachdem er seine Schüssel erst zur Hälfte leer gegessen hatte, steckte er die Stäbchen tief in den restlichen Reis, eine Geste, die in Japan traditionell dem letzten Reis für Verstorbene vorbehalten ist. Griebsch wusste das nicht und wunderte sich über das entsetzte Gesicht des Angestellten, der dieses Symbol des Todes mit missbilligendem Ausdruck schnell vom Tresen entfernte.

Inzwischen war es bereits Nachmittag. Mit dem Stadtplan in der Hand lief er langsam zu seinem Hotel zurück. Viele der der jungen Leute, die ihm begegneten, hatten ihre Haare hell gebleicht, was manchem einen gespenstischen Ausdruck verlieh. Noch ein paar Hundert Meter und Griebsch gelangte auf die *Sanjo*, eine Straße, die dicht an seinem Hotel vorbeiführte. Er ging auf sein Zimmer, da er sich vor Müdigkeit kaum mehr auf den Beinen halten konnte. In dem ästhetisch eingerichteten Raum fiel er auf das Bett. Schwindel überkam ihn. Er dachte an den morgigen Tag, seinen Vortrag und holte die Folienausdrucke aus seiner Aktentasche. Im Bett drehte er sich auf den Rücken, streckte beide Arme mit den Papieren nach oben, und versuchte gegen seine Müdigkeit, sich auf die Übergänge zwischen den Folien zu konzentrieren. Aber es war vergeblich. Zum

Glück hatte er die Folien so gestaltet, dass er sie nur ablesen musste, wenn eine nach der anderen den Zuhörern projiziert werden würde.

Nach dem vergeblichen Kampf gegen die Müdigkeit schlummerte Griebsch ein, um mitten in der Nacht plötzlich hochzuschrecken. Sein Bett schwankte leicht hin und her, als würden sich zwei Menschen darin vergnügen. Aber er war allein, stand auf und ging verschlafen zum Fenster, um in die neonerleuchtete Nacht von Kyoto zu schauen. Nichts Auffälliges war zu sehen oder zu hören und doch schien etwas passiert zu sein. Griebsch bemerkte, dass die Papprolle mit einem Kunstdruck, den er am Nachmittag gekauft und wie einen Turm in die Mitte des Zimmers aufgestellt hatte, umgefallen war und auf dem Boden lag.

Er legte sich wieder hin. Vom Fenster her war die Sirene eines Polizei- oder Krankenwagens zu hören, die dann abflaute, um bald zu verstummen. Jetzt konnte er nicht mehr einschlafen. Die Zeitverschiebung! Er grübelte über den Vortrag und seinen morgigen Auftritt bei der Konferenz. Aus seinem Halbschlaf holte ihn die Klingel des Weckdienstes, und als Griebsch zum Fenster blickte, war es bereits Tag. Er beeilte sich und war nach zehn Minuten schon im Foyer des Hotels. Von einem Angestellten ließ er sich den Weg zum Restaurant zeigen, dort war ein Frühstücksbuffet aufgebaut. In der Schlange vor dem Endlostoaster reihte er sich hinter einem Paar ein. Sie sprachen Englisch und Griebsch konnte aus ihren Worten entnehmen, dass in der Nacht ein Erdstoß Kyoto erschüttert hatte. Das war es also gewesen, was ihn geweckt hatte! Anscheinend war aber weiter nichts passiert, im Hotel hatte er jedenfalls nichts bemerkt.

Sein Vortrag fiel ihm wieder ein. Er durfte nicht zu spät kommen, denn er wusste noch nicht, wann genau er dran war. Mit seinen zwei Toasts, Butter, Rührei und Schinken lief er in den Frühstücksraum und hatte es eilig, die Sache hinter sich zu bringen. Der Kaffee zeigte schnell seine Wirkung und Griebsch konnte jetzt wacher in die Runde der Anwesenden schauen. Da waren in schwarzen Anzügen gekleidete Japaner neben ein paar westlich aussehenden Gästen. Er selbst trug einen blauen Anzug. Würde er damit nicht zu sehr auffallen? Mit hektischer Aktivität stand er auf und beeilte sich in sein Zimmer zu kommen, um die Ledertasche mit den Unterlagen zu holen. Dann verließ er das Hotel in Richtung

Untergrundbahn. Auf der ersten Kreuzung hatte er beinahe einen Unfall mit einem Abbieger, weil er zuerst nach links und dann nach rechts geschaut hatte. Schnell eilte er die Stufen zur Station *Shiyakusyo-Mae* hinunter, um dort unten überrascht die Obdachlosen zu sehen, die am Boden kampieren, jedoch weder bettelten noch die Fahrgäste ansprachen.

Fahrscheine gab es nur am Automaten, nach einigen Versuchen und vielen eingeworfenen Münzen löste er ein Ticket und erreichte den Zug. Während der Fahrt wuchsen seine Zweifel. Er kannte keinen der Kongressteilnehmer persönlich, nur ein paar Namen. Würde man ihn akzeptieren? Wenn sie merkten, dass vieles in seinem Vortrag nur seine eigene Annahme war? Aber dann kam ein anderer Gedanke hoch. Er würde sich einen international bekannten Namen als Experte machen, *Professor Horst Griebsch, the famous ricin expert*, derlei Gedanken schwirrten ihm bis zum Umsteigebahnhof durch den Kopf.

In der unterirdischen Zentralstation mit den hell erleuchteten Geschäften stieg Griebsch in eine andere U-Bahn Linie um. Nach ein paar Stationen konnte er die U-Bahn verlassen. Auf der Straße war das nahe gelegene KICH ohne Mühe zu finden. Zum Glück war er pünktlich. In der Eingangshalle des Kongresszentrums standen Tische in einer Reihe und bildeten eine Art Barriere. Auf den Tischen lagen Listen, Anstecker mit Namensschildern und dahinter saßen lächelnde weibliche Angestellte in blauen Kostümen, die für die Registrierung der Teilnehmer zuständig waren. Griebsch stellte sich in eine Reihe hinter zwei anderen Neuankömmlingen. Vor ihm stand eine jüngere Frau. Als sie sich umdrehte, bemerkte er, wie hübsch sie war. Während sie ihre Unterlagen und das Namensschild erhielt, hörte er, dass sie aus Warschau war und Anna Sozanska hieß. Als Anna mit ihrer Tasche fortgehen wollte, stand Griebsch ihr im Weg und lächelte sie an. „Griebsch“, sagte er, „*from Germany.*“ Anna schaute ihn erstaunt an und war verlegen. Vielleicht sollte man den kennen, dachte sie, gab ihm die Hand und stellte sich vor, bevor sie weiterlief.

Jetzt war Horst Griebsch an der Reihe. Die in Blau gekleidete Japanerin ihm gegenüber lächelte und fragte nach seinem Namen. Sein knappes „Grippsch“, verstand sie nicht, ein hilfloses Lächeln umspielte ihren Mund, während sie mit ihren schlanken Fingern über die Teilnehmerliste wanderte. Nach einer Weile sah sie zu ihm hoch und schaute ihn mit einer Miene des Bedauerns an. Griebsch durchfuhr ein Schreck. War er möglicherweise gar nicht angemeldet? Er hatte sich doch auf das Sekretariat von Arnold verlassen, auf diese Frau Schupelius! Das Blut schoss ihm in den Kopf und der Satz: „Du kannst nach Hause gehen …“, war unausgesprochen präsent. Nachdem er wiederholt seinen Namen aufgesagt und schließlich aufgeschrieben hatte, fand sie ihn doch auf der Namenliste und ebenso ihr Lächeln wieder. Mit einer Verbeugung händigte sie ihm den Anstecker mit seinem Namen und die Tasche mit den Kongressunterlagen aus.

Griebsch hängte sich die Tasche um. Er musste sich beeilen. Im Gehen befestigte er sich das Namensschild mit der Sicherheitsnadel an sein Hemd und stach sich dabei in den Finger. Das Schild wollte einfach nicht gerade hängen. Neben seinem Namen stand ein roter Punkt, der ihn als Vortragenden auswies. Hinter der Eingangskontrolle übergab er den USB-Stick mit seiner Präsentation einem Angestellten im schwarzen Anzug.

„*Thank you very much, Professor Griebsch.*" Kannte der Mann ihn, oder hatte er nur seinen Namen gelesen? Mit einem Gefühl der Erleichterung ging Griebsch in den Hörsaal. Dort befanden sich schon einige Teilnehmer, standen und diskutierten, andere saßen auf ihren Stühlen und blätterten in den Unterlagen. Es blieben noch ein paar Minuten bis zum offiziellen Beginn. Horst Griebsch schaute sich in dem großen Saal um, durch die geöffnete Flügeltür strömten noch mehr Delegierte herein, aber Griebsch kannte keines der Gesichter und niemand schien seins zu kennen. Bevor es dafür zu spät war, setzte er sich in eine strategisch günstige Position. Ein Platz am Gang, in der dritten Stuhlreihe vor der Tribüne, die mit Tischen und einem Stehpult bestückt war. Im Hintergrund hing eine große Leinwand als Projektionsfläche für die Vorträge, jetzt war dort aber nur der Titel der Konferenz zu lesen. *The bioterrorist threat as a challenge to the modern society, organized by the OECD section A/3547.*

Mit einer Bewegung, die wichtig wirken sollte, öffnete Griebsch seine Tasche und zog das Kongressprogramm heraus. Tagungsbeginn war um 8:30 mit der Begrüßungsrede des Vorsitzenden der OECD-Sektion. Danach sollte der Bürgermeister von Kyoto Willkommensworte sprechen und anschließend war die

Einführungsrede des Vorsitzenden des wissenschaftlichen Komitees vorgesehen. Inzwischen war der Saal schon mehr als zur Hälfte besetzt, fast hundert Teilnehmer aus achtundvierzig Staaten standen auf der Liste, die Griebsch in der Hand hielt. Er überflog die Namen und war zufrieden, nachdem er sich dort gefunden hatte. Dann kreuzte er die Namen der Teilnehmer an, die er für wichtig hielt und mit denen er Kontakt aufnehmen wollte. Wieder kämpfte er gegen die hochkriechende Müdigkeit, als er die lange Rede des Bürgermeisters von Kyoto über sich ergehen ließ. Griebsch verstand nicht ein Wort davon, denn er hatte vergessen, am Eingang Kopfhörer für die Simultanübersetzung mitzunehmen. Schließlich wechselte die Sprache wieder zu Englisch, als der Vorsitzende O'Reilly, ein knorriger Schotte mit gerötetem Gesicht und wirren Haaren, seine Einführungsrede hielt. Griebsch lehnte sich erwartungsvoll in seinen Stuhl zurück und hörte zu.

Zum Schluss seiner Ausführungen kündigte O'Reilly den Plenarvortrag an. Bei Griebsch stieg die Spannung. Die berühmte Sarah Deborah Ferguson aus *Fort Detrick*, Maryland, USA, betrat mit hochhackigen Schuhen die Tribüne und begann mit ihren Ausführungen zum Thema: *Future aspects of the war on bioterrorism.* Diese Frau musste er kennenlernen, das hatte er sich fest vorgenommen, sie war der Schlüssel zu den Kreisen, in die Griebsch gerne gelangen wollte. „Wenn ich diesen Kontakt in der Tasche habe, kann Hellman einpacken", murmelte er vor sich hin.

Zudem sah Sarah attraktiv aus, Griebsch starrte für einen Moment zu lange auf ihre Bluse. Dr. Ferguson war eine zierliche, gut proportionierte Amerikanerin, mit langen blonden Locken und selbstsicherem Auftreten. In ihrem Vortrag machte sie allen Teilnehmern klar, welche Nation die führende Rolle im Kampf gegen den Bioterrorismus spielte. Sie lud die Vertreter aller Staaten ein, sich hinter den amerikanischen Vorschlägen zu positionieren. Griebsch nahm sich vor, Sarah kurz vor dem Lunch anzusprechen. Vielleicht ergab es sich, dass sie dann beim Mittagessen beisammensaßen. Nachdem Miss Ferguson einige Fragen aus dem Auditorium unter viel Applaus beantwortet hatte, gab sie das Rednerpult für den nächsten Vortragenden frei. Chris William Smith, aus dem Londoner *Botulinum Centre*, referierte zu Botulinumtoxinen. Griebsch mochte diesen distanziert auftretenden Engländer nicht, musste aber neidisch eingestehen, das *Botulinum Centre* war personell und apparativ viel besser ausgestattet, als seine AG-Toxine und brachte offenbar auch mehr zustande.

In London war man schon dabei, Impfstoffe gegen Botulinumtoxin zu entwickeln und Griebsch machte sich dazu schnell einige Notizen: „Bislang haben wir uns da weitgehend rausgehalten. Es könnte hierbei wichtig sein, den *impact* von BoNT Impfstoffen auch für unsere Belange mit zu verfolgen.“ Das wollte er nach seiner Rückkehr im Gespräch mit Krantz vorbringen. Die Formulierung klang gut und es interessierte ihn nicht mehr, wie die Engländer das mit den Impfstoffen zustande brachten, aber dem Schneider würde er ein paar Takte dazu erzählen. So transusig durfte es in der AG-Toxine nicht mehr weitergehen.

Da er Smiths Vortrag nicht mehr folgen konnte, machte er sich weitere Notizen, die Schneider betrafen. „Mir war bisher an einer weitgehend von allen Beteiligten akzeptierten und nachvollziehbaren Lösung gelegen, daher habe ich nicht einfach über die Köpfe hinweg entschieden, aber das wird Konsequenzen haben.“ Nachdem er diesen Satz zu Papier gebracht hatte, nickte er zufrieden. Aus Beatrix konnte er noch mehr herausholen, bisher hatte sie ja mitgespielt. Der Vortrag des Engländers war an ihm vorbeigerauscht, aber das spielte keine Rolle. Er war schließlich der Abteilungsleiter! Beatrix Nagel und der Schneider mussten das machen!

Der dritte Redner war ein Japaner namens Shomatsu aus einem Institut in Osaka. Griebsch kannte weder den Mann noch das Institut. Dazu hatte er Mühe, Shomatsus Englisch zu verstehen. Es ging um giftige Naturstoffe, die als potenzielle neue Biowaffen infrage kamen. Öfter glaubte Griebsch etwas wie *Soy Soss*, zu verstehen. Meinte der Soja Soße? Aber was machte das schon! Seine Gedanken schweiften zum IEI. Schneider würde er kaltstellen, am besten nur noch mit ungeliebten Verwaltungsaufgaben beschäftigen. Im Geist entwarf er das Schreiben an Krantz: „Wir haben in der Leitungsrunde bei der Zuordnung von verantwortlichen Aufgaben mit Allgemeinwirkung sorgsam abgewogen und sind bezüglich der Gefahrstoff Klassen Einstufung und der Gefahrstofftransport Registrierung zu der Erkenntnis gelangt, dass nur ein Mitarbeiter mit langjähriger Erfahrung und großem Überblick bei unseren vielfältigen Tätigkeiten die Aufgabe dieses Beauftragten übernehmen sollte. Hierzu benennen wir Herrn Dr. Schneider aus der AG-Toxine, der mir seine große Bereitschaft zur Übernahme erklärt hat!" Bei dem Gedanken gluckste Griebsch vor sich hin, woraufhin ihn sein Sitznachbar erstaunt ansah. Schneider würde müssen, ob er wollte oder nicht. Als er aus seinem Tagtraum erwachte, redete der Japaner immer noch. Griebsch döste den Rest der dreißig Minuten vor sich hin, die Müdigkeit machte ihm wieder zu schaffen.

In der Kaffeepause nach den ersten drei Vorträgen schlenderte er ziellos durch die Grüppchen der diskutierenden Teilnehmer. Er peilte Sarah Ferguson an, die aber von einer Schar Teilnehmer umringt war. Griebsch erkannte den Engländer Smith, mit dem sie diskutierte, das hielt ihn davon ab, sich dazu zu gesellen. Vor seinem eigenen gab es nur noch zwei Vorträge. Bei dem Gedanken wurde er aufgeregter, seine Blase meldete sich und er ging auf die Toilette. Als er zurückkam, ertönte die Klingel als Zeichen für die Anwesenden sich wieder auf ihre Plätze zu begeben. Griebsch hatte seinen Platz mit seiner Tasche belegt. Er wollte diesen Gangplatz halten, um, sobald er an der Reihe war, schnell und ungehindert auf die Tribüne gehen zu können. Aber noch war es nicht soweit. Der nächste Vortrag kam von Pierre Duval vom Institut Pasteur in Paris. Griebsch kannte das Institut, aber nicht Duval. Duvals Arbeitsgruppe war schon sehr weit bei der gentechnischen Bearbeitung von bioterroristisch relevanten Bakterien wie *Botulinum*, *Staphyloccoccus*, *Burgholderia* und *Anthracis*. Sein Englisch hatte eine starke französische Färbung, die für Griebsch merkwürdig klingenden Laute gaben ihm Zuversicht. Er hatte sich Sorgen gemacht, wie sein Englisch auf die Zuhörer wirken würde. Aber im Vergleich mit Duval würde man ihn besser verstehen.

Einiges was Duval erzählte, klang interessant. Als sein Vortrag zu Ende war, traute Griebsch sich nicht, eine Frage zu stellen, aus Angst sich zu blamieren. Schließlich trat der Vorsitzende O'Reilly an das Pult und gab bekannt, dass der für den nächsten Vortrag vorgesehene Kollege Leibowitz aus Tel Aviv umständehalber nicht anreisen konnte. Als Ersatzredner wurde Ishiiro Yamaguchi von *Saikan Industries* aus Kobe angekündigt. *Saikan* war eine Firma, die sich mit der Entwicklung von Schnelldiagnostika gegen Toxine aller Art befasste. Noch ein Japaner. Von dem Ersten war Griebsch nur noch die Sojasoße in Erinnerung geblieben.

Yamaguchi war in erster Linie Manager und stellte in seinem Vortrag die Produkte von *Saikan* in den Vordergrund. Griebsch konnte seinen Ausführungen gut folgen. Je mehr er Yamaguchi reden hörte, desto mehr wunderte er sich, was die Japaner schon alles in den Handel gebracht hatten. Er machte sich eine Notiz, am Stand der Firma *Saikan* vorbeizugehen und dort Informationsmaterial mitzunehmen. Vielleicht konnte er damit bei Krantz punkten.

Yamaguchi hatte die vorgesehene Redezeit schon überzogen, Griebsch war nach ihm an der Reihe. Seine Aufregung wuchs und er begann, auf seinem Stuhl herumzurutschen. Eigentlich müsste der Vorsitzende Yamaguchi jeden Moment stoppen. Yamaguchi schien aber nicht zum Ende zu kommen. Er zeigte eine Folie nach der anderen, stets mit neuen Produkten der Firma *Saikan* und kommentierte jede neue Folie mit einem tief aus dem Bauch kommenden „Mmmh“ oder „Oohh!“ Griebsch schaute aufgeregt von links nach rechts, versuchte vergeblich Blickkontakt mit O'Reilly aufzunehmen, aber der schaute ihn nicht an, sondern spielte nur mit seinem Kugelschreiber. Nachdem Yamaguchi seine Redezeit bereits um zehn Minuten überzogen hatte, hüstelte O'Reilly in das Mikrofon und schob seinen Stuhl zurück, als wolle er aufstehen. Yamaguchi drehte sich in O'Reillys Richtung und bat mit einer Verbeugung um mehr Zeit: „*Two more minutes Mr. Chairman, please.*“ O'Reilly sank in seinen Stuhl zurück und blickte Griebsch aufmunternd an. Der konnte seinen Hintern kaum noch auf dem Sitz halten. Schließlich kam auch Yamaguchi zum Schluss. O'Reilly gestattete noch eine Frage, wofür Griebsch ihn in Gedanken erwürgte, um schließlich den letzten Vortrag des Vormittags anzukündigen: „*Professor Griebsch from the Institute for Experimental Infectiology, in Berlin, Germany.*“

In diesem Moment hörte Horst Griebsch sein Herz und seinen Atem lauter als alle anderen Geräusche im Saal. Er stand auf und die meisten Teilnehmer nahmen ihn zum ersten Mal bewusst wahr, als er mit seinem Manuskript in der Hand die drei Stufen an der Seite der Tribüne hoch zum Rednerpult strebte. Von oben blickte er in den halbdunklen Saal und war froh, nur die ersten zwei Reihen seiner Zuhörer zu erkennen. In der ersten Reihe saß Sarah Ferguson, neben ihr der Engländer Smith und ein paar Sitze weiter, Duval. Griebsch hatte sich seinen Vortrag so oft selbst gehalten, dass er ihn fast auswendig konnte. Allerdings hatte er dreißig Minuten eingeplant und Bedenken, dass ihm diese Zeit wegen Yamaguchi nicht mehr gewährt würde. Er begann überhastet. Nach den ersten einführenden Worten geriet er ins Schwimmen, als er über Dinge redete, die er nur vom Hörensagen kannte. Aber der Saal blieb ruhig und Griebsch schaffte es, seinen Vortrag in fünfundzwanzig Minuten zu Ende zu bringen. O'Reilly war sichtlich zufrieden, bedankte sich und meinte, nach diesem sehr interessanten Vortrag wäre sicherlich Bedarf für Fragen. Prompt hoben sich mehrere Hände. Ein Assistent lief mit einem Mikrofon in der Hand an den Sitzreihen entlang, bis er haltmachte. Griebsch schaute ihm hinterher und sah Sarah Ferguson, die das Mikrofon in die Hand nahm und sich vorstellte: „*Sarah Ferguson, Fort Detrick*", um Griebsch nach Einzelheiten zur Herstellung der Rizinvakzine zu fragen.

Griebsch, dessen Ausführungen oberflächlich, aber inhaltlich brisant gewesen waren, war von der gezielten Frage überrascht. Aber dann fiel ihm doch eine passende Antwort ein: „*I think this is not the place to go into the experimental details. (7)*"

Die Amerikanerin musterte ihn von oben bis unten, drehte sich dem Auditorium zu und kommentierte: „*I've got the impression that some people just present their ideas. But we want facts and not fiction.*" *(8)* Sie gab das Mikrofon zurück und setzte sich, ohne Griebsch noch eines Blickes zu würdigen. Dann begann sie mit ihrem Sitznachbarn Smith zu tuscheln, der wiederholt heftig nickte. Griebsch fühlte, wie ihm das Blut in den Kopf schoss, wahrscheinlich war er knallrot geworden.

Mit so einer Erwiderung hatte er nicht gerechnet, aber jetzt kam schon die nächste Frage aus dem Teilnehmerkreis. Allerdings hatte er Mühe, diese überhaupt zu verstehen. Ein Australier aus einer der hinteren Reihen, Calderon oder Cameron, artikulierte mit einem für Griebsch kaum verständlichen Akzent und zwang ihn dadurch, zweimal nachzufragen. Als es zu peinlich wurde, antwortete Griebsch eben so gut, wie er meinte, den Australier verstanden zu haben. Dann bemerkte er, wie dieser schon das Interesse verloren hatte, um sich mit einem kurzen „*Okay, thank you for nothing*", wieder zu setzen.

Die zwei, drei Hände, die sich noch zu Fragen erhoben hatten, sanken herunter. Der Vorsitzende stellte noch eine Höflichkeitsfrage, die Griebsch beantwortete. Nachdem O'Reilly allen Rednern gedankt hatte, schloss er die Session für die Mittagspause. Sofort erhoben sich die Anwesenden von ihren Stühlen, der Geräuschpegel im Saal stieg an, das Redebedürfnis machte sich nach den drei Stunden erzwungener Ruhe Bahn. Die Menge strebte dem Ausgang zu, um sich ein Stockwerk höher in einem dafür vorgesehenen Saal zum Lunch zu begeben.

Stufe für Stufe stieg Griebsch von der Rednertribüne hinab in den Saal. Er schaute sich um, ob jemand ihn auf seinen Vortrag ansprechen wollte, aber fast alle waren bereits nach draußen geeilt. O'Reilly ordnete seine Unterlagen und beachtete ihn nicht, also schloss sich Griebsch der Menge an. In dem Saal, wo das Mittagessen serviert wurde, standen eine Anzahl gedeckter, runder Tische. Viele waren schon mit zwei oder mehr Teilnehmern besetzt. Augenpaare hielten Ausschau nach Bekannten, mit denen sie gerne zusammen essen wollten. Im Vorbeigehen sah Griebsch einen vollbesetzten Tisch, an dem Sarah Ferguson angeregt mit ihren Sitznachbarn Smith und Duval plauderte. Ein Stück weiter einen anderen, der ausschließlich von Südamerikanern besetzt war, und an einem weiteren Tisch sah er Yamaguchi mit dem Bürgermeister von Kyoto und anderen Japanern in einer Runde sitzen. Schließlich entschied er sich, an dem letzten noch freien Tisch Platz zu nehmen, womit ihm die Peinlichkeit der Frage, ob der Platz noch frei wäre, erspart blieb.

Horst Griebsch blieb nicht lange allein, ihm gegenüber nahmen drei Asiaten Platz. Von ihren Namensschildern konnte Griebsch ablesen, dass sie aus Malaysia, Indonesien und Singapur kamen. Die drei Männer begrüßten ihn höflich und sprachen untereinander in einem Idiom, das er nicht verstand. Griebsch drehte seinen Stuhl halb in die Richtung des Saals, um die Ankommenden zu sehen, als er die junge Anna aus Warschau bemerkte, die er bei der Registrierung am Morgen getroffen hatte. Sie schien ihn wiederzuerkennen. Horst Griebsch rückte mit seinem Arm den freien Stuhl neben sich ein Stück weiter weg vom Tisch, als Zeichen, dass der Platz neben ihm noch frei war. Anna zögerte und als sie in seine Richtung gehen wollte, kreuzte ein anderer Teilnehmer ihren Weg und sprach sie an. Er zeigte auf einen anderen Tisch und mit seiner freien Hand, die er für einen Moment leicht auf ihren Oberarm legte, lenkte er Anna in die Richtung zweier Plätze, die noch unbesetzt waren.

Anna schien das nicht unrecht zu sein und Griebsch drehte seinen Kopf betont langsam wieder zurück auf seinen Tisch. Sein Blick fiel auf die drei Asiaten, welche alles mitbekommen zu haben schienen und ihn angrinsten. Zu seinem Glück waren die beiden Stühle rechts neben ihm inzwischen besetzt. Er schielte auf die Namenschilder, sein Sitznachbar kam aus Österreich. Neben ihm saß eine Frau, deren Namen Griebsch nicht lesen konnte. „Kerner, vom Biotest-Institut aus Graz“, stellte sich sein Nachbar vor und Griebsch war froh, jemand an der Seite zu haben, mit dem er Deutsch reden konnte.

„*Dr. Domenescu from Bukarest*“, stellte Kerner ihm die Frau vor.

Griebsch nickte ihr desinteressiert zu. „*Nice to meet you*“, sagte er.

„*I was listening to your interesting presentation (9)*“, sagte die etwas korpulente Frau Domenescu, aber Griebsch freute sich nicht darüber. Wer war schon diese Frau? Der Frust, wie Sarah Ferguson ihn nach seinem Vortrag abgekanzelt hatte und die Enttäuschung, dass Anna sich lieber zu dem Jüngeren an den Tisch gesetzt hatte, waren noch zu frisch. Kerner begann, mit Griebsch und Frau Domenescu über seine Arbeit zu reden. Er war ein Koordinator. Seine Aufgabe war es, zwischen staatlichen Stellen und der Industrie zu Fragen des Bioterrorismus zu vermitteln. Frau Domenescu erschien ihm wegen ihrer Verbindungen aus der sowjetischen Zeit interessant, was er Griebsch zwischendurch ins Ohr flüsterte.

„Herr Professor Griebsch, ich bin froh, Sie endlich persönlich kennenzulernen“, hörte Griebsch eine Stimme von seiner linken Seite. Er schaute sich um. Auf dem Stuhl, den er für Anna vorgesehen hatte, saß ein Mann circa Ende dreißig, eine elegante Erscheinung in einem hellen Anzug. Sein Gegenüber sprach Deutsch mit einem leichten Akzent, den Griebsch nicht einordnen konnte. Er sah seinen neuen Tischnachbarn genauer an, aber bevor er noch etwas erwidern konnte, traten überall Kellner an die Tische und trugen eine Misosuppe als Vorspeise auf. Nach einem Moment des Schweigens und Löffelns fragte Griebsch seinen Nachbarn, woher er ihn kenne. Eigentlich hätte er ihn gerne gefragt, wer er sei, aber Griebsch dachte, er müsste ihn vielleicht kennen, zumindest, wenn er dazugehören wollte. Sein Nachbar trug kein Namensschild und antwortete „Oh, Sie sind als Rizinexperte bekannter, als Sie denken. Ich habe Ihren Vortrag gehört, den ich sehr interessant fand."

Griebsch war angenehm überrascht. Als er sich seinem neuen Nachbarn gerade widmen wollte, hörte er, wie Anna, die zwei Tische weiter entfernt saß, laut lachte, als der dunkelhaarige Mann, der sie an den Tisch gelotst hatte, ihr etwas ins Ohr flüsterte. Dann schüttelte sie mit gespielter Entrüstung den Kopf, eine Szene, die Griebsch schwer irritierte.

„Ich habe mich nicht vorgestellt, entschuldigen Sie. Mein Name ist Sutter und ich bin hier im Auftrag der OECD", sagte sein Nachbar und lächelte Griebsch an, wobei seine blauen Augen ihren prüfenden Ausdruck dabei nicht verloren. Sutters Haare waren dunkelblond, eher lang und straff nach hinten gekämmt.

„Sie sprechen sehr gut Deutsch", bemerkte Griebsch. Sutter erwiderte, seine Mutter käme aus Basel, er sei aber in Bergamo in Italien aufgewachsen. Von seinem Vater sagte er nichts. Im nächsten Gang wurden Tempura, frittiertes Fleisch und Gemüsestücke, serviert. Sutter lobte die japanische Küche als zweitbeste hinter der italienischen, um dann wieder auf Griebschs Vortrag zurückzukommen. „Sarah Ferguson hat Sie ganz schön angegriffen, nicht wahr? Sie wollte Sie nur provozieren, um mehr Details zu Ihren Forschungen zu erfahren, seien Sie sich dessen sicher." Er lachte. „Sie würde Ihnen auch nichts davon erzählen, was in *Fort Detrick* gerade abläuft, denke ich mal."

Griebsch bekam bessere Laune und den Eindruck, dass sich doch nicht alle durch die Polemik der Ferguson gegen ihn aufbringen ließen und so stürzte er sich fröhlich auf die immer neu aufgetragenen Schälchen von Kostbarkeiten aus der japanischen Küche. Später wollte er nachschauen, wo Sutter hingehörte und da er Angst hatte, Sutter würde ihn zu Einzelheiten befragen, zu denen er nichts wusste, stellte er Sutter und Kerner einander vor. „Sehr angenehm", sagte Sutter. Er schien kein besonderes Interesse an Kerner zu zeigen, der sich bald wieder Frau Domenescu zuwandte, um sie mit seinem vom Wiener Schmäh gefärbtem Englisch weiter auszufragen. Griebsch war froh, dass der Gong ertönte, das Zeichen für die Anwesenden zurück in den Saal zur Nachmittagssession zu gehen. Griebsch erhob sich und verabschiedete sich hastig, um noch auf die Toilette zu gehen. Auf dem Lokus holte er die

Teilnehmerliste aus seiner Jackentasche und fand Kerner und Domenescu, aber nicht Sutter. Ob er den Namen falsch verstanden hatte? Aber er fand nichts ähnlich Klingendes, als er die Liste mit den hundert Teilnehmern durchging.

Er wollte Sutter beim nächsten Mal darauf anzusprechen, falls sie sich wieder treffen sollten. Griebsch steckte die Unterlagen zurück in seine Tasche und beendete seine private Sitzung. Im Saal setzte er sich wieder auf seinen alten Platz. Noch vier Vorträge musste er überstehen, bis der heutige Konferenztag zu Ende ging. Horst Griebsch konnte sich nicht mehr gut konzentrieren. Er hatte sein Pensum erfüllt und mit dem Mittagessen im Bauch machte sich eine tiefe Müdigkeit breit. Die Zeitverschiebung forderte ihren Tribut. Beim letzten Vortrag, der von dem Russen Wladimir Tschernenko gehalten wurde, kam es zu einem Eklat und Griebsch wachte wieder auf. Tschernenko forderte für Russland finanzielle Unterstützung von den Ländern, die sich durch Bioterror bedroht fühlten. Damit sollten die durch das Ende des sowjetischen Biowaffenprogramms arbeitslos gewordenen Wissenschaftler im Land gehalten werden. Man könne sonst nicht dafür garantieren, dass sie lukrativen Angeboten aus Schurkenstaaten folgten. Tschernenkos Beitrag endete in einer ausgelassenen Diskussion, in der sich Sarah Ferguson sehr exponierte. Griebsch nahm das Treiben nur als Zuschauer wahr. Er war überrascht, dass sogar der ansonsten stoische Schotte O'Reilly Anzeichen von Aufregung zeigte. Schließlich beendete O'Reilly mit dem Hinweis, schließlich sei er der Chairman, die Diskussion und sprach das Schlusswort.

Griebsch erhob sich mühsam aus seinem Stuhl, seine Beine schmerzten vom langen Sitzen und von der angesammelten Müdigkeit. Er ging rasch zur Garderobe, um seinen Mantel zu holen und in das Hotel zurückzugehen. Aus dem Augenwinkel sah er Sutter, der auf ihn zusteuerte, aber Griebsch schaffte es mit einem Schlenker, diese Klippe zu umschiffen. Er lief eilig durch die Haupthalle der KICH, um nach draußen zu gelangen. An der Eingangstür stieß er fast mit Anna und ihrem neuen Bekannten zusammen. Beide machten sich gemeinsam auf den Weg aus dem Gebäude. Im Vorbeigehen entzifferte Griebsch das Namensschild seiner Eifersucht. Ein Spanier mit dem Namen Ibanez. Schnell eilte Griebsch weiter, während er sich bemühte, in eine andere Richtung zu schauen. Er beeilte sich, in sein Hotel zu kommen. Für 20:30 waren alle Vortragenden zum *Speakers Dinner (10)* in ein traditionelles japanisches Restaurant im oberen Stockwerk des KICH geladen. Nach dem Gespräch mit Sutter hatte er den Eindruck, dass sein Vortrag doch nicht so schlecht angekommen war. Er nahm sich vor, Sarah Ferguson beim Dinner anzusprechen, um das Verhältnis zu ihr zu normalisieren.

7.

Kurz vor halb neun traf Horst Griebsch im KICH ein, im Foyer standen bereits kleine Gruppen von Teilnehmern mit Sektgläsern in der Hand. Griebsch nahm sich ein Glas, das ihm wortlos auf einem Tablett angeboten wurde, lief weiter durch die Halle und schaute sich um. Auf Barhockern an einem Tresen saßen die drei Asiaten, die schon mittags mit ihm am Tisch gesessen hatten. Sie wendeten ihm gleichzeitig ihre Köpfe zu und grinsten. Ob sie sich über ihn lustig machten? Wieso waren die überhaupt hier, die gehörten doch gar nicht zu den Vortragenden! Griebsch tat so, als hätte er sie nicht bemerkt, schlenderte weiter, und sah im hinteren Teil des Foyers Sarah Ferguson in einem engen, roten Abendkleid stehen. Sie unterhielt sich mit ein paar anderen Gästen, darunter Duval und O'Reilly. Diesmal steuerte Griebsch zielbewusst auf die Gruppe zu. Nachdem er auf dem Weg sein Glas Sekt in einem Zug hinuntergekippt hatte, stellte er sich neben Sarah Ferguson. Sie hörte gerade Duval zu, der ihr weitschweifig eine genetische Methode erklärte, aber blickte aus den Augenwinkeln kurz auf Griebsch und nutzte eine Pause in Duvals Redefluss, um Griebsch zu begrüßen. „*Ah, it's you, Professor Griebsch.*“ Sie lächelte, als sie sagte: „*You might have an answer to my question, now?* ” *(11)*

Griebsch hatte mit allem gerechnet, nur nicht mit dieser Begrüßung. Er dachte an Sutters Worte und schaute sie entrüstet an. “*You know, we are not broadcasting all our methods in public, you certainly would not make too!*“ *(12)* Sarah Ferguson und ein paar andere lachten auf. War es wegen seines Englischs? Jedenfalls machte ihn das nur noch zorniger. Diesmal ließ sich Griebsch nicht abschrecken und mit dem Habitus eines Mannes, der klarstellen will, was Sache ist, fügte er hinzu: „*These things are top secret!*“

Sarah Ferguson verzog die Winkel ihres hübschen Mundes nach unten und ihre grünen Augen wurden schmal, als sie sagte „*You know, if you really had found something, then I knew it long ago!*“ *(13)* Die Übrigen lachten beifällig. Ihr Blick wurde verächtlich, als sie hinzufügte: „*Have a nice evening, then.*“ Sie wendete sich von ihm weg und schenkte ihre Aufmerksamkeit wieder Duval, der seinen unterbrochenen Vortrag fortsetzte.

Griebsch stand da wie perplex, der Kreis der anderen schloss sich um Sarah Ferguson und schloss ihn aus. Einen Moment stand er wie gelähmt da, dann ging er stracks auf den nächsten Kellner zu, um sich ein neues Sektglas zu nehmen. Als er damit an einen freien Stehtisch ging, war plötzlich Sutter an seiner Seite und prostete ihm zu: „Guten Abend, so sehen wir uns wieder!“

Nach der erneuten Abfuhr war Griebsch in diesem Moment heilfroh, nicht allein herumzustehen. Aus den Augenwinkeln sah er die drei Asiaten auf den Barhockern. Die Vorstellung, dass sie sich über ihn lustig machten, ließ ihn nicht los. Erleichtert sagte er zu Sutter: „Guten Abend, freut mich, Sie wiederzusehen.“ Dann fügte er hinzu: „Übrigens, ich habe Ihren Namen gar nicht in der Liste der Teilnehmer gefunden.“

Sutter schaute ihn belustigt an: „Ja, wissen Sie, das ist auch nicht gut möglich, ich bin erst kurz vor Konferenzbeginn als Teilnehmer nominiert worden und so kann ich gar nicht auf der Liste sein. Außerdem halte ich keinen Vortrag.“

Griebsch hätte ihn gerne gefragt, warum er dann zum *Speakers Dinner* eingeladen worden war, aber das verkniff er sich. Es erschien ihm zu indiskret und er schwieg. In seine Wortlosigkeit drang Sutters Stimme: „Entschuldigen Sie, ich hatte zufällig gehört, was Sarah Ferguson vorhin zu Ihnen gesagt hat. Wissen Sie, Sarah Ferguson ist in den USA eine einflussreiche Frau. Man sagt ihr nach, sie hätte enge Verbindungen mit der CIA.“

„Woher haben Sie denn diese Informationen?“, fragte Griebsch überrascht.

„Auch ich habe meine Verbindungen“, sagte Sutter, „und gerade deswegen glaube ich nicht, dass die Amerikaner wirklich alles wissen, wie die Ferguson es vorgibt. Die blufft doch nur, um Sie aus der Reserve zu locken.“ Er lachte, nippte an seinem Glas und fügte hinzu: „Es war vernünftig von Ihnen, nicht alle Karten auf den Tisch zu legen. Denken Sie denn Duval, der hier soviel Einzelheiten vorgetragen hat, gibt seine neuen Forschungen preis? Was der da erzählt, das ist doch längst veröffentlicht."

Griebsch ließ ihn nicht merken, dass er von Duvals Arbeiten noch nie etwas gehört hatte, nickte zustimmend und trank einen Schluck. Dieser Sutter schien eine Menge Hintergrundinformationen zu haben. „Ja, ja, das sehe ich auch so", hörte Griebsch sich sagen.

Beim *Speakers Dinner* saßen die zwanzig Vortragenden mit dem Vorsitzenden O'Reilly und den übrigen Honoratioren an einem langen Tisch. Griebsch saß neben Sutter und konsumierte das Rahmenprogramm, das die Veranstalter für ihre Gäste vorbereitet hatten. Zuerst kamen *Taiko (14)* Trommler, bei deren Auftreten kein Gespräch mehr möglich war. Danach folgte eine Vorführung aus dem *No*-Theater und zum Abschluss ein Ausdruckstanz, bei dem die Protagonisten mit weiß bemalten Körpern auftraten. Das Gespräch mit Sutter erschöpfte sich auf Small Talk in den Pausen.

Schräg gegenüber von Griebsch saß ein älterer, weißhaariger Herr, der ihm zuprostete. „Sie sind aus dem IEI? Ich bin Knut Larsen vom Karolinska Institut in Stockholm", stellte er sich vor. „Wir kennen uns nicht, aber ich war vor einigen Jahren als Gast im IEI und kenne Ihren Professor Gerhard Hellman sehr gut. Sind Sie Mitarbeiter in seiner Abteilung? Grüßen Sie ihn herzlich von mir. Ich hoffe, es ist alles in Ordnung mit ihm. Habe mich schon gewundert, warum er nicht hier ist." Griebsch verschluckte sich, als ihm Larsen nochmals zuprostete und sagte: „Ich werde bestimmt bald wieder mal im IEI vorbeischauen und sehen, was Sie da so Neues machen. Zum Wohl, Herr …?"

Griebsch nickte stumm und zwang sich, Larsen zuzuprosten. An Hellman wollte er nicht erinnert werden. Er ärgerte sich, weil Larsen annahm, Hellman wäre sein Vorgesetzter, aber so hatte er wenigstens einen weiteren Teilnehmer kennengelernt. „Larsen ist Virologe", sagte Sutter leise neben ihm. „Er wird morgen einen Vortrag halten, über Pockenviren. Aber die richtig aktuellen Sachen dazu laufen nicht in Schweden, sondern woanders."

„So, wo laufen die denn?", fragte Griebsch.

„Erzählen Sie mir alles, was Sie wissen?", gab Sutter zurück.

Griebsch musste unbedingt mehr über Sutter herausbekommen. Der Mann wurde ihm langsam unheimlich. Vielleicht gab der auch nur an, dachte er. Aus einer kleinen Ecke seines Kopfes meldete sich eine leise Stimme, die ihm sagte: „Genau so wie du!“, um dann sofort still zu sein, denn Griebsch erteilte ihr fast immer Redeverbot.

Der weitere Teil des Dinners wurde von Yamaguchi bestimmt, der darauf bestand, dass allen Teilnehmern Sake serviert wurde. Nachdem Griebsch drei Schalen davon getrunken hatte, wurde ihm flau im Magen. Zum Glück war es bereits kurz vor elf und die Veranstaltung näherte sich dem Ende. Er verabschiedete sich von Larsen und Sutter und nahm am Eingang des KICH ein Taxi, das ihn für einen unverschämt hohen Preis zum Hotel zurückbrachte. Horst Griebsch ging gleich auf sein Zimmer, es war schon kurz vor Mitternacht und morgen um neun sollte es weitergehen. Ihm war schwindlig und er legte sich für einen Moment angekleidet auf das Bett, seine Gedanken drifteten nach Berlin. Dort war jetzt früher Nachmittag. Seine Frau und seine gescheiterte Ehe kamen ihn in den Sinn. Wahrscheinlich hockte sie wieder bei ihrem neuen Typen. Nach seiner Rückkehr musste endlich die Scheidung durchgezogen werden.

Das Summen der Klimaanlage brachte ihn zum Dösen. Im Halbschlaf schwirrten ihm Gedanken durch den Kopf und die Szene, in der ihn Sarah Ferguson so abgekanzelt hatte. Schließlich schlief er unruhig ein. In seinem Traum stand er der Ferguson gegenüber, die ihn ängstlich anschaute. Er zwang sie mit einem Griff an die Schultern in die Knie, dicht vor ihm. Sie konnte sich seinem Griff nicht entziehen, er hatte sie in seiner Gewalt und er zog ihren Kopf immer näher an sich heran. Sie drehte ihr Gesicht weg und Griebsch sah, dass er nackt war.

Ein aufdringlicher Ton schlich sich in seinen Traum und wurde stärker, bis er durch das Klingeln des Telefons aufwachte. Er bemerkte die Erektion in seiner Hose, als er langsam wacher wurde, entschwanden die Traumbilder und er nahm das Klingeln des Telefons deutlich wahr. Schließlich hob er ab, um mit belegter Stimme: „Hallo“, zu murmeln.

„Hallo, Herr Griebsch? Gerhard Hellman hier. Habe gerade mit Krantz über Sie gesprochen.“ Griebsch schaute auf den Wecker, der auf dem Nachttisch stand. Es war sieben Minuten nach zwei. „Wissen Sie eigentlich, wie spät es ist?“ Hellman unterbrach ihn: „Wir erwischen Sie ja sonst gar nicht, Sie scheinen sich in Kyoto ja gut zu amüsieren. Tut mir leid, aber es ist wichtig! Hören Sie,

Direktor Krantz lässt Ihnen sagen, dass Sie Frau Dr. Ferguson aus *Fort Detrick*", Hellman hustete, bevor er weitersprach: „Die nimmt doch an der Tagung teil, nicht wahr? Also, dass Sie Ihr unsere Grüße ausrichten und Ihr eine Einladung zu einem Vortrag am IEI aussprechen. Die Kosten einschließlich *Business Class* Ticket übernimmt selbstverständlich das Institut. Haben Sie denn schon mit Dr. Ferguson gesprochen?"

Griebsch blieb die Luft weg. Er stammelte: „Äh ja, ich habe schon mit ihr gesprochen, es ist nicht so einfach an sie heranzukommen, sie hat einen ..."

„Hören Sie, Herr Griebsch, wir verlassen uns auf Sie. Der Kontakt ist für das Institut sehr wichtig und es wird Ihnen ja wohl nicht schwerfallen, Frau Ferguson das auszurichten."

„Übrigens, ich habe Knut Larson getroffen, soll Sie schön grüßen." Griebsch wollte auf ein anderes Thema überleiten, aber Hellman schnitt ihm das Wort ab: „Also, wir erwarten Vollzugsmeldung und einen ausführlichen Bericht nach Ihrer Rückkehr. Und machen Sie mir nicht die Geishas wuschig!" Hellman lachte schallend über seine Bemerkung und legte auf.

Griebsch lag halb aufgerichtet in seinem Bett, mit dem tutenden Hörer in der Hand, den er langsam auf das Telefon sinken ließ. Es war grausam, auf diese Weise in den neuen Tag geschickt zu werden. Dieser Hellman führte sich auf wie Graf Koks! Griebsch zog seine Kleidung aus und seinen Pyjama an. An Einschlafen war vorerst nicht mehr zu denken und in seinen Überlegungen vollzog er diverse Planspiele, wie er die Ferguson einladen konnte, ohne sich wieder eine Blöße zu geben.

Er stellte sich vor, wie sie höhnte: *„Do you want to show me your secrets, Herr Griebsch?"*, aber schließlich fiel ihm etwas ein. Er würde sagen, Krantz hätte angerufen und wollte sie einladen, damit sie sich am IEI über die Einzelheiten der Rizinforschung informieren könne. Bei dieser Idee besserte sich seine Laune. Das konnte Sarah Ferguson nicht ablehnen, so scharf, wie sie auf die Einzelheiten zum Rizin war. Eine Weile noch lag er ruhelos im Bett, bis er schließlich einschlief.

Er erwachte vom Geräusch des Weckers, blieb noch einen Moment unentschlossen liegen, um dann aufzustehen und sich unter die heiße Dusche zu stellen. Die Tagung würde gegen 14:00 Uhr zu Ende sein. Es reichte, er hatte genug davon. Um dreiundzwanzig Uhr hatte er seinen Rückflug, der ihn mit Aufenthalt in Singapur nach Hause bringen sollte.

Da es noch sehr zeitig war, konnte er in Ruhe frühstücken und war schon gegen 8:30 im KICH. Einige Teilnehmer waren schon da und nach zwanzig Minuten sah Griebsch Anna mit dem Spanier Hand in Hand das KICH betreten. Anna ließ ihre Augen nicht von ihrem Begleiter. Dass die zusammen im Bett waren, war klar, dachte er und diese Vorstellung gefiel ihm nicht.

Er drehte sich abrupt weg und ging weiter in die Empfangshalle hinein. Dort traf er auf Kerner, mit dem er ein paar Worte wechselte, wobei dieser ihm mit verschwörerischer Mine mitteilte, dass er von Frau Domenescu endlich die geheimen Einzelheiten zum russischen, oder besser gesagt, zum sowjetischen Biowaffenprogramm erfahren hatte. Ob er den Russen gestern gehört habe, das sei doch nackte Erpressung gewesen, oder?

Griebsch nickte geistesabwesend und schielte mit einem Auge zur Tür. Er ließ seinen Blick sorgsam über die Gruppen im Foyer schweifen und antwortete nebenbei mit: „klar, ja, so, interessant, ja, äh."

In diesem Moment sah er Sarah Ferguson hereinkommen, sie war allein. Die Gelegenheit! Keiner bei ihr, vor dem er sich blamieren konnte. Griebsch ließ den verdutzten Kerner mitten im Satz stehen und stürmte auf Sarah Ferguson zu: „*Good morning, Dr. Ferguson.*"

Sie schaute ihn überrascht an, mit dem Blick ihrer grünen Augen fiel Griebsch sein Traum wieder ein. Er wurde rot, als er sagte: "*Today, I was talking to our director, Professor Krantz. We would like to invite you for a visit at our institute. You could learn more about our ricin projects. Professor Krantz and I would be pleased if you could accept." (15)*

Sarah Ferguson schien guter Laune zu sein, vielleicht interpretierte sie seinen roten Kopf als Reaktion auf ihre gestrigen Bemerkungen: „*Oh, it's a pleasure,*" sagte sie und fügte hinzu: "*May be I was too aggressive with you, yesterday. But can you imagine what kind of nonsense people talk sometimes? So please excuse and tell Professor Krantz I am happy to visit you at your institute. See you later." (16)* Sie drehte sich mit einem Lächeln weg, um ihre Jacke zur Garderobe zu bringen. Griebsch war richtig beschwingt. Er ging mit einem Summen auf den Lippen in Richtung Hörsaal, wobei er es schaffte, im Vorbeigehen den Spanier neben Anna scheinbar absichtslos anzurempeln, um mit einer gemurmelten Entschuldigung hastig dem Auditorium entgegen zustreben.

Dort zog es ihn wieder auf seinen alten Platz, der Sitz daneben war schon besetzt. Als Griebsch seinen Nachbarn ansah, erkannte er Sutter.

„Guten Morgen, Professor Griebsch, ich hatte Sie gestern aus dem Auge verloren“, sagte Sutter. Muss heute schon vormittags gegen elf abreisen. Bleiben Sie noch länger in Kyoto?“

„Bis abends, dann fliege ich über Singapur zurück nach Deutschland“, antwortete Griebsch.

„Ah, über Singapur. Sehr schön!“

„Kennen Sie denn Singapur? Ich wollte dort einen Tag Station machen. Es heißt, man kann dort Elektronikartikel sehr günstig einkaufen.“

„Und ob man das kann!“ Sutter nickte vielsagend. „Mehr als günstig sage ich Ihnen. Ich habe in Singapur fast zwei Jahre lang für die WHO gearbeitet. Ist aber ein teurer Platz, was die Hotels betrifft, da ist das Schnäppchen dann doch nicht mehr so billig.“ Er verzog seine Lippen zu einer Grimasse des Bedauerns.

Griebsch wollte sich seine Einkäufe nicht durch teure Hotelkosten verderben. „Kennen Sie denn ein günstiges Hotel, das einigermaßen empfehlenswert ist?

„Hmh“, Sutter überlegte für einen Moment. “Wenn Sie nicht auf zu viel Luxus Wert legen?“

„Nein, es ist ja nur für eine Nacht“, beschwichtigte ihn Griebsch.

„Lassen Sie sich zum *Peacock* Hotel bringen, nur zwanzig Minuten vom Flughafen mit dem Taxi“, schlug Sutter vor. „Dort bekommen Sie schon ein gutes Zimmer für unter 70 $. Einfach dem Taxifahrer Bescheid sagen, das *Peacock* ist in Chinatown und die Taxifahrer kennen es alle.“

„Ach, danke. Wirklich, vielen Dank.“ Horst Griebsch freute sich. „Ich hoffe, wir sehen uns irgendwann wieder, vielleicht am IEI, Herr Sutter?“

Sutter schaute ihn mit einem unbestimmten Ausdruck an. „Aber ja. Ich bin sicher, dass wir uns wieder über den Weg laufen werden, die Welt ist doch klein.“

Nach dem Ende des zweiten Vortrags verabschiedete Sutter sich. Horst Griebsch lehnte sich mit dem Gefühl „Wenn alles getan ist“, in seinen Sitz zurück. Kurz vor Beginn des vierten Vortrags ging er die Treppen hinunter zum Ausstellungspavillon von *Saikan Industries* und deckte sich mit Prospekten ein, die ihm ein höflicher Repräsentant der Firma überreichte. Dazu bekam er noch einen Laserpointer geschenkt. In der Kaffeepause schlenderte Griebsch auf Kerner zu, der aber redete mit Frau Domenescu, und übersah ihn geflissentlich. „Soll er doch beleidigt sein", dachte Griebsch. „Der ist nicht wichtig, die wichtigen Leute habe ich kontaktiert." Er ging weiter.

Nun langweilte er sich und hatte eigentlich keine Lust mehr, bis zum Ende der Tagung zu bleiben. Aber er musste, weil O'Reilly zum Abschluss noch über zukünftige Arbeitsgruppen und die geplante Folgekonferenz sprechen wollte. Griebsch brachte den Rest der Zeit, die ihm lang vorkam, über die Runden, redete in der Pause mit Larsen und hörte sich zum Schluss die Zusammenfassung von O'Reilly an. Der knochige Vorsitzende verkündete, die Folgekonferenz würde schon in acht Monaten in Sacramento, Kalifornien, stattfinden. Sacramento! Hörte sich gut an, fand Horst Griebsch. Das IEI musste ihn wieder delegieren. Jetzt wo er in die entsprechenden Kreise eingeführt war und ihn jeder kannte.

Inzwischen war es bereits vierzehn Uhr. Nach einem Imbiss, der für die Teilnehmer zum Abschied ausgerichtet wurde, schlenderte Griebsch gemächlich in sein Hotel zurück. Er hatte noch ein paar Stunden Zeit in Kyoto, die er damit verbrachte, durch die Stadt zu bummeln. Schließlich blieb er vor einem Geschäft stehen, in dessen Schaufenster Dutzende von Winkekatzen aller Größen zu sehen waren. Sie hatten die verschiedensten Formen, aber immer eine Pfote zum Gruß erhoben. Unter der anderen Pfote trugen sie eine Art Behälter. Bei manchen Katzen war der Grußarm beweglich und schwenkte mechanisch auf und ab. Griebsch erstand so eine Katze. Der Verkäufer hatte ihm erklärt, sie würde ihm Glück und Reichtum bringen. Nachdem Griebsch noch ein paar Straßen weiter geschlendert war, kehrte er über die Flussbrücke zu seinem Hotel zurück, checkte aus und ließ sich mit dem Taxi zum Bahnhof bringen. Von dort fuhr er mit dem *Haruka Express* zurück nach Osaka zum *Kansai* Airport.

Sechs Stunden Flug nach Singapur lagen vor ihm. Er hatte diesmal Glück, die beiden Sitze neben ihm blieben frei. So konnte er es sich gemütlich machen und sogar ein wenig schlafen. Die beiden

Konferenztage zogen an ihm vorbei. Er dachte an Erfolge der anderen und nahm sich vor, die nächste Illoyalität von Schneider zum Anlass zu nehmen, um Beatrix Nagel die Leitung der AG-Toxine zu übertragen. Das musste passieren, bevor die Ferguson kam. Schneider sollte mit der Amerikanerin am besten gar nicht erst in Kontakt kommen. Wer konnte wissen, was der ihr sonst noch erzählte? Beatrix Nagel war loyal. Sie schwieg, wenn sie schweigen sollte, und redete nur, wenn man es von ihr erwartete. Loyalität war wichtig. Natürlich musste er selbst manchmal taktieren, seine Leute verstanden das oft falsch. Aber was für ihn gut war, war schließlich auch für seine Untergebenen gut. Selbst wenn die das nicht immer verstanden. Es beirrte ihn, wenn sie nicht mitspielten und ihren eigenen Vorstellungen nachgingen. Ja, Schneider würde er auf diese Gefahrstoff Transport Geschichte setzen, dann gäbe es von dieser Seite her keine unerwarteten Überraschungen mehr. Bei diesem Gedanken schlief er ein und wachte erst wieder auf, als die Durchsage des Piloten die Landung in Singapur in zwanzig Minuten ankündigte.

8.

Nach dem Misserfolg bei ihren Immunisierungsversuchen beschäftigte sich Bea nur noch mit der Entwicklung der Nachweisverfahren für Rizin. Sie hatten bereits Seren, die gegen Teile des Rizins hergestellt waren. Die waren zwar als Impfstoff nicht brauchbar, aber man konnte sie verwenden, um Rizin in Lebensmitteln nachzuweisen und das war ja ein Teil ihrer Aufgaben.

Daneben arbeitete Schneider weiter an der Herstellung des Impfstoffs. Er koppelte Rizin an alle möglichen Substanzen und prüfte an seinen Zellkulturen, ob diese Rizinverbindungen noch giftig waren. Dadurch blieb es ihm erspart, Tiere dafür einzusetzen. Zum Glück gab es die schmerzunempfindlichen Zellen, die ihre Existenz in einer Grauzone zwischen Leben und Tod führten. Aber es gab immer wieder Überraschungen. Manche Rizinverbindungen, die sich in den Zellkulturen als ungiftig erwiesen hatten, töteten die Kaninchen, nachdem man sie damit gespritzt hatte. Der lebende Organismus ließ sich nicht immer mit den Zellkulturen vergleichen.

Leo Schneider suchte weiter nach einer Methode, um das giftige Rizin zu inaktivieren, ohne es dabei völlig zu zerstören. Wochen vergingen und mittlerweile hatte Schneider Dutzende von Glasflaschen mit verschiedensten Ansätzen in den Laborregalen stehen. Das Verfahren war langwierig und er musste seine Ansätze über Tage und Wochen immer wieder prüfen. Vielleicht würde die giftige Wirkung des Rizins ja erst nach längerer Einwirkungsdauer nachlassen.

Tanja war bei der Herstellung der Botulinumtoxine selbstständig geworden. Sie hatte ermittelt, welche Gasmischung für die Bazillen am besten war. Es war beängstigend anzusehen, wie die Bazillen das rosafarbene Hackfleisch in eine schwärzlich-schrumpelige Krume verwandelten, wenn sie darauf wuchsen. Diese Bakterien besaßen ihre eigene Logik. Weil sie sich im lebenden Organismus nicht vermehren konnten, töteten sie ihn durch ihr Gift. Bei der Verwesung schwand der restliche Sauerstoff, der sich noch in dem Körper befand. Erst dann konnten sie sich über den Toten hermachen. Auf der einen Seite erschienen die natürlichen Prozesse wie die Konstrukte eines berechnenden Geisteswesens, für das es nur Zweckbestimmtheit gab und keine moralischen Erwägungen. Auf der anderen aber auch als Bestandteil einer kosmischen Weisheit, eines genialen, göttlichen Plans, dessen Sinn unerklärt blieb. Als Biologe konnte man der Natur manchmal in die Karten gucken, auch wenn man den Sinn des Spiels nicht verstand. Aber schon deswegen lohnte sich dieser Beruf.

Nachdem die Clostridien ein paar Tage in der Nährlösung gewachsen waren, konnte Tanja das Botulinumtoxin gewinnen. Sie trennte die Bakterien von der Kulturflüssigkeit in einer Zentrifuge. Die Nährlösung wurde in Röhrchen gefüllt und alles Schwere und Große folgte den Gravitationskräften und sammelte sich am Boden. Die darüber liegende Flüssigkeit enthielt das Botulinumtoxin.

Um die giftige Wirkung des Botulinumtoxins nachzuweisen, konnte man keine Zellkulturen verwenden. BoNT war ein Nervengift und seine lähmende Wirkung konnte in nur im Tierversuch gezeigt werden. Man verwendete dazu Mäuse, denen die Bakterienflüssigkeit gespritzt wurde. Ein paar Stunden danach lagen die Mäuse kurzatmig am Boden ihres Käfigs und konnten ihre Beine nicht mehr bewegen. Durch die Lähmung des Zwerchfells schnürte sich ihre Taille immer mehr ein und am Ende erstickten sie. Botulinumtoxin wirkte auf

Nerven, welche die Muskeln steuerten. Durch das Gift wurden allmählich immer mehr Muskeln abgeschaltet und am Ende auch die Atemmuskeln. Ein millionstel Gramm Botulinumtoxin war für einen Menschen tödlich. Für eine Maus reichten schon Spuren der Bakterienflüssigkeit, die mit dem bloßen Auge nicht mehr erkennbar waren.

Menschen, die an Botulismus starben, behielten bis zu ihrem Tod einen klaren Verstand und konnten noch über die schleichende Wirkung dieses Giftes in ihrem Körper berichten. Als Jugendlicher hatte Leo Schneider in einer Illustrierten das Logbuch einer Schiffsbesatzung gelesen, die durch verdorbene Konserven an Botulismus zugrunde gegangen war. Die Aufzeichnungen über das langsame Sterben der Mannschaft waren mit den Toten auf der Jacht verblieben. Bei Schneider hinterließ diese Geschichte einen dauerhaften Eindruck. Mehr noch, es war einer der Beweggründe, die ihn Jahre später dazu brachten, sich beruflich mit Bakterien zu befassen.

Hilfe gegen Botulismus gab es nur durch rechtzeitige Behandlung mit BoNT-Antiserum. Anders als bei Rizin war es einfacher, Antiserum gegen Botulinumtoxin herzustellen. Wie beim Tetanusimpfstoff konnte man chemisch inaktiviertes Botulinumtoxin einsetzen. Die Antiseren produzierte man in Pferden. Denen konnte man große Mengen an Blut für die Serumherstellung abzapfen, ohne die Tiere zu beeinträchtigen. Für die Behandlung musste man den Patienten das Pferdeserum literweise über einen Tropf in die Vene einleiten. Die Therapie dauerte Wochen, sogar Monate und führte nicht immer zum Erfolg. Sie hatte auch ihre Tücken, manche Patienten entwickelten allergische Reaktionen gegen das Pferdeeiweiß, die tödlich sein konnten.

In den vergangenen Wochen waren Leo Schneider und Tanja mit ihren Arbeiten gut vorangekommen. Tanja hatte genügende Mengen Botulinumtoxin hergestellt und Schneider erste Erfolge bei der Immunisierung mit dem gekoppelten Rizin erzielt. Er konnte Rizinantiseren herstellen, ohne dass die Tiere dabei starben. Bea geriet allmählich immer mehr unter Druck. Ronnys Vertrag in Hellmans Abteilung lief bald aus und Hellman blieb hart, was eine

Verlängerung betraf. Vorher wollte er von Beatrix Ergebnisse sehen, die er sich zu Nutzen machen konnte.

Leo Schneider hatte Bea absichtlich nichts über das Botulinum Projekt erzählt. Allerdings hatte er auch keine Anzeichen dafür gefunden, dass sie ihn gezielt ausspionierte. Als Bea eines Tages in sein Büro kam und sich über Ronnys Lage beklagte, brachte das seinen Entschluss ins Wanken. Bea erzählte ganz freimütig, dass Hellman sie wegen Ronnys Stelle zunehmend unter Druck setzte. Mittlerweile hatte sie den Eindruck gewonnen, Hellman wollte sie nur hinhalten. Alles, was sie ihm geliefert hatte, reichte ihm nicht. Jetzt wurde klar, dass Bea die undichte Stelle im Labor gewesen war. Immerhin, besser so, als wenn sie von dritter Seite abgehört wurden.

Schneider mochte Beas Mann gern. Ronny war ein engagierter Wissenschaftler, der sich nicht an Intrigen im Institut beteiligte. Um ihm zu helfen, erzählte er Bea, dass Tanja schon Botulinumtoxin für die Entwicklung von Nachweismethoden hergestellt hatte. Zwar noch nicht gegen alle BoNT-Varianten A-F, aber von den für den Menschen besonders giftigen Botulinum A und B Toxinen hätten sie schon genug vorliegen.

Bea war froh über diesen neuen Hoffnungsschimmer. Schneider schlug ihr vor, mit dem Projektvorschlag *Botulinumtoxin* zu Hellman zu gehen, um so wenigstens die Zusage für eine Vertragsverlängerung für Ronny zu bekommen. Beatrix war froh, dass Schneider sie damit unterstützte. Kaum war sie zurück in ihrem Büro, rief sie Hellman an. Als sie entsprechende Andeutungen machte, wurde Hellman neugierig und bestellte sie gleich zu sich.

„Was gibt es denn so dringend Neues, Frau Nagel?“

Für einen Mann hatte er eine hohe Stimme. Bea war das bisher nie richtig aufgefallen. Sie setzte sich, und als sie anfangen wollte, zu berichten, kam Frau Ziegler, Hellmans Sekretärin, in das Büro und brachte Tee. „Zucker, Frau Nagel?“, fragte Hellman und ließ drei Würfel in seine Tasse plumpsen. Er rührte mit dem Löffel um und sah sie erwartungsvoll aus seinen blassen Augen an, die hinter den dicken Brillengläsern wie vergrößert aussahen.

Bea wollte keinen Zucker. Sie vermied es Süßigkeiten zu kaufen, um nicht in Versuchung zu geraten. Wenn sie nervös war, rauchte sie manchmal eine Zigarette, die sie sich auf der Arbeit schnorrte. Sie wollte auch keine Zigaretten kaufen, um nicht abhängig zu werden.

Auf dem Tisch stand eine Keramikschale, die mit Schokoladentäfelchen verschiedenster Sorten gefüllt war. Sie verkniff es sich, dort länger hinzusehen. Hellman hörte endlich damit auf, seinen Tee umzurühren und nahm sich mit der anderen Hand ein Stück Schokolade, während seine Augen immer noch auf Bea gerichtet waren.

Bea berichtete von den neuen Entwicklungen zum Nachweis von Botulinumtoxinen. Hellman schien das zu gefallen, er wollte wissen, ob Griebsch schon darüber unterrichtet war. Bea schüttelte den Kopf. Hellman meinte, es sei besser so, Griebsch habe mit seinem Interview dem Institut mehr geschadet als genutzt. Bea sagte nichts weiter dazu, ihr brannte die Sache mit Ronny auf den Nägeln.

„Was gibt es sonst noch?", kam von Hellman, der das Gespräch beenden wollte.

Bea holte tief Luft: „Sie hatten mir doch gesagt, dass Sie sich für die Festanstellung meines Mannes einsetzen wollten."

„Ja, und?", erwiderte er.

„Ja!", betonte Bea. „Sein Vertrag läuft in wenigen Wochen aus."

„Im Moment ist keine freie Stelle verfügbar, da kann auch ich nichts machen, Frau Nagel", erwiderte Hellman. Bea riss die Augen auf, und bevor sie antworten konnte, sagte Hellman: „Aber ich habe veranlasst, dass sein Vertrag bis Ende Mai verlängert wird. Mehr kann ich im Moment wirklich nicht tun, Frau Nagel, aber es wird sich bis dahin sicherlich eine Lösung finden."

Bea war erleichtert und etwas von der Spannung fiel von ihr ab. Hellman beobachtete die Veränderung in ihren Gesichtszügen und war zufrieden. Er hatte nicht vor, Ronald Nagel einen unbefristeten Vertrag zu geben. Ronald Nagel war ein guter Virologe, auf den man nicht unbedingt verzichten wollte, aber in dieser Hängepartie war er ihm doch viel nützlicher. Weil Ronalds Arbeitsvertrag immer wieder verlängert werden musste, hatte Hellman ein zuverlässiges Druckmittel, um Beatrix bei der Stange zu halten. Griebsch konnte dagegen gar nichts machen, trotz seiner neuen OECD Aktivitäten. Es hing vor allem von Hellman ab, wie es mit der AG-Toxine weiterging.

Bea verlies Hellmans Büro mit einem Gefühl der Erleichterung. Sie war froh über den Zeitaufschub. Eigentlich hatte sie sich mehr erhofft, aber um zu liefern, was Hellman wollte, stürzte sie sich mit

Feuereifer in die Arbeit. Antiseren ließen sich mit inaktivierten BoNT leicht herstellen, dazu brauchte sie keine Hilfe. Sie begann, monoklonale Antikörper herzustellen, die sehr spezifisch gegen die verschiedenen Varianten der Botulinum Toxine reagierten. Etwas mehr als drei Monate blieben ihr, um Hellman dazu zu bringen, sein Versprechen zu halten: eine feste Stelle für Ronny.

Schneider hatte einen wirklichen Durchbruch bei der Herstellung des Rizinantiserums erzielt. Er hatte eine Methode entwickelt, Rizin an Latexkügelchen zu koppeln, sodass es in Mäusen nicht mehr toxisch wirkte. Mit dem gekoppelten Rizin konnte er neutralisierende Antiseren herstellen, der erste Schritt zu einem richtigen Impfstoff. Wem würde so ein Impfstoff eigentlich nützen? Man konnte doch nicht alle Menschen gegen Rizin immunisieren, nur weil man annahm, dass Terroristen es irgendwann einsetzen könnten? Viele waren schon nicht bereit, sich freiwillig gegen Grippe impfen zu lassen und hier ging es um eine potenzielle Biowaffe. Wie sollte man den Menschen das erklären, ohne Panik hervorzurufen? Bis zur Entwicklung eines geprüften und zugelassenen Impfstoffes dauerte es außerdem Jahre. Wenn wirklich ein Anschlag mit Rizin erfolgte, käme eine Impfung ohnedies zu spät.

Er beschloss, das genaue Verfahren zur Herstellung des Impfstoffes für sich zu behalten. Bea brauchte für ihre Tests nur das Serum, aber nicht die Methode zu seiner Herstellung. Wissenschaftlich gesehen war diese Sache reizvoll. In ein paar Wochen würde er wissen, ob die Tiere tatsächlich immun gegen Rizin geworden waren. Ob das Serum der Tiere die giftige Wirkung von Rizin neutralisieren würde? Der endgültige Test bestand darin, ein gegen Rizin immunisiertes Tier mit einer normalerweise tödlichen Menge Rizin zu behandeln. Wenn es überlebte, dann war es gegen das Gift immunisiert und er, Leo Schneider, hätte einen wirklichen Impfstoff gegen Rizin entwickelt.

Schneider wartete mit Spannung auf neue Ergebnisse in den nächsten Wochen. In der Zwischenzeit untersuchte er immer wieder Rizinproben, die er durch chemische Behandlung inaktivieren wollte. Mittlerweile hatte er bereits sechsundsiebzig verschiedene Ansätze auf seinem Laborregal stehen. Bisher konnte er aber bei keinem Ansatz eine spezifische Inaktivierung feststellen.

Eine Reihe von Proben, die er vor zwei Wochen chemisch behandelt hatte, testete er erneut. Alle, bis auf eine, zeigten die gleiche, stetige Abnahme der Toxizität, genauso wie unbehandeltes Rizin, wenn man es bei Zimmertemperatur länger aufbewahrte. Aber die Probe mit der Nummer 51 war eine Ausnahme, sie behielt ihre ursprüngliche Giftigkeit. Als Schneider sie wieder untersuchte, musste er sie sogar stärker verdünnen, als noch vor zwei Wochen, um den Punkt zu erreichen, an dem sie die Zellkulturen nicht mehr zerstörte. Probe 51 hatte er mit einer chemischen Substanz behandelt, die nach seinen Erwartungen das Rizin hätte inaktivieren müssen. Das Ergebnis kam unerwartet und Schneider glaubte an einen Fehler in seinem Versuchsansatz. Er legte neue Proben an, die er genauso wie die Probe 51 behandelte, und schrieb das Datum, an dem er sie hergestellt hatte, mit Filzstift auf die Glaskolben. Weitere Wochen vergingen, und als er diese Proben untersuchte, zeigte sich der gleiche Effekt wie bei der ersten Probe Rizin 51. Die toxische Wirkung auf die Zellkulturen wurde umso stärker, je länger Schneider das Rizin mit der Chemikalie zusammenließ.

Wer Bunker baut, wirft Bomben. Es war der Titel eines Aufsatzes gewesen, der sich kritisch über militärische Defensivmaßnahmen auseinandersetzte. Wer sich mit Abwehrwaffen beschäftigte, arbeitete auch für den Angriff, ob er wollte oder nicht. Wer Abwehrmaßnahmen gegen Biowaffen entwickelte, musste sich zwangsläufig auch mit den Waffen selbst beschäftigen. Wie schnell es geschehen konnte, dass ein unerwarteter Effekt eine Biowaffe verbesserte, anstatt sie zu zerstören, hatte Leo Schneider mit seinem Rizin 51 herausgefunden.

Schneider behielt seine Erkenntnisse über Rizin 51 eine Weile für sich. Erst, nachdem er sicher war, dass seine Ergebnisse auf keinem Trugschluss beruhten, sprach er mit Tanja darüber. Wie üblich blieb Tanja ziemlich cool und sagte nur: „Eine zweischneidige Klinge, pass auf, dass du dich nicht daran verletzt.“ Sie zeigte auf die kleine silberne Doppelaxt, die sie an einer Kette um den Hals trug.

In den folgenden Wochen wurde es offenkundig, dass Schneider bei seinen Versuchen, das Rizin zu inaktivieren, etwas entdeckt hatte, was dessen Wirkung extrem verstärkte. Und nicht nur das, die Behandlung machte das Rizin außerdem widerstandsfähiger, es blieb auch bei Zimmertemperatur stabil und damit war es als Biowaffe noch viel geeigneter als das natürliche Rizin. Schneider hatte zu wenig chemische Kenntnisse, um prüfen zu können, was im Einzelnen mit dem Rizin 51 passiert war. Er konnte es aber auch keinem chemisch versierten Kollegen zur Untersuchung geben, ohne Gefahr zu laufen, dass diese Entdeckung publik wurde.

Tanja blieb die Einzige, die außer ihm Bescheid wusste. Niemand sonst sollte davon erfahren. Leo Schneider war unschlüssig, was er mit seiner zufälligen Entdeckung anfangen sollte und ließ die durchnummerierten Flaschen mit den Rizinproben auf dem Laborregal stehen. Er dachte an das Interview von Griebsch und an die undichte Stelle im Labor. Er löschte alle Protokolle zur Herstellung der Probe 51 von seinem Arbeitsplatzcomputer. Die schriftlichen Aufzeichnungen nahm er zu sich nach Hause. Die Herstellung von Rizin 51 war nicht schwer, eigentlich hatte er alles im Kopf und brauchte keine Aufzeichnungen. Aber im Labor konnten sie jemandem in die Hände fallen, der damit Schaden anrichtete. Das durfte nicht passieren.

Eigentlich hätte er alle Rizin 51 Proben sofort zerstören müssen. Aber seine Neugier und auch seine Eitelkeit waren stärker als die Vernunft. Er wollte jetzt wissen, ob die Präparate in ein paar Wochen noch giftiger sein würden. Vielleicht gingen sie ja auch kaputt? Leo Schneider war nicht sicher, was er sich mehr wünschte. Ihm schmeichelte die Vorstellung, eine wirklich gefährliche Entdeckung gemacht zu haben. Wie schnell die Selbstgefälligkeit in ihm geweckt werden konnte! War es nicht die Eitelkeit, die Griebsch, Krantz und Hellman so werden ließ, wie sie waren? Es war ein schmaler Grat, auf dem Schneider von nun an lief.

9.

Als die Maschine ausrollte, war es in Singapur früh am Morgen, aber immer noch stockdunkel. In den äquatornahen Zonen war es entweder Tag oder Nacht, so etwas wie Morgengrauen oder Abenddämmerung gab es kaum. Horst Griebsch hatte für heute noch viel vor. Zuerst wollte er sich in das Hotel *Peacock* bringen lassen, um später die teure Digitalkamera zu kaufen, die hier fast um die Hälfte billiger sein sollte, als in Deutschland. Nachdem er seinen Koffer vom Band genommen und die Einreisekontrolle passiert hatte, ging er zu den wartenden Taxis, eine Reihe blauer, kleiner Wagen. Er stieg in das erste Taxi der Reihe ein.

„*Good morning, Sir!*“ Der Fahrer, ein Sikh mit einem blauen, kunstvoll gebundenen Turban und einem langen schwarzen Bart, startete den Motor und fuhr los.

“*Hotel Peacock, Chinatown*”, erklärte Griebsch.

“*I know a better hotel, Sir*”, antwortete der Fahrer.

Griebsch wollte nicht: “*No, Hotel Peacock, please!*”

“*This hotel is not good for you Sir; I will bring you to a better one.*”

“*No, no, I want Hotel Peacock!*”

Den Fahrer schien das nicht weiter zu kümmern. „*I know a cheap and very good hotel, Sir.*” Wie zur Bekräftigung gab er tüchtig Gas und fuhr unbekümmert durch die Straßen. Wenn Fußgänger versuchten, den Fahrdamm zu überqueren, beschleunigte er, wobei er mit der Zunge schnalzte. Griebsch wurde nervös. Sie fuhren etwa eine Viertelstunde, um vor einem großen und schicken Hotel in der Innenstadt zu halten.

„*Hotel Peacock?*“, fragte Griebsch erwartungsvoll.

„*Shangri La hotel, Sir, much better hotel for you.*” Der Fahrer blickte Griebsch aus seinen dunklen Augen durchdringend an.

“*No, not Shangri La. I told you to bring me to the Peacock Hotel.*” Griebsch machte keine Anstalten auszusteigen. Der Fahrer zuckte mit den Achseln und fuhr weiter. Nach zehn Minuten hielt er vor einem anderen Hotel. Horst Griebsch war inzwischen hellwach und sehr misstrauisch geworden.

„*Hotel Peacock?*“, fragte er lauernd.

Der Fahrer hielt es für besser, nicht darauf zu antworten. „*Come and have a look, Sir.*” Er schien den Portier zu kennen, denn dieser kam auf das Auto zu, blinzelte den Fahrer an, um Griebsch darauf ölig anzugrinsen.

„*Gallery Hotel!*“ Der Taxifahrer schnalzte mit der Zunge, als würde er ihm eine Spezialität kredenzen.

„*Come in Sir, come in and have a look*“, sagte der Portier, der die Beifahrertür aufgerissen hatte. Der Fahrer hatte inzwischen Griebschs Koffer neben das Auto gestellt.

Griebsch fing an, auf Deutsch heftig zu schimpfen. „Beschiss, Scheiße ist das!“ Er war sich sicher, dass der Mann ihn nicht verstand. „Was soll das, ich will zum Peacock Hotel, verstehst du „PEEEEAACOCK! *I don't pay if you don't bring me there!*"

Der Taxifahrer nahm Griebschs Koffer und wuchtete ihn zurück in das Auto, während der Fahrt sagte er zur Abwechslung gar nichts mehr. Nach weiteren zehn Minuten hielt er in einer Straße vor einem flachen Gebäude. *Hotel Peacock* stand in Leuchtschrift an der Fassade.

„Warum nicht gleich so? Ständig muss man achtgeben, um nicht beschissen zu werden", brummelte Griebsch.

Als er bezahlt hatte und aussteigen wollte, hielt der Taxifahrer ihn am Arm fest. *„I know a very good jewellery shop Sir, you can buy precious stones, very good quality. I come later and bring you there, Sir." (17).* Er gab Griebsch seine Visitenkarte. *"Very cheap, the shop-owner is my friend. I will pick up you later. Bye-bye Sir."*

Griebsch hielt es für besser, darauf nicht zu antworten und griff nach seinem Koffer. Dann stapfte er mit seinem Gepäck in den Hoteleingang. Den Taxifahrer schien hier niemand zu kennen. Weder kam jemand aus dem Hotel heraus, noch machte der Chauffeur sich die Mühe aus seinem Taxi zu steigen, sondern fuhr gleich weiter.

„Der war auf Provision aus, aber das läuft bei mir nicht." Griebsch war mit sich zufrieden und ging in das Hotel. Inzwischen war es hell geworden. Die Rezeption des Hotels schien verlassen und lag im Halbdunkeln. Als Griebsch herantrat, erhob sich ein Mann, der hinten in der Rezeption gesessen hatte. Er war klein und zierlich, hatte eine dunkle Hautfarbe und ein glattrasiertes Gesicht. Griebsch hielt ihn für einen Malaien. Auf seine Frage nach einem Zimmer nickte der Mann und sagte: *„Passport, please."* Horst Griebsch gab ihm seinen Pass, den der Mann lange studierte, bis er nickte und Griebsch einen Schlüssel gab. *"For one night, only 65$ if you pay cash, Mister. If you pay with a credit card it is 85$."*

„Cash", sagte Griebsch und zahlte bar. 65 $ war doch günstig, dachte er. Wer wusste schon, was die Hotels von diesem Taxifahrer gekostet hätten?

Ein Hotelangestellter, der von Griebsch unbemerkt herangetreten war, nahm wortlos seinen Koffer. Griebsch musste hinter ihm herlaufen, sie blieben im Erdgeschoss und gingen über einen Korridor. Am Ende des Flurs standen sie vor einer Zimmertür. Als der Page aufschloss, fiel Griebschs Blick auf ein großes Bett, eine Fensterfront, die zu einer Terrasse ging. Durch eine halb geöffnete

Tür sah er in ein modern ausgestattetes Bad. Horst Griebsch war zufrieden und bot dem Mann ein kleines Trinkgeld an, was dieser jedoch höflich ablehnte.

Dann eben nicht, dachte Griebsch. Er wollte vorerst eine oder zwei Stunden ausruhen und dann in die Stadt shoppen gehen. Laut Stadtplan befand sich die Einkaufszone nicht weit vom Hotel, er konnte bequem zu Fuß dorthin gelangen. Die Karte von dem Taxifahrer warf er weg. Mit dem Gauner würde er sowieso nicht mehr fahren. Er zog die Vorhänge zu, da schon Tageslicht in das Zimmer fiel. Nachdem er sich auf dem Bett ausgestreckt und für einen Moment gelegen hatte, pochte es sanft an seiner Tür.

„*Yes, what?*“, rief Griebsch.

„*Room service, please, Sir*“, rief eine zarte Frauenstimme. Griebsch öffnete die Tür. Vor ihm stand eine zierliche junge Frau in einem traditionellen malaiischen Wickelrock, in der Hand ein Tablett. „*Welcome to Hotel Peacock, Sir, and a gift from the reception for our new guest*“, sagte sie melodisch und verbeugte sich.

Griebsch sah sie an. Sein Blick glitt über ihren Körper vom Kopf bis zu den Füßen. Für einen Moment meinte er, mit dem Wort Geschenk würde die Frau sich selbst anbieten. Sie schien das gefühlt zu haben. Schnell überreichte sie ihm das Tablett, auf dem ein großes gefülltes Cocktailglas stand. „*A gift from the hotel. No alcohol, just fruit cocktail, Sir.*“

Die Frau entfernte sich mit kleinen Schritten rückwärts lächelnd von der Tür und ließ Horst Griebsch mit dem Tablett in der Hand stehen. Als er daran dachte, ihr ein Trinkgeld anzubieten, war sie schon im Flur verschwunden.

Die waren alle so bescheiden hier! Horst Griebsch schüttelte den Kopf, grinste in sich hinein und freute sich schon auf die Schnäppchenjagd in der Stadt. Das Getränk duftete nach tropischen Früchten. Er stellte es auf den Nachttisch, legte sich wieder hin und war für einen Moment mit sich und der Welt zufrieden. So ein Service! Und überhaupt, schön, dass der Stress mit dem Kongress endlich vorbei war.

Eine Stunde wollte er noch ausruhen, die Geschäfte würden sowieso erst später öffnen. Gedankenverloren zog Griebsch an dem Strohhalm und kostete den Geschmack der tropischen Früchte. Für einen Moment schloss er genussvoll die Augen. In dieser entspannten Lage hing er seinen Gedanken nach. Bilder vom Kongress schossen ihm durch den Kopf, und er dachte an seine Zukunft im IEI. Dann kroch langsam die Müdigkeit in ihm hoch. Griebsch ließ es zu und fiel in einen tiefen, traumlosen Schlaf. Er dachte noch daran, seinen Wecker zu stellen, aber brachte es nicht mehr zustande. Wie Nebelfetzen flogen die Eindrücke an ihm vorbei. Einmal glaubte er, Stimmen zu hören. Es war doch laut, das Hotel, so schien es ihm. Dann hatte er das Gefühl zu schweben, seine Gliedmaßen waren wie Watte und er konnte sie nicht so bewegen, wie er wollte. Für eine lange Zeit war nichts, nur endlose Schwärze um ihn herum.

Als er wach wurde, hatte er dröhnende Kopfschmerzen. Seine Augen ließ er noch geschlossen, weil er befürchtete, das Tageslicht würde seine Migräne noch verstärken. Das Dröhnen wurde stärker und er hatte den Geruch von Diesel in der Nase. Ihm war schwindlig und es war, als würde er sanft geschaukelt werden. Als er die Augen einen kleinen Spalt öffnete, blendete ihn das helle Licht. Jemand musste die Vorhänge in seinem Zimmer geöffnet haben. Eine Stimme rief Worte, die er nicht verstand, ein Schatten beugte sich über ihn und er hörte das Dröhnen an- und abschwellen. „Wie ein Motorengeräusch“, dachte er und spürte einen Stich in der Armbeuge. Als Griebsch sich aufrichten wollte, fiel er kraftlos zurück. Wieder Schwärze, kein Zeitgefühl, wirre Träume, Stimmen, Lachen, angefasst werden, angehoben werden.

Als er nach einer Zeit, deren Dauer er nicht ermessen konnte, wieder aufwachte, waren die Kopfschmerzen noch da, aber nicht mehr so stark. Dieses Mal öffnete er seine Augen ganz. Er lag immer noch auf dem Bett und blickte auf die Zimmerdecke, von der Licht aus einer Neonröhre schien. Außer einem gleichbleibenden Summton war nichts zu hören. Seine Augen wanderten hin und her und er bemerkte die weißen, fensterlosen Wände. In seinem Rücken spürte er, wie hart das Bett war, auf dem er lag. Das war doch nicht das Hotel? Ich bin nicht im Hotel! Mit diesem Gedanken drehte er suchend seinen Kopf weiter nach links und sah etwa einen Meter entfernt einen Mann in einer grünlichen Uniform auf einem Stuhl sitzen. Seine Gesichtszüge waren malaiisch, wie bei dem Portier, aber er hatte militärisch kurz geschorene Haare und über seinen Knien lag ein Gewehr.

„Was ist los? Wo bin ich?“, hörte Griebsch seine Stimme wie von weit entfernt her. Auf seiner rechten Seite endete das Zimmer in einem Maschendrahtzaun, der es von einem unbeleuchteten Flur abtrennte. Eindeutig eine Zelle. Er war in einem Gefängnis! Bei dem Gedanken spürte er plötzlich eine starke Trockenheit in seinem Mund. Als er den Posten wieder ansah, blickte dieser prüfend zurück, hob neben sich einen Hörer ab und sagte einige Worte in einer Sprache, die Griebsch nicht verstand. Als Griebsch sich aufrichten wollte, wurde er festgehalten und bemerkte, er war auf dem Bett, das einer Pritsche glich, festgeschnallt. „Wasser“, sagte er. Der Posten schaute ihn ausdruckslos an und schien nicht zu verstehen. „*Water, please, water please*“, krächzte Griebsch.

Der Posten griff nach etwas auf dem Boden und hielt Griebsch eine Plastikflasche an den Mund. Das Wasser floss ihm halb über das Kinn, aber er trank gierig. Im Flur flammte Licht auf und von entfernt hörte Griebsch Schritte und Stimmen, die näherkamen. Ihm fiel ein, dass in Singapur auf Drogenbesitz die Todesstrafe stand. Hatte ihm vielleicht am Flughafen jemand etwas in sein Gepäck geschmuggelt? Oder war es der Taxifahrer, der sich rächen wollte? Vielleicht auch der komische Typ von der Hotelrezeption? Die Schritte von der anderen Seite des Maschendrahtzauns näherten sich. Zwei Männer standen dort. „Habe ich Ihnen nicht gesagt, dass die Welt klein ist?“, hörte Griebsch eine fröhliche Stimme vom Flur. „So sieht man sich wieder!“

Diese Stimme kannte Horst Griebsch. Ja, er hatte sie gestern noch gehört, aber das konnte doch nicht wahr sein! Es war tatsächlich Sutter, der mit einem bewaffneten Mann vor dem Maschendrahtzaun stand. Der Posten, der neben Griebsch gesessen hatte, war aufgestanden und schloss eine Tür im Drahtverhau auf, die Griebsch erst jetzt bemerkte. Für einen kurzen Moment war er erleichtert: „Ach, Herr Sutter, zum Glück sind Sie da. Helfen Sie mir, man hat mich betäubt, verschleppt und hält mich hier fest. Wo bin ich hier und wer hat Sie denn benachrichtigt?“, sprudelte es aus ihm heraus.

Sutter gab dem Posten in der Zelle eine Anweisung, worauf dieser Griebsch seine Fesseln abnahm. Griebsch zog langsam seine Beine an seinen Körper, er hatte überall Schmerzen, wie von einem starken Muskelkater.

„Die Leute hören ja auf Sie! Haben Sie etwas mit meiner Entführung zu tun, Herr Sutter?", fragte Horst Griebsch mit aufsteigendem Entsetzen. „Sagen Sie mir doch, wo ich hier bin und warum man mich festhält!" Sutter trat näher an die Pritsche heran. Griebsch richtete sich halb auf und ließ seine Beine vom seitlichen Rand herabbaumeln.

„Also, erst einmal kann ich Sie beruhigen", sagte Sutter. „Sie sind zu Ihrem Glück nicht mehr in Singapur. Ja, Sie hatten Drogen im Gepäck, Herr Professor, und nicht zu wenig. Sie hatten Glück, dass ich Sie noch rechtzeitig aus Singapur herausbringen konnte."

„Drogen?", fragte Griebsch ungläubig. „Ich? Woher soll ich die denn haben, ich bin doch kein Junkie und kein Dealer! Und wo bin ich hier überhaupt?"

„Sie sind in Malaysia", sagte Sutter, „und ich glaube Ihnen, dass Sie kein Junkie sind. Mit dem Dealer ...", er lies den Satz unvollendet. „Wir müssen Sie allerdings eine Weile hierbehalten. Sie sind ja illegal eingereist und es wird eine Weile dauern, bis wir Sie wieder zurück nach Deutschland bekommen."

Griebsch schaute auf seine Armbanduhr und las das Datum. „Zwei Tage!", schrie er, „zwei Tage ist es her, dass ich in Singapur angekommen bin. Was ist mit mir in der Zwischenzeit passiert? Woher wussten Sie von alledem? Wo bin ich denn hier genau? Ich verlange mit dem deutschen Botschafter zu sprechen, Sie halten mich hier fest ..."

„So viele Fragen und", Sutter schaute ihn abwägend an, „und ein wenig mehr Dankbarkeit würde Ihnen besser stehen, Griebsch. Wir haben Sie schließlich gerettet." Er lächelte, aber nicht mehr freundlich. „Wenn Sie keine Schwierigkeiten machen, sind Sie in zwei bis drei Tagen in Frankfurt. Tun Sie am besten, was ich Ihnen sage und hören Sie auf, Fragen zu stellen, die ich Ihnen nicht beantworten kann."

„Tun? Ja, was wollen Sie denn von mir?", fragte Horst Griebsch. Sein Atem ging flach, sein Herz klopfte. Er merkte, dass sich etwas in Sutters Tonfall geändert hatte. Da war er nicht mehr Herr Professor, Sutter nannte ihn einfach nur noch Griebsch.

„Sie sind doch nicht von der OECD?", sagte Griebsch. „Wer und woher sind Sie?"

„Wer sagt Ihnen denn, dass ich nicht von der OECD bin?" Sutter sprach ein paar Worte mit den beiden Posten, die um die Pritsche herumstanden. Es war wohl ein Befehl gewesen, beide nahmen Horst Griebsch in die Mitte und machten Anstalten, ihn aus der Zelle herauszubringen.

„Wohin bringen Sie mich?", protestierte Griebsch.

„Wollen Sie denn weiter hier in der Zelle bleiben?", fragte Sutter und sah ihn erstaunt an. Er lachte: „Sie bekommen bei uns ein besseres Hotelzimmer, als Sie es im *Peacock* vorfanden."

„Sie waren es!" Griebsch kreischte, als die beiden Posten ihn unter die Oberarme griffen. „Sie haben mich in das *Peacock* gelotst, um mich dann hierher zu verschleppen."

„Schluss mit dem Gerede." Sutters Stimme zeigte Ungeduld. „Kommen Sie freiwillig mit, oder müssen wir Sie auch noch tragen?"

Horst Griebsch fügte sich in sein Schicksal, stand auf und lief auf wackligen Beinen zwischen Sutter und den beiden Posten den Flur entlang, bis sie nach zwei Abbiegungen an einen Fahrstuhl kamen. Der brachte sie drei Stockwerke nach oben. Als sie ausstiegen, befanden sie sich in einem besser ausgestatteten Teil des Gebäudes. Der Flur war mit Teppichboden ausgelegt und das Licht kam von verzierten Deckenlampen, die den Flur in einen golden getönten Schimmer tauchten. Nach einer weiteren Biegung gelangten sie an eine Tür, die Sutter mit einem Nummerncode öffnete.

„So, hier sind Sie Ihrem Status gemäß untergebracht, Herr Professor." Sutter lächelte Griebsch wieder freundlich an. „Machen Sie es sich hier gemütlich, ich komme morgen früh vorbei und zeige Ihnen etwas, das Sie überraschen wird. Wir haben Ihnen ein Abendessen auf ihr Zimmer gebracht." Er deutet auf den Tisch neben dem Sofa. „Sie finden Ihren Koffer mit Ihren Sachen und dazu noch ein paar Kleinigkeiten, alles zu Ihrer Bequemlichkeit. Wenn Sie etwas brauchen, heben Sie nur den Hörer vom Telefon ab. Man wird sich dann um Sie kümmern. Wir sehen uns dann morgen gegen neun Uhr. Ich wünsche Ihnen eine gute Nacht, Herr Professor."

Sutter ging mit den beiden Uniformierten aus dem Zimmer und Griebsch hörte noch, wie die Tür zufiel. Er rannte hinterher, und als er sie öffnen wollte, leistete der Türknauf keinen Widerstand, drehte sich jedoch nur um sich selbst. Die Tür aber blieb verschlossen.

Griebsch durchquerte das Zimmer bis zur Fensterfront. Nach draußen schaute er auf ein Gelände, auf dem Flachbauten standen. Zwei Transportfahrzeuge waren dort geparkt. Menschen sah er nicht und auch kein Ende des Areals, welches ihn an eine Fabrikanlage erinnerte. Ein paar Palmen standen zwischen den Gebäuden, zur Erinnerung, dass er sich immer noch in den Tropen befand. Die Fenster hatten keine Riegel und ließen sich nicht öffnen. Das Glas war solide und gab kaum einen Ton von sich, wenn man dagegen stieß. Trotzdem war die Luft im Zimmer kühl und frisch und ein leichter Luftzug kam aus den Schlitzen einer Klimaanlage in der Decke. Griebsch ließ sich auf das Sofa fallen. Es gab keinen Zweifel, er war immer noch ein Gefangener, nur das er sich jetzt in einer Luxuszelle befand.

Auf dem runden Tisch neben dem Sofa stand das Telefon, von dem Sutter gesprochen hatte. Griebsch hob dem Hörer ab, vernahm kein Freizeichen und nach einem Moment eine fremde Stimme: „*Good evening, can I help you, Sir?*“ Entmutigt legte er den Hörer wieder auf, ohne etwas zu sagen. Auf dem Tisch standen Schüsseln mit warmen und kalten Essen. Zuerst wollte Griebsch aus Protest davon nichts nehmen, doch nach einiger Zeit meldete sich der Hunger und er konnte nicht länger widerstehen. Er musste sich eingestehen, das Essen war gut. Nachdem er satt war, schaute er sich genauer in seinem Zimmer um. Eigentlich war es eine Suite, die aus zwei Räumen bestand. Hinter einer Zwischentür lag das Schlafzimmer. Auf dem Bett fand er seinen Pyjama und seine übrigen Sachen waren sorgfältig in einem Wandschrank eingeräumt. Sogar die Winkekatze aus Kyoto hatten sie ihm auf den Nachttisch gestellt. Sie schien ihn höhnisch anzugrinsen.

Nachdem er eine Weile ratlos und rastlos durch die beiden Zimmer gewandert war, ließ er sich auf das Bett fallen, schlief ein, wachte zwischendurch auf, weil er vermeinte, Geräusche zu hören. Er lauschte in die Dunkelheit, aber hörte nichts. Die Fenster waren so massiv, dass von draußen kein Laut ins Zimmer drang. Schließlich zog er sich seinen Pyjama an und legte sich wieder ins Bett. Er lag noch lange wach in der Dunkelheit und grübelte, bis er irgendwann einschlief.

10.

Ein Klappen, wie von einer Tür, weckte ihn. Bis er aufgestanden und in das Wohnzimmer gegangen war, war niemand mehr zu sehen. Auf dem Tisch stand ein Frühstück, aus der Kaffeekanne duftete es verführerisch. Für einen Moment dachte er geträumt zu haben, und sich immer noch im Hotel *Peacock* in Singapur zu befinden. Dann kam die Erinnerung zurück. Er durchsuchte seine Sachen, die auf dem Stuhl neben dem Bett lagen. Seine Brieftasche war da, mit allem, Geld und Kreditkarten. Auch die goldene Armbanduhr, nichts von Wert war verschwunden. Allerdings fand er seinen Pass nicht.

Horst Griebsch frühstückte, der Kaffee tat ihm gut. Er überlegte, was Sutter ihm gestern angekündigt hatte. Eine Überraschung. Wahrscheinlich würden sie ein Video drehen. In dem Stil: „*Professor Horst Griebsch, Biowaffenexperte, Gefangener der Bewegung XY!*" Oder man würde ihn zwingen, etwas aufzusagen: „*Die Politik meiner Regierung hat das Leben vieler unschuldiger Menschen auf dem Gewissen.*" So ungefähr. Dann kam er wieder ins Grübeln. Wer war dieser Sutter? Was wollte er von ihm?

Nach etwa einer Stunde öffnete sich die Tür mit einem leichten Klicken. Im Türrahmen stand Sutter, wieder mit einer Eskorte, diesmal waren es ein Mann und eine Frau und beide unbewaffnet. Der Mann konnte Chinese sein, aber die Frau? Sie hatte dunkle, leicht gewellte Haare, die sie offen trug. Ihre vollen Lippen, die großen braunen Augen und ihr matter Teint gaben ihrem Gesicht eine sinnliche Note. Sie war ungeschminkt, aber sah doch nicht so aus, wie Griebsch sich eine Kämpferin für den Djihad vorstellte. Eigentlich fand er sie recht ansprechend.

„Ich hoffe, Sie haben eine ruhige und angenehme Nacht bei uns verbracht, Herr Professor. Wenn Sie sich jetzt anziehen möchten, kann ich Ihnen die Überraschung zeigen, von der ich gesprochen habe", sagte Sutter.

So, als wollte er mir was zu Weihnachten schenken, dachte Griebsch. Nachdem er sich angezogen hatte, gingen sie den Flur entlang bis zu einem Lastenfahrstuhl. Sutter zog eine Karte durch ein Lesegerät und die Fahrstuhltür öffnete sich geräuschlos. Der Lift brachte sie ein oder zwei Stockwerke tiefer. Als sie ausstiegen, befanden sie sich offenbar in einem technischen Teil des Gebäudes. Das Licht flammte nur dort auf, wo man sich gerade befand, um danach wieder zu erlöschen. Schließlich endete ihr Weg an einer

Schiebetür, die Sutter mit seiner Chipkarte öffnete. Nachdem sie hineingegangen waren, schloss die Tür sich sofort wieder. Nur ein paar Meter vor ihnen gab es eine weitere Tür, unzweifelhaft waren sie in einer Schleuse.

„Kleiderwechsel", sagte Sutter. Griebsch schaute erstaunt, als alle wortlos ihre Oberbekleidung ablegten, um in die, in der Schleuse bereitgestellten, Laborkittel zu schlüpfen. Die Frau schien es nicht zu stören, als Horst Griebsch ihr zusah, wie sie ihre Bluse auszog und sein Blick von ihren Brüsten, die in einem schwarzen BH eingebettet waren, angezogen wurde. „Auch Sie, Herr Professor", mahnte Sutter den verdutzten Griebsch. Während Griebsch sein Hemd auszog, streifte die Frau ihren Kittel über und verschloss ihn im Rücken, als hätte sie das schon oft getan. Sutter blickte alle drei nacheinander an.

„Alle soweit? Okay, dann kann es ja losgehen." Sutter öffnete die zweite Tür und ein verdutzter Horst Griebsch stolperte in ein großes, hell erleuchtetes und vollständig eingerichtetes Laboratorium.

„Was sagen Sie nun, Herr Professor?" Sutter blickte ihn an und war nicht ohne Stolz. „Ist das nicht nach Ihrem Geschmack? Mit unseren technischen Möglichkeiten können wir sicherlich mit Ihrem IEI mithalten. Ach ja, ich habe Ihnen noch gar nicht Ihre Mitarbeiter vorgestellt." Sutter deutete auf den Mann und die Frau, die sich inzwischen auf ihre Arbeitsplätze in dem Labor begeben hatten.

„Sie können sie Hans und Grete nennen!", lachte Sutter. Er zwinkerte Griebsch zu: „Das sind zwar nicht ihre richtigen Namen, aber es gibt Ihnen vielleicht ein wenig Heimatgefühl, als wären Sie in Ihrem Labor im IEI. Allerdings müssen Sie schon Englisch mit ihnen reden, damit sie tun, was Sie ihnen auftragen."

Griebsch stand da, perplex, mit offenem Mund. Er hatte den Eindruck, in einem Film zu sein, in einem falschen Film. „Was wollen Sic denn eigentlich von mir?", fragte er Sutter ungläubig. Sein Verstand weigerte sich, an das Unmögliche zu glauben.

„Was ich von Ihnen will? Aber das wissen Sie doch längst, Herr Professor. Nichts weiter, als dass Sie Ihre Experimente zur Herstellung des Rizinimpfstoffs in diesem Labor durchführen und uns dabei Ihre Methoden erklären. Hans und Grete sind erfahrene Wissenschaftler, sie werden Ihnen in jeder Hinsicht eine wertvolle Hilfe sein und übrigens …", Sutter deutete auf einen großen Eimer, der unter einem der Labortische stand. „Rohmaterial für die

Versuche gibt es genug. Ja, schauen Sie ruhig!“ Der Eimer war bis zum Rand mit Rizinussamen gefüllt. Scheckig wie vollgesogene Zecken lagen sie dort in Massen und schienen Horst Griebsch anzugrinsen.

„Was? Das ist ja vollkommen unmöglich!“, rief Griebsch und fuchtelte aufgeregt mit seinen Armen. „Sehen Sie, ich habe meine Aufzeichnungen nicht dabei und ich ...“

„Seien Sie nicht so bescheiden. Sie haben doch selbst in ihrem Interview und auf der Tagung in Kyoto erzählt, wie einfach es im Prinzip ist. Schauen Sie nur, die neuesten Geräte zur DNA- und Proteinaufreinigung, so etwas haben Sie im IEI wahrscheinlich gar nicht. Unser Unternehmen hat alle Möglichkeiten. Ihr Forscherherz müsste eigentlich höher schlagen. Bitte ein wenig mehr Begeisterung, Herr Professor!“

„Aber ich weiß doch nicht einmal, wer Sie eigentlich sind und wozu Sie den Impfstoff brauchen?“

„Hören Sie, alles was wir von Ihnen wollen, ist der Weg zu dem Impfstoff. Das ist doch eine gute Sache. Wir wollen nicht, dass Sie hier Biowaffen herstellen. Der Impfstoff dient doch nur zum Schutz und mit Impfstoffen kann man außerdem eine Menge Geld verdienen. Wir sind doch die Guten, Herr Professor!“, sagte Sutter begeistert und breitete seine Arme in einer einladenden, theatralischen Geste aus.

„Aber, wer steht denn tatsächlich hinter Ihnen? Wer ist denn wir?“, fragte Griebsch.

„Sagen wir einfach, wir sind ein großes Unternehmen. Da Sie noch nicht zu uns gehören, kann ich Ihnen leider nichts Genaueres verraten. Je weniger Sie von uns wissen, desto einfacher kommen Sie hier wieder heraus! Je mehr Sie von uns wissen, desto schwieriger wird es für uns, Sie gehen zu lassen. Dann müssten Sie möglicherweise für immer bleiben!“ Sutter lachte und klopfte Griebsch auf die Schulter. „So einfach ist das. Also, ab sofort keine solchen Fragen mehr, sondern nur noch Fachgespräche, wenn es recht ist! Sagen Sie Hans und Grete, was Sie brauchen. Auch die Experimente können von den beiden unter Ihrer Anleitung durchgeführt werden, das wollen wir sogar, denn Ihr Know-how ist uns sehr wichtig.“

„Tja." Griebsch wurde es heiß und kalt. So einfach würde er hier nicht mehr herauskommen. Alle drei schauten ihn erwartungsvoll an. „Also ich bin, äh, ich …", dann fiel ihm etwas ein: „Wie weit sind Sie denn schon selbst gekommen?", fragte er. „Mit dem Rizinimpfstoff, meine ich."

„Fragen Sie nur die beiden", ermutigte ihn Sutter. „Ich bin eher so etwas wie ein Generalist und tauge nicht viel für Diskussionen unter Spezialisten." Er stellte Griebschs Frage an beide auf Englisch. Griebsch hörte die Frau mit einer melodisch klingenden Stimme berichten, wie sie das Rizin aufgearbeitet, angereichert und welche Immunisierungsversuche sie bisher gemacht hatten. Zwischendurch machte sie Pausen und schaute ihn erwartungsvoll an, als würde sie Vorschläge oder Kommentare zu ihren Ausführungen erwarten, aber Griebsch blieb nur mit offenem Mund stehen und hörte zu.

„Na, was sagen Sie nun?", fragte Sutter. „Unsere Leute verstehen ihr Handwerk. Sie müssen ihnen nur noch Ihre kleinen Tricks verraten." Er wechselte ins Deutsche und zwinkerte Griebsch zu. „Grete ist eine schöne Frau, mir ist nicht entgangen, wie Sie vorhin in der Schleuse nach ihr geschielt haben. Sie ist sicher nicht abgeneigt, mit Ihnen unter vier Augen ein paar persönliche Dinge zu besprechen und wir zeigen uns gerne erkenntlich, mein lieber Herr Professor."

Griebsch wusste nicht, ob Grete verstanden hatte. Sie schaute ihn an und hatte einen gewissen Ausdruck um ihre Augen und ihren Mund, so als wüsste sie genau, worüber Sutter gerade gesprochen hatte. Horst Griebsch war ziemlich durcheinander. Seine plötzliche Lust auf diese Frau mischte sich mit einer tiefen Angst hier schnell als das entlarvt zu werden, was er war, ein Scharlatan. Das letzte Mal hatte er vor zwanzig Jahren im Labor gestanden. Und auch in seiner aktiven Zeit hatte er sich experimentell nicht besonders hervorgetan. Ab dem Moment, an dem er beginnen sollte, praktisch zu arbeiten, würden die beiden merken, was mit ihm los war. Zumindest fiel ihm jetzt aber etwas ein, das seinen Dilettantismus vorerst kaschieren sollte.

„Gut. Ich werde ein genaues Protokoll anfertigen und ich hoffe, Ihre Leute können die Experimente dann danach durchführen. So wie ich es im IEI immer mit meinen Mitarbeitern Schneider und Nagel mache."

„Natürlich“, sagte Sutter zufrieden. „Genau so machen wir es.“

Er führte Griebsch in einen kleinen Büroraum, der mit Glasscheiben vom Labor abgeteilt war. In dem Büro befand sich ein Computer, ein Drucker, ein Telefon, ein Kopierer und eine Kaffeemaschine.

„Sie können hier an diesem Computer arbeiten, Protokolle ausdrucken, Berechnungen durchführen, alles, wie Sie es von zu Hause gewohnt sind“, sagte Sutter. „Ich lasse Sie jetzt erst mal arbeiten. Sie können sich gegenseitig kennenlernen und ich komme später wieder vorbei.“

Griebsch fiel wie betäubt auf den Bürostuhl, der vor dem Computer stand. Abgesehen von der englischen Tastatur schien ihm alles wie gewohnt. Sogar ein Internetzugang war vorhanden. Vielleicht könnte er in einem günstigen Moment E-Mails mit Hilferufen abschicken. Als hätte er Griebschs Gedanken gelesen, kam Sutter noch ein Mal zurück und sagte wie nebenbei: „Internetsurfen für Recherchen und Downloads sind kein Problem, das haben Sie ja vielleicht schon bemerkt. Alle Nachrichten, die Sie abschicken möchten, wie E-Mails und SMS landen zuerst auf unserem Server und werden nur dann weitergeleitet, wenn wir unser Okay gegeben haben. Ja, Sicherheit hat ihren Preis, aber das wissen Sie ja selbst am Besten.“ Er lachte und klopfte Griebsch auf die Schulter, bevor er das Büro erneut verließ.

Kaum war Sutter weg, kam Hans, der vermeintliche Chinese, und fragte Griebsch nach einer Liste von Chemikalien und Geräten, die er für seine Experimente brauchen würde. Er wollte ihm alles so schnell wie möglich beschaffen. Griebsch versprach, diese Liste anzufertigen. Er setzte sich vor den Bildschirm, dachte angestrengt an den Vortrag, den er in Kyoto gehalten hatte, und versuchte sich daran zu erinnern, was ihm Beatrix Nagel erzählt hatte. Weit kam er dabei nicht, denn ihm fehlten die wesentlichen Informationen, genau die, welche Sarah Ferguson in Kyoto schon von ihm haben wollte.

Nachdem er zwei Stunden an einem möglichen Protokoll herumgeschrieben hatte, merkte Horst Griebsch, dass er so nicht weit kommen würde. Er rief Grete, die in das Büro kam und sich so dicht hinter seinen Stuhl stellte, dass ihre Brust seinen Rücken berührte.

„Grete, ich darf Sie doch so nennen, nicht wahr? Ich brauche doch noch ein paar Einzelheiten aus unserem Labor in Berlin." Sein Atem ging schneller, die Berührung verursachte ein Kribbeln in seinem Bauch und er fühlte, wie Blut in Körperteile strömte, die er schon eine Weile vergessen hatte. „Und dafür muss ich eine E-Mail an meine Mitarbeiterin Frau Dr. Nagel abschicken." Griebsch spürte, wie sein Herz vor Aufregung schneller schlug.

Grete nickte und meinte, er solle die Mail schreiben und abschicken. Wenn die Verwaltung, sie sagte, *administration*, einverstanden wäre, würde es keine Probleme geben. Er fand auf der fremden Tastatur das @ nicht. Sie zeigte es ihm und drückte dabei ihre Brust wie unabsichtlich an sein Gesicht. Dann ging sie wieder in das Labor zurück.

Horst Griebsch fühlte sich plötzlich motiviert, mit der Arbeit voranzukommen. Das musste doch klappen. Beatrix Nagel musste ihm das Rezept schicken, was sollte schon sein? Selbst, wenn Sutter das Verfahren bekam, es diente ja nur zur Immunisierung. Und vielleicht arbeitete Sutter ja für eine befreundete Macht, er wusste doch soviel über die Ferguson. Und wenn alles gut lief - es würde ihm schon gefallen, mit Grete in seiner Suite zusammen zu sein.

Zuerst musste er eine E-Mail schreiben, die plausibel klang und sein Vorhaben erklärte. Nach einer Weile des Nachdenkens hatte er den entsprechenden Text. „Liebe Frau Nagel, mein Aufenthalt in Kyoto verlängert sich aus wissenschaftlichen Gründen. Ich nehme im Anschluss an den Kongress noch an einem Satellitenmeeting teil. Für meinen Diskussionsbeitrag schicken Sie mir doch bitte das Protokoll für die Rizinpräparation und die Immunisierung, mit den genauen Angaben. Ich muss das Verfahren hier in Einzelheiten mit Kollegen besprechen und gegebenenfalls verbessern. Mit freundlichen Grüßen, Ihr Horst Griebsch." Das klang doch gut. Nachdem er die Adresse *beatrix.nagel@iei.de* eingegeben hatte, drückte er auf den Befehl *Absenden.*

Ein paar Tausend Kilometer weiter nordwestlich war es kurz vor neun Uhr morgens, als Griebschs Nachricht auf dem Server des IEI einging. Das Absenderprofil war nicht eindeutig, aber das reichte schon, um von Beatrix persönlicher Mailboxeinstellung als potenzielles Spam eingestuft zu werden. Damit wurde die Nachricht automatisch in den Junkmail-Ordner verschoben. Bea hatte vor einigen Monaten mit ihrer Kollegin Bianca Ricci in Rom fleißig Kontakte per E-Mail gepflegt. Biancas Adresse war von Cyberpiraten gehackt worden, und alle Kontakte von Bianca bekamen seitdem Phishing Mails, in denen sie aufgefordert wurde, ihre Zugangsdaten für Internet Banking bei der *Banca Posta*, oder der *Cariparma Gruppo*, einzugeben. Bea hatte daraufhin die Sicherheitseinstellung ihres E-Mail Accounts auf hoch gesetzt und schaute jeden Morgen zuerst in ihren elektronischen Papierkorb, um kurz zu überfliegen, was sich da so angesammelt hatte. An diesem Tag hatte Bea das allerdings schon getan, bevor die Mail von Griebsch eintraf und so blieb diese im Junkmail Ordner bis zum nächsten Morgen.

Nachdem er die E-Mail abgeschickt hatte, machte Horst Griebsch sich weniger Sorgen. Die Welt sah nicht mehr so grau aus und er sah Grete gutgelaunt dabei zu, wie sie die Rizinpräparationen an der Werkbank aufbereitete. Er stand neben ihr, als sie die weißen Bohnen in einen Homogenisator gab. Dabei stellte er ihr unverfängliche Fragen, nach dem Lösungsmittel, oder bei welcher Geschwindigkeit sie die Homogenisierung laufen ließ. Er legte ihr bisweilen die Hand auf die Schulter oder den Arm, wogegen sie nichts zu haben schien. So verging der erste Tag, an dem Griebsch seit über zwanzig Jahren wieder im Labor stand und als Sutter abends kam, um ihn abzuholen, gab Griebsch sich optimistisch.

Als er mit Sutter allein war, fragte er ihn, ob er das mit Grete ernst gemeint hatte. Sutter lachte und meinte: „Ja, warum denn nicht, geben Sie ihr ein bisschen Zeit. Ich bin sicher, sie wird bald bei Ihnen vor der Tür stehen, natürlich nur, um mit Ihnen zu diskutieren!"

Alfonso Sutter brachte Griebsch wieder in seine Suite und der schien nichts mehr dagegen zu haben, ein Gefangener im goldenen Käfig zu sein und ließ ohne Protest die Tür hinter sich zufallen. Morgen müsste die Antwort von Beatrix Nagel eintreffen. Hoffentlich war sie nicht zwischenzeitlich krank geworden oder verreist. Ein Teil von Griebschs Gedanken kreiste unablässig um Grete. Was für ein blöder Name für eine solche Frau. Dann malte er sich aus, wie er mit ihr ins Bett ging und sie allen seinen Wünschen gefügig nachkam, dafür passte dieser naive Name doch ganz gut.

Am nächsten Morgen kam Sutter allein vorbei und ging mit Griebsch den Flur lang zum Labor. „Ich habe schlechte Nachrichten“, sagte er. „Ihre Mail ist, ohne geöffnet zu werden, im IEI gelöscht worden. Vielleicht war es ein Zufall, wir haben sie noch einmal abgeschickt und in die Betreffzeile geschrieben *wichtige Nachricht von Professor Griebsch.* Ich hoffe, dass es dieses Mal klappt.“

Nachdem er Griebsch ins Labor gebracht hatte, ging er. Griebsch machte sich jetzt Sorgen wegen der E-Mail. Ständig schaute er in sein Postfach, aber es gab keine Antwort von Beatrix. Am Nachmittag entschloss er sich schweren Herzens, eine Nachricht an Schneider zu schicken. Diese war förmlicher gehalten, als die Nachricht an Beatrix und hatte mehr den Stil einer dienstlichen Anweisung.

Als Leo Schneider am Morgen seine E-Mails überflog, fand er die Nachricht von Horst Griebsch. Schneider hatte sich nicht weiter für dessen Aktivitäten interessiert und rief deshalb Bea an, um zu fragen, was sie davon hielt. Bea fragte sofort nach der Absenderadresse. Als er sie ihr genannt hatte, meinte sie, dass sie gestern auch so eine Nachricht bekommen hätte, die bei ihr gleich im Spam Ordner gelandet war. Bea erzählte dann, Griebsch wäre schon seit einer Woche überfällig. Sie hätte ihre Mail gar nicht gelesen, sondern gleich gelöscht.

Als Schneider ihr seine Mail vorlas, meinte Bea nur: „Finde ich verdächtig, dass er das Protokoll für die Immunisierung gegen Rizin will. Angeblich für wissenschaftliche Besprechungen, das passt überhaupt nicht zu ihm. Wo gehört denn diese E-Mail-Adresse überhaupt hin?“

„Ich weiß es nicht. Irgendwelche Hacker?“, fragte Schneider.

„Lösch’ das lieber“, sagte Bea. „Das sind Leute, die an Informationen heran wollen. Wieso landet das überhaupt in deiner normalen Mailbox? Du solltest deine Sicherheitseinstellungen mal überprüfen!“

Schneider hatte keine Lust, sich weiter mit ihr darüber zu streiten und so ließ er die Nachricht mit einem Mausklick im elektronischen Orkus verschwinden. Er ahnte nicht, dass er damit Horst Griebschs letzte Hoffnung eliminiert hatte. Die Frage, was gewesen wäre, wenn er es gewusst hätte, musste er sich zum Glück nicht stellen.

In einem Labor, an einem für Griebsch unbekannten Ort in Malaysia vergingen die Tage, ohne dass er eine Antwort auf seine E-Mails bekam. Er schickte sie noch einmal, im drängenden Tonfall, aber seine E-Mail-Adresse war bei Schneider und Bea in der *Blacklist* gelandet. Hans und Grete warteten, sie wollten endlich mit den Arbeiten beginnen. Griebsch hatte den Eindruck, dass Grete ihn manchmal vorwurfsvoll anschaute.

Nachdem eine Woche vergangen war, brachte Sutter die Dinge auf den Punkt: „Da kommt nichts mehr vom IEI, Professor Griebsch. Sie haben hier zwei sehr gute Leute. Sie werden die Methode schon in ein paar Versuchsreihen wieder selbst herausfinden. Geld spielt keine Rolle, aber die Zeit schon. Fangen Sie morgen endlich mit den Versuchen an. Das Prinzip ist Ihnen ja bekannt und irgendwelche Einzelheiten probieren Sie dann eben aus. Also, keine Ausflüchte mehr."

Am Abend saß Horst Griebsch mutlos in seinem Zimmer. Er hatte nicht die geringste Idee, wie er morgen loslegen sollte. Sie werden es merken, dachte er. Sie werden sehr schnell wissen, dass ich das Prinzip, wie Sutter es nennt, überhaupt nicht kenne. Er nahm sich vor, Sutter reinen Wein einzuschenken. Ihm zu gestehen, dass er die Versuche nur vom Hörensagen kannte und dass es Bea Nagel und Schneider waren, an die er sich halten musste. Aber würde Sutter ihm das glauben? Und selbst wenn, was würde danach mit ihm passieren?

Plötzlich klopfte es an der Tür. Griebsch fuhr erschreckt aus seinen Gedanken hoch. „*Yes, who is there?*", rief er.

Die Tür öffnete sich. Vor ihm stand Grete. Nicht mehr die Frau im Laborkittel. Sie hatte eine seidene, goldfarbene Bluse angezogen, die leicht über einen schwarzen Rock fiel und sie war zum ersten Mal, seitdem Griebsch sie gesehen hatte, geschminkt.

"May I join you for a moment?", fragte sie. Bevor Griebsch antworten konnte, war sie schon in seinem Zimmer.

Grete schien sich hier gut auszukennen und setzte sich wie selbstverständlich auf das Sofa. Aus einem Schränkchen, das links vom Sofa stand und in das Griebsch noch nicht hinein geschaut hatte, holte sie eine Flasche und zwei Gläser.

Sie schaute ihn ernst an: „Wir müssen reden." Grete schlug die Beine übereinander und zeigte auf den freien Platz neben sich.

Griebsch setzte sich gehorsam hin. Sie füllte die beiden Gläser, Griebsch schaute auf die Flasche, als es in den Gläsern schäumte. „So gut wie Champagner“, sagte Grete knapp und stieß mit ihm an: „*Chin chin.*“

Sie drückte ihr nacktes Knie sanft an Griebschs Bein, das leicht zu zittern anfing. Er konnte es nicht unterbinden. „Morgen müssen wir wirklich mit den Versuchen anfangen“, sagte Grete und schaute ihm ins Gesicht. „Du wirst uns doch helfen?“, bat sie ihn.

„Ja“, sagte Griebsch mit gepresster Stimme. Grete strich mit ihrer Hand leicht über seine Wange und fuhr mit ihrem Finger an seinem Hals entlang.

„Es ist wichtig für uns alle“, sagte sie. „Es geht um viel und … Du magst mich doch, oder?“ Sie kam ihm mit ihrem Gesicht immer näher. „Wenn alles gut läuft, kannst du länger bleiben. Es wird dir bei uns gefallen. Du kannst viel Geld verdienen und es gibt keine Probleme, um Forschungsgelder zu bekommen und ...“, sie schaute ihm in die Augen: „Ich würde mich sehr freuen.“ Ihre Lippen waren dicht vor seinem Gesicht und Horst Griebsch atmete schwer. Schließlich drückte Grete ihre Lippen auf seinen Mund und ließ es zu, dass er mit einer Hand auf ihre Bluse fasste und ihre Brust streichelte.

„Siehst du“, schnurrte sie, während sie ihren Kopf wieder ein Stück zurückzog. „Dir würde das doch auch gefallen ...“

Griebsch rutschte mit seiner Hand unter ihre Bluse und tastete sich an ihrer warmen Haut hoch. In dem Moment, als seine Hand die Wölbung ihrer nackten Brust berührt hatte, schob sie ihn sanft zurück und sagte: „Ich muss jetzt wieder gehen. Ich freue mich sehr, dass du mitmachst. Wenn alles gut läuft, können wir uns näher kennenlernen.“

„Wie heißt du eigentlich wirklich?“, fragte Griebsch, als sie aufstand.

„Erzähle ich dir noch“, sagte sie lächelnd und ging aus der Tür.

Griebsch war hin und hergerissen. Er hatte sich nicht getraut, Grete zu gestehen, dass er nichts wusste, aus Angst, sie würde sich dann nicht mehr für ihn interessieren. Andererseits musste sie das früher oder später sowieso erfahren. Er musste mit Sutter offen reden. Vielleicht gab es noch andere Möglichkeiten, sich nützlich zu machen.

Horst Griebsch konnte vor Unruhe kaum schlafen. In ersten kurzen Traumphasen sah er, wie Grete halbnackt vor ihm stand. Sutter wartete im Hintergrund, lächelte höhnisch und neben Sutter stand Hans, der ihn mit undurchdringlicher Mine musterte. Als Griebsch endlich tiefer eingeschlafen war, träumte er von Schneider, der bucklig wie Rumpelstilzchen um einen brodelnden Kessel tanzte und sang: „Heute back ich, morgen brau ich."

Griebsch wachte schweißgebadet auf. Er schaute auf die Uhr, es war noch früh. Er stand trotzdem auf und ging ins Wohnzimmer. Eine Stunde später kam ein Mann in einem weißen Jackett und schwarzer Hose und brachte das Tablett mit dem Frühstück. Er tat so, als würde er Griebsch nicht sehen. Als der Mann sich umdrehte, um hinauszugehen, sah man, dass er hinten an seinem Gürtel eine Pistole trug. Der Ernst seiner Situation wurde ihm wieder schmerzhaft bewusst. *Continental breakfast*, Kaffee, Orangensaft und Toast. Griebsch frühstückte eigentlich gerne, aber es schmeckte ihm heute nicht. Andererseits würde er die Zeit bis Mittag schlecht durchstehen, ohne etwas gegessen zu haben. Noch eine Stunde verging, bis Sutter endlich in der Tür stand.

„Ich muss mit Ihnen reden!", sagte Griebsch im gleichen Moment.

„Gerne, nur zu."

„Hören Sie, Herr Sutter, was Sarah Ferguson über mich auf dem Kongress gesagt hat, stimmt", stammelte Horst Griebsch.

Was meinen Sie denn damit? Etwa, dass Sie am IEI gar keinen Impfstoff gegen Rizin entwickelt haben? So ein Schmarren, das glaube ich nicht!", blaffte Sutter zurück.

Schmarren! Er muss Österreicher sein, kam Griebsch in den Sinn.

„Wir wissen, dass Sie einen Impfstoff gegen Rizin entwickelt haben", sagte Sutter mit ernstem Gesicht. „Sonst hätten wir uns nicht die Mühe gemacht, Ihnen unsere Gastfreundschaft anzubieten."

„Ja, das kann sein, aber ich selbst weiß davon so gut wie gar nichts! Es ist dieser Schneider, der bei uns arbeitet. Der hat das gemacht und Frau Nagel, die weiß darüber mehr. Zumindest, was sie von Schneider gehört, oder seinen Aufzeichnungen entnommen hat", brach es aus Griebsch hervor.

„Und das soll ich Ihnen glauben? Sie sind doch der Chef von den beiden. Hören Sie Herr Griebsch, ich weiß besser Bescheid, als Sie denken. Erzählen Sie mir doch nicht, dass Sie nichts wissen. Und Ihr Interview und Ihr Vortrag in Kyoto? Ihr Direktor Krantz hätte Sie doch nicht fahren lassen, wenn Sie keine Ahnung hätten. Der will sich doch nicht vor der Weltöffentlichkeit blamieren“, schnappte Sutter.

„Krantz!“, keuchte Griebsch. „Kennen Sie den, ja? Kennen Sie den wirklich? Der ist doch genauso. Der tut doch auch immer so, als wüsste er über alles genau Bescheid.“

„Herr Griebsch, der Name Krantz steht auf Hunderten von Veröffentlichungen gemeinsam mit anderen namhaften Wissenschaftlern. Einige davon habe ich sogar gelesen, weil sie vom Thema her für uns von Interesse waren. Krantz ist alles, aber kein Idiot. Sagen Sie, warum sträuben Sie sich eigentlich so? Wir wollen doch nur den Impfstoff entwickeln, haben dafür mehr Möglichkeiten, als Sie am IEI und ich denke, Sie können uns dabei helfen.“

Nach einer Pause fügte Sutter hinzu: „Grete hatte den Eindruck, Sie wollten uns gerne helfen. Sie wäre sicherlich sehr enttäuscht von Ihnen.“

Griebsch stöhnte, er wusste nicht mehr weiter.

Also gut!“ Es wirkte zickig, wie Griebsch jetzt redete: „Gut, gehen wir, fangen wir schon an, aber ich schwöre Ihnen, ich habe von den Einzelheiten wirklich keine Ahnung.“ Nun heulte er beinahe: „Ich hatte dieses Interview gegeben, damit Krantz mich endlich als gleichberechtigt neben Hellman anerkennt. Verstehen Sie das nicht? Ich glaubte, die Frau Nagel hätte mir alles dazu gesagt!“

„Und die Tagung in Kyoto?“, setzte Sutter nach.

„Ich wurde eingeladen. Ich habe mich nicht beworben, ich wurde eingeladen! Da wollte ich nicht Nein sagen. Glauben Sie mir doch!“ Griebsch flehte ihn an. „Das Einzige, worüber ich Ihnen berichten kann, sind die Interna aus dem IEI. Die Struktur der BIGA, der ganze Antiterrorplan, das ist doch viel interessanter als diese Rizinvakzine!“

Griebsch suchte mit den Augen nach Zustimmung in Sutter Gesicht.

„Kommen Sie mit“, sagte Sutter unvermittelt und stand auf.

Niedergeschlagen folgte er Sutter den Gang entlang, bis sie das Labor erreichten. Sutter begann auf Hans und Grete in der Sprache einzureden, die er mit den Wachposten gesprochen hatte. Griebsch verstand nichts, es war wohl Malaiisch, aber das war eigentlich egal. Man sah auch ohne Worte, das Gespräch ging um ihn. Ab und zu warfen ihm Hans und Grete kurze, abschätzende Blicke zu, schauten zwischen ihm und Sutter hin und her, nickten oder schüttelten mit ihren Köpfen.

Nach einer Weile war Sutter fertig. Er wandte sich an Griebsch und sagte auf Englisch: „Okay, wir sind uns nicht sicher, ob Sie wirklich nichts wissen, oder nur so tun. Wir haben das eingehend besprochen und uns ist dabei eine Idee gekommen, wie wir das herausfinden werden. Herr Professor Griebsch, ich erkläre Ihnen das einmal so. In Ihrem Vortrag hatten Sie erzählt, Sie brauchten vier Wochen, um das Antiserum herzustellen. Nicht wahr? Ich gebe Ihnen diese vier Wochen, Professor, und ich werde Sie motivieren, dass Sie Ihre Arbeit so gewissenhaft verrichten werden, wie Sie nur können. Und wissen Sie, wie?

„Ich kann es nicht!“, schrie Griebsch.

„Vielleicht ja, vielleicht nein“, sagte Sutter ungerührt. „Aber das werden wir dann ja wissen.“

Griebsch riss die Augen auf und fragte: „Wie denn?“

Hans und Grete schauten sich an und grinsten.

„Indem Sie derjenige sein werden, an dem wir die Wirkung Ihres Antiserums nach den vier Wochen testen werden, Herr Professor. Verstehen Sie jetzt, was ich meine? Das sollte Ihnen doch Motivationshilfe genug sein, oder?“ Hans lächelte höflich, während Grete hell auflachte.

„Wenn Sie das Antiserum nicht herstellen können, dann dürfen wir Sie sowieso nicht mehr gehen lassen. Aber das erledigt sich ja dann von selbst.“ Sutter machte eine wegwerfende Handbewegung und verzog seinen Mund zu einer Grimasse. Dann legte er beide Hände mit den Fingerspitzen zusammen und fügte hinzu: „Wenn Sie es aber doch schaffen und uns nur angelogen haben, dann haben wir von Ihnen die Methode und Sie sind unser lebendes Beispiel dafür, dass sie auch funktioniert.“

Seine Mimik wurde wieder normal. „Also, Herr Griebsch, fangen Sie an, der Countdown läuft. Sie haben ab heute genau vier Wochen.“

Auf Deutsch fügte er mit gestellt strenger Stimme hinzu: „Krankschreibungen werden in dieser Zeit nicht entgegengenommen!" Er lachte und verließ das Labor.

Horst Griebsch stand da wie betäubt. Das Einzige, was ihm klar war, er hatte noch vier Wochen Zeit. Vier Wochen, um sein Leben zu retten. Vier Wochen, in denen vielleicht etwas Ungeahntes passieren würde. Er erinnerte sich daran, wie Beatrix erzählt hatte, dass sie zur Immunisierung mit geringen Mengen von Formalin behandeltem Rizin angefangen hatte, um diese allmählich zu steigern. Allerdings wusste er nicht, wie gut diese Seren letztendlich gewesen waren. Irgendetwas anderes musste noch gewesen sein, was Schneider zusätzlich gemacht hatte, aber vielleicht waren es auch völlig verschiedene Immuniserungsstrategien?

Er fragte Grete nach den vorhandenen Rizinpräparationen. „Es ist genug für alles da", antwortete sie kalt. Für alles! Es schien, als ob sie ihn damit einschloss. Die einzige Hoffnung, die ihm blieb, war die Methode, von der Beatrix Nagel berichtet hatte. Das Rizin verdünnen, die Tiere mit ansteigenden Mengen Rizin immunisieren. Nur, ob es funktionieren würde, wusste er nicht. Er beauftragte Hans und Grete die Rizinpräparationen extrem zu verdünnen, einen Teil davon mit Formalin zu behandeln und Kaninchen und Schafe damit zu immunisieren. Er hatte sich drei Immunisierungsstrategien zurechtgelegt, die er A, B und C nannte und die sich nur in den Impfdosen und in den Abständen zwischen den Immunisierungen unterschieden.

Mehr war ihm nicht eingefallen und es blieb ihm nur noch übrig darauf zu vertrauen, dass eine der Immunisierungen zum Erfolg führen würde. Sutters Ankündigung, sein Leben hinge davon ab, verdrängte er, so gut, wie er nur konnte. Noch lagen vier lange Wochen vor ihm und vielleicht trat in dieser Zeit etwas Unerwartetes ein. Eine Fügung, durch die sein Schicksal eine glücklichere Wendung nehmen würde.

Als er Hans und Grete seine Anweisungen gab, hatte er nicht den Eindruck, dass sein Plan sie überzeugte. Beide wechselten untereinander Worte in ihrer Sprache und zuckten danach mit den Achseln. Bisher hatten sie vor ihm aus Höflichkeit nur Englisch gesprochen, das war nun vorbei. Griebsch hatte den Eindruck, dass die beiden ihn nicht mehr richtig respektierten.

Während die beiden sich an ihre Arbeit machten, setzte sich Griebsch in sein gläsernes Büro und suchte im Internet nach möglichen Antworten auf die Frage, die ihn in den nächsten Wochen ausschließlich beschäftigen würde. Auf der Homepage des IEI fand er nur das übliche, nichtssagende Blablabla, schmerzlich erkannte er dort wieder, was er selbst geschrieben hatte. Die Mails an Beatrix Nagel und Schneider und selbst an deren technische Assistenten mit der Bitte, ihm doch das Vakzinierungsprotokoll zu schicken, sandte er jeden Tag aufs Neue los. Die Antworten blieben jedoch aus, denn diese E-Mails, die jetzt so regelmäßig eintrafen und an so viele Adressaten verschickt wurden, landeten alle im elektronischen Müllkasten, ohne überhaupt geöffnet zu werden.

Die Tage vergingen. Grete zeigte keine Spur mehr von Interesse an Griebsch und musterte ihn bisweilen unverhohlen mit Verachtung. Die ersten Tiere der A-Serie starben, nachdem sie ihre vierte Injektion erhalten hatten. Die Tiere der B- und C-Serie, die weniger Rizin bekommen hatten, hielten sich noch tapfer. Hans lächelte weiterhin höflich, wenn Griebsch ihm etwas auftrug. Allerdings diskutierte er danach oft mit Grete in ihrer Sprache, was meistens darin mündete, dass beide laut loslachten.

Nachdem etwa zwei Wochen seit Beginn der Immunisierungen verstrichen waren, begannen die Tiere der B-Serie zu kränkeln und fraßen nicht mehr, außer einem Schaf, dem es weiterhin unverändert gutging. Die Tiere der C-Serie, die am wenigsten Rizin bekommen hatten, waren alle noch in gutem Zustand. Von den Tieren der A-Serie lebte nur noch ein Kaninchen, allerdings trank und aß es schon seit Tagen nichts mehr, sein Allgemeinzustand war sehr schlecht.

Alfonso Sutter kam nur noch sporadisch vorbei, redete mit Hans und Grete auf malaiisch und sagte dann zu Horst Griebsch: „Hoffentlich haben Sie nach den vier Wochen überhaupt noch ein Tier übrig, von dem Sie Serum abzapfen können, um sich gegen das Rizin zu schützen."

„Das haben Sie also tatsächlich vor!", schrie Griebsch. „Sie sind unmenschlich, Sutter. Das können Sie doch nicht tun. Hören Sie, ich kann Ihnen Einzelheiten aus den Planungen des Ministeriums berichten, die nützen Ihnen viel mehr als dieses schreckliche Experiment. Ich bitte Sie, machen Sie mich nicht zum Versuchskaninchen."

„Viel Vertrauen in Ihre Fähigkeiten haben Sie nicht“, erwiderte Sutter kalt. „Außerdem sagte ich es Ihnen schon, wir sind keine Terroristen. Davon abgesehen, woher soll ich wissen, ob Ihre Interna aus dem Ministerium der Wahrheit entsprechen, wenn Sie mich schon über das Rizin so angelogen haben? Aber bitte, ich nehme mir Zeit und komme heute Abend zu Ihnen und Sie können mir dann berichten. Wir werden ja sehen, was Ihre Informationen wert sind.“

Kurz, nachdem Sutter gegangen war, kam Hans und brachte Griebsch das tote Kaninchen, das Letzte aus der A-Serie. „Wir werden es sezieren“, sagte Hans lächelnd. „Vielleicht erfahren wir, warum es überhaupt so lange überlebt hat.“

Das war neu. Es war das erste Mal, dass Hans bestimmte, was im Labor als Nächstes gemacht werden sollte. Horst Griebsch spürte, wie er jeden Tag mehr an Autorität verlor. Er verzichtete auf eine Antwort und ging in sein Büro.

Am Abend kam Sutter in die Suite von Griebsch, nachdem dieser vorher gegessen hatte. Sutter machte nicht viele Umstände. Er stellte auf dem Tisch vor dem Sofa eine Videokamera auf, hieß Griebsch sich davor hinzusetzen und sagte nur: „Dann fangen Sie mal an.“

Und Horst Griebsch fing an zu erzählen. Erst stockend, dann immer schneller. Er redete, um seinen Kopf zu retten. Er erzählte von den Sitzungen der internen Kreise, von den Strategieplanungen, den Szenarien. Sutter fragte nur manchmal kurz dazwischen, wollte Namen, Zuständigkeiten, Verbindungen zwischen dem IEI und anderen Institutionen, stellte Fangfragen. Griebsch berichtete wahrheitsgemäß, soweit er sich erinnern konnte. Sutter unterbrach ihn nicht. Als am Ende die Informationen aus Griebsch nicht mehr so heraussprudelten, fing Sutter an, gezielte Fragen zu stellen. Nach Beatrix Nagel, nach Leo Schneider, den anderen Mitarbeiter in der AG-Toxine und nach Gerhard Hellman. Griebsch gab zu allem bereitwillig Auskunft.

„Schneider ist unberechenbar“, sagte er. „Der führt irgendwas im Schilde, hat etwas in der Hinterhand. Vielleicht arbeitet er mit irgendwelchen Terroristen zusammen, um den sollten Sie sich kümmern“, betonte er. Sutter nickte fast unmerklich. Dann fragte er, was in der AG-Toxine außer Rizin noch bearbeitet wurde. Griebsch fing an über Botulinumtoxin und andere Toxine zu reden, über alles, was ihm dazu einfiel. Nach fast zwei Stunden war sein Redefluss endgültig versiegt. Sutter beendete das Interview, indem er die Kamera abstellte. Griebsch war schweißgebadet, fix und fertig. Er sah Sutter an, dass seine Ausführungen ihn nicht beeindruckt hatten, fragte aber trotzdem: „Und? Ist das nichts? Haben Sie Ihre Meinung jetzt geändert?“

„Alles zu seiner Zeit, Herr Griebsch“, sagte Sutter überraschend sanft. „Wir werden das intern besprechen.“ Er stand auf, nahm die Kamera und ging zur Tür. „Alles zu seiner Zeit. Schlafen Sie erst einmal, gute Nacht!“

Die nächsten Tage vergingen wie im Flug. Alle Tiere der B-Serie, bis auf das Schaf, waren inzwischen gestorben. Die Tiere der C-Serie lebten noch alle, aber einige kränkelten. Eine Woche verblieb noch, bevor die Zeit abgelaufen war. Als Sutter wieder einmal ins Labor kam, begann Griebsch zu verhandeln. „Herr Sutter, ich hatte vergessen, das Rizin muss noch durch Hitzebehandlung modifiziert werden. Geben Sie mir noch vier Wochen länger Zeit, wir müssen unbedingt eine neue Serie starten, wenn Sie das Antiserum haben wollen.“

„Leider geht das nicht mehr, Herr Griebsch“, sagte Sutter. „Vier Wochen länger können wir hier nicht bleiben. In der Zwischenzeit haben sich einige Dinge geändert und wir müssen neu planen. Aber ein Tier der B-Serie lebt ja, vielleicht haben Sie es geschafft. Seien Sie optimistisch.“

Griebsch war verzweifelt. „Ich habe Ihnen alles berichtet, was ich von den Plänen der Regierung weiß, ist das etwa nichts?“

Sutter zuckte mit den Achseln. „Ich habe einen anderen Auftrag, Herr Griebsch, und der heißt Rizinantiserum. Tut mir leid!“ Er wollte schon gehen, dann drehte er sich noch einmal um: „In einer Woche müssen wir den Test durchführen“, fügte er hinzu. „Sagen Sie Hans Bescheid, wann er das Serum aus den Tieren gewinnen soll, und rechnen Sie aus, wie viel Sie bekommen müssen, um gegen eine orale Dosis von 10 mg Rizin geschützt zu sein.“

„10 mg!“, schrie Griebsch, „das ist das 10fache der tödlichen Dosis! Wie soll denn das gehen? Das Serum wird mich nicht schützen!“

„Das ist doch viel weniger als die Menge, die Sie in Ihrem Vortrag in Kyoto genannt hatten. Wollen Sie Ihre Unterlagen noch einmal einsehen, Herr Griebsch? Erinnern Sie sich nicht mehr an Ihren eigenen Vortrag? Auch in Ihrem Interview hatten Sie noch eine bedeutend höhere Menge an Rizin genannt, gegen die das Serum schützen soll."

„Aber wir haben die Versuche doch nicht mit Menschen gemacht!", japste Griebsch. „Das ist etwas völlig anderes."

„Sie haben doch immer behauptet, dass man aus den Ergebnissen der Tierversuche auf den Menschen schließen kann. Hören Sie, ich kenne ja Ihren eigenen Vortrag besser als Sie selbst!" Sutter lachte.

Griebsch war fassungslos. Es stimmte, was Sutter sagte, aber das war doch rein spekulativ gemeint gewesen.

„Also, wir sehen uns morgen früh hier wieder." Sutter ging.

Griebsch bat Hans zu sich. Er traute sich nicht mehr, Grete anzusprechen, die ihn nur noch mit einer Mischung aus Verachtung und Ekel ansah. „Mach bitte eine Probeblutung von dem Schaf aus der Serie-B und prüfe, ob sein Serum mit dem Rizin reagiert." Seine Hoffnung war, dass dieses Schaf vielleicht natürliche Antikörper gegen Rizin hatte und deshalb nicht gestorben war. Wenn das so wäre, würde sein Serum ihm vielleicht das Leben retten.

Hans nickte lächelnd, ging in den Tierstall und kam nach etwa zwanzig Minuten mit einer kleinen Ampulle voller Blut zurück. Er zentrifugierte die Blutzellen vorsichtig ab und nahm etwas vom Serum aus dem Überstand, um es gegen Rizin in einer Immunpräzipitationsreaktion zu testen. Wenn das Serum Antikörper gegen Rizin enthielt, würde sich ein weißlicher Niederschlag durch die Antigen-Antikörper Reaktion bilden. Griebsch wartete voller Ungeduld, der Versuch zog sich quälend lange hin.

„Negativ", sagte Hans, als er ihm zwei Stunden später die mit Agarose beschichteten Objektträger brachte. „Die Reaktion liegt, wenn es überhaupt eine gibt, unter der Nachweisgrenze."

„Warum ist das Schaf dann nicht wie die anderen Tiere der B-Serie gestorben?", fuhr Griebsch Hans wütend an.

„Warum?" Hans zuckte mit den Achseln und lächelte höflich: „Das müssten Sie doch eigentlich besser wissen als ich, Herr Professor", sagte er, während er an seinen Arbeitsplatz zurückging.

Inzwischen waren es noch drei Tage bis zum Tag X. *Challenge*, nannten es die Immunologen, wenn sie den Immunstatus eines

Probanden prüften, indem sie ihm vorsätzlich mit dem Antigen behandelten. Hier war Horst Griebsch der Proband und das Antigen Rizin. Griebsch wusste nicht, was er noch tun konnte. Er hatte noch einen Funken Hoffnung, Sutter würde es mit seiner Drohung doch nicht ernst meinen. Aber diese wurde ihm am nächsten Tag zunichtegemacht.

Sutter kam ungewöhnlich früh ins Labor und sagte zu Griebsch: „Also übermorgen müssen Sie Ihr Serum testen! Erklären Sie Ihren beiden Mitarbeitern, welche Menge Serum Sie für Ihren Schutz benötigen, und klären Sie auch, wie Sie sich immunisieren wollen."

Griebsch protestierte verzweifelt: „Ich weiß nicht einmal, welche Menge Rizin und in welcher Form Sie es mir verabreichen wollen?"

Sutter schnitt ihm das Wort ab. „Das hatte ich Ihnen bereits gesagt. Die Einzelheiten bereden Sie mit Ihren Mitarbeitern. So oder so, Herr Professor Griebsch, das ist der Moment der Wahrheit. Wir müssen wissen, ob Sie uns angelogen haben, denn davon hängt ab, was wir als Nächstes unternehmen müssen."

Griebsch wusste nicht, wie er es anstellen sollte. Er hatte selbst noch nie Antiseren hergestellt, geschweige denn eine Ahnung, wie er sich gegen das Rizin immunisieren sollte. In seiner Verzweiflung bat er am Nachmittag Hans in sein Büro.

„Dr. Sutter sagt, Sie hätten das schon festgelegt, wie das übermorgen ..." Griebsch fehlten die Worte und er sah Hans flehentlich an.

Hans lächelte und blieb sehr sachlich, als er sagte: „Sie werden zehn Milligramm Rizin bekommen, das entspricht einer Menge von etwa vierzig Samen. Oral aufgenommen ist diese Dosis mit größter Sicherheit tödlich."

Griebsch starrte ihn mit offenem Mund an. Hans nickte leicht mit dem Kopf: „Aber doch nur, wenn ihr Antiserum nicht wirkt, Herr Professor", beendete er seinen Satz.

„Und das Serum?", fuhr Griebsch fort. „Wann und wie viel?"

„Das wissen Sie doch selbst, Herr Professor. Wir brauchen, um diese Menge Rizin zu neutralisieren, mindestens zwei Liter Schafserum."

„Zwei Liter!", schrie Griebsch. „Wie soll das überhaupt gehen, wollen Sie mich an den Tropf hängen?"

„Vielleicht haben Sie es nicht bemerkt, aber ich bin seit gestern dabei, aus jeweils zwei Liter Blut der Schafe der Serien B und C Immunglobuline herzustellen, die wir Ihnen dann als Konzentrat in zehn Milliliter Mengen spritzen können“, erwiderte Hans. Er sah dabei Griebsch erwartungsvoll an. Griebsch sagte nichts. Hans fuhr fort, er war offenbar in seinem Element: „Ich schlage vor, das wir es eine Stunde vor dem Challenge spritzen, oder haben Sie einen anderen Vorschlag, Herr Professor?“

Natürlich hätte Griebsch völlig andere Vorschläge gehabt, nämlich irgendein Tier oder jemand anderen als ihn für dieses Experiment zu verwenden, aber das tat hier nichts zur Sache. Er blieb stumm.

„Gut“, sagte Hans. „Dann machen wir es also wie geplant.“ Er verbeugte sich höflich und verließ das Büro.

Als Sutter am nächsten Morgen vorbeikam, um ihn abzuholen, weigerte sich Griebsch in das Labor zu gehen.

„Was soll ich da, es gibt keine Hoffnung mehr, es gibt nichts mehr zu tun!“

Überraschenderweise akzeptierte Sutter: „In Ordnung, wenn Sie heute dort nichts zu tun haben, bekommen Sie einen Tag Urlaub. Mein Unternehmen gibt vierzehn Tage Urlaub im Jahr, also den einen Tag haben Sie sich ja gewissermaßen schon verdient. Allerdings dürfen Sie nicht verreisen!“ Er lachte über seinen letzten Satz. „Ihr Essen bekommen Sie auf Ihr Zimmer. Bis morgen.“

Als Sutter gehen wollte, hielt Griebsch ihn am Arm fest. „Hören Sie, Herr Sutter, es ist wirklich ein Missverständnis, lassen Sie mich leben!“

„Die Dinge hängen nicht nur von mir ab“, sagte Sutter mit einem bedauernden Gesichtsausdruck, der sich, als Griebsch ihn so flehentlich ansah, in eine wütende Fratze veränderte. „Warum haben Sie sich denn so in den Vordergrund gespielt, wenn Sie wirklich nichts wussten? War Ihnen nicht klar, worauf Sie sich einließen? Ich kann Ihnen einfach nicht glauben, dass Sie so naiv sind, wie Sie vorgeben. Es geht hier um eine Vakzine gegen Biowaffen und nicht um die Eitelkeit von Professoren, die auf einer Liste von Berühmtheiten stehen wollen. Sie haben mir selbst erzählt, wie Sie in den innersten Kreis der Biowaffenforschung Ihres Landes verstrickt sind und so, wie Sie es mir geschildert haben, glaube ich Ihnen das auch. So naiv, wie Sie vorgeben, können Sie doch gar nicht sein!“

Sutter ging zur Tür, drehte sich dort noch einmal um und fügte hinzu: „Und wenn Sie uns absichtlich Ihre Immunisierungsmethode verschwiegen haben sollten und die Tiere deswegen keine Antikörper gebildet haben, dann sterben Sie als Held, Griebsch. Aber den Eindruck eines Helden machen Sie eigentlich nicht.“

Nachdem die Tür hinter Sutter zugefallen war, verbrachte Griebsch den Rest des Tages in seiner Suite, wobei die Phasen, in denen er niedergeschlagen auf seinem Bett ausgestreckt lag, sich mit denen abwechselten, wo er ruhelos in seinem Zimmer auf und ab ging. Einige Male nahm er den Telefonhörer ab, sprach hinein, aber die Leitung blieb stumm. Als er von seinem Fenster auf das Gelände schaute, erblickte er einige Lastwagen mit der Aufschrift UVC, die mit Behältern beladen wurden. Allerdings konnte er von seinem Standort die Nummernschilder nicht lesen, noch war ihm klar, was da tatsächlich ablief. Dann und wann sah er dort unten Menschen, ein paar Soldaten in der gleichen Uniform, wie der Posten in seiner Zelle, aber auch Leute in Zivil, asiatische und europäische Gesichter, Männer und Frauen. Griebsch hatte immer noch keine Ahnung, mit wem er es zu tun hatte. Ein Unternehmen? Aber, wer auch immer hier agierte, für ihn war das letztendlich egal. Schon gegen sechs Uhr abends wurde es dunkel. Horst Griebsch schaltete das Licht in seinem Zimmer nicht an. Einen Moment schaute er in den Schrank, aus dem Grete vor vier Wochen den Sekt herausgenommen hatte. Er war leer.

Er ging ins Schlafzimmer und machte das Licht an. Sein Blick fiel auf die Winkekatze, die immer noch auf dem Nachttisch stand. Mit einer wütenden Handbewegung fegte er sie herunter, sie hatte ihm kein Glück gebracht. Die Nacht verging grausam langsam. Hundert Mal gingen ihm die gleichen Dinge durch den Kopf, ohne dass er eine Lösung fand. Er beschloss, morgen noch einmal alles zu versuchen, Sutter zu überzeugen, den Versuch nicht an ihm durchzuführen. Selbstmordgedanken kamen ihm in den Kopf, aber auch, wenn er den Mut dazu gehabt hätte, es gab nichts in diesem verfluchten Zimmer, mit dem er das hätte durchführen können. In einem Moment, als Griebsch wieder eingedämmert war, wachte er durch Geräusche an der Tür auf. Als er aus dem Schlafzimmer schaute, sah er zwei bewaffnete Soldaten in dem Raum stehen. Wo war Sutter? Er schaute zum Fenster, draußen war es schon hell.

„*Come with us!*", rief einer der Posten und machte eine eindeutige Geste.

Griebsch versuchte, Zeit zu gewinnen. "*I have to wait for Dr Sutter*", sagte er eindringlich.

"*No Sutter. You come now!*", sagte der Soldat und zeigte zum Nachdruck mit seiner MP, die ihm von der Schulter baumelte, in die Richtung von Horst Griebsch.

Als Griebsch immer noch nicht mitgehen wollte, nahmen ihn die beiden in ihre Mitte und führten den Widerstrebenden aus dem Raum. Sie gingen gemeinsam den Flur entlang bis zur Schleuse, der eine sprach ein paar Worte in die Gegensprechanlage. Ein Summton ertönte, die Tür öffnete sich und die Gruppe trat in die Schleuse. Griebsch suchte automatisch nach seinem Kittel. Die Soldaten standen herum und machten keine Anstalten etwas zu tun. Nachdem sich die Schleusentür wieder geschlossen hatte, hörte Griebsch, wie sich die Labortür sich öffnete. Hans bog um die Ecke und begrüßte ihn freundlich.

„Guten Morgen Professor, wo waren Sie denn gestern gewesen?" Griebsch starrte ihn entsetzt an. Hans fuhr fort: „Sie müssen jetzt das Immunglobulinkonzentrat bekommen, sonst sind Sie nachher nicht geschützt."

Horst Griebsch setzte sich in dem Gang auf den Boden, schüttelte nur fortwährend mit dem Kopf und weigerte sich noch einen Schritt weiter zu gehen. Hans sagte ein paar Worte zu den Soldaten, sie nahmen den sich wehrenden Griebsch in die Mitte und schleppten ihn in das Labor. Griebsch wehrte sich mit Händen und Füßen dagegen, bis einer der Soldaten ihn mit einem Gummiknüppel einen Schlag auf den Kopf versetzte. Er knickte in den Knien ein, und als er wieder zu Bewusstsein kam, fand er sich auf einem Operationstisch angeschnallt. Sein Oberkörper war frei. Neben ihm standen Hans und Grete. Grete zog langsam zwei Spritzen auf.

„Eine intravenös", sagte Hans leutselig mit einem Ausdruck, als würde er Cocktails mixen, „und die andere intraperitoneal. Damit eine möglichst schnelle Verteilung der Antikörper gesichert ist, Herr Professor." Griebsch sah aus den Augenwinkeln, wie Grete böse lächelte, als sie Hans die erste der beiden Spritzen zureichte.

Nachdem Hans ihm die beiden Spritzen verabreicht hatte, band er Griebsch los und sagte: „Sie können wieder auf Ihr Zimmer zurück. Heute Nachmittag machen wir den *Challenge* und Sie werden sehen, es wird funktionieren.“

Griebsch war froh, von dem Tisch herunterzukommen und diesen Vorhof des Todes zu verlassen. Er folgte bereitwillig den beiden Soldaten auf sein Zimmer. Nachdem sie ihn durch die Tür geschoben hatten, ließen sie ihn stehen. Als Griebsch auf seine Uhr schaute, die im Schlafzimmer liegengeblieben war, zeigte diese 7:18 Uhr. Griebsch ließ sich rückwärts auf das Bett fallen.

„Warum ist Sutter nicht gekommen?“, flüsterte er. Vielleicht hatte sich der Kerl ja schon abgesetzt. Irgend so etwas hatte der doch angedeutet. Gestern hatten sie doch schon Lastwagen beladen. Vielleicht ließen die ihn hier sitzen und hauten alle ab. Beschwerden von den Spritzen fühlte Griebsch nicht, obwohl es eine ziemlich große Menge gewesen sein musste, welche Hans ihm in die Armvene und in den Bauch gespritzt hatte. Jedenfalls fühlte er sich bereits viel besser, nachdem man ihn wieder aus dem Labor herausgelassen hatte.

Nach etwa einer Stunde klappte die Tür. Griebsch fuhr erschreckt aus seinem Bett hoch. Als er aus dem Schlafzimmer tapste, sah er nur noch den Rücken des Kellners mit dem weißen Jackett aus dem Zimmer gehen. Auf dem Tisch stand sein gewohntes Frühstück.

Griebsch vergaß für einen Augenblick die Ausweglosigkeit seiner Situation und setzte sich an den Tisch. Durch das ungewohnt frühe Aufstehen hatte er Hunger bekommen und freute sich über den Orangensaft, Toast und Kaffee. Nachdem der Kaffee ihn wieder belebt hatte, durchdachte er nochmals seine Situation. Die Chance, dass ihn das Serum schützte, bestand. Das B-Schaf hatte möglicherweise Proteine in seinem Blut, die Rizin neutralisieren, warum hätte es sonst überlebt?“

Griebsch schaute auf seine Uhr, es war Viertel nach neun. Er streckte sich auf dem Bett aus und die Tatsache, dass er fast die ganze Nacht nicht geschlafen hatte, forderte ihren Tribut.

Als er wieder aufwachte, hörte er das Klingeln des Telefons. Er schaute auf die Uhr, es war schon Nachmittag, er hatte fast fünf Stunden geschlafen. Er stand auf, und als er den Hörer abnahm, hörte er Sutters Stimme: „Hallo, Herr Professor, ich habe gehört Sie wollten sich heute früh nicht schutzimpfen lassen? Haben Sie denn kein Vertrauen in Ihre Seren?“

Griebsch durchschoss ein jäher Schreck. Sutter war immer noch da und er hatte gehofft, der Kerl hätte sich abgesetzt. „Sie Sadist!“, schrie er. „Wollen Sie mich jetzt holen, um mir das Rizin zu verabreichen? Sie Unmensch! Ich dachte schon, Sie wären zu feige, weil Sie heute früh nicht gekommen sind.“

Sutter blieb gelassen und sagte wie nebenbei: „Nein, heute kommt niemand mehr Sie holen, Griebsch. Wie geht es Ihnen denn so?“

Griebsch war erleichtert, dass man ihn für den Rest des Tages in Ruhe lassen wollte, und wagte sich mehr aus der Reserve. „Wie soll es mir nach Ihrer Behandlung schon gehen. Sie können vielleicht Fragen stellen! Ihr Hans erzählte heute früh etwas vom *Challenge*, geplant für heute Nachmittag. Hören Sie Herr Sutter, lassen Sie sich doch überzeugen, ich nutze Ihnen lebendig viel mehr, als in der Rolle eines Versuchskaninchens!“

„Dazu ist es zu spät, Herr Griebsch. Sie haben das Rizin doch schon längst eingenommen“, sagte Sutter lakonisch.

„Waaas!?“

„Ja, im Orangensaft zu Ihrem Frühstück“, hörte er Sutters muntere Stimme, die plötzlich wie weit entfernt klang. „Deswegen fragte ich ja, wie es Ihnen geht.“

„Du Dreckskerl!“, schrie Griebsch. „So habt ihr es also gemacht! Sie mieses Schwein, Sie Mörder!“ Griebsch begann zu schluchzen.

„Sparen Sie sich Ihre Beschimpfungen und rufen Sie an, falls Sie Beschwerden bekommen sollten“, erwiderte Sutter kalt. „Ich komme spätestens morgen früh, um nach Ihnen zu sehen.“ Das Telefon war stumm, Sutter hatte aufgelegt.

Horst Griebsch rannte ins Badezimmer und steckte sich den Finger in den Hals, um zu erbrechen, er würgte. Den Orangensaft hatte er vor fünf Stunden getrunken, der würde kaum noch in seinem Magen sein. Konvulsivisch erbrach er etwas, es war wässrig, rosafarben.

Er war wie vor den Kopf geschlagen. Ihm wurde plötzlich kalt und Übelkeit kam hoch. Übelkeit gehört zu den ersten Beschwerden bei einer Rizinvergiftung, das wusste er. Aber vielleicht war ihm nur schlecht, weil er sich zum Erbrechen gezwungen hatte? Und das Rote, war das Blut? Oder kam das nur vom Essen?

Zwei Stunden später, als Horst Griebsch apathisch auf dem Bett lag und ständig in seinen Körper horchte, bekam er Bauchschmerzen, die sich in Wellen zunehmend verstärkten. Er stand auf, musste dringend auf die Toilette, entlud sich, und als er im Becken die Blutlache sah, hatte er keinen Zweifel mehr an seiner Rizinvergiftung. Er schleppte sich zum Telefon und nahm den Hörer ab.

Sutter war sofort dran: „So schnell? Gut! Wir kommen!“ Er legte auf.

Nach ein paar Minuten wurde die Tür aufgeschlossen und Sutter kam herein, im weißen Kittel, begleitet von Hans und Grete, die eine fahrbare Krankentrage hereinbugsierten. Sie hievten den apathischen, von Krämpfen geschüttelten Griebsch auf die Trage und fuhren ihn durch die Gänge in das Labor.

„Ich habe Schmerzen“, stöhnte Griebsch, aber keiner antwortete ihm.

Im Labor angekommen, stach ihm Grete ohne Warnung eine Nadel in die Armvene. Sie nahmen ihm Blut ab und schlossen medizinische Geräte an. Griebsch wurde schläfrig, er konnte seine Gliedmaßen kaum noch bewegen. Hans schob neben die Krankentrage einen fahrbaren Tisch mit chirurgischen Instrumenten. Griebsch sah, wie Hans und Grete sich Latexhandschuhe anzogen und plötzlich erschien Sutters Gesicht dicht über ihn. „Sie wussten tatsächlich nicht, wie man das Antiserum herstellt, Griebsch. Sie haben damit nur angegeben, das zeigen Sie uns gerade sehr deutlich. Aber seien Sie zufrieden, jetzt sind Sie zum ersten Mal der Wissenschaft nützlich.“ Sutter lachte über seine eigenen Worte.

Mit letzter Kraft schob Griebsch seinen Arm auf den Tisch neben sich, griff zu und bekam ein Instrument in die Hand. Er wusste nicht, was es war, aber in einer Bewegung stieß er das Skalpell in das grinsende Gesicht von Sutter, das nicht mal einen halben Meter über ihm war.

In seiner Agonie hörte Griebsch wie durch Nebel noch das schrille Schreien von Sutter, Gretes aufgeregte Stimme und hastige Schritte, während der mit einer Chirurgenmaske bedeckte Hans ihn mit Gurten an den Tisch fixierte und sich daran machte, nachzuschauen, was das Rizin in den Organen von Griebsch angerichtet hatte.

11.

Der März war ungewöhnlich kalt und Schneeregen war keine Seltenheit. Es bestand keine Aussicht auf eine Wetterbesserung bis Ostern. An solchen Tagen fiel es leichter, im Labor zu arbeiten, wenn man durch das Fenster den grauen Himmel und die ständig wiederkehrenden Schnee- und Regenschauer sah. Die Serie der Spammails, die eine Zeitlang alle Mitarbeiter der AG-Toxine bekommen hatten, war plötzlich abgebrochen und Horst Griebschs Rückkehr war schon lange überfällig. Schneider war froh, dass Griebsch noch nicht wieder aufgetaucht war. Allerdings war das Leben mit Hellman, der Griebsch als Leiter der AG-Toxine vertrat, nicht angenehmer. Das einzig Positive war, Hellman hatte wegen seiner anderen Aufgaben weniger Zeit als Griebsch, sich in die Arbeit der AG-Toxine einzumischen.

Nachdem fast drei Wochen vergangen waren, seitdem Griebsch hätte zurück sein müssen, ließ Krantz an einem Dienstag bei einer Mitarbeiterversammlung im großen Hörsaal des IEI Neuigkeiten dazu verlauten. Nach ein paar allgemeinen Ankündigungen kam er bald auf Griebsch zu sprechen. „Unser geschätzter Kollege, Herr Professor Griebsch, ist bis heute von einer Dienstreise nach Japan nicht zurückgekehrt. Wir haben Anlass zur Sorge, er ist schon seit drei Wochen überfällig. Wir wissen, dass er mit Zwischenstopp über Singapur zurückgeflogen ist. Von dort aus verliert sich seine Spur. Ich möchte Ihnen nicht verschweigen, dass Interpol in diesem Fall ermittelt. Der Verdacht liegt nahe, dass Herr Professor Griebsch einem Unfall oder einem Verbrechen zum Opfer gefallen ist. Zur Information an die betroffenen Mitarbeiter teile ich mit, dass bis auf weiteres Herr Professor Hellman die Leitung der Arbeitsgruppen aus dem Bereich von Herrn Griebsch übernommen hat.“

Leo Schneider wurde hellhörig, als Bea erzählte, Griebsch wäre auf einer internationalen Konferenz zum Thema Bioterror gewesen. Er dachte an die Spammails, in denen Griebsch nach dem Rizin Protokoll gefragt hatte. Bea erzählte auch nicht, dass Griebsch sie kurz davor um Folien zum Thema Rizin gebeten hatte, und gab vor nicht zu wissen, was Griebsch dort gemacht hatte.

Als Tanja mit Schneider allein war, sprach sie ihn auf Griebschs Interview in der Zeitung an. „Leo erinnerst du dich, wie du gesagt hast, wir sollten möglichst nicht in der Öffentlichkeit mit den Bioterrorsachen in Zusammenhang gebracht werden? Vielleicht ist Griebsch wegen seines Interviews verschleppt worden?"

Schneider hielt das für zu weit hergeholt. „Aber der weiß doch nichts", sagte er, „und das weiß doch jeder."

Tanja ließ diese Sache keine Ruhe. „Ja, aber wenn ich recht habe, sind wir auch gefährdet. Du kannst sicher sein, wenn Griebsch wirklich deswegen entführt worden ist, hat er denen unsere Namen genannt." Tanja zog ihren Kittel an. „Also, ich geh dann mal wieder zu meinen Bazillen." Sie lachte etwas gekünstelt und entfernte sich.

Schneider verdrängte Tanjas Sorgen. Die Erleichterung, Griebsch zumindest für eine Weile los zu sein, überwog alle Bedenken. Er wollte nicht recht glauben, dass Griebsch auf Dauer verschwunden war. Griebsch lebte doch in Scheidung. Singapur! Na, klar, wahrscheinlich hatte der einen Abstecher nach Bali gemacht, lag dort am Strand und ließ es sich gutgehen. Dann käme er nach ein paar Wochen zurück und würde schon mit einer Erklärung aufwarten.

Wochen vergingen, die Aufregung legte sich und für Schneider kehrte der Laboralltag wieder ein. Obwohl jeder Tag anders verlief, ähnelten sie sich doch in seiner Erinnerung so sehr, dass er nicht mehr sagen konnte, ob er dieses oder jenes vor einer oder zwei Wochen gemacht hatte. Horst Griebsch aber blieb verschwunden und man hörte nichts von ihm. Allmählich zweifelte Schneider daran, dass Griebsch einfach nur blaugemacht hatte. Die verstrichene Zeit war dafür viel zu lang und es hätte eigentlich auch nicht so richtig zu ihm gepasst. So mussten sie sich wohl langfristig auf Hellman als neuen Vorgesetzten einstellen.

An einem Dienstag erhielt Leo Schneider eine E-Mail von Dr. John Baloda, Wissenschaftler am *Imperial College* in London. Dr. Baloda suchte Arbeitskontakt mit Schneider und wollte ihn im IEI gerne besuchen. Solche Anfragen bekam Schneider manchmal, meistens aber von Studenten oder von Kollegen aus

Entwicklungsländern, die ein Stipendium oder eine Fortbildungsmöglichkeit suchten. Deshalb überraschte ihn die Anfrage aus dem *Imperial College*, denn das war als Institut viel renommierter als das IEI. Schneider kannte Baloda nicht und informierte sich über dessen Arbeiten. Dr. Baloda war ein international bekannter Toxikologe, der mit Pilzgiften arbeitete. John Baloda schrieb, er habe von Schneiders Arbeiten über Biotoxine gehört und wollte ihn gerne treffen, um über eine zukünftige Zusammenarbeit zu sprechen. Seine Reise nach Berlin könne er selbst finanzieren, da er genug Drittmittel für solche Projekte zur Verfügung hätte.

Schneider war über Balodas Nachricht überrascht. Aus der Homepage des IEI konnte man zwar entnehmen, dass es die AG-Toxine gab, aber der Name Schneider war dort nicht genannt, sondern nur die verantwortlichen Vorgesetzten Griebsch und Hellman. Leo und Tanja war das recht gewesen und Griebsch hatte davon profitiert, um sich in seinem Interview als der große Macher darzustellen. Leo Schneider hatte bisher auch nichts über die Arbeiten mit Toxinen veröffentlicht. Somit war er, was dieses Gebiet betraf, ein Nobody. Woher kannte ihn also Baloda?

Als er mit Tanja darüber sprach, sagte sie: „Siehst du, das kommt von Griebsch! Habe ich dir doch prophezeit! Seine Entführer haben ihn restlos ausgequetscht und er hat deinen Namen genannt. Wer weiß, wie die in Verbindung mit diesem Dr. Baloda stehen? Am besten, du löscht die Nachricht und tust so, als hättest du sie nie erhalten."

Tanjas Vorschlag klang vernünftig, aber Schneider fiel etwas ein, das er noch viel geschickter fand. Er hatte auch keine große Lust auf Balodas Besuch. Und die Geschichte mit Griebsch war schon merkwürdig genug. Warum sollte er es nicht mit Hellman genauso machen, wie damals mit Griebsch? Soll sich doch Hellman mit Baloda unterhalten und sich als der große Macher darstellen.

Er ließ sich das eine Weile durch den Kopf gehen und sagte schließlich zu Tanja: „Weißt du, ich schreibe dem Baloda, dass er mit Hellman Kontakt aufnehmen muss, weil Hellman der eigentlich Verantwortliche für die Toxinsachen ist. Schließlich steht das auch auf der Homepage des IEI. Soll Hellman dann daraus machen, was er will. Vielleicht verschwindet er ja als Nächster!" Leo lachte gequält, aber Tanja fand es nicht lustig, blieb skeptisch und zuckte nur mit den Schultern.

Nachdem er Baloda so geantwortet hatte, hörte er ein paar Tage lang nichts weiter von der Sache, bis Hellman ihn daraufhin anrief. Hellman war ausnehmend schlechter Laune und griff Schneider gleich an. „Sagen Sie mal, Herr Schneider, Sie haben da eigenmächtig Kontakt mit dem Herrn Dr. Baloda vom *Imperial College* aufgenommen?"

Schneider protestierte. Nicht er, sondern Baloda hatte Kontakt mit ihm aufgenommen und er hätte Baloda nur an den Zuständigen, nämlich Hellman verwiesen. Aber was bei Griebsch funktioniert hatte, lief bei Hellman nicht. Er beharrte auf seinem Standpunkt. „Ich weiß ja nicht, wie sie das immer mit Herrn Griebsch ausgehandelt haben. Aber nach den Regeln müssen Sie bei der Leitung solche Kontakte vorher anmelden, bevor Sie selbst aktiv werden." Eine Pause entstand, weil Schneider nichts einfiel, was er dazu sagen konnte. Dann kam von Hellman: „Herr Dr. Baloda wird in zwei Wochen an das IEI kommen und dabei auch Ihre Arbeitsgruppe besuchen. Selbstverständlich wird Frau Dr. Nagel mit eingebunden und eine mögliche Zusammenarbeit wird nur in Abstimmung mit mir vereinbart. Herr Dr. Baloda kommt am 14. April mit der Maschine aus London. Holen Sie ihn dann bitte vom Flughafen ab und bringen Sie ihn danach ins Institut."

Hellman hatte nach einem kurzen „Wiederhören", aufgelegt. Das hatte Schneider sich aber ganz anders vorgestellt. Hellman hatte überhaupt nicht so reagiert, wie er gedacht hatte. Schneider bereute jetzt, nicht auf Tanja gehört zu haben. Jetzt musste er sich noch auf Anweisung der Leitung offiziell um Baloda kümmern. Am nächsten Tag bekam er prompt eine Mail von Baloda, in der dieser die Uhrzeit und die Flugnummer für seine Ankunft mitteilte. Offensichtlich war es für ihn selbstverständlich, dass Schneider ihn abholte. Noch dazu wollte Baloda drei Tage bleiben. Seine Anreise war für Dienstag und sein Abflug für Donnerstagnachmittag vorgesehen.

Inzwischen war es zur Gewissheit geworden, dass die Rizinpräparationen der Serie *51*, ungewöhnlich stabil blieben. Auch nachdem sie wochenlang bei Zimmertemperatur im Regal gestanden hatten, waren sie ungleich toxischer, als unbehandelte, frische Rizin

Präparationen, deren Giftigkeit schon nach ein paar Tagen deutlich nachließ. Auch wenn Schneider es nicht beabsichtigt hatte, durch seine Forschungen hatte er eine Biowaffe soweit verbessert, dass sich viele Seiten dafür interessieren würden. Er blieb weiterhin unschlüssig, was er mit dieser Erkenntnis anfangen sollte. Aber in einem blieb er fest. Nur Tanja und er wussten davon und so sollte es auch bleiben.

Sein Verhältnis zu Beatrix war besser geworden, nachdem er ihr durch die Botulinumtoxin Präparationen geholfen hatte, von Hellman Zugeständnisse für Ronalds Vertragsverlängerung zu bekommen. Aber, es war nur ein Aufschub und Bea beklagte sich weiter darüber, dass Hellman sie hinhielt. Schneider fand, es war an der Zeit, ihr zu sagen, was er von Hellman und Krantz dachte. „Hellman wird dich immer wieder unter Druck setzen, weil Ronald von ihm abhängig ist. Leute wie er haben nie genug."

Bea ging nicht darauf ein, widersprach aber auch nicht. Sie hoffte immer noch, Hellman am Ende doch davon zu überzeugen, ihren Mann fest zu engagieren. Ronny war doch schließlich ein sehr guter Wissenschaftler. „Es klappt sehr gut mit den Botulinumversuchen und Hellman wird doch irgendwann sein Versprechen einlösen müssen. Ich arbeite jeden Tag zehn bis zwölf Stunden, um den Botulinumtoxinassay hinzubekommen und werde damit fertig sein, bevor Ronnys Stelle ausläuft!"

Für Leo Schneider klang das wie das Pfeifen im Walde. Beatrix klammerte sich an ihre einzige Hoffnung, durch immer mehr Leistung endlich das Versprochene von Hellman zu bekommen. Dass Hellman und Griebsch ihr außerdem noch die Leitung der AG-Toxine in Aussicht gestellt hatten, darüber erzählte sie Schneider nichts. Als sie Ronald damals freudig mit dieser Nachricht überraschen wollte, war sie verwundert, wie skeptisch er darauf reagiert hatte.

Manchmal kam Ronald in Leos Büro, wenn er Bea suchte und sie nicht in ihrem Labor angetroffen hatte. Manchmal sprach er ein paar Worte mit Schneider, aber nie über seine Stelle. Tanja fand ihn in der letzten Zeit blasser und stiller als früher. Abends holte Ronny seine Frau ab, die sonst bis in die Nacht an ihren Testreihen gesessen hätte. Schneider bekam das nur mit, wenn Bea gerade bei ihm im Labor war und Ronny dann vorbeikam. Meistens war Schneider aber um diese Zeit schon gegangen.

Eines Abends, als die beiden glaubten, sie wären allein, hörte Schneider sie streiten. Es ging um Ronalds Stelle. Er hatte kein Vertrauen zu Hellman und wäre gerne mit Bea in ein Forschungslabor in die USA gegangen. So wie sie es sich damals vorgenommen hatten, als beide noch zusammen in einem Labor gearbeitet hatten und frisch nach Berlin gekommen waren. Ronny und Bea waren beide Immunologen und durch ihre Arbeiten schon bekanntgeworden. Vor zwei Tagen hatte Ronny aus den USA ein Angebot bekommen, für drei Jahre mit einer bezahlten Stelle als Postdoc in einem bekannten Universitätslabor in San Diego zu arbeiten. So wie es in den USA lief, hätte die Universität bei Ronnys Zusage auch noch eine Postdoc Stelle für Bea organisiert. Die Frist für seine Zusage war auf vier Wochen begrenzt und Bea wollte nicht mehr vom IEI weg. Sie hatte schon eine feste Stelle und glaubte, dass Hellman Ronny letztlich auch unbefristet einstellen würde. Ronny empfand das als Verrat an ihren alten gemeinsamen Ideen, er blieb skeptisch. Bea setzte ihm zu. Wenn er die feste Stelle hätte, könnten sie beide endlich ihren Kinderwunsch verwirklichen. Das wäre in San Diego bei der Arbeitsbelastung und der ungewissen Zukunft gar nicht möglich. Und noch einmal drei Jahre warten? Wer wusste schon, was danach kam? Ronald schwieg, als Bea auf ihn einredete, aber Schneider spürte seine Zweifel daran, was Bea sich so schön ausmalte. Schneider, dem es unangenehm war, ihr privates Gespräch mitgehört zu haben, konnte sich in einem Moment unbemerkt davonstehlen. Auf dem Heimweg dachte er noch lange darüber nach. Jetzt kannte er Beas Konflikt, der ihre Arbeit und ihr Privatleben miteinander verschmolz und er wollte sie bei den Botulinumtoxinarbeiten unterstützen, so gut es ging.

Schließlich kam der 12. April. Leo Schneider nahm sein Auto, um John Baloda vom Flughafen Tegel abzuholen. Baloda hatte kein Foto von sich geschickt und Schneider wusste auch nicht, wie er aussah. Im letzten Moment hatte er noch versucht, Bilder von Baloda im Internet zu finden. Es gab welche, aber Schneider war nicht sicher, ob es sich um dieselbe Person handelte. Das *Imperial College* gab nur spärliche Informationen über seine Mitarbeiter. Die Namen, die Abteilung und die E-Mail-Adresse, sonst nichts. Also hatte Schneider notgedrungen ein Schild gemalt, auf dem in großen Buchstaben *Dr. Baloda, London* stand.

Nachdem er sein Auto in zweiter Reihe an der vollgeparkten Zufahrt vor dem Flugsteig 4 abgestellt hatte, eilte er mit seinem Schild in das Gebäude. Hinter der Scheibe des Gates sah er die Passagiere der *British Airways*, die an der Gepäckausgabe warteten, und suchte nach einzelnen Männern. Wer von denen mochte Baloda sein? Schneider hielt das Schild neben sich.

Die ersten Passagiere, die nur mit Handgepäck gereist waren, verließen das Gate und kamen in die Halle. Schneider blickte weiter angestrengt durch die Scheibe. Das Förderband mit den Gepäckstücken ruckelte, hielt an, stand eine Weile still und fuhr dann plötzlich weiter. Plötzlich tippte ihn jemand von hinten auf die Schulter. *„Dr. Schneider, I presume?"*, hörte Schneider sagen und drehte sich um. Hinter ihm stand ein untersetzter Mann mit dunklem Vollbart. Schneider schätzte ihn auf zwischen dreißig und vierzig. *„I am Dr. Baloda from the Imperial College London"*, sagte sein Gegenüber.

„Wie haben Sie mich denn erkannt?", fragte Schneider überrascht. Das Schild hatte Baloda nicht lesen können, Schneider hatte es durch die Scheibe nach innen gehalten. „Oh", sagte Baloda. „Ich habe Ihr Gesicht gleich erkannt, Dr. Schneider."

„Wirklich?", fragte Leo Schneider und fühlte sich gegen seinen Willen geschmeichelt. Dann fiel ihm auf, dass Baloda nur einen kleinen Handkoffer bei sich trug. „Ihr Gepäck?", fragte Schneider. „Ich vermutete Sie noch drinnen am Gepäckband."

„Nein, das ist alles, ich brauche nicht viel", antwortete Baloda.

„Gut, wenn Sie meinen", sagte Schneider mit Bewunderung. Er ärgerte sich regelmäßig über sich selbst, weil er auf Reisen immer viel zu viel Gepäck mitnahm. „Dann können wir ja gleich los." Schneider fiel sein falsch geparktes Auto ein, er wollte sich beeilen. Aber sie kamen zu spät, an der Windschutzscheibe seines Autos flatterte schon der Strafzettel, der hinter dem Scheibenwischer eingeklemmt war. Missmutig zog Schneider ihn hervor.

„Die deutsche Polizei scheint sehr eifrig zu sein", bemerkte John Baloda tiefsinnig. Schneider wollte das nicht kommentieren, startete den Motor und fuhr los. Auf der Fahrt versuchte er es mit ein wenig Small Talk, aber Baloda erzählte nicht viel von sich und vom *Imperial*

College. Schneider kannte einen Kollegen aus Israel, der am College arbeitete, und fragte Baloda, ob er ihn kennen würde. Baloda schüttelte nur mit dem Kopf. „Na ja“, sagte Schneider, „es sind ja auch verschiedene Abteilungen. Sie sind doch in der Toxikologie?“ Baloda nickte stumm. Schließlich gelangten sie auf den Parkplatz des IEI.

„Ich bringe Sie zuerst zu Professor Hellman, dem Abteilungsleiter. Er wollte Sie unbedingt kennenlernen.“ Schneider war froh, seinen schweigsamen Gast in Hellmans Büro abzuliefern. Hellman wollte offenbar mit Baloda allein sein, denn er sagte, er würde nachher mit dem Besucher bei Schneider im Labor vorbeikommen. Dabei öffnete er die Tür zu seinem Vorzimmer, in dem seine Sekretärin, Frau Ziegler, saß.

Schneider ärgerte sich, von Hellman vor Baloda wie ein Lakai behandelt worden zu sein. „Komme nachher im Labor vorbei“, äffte er Hellman nach. Nachher, das konnte sonst wann sein und danach sollte er Baloda sicher noch in sein Hotel bringen, oder zum Essen ausführen. Schneider war sichtlich genervt. Aber Hellman und Baloda kamen bereits nach einer knappen halben Stunde bei Schneider vorbei.

„*So, this is the famous laboratory*“, sagte John Baloda beeindruckt, wobei er sich nach allen Seiten umschaute. Schneider wollte ihm Tanja vorstellen, aber Baloda nahm kaum Notiz von ihr. Er lief etwas unschlüssig im Labor herum und schien sich nicht sonderlich dafür zu interessieren, was Schneider ihm erklären wollte.

„Ich werde Ihnen als Erstes die verschiedenen Labore zeigen“, sagte Schneider. Es war üblich, Besucher zuerst durch die Laborräume zu führen. Meistens ergaben sich dabei Fragen zu Themen, die beide Seiten interessierten. Baloda folgte Schneider bereitwillig, stellte aber keine Fragen, während Schneider ihm die Funktion der einzelnen Räume und Geräte erklärte. Vermutlich hatten sie am *Imperial College* eine bessere Ausstattung, dachte Schneider, dem sein eher mager ausgestattetes Labor jetzt fast peinlich war.

„Sie arbeiten mit Rizin“, bemerkte Baloda unvermittelt. „Ja, unter anderem“, sagte Schneider. „Darf ich fragen, woher Sie das wissen?“

„Herr Professor Hellman hat mir davon erzählt", sagte Baloda. „Es ist doch kein Geheimnis, nicht wahr? Er hat mir auch erzählt, dass Ihr Vorgesetzter, Professor Griebsch, von einer Kongressreise nicht mehr zurückgekehrt ist. Angeblich ging es da auch um Rizin."

„Ja, wenn Herr Hellman das sagt. Kann sein. Es ist schon sehr merkwürdig. Und Sie, Herr Kollege, über welche Toxine arbeiten Sie zurzeit?", fragte Schneider.

„Oh, über Mycotoxine", sagte Baloda mit einer abwehrenden Geste. „Aber wir wollen jetzt intensiv mit Rizin arbeiten", fügte er hinzu.

Tanja blieb im Hintergrund und Leo konnte ihr auf Hundert Meter ansehen, dass sie Baloda suspekt fand.

„Ich nehme an, Sie werden in Ihrem Vortrag morgen Nachmittag über Ihre Arbeiten sprechen", sagte Schneider. Ein Vortrag von Baloda war angekündigt worden. Hellman und Krantz hatten darauf bestanden.

„Ja", antwortete Baloda einsilbig und schien nicht weiter darüber reden zu wollen. „Haben Sie eigentlich besondere Sicherheitsvorkehrungen für die Arbeiten mit Rizin vorgesehen?", fragte er dann. „Sind Ihre Präparate in Sicherheitsschränken? Wir würden gerne wissen, ob Sie damit einfach so in einem Labor arbeiten, oder in besonderen Sicherheitsräumen. Das ist für unsere Planungen am *Imperial College* wichtig. Wir würden gerne von Ihnen lernen, wie man ein solches Labor betreibt."

„Ja, aber wenn Sie doch mit Mycotoxinen arbeiten?" Schneider war mehr als erstaunt. Er hatte die Liste mit John Balodas Veröffentlichungen über Pilzgifte gesehen. „Mycotoxine sind doch auch hochgiftig und im Grunde genommen ist es mit dem Rizin nicht anders."

Baloda zuckte mit keiner Wimper und sagte nichts weiter dazu.

„Das Rizin springt einen doch nicht an", Schneider fand diese Bemerkung witzig, „man kann in so einem Labor normalerweise damit arbeiten." Er zeigte auf den Laborbereich, wo er mit Rizin arbeitete.

„Sie sind sehr mutig", stellte Baloda unvermittelt fest.

Schneider fand diese Antwort merkwürdig. „Wieso?", antwortete er, „das gehört doch zu unserem Beruf!" Er wusste nicht, worauf Baloda eigentlich hinaus wollte. Baloda schwieg. „Bestimmt können wir morgen weitere Einzelheiten besprechen, die für den Aufbau eines Rizinlabors wichtig sind", fügte Schneider hinzu. Er sagte das mit Absicht, weil er Baloda gerne loswerden wollte. Schließlich musste er ihn ja auch noch zu seinem Hotel bringen. „Ich kann Sie morgen früh vom Hotel abholen", schlug er vor. „Sie sind sicher müde von der Reise und kennen sich wahrscheinlich in Berlin nicht aus?" Schneider wollte das Gespräch in die gewünschte Bahn lenken. „Darf ich fragen, wo Sie untergebracht sind?"

„Oh", Baloda zögerte. „Danke, das ist wirklich nicht nötig. Ich bin nicht so pünktlich wie Sie hier in Deutschland und werde mir ein Taxi nehmen. Ich werde dann bei Ihnen spätestens um zehn Uhr eintreffen, wenn das für Sie in Ordnung ist?"

„Gut, wie Sie möchten", erwiderte Schneider. Er war froh, sich nicht um die Beförderung von Baloda kümmern zu müssen. „Dann können Sie morgen auch Frau Dr. Nagel kennenlernen, sie arbeitet über serologische Nachweismethoden."

Baloda nickte und fragte wie aus heiterem Himmel: „Dr. Schneider, Sie müssen sehr viele Proben haben, wenn Sie Ihre Versuche machen. Wie und wo bewahrt man diese Proben denn am besten auf?"

„Also, das kommt ganz darauf an." Schneider war über diese laienhafte Frage von Baloda mehr als verwundert. Zumindest, wenn sie von einem Wissenschaftler kam. Aber vielleicht war sein Gast auch nur müde und zerstreut. „Entweder im Kühlraum nebenan bei 4 °C, oder eingefroren bei -80 °C. Wir haben drei große Gefriertruhen. Stabile Proben kann man natürlich auch bei Raumtemperatur im Labor aufbewahren, je nachdem." John Baloda nickte eifrig und sah sich im Labor um, als suchte er etwas.

Schneider musste dringend auf die Toilette. „Entschuldigen Sie mich für einen Moment, ich bin gleich wieder da. Wenn Sie Hilfe brauchen, fragen Sie Tanja, meine Assistentin." Er verließ das Labor. Ihm war nicht ganz wohl, Tanja mit Baloda im Labor allein zu lassen, aber es war ja nur für einen kurzen Moment.

Als er zurückkam, sah er Baloda im Nachbarlabor, das nur durch eine Zwischentür erreichbar war, herumlaufen. Tanjas Miene war wie versteinert.

Als Baloda ihn sah, fragte er: „Könnten Sie mir ein Taxi rufen?" Schneider bot an, ihn zum Hotel zu bringen, aber Baloda wehrte ab.

„Vielen Dank, ich habe heute Ihre Zeit schon zu sehr in Anspruch genommen."

„Welches Hotel ist es denn?", fragte Schneider. „Nur, dass ich dem Taxifahrer Bescheid sage, damit die Fahrt nicht plötzlich teurer wird." Schneider war neugierig, wo Baloda abgestiegen war.

„Das Hotel? Ja, der Name ist kompliziert, ich habe ihn in meinem Kalender aufgeschrieben", sagte Baloda. „Aber machen Sie sich keine Umstände deswegen."

Schneider gab Baloda seine Handynummer. Falls er Probleme bekommen sollte, könne er ihn anrufen. Schneider machte das immer mit auswärtigen Besuchern, die nach Berlin kamen. Manchmal landeten die sonst wo. Oder es passierten Ihnen die seltsamsten Dinge, die man sich nicht vorstellen konnte, wenn man in dieser Stadt groß geworden war. Er brachte Baloda an die Pforte des Institutes und bat Herrn Meyer, ein Taxi zu rufen. Nachdem er sich von Baloda verabschiedet hatte, ging er zurück ins Labor. Dort erwartete ihn Tanja mit finsterer Miene.

„Du! Ich bin sicher, der Kerl hat hier fotografiert!", sagte Tanja empört. „Der rannte immer von mir weg, ging überall hin und glotzte, sprach kein Wort mit mir und ich denke, der trug was in der Hand zum Fotografieren. Der ist doch nicht ganz astrein."

„Tut mir leid", sagte Schneider. „Es war wirklich dringend. Ich finde diesen Herrn Baloda auch seltsam und bin froh, wenn er wieder weg ist." Jetzt ärgerte sich Schneider, dass er Baloda seine Handynummer gegeben hatte.

„Wo ist der denn her?", fragte Tanja.

„*Imperial College* in London, sehr berühmtes Institut."

„Nee, ich meine, wo der wirklich her ist, das will ich wissen", sagte Tanja.

„Keine Ahnung, er spricht akzentfrei Englisch. Vom Nachnamen her kommt er vielleicht ursprünglich aus Indien, frag ihn doch morgen", versuchte Schneider sie in bessere Stimmung zu versetzen.

„Wahrscheinlich weiß der genau, was mit Griebsch passiert ist", orakelte Tanja und zog ihren Kittel aus, um zu gehen.

„Dann sei bloß froh, dass er uns Griebsch nicht zurückgebracht hat", lachte Schneider. Aber sein Gast hatte sich schon seltsam verhalten und noch seltsamer waren seine Fragen gewesen. Leo Schneider ging an seinen Computer, weil er mehr über Baloda herausfinden wollte. Viel gab es nicht über ihn im Internet, Baloda schien besonders mit Schimmelpilzgiften aus der Gruppe der Aflatoxine gearbeitet zu haben. Diese Gifte waren krebserzeugend und mindestens so gefährlich wie Rizin. Er wollte ihn morgen danach fragen.

Als er seinen Computer herunterfahren wollte, klingelte das Telefon. Es war Bea. Sie wollte wissen, ob Baloda noch da wäre. „Du kannst ihn morgen gerne sprechen, ich bin froh, wenn ich ihn nicht die ganze Zeit um mich habe", sagte Schneider. „Aber erhoffe dir nicht zu viel Informationen, bin nicht richtig schlau aus ihm geworden."

„Also, ich komme auf jeden Fall zu seinem Vortrag", sagte Bea. „Ich glaube nicht, dass ich vorher Zeit habe. Übrigens, ich habe es jetzt geschafft, alle Nachweisverfahren für die Botulinumtypen A bis G zum Laufen zu bringen. Nochmals, danke euch beiden für die Toxinpräparate", fügte sie hinzu. Bevor sie auflegte, zögerte sie einen Moment und sagte: „Ich mache mir Sorgen um Ronny, der ist in der letzten Zeit so verschlossen." Sie wartete seine Antwort nicht ab, sagte schnell „tschüs" und hängte auf. Kaum hatte sie aufgelegt, klingelte das Telefon wieder, es war Hellman.

„Ist Herr Dr. Baloda noch bei Ihnen?"

„Nein, der ist vor einer Viertelstunde mit dem Taxi in sein Hotel gefahren", sagte Schneider.

„Warum haben Sie Ihren Gast nicht zum Hotel gebracht?", fing Hellman an zu mosern. „Was macht denn das für einen Eindruck? Jedenfalls richten Sie ihm aus, morgen um zehn Uhr möchte der Direktor mit ihm reden." Hellman hängte grußlos auf.

Schneider hatte genug für heute. Er fuhr seinen Rechner herunter, verließ das Institut und machte sich auf den Weg nach Hause. Als er Louisa von dem merkwürdigen Tag im Labor erzählen wollte, war sie nicht in Stimmung dazu. Aber in einer anderen, mit der sie ihn ansteckte und aus den trüben Eindrücken des Tages in angenehmere Gefilde entführte. Er war froh, dass es nach den vielen Jahren ihrer Ehe immer noch so schön war, mit ihr so eng zusammen zu sein, dass für Momente nichts anderes mehr dazwischen passte.

Am nächsten Tag waren Schneider und Tanja schon früh im Labor. Bea kam gegen neun Uhr vorbei und wollte mit Schneider sprechen. Er glaubte, es wäre wegen Baloda, aber Bea erzählte, dass Ronald am Abend erst spät und angetrunken nach Hause gekommen war. So etwas kannte sie von ihm nicht. Sie glaubte, es wäre wegen seines Arbeitsvertrages. Ronald hatte ihretwillen eine Postdoc Stelle in San Diego ausgeschlagen. Ob Schneider nicht mal mit ihm reden könnte?

Schneider versprach es, aber dachte für sich, es würde nicht leicht sein. Er kannte Ronalds Ehrgeiz, und ob der sich von ihm irgendwelche Tipps oder Zuspruch annehmen würde, war nicht sicher. Bea sah aber so blass und besorgt aus, dass Schneider es wenigstens versuchen wollte.

Inzwischen war es kurz vor zehn. Baloda musste bald eintreffen und Schneider überlegte, was er ihm zum Rizin überhaupt erzählen wollte. So, wie Baloda auf ihn gewirkt hatte, konnte er sich nicht vorstellen, mit ihm zusammenzuarbeiten. Aber vielleicht würde Balodas Vortrag heute alles wieder in ein anderes Licht rücken?

Das Telefon klingelte, es war das Vorzimmer von Krantz. Ob Dr. Baloda schon da wäre, fragte die Sekretärin, deren samtene Stimme Schneider gerne hörte. So jemand Nettes muss ausgerechnet bei Krantz arbeiten, dachte er und sagte: „Nein, noch nicht, aber er müsste bald kommen, ich bringe ihn dann zu Ihnen."

Wenn etwas passiert wäre, hätte Baloda ihn doch angerufen, dachte Schneider. Inzwischen war es Viertel nach zehn. Das Sekretariat von Krantz rief wieder an und Schneider gab nochmals Fehlanzeige.

„Herr Professor Krantz kann nicht viel länger warten", hauchte die Sekretärin ins Telefon. „Er hat noch dringende Termine."

„Tut mir leid, wirklich. Ich melde mich sofort, wenn Dr. Baloda eintrifft, oder sich meldet", sagte Schneider. Jetzt war er auch noch für den verantwortlich! Dann schaute er in den Kalender. Balodas Vortrag war für fünfzehn Uhr angekündigt, im Hörsaal des Institutes, denn man rechnete mit großem Interesse. Von Baloda hatte er keine Telefonnummer, er hatte ihn auch nicht danach gefragt. Vielleicht war es ein Fehler gewesen. Er konnte sich natürlich danach erkundigen. Auf der Homepage des *Imperial College* fand er nach einigem Suchen die Seite, auf der die Mitarbeiter mit ihren Namen aufgelistet waren. Schließlich fand er eine Telefonnummer, die wahrscheinlich zu Balodas Arbeitsgruppe gehörte.

Leo Schneider schaute auf seine Uhr, inzwischen war es zwanzig nach elf. Nach einigem Zögern rief er in London an. Er musste eine Weile warten und hörte das gurrende Geräusch, das typisch für das Freizeichen in England war. Nach einigen Momenten hob jemand ab. Schneider stellte sich vor und fragte: „Bitte, ich brauche eine Telefonnummer, unter der ich unseren Gast, Dr. Baloda erreichen kann."

„Please hold the line", hörte er nur und wurde weitergeleitet. Es dauerte wieder eine Weile, dann hörte er, wie jemand sagte: *„Hello, this is Dr. Baloda speaking. What can I do for you Dr. Snyder?"*

Schneider saß da wie angegossen. Das war Dr. Baloda, oder auch nicht. Jedenfalls war dieser in London und hatte eine ganz andere Stimme als sein Gast von gestern. *„Hello, Dr. Snyder can you hear me?"*, hörte er es laut vom anderen Ende der Leitung fragen.

„Sie kennen mich nicht, Dr. Baloda?", fragte Schneider halb ungläubig. „Dr. John Baloda? Ich bin Dr. Leonhard Schneider von IEI, wir hatten schon per E-Mail Kontakt."

„I am sorry", sagte Baloda. „Ich fürchte, ich kenne Sie nicht, Dr. Snyder. Wo haben wir uns denn getroffen? Auf einem Kongress? Können Sie meiner Erinnerung auf die Sprünge helfen?"

„Sind Sie gestern nicht in Berlin gewesen?", fragte Schneider ihn sehr direkt.

„Sollte ich das? Eigentlich müsste ich das wissen!", konstatierte Baloda ironisch. Schneider hatte mit seiner zu direkten Art, die Dinge anzusprechen, gegen die englische Gesprächsetikette verstoßen. Er versuchte wieder an das Gespräch anzuknüpfen und erzählte Baloda in Kurzfassung die ganze Geschichte.

Baloda hörte ihm ruhig zu und kommentierte nur manchmal mit: *„I see"*, oder *„interesting."* Nachdem Schneider die ganze Geschichte herausgebracht hatte, fing Baloda an zu erzählen. Nur soweit, er hätte von Schneider noch nie etwas gehört und würde auch das IEI nicht kennen. Er entschuldigte sich dafür, aber mehr aus reiner Höflichkeit. Etwas Merkwürdiges wäre schon passiert, als er vor kurzem in Australien auf einer Tagung gewesen war. Dort hatte er das Problem, plötzlich nicht mehr sein Postfach am *Imperial College* mit seinen E-Mails öffnen zu können. Als er gestern in sein Institut zurückgekehrt war, hatte man ihm berichtet, dass sein Postfach offenbar gehackt worden war. Er könne sich eigentlich nur vorstellen, dass die E-Mail an Schneider von dem Hacker stammen musste. Aber, dass der Hacker sich dann bei Schneider im Labor als John Baloda ausgegeben hatte, schockierte ihn.

Schneider versprach, ihm die E-Mail des falschen Dr. Baloda weiterzuleiten. Vielleicht konnte die IT-Abteilung des *Imperial College* damit mehr über den Hacker herausbekommen. Jedenfalls schien John Baloda seinen Avatar nie gesehen zu haben, als Schneider ihm sein Aussehen am Telefon beschrieb.

Es war kurz vor Mittag. Der falsche John Baloda würde nicht mehr kommen. Gegen seinen inneren Widerstand rief Schneider Hellman an und erzählte ihm von dem Telefonat. Hellman mochte ihm zuerst nicht glauben, dann wurde er zunehmend aggressiv und wollte Schneider für diese Panne verantwortlich machen. Schneider konterte. Schließlich hätten Hellman und der Institutsdirektor zugestimmt, Baloda einzuladen. Hellman warf ihm vor, er hätte sich auf Schneider verlassen, er könne schließlich nicht jede Einzelheit selbst überprüfen. Dieser Streit ging eine Weile hin und her, bis Hellman schließlich auflegte und so das Gespräch auf seine Art beendete.

Tanja hatte die ganze Zeit dabeigestanden, mitgehört und meinte: „Der Typ ist ein Spion und weiß mehr über uns, als wir glauben. Ich hab es dir gesagt, der hat fotografiert, der hat das mit unseren Rizinversuchen doch irgendwie mitbekommen, davon hat er doch die ganze Zeit geredet! Wer weiß, ob der überhaupt wirklich aus London angereist ist? Hast du ihn denn wirklich aus dem Flugsteig herausgehen sehen?“

„Nein, habe ich eigentlich nicht“, fiel Schneider ein. „Ich hatte die ganze Zeit durch die Scheibe zum Gepäckförderband geschaut und gedacht, ob ich ihn irgendwie erkenne und plötzlich hat er mich von hinten mit meinem Namen angesprochen.“

„Siehst du!“, trumpfte Tanja auf. „Er kann ebenso gut am Flughafen auf dich gewartet haben und hat sich in dem Moment, wo die Passagiere aus dem Gate kamen, unter sie gemischt und dich angesprochen.“

„Du meinst, der war vielleicht die ganze Zeit schon in Berlin?“, fragte Leo.

„Vielleicht und vielleicht noch mehr. Er kennt dich! Er musste dein Gesicht schon gekannt haben, sonst hätte er dich doch nicht sofort angesprochen."

„Und wenn ich ihn nicht abgeholt hätte? Wenn mir etwas dazwischengekommen wäre?"

„Dann wäre er mit dem Taxi zum IEI gefahren, hier aufgekreuzt und hätte vielleicht noch den Beleidigten gespielt", meinte Tanja.

Leo Schneider wurde zunehmend unwohl. Er fasste die Ereignisse in Gedanken zusammen. Erstens, der falsche John Baloda war informiert, dass hier im Labor mit Rizin gearbeitet wurde. Allerdings war nicht klar, was er genau darüber wusste. Vielleicht stammten seine Informationen auch nur aus Griebschs Interview?

Zweitens, er kannte Schneider vom Aussehen her und wusste, dass Schneider über Rizin arbeitete. Das war schon schwieriger zu erklären, Griebsch hatte in seinem Interview nur die AG-Toxine erwähnt. Also konnte der falsche John Baloda mit dem Verschwinden von Griebsch in Zusammenhang stehen und alles von ihm erfahren haben. Oder noch andere Personen aus dem IEI waren an dieser Sache beteiligt.

Drittens, Balodas Äußerungen und sein Verhalten hatten ihn als wissenschaftlichen Laien entlarvt. Seine Fragen waren für jemanden, der selbst über Toxine arbeitete, einfach zu banal gewesen. Er hätte sich sonst auch mehr für fachliche Einzelheiten interessiert. Er schien eher jemand zu sein, der den Auftrag hatte, in das Labor zu gelangen, um sich dort umzusehen.

Viertens, der falsche Baloda besaß wahrscheinlich Verbindungen in Berlin. Er war sicher nicht in einem Hotel abgestiegen. Nein, es war nicht einmal klar, ob er wirklich aus London angereist war. Es war unwahrscheinlich, das er morgen wie angekündigt nach London zurückfliegen würde. Andererseits gab es einen tatsächlichen Bezug zum *Imperial College*. Jemand hatte das Postfach des echten John Baloda gehackt und dieser jemand stand in Verbindung mit dem Besuch des falschen Baloda hier in Berlin.

Schneider überlegte, ob er der Institutsleitung über seinen Verdacht berichten sollte. Wenn seine Vermutung stimmte, wären erhöhte Sicherheitsmaßnahmen erforderlich. Aber wie sollten die aussehen? Fahndung nach dem falschen Baloda? Polizisten vor der

Labortür? Personenschutz? Telefon- und Computerüberwachung? Reichten die Indizien dafür überhaupt aus?

Außerdem, wenn er diese Lawine jetzt anschob, würde er selbst in den Strudel der Überwachungsmaßnahmen gelangen. Diese Paranoia, über die er sich immer mokiert hatte, wäre für ihn dann Realität. Vielleicht war er aber schon mittendrin in diesem Strudel und merkte es nur noch nicht.

Am beunruhigendsten war die Tatsache, dass Leute außerhalb des IEI offenbar eine Menge über die Rizinarbeiten wussten. Theoretisch gab es mehrere Möglichkeiten, an diese Informationen heranzukommen. Ein angezapfter Rechner oder Telefon, eine Wanze im Labor oder eine undichte Stelle, der Faktor Mensch! Tanja? Tanja kam für Leo Schneider nicht infrage, aber die Möglichkeit bestand theoretisch. Paranoia dachte er. Ganze Kriege waren dadurch schon ausgelöst worden. Jedenfalls konnte er im Moment nichts weiter tun, als abzuwarten. Alle Protokolle zu den Rizinversuchen waren bei ihm zu Hause und alle diesbezüglichen Dateien vom Institutsserver gelöscht.

Unklar blieb auch, warum Baloda heute nicht wiedergekommen war, um sein Spiel fortzusetzen. Entweder hatte er schon das bekommen, wonach er suchte, oder die Sache war ihm zu heiß geworden. Inzwischen war es kurz nach vier, Balodas Vortrag war längst abgesagt worden und von ihm selbst fehlte weiterhin jede Spur.

Kurz bevor Schneider gehen wollte, klingelte sein Telefon. Es war John Baloda aus dem *Imperial College*. Nur um ihm mitzuteilen, dass sich Scotland Yard in die Ermittlungen eingeschaltet hatte. Die Polizei wollte genaue Nachforschungen anstellen, wie sein Postfach gehackt worden war. Offenbar wollte man in London genau wissen, was es mit dieser Geschichte auf sich hatte.

Der echte Dr. John Baloda schien, aus welcher Quelle auch immer, plötzlich darüber informiert zu sein, dass am IEI mit Rizin gearbeitet wurde. Er erzählte, in London wäre eine Gruppe von Terroristen aufgeflogen, die im Verdacht standen, Rizin für terroristische Zwecke herzustellen. Nach ihrem Labor, das sich vermutlich in einer Wohnung befand, würde noch gesucht. Ob die deutsche Polizei denn schon eingeschaltet wäre, wollte er wissen. Vielleicht, sogar wahrscheinlich, bestünde ein Zusammenhang zwischen diesen Terroristen und dem Besuch des falschen Baloda bei Schneider.

Schneider antwortete ihm, er wüsste nichts Genaues. Die Leitung des IEI sei informiert und würde sicherlich handeln. Dann fiel ihm ein, es war nicht einmal sicher, ob der falsche Baloda wirklich aus London angereist war. Er berichtete, unter welchen Umständen er seinen Besucher am Flughafen in Berlin getroffen hatte. Nachdem Schneider ihm noch die Nummer und die Uhrzeit des Fluges genannt hatte, Baloda wollte diese Informationen für Scotland Yard, beendeten beide ihr Gespräch.

Schneider war nach diesem Anruf mehr als bedrückt. Die Sache schien doch viel ernster zu sein, als er zuerst gedacht hatte. Gegen seinen ersten Entschluss rief er Hellman an und erzählte, was der echte Dr. Baloda ihm über die Ermittlungen in England berichtet hatte. Ob man denn nicht auch die hiesige Polizei einschalten müsste?

„Sie müssen gar nichts“, fuhr ihm Hellman über den Mund. „Diese Geschichte hat schon genug Ärger gemacht und ich möchte Sie daran erinnern, der Kontakt kam über Sie, Herr Schneider, nicht von uns! Die Institutsleitung wird die notwendigen Schritte veranlassen und Professor Krantz lässt Ihnen ausrichten, Sie sollen sich in dieser Sache strikt zurückhalten und nichts ohne Absprache mit der Leitung unternehmen. Habe ich mich klar genug ausgedrückt? Wir können das IEI nicht in der Öffentlichkeit lächerlich machen. Die Presse wird über uns herfallen. Jeder wird fragen, warum wir uns nicht vorher über die Identität von diesem Baloda informiert haben. Und das in einem Institut mit Aufgaben zur biologischen Sicherheit! Machen Sie die Sache nicht noch schlimmer, als sie schon ist.“ Hellman wurde jetzt richtig pampig. „Und es ist ja auch weiter nichts passiert, während der Mann bei Ihnen war, oder? Und wenn, dann sind Sie dafür verantwortlich!“ Es klickte und Schneider hörte nur noch das Freizeichen.

Für einen Moment saß er wie versteinert neben dem Telefon und dachte nach. Hellman war widerlich gewesen wie selten und versuchte, die Verantwortung auf ihn zu schieben. Die Leitung wollte keinen Skandal. Schneider überlegte, ob er Drewitz von der Sache erzählen sollte. Drewitz mit seinen Verbindungen konnte ihn möglicherweise davor schützen, dass Hellman die ganze Geschichte am Ende gegen ihn verwendete. Aber Drewitz war unberechenbar; es konnte auch sein, dass er die ganze Sache für seine Belange ausschlachtete und Schneider dabei als Kollateralschaden auf der Strecke blieb. Leo Schneider war ratlos und beschloss, erst einmal nichts weiter zu unternehmen.

12.

Drei Tage nach diesen Ereignissen kam Bea zu Tanja ins Labor und erzählte von ihren Plänen zu einem Nachweissystem für die Botulinumtoxine. Sie müsste Testreihen an Mäusen machen, um die Dosis-Wirkungs-Kurven der Toxine A, B, E und F zu bestimmen. Aus dem Ergebnis könne man dann ableiten, welche Mengen Botulinumtoxin für den Menschen tödlich wären. Sie musste wissen, ob ihr Testsystem empfindlich genug war, um für den Menschen schädliche Mengen an Botulinumtoxin nachzuweisen. Natürlich bestand die Unsicherheit, ob die an den Mäusen ermittelten Werte auf den Menschen übertragbar waren, aber man konnte die Versuche ja schließlich nicht mit Menschen machen.

Bea sagte das, weil schon die Tests an den Mäusen sie sehr belasteten. Äußerlich gab sie sich als die sachliche, etwas introvertierte Wissenschaftlerin. Sie gab es nie zu, dass ihr diese Versuche etwas ausmachten. Wie es in ihrem Inneren aussah, wusste keiner außer sie selbst und vieles was sie tat, geschah in dem Bemühen ihrem Mann zu helfen, der ihr zunehmend entglitt.

Tanja hatte inzwischen genügend Botulinumtoxin der Typen A, B und E hergestellt. Allerdings fehlten noch ausreichende Mengen an Botulinumtoxin F, damit Bea die komplette Testreihe durchführen konnte. Tanja wusste um die Geschichte mit Ronald und von Hellmans Erpressungsversuchen. Sie hatte sich vorgenommen, möglichst schnell genug BoNT-F zu produzieren, damit Bea ihre Testreihen erfolgreich abschließen konnte. Allerdings war das nicht leicht, weil die Clostridien, die das Botulinumtoxin F produzierten, sehr langsam wuchsen. Die Kulturen mussten immer wieder neu angesetzt werden, damit sie überhaupt genug von diesem Gift produzierten.

Um die Clostridien optimal zu vermehren, hatten sie sich eine spezielle Werkbank angeschafft, die in einem kleineren, abgeschlossenen Labor stand. Zum Glück war das so, denn die

Botulinum Bazillen stanken entsetzlich, man merkte das gleich, wenn man die Tür zu diesem Labor auch nur öffnete. Die Werkbank selbst war wie ein kleiner, abgeschlossener Raum, mit eigener Atmosphäre und einstellbarer Temperatur. Das sauerstofffreie Gasgemisch wurde über ein Zuleitungssystem eingespeist. Vorne und an den Seiten war die Werkbank mit dicken Plexiglasscheiben abgeteilt, durch die man in das Innere schauen konnte. Aus der Vorderwand ragten zwei Gummistulpen nach außen, in die man seine Hände stecken musste, um nach einer umständlichen Entgasungsprozedur an der Werkbank arbeiten zu können.

Durch die Probleme bei der Herstellung des Botulinumtoxin F verschoben sich Tanjas Arbeitszeiten. Um genügend Toxin zu bekommen, musste Tanja für einige Tage alle acht Stunden ins Labor kommen, um die Clostridienkulturen zu versorgen. Zum Glück wohnte sie nicht sehr weit vom IEI im Norden Berlins und es machte ihr nicht zu viel aus, für eine Zeit im Schichtdienst zu arbeiten. Durch den achtstündigen Wachstumsrhythmus der Bazillenkulturen bedingt, musste Tanja von neun bis zehn Uhr abends und dann wieder frühmorgens ab sechs Uhr im Labor sein. Sie war froh, dass es nur für ein paar Tage so war, denn sie hasste es, ständig früh aufstehen zu müssen.

Am Montag, den 25. April, saß Tanja gegen halb neun Uhr abends in ihrer Wohnung. Sie hatte sich noch die Nachrichten im Fernsehen angeschaut, bevor sie ins Labor gehen musste. Es gab einen Bericht über eine Wohnung in London, in der Scotland Yard Spuren von Rizin gefunden hatte. Ein geheimes Labor, vermutlich. Einige Verdächtige waren festgenommen worden, man vermutete Verbindungen zu Terrornetzwerken. Tanja dachte an den falschen Baloda und an das, was Schneider aus dem *Imperial College* erzählt hatte. Die Engländer schienen diese Sache jedenfalls sehr ernst zu nehmen. Und der feine Herr Direktor Krantz hatte nur die Sorge, dass sein Institut in schlechtes Licht geraten könnte. Die ganze Geschichte mit diesem Schwindler hatte er unter den Tisch gekehrt und allen Beteiligten Stillschweigen verordnet.

Nach dem Wetterbericht, der weiteren Aprilregen verhieß, schaltete sie den Fernseher aus und machte sich auf den Weg. Die Nachrichten aus London gingen ihr wieder durch den Kopf. Man wusste nicht, was an diesen Meldungen wirklich dran war. Vielleicht brauchten sie auch nur eine Begründung dafür, dass sie überall in London Videokameras aufstellten und die Leute rund um die Uhr observierten.

Tanja setzte sich in ihr Auto und fuhr los. Es waren weniger als fünfzehn Minuten Fahrzeit bis zum IEI. Der Himmel war seit langem dunkel und der Wind fegte ihr den Regen an die Scheibe. Die jaulenden Wischer schafften es kaum, eine gute Sicht zuzulassen. Tanja fuhr ihr Auto in die Tiefgarage des Instituts, um diese Zeit gab es dort immer Parkplätze. Das Gute war, von dort aus konnte man mit dem Fahrstuhl in den ersten Stock des Neubaus gelangen, ohne nass zu werden. Nach den Vorschriften hätte sie außerhalb der regulären Dienstzeiten über den Haupteingang durch die Pforte gehen und ihre Anwesenheit dort registrieren lassen müssen. Aber da gab es keinen Parkplatz in der Nähe, es regnete Strippen und es kostete mehr Zeit, um von dort aus in das Labor zu gelangen.

Als das Garagentor langsam hoch schwenkte, sah Tanja im Licht ihrer Scheinwerfer nur ein Auto dort stehen. Es war der alte, gelbe Volvo von Dr. Hartmann, dem Leiter der Elektronenmikroskopie. Tanja betätigte die Zentralverriegelung und das Tor schloss sich knarrend wieder. Im Licht der trüben Neonlampen hielt sie ihre Chipkarte an die graue Box neben der Tür des Lastenfahrstuhls, der sich geräuschvoll in Bewegung setzte. Das fahle Licht der Tiefgarage und der leere metallisch glänzende Fahrstuhl, dessen Tür sich geräuschlos hinter ihr schloss, verursachten eine gruselige Stimmung, wenn man für so etwas empfindlich war. Tanja war es nicht. Der Lift setzte sich ächzend in Bewegung. Wenn er steckenbleibt, muss ich die Nacht hier verbringen, dachte sie. Und Ärger würde sie außerdem bekommen, denn aus Sicherheitsgründen war es nicht erlaubt, den Fahrstuhl außerhalb der offiziellen Arbeitszeiten zu benutzen. Aber sonst hätte sie die Betontreppe hoch und dann über den Hof gehen müssen und wäre in dem Regen fürchterlich nass geworden.

Der Fahrstuhl hielt im ersten Stock und seine Tür öffnete sich zum Flur, der im Dunkeln lag. Tanja musste ein paar Schritte nach rechts gehen, um dann links in den Flur abzubiegen, der zu ihren Laborräumen führte. Sie machte kein Licht, denn sie hatte ein ökologisches Gewissen und dachte an die Verschwendung, für ein paar Meter Weg zwanzig Neonröhren in Betrieb gehen zu lassen. Das

Fenster am Ende des Korridors ließ genug Licht von der Beleuchtung des Innenhofs durchscheinen. Als Tanja vor der Labortür stand, bemerkte sie einen schwachen Lichtschein, der von innen kommen musste. Leo war heute nach ihr gegangen, das konnte also nur er gewesen sein.

Typisch Mann, denkt, hinter ihm macht eine Frau immer automatisch das Licht aus, ging ihr durch den Kopf. Als Tanja die Labortür aufschloss, blickte sie in den hell erleuchteten Raum. Automatisch ließ sie ihren Blick schweifen und sah auf dem Mitteltisch die Glaskolben mit Schneiders Rizinpräparationen stehen. So, als hätte sich jemand entschlossen, die Regale endlich einmal gründlich sauberzumachen. Auf der linken Seite, wo der Laborcomputer auf einem Bürotisch stand, waren alle Schubladen herausgezogen. Auf dem Boden verstreut, lagen Papiere. Das war mehr als seltsam. Tanja spürte deutlich ihren Herzschlag. Sie fingerte ihr Handy aus der Jackentasche und drückte die Kurzwahltaste mit Schneiders Nummer. Nach dem zweiten Klingeln hörte sie ihn, ließ ihm aber keine Zeit und sagte: „Tanja hier, Du alles ist durcheinander, und die Rizinpräparate ..."

Sie hörte ihn noch erstaunt fragen: „Tanja! Was ist denn?", als sich von hinten eine Hand mit einem Tuch fest auf ihr Gesicht presste und sie den widerlich-süßlichen Geruch von Chloroform einatmete. Schlagartig kam ihr die Erinnerung, wie vor Jahren im Labor eine Flasche mit Chloroform wie von selbst in zwei Teile gesprungen war. Spannungen im Glas, sie hatte gerade noch genug Zeit gehabt, den Atem anzuhalten, ein Fenster aufzureißen und aus dem Raum zu verschwinden. Jetzt aber hielt sie jemand wie eisern fest und irgendwann musste sie doch Luft holen. Dann wurde es ihr schwarz vor Augen und sie wusste nicht mehr, was mit ihr geschah.

Als Bea am Dienstagmorgen gegen neun Uhr früh ins Labor kam, wurde sie schon von ihren beiden Assistenten aufgeregt empfangen. Sie konnte kaum glauben, was sie hörte. Angeblich war Schneider gestern Abend im Labor überfallen worden und lag jetzt im Universitätsklinikum. Die Polizei hatte Ermittlungen aufgenommen. Bea suchte nach Tanja, um von ihr mehr zu erfahren, aber Tanja war noch nicht zur Arbeit erschienen. Bea fand das beunruhigend, Tanja musste diese Tage doch schon um sechs Uhr im Labor sein, um die BoNT-F Produktion am Laufen zu halten.

Nachdem Bea eine halbe Stunde lang mit allen möglichen Leuten diskutiert hatte, um aus den Ereignissen schlau zu werden, wurde sie angerufen. Am Telefon war ein Polizist. „Polizeihauptkommissar Neumann“, so stellte er sich vor und bestätigte ihr, was sie von ihren Assistenten gehört hatte. Er wäre mit den Ermittlungen zu dem Fall beschäftigt und erhoffe sich von ihr weitere Auskünfte über das mögliche Motiv und die Zusammenhänge.

„Haben Sie denn schon mit Tanja Schlosser gesprochen?“, fragte Beatrix. „Frau Schlosser ist die Assistentin von Dr. Schneider. Sie müsste eigentlich mehr wissen.“

„Nein“, sagte Neumann. „Wir haben Frau Schlosser noch nicht erreicht, weder bei sich zu Hause noch im Institut. Wissen Sie denn, wo Frau Schlosser sich aufhalten könnte, Frau Dr. Nagel?“

Bea war perplex und dachte einen Moment nach. Sie wolle nachsehen, ob das Auto von Frau Schlosser auf dem Institutsgelände geparkt sei und ihn zurückrufen. Bea kannte Tanjas Auto, ein VW-Lupo aus einer auffälligen Serie, bei dem jede Tür und jeder Kotflügel in einer anderen Farbe gespritzt war. Auf dem Parkplatz stach ihr nur der knallgelbe Flitzer von Frau Kanter ins Auge, der gleich zwei geparkte Autos blockierte. Von Tanjas Auto gab es keine Spur.

Dann fiel ihr die Tiefgarage ein. Wenn Tanja heute früh gekommen war, hatte sie bestimmt dort noch einen Platz bekommen. Bea lief über den Hof und die Betontreppe zur Tiefgarage hinunter. Sie schob die schwere Eisentür auf. Die Garage war voll und mitten unter den Autos stand Tanjas bunter Lupo. Bea wollte nicht auf den langsamen Lastenfahrstuhl warten und rannte die Steintreppen hoch. Sie rief die Nummer an, die der Polizist ihr gegeben hatte.

„Frau Schlossers Auto steht in der Tiefgarage“, sagte sie außer Atem. „Vielleicht ist ihr etwas zugestoßen. Hat denn Herr Schneider nichts gesagt?“

„Der liegt im Krankenhaus und ist noch nicht vernehmungsfähig“, sagte Neumann. „Aber danke für den Hinweis. Mit dem Auto von Frau Schlosser muss sich die Spurensicherung beschäftigen. Ich hoffe, Sie haben da nichts weiter angefasst.“

„Es muss etwas mit ihr passiert sein!“, meinte Beatrix. „Ich weiß, dass sie zurzeit spät abends und früh morgens im Labor arbeiten muss. Und wenn sie einen Parkplatz in der kleinen Tiefgarage gefunden hat, bedeutet das, sie muss entweder sehr spät oder sehr früh ins IEI gekommen sein.“

„So?“, meinte der Polizist. „Wir werden der Sache auf jeden Fall nachgehen, erst mal vielen Dank, Frau Dr. Nagel, wir melden uns noch bei Ihnen.“

Bea lehnte sich zurück und ihren Kopf an die Rückenlehne des Bürostuhls. Sie schloss die Augen und fühlte sich wie betäubt. Auch das noch. Sie brauchte doch dringend die Botulinum F Präparationen. Jetzt war Tanja verschwunden und Schneider lag bewusstlos in der Klinik. Hellman bestand auf Ergebnissen zu allen vier Botulinum Varianten und Ronnys Vertrag lief in ein paar Wochen aus.

Ronny war in der letzten Zeit sehr labil und sie stritten sich oft wegen der Stelle in San Diego, die er ihretwegen ausgeschlagen hatte. Gestern hatte er ihr nach zwei Gläsern Wein gesagt: „Du denkst wohl, ich bekomme das nicht mit, dass du mit Hellman über mich redest? Vielleicht will er noch, dass du mit ihm ins Bett gehst, damit er mir den Vertrag verlängert, oder?“

Bea war darüber sehr verletzt, aber in Ronny gärte es offensichtlich schon lange. Jetzt brach es aus ihm heraus. „Bioterror! Und für so einen Scheiß lässt du deine Forscherkarriere sausen. Was ist aus deinen Träumen geworden? Wir beide hätten in den Staaten Topforschung machen können, wären dann mit einem Heisenbergstipendium zurückgekommen und hätten uns beide habilitiert. Statt dessen, Bioterror, Botox!“, rief er und lachte schrill. „Und dann noch dieser Hellman. Weißt du, wie der mich behandelt? Wie einen lästigen Bittsteller. Meine Karriere ist schon zu Ende, bevor sie richtig begonnen hat. Von so einem alten Nappel muss ich mir was sagen lassen. Und du? Dich will er doch nur begrabbeln, dieses Schwein.“

Dann war er plötzlich aufgestanden, hatte im Flur nach seiner Jacke gegriffen und war gegangen. Er antwortete nicht mehr, als Bea zur Tür nachgerannt war und ihm im Hausflur hinterher rief. Sie hörte noch, wie die Haustür ins Schloss fiel. Bea nahm ihr Handy und wählte Ronalds Nummer. Als sein Handy in der Küche klingelte, war klar, dass er für sie nicht erreichbar war. Nachdem sie viele Stunden gewartet hatte, ohne eine Nachricht von ihm zu bekommen, hatte sie sich ins Bett gelegt, blieb aber noch lange wach. Ronny war immer noch nicht nach Hause gekommen. Als sie am nächsten Morgen aufwachte, war das Bett neben ihr leer.

Bea fuhr wie gewohnt gegen acht Uhr ins Institut. Nur diesmal war sie allein, normalerweise fuhren sie und Ronald gemeinsam mit der U-Bahn zum IEI. Dort angekommen, konnte sie nicht einfach weiterarbeiten, dafür war zu viel auf sie eingestürzt. Sie überlegte Hellman anzurufen, um endlich die Sache mit Ronnys Vertrag zu klären. Schließlich hatte sie doch schon alle Testreihen erfolgreich abgeschlossen, es fehlte nur noch das Botulinumtoxin F. Ihre Nervosität ließ ihr keine Wahl, sie ging ins Labor und schnorrte sich von Jacek eine Zigarette. Vorher hatte sie soviel Energie darauf gegeben, mit dem Rauchen aufzuhören, aber das ging jetzt nicht. Das Nikotin schoss ihr in den Kopf und ließ sie schwindlig werden. Gleichzeitig breitete sich ein wohliges Gefühl vom Kopf bis zu den Zehenspitzen in ihrem Körper aus und sie beruhigte sich nach den ersten Zügen etwas. Da waren auch noch Krantz und Arnold, mit denen sie reden konnte. Aber Krantz hatte andere Dinge im Kopf und hatte die Organisation der BT-Abteilung komplett in Hellmans Hände gelegt. Und Arnold? Der hatte, was Ronalds Stelle betraf, kaum Einfluss. Blieb doch nur noch Hellman. Bea seufzte.

Nach einer weiteren Stunde rief sie schließlich bei Hellman an. Er war nicht da. Frau Ziegler teilte ihr mit, dass Hellman erst nachmittags wieder im Institut sein würde. Er hatte einen Termin außerhalb. Wann genau er zurück sein würde, wüsste sie nicht.

Wieder klingelte das Telefon. Es war Herr Meyer von der Pforte. Ein Herr von der Kripo wäre da und wollte mit ihr sprechen.

„Schicken Sie ihn hoch zu mir“, sagte Bea müde.

Nach ein paar Minuten klopfte es an der Tür. Der Polizist war in Zivil. Bea fand, das er eher wie ein Bankangestellter aussah, mit seinen zurückgekämmten Haaren, der randlosen Brille und dem blassen Gesicht. Jedenfalls löste er nicht die Vorstellung von Außendienst und Verfolgungsjagden aus.

„Ferdinand Neumann, Polizeihauptkommissar“, stellte er sich vor. „Frau Dr. Beatrix Nagel? Wir hatten schon miteinander telefoniert." Beatrix nickte. „Ich muss Ihnen einige Fragen zu den gestrigen Ereignissen stellen." Er sah sie an. Bea nickte wieder.

„Sie arbeiten eng mit Dr. Leonhard Schneider zusammen?"

„Eng, na ja", sagte Bea. „Wir sind in der gleichen Arbeitsgruppe. Er ist mein Vorgesetzter."

„Und Sie hatten keine Streitigkeiten mit ihm in der letzten Zeit?"

Es schien, dass er sie offenbar zum Kreis der Verdächtigen zählte. „Nein", sagte sie kühl. „Wieso?"

„Nun", sagte Neumann, „wir haben von anderer Seite erfahren, dass Sie sich beruflich mit ihm in einer Konkurrenzsituation befinden."

„Na hören Sie, das gilt hier im Institut aber für viele", sagte Bea. „Wer hat Ihnen denn das erzählt?

Der Polizist ging auf ihre Frage nicht weiter ein: „Welche Motive gibt es denn sonst Ihrer Meinung nach, um Ihren Vorgesetzten hier nachts zu überfallen?"

Bea wurde unsicher. Was wusste die Polizei über die BT-Arbeiten, die am IEI liefen? „Weiß ich nicht", erwiderte sie. „Haben Sie schon mit Professor Hellman gesprochen?" Vielleicht hatte Hellman der Polizei etwas über die AG-Toxine erzählt?

„Nein, wir dachten, wir sprechen zuerst einmal mit den engsten Mitarbeitern von Dr. Schneider. Zumindest hatte Dr. Schneider seine Brieftasche und sein Geld noch bei sich, als man ihn gefunden hat. Ein Raubüberfall scheidet damit aus und es kommen andere Motive ins Spiel."

„Was ist denn mit Frau Schlosser?", fragte Bea. „Wissen Sie immer noch nicht, wo sie sich befindet?"

„Wir haben sie immer noch nicht erreicht", sagte Neumann, „deshalb sind wir zuerst bei Ihnen." Er machte eine Pause und fuhr fort: „Wir denken, der Überfall hängt eher mit Ihrer Arbeit hier zusammen." Er besah mit suchendem Blick ihr Büro und schaute sie dann fragend an.

Bea überlegte angestrengt. Sollte sie den Polizisten über die BT-Arbeiten aufklären? Wusste er vielleicht schon von der Sache mit diesem Baloda? Andererseits, wenn sie zu viel erzählte, würde das Hellman vielleicht gegen den Strich gehen und hätte negative Konsequenzen für Ronny.

„Geht Frau Schlosser öfters einfach von der Arbeit fort, ohne sich abzumelden?“, hörte sie Neumann fragen.

„Das glaube ich nicht, aber ich sehe sie nicht ständig und ...“

„Ich hoffte, ich würde von Ihnen mehr erfahren, Frau Dr. Nagel“, unterbrach sie der Polizist und schaute sie vorwurfsvoll an. „Ich will Ihnen hier etwas nicht verschweigen, das uns berichtet wurde. Nämlich, dass Sie ein Interesse haben könnten, Dr. Schneider, sagen wir mal, los zu werden, da Ihr Ehemann Ronald Nagel dringend eine Stelle braucht und ein geeigneter Nachfolgekandidat wäre.“

„Wer hat Ihnen denn diesen Mist erzählt?“, empörte sich Bea laut. „Das ist doch das Übelste ...“

„Beruhigen Sie sich. Wir müssen allen Aussagen nachgehen“, besänftigte er sie. „Braucht Ihr Mann denn so dringend eine Stelle?“, fragte er arglos.

„Ja!“, rief Bea aus und kniff sofort ihre Lippen zusammen, „aber doch nicht so! Ich meine, was glauben Sie denn?“

„Wir suchen ein Motiv, Frau Dr. Nagel, für einen Überfall, der möglicherweise im Kreis der Mitarbeiter des IEI seinen Ursprung hat. Wie wir erfahren haben, kommen Außenstehende nicht ohne Kontrolle in das Institut. Eingebrochen wurde nicht, die Schließanlage ist nicht beschädigt, der Wachschutz hat niemanden gesehen, ein Raubüberfall war es auch nicht ...“ Er machte eine Pause und breitete seine Hände fragend aus. „Ist vielleicht etwas aus dem Labor verschwunden?“

„Das? Das weiß ich doch nicht“, sagte Bea. „Da gibt es, außer den Computern, keine gewöhnlichen Wertsachen.“

„Wir denken nicht so sehr an gewöhnlichen Diebstahl, sondern mehr an einen Zusammenhang mit Ihrer Arbeit. Sie arbeiten mit Toxinen, das sind Giftstoffe, nicht wahr?“

Neumann wusste Bescheid. Bea fühlte, wie sie rot wurde. „Reden Sie darüber bitte zuerst mit Herrn Professor Hellman. Ich bin nicht befugt, über unsere Arbeiten zu reden, bevor mein Vorgesetzter zugestimmt hat.“

„Ihr Vorgesetzter ist doch eigentlich Dr. Schneider, oder?“, sagte Neumann. „Na, der wird ja irgendwann wieder ansprechbar sein. Denken Sie noch einmal über die ganze Sache nach. Vielleicht fällt

Ihnen doch noch etwas ein, das uns hilft, den Fall aufzuklären. Daran sind Sie doch auch interessiert, nicht wahr?“

Neumann stand auf, er hatte jetzt einen fast spöttischen Zug im Gesicht. „Ich nehme an, Sie waren gestern Abend die ganze Zeit zu Hause“, sagte er, als er schon im Begriff zu gehen war.

„Ja, war ich.“

„Und Ihr Mann?“, fragte der Polizist.

„Der ist noch mal weggegangen.“

„Vor zehn Uhr?

„Ja, ich glaube schon.“

„Glauben Sie! Und für wie lange?“

„Weiß ich nicht. Wir hatten uns gestritten und ich habe nicht auf die Uhr geschaut“, sagte Bea schnell.

„Sie wissen sicherlich, dass Ihr Mann heute noch nicht im Institut erschienen ist. Haben Sie denn in der Zwischenzeit nicht miteinander gesprochen?“, fragte er.

„Nein“, sagte Bea gepresst. „Ich sagte schon, wir haben uns gestritten.“

„Das sind eine Menge Leute, die in der letzten Nacht verschwunden sind, Frau Nagel. Dr. Nagel! Entschuldigen Sie. Finden Sie nicht auch?“

Bea antwortete nicht und Tränen schossen ihr in die Augen, sie drehte ihr Gesicht weg und Neumann ging aus dem Raum, ohne sich zu verabschieden.

Gleich, nachdem Neumann ihr Büro verlassen hatte, wählte Bea die Nummer von Ronnys Apparat in seinem Labor. Nachdem es schon sechs Mal geklingelt hatte, wurde schließlich abgehoben.

„Ronny?“, schrie sie.

„Hellman hier“, hörte sie die unangenehme Stimme. „Frau Nagel, ich wundere mich schon, wo Ihr Mann abbleibt. Er hatte sich für heute nicht abgemeldet. Ist er krank?“

Bea zögerte. „Ja, ihm ging es gestern Abend schon nicht gut und ich wollte es Ihnen gerade mitteilen.“ Zum Glück konnte Hellman ihr Gesicht nicht sehen.

„Komisch“, fistelte Hellman, „komisch, dass Sie dann seinen Apparat anrufen und nicht das Sekretariat der Abteilung. Ich bin zufällig gerade hier im Labor, niemand hier weiß Bescheid, wo Ihr Mann ist."

„Ich habe mich in der Nummer geirrt", sagte Bea schnell. „Gewohnheit, wissen Sie. Ich wollte eigentlich das Sekretariat anrufen. Übrigens wollte ich Ihnen auch noch sagen, die Polizei war gerade bei mir, wegen des Überfalls auf Herrn Schneider gestern Nacht." Sie war froh, ein Thema gefunden zu haben, um von Ronny abzulenken.

"Was wollte denn die Polizei von Ihnen?", hörte Sie die Kastratenstimme fragen.

„Alle möglichen Informationen. Weil wir zusammenarbeiten, glaube ich. Die verdächtigen offenbar auch Institutsangehörige", sagte Bea. „Auch mit Ihnen wollte der Polizist noch sprechen." Das war ja zumindest halb richtig, dachte sie.

„Ich war außer Haus wegen eines Termins", sagte Hellman. „Bin gerade zurück und durch die Labore gelaufen."

„Ich wollte mit Ihnen noch über die Fortschritte bei dem Botulinumtoxin Projekt reden", sagte Bea. „Wann passt es für Sie denn?"

„Lassen Sie sich einen Termin von Frau Ziegler geben", sagte Hellman. „Bei mir ist es zurzeit terminlich eng. Bis dann, Frau Nagel." Hellman legte auf.

Es war das erste Mal, dass Hellman sie an seine Sekretärin zur Terminvergabe verwies. „Der Herr geht auf Abstand", murmelte sie wütend. Bea nahm es als ein Zeichen, dass Ronnys Chancen eher schlecht standen. Sie ging ins Labor und schnorrte sich noch eine Zigarette bei Jacek.

„Fangen Sie nicht wieder damit an, Frau Doktor", sagte er. „Ist nicht gut für Ihre Haut."

„Wenn es nur darum ginge", antworte sie ihrem verdutzten Assistenten.

Beatrix verließ ihr Labor und ging in den Bereich von Schneider. Tanja war immer noch nicht da, aber Leute von der Spurensicherung, die dort fotografierten und Proben nahmen. Ein Polizist, den Bea schon am Morgen gesehen hatte, kam auf sie zu: „Wissen Sie, was das ist, Frau Dr. Nagel?" Er hielt ihr zerbrochene Glasreste vor die Nase, die in einer Plastiktüte lagen.

„Glassplitter", sagte Bea lakonisch, „woher sind die denn?"

„Vom Flurboden direkt vor der Labortür. Dort, wo man Herrn Schneider vermutlich niedergeschlagen hat“, sagte der Polizist. „Wissen Sie, was da drin gewesen sein könnte? Vielleicht wollten die Täter das mitnehmen?“

„Nein, weiß ich nicht. Sieht aus wie Splitter von einem Erlenmeyerkolben. Da kann man alles Mögliche reinfüllen. Solche Kolben gibt es überall im Institut. Es ist nicht einmal sicher, dass die Glasreste aus Dr. Schneiders Labor stammen“, antwortete sie ihm.

„Hmh“, meinte der Polizist, der gerne mehr aus seinen Indizien erfahren wollte. „Eine Zahl stand drauf, wie eine Fünf und noch etwas dahinter. Ist aber nicht eindeutig zu lesen, weil das Glas an der Stelle abgebrochen ist. Sagt Ihnen das vielleicht doch etwas?“

„Keine Ahnung“, sagte Bea und schaute auf die Glasreste. „Aber seien Sie vorsichtig damit und behalten Sie auf jeden Fall Handschuhe an. Man weiß nie, was in solchen Kolben aufbewahrt wird. Übrigens, ich suche Frau Tanja Schlosser, haben Sie sie gesehen?“

Der Polizist zog hörbar die Luft ein. „Wir glauben, dass Frau Schlosser entweder entführt wurde, oder …“ Er überlegte einen Augenblick. „Oder möglicherweise etwas mit dem Überfall zu tun hat. Wir wissen, dass sie gestern Abend von ihrem Mobiltelefon Herrn Schneiders Nummer angerufen hat. Allerdings sind weder das Telefon noch Frau Schlosser auffindbar, also können wir sie nicht befragen.“ Sein Gesicht nahm eine bedauerliche Mine an.

Bea ging zurück in ihr Büro und rief bei sich zu Hause an. Niemand hob ab. Wo war Ronny? Verdammt noch mal. Er machte alles noch viel schlimmer, als es bereits war. Sie konnte ihre Tränen nicht mehr zurückhalten, jetzt wo sie allein war.

13.

Als Tanja zu Bewusstsein kam und ihre Augen öffnete, schaute sie in die Dunkelheit. Es war warm, sie saß auf einem Dielenboden, und als sie sich bewegen wollte, merkte sie, dass ihre Hände im Rücken an einem Rohr gefesselt waren. Ihr Kopf dröhnte und im gleichen Moment spürte sie die Kopfschmerzen, die wie in Wellen anstiegen und wieder abnahmen. Die Erinnerung war wieder da. Chloroform, die Kopfschmerzen kamen vom Chloroform, dessen widerlicher Geruch der letzte Eindruck gewesen war, den sie gehabt hatte, bevor sie in die zeitlose Schwärze glitt. Auch ihren Mund konnte sie nicht öffnen. Ihre Zunge stieß gegen ein Tuch, das straff um ihren Kopf gebunden war, aber Tanja bekam genug Luft durch die Nase, um nicht in Panik zu geraten.

Stückweise fiel ihr alles wieder ein, was am Abend geschehen war und wie dieser abrupt im Chloroformnebel geendet hatte. Nach einer Weile hatten sich ihre Augen an die Dunkelheit gewöhnt und sie konnte von ihrer Umgebung mehr erkennen. Auf ihrer Seite des Zimmers mussten sich die Fenster befinden. Ein wenig Tageslicht fiel durch die Spalten der geschlossenen Fensterläden herein. Tanja sah an sich herunter, an ihrer schemenhaft sichtbaren Gestalt schien alles soweit in Ordnung zu sein. Sie trug immer noch die Kleidung, mit der sie am Abend ins Labor gegangen war. Außer ihrem Dröhnschädel spürte sie keine Schmerzen und sie hatte nicht den Eindruck, während ihrer Bewusstlosigkeit misshandelt worden zu sein. Langsam versuchte sie, aufzustehen. Ihre beiden auf dem Rücken gefesselten Hände glitten an dem warmen Heizungsrohr hoch. Die Fesseln machten ein schabendes Geräusch, als sie an dem Rohr hoch glitten. Als Tanja schließlich aufrecht stand, wurde es ihr schwindlig. Ihr Mund war knochentrocken, das straffe Tuch scheuerte auf ihren Lippen und ihre Zähne bissen auf einen Stoffknoten. Die Berührung mit dem Stoff machte ihr bewusst, wie ausgetrocknet sie war.

Tanja hätte mit den Füßen trampeln können, aber sie zögerte, laute Geräusche von sich zu geben. Was würde geschehen, wenn ihre Entführer sie bei Bewusstsein anträfen? Sie hockte sich wieder hin und versuchte eine möglichst bequeme Position einzunehmen. Ihre Arme schliefen wegen der Fesseln ein, wenn sie sich nicht immer wieder bewegte. Die Zeit verging und ihre Mundhöhle fühlte sich an, als wäre sie mit Sandpapier ausgekleidet. Sie ließ den Kopf hängen und wartete. Nachdem sie eine Weile so gedöst hatte, ohne zu wissen, wie viel Zeit vergangen war, fühlte sie plötzlich den Lichtstrahl einer Taschenlampe auf ihrem Gesicht. Tanja blinzelte, blickte hoch, konnte im Lichtschein aber nichts erkennen. Die Lampe wurde auf den Boden gelegt, jemand nestelte an dem Tuch an ihrem Hinterkopf, das sich schließlich löste und ihren Mund freigab.

„Wasser“, sagte sie leise. Das Licht wanderte zurück zur Tür und sie sah die Umrisse eines untersetzten, kräftigen Mannes, der in den benachbarten Raum ging und die Tür hinter sich zuzog. Nach einem Moment öffnete sich die Tür wieder, er kam wieder und hielt ihr ein Glas Wasser an die Lippen. Tanja sah auf seine Hand, die notdürftig mit Stofffetzen verbunden war. Als sie mit ihren Augen sein Gesicht blicken wollte, sah sie nur in das grelle Licht der Taschenlampe.

„Trink“, sagte ihr Gegenüber und drückte ihr das Glas an die Lippen. „Kein Laut, sonst …“. Er hielt ihr das Knebeltuch vors Gesicht.

„Ja, okay“, sagte Tanja, um ihn zu beruhigen. Er hatte einen Akzent. Bestimmt war er ein Komplize des falschen Baloda. Diesen Baloda hatte sie auch nicht einordnen können. Vielleicht waren das Leute von al-Quaida. Dann hörte sie, wie es klingelte. Das Geräusch schien von weiter her aus dem anderen Raum zu kommen. Zweimal kurz, einmal lang. Noch einmal. Der Mann erhob sich, ächzte und ging langsam zur Tür. Seine Schritte waren schleppend, als wäre er müde oder krank. Er schloss die Tür, diesmal ganz und Tanja saß wieder im Dunkeln. Aus dem Nachbarraum hörte sie Stimmengeräusche, wie von einer bewegten Diskussion, die Sprache erkannte sie nicht. Es mochte vielleicht Arabisch sein, aber sie war sich nicht sicher. Türkisch kannte sie, das hörte man überall in der Stadt, aber das klang anders. Nach einer Weile wurde die Tür mit einem Ruck geöffnet. Jetzt waren es zwei Lichtkegel, die sie blendeten und ihr ins Gesicht schienen. Zigarettenrauch drang in den Raum und sie sog die Luft tief ein. Im Türrahmen waren die Umrisse zweier Männer zu sehen, die sich in ihre Richtung hin unterhielten und ihre Taschenlampen hin und her schwenkten.

Nachdem sie sich eine Weile, wie sie vermutete, über ihr Schicksal unterhalten hatten, schloss sich die Tür wieder. Das Gespräch in der Küche ging weiter, Tanja hörte Rumoren, Scheppern und nach einer Zeit roch es nach Essen. Irgendwann hörte Tanja, wie die Haustür in Schloss fiel. Für einen Moment war es still, der Besucher schien gegangen zu sein. Tanja fügte sich in ihr Schicksal. Ihr Entführer hätte sie schon längst umgebracht, wenn er gewollt hätte, oder genauso gut vergewaltigen können. Also musste sie doch noch zu irgendetwas anderem gebraucht werden. Im Moment war Tanja nicht besonders neugierig darauf, es zu erfahren.

Am Nachmittag desselben Tages, als Tanja entführt in einer Wohnung saß, nahm Ronald Nagel seinen Mut zusammen und entschloss sich, Hellman aufzusuchen, um ihm endlich zu sagen, was längst hätte gesagt werden müssen. Als er gestern Abend im Streit aus ihrer gemeinsamen Wohnung gegangen war und Bea noch hinter sich herrufen hörte, war er einfach weitergelaufen. Bloß hinaus auf die Straße. Erst einmal in Ruhe nachdenken. Nicht mehr Beas ewig besorgtes Gesicht sehen müssen. Ihr Mitleid, das er wie Hohn empfand. Die Abendluft war kühl und das ernüchterte ihn. Ronald lief ohne Ziel die Straße entlang, das fahle Licht der Neonlampen aus den Peitschenmasten beleuchtete mühsam den Asphalt. Er schlängelte sich an geparkten Autos vorbei, die halb auf dem Bürgersteig wie in einer Perlenschnur aufgereiht standen. „Weiß, silbern, rot, rot, beige, blau, silbern ...“. Die Farben der Autos vor sich hinmurmelnd, lief er wie mechanisch weiter.

Ronald war aus einer spontanen Eingebung her losgegangen, zum Glück hatte er seine Brieftasche in seiner Hosentasche steckengelassen. Auf der ruhigen Wohnstraße waren um diese Zeit kaum Leute unterwegs. Die meisten schienen zu Hause zu sein, denn viele Fenster in den Mietshäusern waren erleuchtet und aus den meisten flackerte das gräuliche Licht der Fernsehgeräte. Die Granitplatten auf dem Bürgersteig glänzten von einem Regenschauer, der gerade niedergegangen war und der Wind machte sich unangenehm an seinem Kopf bemerkbar. „Scheiße“, sagte Ronald halblaut vor sich hin. Eine in einem dunklen Mantel gekleidete Frau kam ihm entgegen. An einer Leine führte sie einen kleinen Hund, den es immer wieder quer über den Bürgersteig zu den Straßenbäumen zog. Als Ronny fast an ihr vorbei war, schoss der Hund auf ihn los, wobei die Leine in der Hand der Frau immer länger wurde. Die Töle versperrte ihm jetzt den Weg und kläffte ihn an. Ronald bekam einen Schreck, fluchte und trat im Reflex nach dem Hund. Der Kläffer machte einen Satz nach hinten, dann sprang er wieder auf ihn zu und bellte noch lauter. Die Frau fing an zu schimpfen: „So eine Unverschämtheit, nach dem armen Tier zu treten“, rief sie. „Erfurt!“, rief sie ihm hinterher, „Erfurt! Menschen wie Sie sind dazu imstande!“ Ihm fiel ein, sie musste den Schulattentäter von Erfurt gemeint haben. Der Zusammenhang war absurd, aber vielleicht waren es solche Bilder, die das allabendliche

TV den Menschen vermittelte. Bea und er verbrachten ihre Abende meistens mit Lesen, oder schrieben an ihren Artikeln. Ronald beschleunigte seine Schritte und sah zu, dass er Abstand gewann. „Nein“, sagte er wie zur Bekräftigung. „Spare dir deine Energie für Hellman.“

An der nächsten Kreuzung bog er nach rechts ab, ohne ein konkretes Ziel im Kopf zu haben. Er lief die Witzlebenstraße weiter und wurde fast von einem Radfahrer angefahren, der ihm auf dem Bürgersteig mit vollem Tempo entgegenkam. Nach weiteren vierhundert Metern gelangte er an eine Treppe, deren Stufen ihn in die U-Bahn Station *Sophie-Charlotte Platz*, brachten. Ronny stolperte hinunter, vergaß ein Ticket zu lösen, und nachdem er eine scheinbare Ewigkeit lang auf dem Bahnsteig gewartet hatte, rollte der gelbe Zug in Richtung Pankow ein. Ronald stieg ein und warf sich auf den ersten freien Sitz. Er wusste immer noch nicht genau, wohin er eigentlich wollte und ließ die einzelnen Stationen an sich vorbeiziehen, während er aus dem Fenster blickte. Hinter dem Bahnhof *Nollendorfplatz* wurde er unruhig, und als der Zug am Potsdamer Platz hielt, gab er sich einen Ruck und stieg aus.

Es war kurz nach zehn und aus den vielen Kinos am Potsdamer Platz strömten die Menschen. Die Straße war im Nu voller Leute die, nachdem sie im Kino zwei Stunden geschwiegen hatten, nun umso aufgeregter miteinander sprachen. Wie ein Blitz traf Ronny das Gefühl einsam zu sein und er wünschte sich für einen Augenblick, nach Hause zu gehen. Als er nach seinem Handy suchte, merkte er, dass er es in der Wohnung liegengelassen hatte. Es war besser so, sonst hätte Bea ihn schon angerufen und er hätte sich überreden lassen, nach Hause zu kommen. Seine Augen glitten von seiner Jackentasche hoch und trafen auf Lichtschein, der aus einer geöffneten Kneipentür fiel. Ronald nahm das als Zeichen und ging hinein. Er setzte sich an einen freien Tisch, und nachdem er sein Bier bekommen hatte, trank er es in hastigen Zügen und starrte aus dem Fenster. Wie Fische in einem Aquarium zogen die Leute an der Scheibe vorbei. Was würde er Hellman morgen sagen? Schließlich hatte er die Postdoc Stelle in San Diego für eine Ungewissheit in dessen Scheißabteilung fallenlassen.

„Nein, eigentlich stimmt das nicht“, sagte er halblaut vor sich hin. Eigentlich hatte er es nur wegen Bea getan, weil er wusste, dass sie ihm nicht in die Staaten gefolgt wäre. Aber auch deswegen, weil er es nicht geschafft hatte, seinen Willen durchzusetzen, obwohl sie es doch war, die ihre gemeinsamen Ideale verraten hatte. Allerdings hatte Bea ihre berufliche Sicherheit, und ob er diese an ihrer Stelle wieder aufgegeben hätte, darüber wollte er jetzt nicht nachdenken. Als Ronald sein zweites Bier vor sich stehen hatte, ging die Kneipentür auf. Eine Gruppe Touristen kam herein, die alle noch verfügbaren Plätze belegten. Sein Tisch war plötzlich voll besetzt mit Leuten, die über seinen Kopf hinweg kreuz und quer durch die Kneipe schnabbelten. Ronny hasste sie in diesem Moment, aber waren nicht Bea und er vor ein paar Jahren als genau solche Touristen nach Berlin gekommen?

Das war jetzt egal. Er hielt das die Luft zerschneidende Geschwätz um sich herum nicht länger aus, bezahlte seine zwei Bier am Tresen und ging wieder auf die Straße. Einige Hundert Meter weiter stand er vor dem Eingang eines großen Kinokomplexes. In den Schaukästen besah er sich die Ankündigungen zu den Filmen, die in den einzelnen Kinos liefen. In der Spätvorstellung spielte ein Film über einen Manager, der in seiner Firma Amok lief. Kino 16. Ronny kaufte sich eine Karte. „Bloß nicht nach Hause“, sagte er sich, als er an Bea dachte.

Das Kino war nicht besonders voll. Ronald setzte sich, nachdem er gegen seinen Hunger eine Portion Nachos mit Salsa erstanden hatte. „Aber nich‘ kleckern“, hatte der Mann am Einlass scherzhaft gesagt. Ronald fand das nicht witzig, aber der Film entsprach mehr seiner Stimmung. Es ging um einen angepassten Manager, den man fristlos entlassen hatte und der danach mit einem Schnellfeuergewehr durch seine Firma ging und seine Chefs durchlöcherte.

Bei einer Szene stellte Ronny sich das Gesicht von Hellman vor. „Was erlauben Sie sich, hier hereinzuplatzen?“ Er sah sich das Magazin auf Hellman entleeren, der im Aufprall der Kugeln hin und hertorkelte. Ronalds Gedanken schweiften ab, er bekam eine Erektion und sah sich vor einem Bett, auf dem Bea ihn nackt erwartete und anhimmelte. Das war in Wirklichkeit nicht Beas Art, auch wenn sie regelmäßig miteinander schliefen, war es doch anders, als in seiner Fantasie.

Nach wilden Verfolgungsjagden ereilte den Manager im Film sein Schicksal, von Polizeikugeln getroffen, sank er zu Boden. Ronald verließ das Kino, inzwischen war es nach Mitternacht. Auf der Straße waren schon weniger Leute und Ronny war unschlüssig, was er jetzt tun sollte. Aber er war nach plötzlich nicht mehr müde und setzte er seinen Weg über den nächtlichen Potsdamer Platz fort.

Weg von den Kinos führte ihn die Straße an eine Kreuzung. Ronny bog in die Linkstraße ein, und nach einigen Minuten Wegstrecke, der ihn an den Tempeln der großen Wirtschaftsunternehmen vorbeiführte, gelangte er an eine schummrig erleuchtete Bar. *Caroshi-Bar*, das war Japanisch und bedeute soviel wie „Tod durch Überarbeitung“. Bei ihm würde es eher Tod durch Arbeitslosigkeit sein, dachte er bitter. *Caroshi-Bar*, Schneider hatte einmal erzählt, seine Tochter hätte dort aushilfsweise gearbeitet. Ronald ging hinein. Hinter dem Tresen standen zwei junge Frauen, die Musik war rhythmisch, schnell und zog ihn mit ihren perlenden Tönen in den Bann.

Ronald hatte Schneiders Tochter nie gesehen und er wollte auch nicht nach ihr fragen. Falls sie noch hier arbeitete, würde es Schneider erfahren, darüber reden, und dann wüsste Bea, wo er gewesen war. Auf dem Tresen stand eine bunte Karte mit der Liste der Cocktails, die es hier gab und Ronald fing an zu lesen. „*Happy Hour*“, sagte eine der Frauen hinter den Tresen, und als er sie fragend anschaute, fügte sie hinzu: “Zum halben Preis.“ Ronald nickte, setzte sich auf einen Barhocker und entschied sich für „*Sex on the Beach*“, weil dieser Cocktail Wodka als Basis hatte.

Juri, ein russischer Gastwissenschaftler hatte ihm erzählt, dass man unter den härteren Sachen Wodka am besten verträgt. Juri hatte eine Flasche davon aus Moskau mitgebracht und schenkte, wie er sagte, immer nur grammweise ein. Hundertgrammweise, um es deutlicher zu sagen. Nachdem Ronald abends mit Juri essen gegangen und danach durch die Kneipen gezogen war, fand er Juris Theorie bestätigt. Vielleicht sollte er auch noch eine Kleinigkeit dazu essen. Auch das war ein Tipp von Juri gewesen. Ronny bestellte sich eine Portion Sushi und der Koch kam persönlich aus der Küche, um seine Bestellung entgegen zu nehmen. Der Cocktail und die Sushis schmeckten gut, in den Klängen der Lounge Musik verlor Ronald allmählich das Gefühl des Alleinseins und der Zeit.

Er dachte daran, dass er zu dieser Stunde normalerweise schon lange im Bett war, um wie jeden Morgen gegen acht gemeinsam mit

Bea zur Arbeit zu gehen. Daraus würde morgen nichts werden. Er starrte auf sein Glas. Eine Frau, die sich vor ein paar Minuten neben ihm gesetzt und die er nicht weiter beachtet hatte, riss ihn aus seinen Gedanken. „Na, mein Großer, magst du mir auch einen Cocktail spendieren?“, fragte sie.

Ronald schaute sie an. Sie hatte lockige, dunkelbraune Haare und war ein paar Jahre jünger als er. Ihre dunklen Augen lächelten ihn an. Er erinnerte sich, dass er am frühen Abend noch Geld abgehoben hatte und seine Finger berührten die Scheine. „Gerne“, hörte er sich sagen. „Was trinkst du denn?“

„Ich heiße Lilli“, antwortete sie auf seine Frage „und du?“

„Ronny, also, eigentlich Ronald“, fügte er hinzu.

Tequila Sunrise, sagte Lilli, „und für dich, Ronny? Noch einmal: *Sex on the Beach*? Lilli schaute ihn an, und ihre dunklen Augen schienen dabei größer zu werden.

Ronny bestellte. Die blonde Frau hinter dem Tresen blickte ihn einen Augenblick prüfend an und wiederholte laut die Bestellung, bevor sie diese in die Kasse eintippte. Dann begann sie, die Cocktails zu mixen. Einen kurzen Moment dachte er daran, ob sie vielleicht Leo Schneiders Tochter wäre. Sie könnte mitbekommen, wer er war und Schneider davon erzählen. Blödsinn, dachte er, sie kannten sich nicht und ihm fiel ein, dass zwei Cocktails ganz schön reinhauen würden. Aber er konnte sich doch jetzt keine Cola bestellen, wenn er es sich mit seiner neuen Bekanntschaft nicht gleich verderben wollte.

Die Cocktails standen auf dem Tresen. Ronald sagte nichts und Lilli übernahm die Initiative. „Hab’ dich hier noch nicht gesehen, bist du zu Besuch in Berlin?“

„Nein“, sagte er. „Ich wohne schon einige Jahre hier, aber ich war noch nie in der *Caroshi-Bar*.“

„Is’ ne schöne Location und sind nette Leute hier“, sagte Lilli. „Siehst du ja.“ Sie deutete mit einer Kopfbewegung auf sich und lachte.

Beide zogen gleichzeitig an ihren Strohhalmen. Der von *Sex on the Beach*, war mit einem Bikinimädchen-Sticker verziert. Lilli lächelte und fragte: „Was machst’n so?“

„Ich arbeite an einem Forschungsinstitut, bin Biologe“, sagte Ronald.

„Ist ja toll! Muss aufregend sein“, meinte sie.

„Aufregend?", kommentierte Ronald fragend. Aufregend waren eher die Verhältnisse am IEI und nicht seine eigentliche Arbeit. Aber darüber wollte er Lilli nichts erzählen.

„Und du?"

„Ich hab keinen festen Job", sagte Lilli, „Hab dann und wann mal was, Promotion, alle möglichen Sachen, manchmal auch Castings."

„Und?", fragte er neugierig, „kannst du davon leben?" Ihm wurde plötzlich klar, dass viele Leute nicht die berufliche Sicherheit hatten, die er verzweifelt suchte.

„Klar", sagte Lilli. „Und wenn ich dann noch so nette Jungs treffe wie dich, die mich zum Cocktail einladen." Sie lachte. „Ist nur Spaß."

Ronny sah, wie sie ihn anschaute und fühlte, wie sich etwas in seinem Bauch zusammenzog. Es prickelte und er hatte das Gefühl, das aus dem Abend mit Lilli mehr werden könnte, als er sich vorgestellt hatte. Er dachte an Bea, die auf ihn wartete und sich Sorgen machte. Sicher war sie schon ins Bett gegangen, inzwischen war es fast zwei Uhr. Mutwillig verscheuchte er die trüben Gedanken und schaute zurück auf Lilli, die mit der Spitze ihrer Zunge an dem Strohhalm spielte. Nach den zwei Cocktails fühlte sich sein Kopf frei und leicht an.

Er nahm sich vor, den Rest der Nacht durchzumachen. Auf jeden Fall durfte er Bea nicht treffen, bevor er zu Hellman gegangen und ihn zur Rede gestellt hatte. Bea würde nur versuchen, ihn davon abzubringen. Während er noch darüber grübelte, meinte Lilli: „Hör mal, is n' richtig geiler Track."

Ronny verließ sein Gedankenkino und konzentrierte sich jetzt auf die Musik. „Wie heißt denn das Stück?", fragte er.

„*Poison of love*", sagte Lilli und sprach mit erotisch klingender, dunkler Stimme weiter: „*erotic lounge music.*" Sie lachte und beugte sich dicht zu Ronny vor, er konnte ihren Atem und den Duft von ihrem Hals spüren.

„Hast du noch Lust woanders hinzugehen?", fragte Lilli, als beide ihre Cocktails ausgetrunken hatten. Natürlich habe ich das, am besten schnurstracks mit dir ins Bett, schoss es Ronny plötzlich in den Sinn. Er war über seinen Gedanken erschrocken, aber seinen Kummer hatte er schon für eine Weile vergessen.

„Klar, gerne“, sagte er nur.

Nachdem Ronny gezahlt hatte, ging Lilli mit ihm hinaus, auf der Straße hakte sie sich bei ihm ein. Sie liefen gemeinsam die Linkstraße zurück bis zur Kreuzung Potsdamer Platz, Leipziger Straße. Lilli winkte wild mit beiden Armen, ein Taxi hielt vor ihnen. Sie nannte die Adresse eines Clubs in Mitte. Ronny kannte die Adresse nicht, er und Bea gingen sowieso selten aus und wenn, meistens Essen in ein Restaurant. Das Taxi fuhr los und hielt nach einer Weile vor einem Club am S-Bahnhof *Hackescher Markt.* Ronny holte Geld aus seiner Hosentasche und zahlte. Er schob die Scheine mit den Fingern auseinander und sah das er noch 150 € bei sich hatte.

„Das reicht sicher für uns beide, mein Lieber“, sagte Lilli. Sie zog ihn an sich und küsste ihn auf den Mund. Für einen Moment spürte er ihre Zunge. Ihre Lippen erschienen ihm weich wie Velours, gegen seinen Willen kam ihm das Gesicht von Bea in den Sinn und er bemühte sich, nicht weiter an sie zu denken.

Der Club war überraschend groß und lag direkt unter den S-Bahnbögen. Sie steuerten auf die Bar zu. „Sind nicht teuer hier, die Getränke“, meinte Lilli. „Wenn du Wodka magst, nimm *Just Sex*, mit Orangensaft und frischen Limetten. Ich nehme auch einen.“ Ronny bestellte zwei *Just Sex*. Sie hatte recht, das Zeug schmeckte wirklich gut, fand er.

Lilli beugte sich über ihn und gab ihm einen langen Kuss, ihre Zunge glitt in seinen Mund und der Duft von ihrem Hals war so intensiv, dass Ronny den Eindruck hatte, als würde er sich ganz darin auflösen.

„Ich geh' mal für einen Moment tanzen“, sagte Lilli. „Bin gleich wieder da.“

Sie hatte nur wenig an ihrem Cocktail genippt und verschwand aus seinem Gesichtsfeld. Ronny zog in kleinen Schlucken *Just Sex* in sich hinein. Für einen Moment fühlte er sich so wie in dem Film, als er im Geist das Magazin auf Hellman abgefeuert hatte und dann nackt vor Bea stand. Nur war es nicht Bea, die vor ihm auf dem Bett lag, sondern Lilli, die ihn begehrlich ansah.

Nachdem er eine Weile vor sich hingeträumt hatte, war Lilli plötzlich wieder neben ihm. „Na mein Großer, ist nicht viel los hier heute. Wenn du keine Lust zum Tanzen hast, können wir gehen.“

„Wohin denn?“, fragte Ronny, dem sein Kopf etwas schwer war. Er hatte seinen Cocktail schon ausgetrunken.

„Zu mir“, sagte Lilli. „Ich wohne nur fünf Minuten von hier, wir können zu Fuß gehen. Ich mach uns n' Kaffee, dann wirst du wieder munter.“

Ronny nickte und stand auf. Er vermied es, auf seine Uhr zu sehen. Wie spät mochte es sein? Als sie auf der Straße waren, pfiff der Aprilwind kühl durch die noch kahlen Zweige der Bäume. Lilli schmiegte sich dicht an ihn. „Ich find dich voll nett“, sagte sie. „Du bist so anders. Man merkt, dass du nicht zur Klubszene gehörst.“ Sie zog seinen Kopf an ihre Brust. „Wenn du möchtest, kannst du heute Nacht bei mir bleiben.“

Ronny bekam einen trockenen Mund. Er wollte gern, hatte aber auch ein wenig Angst. Sein Blick streifte die Uhr in dem Durchgang unter der S-Bahn. Zehn nach vier. Das letzte Mal war er zu Sylvester so lange wach gewesen, aber das war mit Bea.

Lilli ging mit ihm über den Platz am *Hackeschem Markt* und bog nach einigen Schritten in die Oranienburger Straße ein. Dort liefen sie eine Weile weiter geradeaus bis zum *Monbijoupark*. Ronny kannte diese Straße. Er war mit Juri dort lang gelaufen, weiter oben gab es eine Synagoge, eine Menge Restaurants und noch mehr Touristen. Um diese Zeit war es aber ziemlich ruhig.

Lilli holte ein Schlüsselbund aus ihrer Handtasche und blieb vor einer Haustür stehen. „Hier sind wir, mein Großer“, sagte sie und schob die Haustür auf. Ronny folgte ihr über die Stufen ins Treppenhaus. Der Aufgang roch nach einem Desinfektionsmittel, schlagartig kam ihm damit die Erinnerung an seine Tante in Leipzig, die er als Kind mit seinen Eltern jedes Jahr besucht hatte.

Als sie im zweiten Stock waren, schloss Lilli eine Wohnungstür auf und beide gelangten in den Korridor einer größeren Wohnung, von dem mehrere Türen abgingen. Ronny hörte aus den Räumen halblaute Geräusche und schaute Lilli fragend an.

„Hier wohnen auch noch andere, lass dich davon nicht stören, komm“, sagte Lilli und drängte ihn in ein Zimmer, das ihres zu sein schien. Ronny schaute in den Raum, der hinten über zwei Fenster den Blick nach draußen freigab.

„Geht zum Hof“, sagte Lilli, „ist ruhig hier.“

An der Stirnseite des Zimmers stand ein großes Bett, das mit einer lila Überdecke aus Samt bezogen war. Lilli nahm einen Wasserkocher, füllte ihn an einem kleinen Waschbecken und stöpselte ihn in eine Steckdose an der Wand. Das Wasser begann schnell brodelnd zu kochen.

„Hab nur Nescafé", sagte Lilli, „aber Milchmädchen dazu, wenn du das magst."

Ronny mochte. Während Lilli die Kaffees machte, blickte er sich im Zimmer um. Es gab nur einen Stuhl, auf dem aber Kleidungsstücke lagen. Daneben stand ein kleiner Tisch. Ronny setzte sich auf die Bettkante, die Matratze gab leicht nach.

„Machs' dir ruhig bequem", sagte Lilli. „Magst du Zucker?"

„Nee, mit Milchmädchen ist er schon süß genug", fand Ronny.

Lilli kam mit den beiden Tassen und stellte sie vor das Bett.

„Bin gleich wieder da." Lilli verschwand hinter einem Raumteiler, der eine Ecke des Zimmers dem Blick entzog. Ronny sah, dass sie sich ihre Sachen auszog. Als sie kurz danach wieder erschien, trug sie nur ein langes weißes T-Shirt, das ihr fast bis zum Knie reichte. Ihre Beine waren nackt. Lilli kam auf ihn zu und lächelte.

„Is warm hier, zieh deine dicken Sachen aus", lachte sie und begann mit ihrer Hand an seinem Gürtel zu ziehen. Ronny griff nach ihrem T-Shirt und spürte unter dem Seidenstoff ihre Brust, die wie ein Apfel in seiner Hand lag. Er streichelte sie und legte seinen anderen Arm um Lillis Schulter und zog sie an sich. Lilli küsste ihn. „Schon wieder munter", sagte sie. „Komm, ich brauche jetzt einen Schluck Kaffee." Sie setzte sich neben ihm auf das Bett. Die Matratze sank tiefer.

„Mach schon", sagte Lilli und zeigte auf seine Hose. Ronny zog seine Sachen aus. „Zum Schlafen kannst du nachher ein T-Shirt von mir haben", sagte Lilli. „Aber jetzt zeige ich dir noch etwas." Sie stand auf, lief zum Tisch und schaltete einen Player an, der dort stand. „*Passion of love*", sagte sie und fing an zu tanzen. Mit sanften, geschmeidigen Bewegungen bewegte sie sich langsam auf und ab und kam mit kleinen Schritten auf das Bett zu, auf dem Ronny sich ausgestreckt hatte.

Nach fünf Minuten konnte er es kaum noch aushalten, sie nicht bei sich zu haben. Er streckte seine Hand aus und sah sie bittend an, traute sich aber nicht, etwas zu sagen. Lilli ging einen Schritt auf ihn zu und sagte, „ich schau dich gerne an, mein Großer“, und stieg mit langsamen Bewegungen zu Ronny ins Bett. Die Musik spielte weiter. Ronny zog ihr das T-Shirt über den Kopf, betrachtete ihre fließenden Formen, strich mit seinem Finger sanft über ihre Haut, die sich darunter zusammenzog, und genoss das Gefühl, ihre Hände an seinem Rücken und seinem Po zu spüren. Lilli umfasste mit ihren beiden Händen seine Eier, sein Geschlecht und flüsterte ihm ins Ohr: „Komm, mein Großer, komm zu mir“, und er spürte ihren Duft und die Nähe ihres Atems.

Sie schmiegte sich an ihn und Ronny wunderte sich, wie leicht es ihm fiel, mit Lilli zu schlafen. In diesem Moment vergaß er Bea, Hellman und seine verfahrene berufliche Situation. Lilli gab ihm das Gefühl, für diesen Augenblick ein Held zu sein. Wohlige Schauer durchströmten ihn und ließen ihn größer und größer werden. Für diesen Moment hätte er alles weggeworfen, was ihn vorher so wichtig war, aber auch bedrückt hatte und er sah Lillis lachendes Gesicht über ihn gebeugt und ihre beiden spitz zulaufenden Brüste bewegten sich sanft in der Luft und senkten sich langsam und weich auf seinen halb geöffneten Mund.

Nach einer nicht zu bemessenden Zeit in ihrem abgedunkelten Gefängnis verließ Tanja allmählich der Mut, aus eigener Kraft an ihrer Situation noch etwas ändern zu können. Sie hatte keine Vorstellung, wie spät es war. Jedenfalls drang kein Tageslicht mehr durch die Spalten der geschlossenen Fensterläden, es musste Nachmittag, oder noch später sein. Tanja hatte seit gestern Abend nichts gegessen und spürte nagenden Hunger und Durst. Wie sie so auf dem Boden saß, den Kopf zwischen den Schultern nach unten hängenließ und ihre Arme hinter sich an das Heizungsrohr gefesselt, bot sie einen traurigen Anblick. In ihrer Verzweiflung hatte sie nicht gemerkt, dass die Tür aufgegangen war. Ein schwacher Lichtschein vom Nachbarraum drang herein und ihr Entführer stand im Türrahmen als schwarze Silhouette. Zu ihrer Überraschung schaltete er das Licht an. Eine trübe Deckenleuchte erhellte notdürftig ihr Gefängnis, sie blickte hoch und sah mit ihren vom Licht geblendeten Augen auf den Entführer. Ein untersetzter, kräftiger Mann, der dort etwas gebeugt im Türrahmen stand. Sein Gesicht war grau und verzerrt, als hätte er Schmerzen.

„Willst du essen?“, fragte er.

Tanja nickte. Der Mann ging dorthin zurück, von wo er gekommen war, und ließ die Tür hinter sich halboffen. Ihre Augen hatten sich mehr an das Licht gewöhnt und sie blickte in eine Küche. Nach kurzer Zeit kehrte der Mann wieder zurück, in einer Hand trug er eine Glasschale und in der anderen eine Flasche Wasser. Er hockte sich neben Tanja hin. Schweißperlen standen ihm auf der Stirn. Sein linker Arm war angeschwollen und er trug immer noch den schmutzigen Verband. Er stellte die Schale, in der ein Löffel steckte und die Flasche auf den Boden. In der Schale war Reis mit Gemüse und Fleisch.

„Ich schließe auf, damit du essen kannst“, sagte er und nestelte an den Handschellen. Er keuchte, als bereitete ihm diese Bewegung Schmerzen und schloss Tanja vom Rohr los.

Im gleichen Moment rutschte er von ihr weg, zog eine Pistole aus seiner Tasche und hielt sie in ihre Richtung. Dann steckte er sich eine Zigarette an.

„Iss, trink und bleib da sitzen“, sagte er.

Tanja blickte ihn mit aufgerissenen Augen an. Sie rieb sich ihre Schultern, bis der schneidende Schmerz schwächer wurde, machte abwechselnd Fäuste und öffnete ihre Finger, bis ihre Hände sich wieder mit Leben erfüllten. Dann nahm sie die Flasche und trank, ohne aufzuhören, bis sie fast leer war. Plötzlich wurde ihr schwindlig und sie musste einen Moment warten, bevor sie anfangen konnte, etwas zu essen. Der Reis war kalt, aber das spielte im Moment keine Rolle.

„Ist es gut?“, fragte der Mann. Offenbar hatte er gekocht. Tanja nickte kauend. Nach einigen Bissen blickte sie auf seinen verbundenen Arm. Oberhalb des primitiven Verbandes war der Unterarm schwärzlich verfärbt und geschwollen. Der Mann krümmte sich manchmal, als hätte er Bauchschmerzen.

„Haben Sie sich verletzt?“, fragte Tanja mit halbvollem Mund. Sie wollte mit ihm ins Gespräch kommen. Der Mann nickte nur und verzog das Gesicht. Er drehte seinen Kopf halb weg.

„Ich bin medizinisch ausgebildet, soll ich es mir mal ansehen?“ Irgendwo hatte sie gehört, dass es in solchen Fällen wichtig war, mit dem Entführer eine emotionale Verbundenheit zu schaffen. Aber selbst wenn das gelang, war es keine Garantie für ein glückliches Ende.

Der Mann blickte kurz hoch. „Ist vom Glas“, sagte er.

„Aber es ist sehr entzündet“, erwiderte Tanja, „Sie müssen unbedingt zum Arzt.“

„Arzt kommt noch“, sagte er, „morgen.“

Tanja schaute auf seinen den schwärzlich verfärbten Arm. „Ist aber nicht normal, dass bei einem Schnitt der Arm so aussieht. Das hat sich bestimmt infiziert.“

Der Mann schaute sie wieder an. Zwischendurch krümmte er sich wie vor Schmerzen. Auf seiner Stirn waren kleine Schweißtropfen. „Von der Glasflasche aus deinem Labor“, sagte er dann zögernd und schaute sie fragend an.

Tanja zuckte zusammen. „Was?“

„Ist draußen heruntergefallen, ich wollte danach greifen und das Glas ist mir in der Hand zerbrochen.“

Eine der ersten Regeln, die Tanja im Labor gelernt hatte, war nie, aber auch nie, nach fallenden Glassachen zu greifen, denn meistens verletzte man sich dabei. Das schien der Mann nicht gewusst zu haben.

Sie dachte an die Erlenmeyerkolben mit den Rizinproben, die sie auf dem Tisch im Labor stehen gesehen hatte, bevor sie von ihrem Entführer überwältigt worden war. Wenn es einer der Rizin 51 Kolben gewesen war, an dem sich der Mann verletzt hatte, dann würde es mit ihm kein gutes Ende nehmen. Tanja überlegte kurz, aber beschloss, nicht weiter danach zu fragen.

„Morgen kommt der Freund“, sagte der Mann eindringlich und zeigte mit der Pistole in ihre Richtung. „Er weiß genau, was ihr dort im Labor macht und er wird dich danach fragen. Du erzählst besser alles, was du weißt, sonst ...“ Er machte eine eindeutige Geste und bewegte die Pistole vor ihr hin und her. Aber auch sein gesunder Arm zitterte und schien nicht gut beweglich zu sein.

Lähmungserscheinungen, Krämpfe, es ist das Rizin! Tanja biss die Lippen zusammen.

„Nimm deine Arme nach hinten“, sagte der Mann. Sie hatte alles aufgegessen und die anderthalb Liter Flasche Wasser ausgetrunken.

„Kann ich mal ziehen?“, bat Tanja.

Er fesselte ihre Hände wieder um das Heizungsrohr, dann steckte er ihr die Zigarette in den Mund. Tanja sog den Rauch tief ein und ihr wurde schwindlig. Der Mann nahm ihr die Zigarette wieder weg.

„Und wenn ich mal auf Klo muss?“, fragte Tanja, als der Mann aufstand und gehen wollte.

„Dann ruf.“ Er ging hinaus und schloss die Tür zur Küche bis auf einen Spalt.

Tanja überlegte. Der Freund, von dem er gesprochen hatte, konnte doch nur der falsche Baloda sein. Offenbar hatten ihre Entführer keine Scheu mehr, sich ihr zu zeigen. Das bedeutete, egal wie das Verhör morgen verlief, sie würde die Wohnung nicht mehr lebendig verlassen. Von der Straße her drangen die Geräusche der fahrenden Autos. Wahrscheinlich war sie noch in Berlin. Ihre einzige Chance lag darin, ihm zu sagen, sie müsste auf die Toilette. Wenn er sie losgeschlossen hatte, müsste sie ihn überwältigen. Tanja wollte damit noch eine Weile warten. Er war schon geschwächt, aber er hatte die Pistole. Jede Stunde, die verging, würde er noch schwächer sein. Sie musste sich darauf einstellen, alles auf eine Karte zu setzen und ihr Schicksal in die Hand zu nehmen.

14.

Ronny wachte plötzlich von etwas auf und sah Lillis Gesicht über seinen Kopf. „Tut mir leid, dich zu wecken, aber du musst jetzt langsam gehen, mein Großer“, sagte sie.

Sein Kopf brummte fürchterlich. Ob das von den Cocktails war, die er in der Nacht getrunken hatte? „Wie spät ist es denn?“

„Kurz nach elf“, sagte Lilli.

„Frühstücken wir noch zusammen?“ Ronny hoffte, weiter in ihrer Gesellschaft zu bleiben.

„Geht nicht, ich muss auch gleich los“, sagte Lilli, „hab noch einen Termin.“

Ronny stand auf und schaute Lilli an, die halb aufgerichtet neben ihm im Bett lag. Sie war so schön. „Sehen wir uns wieder?“

„Bestimmt!“, sagte Lilli. „Ich bin öfter in der *Caroshi-Bar.*“

Ronny zog sich langsam an. „Kann ich dich anrufen?“

Lilli küsste ihn. „Besser wir treffen uns wieder, wenn es sich so ergibt. Das war doch schön gestern, fandest du nicht?“

Ronny zog sich seine Hose an und schloss den Gürtel. Er schaute Lilli enttäuscht an.

„Du hast doch bestimmt jemanden, eine Frau, oder?“, fragte sie.

„Ja, klar.“

„Na, siehst du.“

„Aber ich..“

Lilli legte ihm den Finger auf dem Mund. Ronny band sich seine Schuhe zu.

„Sag nichts, was du später bereust. Wir sehen uns bestimmt wieder. Am besten du gehst jetzt, ich muss noch duschen und dann auch los. Hast du alles?“ Lilli schob ihn sanft, aber bestimmt aus dem Zimmer und ging mit ihm über den dunklen Flur zur Wohnungstür.

„Bis bald mein Großer, komm gut nach Hause“, sagte sie und gab ihm einen flüchtigen Kuss. Die Wohnungstür schlug zu und Ronny stand einen Moment davor und sah auf die Messingklappe in der Türmitte. *Briefe und Zeitungen* war darauf eingraviert. Ronny drehte sich um und ging die Treppe langsam hinunter. Nach dem ersten Absatz schaute er über die Schulter zurück und hoffte für einen Augenblick, Lilli würde ihm aus der geöffneten Tür nachschauen. Aber die Tür blieb verschlossen und Ronny hatte das Gefühl, dass er Lilli nicht wiedersehen würde.

Auf der Oranienburger Straße war um diese Zeit viel Betrieb. Sogar die Sonne ließ sich zwischen den Wolken blicken und Ronny hatte spürbaren Hunger. Lust auf einen Kaffee hatte er auch. Er ging zurück bis zum S-Bahnhof *Hackescher Markt.* Nicht weit davon entfernt, wo er gestern mit Lilli in dem Club gewesen war, fand er im Bahnhof dicht neben der Treppe zum Bahnsteig eine Bäckerei. Dort gab es Kaffee und andere Getränke zum Mitnehmen.

Er holte sich eine Nussecke und einen Milchkaffee. Als er bezahlen wollte, merkte er, dass sich in seiner Hosentasche kein Geld mehr befand. Er griff in die Innentasche seiner Jacke. Seine Brieftasche war am gewohnten Platz. Er holte sie heraus. Seine Papiere waren da und auch die fünfzehn Euro, die er schon bei sich trug, bevor er gestern die zweihundert Euro aus dem Geldautomaten gezogen hatte. Er bezahlte und verließ in Gedanken die Bäckerei, seinen Kaffee in der Hand.

Ob Lilli das Geld genommen hatte? Vielleicht war es ihm auch im Club aus der Tasche gefallen, als er bezahlt hatte. Er war so aufgeregt gewesen, als Lilli ihm vorgeschlagen hatte, mit zu ihr zu kommen. Ronny wollte nicht weiter über das Geld nachdenken. In der Erinnerung spürte er noch Lillis Haut an seinem Mund und den salzigen Geschmack ihrer Lippen. Ronny atmete unwillkürlich tief ein, seufzte und schloss für einen Moment die Augen.

Die frische Aprilluft munterte ihn auf und er begann seinen Weg längs der S-Bahn Trasse bis zum Strand der Spree. Er lief am Strandbad Mitte vorbei, bis er die Spree auf der Höhe der Museumsinsel überquerte. Noch hatte Ronny kein konkretes Ziel. Je weiter er sich aber vom Hackeschem Markt entfernte, desto deutlicher wurde, was ihn gestern beschäftigt hatte. „Bea, Hellman, Bea, Hellman." Bea war sicherlich längst im Institut und bestimmt verrückt vor Sorge um ihn. Liebte er Bea überhaupt noch? Er wusste es nicht. Wieder dachte er an Lilli und an Gefühle, wie er sie vorher noch nie gekannt hatte. Alles war noch so präsent. Mach dir nichts vor, mein Guter, für Lilli warst du nur ein *One-Night-Stand*, sagte er sich. Trotzdem! Er beschloss, dann und wann in die *Caroshi-Bar* zu gehen, vielleicht würde er Lilli dort wiedertreffen.

Er ging am Eingang des Bode Museums vorbei. Dort standen zwei Reisebusse und eine Schlange Touristen machte sich über die Stufen zum Eingang her. Ein paar Schritte weiter sah er an einer Fassade hoch in eine neonbeleuchtete Etage. Schemenhaft konnte er Leute erkennen, die an Computern saßen und andere, die sich an Apparaten zu schaffen machten. Ihm fiel sein Labor ein. Das war sein Ziel, sein Arbeitsplatz. Er würde schon eine plausible Erklärung für Bea finden. Aber vorher musste er mit Hellman reden, auf gleicher Augenhöhe.

„Mein Großer!" Er erinnerte sich mit einem wohligen Schauer an das Gefühl, als Lilli ihn so nannte. Es ihm in dem Moment, als er mit ihr vereint war, in sein Ohr flüsterte, das sie mit ihrer Zungenspitze sanft leckte.

Ronny straffte sich und hatte das Gefühl innerlich zu wachsen. Jetzt war er in der Verfassung mit Hellman Klartext zu reden. Die Begegnung mit Lilli hatte ihm den Mut gegeben, den er dafür brauchte. Mut, den ihm Bea nie gegeben hatte. Inzwischen war er, ohne es richtig zu bemerken, am Spreeufer weiter bis zur Friedrichstraße gelaufen. Nachdem er die Kreuzung an der Ampel überquert hatte, bog er nach links ab und lief zielgerichtet am

Tränenpalast vorbei, bis zum Bahnhof Friedrichstraße. Nach ein paar Stufen war er im Inneren der großen Halle und ging vorbei an den Geschäften, bis er die Treppe zur U6 fand. Mit der U-Bahn musste er bis Leopoldplatz fahren, um dort in die U9 umzusteigen, die ihn fast vor das IEI bringen würde.

Die U-Bahn war voll. Ronny fuhr nie um diese Zeit mit öffentlichen Verkehrsmitteln. Er war erstaunt, wie viele Leute tagsüber durch die Stadt zogen und diese waren bei weitem nicht alles Touristen. Er sah sich, wie er jeden Tag zehn Stunden im Labor verbrachte, um etwas zu produzieren, das vielleicht niemand brauchte. Er hatte bisher auf vieles verzichtet, was das Leben schönmachte.

Zu Hause drehten sich die Gespräche mit Bea meistens nur um Wissenschaft. „Und wie war es bei dir heute im Labor?“, oder: „Weißt du eine Methode, wie man am besten IgA aufreinigt?“, und so weiter. Oder es ging um Zukunftspläne. „Wenn wir beide erst eine feste Stelle haben, können wir Kinder haben“, oder: „Wenn wir mehr Geld verdienen, ziehen wir in eine größere Wohnung.“ Außerdem gab ihm Bea gutgemeinte Ratschläge, wie er sich gegenüber Hellman verhalten sollte.

Ronny atmete tief durch, er würde sein Leben jetzt selbst in die Hand nehmen. Am Bahnhof Leopoldplatz verließ er die U6, rannte fast über die Treppen zur U9. In der Station blickte er auf die mit hellblauen Fliesen gepflasterte Wand und wartete auf seinen Zug. In weniger als zehn Minuten würde er im IEI sein.

Nachdem er auf dem menschenleeren Bahnhof ausgestiegen war, hastete Ronny die Treppenstufen von der Station hoch auf die Straße und wandte sich nach rechts. Hier standen kaum Wohnhäuser, es war eine industrielle Gegend, in der das IEI lag. Der wenig frequentierte U-Bahnhof war ein Treffpunkt von Dealern und Junkies geworden, die man von anderen Plätzen vertrieben hatte. Aber auch hier würden sie sich nicht lange halten. Auf dem Bürgersteig lag Schmutz, abgerissenes Papier von Plakatwänden, die dort wohl nur standen, um die Industriebrache von der Straße abzugrenzen. Flaschen, eine Injektionsspritze und noch mehr Müll. Je ärmer die Gegend, desto seltener schien die Straßenreinigung zu kommen. Ronny kickte wütend eine Flasche mit seinem Fuß weg.

Das Glas splitterte bösartig, als die Flasche gegen einen Stromverteilerkasten schlug.

Er ging weiter in Richtung des Kraftwerks, das von den großen Ladekränen mit Kohle gefüttert wurde. Der schwarze Brennstoff wurde auf langen Förderbändern in das Gebäude transportiert, um von dort als grauer Rauch aus den beiden Backsteinschornsteinen in den Himmel zu entweichen. Vor der Wende gab es hier oft Smog, und manchmal wurde einem auf dem Weg zum IEI richtig schwindlig. Nach der Wende war die Luft besser geworden, aber der Zustand der Straße schlechter. Ronny überquerte die Fahrbahn, lief über das Gelände der Tankstelle und überquerte auf der Brücke die vierspurige Straße, die das IEI von dem Universitätsklinikum trennte.

Schneider lag dort auf der Intensivstation, aber davon wusste Ronny nichts. Er gelangte an die Ampel und bog die Straße nach rechts ein, erreichte nach wenigen Metern die Pforte des IEI und stieß die Tür auf.

Der Pförtner sah ihn überrascht an. „Guten Tag, Herr Dr. Nagel, schön das Sie da sind. Es haben schon so viele Leute nach Ihnen gefragt und die ...“ Ronny schnitt ihm das Wort ab: „Herr Meyer, ist Professor Hellman da?“

Herr Meyer nickte. „Da haben Sie Glück. Professor Hellman ist gerade vor einer halben Stunde gekommen. Mit dem Dienstwagen direkt vor der Pforte abgesetzt.“

„Danke“, Ronny hastete weiter durch die zweite Tür in das Foyer. Herr Meyer rief ihm noch etwas hinterher, aber Ronny hörte es nicht mehr. Er war bereits auf der Passage, die in den Neubau führte. Die Virologie lag im zweiten Stock des Neubaus, der eigentlich keiner mehr war. Man plante bereits seinen Abriss. Im ersten Stock lagen die Laborräume der AG-Toxine und das Büro von Bea. Ronny wollte Bea keinesfalls begegnen, bevor er mit Hellman gesprochen hatte. Er hastete durch das Treppenhaus, wollte nicht auf den Fahrstuhl warten und riskieren, seiner Frau in die Arme zu laufen.

Außer Atem hielt er im zweiten Stock vor der braunen Tür mit der Nummer B201 an. Das Vorzimmer von Hellman, in dem seine Sekretärin Frau Ziegler saß. Diesen Vorhof der Hölle musste man durchqueren, wenn man in Hellmans Allerheiligstes wollte. Ronny hörte deutlich sein Herz klopfen. Er wartete ein paar Sekunden und öffnete die Tür mit einem Ruck. Er blickte auf Frau Ziegler, die mit ihrem Leib den Bürodrehstuhl vollständig ausfüllte und ihre Finger auf die Tastatur des Bürocomputers niedersausen ließ. Als sie das Türgeräusch hörte, sah sie verärgert aus ihrem schwammigen Gesicht hoch, weil der Besucher nicht angeklopft hatte. Ronny beachtete sie nicht, es hätte keinen Sinn gehabt, sie nach einem Termin zu fragen. Hellman hätte sich Zeit gelassen, aber es musste jetzt sein, sofort. Vor Hellmans Tür schloss Ronny für eine Sekunde die Augen und sah Lilli vor sich, wie sie ihn aufmunternd angelächelt hatte, als er auf ihrem Bett saß. Wie sie gestern Abend tanzend langsam auf ihn zugegangen war. Er riss fast die Tür auf. Hellman saß mit dem Rücken zu ihm, hatte eine abgewetzte Lederweste an, die mit seinen grauen, dünnen Haaren und dem weichlichen Gesicht kontrastierte. Hellman drehte sich um und sah Ronny für einen Moment verblüfft an.

„Herr Nagel?“ Frau Ziegler kam dicht hinter Ronny in das Zimmer und schob ihn mit ihrem massigen Körper ein Stück weiter hinein.

„Er ist ohne anzuklopfen einfach in Ihr Büro gestürmt“, keifte sie.

„Schon in Ordnung, Frau Ziegler“, sagte Hellman. „Wenn Herr Nagel nun schon einmal hier ist. Was pressiert denn so, Herr Nagel? Ich hatte Sie vorhin im Labor gesucht, aber anscheinend waren Sie noch gar nicht im Institut.“ Er nickte kurz in die Richtung von Frau Ziegler, die sich langsam, wie eine Schnecke, die in ihr Haus kriecht, aus dem Büro zurückzog und schließlich die Tür hinter sich schloss.

„Ich muss mit Ihnen reden“, sagte Ronny.

„Das dachte ich mir schon“, hörte er Hellmans hohe Stimme, „scheint dringend zu sein.“

Ronny schaute sich in dem Büro um. An der Wand hing ein zwei Quadratmeter großes, abstraktes Gemälde, auf dem schlangenförmige, violette Tentakel zu sehen waren, die ein schwarzes Gebilde umschlangen. Der Hintergrund bestand aus rötlich, schwärzlichen Farbtönen, die dem Ganzen einen düsteren Ausdruck verliehen.

Ein Krake! Ronny war angewidert. So wie Hellman selbst. Daneben hing ein Plakat mit dem Spruch: Alt ist immer fünfzehn Jahre älter, als du es selbst bist!

„Ich möchte mit Ihnen über meine Arbeit reden“, sagte Ronny.
„Ja, und?“, fragte Hellman lauernd.

„Ich will nicht, dass Sie hinter meinem Rücken mit meiner Frau über mich und meine Stelle verhandeln.“

„Wie kommen Sie denn darauf?“, fragte Hellman. „Hat Beatrix Ihnen so etwas erzählt? Das würde mich aber wundern.“

Beatrix! Ronny war angewidert. Er redete von ihr, als wäre sie seine Tussi.

„Ich habe meiner Frau zuliebe eine Postdocstelle in San Diego ausgeschlagen“, Ronny wurde lauter: „Weil SIE ihr den Eindruck vermittelt haben, mir eine Festanstellung in der Virologie zu geben.“

„So etwas habe ich nie gemacht“, erwiderte Hellman kalt. Sein Tonfall wurde arrogant: „Wie Sie selbst wissen, Herr Nagel, werden Stellen am IEI nach Verfügbarkeit und nach der Qualifikation der Bewerber vergeben.“

„Ja, und?“, fragte Ronny, der fühlte, wie sein Körper sich anspannte. „Was wollen Sie damit sagen?“ Er ging einen Schritt auf Hellman zu und stieß mit seinem Schienenbein an einen niedrigen Tisch, um den herum Stühle und eine Couch gruppiert waren. Es tat weh. Auf dem Tisch stand eine große Schale mit Schokoladen und Bonbons.

Hellman stand von seinem Stuhl auf und ging Ronald einen Schritt entgegen. „Ich habe Ihrer Frau, als sie mich ausdrücklich darum gebeten hat, auch keine andere Antwort gegeben, Herr Nagel!“ Seine Stimme stieg noch um einen Tick an: „Sie haben eine Verlängerung bekommen, eine Planstelle ist zurzeit nicht verfügbar.“

„Das sagen Sie jetzt“, sagte Ronny. „und wieso hat meine Frau dann den Eindruck gewonnen, dass Sie mir eine Planstelle geben würden? Was haben Sie von ihr dafür verlangt?“

„Was unterstellen Sie mir?“ Hellman machte noch einen Schritt und gestikulierte. „Selbst wenn eine Planstelle zur Verfügung stünde, müsste diese ausgeschrieben werden. Haben Sie eine Stellenausschreibung gesehen, Herr Nagel? Ja? Nein? Also!“

„Also, also was?“ Ronny keuchte.

„Vielleicht können wir Ihren Vertrag noch einmal verlängern“, sagte Hellman und schaute zur Seite. „Allerdings frage ich mich, ob nach Ihrem Auftritt hier ...“ Hellman blickte ihn verächtlich an. Ronny wusste in diesem Moment nichts zu erwidern. Hellman spürte seine Unsicherheit und sagte im Befehlston: „Gehen Sie jetzt, verlassen Sie sofort mein Büro!“

Ronny zog die Luft scharf durch seine Nase ein und schloss die Augen. Nicht so, nein! Für einen Moment fiel ihm die Schlüsselszene aus dem Film ein, den er gestern am Potsdamer Platz gesehen hatte. Dann war ihm, als hörte er Lillis Stimme sagen: „Mein Großer.“

Mit einer Handbewegung riss Ronny die Keramikschale mit den Süßigkeiten vom Tisch, die wie in einem bunten Regen durch die Luft flogen, und stieß die leere Schale in Hellmans Gesicht. Er sah, wie Hellmans Augen sich ungläubig weiteten, als das Gefäß an seine Lippen prallte und ein knackendes Geräusch zu hören war. Blut schoss aus Hellmans Oberlippe. Er öffnete den Mund, um zu schreien. Wie in Zeitlupe sah Ronny die Fratze von Hellman mit dem weit geöffneten Mund, aus dem das Blut nur so über die Zähne und die Lippen lief.

Ronny blieb wie angewurzelt stehen. In diesem Moment wurde sein Arm, mit dem er immer noch die Schale hielt, nach hinten gerissen. Er hörte Hellman schreien, als er sich vor ihm krümmte und Blut spuckte. Ronny drehte sich um und sah hinter sich Frau Ziegler, die versuchte, seinen Arm festzuhalten. Er ließ die Keramikschüssel fallen, die am Boden zerschellte und boxte mit seiner freien Hand in ihren Bauch. Sein Arm verschwand in einer weichen Masse, die kaum Widerstand bot, aber Frau Ziegler ließ ihn los.

Ronny schob sie beiseite und stürmte aus Hellmans Büro durch das Vorzimmer, den Flur hinunter bis zum Treppenhaus. Er lief den gleichen Weg zurück, den er gekommen war. Als er das Treppenhaus im ersten Stock verließ, sah er aus den Augenwinkeln eine Frau, seine Frau, an einer Labortür stehen. Er schaute weg und rannte weiter über die Passage in Richtung des Foyers. Durch die Eingangshalle gelangte er wieder zum Ausgang. Neben der Pförtnerloge stand ein Polizist und unterhielt sich mit Herrn Meyer. Als Ronny an den beiden vorbei laufen wollte, rief ihm Herr Meyer hinterher: „Hallo, Herr Dr. Nagel, die Polizei will mit Ihnen ...“

Der Polizist drehte abrupt seinen Kopf in Ronalds Richtung und starrte ihn an. Ronny tat, als hätte er nichts gehört, schlängelte sich an dem Beamten vorbei und drückte die Tür zur Straße auf. Die Polizei konnte doch nur wegen seiner Attacke auf Hellman gekommen sein, und Herr Meyer hatte ihn auch noch identifiziert. Ronny staunte, wie schnell die Polizei vor Ort war, vielleicht Zufall oder Frau Ziegler musste gleich die Polizei gerufen haben, nachdem er in Hellmans Büro gestürmt war. Sie hatte ihm angesehen, was er vorhatte. Ronny lief die Straße zurück zur Brücke, er wollte nur noch weg.

„Halt, bleiben Sie doch stehen“, hörte er eine Stimme hinter sich keuchen. Das galt ihm. Ronny beschleunigte und rannte jetzt. „Stehenbleiben, Polizei“, schrie die Stimme. Ronny rannte über die Straße auf die andere Seite und wich einem Motorrad aus, das von rechts entgegenkam. Auf der anderen Seite lief er die wenigen Meter bis zur Kreuzung direkt an der Brücke. Eine Trillerpfeife ertönte, Rufe, dann Schreie, aber er blickte nicht zurück. Sobald er das täte, würde er nicht mehr fortlaufen können. An der Kreuzung musste er nur noch die vierspurige Straße überqueren, die das IEI vom Universitätsklinikum trennte. Ronny hörte die Schritte hinter sich näherkommen.

Die Ampel schaltete von Grün auf Rot, wenige Schritte, bevor er an den Bordstein gelangte. Ronny lief jetzt so schnell, wie er konnte, weiter. Aus dem Augenwinkel sah er, wie auf der rechten Spur die Autos von der zweiten Ampel anfuhren. Das würde für ihn noch reichen, aber nicht mehr für den Polizisten. Wenn er erst auf dem Gelände der Tankstelle war, würde er den endgültig abhängen. Er rannte bis zum Mittelstreifen und schaute dann nach rechts. Die Autos näherten sich auf beiden Spuren, waren aber noch weit weg.

„Roooonnyyyy!“, ein Schrei ließ ihn für einen Moment innehalten. Es war Beas Stimme. Er straffte sich, visierte die Tankstelle an und rannte weiter über die andere Seite der Straße. Kurz vor dem rettenden Ufer des Bürgersteigs tauchte rechts von ihm ein schwarzer Schatten auf und wurde sekundenschnell riesengroß. Die Zeit war plötzlich wie verlangsamt und Ronny konnte schemenhaft das Gesicht der Frau hinter der Windschutzscheibe des schwarzen Geländewagens sehen, bevor er getroffen wurde und zu Boden fiel.

Danach sah und spürte er nichts mehr, weder das Kreischen der Bremsen, noch die Schreie seiner Frau und die Rufe des Polizisten, der auf der Kreuzung stand und wild gestikulierte, um die Autos anzuhalten. Er merkte nicht, wie Bea sich Sekunden später über seinen gekrümmten Körper beugte und Tränen aus ihren Augen liefen. „Roooonyyyy, neeeiiin!“ Es dauerte nur ein paar Minuten, bis die Sirene des Rettungswagens, der Ronny in das Universitätsklinikum bringen sollte, näherkam. Bea sah, wie der Mann in der roten Uniform sich über sie beugte und sie sanft, aber bestimmt von Ronny weg zog. „Neeiiin!“, schrie sie wieder. Ein zweiter Mann aus dem Rettungswagen griff unter ihren Arm und zog sie beiseite. Verschwommen sah Bea die Krankentrage, die neben Ronny abgestellt wurde. Zwei Männer machten sich an ihm zu schaffen. Wie aus der Ferne hörte sie ihre Rufe, sah, wie unter ihren Händen Schläuche mit Ronalds Körper verbunden wurden. Dann wirkte die Spritze, die ihr einer der Notärzte gegeben hatte. Ihr Körper wurde jetzt weich und entspannte sich genau dort, wo sie sich gerade befand. Nach einigen Minuten waren sie beide im Rettungswagen, der wendete, um mit Blaulicht und Martinshorn in die Richtung des Universitätsklinikums zu fahren.

„Ich hatte ihn wirklich nicht gesehen! Er war so plötzlich vor meinem Auto“, schluchzte die Frau in den Armen des Polizisten, der hinter Ronny hergerannt war. „Ich bin rechts abgebogen, da ist doch ein Grüner Pfeil und die Autos waren noch weit genug weg“, weinte sie.

„Das hat er wahrscheinlich auch gedacht“, sagte der Polizist leise und streichelte ihr mechanisch immer wieder über das Haar. Er merkte, wie sein Hemdkragen durch ihre Tränen immer feuchter wurde. Ohne es zu wollen, ging ihm eine Melodie durch den Kopf. *Dancing with tears in my eyes.* Er fing an zu weinen und presste die Frau an sich.

15.

Tanja hatte lange in der Dunkelheit gewartet, ihrem Entführer dürfte es langsam immer schlechter gehen. Sie lauschte im Halbdunkeln auf die Geräusche, die aus der Küche kamen. Nachdem er aus dem Zimmer gegangen war, hatte sie ihn dort hin- und herlaufen hören, manchmal stöhnte er, als würde er schwere Arbeiten verrichten. Eine Tür klappte mehrmals und jedes Mal danach hörte sie das weiter entfernte Geräusch der Klospülung. Dann war es eine Weile ruhig, er musste sich hingesetzt oder hingelegt haben. Der Rauch seiner Zigarette drang langsam in das Zimmer und Tanja zog die Luft gierig ein. Das waren Entzugserscheinungen, richtige Entzugserscheinungen. Sie hörte jetzt nur seine Atemgeräusche, die schwer und gepresst klangen.

Es ließ sich jetzt nicht weiter verschieben, außerdem musste sie wirklich auf Klo. Als sie ihn rief, antwortete er nicht, dann hörte sie mit einem Knall etwas in der Küche auf den Boden fallen. Wieder Stöhnen und dann gab es ein rutschendes Geräusch, das in einem dumpfen Ton endete. Der Boden hatte gezittert, als wäre eine schwere Last auf ihn gefallen.

„Hallo, Sie“, rief Tanja, „ich muss dringend mal auf die Toilette, hallo!“

Es war jetzt still in der Küche, bis auf die rasselnden Atemgeräusche, die der Mann von sich gab.

„Hallo, bitte, ich will mir nicht in die Hose pinkeln“, rief Tanja lauter.

Keuchgeräusche kamen aus der Küche, dann ein schleifender Ton, als würde eine Last über den Boden gezogen. Der Türspalt, durch den das Licht aus der Küche in das dunkle Zimmer fiel, wurde wie in Zeitlupe größer. Tanja sah, wie sich in der Türöffnung der Kopf des Mannes abzeichnete. Allerdings war dieser dicht über dem Boden, als wäre er dorthin gekrochen.

„Hallo, geht es Ihnen nicht gut? Schließen Sie mich los, bitte, ja?“, rief Tanja.

Der Kopf pendelte hin und her und gab ein Stöhnen von sich. Dann sank er auf den Boden.

„Kommen Sie, ich werde Ihnen helfen, aber machen Sie mich los!“, schrie Tanja jetzt. Ihr Entführer war offenbar am Ende. Wenn er sie nicht jetzt losmachte, würde sein Kumpan sie am nächsten Tag gefesselt vorfinden, verhören und so oder so umbringen.

Der Mann auf dem Boden gab kurze pfeifende Atemgeräusche von sich. Er hob seinen Kopf hoch und streckte seinen unverbundenen Arm ins Zimmer, als versuchte er, weiter in Tanjas Richtung zu robben. Langsam schob er sich einen halben Meter weiter auf sie zu. Wieder legte er seinen Kopf auf den Boden ab, atmete in einem tiefen Seufzer aus, als hätte ihn die letzte Bewegung alle Kraft gekostet.

„Nur noch ein Stück“, rief Tanja aufmunternd, „wir haben es gleich geschafft.“

Der Entführer reagierte nicht und lag etwa zwei Meter von ihr entfernt auf den Boden, den Kopf auf die Seite gelegt. Auf einmal krümmte sein Körper sich in der gesamten Länge zusammen. Er gab einen Schrei von sich, der plötzlich erstickte und Tanja sah in dem schwachen Lichtschein aus der Küche, dass ein dünner Blutstrom aus seinem Mundwinkel lief und auf den Boden tropfte. Er bewegte sich nicht. Tanja lauschte. Sie hörte keine Atemgeräusche mehr.

„Hey", rief Tanja, „komm, mach mich los!", schrie sie und trampelte mit ihren beiden Füßen auf die Dielen. Ihre gefesselten Hände bewegten sich am Heizungsrohr auf und ab, sodass die Kette der Handschellen dem Rohr metallisch rasselnde Töne entlockte.

Tanja war sich sicher, er war tot. Sie begann, laut um Hilfe zu rufen und trommelte mit ihren Füßen. Erst jetzt fiel es ihr auf, dass sie keine Schuhe mehr trug, die mussten bei der Entführung irgendwo auf der Strecke geblieben sein. Aber niemand rührte sich, als sie in die Dunkelheit horchte. Tanja glitt mit ihren Handschellen an dem Heizungsrohr herunter, legte sich hin und drückte ihr Ohr an den Dielenboden. Nichts. Da war nichts. Kein Radio, kein Fernseher, keine Stimmen. Da war einfach niemand. Tanja rüttelte verzweifelt mit den Handschellen an dem Heizungsrohr. Mit dem Ergebnis, dass ihre Haut an den Handgelenken immer mehr aufgescheuert wurde und jede Bewegung immer mehr wehtat.

„Morgen kommt der Freund", hatte der Mann gesagt. Das war eine Drohung gewesen, freundlich würde sich dieser Freund nicht gebärden. Sie war sicher, dass es sich um den falschen Dr. Baloda handelte, der im Labor herumgeschnüffelt hatte. Wie verächtlich der sie damals schon angesehen hatte. Der gleiche Kerl hatte sie vor ein paar Stunden auch mit der Taschenlampe angeleuchtet. Sie meinte, seine Stimme erkannt zu haben, auch wenn er mit ihrem Entführer, der jetzt zwei Meter von ihr entfernt tot auf dem Boden lag, in einer fremden Sprache diskutiert hatte. Dieser Kerl würde sie bestimmt nicht lebendig aus seiner Gewalt lassen.

Ein paar Stunden blieben ihr vielleicht noch. Ein paar Stunden, um etwas zu tun. Ein paar Stunden, die sie vor Folter, Schmerzen und ihrem sicheren Ende noch trennten. Von der Straße kam schon lange kein Tageslicht mehr durch die Fensterläden, es musste spät in der Nacht sein. Tanja wurde plötzlich kalt, sie zitterte am ganzen Körper und merkte, dass ihre Hose vollkommen durchnässt war.

Leo Schneider wusste nicht, an welchem Ort er sich befand. Wie Nebelfetzen legten sich manchmal Bilder vor seine Augen, die geschlossen blieben. Das Piepen des EKG neben seinem Bett auf der neurologischen Station des Universitätsklinikums zeigte der Stationsschwester an, das sich bei ihrem Patienten etwas verändert hatte. Letzte Nacht war er mit einer Kopfverletzung eingeliefert worden. Schwester Gabriele las die Angaben zu dem Patienten, die der diensthabende Arzt bei der Aufnahme gemacht hatte. Kopfverletzung, vermutlich durch Schlag mit einem stumpfen Gegenstand, Gehirnerschütterung, kein Anzeichen von intrakraniellen Blutungen. Bewusstlos, aber keine erkennbaren neurologischen Ausfälle. Die neurosonologischen Untersuchungen hatten zufriedenstellende Ergebnisse erbracht. Der Patient öffnete kurz die Augen und bewegte die Pupillen hin und her, aus seinem Mund drangen Worte, die keinen Sinn ergaben. Gabriele hielt ihr Ohr dichter an sein Gesicht und glaubte etwas wie Ritzen und Labor zu verstehen. Dann war er wieder weg.

Na, der wird sich schon wieder rappeln, dachte sie. Ihr Blick fiel wieder auf die Krankenakte und sie las weiter. Bewusstlos aufgefunden im Institut für experimentelle Epidemiologie. Das IEI kannte sie, es lag genau gegenüber auf der anderen Straßenseite.

Früher hatten sie immer Untersuchungsmaterial von Patienten an das IEI zur mikrobiologischen Diagnostik geschickt. Früher, als Gabriele noch als Schwester in der Gastroenterologie arbeitete und der Name Dr. Schneider weckte Erinnerungen an diese Zeit. Das war doch der aus der Bakteriologie des IEI? Von einem Tag auf den anderen sollten plötzlich keine Proben mehr an das IEI geschickt werden. Der Stationsarzt hatte erzählt, das IEI hätte einen neuen Direktor bekommen, der die mikrobiologische Diagnostik herunterfahren wollte. Eine seiner ersten Maßnahmen war gewesen, keine Aufträge vom Universitätsklinikum mehr anzunehmen. Das würde zu viele Kapazitäten binden und brächte dem IEI kein Geld.

Gabriele dachte an den Patienten im Behandlungszimmer nebenan. Er war um die Mittagszeit nach einem Autounfall eingeliefert worden. Um ihn stand es viel schlechter. Nach der Notoperation hatte Oberarzt Dr. Ruf ihr gesagt, es sei nicht sicher, ob der Mann jemals wieder gehen könnte. Die Wirbelsäule war stark gequetscht. Gabriele ging an den Tisch, auf dem die Patientenberichte lagen. Dr. Ronald Nagel las sie, Wirbelsäulentrauma mit Verdacht auf Querschnittsläsion, innere Verletzungen, Schädeltrauma nach Verkehrsunfall. Sie seufzte. Keine guten Aussichten. Der Patient war erst zweiunddreißig und dann solch eine Prognose. Ihre Augen glitten zurück auf Schneider und den Krankenbericht. Na so etwas! Dr. Nagel arbeitete auch im IEI. Zufälle gab es. Jetzt stöhnte ihr Patient und fing an sich unruhig zu bewegen. Sie schaute auf die Kurven, die auf Endlospapier aus dem EEG quollen. Die Gehirnwellen zeigten eine Veränderung des Zustands. Gabriele legte den Block mit den Krankenberichten beiseite und wählte 4300, die Nummer des diensthabenden Arztes Dr. Harry Ruf.

Leo Schneider hatte seine Augen geöffnet und blickte in das Gesicht eines Mannes mit einer Duschhaube, der sich über ihn beugte. Er spürte, dass er auf dem Rücken in einem Bett lag. Neben ihm piepste es, aber das war nicht sein Wecker.

„Herr Dr. Schneider, hören Sie mich?“ Der Mann bewegte den Mund, Schneider verstand seine Worte, er kannte den Mann nicht. Woher kannte der ihn? Dann tauchte daneben ein zweites Gesicht auf, eine Frau im weißen Kittel, auch der Mann trug einen Kittel, aber der war grün. Fetzen der Erinnerung kamen in ihm hoch. Kittel ... Labor ... Tanja. Schneider gab sich Mühe, es war schwer, aber er wollte es herausbringen: „Tanja? Wo ist Tanja?“

Der Arzt verstand ihn kaum. Er wandte sich an Gabriele: „Tanja? Seine Frau?“, fragte er.

„Die wartet draußen schon die ganze Zeit“, sagte sie.

„Warten Sie noch einen Moment, bevor Sie sie holen“, sagte der Arzt. Er wandte sich seinem Patienten zu und sprach langsam und deutlich „Herr Dr. Schneider, können Sie mich verstehen?“

Schneider öffnete den Mund. „Tanja, verschwunden.“ Die Worte kamen in kleinen Portionen, dann fiel Schneiders Kopf zur Seite auf das Kissen. Der Arzt zuckte mit den Schultern.

„Immerhin ist er kurz bei Bewusstsein gewesen. Er wird bestimmt bald wieder aufwachen. Überwachen Sie weiter seinen Zustand und rufen Sie mich gleich, wenn eine Änderung eintritt. Seine Frau holen wir lieber erst, wenn er sich stabilisiert hat. Ach übrigens, die Polizei will auch mit ihm reden, wegen des Überfalls, aber das geht frühestens morgen. Gabriele, gehen Sie doch zu seiner Frau auf den Flur und sagen Sie Ihr, dass es Ihrem Mann schon besser geht. Ich bleibe noch solange bei dem Patienten."

Gabriele ging aus dem mit piepsenden und blinkenden Geräten bestückten Behandlungszimmer der Intensivstation. Durch eine Doppeltür gelangte sie auf den Flur. Auf der linken Seite am Ende des Flurs sah sie zwei Frauen auf den Sesseln sitzen, die dicht neben einem Automaten standen, an dem es Kaffee, Tee und Snacks gab. Eine der Frauen hatte lockige, braune Haare und trank einen Espresso. Die andere hielt ihren Kopf vergraben zwischen den Händen und starrte vor sich hin. Als sie Gabrieles Schritte hörten, hoben beide ihre Köpfe und schauten nach ihr, während sie näherkam. Die jüngere der beiden Frauen war sehr schlank, hatte glatte, aschblonde Haare und ein von Tränen völlig aufgelöstes Gesicht.

„Frau Tanja Schneider?", rief Gabriele. Die jüngere Frau sah Gabriele an und schluchzte laut auf. „Ronny", weinte sie erstickt. „Was ist mit Ronny?"

„Der Arzt kommt bald und wird mit Ihnen sprechen. Ich werde Ihnen ein Beruhigungsmittel bringen", sagte die Schwester. Die Frau schüttelte den Kopf und barg ihren Kopf in den Händen.

Die andere Frau schaute verwundert. „Meinen Sie Louisa Schneider?", fragte sie mit einem leichten französischen Akzent und kräuselte ihre Augenbrauen. „Mein Mann liegt hier bei Ihnen auf der Station." „Frau Dr. Schneider, ja", sagte Gabriele. „Kommen Sie doch bitte mit." Gabriele brachte es nicht über sich, vor der anderen Frau, die offenbar zu Ronald Nagel gehörte, über Leo Schneiders Fortschritte zu reden. Louisa wandte sich zu ihrer Nachbarin.

„Ich bin gleich wieder zurück", sagte sie, „nur nicht verzweifeln, es wird schon werden." Beatrix schüttelte nur ihren Kopf in ihren Händen und krümmte sich.

Gabriele ging mit Louisa den Flur entlang, in die Richtung, aus der sie gekommen war. „Entschuldigen Sie", sagte Gabriele mit leiser Stimme, „ich glaubte, Sie hießen Tanja. Ihr Mann ist vorhin kurz aufgewacht und fragte zweimal „Wo ist Tanja?" Es tut mir leid, ich dachte, er meinte Sie. Eigentlich wollte ich Ihnen nur mitteilen, dass es Ihrem Mann schon bessergeht und Sie mit ihm sprechen können, wenn sein Zustand sich weiter stabilisiert hat."

Louisa sah Gabriele an und lächelte.

„Das freut mich“, sagte sie, „Wissen Sie, ich habe früher in Paris im Krankenhaus *Bichat* in der Notaufnahme gearbeitet.“ Gabriele sah sie an und sagte nichts weiter.

„Tanja“, sagte Louisa, „ist der Vorname der Assistentin meines Mannes. Tanja Schlosser. Sie hat ihn abends angerufen. Er sagte, da war ein komischer Anruf von Tanja, ich glaube, die ist im Labor und es ist etwas passiert. Und daraufhin ist er gleich ins Institut gefahren. Dort ist er überfallen worden und die Feuerwehr hat ihn hier hergebracht.“

Louisa machte eine Pause und fügte hinzu: „Und seitdem ist Tanja Schlosser verschwunden. Wie finden Sie das?“ Gabriele war verblüfft. Das hatte sie nicht gewusst, denn als der Patient von der Feuerwehr eingeliefert wurde, hatte sie keinen Dienst.

„Da hinten“, sagte Louisa mit einer Kopfbewegung, „sitzt Frau Nagel. Sie wartet ganz verzweifelt auf Neuigkeiten, wie es ihrem Mann Ronald geht. Das ist noch so ein Zufall! Stellen Sie sich vor, sie ist die Arbeitskollegin meines Mannes und hat mir erzählt, dass ihr Mann Ronald einen Autounfall hatte und hier eingeliefert wurde. Sie tut mir sehr leid, denn sie musste den Unfall mit ansehen und konnte nicht helfen. Wie steht es um ihren Mann?“

„Ich darf darüber nicht sprechen“, sagte Gabriele ausweichend, „aber, als Kollegin wissen Sie ja, was ein Wirbelsäulentrauma nach sich ziehen kann.“

Louisa verstand. Sie schaute Gabriele traurig an, drehte sich dann um und ging zurück zu Beatrix, die auf dem Sessel sitzen geblieben war.

Tanja wachte auf. Verdammter Mist, sie hatte geschlafen! Wie spät mochte es jetzt sein? Durch die Fensterläden drang ein schwacher Lichtschein, aber richtiger Tag war es wohl noch nicht. Ihre Hose fühlte sich nass und klamm an und Tanja ekelte sich bei der Vorstellung, die vollgepisste Hose anbehalten zu müssen. Der Durst war wieder da und die Angst. Der falsche Baloda, er konnte jeden Moment kommen. Tanja lauschte. Für einen Moment hörte sie Schritte im Treppenhaus. Wie ein Schlag fuhr es durch ihren Körper, so erschrak sie von dem plötzlichen Geräusch. Aber die Schritte galoppierten schnell die Treppen hinunter, bis sie nicht mehr zu hören waren.

Also mussten hier doch noch andere Leute leben! Sie begann zu rufen, dann zu schreien und trommelte mit den Füßen auf den Boden. Ihre Arme und Schultern taten ihr von der Fesselung höllisch weh, als sie versuchte, mit der Kette an dem Heizungsrohr möglichst viel Krach zu produzieren. Das Rohr war jetzt sehr heiß. Die Zentralheizung war inzwischen angesprungen und es war bestimmt schon später als sechs Uhr morgens. Tanja stand mühsam auf. Ihr war schwindlig, sie schwankte ein wenig und schloss für einen Moment die Augen. Dann nahm sie alle ihre Kraft zusammen, sprang mit beiden Beinen hoch und knallte mit ihren Füßen wieder zurück auf den Boden. Rumms! Immer wieder machte sie das, bis ihr die Hände und Arme so weh taten, dass sie innehielt. Ihr war schlecht vor Hunger und Durst. Der Tote lag zwei Meter von ihr entfernt auf dem Boden, so verkrümmt, wie er in der Nacht dort unter Krämpfen gestorben war.

Der Freund wird kommen, hatte er gesagt. Tanja lauschte. Nichts. Auch nicht aus der Wohnung unter ihr. Die Leute müssten den Krach doch hören, aber wahrscheinlich war niemand da. Verzweifelt rutschte sie mit ihrem Rücken langsam am Heizungsrohr herunter, bis sie mit ihrem Po auf dem Boden angekommen war. Sie zog ihre Beine an, bis ihre Schenkel den Oberkörper abstützen konnten. Dann ließ sie ihren Kopf auf die Brust sinken, lauschte und wartete in der Stille. Nichts, gar nichts konnte sie tun.

Eine Weile verging. Der Verkehrslärm von der Straße nahm zu. Tanja hörte ein Quietschen. Sie hob den Kopf. Das kam nicht von draußen. Es war das Quietschen einer Tür. „Hilfe“, schrie sie, „Hieeerher, Hilfe!“ Schritte, die sich zögernd die Treppe hoch bewegten. Tanja schrie wieder: „Hilfe, ich bin eingesperrt.“ Sie lauschte. Ein klackendes Geräusch kam aus der Küche. Tanja schrie wieder. Etwas fiel in der Küche zu Boden. Schritte, die sich im Flur entfernten. Tanja brüllte jetzt, ihr ausgetrockneter Mund tat ihr weh. Aber trotzdem, im Flur war nichts mehr zu hören. Sie schluchzte laut auf, heulte und ließ ihren Kopf hängen, wie man das nur kann, wenn man vollkommen verzweifelt ist.

Amir schaute auf die Uhr. Er hatte nicht gut geschlafen, weil er sich Gedanken darüber gemacht hatte, wie die Aktion gelaufen war. Gestern, als er ihn besucht hatte, war Ahmed in einem richtig schlechten Zustand gewesen. Sein Arm! Angeblich hatte er sich an einem Glas geschnitten, aber Amir glaubte das nicht, so wie das aussah. Gut, Ahmed hatte seinen Auftrag erledigt. Er hatte die mit der Nummer 51 nummerierten Flaschen aus dem Labor in die Wohnung gebracht. Aber, dass er die Frau mitgenommen hatte, war gegen die Absprache.

Ahmed hatte sich gerechtfertigt, als Amir ihm das vorgeworfen hatte. „Es hat uns niemand gesehen, ich konnte mit ihrem Schlüssel sogar über die Treppe durch die Seitentür hinausgehen, da, wo ich den Lieferwagen abgestellt hatte. Das war viel leichter, als im Heizungskeller bis zum nächsten Tag zu warten. Draußen habe ich sie abgestützt, als wäre sie betrunken und sie dann einfach ins Auto gesetzt. Amir, ich bin sicher, sie weiß Bescheid und kann uns helfen.“ Stur war Ahmed und sagte immer wieder „Du musst sie nur befragen, Amir!“

Amir hatte diese Frau gesehen, als er bei Schneider im Labor gewesen war. Schneider hatte sich noch Mühe gegeben, freundlich zu sein, aber sie war von Anfang an feindselig gewesen. Sie würde freiwillig gar nichts sagen. Er hätte sie gestern schon verhören sollen, aber da musste er die Flaschen von Ahmed abholen und dem Ingenieur in die Koloniestraße bringen. Amir hatte die Handtasche dieser Frau aus Ahmeds Wohnung mitgenommen. Er wusste, wie sie hieß, wo sie wohnte und hatte ihre Hausschlüssel. In ihre Wohnung würde sie sowieso nie wieder zurückkehren. Er wollte Ahmed fortschicken, wenn er die Frau verhörte, dann konnte er alles machen, so wie er es wollte. Er würde dieser frechen Hure schon zeigen, wo es mit ihm langging.

Er grinste bei dem Gedanken, stand auf, steckte sich seine Pistole ein und verließ sein Zimmer, um in die Reichenberger Straße zu fahren. Der Weg zu seinem Auto führte ihn an einem Zeitungsständer vorbei, der vor einem Geschäft auf der Straße im Weg stand. Ein Plakat der *Stadtzeitung* hing daran. Die Titelzeile ließ Amir abrupt stoppen: *Überfall auf Wissenschaftler in Berliner Forschungsinstitut*, stand da in fetten Buchstaben, die ihn angrinsten.

Er ging in den Laden und kaufte sich das Blatt. Er las sonst nie deutsche Zeitungen, aber dieses Mal ging es nicht anders. Vor einer nahe gelegenen Bäckerei setzte er sich an einen Tisch, steckte sich eine Zigarette an und überflog den Artikel.

„Der IEI-Wissenschaftler Dr. Leonhard S. wurde nachts vor seiner Labortür vom Wachschutz des IEI bewusstlos aufgefunden ... offenbar niedergeschlagen ... eingeliefert im Universitätsklinikum ... Schneiders Assistentin Tanja S. seitdem verschwunden ... Polizei vermutet Zusammenhang ... sachdienliche Hinweise bitte an die Kriminalpolizei ...“

Daneben waren zwei kleine Fotos. Eins von Schneider und eins von dieser Frau, die er gestern gefesselt in Ahmeds Wohnung gesehen hatte. Amir sog zischend den Rauch seiner Zigarette ein, hielt ihn für einen Moment in seiner Lunge und blies ihn in einem kräftigen Stoß aus.

Ahmed war wirklich ein Dummkopf. Warum hatte er verschwiegen, dass er diesen Schneider angetroffen und niedergeschlagen hatte. Schneider war anscheinend nicht tot. Vielleicht konnte er Ahmed sogar beschreiben. Damit wurde Ahmed zu einem Risiko. Amir war froh, morgen nach London zurückzufliegen. Zu viele Leute konnten ihn wiedererkennen, als den englischen Herrn Dr. Baloda, der zu Besuch im IEI gewesen war. Und jetzt, nach der Geschichte mit dieser Frau und Schneider würden die Deutschen ihn suchen. Am besten wäre es, Ahmed würde zusammen mit dieser Frau endgültig verschwinden.

Amir fasste einen mörderischen Entschluss, bezahlte seinen Tee, setzte sich in sein Auto und fuhr los. Nach einigen Kilometern war er fast am Ziel. Er bog von der Glogauer Straße nach rechts ab und fuhr über das holprige Kopfsteinpflaster die Reichenberger Straße hinunter. Auf der gegenüberliegenden Seite des Hauses Nummer 124 gab es noch einen freien Parkplatz. Als Amir eingeparkt hatte, sah er den Polizeiwagen, der ein Stück weiter in Höhe des Hauses 124 stand. Der Wagen war leer. Amir zündete sich eine Zigarette an, blieb in seinem Auto sitzen und beobachtete das Haus. Zwei Passanten liefen vorbei, neben dem Türportal stand ein Fahrrad, die Satteltaschen quollen über von Prospekten. Zehn Minuten vergingen und es passierte nichts.

Er drückte seine Zigarette aus und wählte Ahmeds Nummer. Wie verabredet ließ er es zweimal klingeln und legte dann auf. Wenn alles in Ordnung war, würde Ahmed zurückrufen. Und wenn nicht? Vielleicht ging es Ahmed inzwischen wirklich sehr schlecht. Er wartete, aber Ahmed rief nicht zurück. Nach einer Weile stieg Amir aus dem Auto, ging ein paar Schritte und sah sich auf der Straße um. Vielleicht sah er die Polizisten irgendwo, dann konnte er doch in die Wohnung gehen. In diesem Moment kam ein zweiter Polizeiwagen langsam vorgefahren und hielt in zweiter Spur vor dem Haus. Als die zwei Polizisten ausstiegen und auf den Eingang zugingen, kehrte Amir betont ruhig zu seinem Wagen zurück. Was er gesehen hatte, war genug. Er startete den Motor und fuhr langsam aus der Parklücke die Reichenberger Straße entlang in Richtung Kanal. Im Rückspiegel beobachtete er, ob ihm jemand folgte. Aber erst, als er in die nächste Seitenstraße abgebogen war, fühlte er sich sicherer.

„Wenn die Hunde Ahmed geschnappt haben", fluchte er vor sich hin. Viel konnte Ahmed nicht verraten, er kannte weder Amirs richtigen Namen, noch würde er ihn beschreiben. Die Frau hatte ihn gestern nicht richtig gesehen und auch nicht verstanden, was sie miteinander besprochen hatten. Er war froh, morgen aus Berlin zu verschwinden. Sein neuer Pass lag in der Koloniestraße. Dort, wohin er dem Ingenieur die Flaschen aus dem Labor gebracht hatte. Ahmed und der Ingenieur waren seine einzigen Verbindungen zur Bruderschaft in Berlin. Ahmed stand unter und der Ingenieur über ihm. So einfach war das. Nach den Regeln musste Amir dem Ingenieur alles erzählen und entsprechend seinen Anweisungen handeln. Dem Ingenieur würde nicht gefallen, was er ihm zu sagen hatte. Nach zwei Kilometern scherte Amir in einen Parkhafen ein, zündete sich eine neue Zigarette an und wählte die Nummer des Ingenieurs.

Tanjas Hoffnung, dass jemand ihre Hilferufe gehört hatte, war auf dem Nullpunkt. Da war doch jemand vor der Tür gewesen, hatte durch den Briefschlitz etwas eingeworfen und war einfach wieder gegangen. In der wiedergeborenen Stille hörte sie das Ticken einer Uhr. Die Sekunden vergingen. Tanja dachte an den Toten, seinen Freund, der jeden Moment in der Tür stehen würde. Im Hausflur wurde es laut, Stimmen, Schritte ertönten, näherten sich der Tür und hielten an. Es klingelte. Tanja brachte keinen Ton heraus. Dann lautes Pochen, ein Ruf: „Aufmachen, Polizei!"

Tanja schrie wieder. Vor der Tür gab es Rumoren, Schritte, das Quäken eines Sprechfunkgerätes. Wieder rief sie und nach einigen Sekunden krachte eine schwere Masse gegen die Tür, die mit einem Knirschen nachgab.

„Da liegt einer auf dem Boden." Ein hochgewachsener Polizist stand mit gezogener Pistole im Türrahmen. Ein Sprechfunkgerät quäkte. „Sind noch weitere Personen in der Wohnung?", fragte er.

Tanja schüttelte den Kopf: „Nein, aber jeden Moment wird einer kommen."

Der Polizist rief jemandem hinter sich etwas zu. Zu Tanja gewandt, fragte er: „Wer sind Sie, was tun Sie hier?"

Tanja erzählte, was passiert war. „Den Schlüssel hat der da in seiner Hosentasche." Sie deutete mit ihrem Kopf auf den Toten, der auf dem Boden lag.

Der Polizist durchsuchte die Leiche des Entführers und kam mit einem kleinen Paar Schlüssel zurück. Er befreite sie von ihren Fesseln. Ihre Hände waren taub und es dauerte eine Weile, bis sie sich wieder bewegen konnte. Über Funk forderte der Polizist einen Krankenwagen und Verstärkung an. Sein Kollege kam herein und brachte der auf dem Boden hockenden Tanja ein Glas Wasser. Sie trank noch zwei weitere Gläser, bevor sie damit anfangen konnte, den Polizisten ihre Geschichte zu erzählen. Kaum hatte sie begonnen, klingelte ein Handy. Einer der Polizisten ging in die Küche und kam mit dem Handy, das nach zweimaligem Klingeln verstummt war, zurück.

„Gehört dieses Telefon Ihnen?"

Tanja schüttelte den Kopf: „Muss von ihm sein", sagte sie und deutete auf den Toten.

Von der Wohnungstür her kam ein Geräusch. Der eine Polizist zog seine Pistole und verschwand in Richtung Küche. Von dort hörte Tanja Wortfetzen, der Polizist kam in das Zimmer zurück. Hinter ihm tauchten drei neue Gesichter auf, zwei Polizisten und jemand in Zivil, der Tanja mitleidig ansah. Er schaute mit seinen großen Augen ungläubig auf den Toten und dann wieder auf Tanja. Der Polizist, der Tanja von ihren Fesseln befreit hatte, sagte: „Das ist Herr Koronakis, Ihr Schutzengel. Er hatte uns angerufen, weil er Ihre Hilferufe gehört hat."

Tanja schaute ihren Engel an, lächelte und sagte leise: „Danke, du bist mein Retter." Dich will ich wiedersehen, dachte sie im gleichen Moment.

Bevor Dimitri Koronakis etwas erwidern konnte, wurden er und die beiden Polizisten in der Tür von zwei Feuerwehrleuten beiseite gedrängt, die Tanja auf eine Trage legten. „Wir bringen Sie jetzt ins Krankenhaus", sagte einer, „zur Kontrolle, ob alles mit Ihnen in Ordnung ist."

„Bringen Sie Frau Schlosser aus Sicherheitsgründen in das Universitätsklinikum", befahl einer der Polizisten, die mit den Feuerwehrleuten zusammen gekommen waren. Beide schauten ihn erstaunt an. „Anweisung des LKA. Es besteht Terrorismusverdacht!" Die Feuerwehrleute zuckten mit den Achseln, hoben die Trage mit Tanja an und gingen los.

16.

Beatrix war sitzen geblieben, als Schneiders Frau mit der Krankenschwester den Flur entlang in Richtung Intensivstation gegangen war. Sie wartete schon seit acht Stunden, ohne dass sie etwas Neues gehört hatte. Nach der Notoperation hatte sie mit dem Arzt gesprochen, aber der war ihren Fragen ausgewichen. Bea hatte den Unfall mit angesehen. Wie Ronny bei dem Zusammenprall mit dem Geländewagen auf die Straße fiel und dort wie eine Puppe liegengeblieben war. Dann der Polizist, vor dem Ronny weggelaufen war und die Ambulanz, die Ronny und sie mitgenommen hatte. Vorher hatte sie Ronny im IEI gesehen, er war wie panisch weggelaufen. Er musste sie doch auch gesehen haben, warum war er nicht stehengeblieben? Nichts wusste sie! Weder wo er die Nacht über gewesen war, noch was er im IEI eigentlich gewollt hatte, noch warum er von der Polizei wie besessen weggerannt war. Dieser Kommissar Neumann hatte Ronny verdächtigt, etwas mit dem Überfall auf Leo Schneider zu tun zu haben. So ein Quatsch! Bea konnte das nicht glauben. Aber sie musste wissen, was wirklich geschehen war seit dem Moment, als Ronny abends aus der Wohnung gestürmt war. Sie konnte nicht mehr länger warten. Bea stand auf und ging wortlos an Louisa Schneider vorbei, die ihr entgegenkam. Sie sah, wie Louisa den Mund öffnete, und wehrte mit einer Handbewegung ab. Bea ging den Flur bis zu der Tür, hinter der die Räume der Intensivstation lagen. Sie durchquerte einen Vorraum, in dem niemand saß. Von dort gingen drei Türen ab. Auf gut Glück öffnete sie die Mittlere und befand sich in einem hell erleuchteten Raum, der mit diversen Geräten, die blinkten und piepsten, bestückt war. „Ronny!“, rief sie, als sie das Gesicht ihres Mannes im Bett erkannte. „Ronny, hörst du mich? Bitte sag doch etwas!“

„Er kann Sie nicht hören“, vernahm sie eine Stimme von rechts. Sie drehte sich um. In der Ecke saß Oberarzt Dr. Harry Ruf. Mit ihm hatte sie vor ein paar Stunden gesprochen. Er besah die Kurven, die das EEG und das EKG-Gerät ausgespuckt hatten. „Künstliches Koma“, sagte der Arzt und schaute sie an: „Damit der Heilungsprozess ungestört verlaufen kann. Frau Nagel, Sie dürfen ohne Kittel und Mundschutz hier nicht hinein, verstehen Sie doch.“ Der Arzt stand auf und ging auf sie zu.

„Was wird mit ihm?“, fragte Bea den Arzt.

„Das kann man jetzt noch nicht abschließend sagen. Es besteht ein Wirbelsäulentrauma und schlimmstenfalls ist eine Paraplegie nicht auszuschließen. Er wird sicherlich durchkommen, sein Zustand hat sich so weit stabilisiert. Alles Weitere kann man erst in den nächsten Tagen absehen, Frau Nagel. Es hat wirklich keinen Sinn, wenn Sie hier die ganze Nacht warten.“

„Querschnittslähmung?“

Der Arzt wiegte leicht mit dem Kopf. „Schlimmstenfalls“, sagte er dann.

„Schlimmstenfalls“, wiederholte Bea tonlos seine Worte, „schlimmstenfalls ...“ Das Zimmer begann sich zu drehen, ihr wurde schwarz vor Augen.

Als sie wieder zu sich kam, lag sie in einem Bett. Sie war noch immer im Krankenhaus, aber anscheinend auf einer anderen Station. Bea richtete sich halb auf und eine Krankenschwester kam an ihr Bett. „Geht es Ihnen wieder besser? Sie sind ohnmächtig geworden. Sie waren ja völlig dehydriert. Wir mussten Sie sofort an den Tropf hängen. Frau Dr. Nagel? Verstehen Sie mich? Haben Sie Hunger, Durst?“

Bea schüttelte den Kopf. „Ich möchte gehen“, sagte sie leise.

„Das geht nicht, Sie sind geschwächt und ohne ärztliche Anordnung kann ich Sie nicht gehen lassen, seien Sie doch vernünftig“, bat die Schwester.

Bea stand auf und sagte nichts. Sie zog langsam ihre Sachen an, die auf dem Nachtisch lagen. „Machen Sie sich keine Mühe, es ist schon o. k."

„Warten Sie wenigstens einen Moment", rief die Schwester und lief eilig aus dem Raum.

Bea schlüpfte in ihre Schuhe und ging los. Sie fühlte sich äußerlich erfrischt, aber innerlich leer. Ihre Schritte waren wie die eines Automaten. Sie verließ das Zimmer und ging den Flur in die Richtung des Schildes, das zum Ausgang wies. Hinter ihr wurde gerufen. Bea drehte sich nicht einmal um und sagte bestimmt „Lassen Sie mich jetzt BITTE gehen."

Das Rufen verstummte und Bea gelangte in das Foyer des Krankenhauses. Draußen dämmerte der Morgen des 27. April. Durch die Fenster der Glastür sah Bea mehrere Taxen auf dem Vorplatz stehen. Der kalte Aprilwind überfiel sie, kaum, nachdem sie aus der Tür war. Sie ging die wenigen Meter bis zum ersten Taxi in der Reihe und ließ sich auf den Rücksitz fallen. Der Fahrer drehte sich um und sah sie erwartungsvoll an.

„Pestalozzistr. 36", sagte sie mit ruhiger Stimme, „in der Nähe vom Sophie-Charlotte Platz." Der Chauffeur grunzte zustimmend, startete seinen Benz und fuhr mit quietschenden Reifen los.

Wenige Stunden, nachdem Bea das Klinikum verlassen hatte, fuhr ein Rettungswagen der Feuerwehr die Auffahrt zur Ersten Hilfe hinauf. Der Polizist und die beiden Notärzte stiegen aus. Die Trage, auf der Tanja lag, wurde mit routinierten Handgriffen aus dem Auto gezogen. Vor dem Eingang stand bereits ein Pfleger und Tanja wurde eilig in die Erste Hilfe gebracht. Nachdem man sie durchgecheckt und nichts weiter bei ihr festgestellt hatte, bekam sie endlich etwas zu essen. Als ihr das Tablett gebracht wurde, musste Tanja schmunzeln. Es war aus der Krankenhauskantine, in die sie und Leo Schneider mittags gewöhnlich essen gingen.

Nachdem sie sich gestärkt hatte, fühlte sie sich besser. „Eigentlich kann ich doch gehen, wenn alles soweit mit mir o. k. ist", sagte sie dem Arzt. Ihr fiel ihre vollgepisste Jeans ein, die inzwischen trocken war. Es musste doch stinken! „Also, ich muss jetzt wirklich nach Hause", sagte sie bestimmt.

„Aus medizinischer Sicht spricht nichts dagegen“, sagte der Arzt. Er sah den Polizisten an, der im Krankenwagen mitgefahren war und ein Stück entfernt auf einem der Stühle saß. Der stand auf, kam näher und sagte: „Frau Schlosser, Polizeihauptkommissar Neumann möchte Ihnen noch einige Fragen stellen, bevor Sie gehen. Er leitet die Untersuchungen zu dem Entführungsfall. Es wäre für Sie am einfachsten, wenn er gleich zu Ihnen kommt, das erspart Ihnen den Weg auf das Revier. Ich werde ihn anrufen, er wird in ein paar Minuten bei Ihnen sein.“

„Gut“, sagte Tanja genervt, „aber dann muss ich doch vorher eine rauchen, ich bekomme schon Entzugserscheinungen.“

Tanjas Geld war weg und sie hatte auch keine Zigaretten. Nach einigem Herumfragen bekam sie eine von einer Krankenschwester. Vor der Tür genoss sie ihre erste Zigarette in Freiheit. Jetzt wurde es ihr bewusst, dass ihre Handtasche mit dem Geld, den Schlüsseln, und ihren Papieren weg war. Der Polizist, der sie begleitet hatte, meinte, in der Wohnung war keine Handtasche gefunden worden. Die Entführer mussten sie wohl mitgenommen haben.

Sie hatte gerade ihre Zigarette ausgedrückt und war zurück in die Notaufnahme gegangen, als ein blasser Mann in einem grauen Anzug durch einen der Gänge kam. Er trug eine randlose Brille, hatte dunkle, zurückgekämmte Haare und man sah ihm an, dass er kein Arzt war. Er ging zielstrebig auf Tanja zu.

„Frau Tanja Schlosser!“ Er kannte ihr Gesicht. „Polizeihauptkommissar Ferdinand Neumann, ich muss Ihnen ein paar Fragen zu Ihrer Entführung stellen.“

Sie setzten sich gegenüber in zwei Sessel, die in der Halle der Notaufnahme standen. Neumann saß ihr schräg gegenüber, Tanja hatte den Eindruck, als würde er die Nase rümpfen. Ob er etwas gerochen hatte? Seine Sache, wenn er es so eilig hatte, mit ihr zu sprechen. Sie erzählte ihm alles bis zu dem Moment, als die Polizisten die Tür der Wohnung aufgebrochen hatten.

„Schön, das deckt sich ja mit unseren Ermittlungen. Sagen Sie, was machten Sie um diese Zeit eigentlich im Institut?“ fragte Neumann neugierig.

„Tja, manchmal kann man sich die Zeit nicht aussuchen, wenn die Bakterien einen brauchen“, erwiderte Tanja schnippisch, so als spräche sie über ihre Kinder.

Neumann verzog keine Miene. „Was wollten denn die Entführer von Ihnen?“

Tanja wurde es unbehaglich und sie wich seiner Frage aus. „Bitte sagen Sie mir doch zuerst, was mit Herrn Schneider passiert ist.“

Neumann berichtete, dass Schneider in der Nacht ihrer Entführung vor seiner Labortür niedergeschlagen aufgefunden wurde. Er lag hier im Klinikum, sollte aber bald wiederhergestellt sein.

„Meine Schuld“, sagte Tanja. „Ich hatte ihn angerufen und der Typ, der mich betäubt und mitgenommen hat, hat bestimmt auf ihn gewartet und ihn niedergeschlagen.“

„Ja, aber warum?“, fragte Neumann, „das war doch kein gewöhnlicher Raubüberfall. Herrn Schneider wurde nicht einmal seine Brieftasche weggenommen.“

Tanja erzählte ihm, soweit wie es nötig erschien, von ihren Arbeiten im Labor. Auch vom Botulinumtoxin, aber nichts vom Rizin und dem falschen Dr. Baloda. Schneider hatte ihr eingeschärft, mit niemandem darüber zu reden. Sie erinnerte sich, wie Leo nach dem Besuch des falschen Baloda gestikulierend im Labor auf und ab gelaufen war und vor sich hin geredet hatte: „Botulinumtoxine, schön und gut, das sind bekannte Verfahren, prinzipiell nichts Neues, das machen pharmazeutische Konzerne und verdienen damit viel Geld. Aber die Entdeckung des potenzierten Rizins, die Probe 51, wenn das publik wird, kommen wir in Teufels Küche. Egal, wer davon erfährt, ob Terrororganisationen, Syndikate, Firmen oder Geheimdienste. Die Folgen sind für uns in jedem Fall gleich gefährlich und vielleicht sogar tödlich.“

Er hatte ihr gegenübergestanden, seine beiden Hände auf ihre Schultern gelegt und resigniert gesagt: „Ich weiß selbst nicht, was wir jetzt am besten tun sollten, aber eins ist klar, je weniger Leute davon wissen, desto besser für uns!“

Neumann brach in ihre Gedankenwelt ein: „Nun Frau Schlosser, was überlegen Sie denn? Sie wissen doch mehr, als Sie hier von sich geben.“

Der falsche Baloda musste, bevor er gekommen war, Informationen über Rizin 51 gehabt haben. Nur so war zu erklären, dass ihr Entführer gezielt diese Rizinproben aus dem Labor mitgenommen und sich dabei verletzt hatte. Aber woher wussten diese Leute davon? Wie gefährlich das Zeug war, hatte sie selbst miterlebt. Qualvoll war ihr Entführer an Spuren des Rizins gestorben, das er sich durch seine Verletzung zugefügt hatte.

Neumann schaute sie durchdringend an, als versuchte er, die Gedanken zu lesen, die ihr gerade durch den Kopf gingen.

Schließlich antwortete Tanja ihm: „Hören Sie, ich habe Angst, dass dieser Mann, der abends in der Wohnung war und den der Tote immer „Freund", nannte, mich suchen wird. Wenn die Polizei mich nicht befreit hätte, wäre er heute gekommen, um mich zu verhören und dann wahrscheinlich umzubringen." Ihr kamen plötzlich Tränen und die ganze Anspannung, die sie in ihrer stundenlangen Gefangenschaft angesammelt hatte, brach sich Bahn.

„Sie haben mir aber immer noch nicht gesagt, was die Entführer von Ihnen wollten, Frau Schlosser?", insistierte Neumann.

„Weiß ich doch nicht!", erwiderte Tanja heftig. „Vielleicht das Botulinumtoxin, aber davon kann eigentlich doch niemand wissen, ich meine, keiner außerhalb des Labors."

„Weiß denn Herr Dr. Nagel etwas darüber?", fragte Neumann unvermittelt.

„Herr …? Sie meinen den Mann von Beatrix? Was soll der denn damit zu tun haben?"

„Herr Nagel war zu dem Zeitpunkt, als Sie entführt und Herr Schneider niedergeschlagen wurde, spurlos verschwunden. Ich dachte, vielleicht können Sie sich denken, warum? Und Sie wissen vielleicht auch, wo er sich aufgehalten hat?"

„Nein, wieso? Ich habe mit ihm keinen großen Kontakt", sagte Tanja.

„Es könnte ja sein, dass Herr Nagel mehr mit dem Überfall auf Dr. Schneider zu tun hat, als es Ihnen scheint", sagte Neumann und beobachtete ihre Reaktion.

Tanja lachte. „Was? Ronny? Der kann doch keiner Fliege was zuleide tun. Warum sollte er Herrn Schneider überfallen?"

Neumann rekapitulierte. Ronny? Ein Kosename! Irgendetwas war hier faul. Nicht nur mit dieser Frau Schlosser, auch die ganze Geschichte mit dem Ehepaar Nagel, mit diesem Schneider, der leider immer noch nicht ansprechbar war und mit diesem ganzen Institut. Entweder steckten diese Leute alle unter einer Decke, oder? Oder aber, sie räumten sich gegenseitig aus dem Weg! Auch diesen arroganten Professor Hellman, der ihn am Telefon abgefertigt hatte wie einen Lakaien, den würde er auch noch in die Zange nehmen. War nicht noch ein anderer Wissenschaftler aus diesem Institut spurlos verschwunden? In Singapur, hieß es. Je mehr er recherchierte, desto mehr geriet er in einen Morast von Halbwahrheiten. Ein Klüngel von Laborratten. Fürchterlich! Dann fielen ihm die Glassplitter vor der Labortür ein, die jetzt kriminaltechnisch untersucht wurden.

„Die Frage ist doch, was hat der oder haben die Entführer gewollt, Frau Schlosser? Wie konnten sie unbemerkt in das Institut eindringen? Warum waren keine Schlösser beschädigt? Gab es irgendwelche Sachen aus Ihrem Labor, die mitgenommen wurden? Unsere Leute fanden Spuren, die darauf hindeuten, dass Ihr Labor durchsucht wurde und etwas mitgenommen wurde. Sachen aus Glas, die im Flur kaputtgegangen sind. Was waren das für Sachen, Frau Schlosser? Warum hat man Sie in der Wohnung gefangen gehalten und wollte Sie verhören, wie Sie selbst erzählt haben. Dieser Freund? Worüber wollte der mit Ihnen reden?“

Tanja wurde immer nervöser. Neumann schaute sie aus seinen grauen Augen an, sie hatte den Eindruck, als wollte er sie sezieren. Aber sie blieb stur: „Woher soll ich das alles wissen? Die Entführer haben es mir nicht gesagt. Außerdem müsste ich erst nachsehen, ob aus dem Labor etwas fehlt.“

„Dazu kommen wir noch. Jedenfalls habe ich den Eindruck, dass Sie mir etwas Wesentliches verschweigen. Das wäre nicht sehr klug von Ihnen.“

Tanja schüttelte den Kopf und wollte aufstehen, aber Neumann hielt sie am Arm fest. „Warten Sie noch einen Moment, Frau Schlosser. Sie können natürlich in Ihre Wohnung gehen, aber die Entführer haben wahrscheinlich Ihre Papiere und Schlüssel. Ihre Handtasche samt Inhalt ist seit dem Überfall weg, Ihr Handy auch, nicht wahr? Wir haben Ihre Wohnung seitdem überwachen lassen. Sie werden das Schloss auswechseln müssen und ich denke, es kann Ihnen nur recht sein, wenn wir Sie und Ihre Wohnung weiterhin überwachen.“

Tanja nickte und sah Neumann mit offenem Mund an. „Ja. Na klar! Danke, ich danke Ihnen“, sagte sie erleichtert und stand auf.

Neumann blieb sitzen. „Nebenbei bemerkt, haben Sie eine Idee, woran Ihr Entführer eigentlich gestorben ist?"

Tanja durchfuhr ein Schreck. „Nein, der war am Arm verletzt und hatte Schmerzen. Ich weiß nicht, ob er daran gestorben ist, vielleicht hatte er eine Blutvergiftung."

„Blutvergiftung", sagte Neumann und grinste. „Das wird es gewesen sein! Vielleicht war es ja Ihr Botox! Eigentlich soll es ja gegen Falten helfen, nicht wahr?" Er lachte spöttisch. „Gut, Frau Schlosser, das Weitere wird die Obduktion klären. Wir brauchen von Ihnen noch eine genaue Beschreibung des zweiten Entführers, von dem Sie annehmen, dass er wiederkommen wollte." Er schaute sie erwartungsvoll an.

Tanja schwieg, dann sagte sie zögernd: „Den habe ich in der Wohnung nur im Dunkeln gesehen, ich kann ihn nicht gut beschreiben." Sie biss sich auf die Lippe. Sie war sicher, dass es der falsche Baloda gewesen war und diesen Typen konnte sie beschreiben, aber dann müsste sie Neumann die ganze Sache erzählen und er würde fragen, warum sie das alles vorher verschwiegen hatte.

„So, so. Können Sie nicht! Verstehen Sie sich eigentlich gut mit Frau Dr. Nagel?", fragte Neumann dann.

„Warum? Ich meine, warum fragen Sie das? Sie ist meine Kollegin und wir arbeiten zusammen."

Neumann schaute sie nur prüfend an. „Sie können mit dem Polizeiwagen zu Ihrer Wohnung mitfahren. Geld haben Sie ja keins bei sich und dann müssen Sie auch noch das Schloss auswechseln lassen. Vielleicht fällt Ihnen ja unterwegs noch etwas ein, Frau Schlosser?"

Da war so ein Summen, anders als das, was er vorher gehört hatte. Es kam mehr von außen. Auch das Licht war anders. Nicht mehr von überall, sondern es kam von oben. Dann Stimmen. Schneider machte die Augen auf. Er lag flach. Über ihm das glückliche Gesicht seiner Frau. „*Enfin, t'es reveillé*" *(18)*, sagte sie und strich ihm mit den Händen zärtlich über das Gesicht. Schneider sah sie an und lächelte.

„Louisa! Wo bin ich hier?", fragte er.

Ein zweites Gesicht, das er nicht kannte, erschien. „Herr Schneider? Können Sie mich verstehen?“ Schneider nickte. Der Arzt fing an zu erklären, was passiert war und machte dabei die ersten neurologischen Tests. Schneider ließ die Hand seiner Frau nicht los, während die Untersuchungen durchgeführt wurden.

Nach einer Stunde war klar, dass die Kopfverletzung keine dauernden Schäden hinterlassen hatte. Schneider konnte sich jetzt daran erinnern, was passiert war, allerdings nicht an den Moment, kurz bevor er niedergeschlagen worden war.

„Ich denke, wir können Sie morgen, am Donnerstag entlassen, wenn die Scans keine überraschenden Ergebnisse bringen. Aber das kann ich mir eigentlich nicht vorstellen“, sagte der Arzt. Ich lasse Sie beide jetzt allein. Er verließ den Raum, wobei er sagte: „Kommen Sie mal mit, Schwester Gabriele, wir sehen nach dem Patienten nebenan.“

Gabriele flüsterte dem Arzt etwas zu. „Ach so“, rief er. „Herr Schneider, da ist noch jemand von der Polizei, der Sie dringend wegen des Überfalls sprechen will, aber das hat Zeit, erholen Sie sich jetzt erst einmal. Bis gleich.“

Als die beiden draußen waren, fragte Schneider seine Frau: „Hast du schon mit dem Polizisten gesprochen?“

Louisa verneinte und erzählte ihm, der Patient von nebenan sei Beas Mann und dass sie in der Nacht zusammen mit Bea stundenlang auf dem Flur gesessen hatte. „*Il est paralysé*!“, sagte sie.

„Gelähmt! Wer?“

„Der Mann von Beatrix Nagel, Verkehrsunfall!“

Schneider war überrascht und schockiert. So ein Zufall, beide waren sie zur gleichen Zeit im Krankenhaus. „Du meinst, für immer? Er wird nie wieder gehen können?“

Louisa nickte. Leo war geschockt. Er hatte Ronny doch mehr als nur flüchtig gekannt und öfter mit ihm gesprochen. Ronny hatte noch so viel vorgehabt, er wollte am liebsten in ein renommiertes Institut in die USA und jetzt das.

Dann fragte er: „Weißt du, was mit Tanja passiert ist?“

Louisa schüttelte den Kopf.

Der Arzt kam wieder herein. „Übrigens, ich bin Dr. Harry Ruf, hatte vergessen, mich Ihnen vorzustellen. Ich bin Oberarzt auf der Neurologie hier im Klinikum.“

Schneider sah ihn an. „Sagen Sie, ein Kollege aus dem IEI liegt nebenan, hat mir meine Frau gerade erzählt."

„Ja", sagte der Arzt und machte ein trauriges Gesicht. „Ihr Kollege wird nicht so schnell wieder entlassen werden. Eine tragische Geschichte, das passiert leider so oft. Na ja, das sage ich, weil alle dann hier bei uns landen. Wir bekommen das jedes Mal mit. Ist immer das Gleiche. Einen Moment nicht aufgepasst, ein Unfall und dann …"

Schneider dachte wieder an Tanja. „Sagen Sie, könnten Sie nicht nachschauen, ob Frau Tanja Schlosser bei Ihnen hier im Krankenhaus eingeliefert wurde? Sie ist in unserem Labor überfallen worden, an demselben Abend wie ich. Sie ist meine Assistentin und ich mache mir Sorgen, was mit ihr passiert ist."

„Eigentlich darf ich solche Auskünfte nur an Verwandte geben", sagte der Arzt. „Aber ich schau mal in die Datei mit den Patientenaufnahmen."

Er ging nach nebenan und kam nach kurzer Zeit wieder zurück. „Ich kann Ihnen nicht sagen, ob es Ihre Frau Schlosser war, aber eine Tanja Schlosser war heute kurz bei uns in der Notaufnahme. Sie ist aber schon wieder entlassen worden."

Schneider sah Louisa an. „Hoffentlich ist das unsere Tanja, versuch doch nachher bei ihr anzurufen."

Louisa versprach es ihm.

Das Telefon im Ärztezimmer nebenan klingelte. Kurz danach kam Gabriele und sagte leise zu Harry Ruf: "Es ist wieder der Herr Neumann von der Polizei. Er fragt, wann er mit Dr. Schneider reden kann. Was soll ich ihm sagen?"

Harry Ruf runzelte die Stirn: „Sag ihm morgen früh. Soll er ab acht Uhr anrufen, dann wissen wir mehr." Gabriele ging zurück zum Telefon. Der Arzt wandte sich an Louisa: „Frau Schneider, lassen Sie Ihren Mann jetzt ruhig für eine Weile allein. Wenn Sie möchten, kommen Sie doch heute Abend wieder vorbei, da ist er bestimmt wieder wach."

Louisa bedankte sich und ging, jedoch nicht, ohne vorher noch einmal einen Blick auf Leo zu werfen, der schon eingeschlafen war.

Auf dem Gang drehte sie sich um, Beatrix war nicht zu sehen. Bea tat ihr leid, weil sie mit ihrem Unglück alleine fertig werden musste und sie hätte ihr gerne Mut zugesprochen. Aber sie traute sich nicht, in das Behandlungszimmer nebenan zu gehen, wo Ronald Nagel immer noch an Schläuchen und Geräten angeschlossen hing. Louisa wollte jetzt zum IEI fahren, um das Auto ihres Mannes abzuholen. Vor dem Portal stieg sie in ein Taxi. „Na, wo soll's denn hinjehn, junge Frau?", sagte der Fahrer mit der Schiebermütze. Louisa war für einen Moment überrascht und antwortete mit einem betonten französischen Akzent. „Au Backe", sagte der Fahrer, „Frankreisch, Frankreisch", er lachte über seinen Witz und fuhr los.

Kriminalhauptkommissar Neumann war sichtlich genervt. Zuerst hatte er im IEI angerufen, um diesen Professor Hellman zu befragen. Der musste doch mehr wissen. Vor allem, ob es einen Zusammenhang zwischen den jüngsten Ereignissen und dem Verschwinden des Institutsangehörigen Horst Griebsch in Singapur gab. Allerdings bekam er nur Frau Ziegler, Hellmans Sekretärin, an die Strippe. Die behauptete, der Herr Professor sei plötzlich erkrankt und für niemanden zu sprechen. Das Gleiche bekam er zu hören, als er im Klinikum anrief, und mit Schneider sprechen wollte.

Diese Ärzte! Er war sich sicher, dass Schneider ansprechbar war und Schneider war sein wichtigster Zeuge.

Gut, dann eben morgen. Die Schwester am Telefon hatte ihn auf Donnerstag vertröstet. Wahrscheinlich steckten diese Weißkittel aus dem Krankenhaus und aus dem Institut alle unter einer Decke. Neumann rief im Dezernat an und erkundigte sich nach seinem Kollegen Schultz, der gestern die Ermittlungen im IEI vorgenommen hatte. Schließlich bekam er ihn an den Apparat und fragte, ob er gestern noch Hellman gesprochen hatte.

Schultz hatte einiges zu berichten: „Gestern war da eine Menge los. Der Professor Hellman ist am Nachmittag von einem Mitarbeiter des Instituts angegriffen worden!"

„Was? Von wem denn?" Neumann war gespannt.

„Von diesem Dr. Ronald Nagel, nach dem ja gefahndet wurde und den Sie doch in der Sache Schneider und Schlosser verhören wollten."

„Und warum hat der Nagel den Hellman angegriffen?"

„Frau Ziegler, also die Sekretärin von Hellman behauptet, es wäre ein Streit vorausgegangen. Der Ronald Nagel wäre in das Büro von Hellman gestürmt und hätte ihn angegriffen. Danach sei er wie vom Affen gebissen aus dem Institut gerannt. Der Kollege Weimann, der an der Pforte auf Ronald Nagel gewartet hatte, ist ihm noch auf der Straße hinterher gerannt. Na, ja. Weimann ist ein bisschen füllig, der hat den Nagel nicht erwischen können und nur noch gesehen, wie der auf der Kreuzung vor ein Auto gelaufen ist. Jetzt soll Ronald Nagel schwer verletzt im Klinikum liegen."

„Danke, Schultz, das hilft mir sehr. Ich brauche von Ihnen ein genaues Protokoll über alles, was im IEI gestern ermittelt wurde."

„Haben Sie morgen, Chef."

Neumann rekapitulierte. Erstens: Hellman war tatsächlich, wenn man so wollte, krank. Die Rolle von Ronald Nagel wurde immer undurchsichtiger. Ob er den in nächster Zeit vernehmen konnte, stand in den Sternen. Blieb seine Frau Beatrix, die würde er sich noch einmal vornehmen müssen.

Zweitens: Die Durchsuchung der Wohnung, in der Tanja Schlosser aufgefunden worden war, hatte Anhaltspunkte auf den benannten zweiten Täter gegeben. Die Tanja Schlosser hatte einen Mann erwähnt, der in der Wohnung aufgetaucht war und den der Tote als „Freund" bezeichnet hatte. Dieser Freund hatte Spuren hinterlassen. In der Wohnung waren diverse Fingerabdrücke und mögliche DNA Spuren gefunden worden und nicht nur die des Toten.

Drittens: Den Toten hatte man inzwischen auch identifiziert. Achmed Kundar, 38 Jahre, lebte seit über zehn Jahren in Berlin. Kam als Flüchtling aus dem afghanisch-pakistanischem Grenzgebiet. Hatte dort angeblich gegen die Russen gekämpft. Erst Duldung, dann reguläre Aufenthaltserlaubnis. Kundar machte diverse Jobs, lebte allein, war polizeilich bisher unauffällig. Die Fingerabdrücke von Kundar wurden auch im Labor von Schneider gefunden. Neumann war gespannt, was der Autopsiebericht ergeben würde. Vielleicht gab es neue Informationen, die ihm in dem Fall nützlich sein konnten. Die Schlosser wusste einiges mehr dazu. Neumann spürte das. Die hatte jetzt Schiss vor dem zweiten Entführer und war doch schon halb gargekocht, er musste nur dranbleiben. Neumann brauchte mehr Leute und Vollmachten, auch zur Durchsuchung der Wohnung des Ehepaars Nagel.

Er rief wieder im Dezernat an und ließ sich mit seinem Vorgesetzten, Dr. Blümel, verbinden. Die Sekretärin stellte ihn sofort durch. Als Blümel hörte, wer am Apparat war, war seine Stimme angespannt: „Wunderbar, Kollege Neumann, ich hätte Sie heute sowieso noch angerufen."

„Wegen des Überfalls auf Leonhard Schneider und der Entführung der Tanja Schlosser?"

„Just eben", sagte Blümel.

Blümel war interessiert! Neumann war zuversichtlich, dass er ihn unterstützen würde: „Also, da gibt es ganz neue Spuren und ich wollte fragen, was die Autopsie von diesem Kundar ergeben hat. Ich denke, die Schlosser weiß mehr über die mögliche Todesursache und das Ehepaar Nagel ..."

Blümel unterbrach ihn. „Hören Sie, Neumann. Es tut mir ja leid, Ihnen das jetzt sagen zu müssen. Ich weiß, Sie sind sehr engagiert an dem Fall dran."

„Ja und?"

„Wir sind da raus!", sagte Blümel kurz und bündig. „Auf Anweisung von höherer Stelle."

„Raus? Was heißt das denn?"

„Das heißt, Sie stellen Ihre Ermittlungen ab sofort ein, befragen niemanden mehr, machen in dieser Sache rein gar nichts mehr, Neumann!"

„Aber, warum denn gerade jetzt? Wir haben doch mehrere heiße Spuren. Das Ehepaar Nagel und Schneider müssen noch befragt werden. Und der Personenschutz für die Schlosser, und wie soll in der Hinsicht mit Schneider verfahren werden?"

„Machen nun alles die Schlapphüte", sagte Blümel resigniert und fügte hinzu: „Ich habe Anweisung, nichts darüber verlauten zu lassen, lieber Kollege Neumann. Aber soweit kann ich Ihnen sagen, dass der Staatsschutz jetzt an dem Fall dran ist und wir aus dem Spiel sind. Also, keine Aktivitäten mehr in der Richtung, Neumann! Klar? Wir sehen uns morgen im Dezernat. Ich bekomme persönlich Ihren Bericht und Sie reden mit niemand über diese ganze Geschichte. Tut mir leid für Sie, bis dann also, tschüss."

Freizeichen. Blümel hatte aufgelegt. Neumann fühlte sich wie ein hungriger Fisch, dem man dem Köder vor dem Anbeißen vor den Kiemen weggezogen hat. Oder wie vor drei Jahren, als sie den grinsenden Mafiosi auf höhere Anweisung einfach abfliegen lassen mussten. „*Ciao, Piedipiatti*", hatte ihm der Kerl am Abflugschalter des

Flughafen Tegel noch fröhlich zugerufen und gewunken, als er durch den Zoll ging. Nach einigem Herumfragen erfuhr Neumann, was das bedeutete: „Tschüss, Bulle“, hatte der Gauner gesagt. Neumann kochte immer noch, wenn er an diese Demütigung dachte. Wütend kickte er eine leere Zigarettenschachtel weg, die vor ihm auf den Weg lag.

Eigentlich hätte er nach Hause gehen müssen, seine Katze versorgen, aber das hatte noch Zeit. Jetzt musste er erst mal ein Bier trinken und die Sache sacken lassen. In dieser Geschichte lag so viel drin. Er hatte gehofft, dass dieser Fall seine Beförderung turbomäßig beschleunigen könnte. Vielleicht würde er doch noch Ermittlungen einholen, so nebenbei. Er hatte seine Zweifel, dass diese Schlapphüte etwas von normaler Polizeiarbeit verstanden und das Gefühl, das er ganz dicht an der Lösung der Sache dran war.

17.

Bea wachte auf. Es waren die Kopfschmerzen, die sie nicht mehr schlafen ließen. Der Wecker auf dem Nachttisch zeigte kurz nach elf und eine kalte Aprilsonne schien halb durch ihr Fenster. Sie hatte nicht einmal fünf Stunden geschlafen. Das Bett neben ihr war leer. Das würde jetzt auch so bleiben.

„Ronny“, kam der Gedanke, „querschnittsgelähmt.“ Alle ihre Pläne und gemeinsamen Träume waren binnen Sekunden zunichtegemacht worden. In ihrer Vorstellung sah sie ihn in einem Rollstuhl in der Wohnung auf und abfahren. Seinen resignierten, vorwurfsvollen Blick, der sie immer wieder treffen würde. Bea stand auf, ihr wurde für einen Moment schwindlig, dass sie innehielt, dann ging sie die drei Schritte zum Telefon und rief im Klinikum an.

„Unverändert, aber stabil“, sagte ein Arzt, den sie nicht kannte. „Nein, leider noch nicht ansprechbar. Ja, Sie können gerne am Nachmittag vorbeikommen.“ In seiner Stimme schwang professionelles Bedauern mit.

Bedauern, das würde wahrscheinlich jetzt von allen Seiten kommen. Aber was nutzte das, mit ihrem Unglück blieb sie trotzdem allein. Sie sah das Bild vor sich, wie vorgestern Abend Ronny wütend aus der Wohnung gestürmt war und sie hatte Schuldgefühle, ihm die Sache mit den USA ausgeredet zu haben. Ihre Schuld! Bea fühlte einen Stich in der Brust. Ihre Schuld, dass es so gekommen war. Sie wollte alles perfekt arrangieren und hatte alles zerstört.

Bea atmete tief ein. Vielleicht konnte Ronny trotzdem weiter im Institut arbeiten. Die mussten ihm doch jetzt helfen. Es gab doch Quoten für Leute, die behindert waren. Bei dem Gedanken fing sie an, erst lautlos zu weinen, um dann verzweifelt zu schluchzen und es dauerte lange, bis ihr keine Tränen mehr kamen. Sie ging mit rot verweinten Augen in die Küche und machte sich einen Kaffee. Nach einer Weile meldete sich ihr Verstand, der ihr riet, jetzt alles zu tun, um den Schaden möglichst gering zu halten. Bea rief im Labor an und Jacek hob ab.

„Endlich, Frau Doktor! Ich habe mir solche Sorgen um Sie gemacht und habe heute früh schon bei Ihnen angerufen, aber niemand ging ran."

So erschöpft war sie, dass das Telefon sie nicht geweckt hatte. Bea schwieg.

„Frau Doktor, ich muss Ihnen noch sagen, dass ..."

„Nachher, Jacek, ich komme gleich, bin in einer halben Stunde da." Bea legte auf.

Sie schaffte es, gegen Mittag im IEI zu sein. Als sie ins Labor kam, waren ihre beiden Assistenten in der Kantine. Sie rief bei Schneider an, dann bei Tanja, aber beide waren nicht erreichbar. Mit mechanischen Bewegungen fuhr sie ihren Computer hoch, außer ein paar belanglosen E-Mails gab es nichts Neues. Wen konnte sie noch fragen, was gestern im Institut passiert war? Alles war so schnell abgelaufen. Warum war Ronny wie besessen weggerannt? Nach ein paar Minuten stand sie auf und ging in den zweiten Stock in Hellmans Abteilung. Auf dem Flur kam ihr Sybille entgegen, eine der Assistentinnen, die im gleichen Labor wie Ronny arbeiteten. „Mensch Bea, du!", sagte Sybille, „es tut mir so leid, was mit Ronny passiert ist."

Bea schüttelte nur stumm den Kopf. Sybille nahm sie in ihre Arme. „Komm, wir gehen in einen der Seminarräume, da ist jetzt keiner", sagte Sybille. „Ich mach uns einen Kaffee, magst du?" Bea nickte stumm. Sie folgte Sybille in einen der fensterlosen Räume im Innentrakt, die als Aufenthaltsraum und für Vorträge dienten. Ein paar Tische und Stühle standen dort im Halbkreis, eine Wandtafel und einen Beamer gab es auch. Natürlich auch eine Kaffeemaschine und einen Kühlschrank, in dem sich meistens kaum etwas befand.

Bea ließ sich auf einen der Stühle fallen und nahm ihren Kopf in beide Hände. „Was war denn bloß los gestern? Ich hatte Ronny nur im Vorbeilaufen gesehen, schon war er weg“, sagte sie.

„Also, ich war ja nicht direkt dabei, aber Ronny ist am Vormittag überhaupt nicht ins Labor gekommen. Ich dachte, du hättest das gewusst. Normalerweise sagt er immer, wenn er nicht oder später kommt, aber diesmal wussten wir nichts. Dann kam Hellman, schlich bei uns rum und fragte nach Ronny. Erst am Nachmittag habe ich gehört, dass Ronny ins Institut gekommen ist, aber nicht ins Labor, sondern gleich hoch zu Hellman. Die haben sich gestritten und Ronny muss ihm mächtig eine reingehauen haben, denn Hellman musste danach ins Krankenhaus, um an der Lippe genäht zu werden und er ist bis heute nicht wieder aufgetaucht.“ Sybille grinste.

„Wieso hat er das gemacht? Was ist denn zwischen ihm und Hellman vorgefallen?“

Weiß ich nicht, aber die Ziegler hat erzählt, dass Ronny gleich auf Hellman losgegangen ist und ihn totgeschlagen hätte, wenn sie nicht dazwischen gegangen wäre“, sagte Sybille.

„Was??“ Bea schüttelte ungläubig den Kopf.

„Die Jenny, also meine Kollegin Jenny Kubich hat Hellman noch gesehen, der sah schlimm aus und hat geblutet, aber wir fanden das gut, dass der mal was abbekommen hat. So, wie er die Leute immer schikaniert.“ Sybille machte eine Handbewegung.

Bea schaute sie nur stumm an.

„Na ja, also ich weiß ja nicht, wie du das siehst. Jedenfalls, die Ziegler hat dann die Polizei gerufen, aber Ronny war schon wieder weg. Wir glaubten, vielleicht wäre er bei dir. Und dann, später haben wir erfahren, dass er einen Unfall vorne an der Kreuzung hatte.“ Sybille stockte. „Du Bea, das tut mir so leid und weißt du, alle im Labor sind total betroffen und wollen Ronny und dir gerne helfen. Das wird doch wieder mit ihm, oder?“, fragte sie.

„Bea schüttelte nur immer wieder ihren Kopf, blieb stumm und ihre Tränen tropften auf den Tisch. Er wird vielleicht nie wieder gehen können“, antwortete sie dann.

Nachdem Bea sich auf der Toilette etwas zurechtgemacht hatte und wieder zurück in ihr Büro kam, traf sie Jacek und Maria. Beide sahen sie betrübt an und Bea merkte, dass sie das allseitige Bedauern kaum länger ertragen konnte. Sie schnorrte sich von Jacek eine Zigarette, machte ihre Bürotür hinter sich zu und rief nach einigen Minuten das Sekretariat von Hellman an. Niemand meldete sich.

Bea war unschlüssig, was sie tun sollte und nach einer halben Stunde, in der sie nichts Vernünftiges zustande gebracht hatte, ging sie in den zweiten Stock zum Büro von Hellman. Sie klopfte und öffnete gleich danach die Tür. Frau Ziegler saß an ihrem Schreibtisch. „Ach, Frau Dr. Nagel persönlich", stellte Frau Ziegler fest, ihre wässrigen Augen waren auf Bea gerichtet.

„Sie sind ja nicht ans Telefon gegangen", antwortete Bea und sah Frau Ziegler an. Die sagte nichts, sondern starrte sie nur weiter an. „Frau Ziegler, Sie waren doch gestern hier gewesen. Ich möchte wissen, was genau zwischen meinem Mann und Professor Hellman passiert ist?" Bea wartete in der Tür.

Die Sekretärin bot ihr keinen Platz an, sie drehte ihre Masse auf dem Bürostuhl so weit, bis sie Bea frontal gegenübersaß. Dann erhob sie sich langsam aus dem Sitzmöbel und ging auf Bea zu. „Was passiert ist?", rief sie und nach einer Pause noch lauter: „Ich will Ihnen sagen, was passiert ist. Ihr Mann stürmte hier herein und ging auf Professor Hellman mit der Keramikschale los, wie ein Wahnsinniger!"

„Aber warum denn?"

„Wissen Sie, Ihr Mann muss wohl unter Drogen gestanden haben, so wie der sich hier aufgeführt hat! So etwas habe ich noch nie erlebt. Wie es Herrn Professor Hellman geht, ist Ihnen wohl egal", redete sich Frau Ziegler immer mehr in Rage.

„Mein Mann nimmt keine Drogen, was erlauben Sie sich denn …", schrie Bea und machte einen Schritt auf Frau Ziegler zu. „Ich verbiete Ihnen, so über ihn zu reden!"

„Wollen Sie mir auch noch drohen?" Frau Ziegler ließ sich zurück in ihren Stuhl plumpsen und nahm den Telefonhörer ab. „Gehen Sie, oder ich rufe um Hilfe!" Sie fuchtelte mit dem Telefonhörer.

Bea stand da wie erstarrt. Frau Ziegler wurde mutiger. „Wenn Sie mehr wissen wollen, dann rufen Sie doch Professor Arnold an", sagte sie spitz. „Und jetzt, guten Tag, ich habe zu tun."

Bea ging wie betäubt den Gang zurück und lief über die Treppe hinunter in den ersten Stock. Hier kam Ronny gestern herunter gestürmt, aber warum hatte er das alles gemacht? Was hatte ihm Hellman denn gesagt? Inzwischen war es bereits Nachmittag und Bea wollte zu Ronny ins Klinikum. Erst zögerte sie, aber wählte dann doch die Nummer von Arnold.

Tobias Arnold war sofort für sie zu sprechen. Er gab sich verständnisvoll, blieb in der Sache jedoch formell. „Frau Dr. Nagel, wir schätzen Ihre Arbeit hier am IEI sehr. Aber wissen Sie, so leid es mir tut, Ihr Mann ist für das Institut nach diesem Vorfall nicht mehr tragbar."

Bea hörte ihr Herz klopfen und sagte nichts.

„Eigentlich müssten wir Anzeige wegen gefährlicher Körperverletzung erstatten. Aber ich habe von dem Unfall Ihres Mannes gehört und in Anbetracht seines, ähm, momentanen Zustandes, werden wir von einer Anzeige Abstand nehmen. Ich denke, auch Herr Hellman wird da ein Einsehen haben. Sie wissen, dass Herr Hellman krankgeschrieben ist. Vielleicht können Sie sich bei ihm für Ihren Mann entschuldigen, rufen Sie ihn doch an. Aber, es wird nur dann so glimpflich ablaufen, wenn Ihr Mann einer sofortigen Kündigung zustimmt und keine weiteren Ansprüche an das Institut stellt. Ich denke, wir finden da ein Einvernehmen. Bitte nehmen Sie doch bei Gelegenheit die persönlichen Sachen Ihres Mannes aus dem Institut mit."

Bea machte einen letzten Versuch. „Aber, Sie wissen doch gar nicht, was wirklich passiert ist. Ich meine, mein Mann ist nie gewalttätig gewesen. Irgendetwas muss vorgefallen, oder gesagt worden sein", Bea wusste nicht mehr weiter.

„Frau Nagel, wir haben die Zeugenaussage von Frau Ziegler. Die Aggression ging von Ihrem Mann aus. Herr Hellman konnte nichts dafür. Ich weiß nicht, was Ihren Mann da geritten hat. Aber, jedenfalls ist die Sachlage klar. Frau Ziegler sprach ja sogar von Mordversuch. Aber, wie ich Ihnen schon sagte ..."

Bea schnitt ihm das Wort ab, als sie merkte, dass ihr die Tränen kamen. „Danke, ich habe verstanden." Nein, vor Arnold wollte sie nicht heulen, sie murmelte „Wiederhören" und legte auf. Jetzt wollte sie kein Moment länger im Institut bleiben, zog sich an und machte sich auf den Weg ins Klinikum.

Dem Ingenieur hatte es von Anfang an nicht gefallen, wie die Sache abgelaufen war. Nach dem Anruf von Amir noch viel weniger. Ahmed hatte die Flaschen mit dem Rizin aus dem Labor geholt, nachdem ihm Amir den Ort genau beschrieben hatte. Aber Ahmed hatte nichts aus dem Labor mitgebracht, woraus hervorging, wie sie das Rizin 51 präpariert hatten. Er hatte nichts dazu gefunden. Dafür hatte er diese Frau entführt, diese *Kafira (19)*. Für Ahmed war das genauso gut, wie die Aufzeichnungen. Für ihn war sie ein lebendes Dokument, das reden würde. Geredet hätte sie mit Amirs Hilfe bestimmt, aber die Polizei war schon vorher da gewesen. Ahmed musste sich irgendwie dumm angestellt haben. Amir hatte nicht mal herausbekommen, was mit ihm und dieser Frau passiert war. Abgehauen war er, als er die Polizei vor dem Haus gesehen hatte. Der Ingenieur hätte selbst in der Wohnung nachsehen sollen. Aber den direkten Kontakt mit Ahmed verboten die Regeln.

Zum Glück hatte Ahmed ihn nie gesehen und konnte ihn nicht beschreiben. Nach den Regeln der Bruderschaft kannte jeder nur zwei andere Mitkämpfer. Einen, der unter ihm stand und dem er Anweisungen gab und den anderen über ihn, von dem er Befehle erhielt. Die Namen waren alle fiktiv. So blieb der Schaden begrenzt, wenn einer ausfiel. Die Kette im Ganzen blieb erhalten und die fehlenden Glieder wurden von der Bruderschaft aufgefüllt. Unter Ahmed gab es niemanden mehr. Ahmed war ein guter Kämpfer, aber kein Anführer, von der Bruderschaft kannte er nur seinen Auftraggeber Amir.

Allerdings wusste man nicht, was mit Ahmed geschehen war. Amir war potentiell gefährdet und nach ihm kam er, der Ingenieur. Amir musste möglichst schnell weg aus Berlin. Sie hatten sich für den nächsten Tag im Café *Hisar* verabredet. Es lag in einer ruhigen Seitenstraße im Berliner Stadtteil Neukölln. Der Ingenieur betrieb ein kleines Geschäft, das zwei Straßen davon entfernt lag. Er reparierte und handelte mit gebrauchten Handys, bot Computer- und Telefoninstallationen an und betrieb ein kleines Internetcafé, welches aber nur Freunden zur Verfügung stand. Amir kannte das Café *Hisar* nicht, das war eine Vorsichtsmaßnahme. Der Ingenieur beobachtete aus der Nähe, ob Amir allein kam und das verabredete Zeichen, einen blau-weißen Schal, um den Hals trug.

Alles schien in Ordnung zu sein. Amir hatte seinen dunklen Vollbart bis auf wenige Reste abrasiert. Der Ingenieur wartete noch einen Moment, betrat dann das Café und legte Amir im Vorbeigehen die *Stadtzeitung* auf den Tisch. Er ging weiter bis an den Tresen und sprach mit Yusuf, dem Wirt, ohne Amir weiter zu beachten. Amir nahm die Zeitung und las. So erfuhr er, dass Ahmed angeblich tot und die Frau von der Polizei befreit worden war. Amir überlegte, Ahmed war angeschlagen gewesen, als er ihn zuletzt gesehen hatte, aber dass er tot sein sollte? Wer wusste schon, ob das stimmte? Vielleicht war diese Zeitungsmeldung nur zu ihrer Irreführung erschienen? In der zusammengelegten Zeitung lagen ein Briefumschlag mit einem britischen Pass, etwas Geld und ein Flugticket nach London. Nach ein paar Minuten kam der Ingenieur mit einem Glas Tee in der Hand an den Tisch. „Zum Glück geht dein Flug schon heute Nachmittag“, sagte er.

Vor drei Wochen war Amir aus London nach Berlin gekommen. Der Ingenieur hatte ihm ein Zimmer besorgt und über den Plan gesprochen, in Schneiders Labor einzudringen. Schneider hatte gar nicht gemerkt, dass Amir nicht mit dem Flugzeug aus London gekommen war. Den Zugang zur E-Mail von Baloda im *Imperial College* hatte Amir in London von Verbindungsleuten bekommen. Amir wusste bereits über alles Bescheid, als er Schneider zum ersten Mal traf. Aber jetzt würde es nicht mehr lange dauern und die Deutschen würden Amirs Spur finden. Die Frau aus dem Labor hatte ihn bestimmt bei der Polizei beschrieben. „Ahmed hat sich dumm angestellt“, sagte der Ingenieur, „du hättest ihn besser anleiten müssen.“ Zwei Dilettanten, dachte er. Schneider war derjenige, an den er sich jetzt selbst heranmachen musste, um die Informationen zum Rizin 51 zu bekommen. Und wie es genau um Schneider stand, musste er vorher herausbekommen.

Amir sagte nichts zu den Vorwürfen. Natürlich hatte er Fehler gemacht. Aber dann schob er dem Ingenieur ein Handy über den Tisch. „Hier, das habe ich von Ahmed bekommen, als ich ihn das letzte Mal gesehen hatte. Er sagte, es wäre das Telefon von dem Mann, den er im Labor k. o. geschlagen hatte. Also muss es das Handy von Schneider sein!“

Der Ingenieur holte tief Luft und trank seinen Tee aus. In dem Café war es zu warm. Im Hintergrund lief eine getragen klingende, türkische Musik, die die Zeit fast stillstehen ließ. „Das Telefon von Schneider?", sagte er. „Das ist eine gute Nachricht, mein Freund. Das wird uns sehr weiterhelfen, allein schon die Liste mit den Namen und den gespeicherten Nummern." Er griff Amir an den Arm. „Ihr seid doch gute Kämpfer, du und Ahmed."

An einem der Spielautomaten stand ein halb besoffener Deutscher, der eine Münze nach der anderen einwarf, aber nichts gewann. In der linken Hand hielt er eine Flasche Bier. Der Ingenieur spürte, wie sich vor Aufregung über diesen Fund die Schweißperlen auf seiner Stirnglatze sammelten. Er wischte sie mit der Papierserviette ab. „Siehst du, so sind sie, diese Deutschen", sagte er und machte eine Kopfbewegung in Richtung auf den Spieler.

Amir nickte. „Ja, aber trotzdem!" Er sprach den Satz nicht zu Ende.

Aber trotzdem, er musste weg aus Berlin. Ob London für Amir noch ein sicherer Platz war, wusste der Ingenieur nicht. Amir hatte schon lange dort gelebt, sprach akzentfrei Englisch und war der Verbindungsmann zur Londoner Gruppe der Bruderschaft. Allerdings war diese gerade von Scotland Yard dezimiert worden. Einige waren verhaftet und eine Wohnung, in der sie das Rizin hergestellt hatten, war aufgeflogen. Jetzt wussten die Engländer, dass die Bruderschaft sich für Rizin interessierte. Früher oder später würden die Deutschen es auch erfahren. Hier in Berlin lag es in seiner Hand, wie es weiterging. Das Rizin aus Schneiders Labor hatte er einem Verbindungsmann übergeben. Er kannte den Mann nicht, der den Schlüssel für das Schließfach am Bahnhof Zoo aus seinem Geschäft abgeholt hatte.

Sie wollten sich bei ihm melden, wenn das Rizin geeignet war. Dann würde es seine Aufgabe sein, von Schneider die Rezeptur zu erfahren, nachdem Ahmed und Amir es nicht geschafft hatten. Zum Glück wusste er bereits eine Menge über Schneider, was dieser sich bestimmt nicht vorstellen konnte. Nicht umsonst hieß er der Ingenieur. Die Telefonanlage dieses Institutes anzuzapfen, war nicht allzu schwierig gewesen. Er hatte sich gewundert, wie schlecht alles abgesichert war. Seit Wochen schon konnte er die Gespräche aus Schneiders Labor in aller Ruhe mithören. Interessant war vor allem, wenn Schneider mit seiner Assistentin telefonierte. Dadurch wusste der Ingenieur von der Wirkung des Rizins 51, leider hatte Schneider am Telefon nie über dessen Herstellung geredet. Aber der Ingenieur erfuhr außerdem, dass Schneider Probleme mit seinen Vorgesetzten hatte und dass er über die Bioterrorforschung am IEI mehr als einmal gelästert hatte.

Vielleicht konnte man Schneider ja von der Sache überzeugen, die Bruderschaft brauchte Leute mit Spezialkenntnissen. Die Konvertiten waren oft die besten Kämpfer. Wenn Schneider sich nicht überzeugen ließ, hatte er vielleicht Schwächen, mit denen man ihn ködern könnte. Geld, seine Frau, andere Frauen, seine Eitelkeit oder die Konflikte am Arbeitsplatz. Wenn alles nichts half, musste es mit Gewalt gehen. Der Ingenieur musste aber zuerst erfahren, was mit Schneider tatsächlich passiert war.

Leo Schneider hatte die Nacht erstaunlich gut geschlafen. Er hatte den Besuch seiner Frau am Abend zwar wahrgenommen, konnte sich aber jetzt nur noch teilweise daran erinnern. Heute früh war der Arzt bei ihm gewesen und hatte die Untersuchungen abgeschlossen. Es gab keine Anhaltspunkte auf Nachwirkungen der Kopfverletzung. Schneider konnte die Klinik verlassen, er wartete auf Louisa, die ihn abholen wollte. Noch immer wusste er nicht, wie es Tanja ging. Sein Handy war seit dem Überfall verschwunden und Tanjas Handynummer kannte er nicht auswendig. Vom Krankenhaus rief er im Labor an, aber dort meldete sich niemand.

Die rothaarige Schwester kam und sagte, gestern hatte noch jemand von der Polizei mit ihm sprechen wollen.

„Wer denn? Wegen des Überfalls?“, fragte Schneider.

„Neumann, Herr Kriminalkommissar Neumann, so hat er sich gemeldet, aber seitdem nicht wieder angerufen.“ Sie verzog ihr Gesicht und zuckte mit den Achseln.

„Na, der wird mich schon finden, wenn er will“, meinte Schneider.

Louisa kam zur Tür herein, die Autoschlüssel in der Hand. „*Bonjour, mon amour*! Es kann losgehen“, sagte sie. „Aber nicht ins Institut, sondern nach Hause.“

Schneider lachte und ging mit ihr, nachdem er sich von der Schwester und dem Arzt verabschiedet hatte. „Was ist denn mit meinem Kollegen Ronald Nagel, der bei Ihnen liegt?“

„Seine Frau war gestern da“, sagte Dr. Ruf bestürzt. „Sie sah aus!“ Er schüttelte den Kopf. „Ehrlich gesagt, ich hätte sie am liebsten auch stationär aufgenommen. Sie wollte genau wissen, ob ihr Mann jemals wieder laufen kann. Ich sollte ihr nichts vormachen, sie wäre Biologin und wüsste gut Bescheid. Als ich seinen Zustand beschrieben hatte, dachte ich für einen Moment, sie würde mir wegbleiben. Aber dann war sie wieder sehr gefasst. Vielleicht kann sie morgen schon mit ihm sprechen. Wir hoffen, dass wir ihn morgen langsam aus dem künstlichen Koma wieder erwachen lassen können. Manchmal geschehen Zeichen und Wunder“, unterbrach Harry Ruf seinen Redefluss. Man merkte es ihm an, wie ihn diese Geschichte bedrückte und es war ihm bewusst geworden, dass er zu viel über seinen Patienten erzählt hatte.

Louisa hakte sich bei ihrem Mann ein und sie gingen in die Aufnahme, um die Entlassungsformalitäten zu erledigen. Schneiders Sachen waren alle da, bis auf sein Handy. Danach fuhren sie in ihre Wohnung in Friedenau. Alles sah aus wie immer, aber Schneider schien, als ob die Straßenbäume inzwischen mehr Grün ausgetrieben hatten. Wie immer dauerte es eine ganze Weile, bis sie einen Parkplatz gefunden hatten. Louisa erzählte, dass seit gestern ein geschlossener Transporter des Tiefbauamtes genau vor ihrem Wohnhaus geparkt stand. „Sie werden anfangen vor der Haustür zu buddeln und alles absperren. Dann gibt es noch weniger Parkplätze, aber dafür mehr Krach“, meinte sie.

Schneider hatte den Eindruck, als wäre er eine Ewigkeit fort gewesen, als sie ihr Wohnzimmer, das Louisa als *Salon* bezeichnete, betraten. Dort hatten sie am Kaminofen gesessen, als Tanja angerufen hatte. Inzwischen war es schon früher Abend. Louisa hatte etwas zu Essen vorbereitet und beide waren froh wieder zusammen zu sein.

Louisa wollte endlich ansprechen, was ihr schon eine Weile auf dem Herzen lag. „Hast du eigentlich eine Idee, warum man dich überfallen hat und wer hinter Tanjas Entführung steckt?“

Leo schüttelte den Kopf. „Es hängt bestimmt mit diesem Baloda zusammen, denke ich. Ich hatte dir doch von ihm erzählt, der kam vor knapp zwei Wochen zu uns ins Labor, angeblich aus England. Aber wahrscheinlich sollte er uns ausspionieren und ein paar Tage später war dann der Überfall. Ich muss morgen nachsehen, ob im

Labor etwas fehlt." Leo hatte Louisa nichts vom Rizin 51 erzählt, weil er sie nicht durch das Wissen darüber gefährden wollte.

„Das hängt doch mit deiner Arbeit im Labor zusammen, ich mache mir wirklich Sorgen", sagte Louisa. „Was ist, wenn du oder ich in der Wohnung überfallen werden oder irgendwo auf der Straße?"

„Ich weiß nicht", sagte Leo. „Ich glaube nicht, dass die es auf uns persönlich abgesehen haben, es hängt bestimmt mit dem IEI zusammen."

„Dann bist du aber gefährdet", sagte Louisa, „das ändert doch nichts an der Sache! Hast du mir wirklich alles erzählt, was ihr da macht?"

„Klar! Was soll ich denn machen? Ich muss doch weiter arbeiten gehen."

„Was nutzt das, wenn dir oder uns dadurch etwas passiert?", fragte Louisa.

Leo Schneider war hilflos. Er wollte Louisa nicht zusätzlich mit der Rizin 51 Geschichte belasten. Was würde das auch bringen? Sie würde sich nur noch mehr Sorgen machen. Selbst wenn er morgen kündigte; die Leute, die ihn und Tanja überfallen hatten, wussten vom Rizin 51 und die entscheidende Frage war, woher wussten sie es eigentlich? Sie kannten ihn und würden ihn finden. Jetzt steckten er, Louisa und Tanja in dieser Sache. Und dann war da noch die Geschichte mit Ronald, der diesen Unfall gehabt hatte.

„Ich werde Tanja anrufen", sagte Leo, „bevor wir hier weiter herumrätseln."

Er ging um das Sofa herum, um an das Tischchen zu gelangen, auf dem das Telefon stand. In diesem Moment klingelte es. Louisa, die neben dem Telefon saß, hob ab.

„*Oui, allo*?"

Schneider sah sie an, sie hatte den Hörer am Ohr, lauschte und wiederholte „*Allo*! Wer ist dran, bitte?"

Nichts. Louisa saß noch eine Weile mit dem Hörer am Ohr und legte langsam auf.

„Hat sich nicht gemeldet", sagte sie. „Aber ich bin sicher, dass jemand dran war und gehorcht hat!" Sie verzog ihr Gesicht und ihre Mimik sprach Bände. Siehst du, las Leo von ihrem Gesicht ab, kaum bis du hier, geht es schon los!

„Also, ich rufe jetzt Tanja an", sagte er.

Nach ein paarmal Klingeln hob Tanja ab. Als sie seine Stimme hörte, fragte sie nur, ob er schon wieder zu Hause wäre. Schneider bejahte.

„Hat Neumann schon mit dir gesprochen?“, fragte sie.

„Welcher Neumann? Der von der Polizei? Von dem hat die Schwester im Krankenhaus schon erzählt. Nein, hat er nicht, der wird sich schon melden. Du, Tanja, ich hab so viele Fragen“, fing Leo erwartungsvoll an.

„Morgen“, sagte Tanja, „lass uns morgen im Institut reden. Du kommst doch? Ich kann jetzt nicht“, es klickte.

„Sie hat einfach aufgelegt“, sagte Leo empört zu Louisa, „dabei …“

Das Telefon klingelte wieder. Diesmal nahm Schneider ab, der noch immer neben dem Tischchen mit dem Apparat stand. „Hallo“, sagte er, „bist du es, Tanja?“ In der Leitung rauschte es leise und Schneider war sicher, jemand horchte.

„Was ist denn? Sag doch was!“ Nur Rauschen, aber er war sicher, hinter dem Rauschen steckte eine Person am anderen Ende, die lauschte. Er schaute auf das Display des Telefons. Keine Rufnummer, nur XXX. Als er den Hörer auf die Gabel legen wollte, hörte er das Besetztzeichen. Sein Gegenüber hatte vor ihm aufgelegt.

Louisa schaute ihn an. „Wieder meldet sich keiner?“, fragte sie. „Das ist doch merkwürdig, das ist die ganze Zeit vorher nicht passiert. Erst, seitdem du wieder zu Hause bist. Du verschweigst mir etwas!“

„Was meinst du?“

„Eine andere Frau?“

„Quatsch!“

„Also, was ist? Du verschweigst etwas.“

Leo merkte, Louisa würde nicht mehr lockerlassen. Vorher hatte sie sich nie besonders für die Geschichten aus dem IEI interessiert. „*Un panier des crabes (20)*“, sagte sie, wenn Leo ihr von den Intrigen erzählt hatte, die gerade liefen. Er erzählte ihr mehr von den Ereignissen, die im Labor in der letzten Zeit geschehen waren. Von Griebsch, der durch seine Spinnereien die Neugier gewisser Leute geweckt haben musste. Diese Leute glaubten vielleicht, dass bei ihnen im Labor neue Biowaffen entwickelt wurden, oder entsprechende Abwehrsysteme.

„Und dieser Griebsch? Der ist doch danach wirklich verschwunden“, stellte Louisa fest.

„Ja, aber ...“

„Kein aber“, sagte sie, „das hängt bestimmt damit zusammen!“

„Selbst wenn das so wäre. Kannst du mir sagen, was ich machen soll?“

„Ruf den Polizisten an“, sagte Louisa.

„Was?“

„Ruf ihn jetzt an und frag ihn, ob sie uns beschützen. Sonst habe ich keine Ruhe mehr.“

Schneider hatte die Nummer von Neumann nicht. Da er Tanja, die so kurz angebunden gewesen war, nicht wieder fragen wollte, versuchte er es im Universitätsklinikum. Nach einigem Durchfragen war er mit der Neurologie und Schwester Gabriele verbunden. Nach zwei Minuten hatte Leo Schneider sogar zwei Telefonnummern. Ein Dienstapparat der Polizei und zusätzlich eine Handynummer. Es war schon zu spät für den Dienstapparat, Schneider rief die Handynummer an.

„Ja, was gibt es denn?“, hörte Schneider eine Stimme. Im Hintergrund war ein ziemlicher Krach. Er hörte Musik und Leute, die miteinander laut diskutierten.

„Leonhard Schneider hier. Sind Sie Kommissar Neumann? Sie wollten mich sprechen. Ich bin aus dem Krankenhaus entlassen und wieder zu Hause.“

„Polizeihauptkommissar“, erwiderte die Stimme, „Ja, ich wollte Sie gestern tatsächlich sprechen.“

„Sie bearbeiten den Überfall auf Frau Schlosser und mich“, sagte Schneider.

„Bearbeitete“, Neumann lachte kurz und freudlos. „Bearbeitete“, sagte er, indem er die Silben betonte, „aber jetzt nicht mehr.“

Neumann war sicherlich in einer Kneipe, so hörte es sich nach den Geräuschen im Hintergrund an, und nach dem Klang seiner Stimme hatte er auch schon einiges intus.

„Was soll das heißen? Frau Schlosser und ich sind überfallen worden und Sie legen nach kurzer Zeit die Bearbeitung nieder?“, fragte Schneider empört. Louisa riss ihre Augen und ihren Mund weit auf.

„Genau so ist es“, sagte Neumann und lachte kurz, „Genau so.“

„Und wer kümmert sich jetzt darum?“

„Wieso interessiert Sie das“, fragte Neumann bissig. „Bisher war niemand von Ihren geschätzten Kollegen an einer Aufklärung des Falls interessiert!“

Schneider war sich sicher, dass Neumann einen sitzen hatte. „Vielleicht weil wir uns weiterhin bedroht fühlen und Polizeischutz brauchen!“, sagte er forsch.

„Ha! Erst wollen Sie nicht kooperieren und dann sollen wir Sie beschützen“, blaffte Neumann. „Und wenn ich Sie fragen würde, was Sie zu dem Überfall aussagen können, hm? Was würden Sie dann sagen, Herr Doktor Schneider, hmm?“

Bevor Leo Schneider antworten konnte, fuhr Neumann fort: „Nichts! Nichts als vages Zeug, wie Ihre Frau Schlosser, diese eingebildete Frau Dr. Nagel und Ihre ganzen Kollegen in den weißen Kitteln. Aber egal, ich habe den Fall nicht mehr.“

Schneider hörte, wie Neumann einen tiefen Schluck nahm und geräuschvoll die Luft in den Hörer ausblies. „Und das ist auch gut so!“, äffte Neumann den Berliner Bürgermeister nach und lachte vulgär.

„Also hören Sie doch mal, Herr Neumann.“

„Gar nichts. Gar nichts höre ich! Und Ihr Schutz? Machen Sie sich mal keine Sorgen, Sie sind jetzt bestimmt besser bewacht als zuvor. Ich bin außerdem nicht im Dienst. Gute Nacht, Herr Schneider!“ Freizeichen. Neumann hatte das Gespräch abgebrochen.

Schneider erzählte Louisa, was Neumann gesagt hatte, und wiederholte seinen letzten Satz. „Was meint der wohl mit besser bewacht, als von der Polizei zuvor?“

Louisa hob die Schultern. Sie war aufgeregt und wütend und ihr ansonsten nur leichter Akzent verstärkte sich. „Isch finde, das ist unverantwortlisch. Du musst disch bei der Polizei überr diesen Mann beschweren.“

„Morgen“, sagte Schneider müde, „erst wenn ich endlich mit Tanja gesprochen habe.“

Sie gingen zusammen zu Bett, aber der Rest des Abends verlief nicht so harmonisch, wie sie es sich beide vorher erhofft hatten.

18.

Ihr Besuch im Klinikum am Mittwochabend war traurig verlaufen. Bea stand noch unter dem Schock der Worte von Arnold, als sie den Korridor entlang zur Intensivstation ging. Ronny hatte nun nichts mehr. Gesundheit kaputt, Job weg und ihre Beziehung? Auch die würde in Zukunft anders aussehen. Bea lief an der Sitzgruppe vorbei, wo sie in der Nacht nach dem Unfall mit Schneiders Frau gesessen hatte. Der Arzt, wie er das erste Mal von Querschnittslähmung gesprochen hatte. Für ihn war es ein Fall unter vielen, für sie war es das gemeinsame Leben mit Ronny, es gab nur dieses eine. Der Arzt hatte sie auf morgen vertröstet. Da wollten sie Ronny langsam aus dem künstlichen Koma zurückholen.

„Wir melden uns wirklich sofort, Frau Nagel, sowie eine Veränderung eintritt." Bea war gegangen, nicht ohne noch einen Blick auf ihren Mann geworfen zu haben, der angeschlossen an Geräten regungslos auf dem Rücken lag. Sie hatte seine Hand genommen, die sich warm anfühlte, aber ihren Druck nicht erwiderte. An diesem Abend war sie wie in Trance zu Fuß den Weg vom Klinikum bis nach Hause in Charlottenburg gelaufen. Sie hatte es nicht eilig gehabt, nach Hause zu kommen, die vertraute Umgebung zu sehen, die so viele Erinnerungen in ihr wach riefen. Gedanken, die sie schier um den Verstand brachten. Während sie die Straßen entlanglief, kreiste ihr Denken immer wieder um die Frage: „Was tun?" Die Antwort war immer die Gleiche. Was blieb ihr denn noch zu tun? Ronnys Zustand konnte sie nicht ändern. Das Institut hatte ihn ausgespuckt wie einen Kirschkern. Er war in einem langen Bogen auf die Straße geflogen und dort zerbrochen. Armer Ronny! Was war in dieser Nacht geschehen? Was hatte ihn dazu getrieben, Hellman anzugreifen?

Mit jedem Schritt, mit dem sie sich ihrer Wohnung näherte, wuchsen die Selbstvorwürfe. Deine Schuld, immer wieder hörte sie die Gewissensstimme im Kopf, die ihr das sagte. Als sie die Haustür aufschloss, dachte sie an ihre letzte Begegnung mit Hellman. Hellman hatte nie wirklich die Absicht gehabt, Ronny eine Chance zu geben. Benutzt hatte er sie. Gnadenlos angetrieben, indem er ihr weismachte, er würde sich für ihren Mann einsetzen. Als die Wohnungstür hinter ihr zufiel und sie die vertraute Umgebung sah, kamen ihr die Tränen. Die Möbel, die Erinnerungen. Wie sie manchen Abend hier gesessen, gelacht und sich geliebt hatten. Eine

Woge von Hass stieg in ihr auf. Hass gegen Hellman, der Ronny provoziert hatte, nur um ihn endgültig loszuwerden. Hellman, der sie so manipuliert hatte, damit sie wie ein dressierter Affe alles machte, was er von ihr verlangte.

Damit würde jetzt Schluss sein. Bea presste ihre Hände zu Fäusten zusammen. Wenigstens hatte Hellman kein Druckmittel mehr, mit dem er sie gefügig machen konnte. Schade, dass Hellman nicht anstelle von Griebsch nach Japan geflogen war. Dann wäre bestimmt alles anders verlaufen. „Wenn, wenn …“, sagte ihr Gewissen. „Kümmere dich lieber darum, was du tun kannst, anstatt herumzuträumen.“

Bea ging zu Bett. Sie rechnete damit, ohne Schlaf stundenlang grübeln zu müssen, aber sie schlief überraschend lange und tief, so gut wie seit dem Tag nicht mehr, an dem Ronny abends einfach fortgegangen war. Mit dem neuen Morgen war Ruhe in ihre Gedanken zurückgekehrt. Zwar hatte sie keine konkreten Pläne, aber sie war in der Lage zur Arbeit zu gehen, ohne Gefahr zu laufen, durchzudrehen.

Nachdem sie ihre Sachen in ihr Büro gebracht hatte, hielt sie es für das Beste, die begonnenen Arbeiten weiterzuführen. Für die Botulinumtoxin Testreihen war bereits alles da, außer das BoNT-F. Tanja hatte zuletzt noch an der Produktion gearbeitet und an dem Abend, als sie entführt wurde, war sie sicherlich deshalb im Institut gewesen. Nachdem Bea ihren beiden Assistenten Arbeitsarbeitsanweisungen gegeben hatte, ging sie in den Laborbereich von Schneider und Tanja. Alle Türen waren verschlossen. Sie nahm sich vor, später noch einmal dort vorbeizusehen. Ihre Neugierde trieb sie dazu, das Sekretariat von Arnold anzurufen, um sich nach den beiden zu erkundigen.

„Also, Frau Schlosser hat gestern angerufen“, sagte Frau Schupelius. Sie unterhielt sich gerne und freute sich, wenn sie Neuigkeiten berichten konnte. Arnold beachtete sie einfach zu wenig, fand sie. „Frau Schlosser ist bis einschließlich heute krankgeschrieben und wird morgen wiederkommen. Aber von Dr. Schneider haben wir noch nichts gehört, vielleicht ist er noch im Klinikum.“

„Ich gehe heute dort noch vorbei, dann kann ich ja nachfragen. Und Professor Hellman?“, fragte Bea beiläufig.

„Eine traurige Geschichte. Es tut mir wirklich leid um Ihren Mann, Frau Dr. Nagel. Der ist immer so zuvorkommend. Professor Hellman wird sicherlich nächste Woche wieder kommen. Dem fällt doch zu Hause nur die Decke auf den Kopf, sagt er immer. Unter uns, soweit ich gehört habe, ist er ambulant behandelt worden. Die Oberlippe musste genäht werden - und Ihr Mann, wie geht es ihm?"

„Wir sprechen noch mal. Vielen Dank, Frau Schupelius." Bea spürte, wie es ihr den Hals einschnürte, und legte auf. Für den Rest des Tages konzentrierte sie sich darauf, Verdünnungsreihen auszurechnen. Für jede Botulinumtoxin Variante musste sie die LD50 an Mäusen ermitteln. Das war die Menge, bei der fünfzig Prozent der damit behandelten Mäuse starben. Die überlebenden Mäuse waren aber nicht gesund, sondern zeigten über lange Zeit Lähmungserscheinungen. Die LD50 war für die verschiedenen Botulinumtoxine A bis F wahrscheinlich unterschiedlich. Es lag noch viel Arbeit vor ihr, aber sie hatte genug Toxin, um mit diesen Versuchen zu beginnen. Eigentlich hatte sie noch auf das BoNT-F warten wollen. Aber das war jetzt nicht mehr eilig, da Hellman kein Druckmittel mehr gegen sie in der Hand hatte. BoNT-F konnte sie ebenso gut später untersuchen. Sie errechnete die Mengen, die sie für ihre Versuche brauchen würde, rief Jacek in ihr Büro und gab ihm den Auftrag, genügend Mäuse für die Versuche zu bestellen.

Bea sah auf die Uhr und war froh, wie viel Zeit verstrichen war, ohne dass sie über ihr eigenes und Ronnys zukünftiges Leben gegrübelt hatte. In der Arbeit würde sie für ein paar Stunden Ablenkung finden können. Sie graulte sich bei dem Gedanken, den Abend und die Nacht allein mit ihren Grübeleien zu Hause verbringen zu müssen.

Nachdem Bea ihre Tagesarbeit abgeschlossen hatte, verließ sie das Institut, um ins Klinikum zu fahren. Der Arzt hatte sich nicht gemeldet, also war wohl keine Veränderung eingetreten. Sie wollte Ronny sehen, egal was ihr der Arzt über seinen Zustand erzählen würde. Als sie die Eingangshalle des Klinikums betrat und an dem Kiosk vorbeilief, der Esswaren und Zeitschriften anbot, fiel ihr Blick auf die Schlagzeile der *Stadtzeitung*, die zum Verkauf auslag: *Entführungsopfer von Polizei befreit: Tanja S. durchlebte Todesangst!*

Bea kaufte die Zeitung, faltete sie zusammen, steckte sie in ihre Manteltasche und fuhr mit dem Fahrstuhl hoch in die Neurologie.

Auf dem Flur der Intensivstation kam ihr Dr. Ruf entgegen. „Guten Abend, Frau Nagel, schön, dass Sie da sind. Sie hatten heute gar nicht angerufen, ich wollte mit Ihnen noch sprechen, kommen Sie doch bitte einen Moment, bevor Sie zu Ihrem Mann gehen." Widerstrebend ließ sich Bea durch die Tür in das Büro von Dr. Ruf leiten.

„Sie wollten doch anrufen, wenn etwas passiert. Was ist denn?", fragte sie besorgt.

„Nein, nein, nichts Schlimmes. Wir haben Ihren Mann heute Mittag das erste Mal geweckt. Er hat sicherlich nicht viel davon mitbekommen, jedenfalls nichts, woran er sich später erinnern wird. Sein Zustand ist stabil, aber die Untersuchungen haben ergeben, dass wir ihn noch zwei bis drei Tage länger im künstlichen Koma belassen wollen, um den Heilungsprozess zu begünstigen. Es ist ein polytraumatischer Zustand und ..."

Bea unterbrach ihn. „Und ist er jetzt nicht ansprechbar?"

„Nein, eben wie gesagt, er wird noch zwei bis drei Tage ..."

„Und wird er gelähmt bleiben?", fragte Bea, der die Tränen in den Augen standen.

„Frau Nagel", sagte der Arzt. Er verschränkte seinen beiden Hände und schaute an die Decke, als wollte er ein schwieriges Problem analysieren. „Ich möchte Ihnen da keine falschen Hoffnungen machen, aber wie es zurzeit aussieht ..." Er vermied, ihr seine Schlussfolgerung mitzuteilen und sagte dann: „Nächste Woche werden wir sicherlich mehr wissen, und auch wenn Schäden bleiben sollten, gibt es die Möglichkeit, diese mit Rehabilitationsmaßnahmen später zu mindern."

„Ich möchte ihn jetzt sehen", sagte Bea und stand auf.

„Natürlich!", sagte der Arzt und versuchte Zuversicht auszustrahlen. Er hatte aber ein Gefühl, das es ihm nicht gelang.

Bea ging in die Intensivstation. Ronny sah aus wie gestern, er war an Geräten angeschlossen und bemerkte sie nicht. Sein Gesicht war nicht mehr ganz so blass, aber vielleicht bildete sie sich das nur ein. Sie nahm seine Hand und murmelte ihm ein paar Sätze, die ihr der Moment eingab, ins Ohr. Wiederholt presste sie seine Finger in ihrer Hand, ohne dass diese darauf reagierten. „Ich komme morgen wieder, mein Lieber", flüsterte sie ihm ins Ohr, stand dann abrupt auf und rannte fast aus der Station, ohne mit dem Arzt oder der Schwester zu reden.

Vor dem Krankenhaus zog Bea ihren Mantel enger. Die Luft war kalt und fegte über den Platz. Als sie ihre Monatskarte suchte, bemerkte sie die in der Manteltasche zusammengefaltete Zeitung. Sie ging bis zur U-Bahn und lief in schnellen Schritten die Treppen hinunter bis zum Bahnsteig. Der nächste Zug in Richtung Zoologischer Garten kam in sieben Minuten. Bea zog die Zeitung aus ihrer Manteltasche und begann zu lesen, um nach einigen Sätzen immer schneller die Zeilen zu überfliegen.

„Gestern Vormittag wurde die gewaltsam entführte medizinisch-technische Assistentin Tanja S. aus einer Wohnung in der Reichenberger Straße in Kreuzberg von der Polizei befreit ... Hilferufe der gefesselten Frau wurden vom Zeitungsboten Dimitris K. gehört ... ein toter Entführer wurde in der Wohnung aufgefunden ... die Polizei hält sich mit Aussagen über den Hintergrund der Tat und die Todesursache zurück. Ein terroristischer Zusammenhang kann nicht ausgeschlossen werden ...Die Entführung steht in Verbindung mit dem Überfall auf Dr. Leonhard S., ihrem Vorgesetzten im Institut für Experimentelle Epidemiologie...Der Leiter des IEI, Professor Krantz, streitet jeden Zusammenhang mit Aktivitäten seines Institutes kategorisch ab ...

Der Zug rollte ein. Bea betrat den Wagen wie in Trance und klebte mit ihren Augen weiter an der Zeitung. Sie ließ sich auf eine freie Sitzbank fallen und las. Der Journalist war von der hartnäckigen Sorte. Am Ende des Artikels stand ein Kommentar, den Bea in ihrer Aufregung zweimal lesen musste:

„Immer wieder wird von der Leitung des IEI an die Pressestelle verwiesen, von der aber keine klaren Auskünfte zu erhalten sind. Unsere eigenen Recherchen haben ergeben, dass Professor Horst G., der Leiter des Labors, in dem Leonhard S. und seine Assistentin Tanja S. beschäftigt sind, vor sechs Wochen in Singapur spurlos verschwand. Auch zu dieser Tatsache gibt es vom IEI keinen Kommentar. Laut Angaben der Polizei ist Professor Gs. Verbleib weiterhin unbekannt. Der Fall hat möglicherweise politische Hintergründe, da uns Hinweise vorliegen, dass im Labor von Dr. Leonhard S. Forschungsarbeiten zu Biowaffen betrieben wurden. Weder Leonhard. S. noch Tanja S. konnten bisher dazu befragt werden. Auch der tätliche Angriff des IEI Forschers Dr. Ronald N. auf seinen Vorgesetzten, Professor Gerhard H., steht möglicherweise in Verbindung zu dem Geschehen. Die Frau des Ronald N. ist ebenfalls am IEI mit Forschungsaufgaben in dem besagten Labor betraut. Wie wir außerdem

erfahren haben, ist Polizeihauptkommissar Ferdinand N., der mit den Ermittlungen im Entführungsfall Tanja S. befasst war, von dieser Aufgabe mit sofortiger Wirkung entbunden worden. N. verweigerte sämtliche Auskünfte dazu, wie auch die Pressestelle der Polizei.

Der Fall wirft mehr Fragen als Antworten auf. Fragen, welche die Sicherheit der Berliner Bevölkerung berühren. Die Bürger dieser Stadt haben einen Anspruch darauf zu erfahren, was hinter den Mauern von Instituten, die angeblich der Gesundheitsforschung dienen, in Wirklichkeit passiert. Das IEI liegt in einer dicht besiedelten Wohngegend mitten in unserer Stadt. Sollte sich der Verdacht auf die genannten Aktivitäten in diesem Institut bewahrheiten, muss die Leitung des IEI endlich dazu Stellung beziehen.

Bea schwirrte der Kopf. Beinahe hätte sie es verpasst, am Bahnhof Zoo umzusteigen. Soweit war die Sache inzwischen schon gediehen. Vielleicht würde bereits ein Journalist vor ihrer Haustür warten, oder im Klinikum recherchieren, um den besagten Ronald N. zu interviewen. Was war mit Tanja und Leo? Bea hoffte, morgen endlich mehr zu erfahren. Als sie vor ihrer Haustür stand, war niemand zu sehen. Die Straße war wie gewöhnlich mit Autos zugeparkt, ein paar Passanten waren zu sehen, aber niemand mit Kamera und Mikrophon wartete vor ihrer Haustür. Bea atmete tief durch, als sie die Tür hinter sich schloss und die Treppen zu ihrer Wohnung hoch eilte. Zum ersten Mal seit Ronny fortgelaufen war, fühlte sie sich dort wieder geborgen. Der Arzt hatte ihre Handynummer, falls er sie erreichen wollte. Alles andere war ihr im Moment egal.

Am Freitagmorgen fuhr Leo Schneider schon früh ins Labor. Die Angespanntheit und die Ereignisse seit seiner Entlassung aus dem Klinikum hatten ihn schlecht schlafen lassen. Louisa war besorgt und hatte davon gesprochen, nach Frankreich zu fahren. Sie sah überall bedrohliche Schatten. Heute früh hatte sie ihn ans Fenster gerufen und ihm den Kastenwagen des Tiefbauamtes gezeigt, der immer noch vor dem Haus stand.

„Dieses Auto steht immer noch da!“, sagte sie mit einem seltsamen Gesichtsausdruck.

Leo fand das nicht besonders erwähnenswert. Allerdings war ihm auch nicht wohl dabei, Louisa allein zu lassen. Er versuchte daher nicht, ihr den Plan nach Frankreich zu fahren, auszureden. Er musste wissen, ob etwas aus dem Labor gestohlen worden war. Wenn es die Rizinproben waren, dann war die Lage wirklich ernster, als er bisher gedacht hatte. Er hoffte, endlich mit Tanja sprechen zu können. Genau vor einer Woche hatte er sie das letzte Mal gesehen, aber da war die Welt noch in Ordnung gewesen, zumindest im Vergleich zu dem, wie es jetzt war.

Als er das Labor betrat, empfand er es als fremd, so als wäre er monatelang fort gewesen. Er traf Tanja im Nachbarlabor, sie war vor ihm gekommen. Als Tanja ihn sah und er den Mund aufmachen wollte, schüttelte sie nur den Kopf und legte den Finger auf ihren Mund. „Komm, wir gehen mal nach draußen“, sagte sie.

Schneider folgte ihr auf den Flur. Aber Tanja ging mit ihm die Treppe hinunter bis in den Hof, erst dort fing sie an zu erzählen: „Wir können im Labor nur noch über belanglose Dinge reden. Ich bin jetzt ganz sicher, dass wir abgehört werden.“ Beide gingen über den Parkplatz und setzten sich auf eine Bank, die neben einer kleinen Rasenfläche aufgestellt war. Es war kühl, aber es regnete nicht. Man konnte es eine Weile draußen aushalten. Tanja zündete sich eine Zigarette an und erzählte Leo von der Geschichte ihrer Entführung, dass sie sich sicher war, den falschen Baloda erkannt zu haben und wie der andere Entführer sich mit dem Rizin 51 selbst vergiftet hatte. „Das Zeug muss unheimlich stark sein, er kann doch nur Spuren davon abbekommen haben, als er sich an dem Glaskolben geschnitten hat!“

„Fehlt denn etwas aus dem Labor?“, fragte er.

Tanja nickte und sah ihn ernst an: „Alle Präparationen von Rizin 51, die du gelagert hast. Die anderen Rizinproben sind alle noch da.“

„Also wussten sie genau Bescheid, wonach sie suchten und Baloda war ihr Kundschafter.“ Schneider wurde jetzt bewusst, dass ein Mensch durch das Rizin 51, das er hergestellt und aufgehoben hatte, zu Tode gekommen war. Es war offenbar noch viel giftiger, als er gedacht hatte. Es hatte den Entführer getroffen, aber es hätte genauso gut jedem anderen zustoßen können, der im Labor arbeitete. Was für ein Leichtsinn! Er hätte das Zeug längst vernichten sollen, stattdessen hatte er es, nicht zuletzt aus persönlicher Eitelkeit, aufgehoben. Wenn er ehrlich zu sich selbst war, hatte es ihm ein gewisses Gefühl der Macht gegeben.

„Mach dir wegen dem kein schlechtes Gewissen. Er wusste, was er wollte und seine Absichten waren nicht die besten“, versuchte Tanja ihm gut zuzusprechen. Dann erzählte sie von Neumann und wie er sie in die Zange genommen hatte. „Als ich aus dem Klinikum nach Hause kam, stand ganz offensichtlich ein Polizeiauto vor unserem Haus geparkt und die blieben auch da, die ganze Zeit. Der Kommissar Neumann hatte ja angekündigt, dass die Polizei für meinen Schutz und die Überwachung der Wohnung sorgen würde. Aber seit gestern Nachmittag, schon bevor wir telefoniert hatten, waren die plötzlich weg. Ich hab den Eindruck, dass da keiner mehr aufpasst und richtig Schiss jetzt. Dieser Freund von dem Entführer läuft immer noch frei herum und ich bin sicher, es ist dieser Baloda, der bei uns im Labor war! Die haben meine Handtasche mit allen Papieren, wissen, wo ich wohne. Leo, ich weiß nicht, was ich jetzt machen soll?“ Tanja war verzweifelt und nach dem ganzen Stress sichtlich mit ihren Nerven am Ende.

Leo nahm sie in den Arm. Er dachte an das Telefonat mit Neumann, der in seinem bezechten Zustand so komische Andeutungen gemacht hatte. Er dachte an den Kastenwagen vor ihrem Haus, der Louisa aufgefallen war, an das Tiefbauamt, das nicht tief baute, sondern nur in der Gegend herumstand. Von Neumanns Andeutungen wollte er Tanja lieber nichts sagen. „Die werden dich schon weiter bewachen, aber verdeckt, nicht so auffällig mit dem Polizeiauto vor der Tür. Wahrscheinlich überwachen die auch mich zu Hause und genauso unser Labor.

„Aber dass nur die Rizin 51 Proben verschwunden sind“, sagte Tanja. „Da muss doch jemand schon, bevor Baloda sich gemeldet hat, genau Bescheid gewusst haben? Ich habe niemanden was davon erzählt und du?“

„Ich habe es nicht einmal Louisa erzählt“, sagte Leo.

„Und Bea? Kann die was wissen?“

„Bea? Glaube ich nicht. Außerdem, die ist doch total eingespannt, um Hellman Ergebnisse zu liefern, damit er endlich Ronald den Vertrag verlängert. Ich glaube nicht, das Bea etwas mit Leuten wie Baloda zu tun hat“, sagte Schneider.

Langsam wurde es draußen zu kalt und es begann zu nieseln. Leo und Tanja gingen zurück in ihre Laborräume. Sie verabredeten, über wichtige Dinge nur noch draußen zu sprechen, das erschien ihnen sicherer.

Als sie zurückkamen, stand Bea vor der Tür und sah sie beide abschätzend an. Schneider ging auf sie zu und legte ihr seine Hand auf die Schulter: „Bea, es tut mir leid mit Ronny. Ich habe erst von meiner Frau gehört, dass er nebenan auf der Neurologie lag."

„Liegt", sagte Bea, „er liegt dort und das wird sich so schnell nicht ändern." Sie atmete tief ein und musste sich zusammenreißen, um nicht laut loszuschreien. Mit einer brüsken Geste machte sie sich von ihm los und trat einen halben Schritt zurück.

Als sie Schneiders Büro betraten, sagte Bea unvermittelt: „Wisst ihr nicht Bescheid? Habt ihr denn die Zeitung nicht gelesen, oder vielleicht war es auch schon im Fernsehen, was weiß ich?" Bea Stimme wurde schrill. Tanja und Schneider schüttelten die Köpfe. Bea beruhige sich etwas und erzählte, was in der Woche alles passiert war, auch von dem Artikel, den sie gestern in der Zeitung gelesen hatte. Sie erzählte kaum etwas von Ronald, meinte, Hellman musste ihn so provoziert haben, dass er im Affekt zugeschlagen hatte. Anders könne sie es sich nicht erklären. Ronald würde ihr ja bald erzählen, was sich bei Hellman wirklich abgespielt hatte.

„Und jetzt haben sie es so gedreht, dass sie ihn auf diese Weise bequem losgeworden sind", schlussfolgerte Tanja. Sie fühlte sich bestätigt in dem Eindruck, den sie schon lange vorher gehabt hatte.

Schneider wusste nicht recht, was er dazu sagen sollte. Er fühlte sich Bea gegenüber schuldig, ohne genau zu wissen, warum. Vielleicht, weil sie wegen Ronald viel mehr Kompromisse gegenüber Griebsch, Hellman, Arnold und Krantz gemacht hatte, als er selbst. Aber vielleicht hatte sie das auch nicht nur wegen Ronald gemacht. Was auch immer, Bea hatte ihre Anpassung an die Launen dieser Leute nichts genützt.

„Was willst du jetzt machen? Hast du schon mit Hellman gesprochen?", fragte er. „Hellman muss die Sache richtigstellen. Er hat dir doch etwas versprochen, das muss er einhalten."

Bea sah ihn mit einem seltsamen Gesichtsausdruck an. „Ich werde noch einmal mit ihm reden, das ist die letzte Möglichkeit. Er soll voraussichtlich am Montag wieder im Institut sein."

Nachdem Bea wieder gegangen war, sahen sich Schneider und Tanja genau im Labor um. Aber sie fanden nichts, was ihnen

Anhaltspunkte gab, auf welche Weise die Informationen an die Entführer gelangt sein konnten. Zudem hatte die Polizei bei der Spurensicherung vieles im Labor verändert und man konnte sich nicht mehr sicher sein, welche Veränderung von wem stammte. Bevor Bea ging, hatte sie noch gesagt, sie wolle mit den Botulinumtoxinen weiterarbeiten. Es würde sie davon ablenken, unentwegt über Ronnys und ihre Zukunft nachzudenken. Sie bat Tanja, ihre BoNT-F Präparationen, die durch die Zwangspause ins Stocken geraten war, wieder aufnehmen.

Als Tanja und Leo zum Mittagessen gingen, versprach er ihr, keine neuen Präparate von Rizin 51 mehr herzustellen. Sie kannten die Eigenschaften dieses Stoffes jetzt mehr als ihnen lieb war, es war eine ideale Biowaffe. Als Leo sie danach fragte, meinte Tanja, sie wüsste nicht mehr, wie er genau das Zeug hergestellt hatte. Sie hätte den Entführern als Informationsquelle nicht helfen können. Alle Protokolle waren schon, bevor Baloda kam, aus dem Labor entfernt worden.

Sie aßen schweigend und Schneider hing seinen trüben Gedanken nach. Die Aufgaben der AG-Toxine waren bereits zum größten Teil erfüllt. Das Nachweissystem für Rizin stand und für die Botulinumtoxine würde Bea es bald komplett haben. Schneider konnte sich darüber nicht einmal freuen. Er merkte, wie er immer mehr in eine Sackgasse geraten war. Der Weg ging so nicht mehr weiter, jedenfalls nicht für ihn.

Was war in der kurzen Zeit, seitdem sie diese Arbeiten machten, mit Ihnen geschehen? Die Intrigen und Bespitzelungen, der Überfall, die Entführung und ein Toter. Ronald blieb vielleicht für immer gelähmt. Und es blieb eine diffuse Bedrohung, von der man nicht genau wusste, woher sie kam. Was blieb ihm noch zu tun? Die Stelle wechseln, war leichter gesagt als getan. Der Markt für Biologen war eng und den Wettbewerb mit Leuten, die fünfzehn Jahre jünger waren als er, wollte er nicht mehr aufnehmen. Louisa arbeitete freiberuflich als Übersetzerin, aber davon allein konnten sie beide nicht leben.

Er hatte lange noch gehofft, wieder an seinen alten Projekten arbeiten zu können. Wenn er erst die Aufgaben für die AG-Toxine erledigt hätte. Aber das war eine Illusion. Genauso, wie für Bea die

Versprechungen Hellmans eine Illusion gewesen waren. Aber Bea würde weitermachen, das war sicher. Und er? Als sie ins Labor zurückgekehrt waren, verschaffte er sich einen Überblick zu den bisherigen Arbeiten zu den Botulinumtoxinen. Hier brauchte man wenigstens nicht den Geheimniskrämer spielen. Bisher hatten sie nichts entdeckt, was nicht schon bekannt und veröffentlicht war.

19.

Als Schneider an diesem Freitagnachmittag nach Hause fuhr, erwartete ihn Louisa auf gepackten Koffern. Er war überrascht. „Du willst schon weg? So schnell?“

„Ich nehme heute noch den Nachtzug nach Paris“, sagte sie, „und fahre dann zu Elsa nach Rennes. Und an deiner Stelle würde ich mitkommen!“

„Wieso so plötzlich? Was ist denn noch passiert?“, fragte er Louisa.

„Was passiert ist? Was passiert ist!“ Louisa Stimme kippte, sie zuckte mit den Schultern und sah ihn an. „Den ganzen Tag klingelt das Telefon, und wenn ich den Hörer abnehme, meldet sich niemand, aber ich merke, es ist jemand dran. Ich wollte nicht bei dir im Institut anrufen, um dich nicht zu beunruhigen. Und dann dieses Auto.“

„Welches Auto?“, fragte Schneider.

„Siehst du Leo, du hörst mir nicht zu. Dieser Kastenwagen! Dieser Wagen von diesem Tiefbauamt, der steht immer noch am selben Platz und …“,

„Ja und?“

„Ich habe jemanden da hineingehen sehen.“

„Wie?“

„Verstehst du denn nicht? Dieses Auto ist bewohnt! Und der da hinten in das Auto einstieg, sah nicht aus wie einer vom Tiefbauamt, wie ein Bauarbeiter oder so. Die sind deinetwegen da, beobachten dich, mich, unsere Wohnung. Der war viel zu gepflegt angezogen, als es Leute sind, die ein Loch in die Straße buddeln, verstehst du nicht?“

„Vielleicht war es ja ihr Chef“, versuchte er zu scherzen, aber danach war Louisa nicht zumute, sie schaute ihn nur böse an.

„Und wie lange willst du in Rennes bleiben? Willst du denn zu Elsa in ihre kleine Wohnung ziehen?“

„Selbst wenn, ich weiß es nicht“, sagte Louisa. „Aber mein Gefühl sagt mir, erst einmal weg von hier und ich hoffte, du würdest mitkommen.“

Schließlich gelang es Leo, Louisa zu beruhigen, aber länger in Berlin bleiben wollte sie nicht. Er schlug ihr vor, im Juni einen längeren gemeinsamen Urlaub zu nehmen, bis dahin waren es noch sechs Wochen. Bis dann würde sich vieles im IEI für ihn klären. Einfach Hals über Kopf abhauen, das konnte und wollte er nicht. Vielleicht waren sechs Wochen Zeit genug, um darüber nachzudenken, wie sie ihre Zukunft neu gestalten konnten. Eine richtige Zukunft gab es für ihn im IEI nicht mehr, den ganzen Nachmittag hatte er schon darüber gegrübelt und jetzt wollte Louisa plötzlich Hals über Kopf weg.

Gegen Abend fuhr er Louisa mit ihren zwei Koffern zum Bahnhof Zoo, von wo aus sie den Nachtzug nach Paris nehmen konnte. Als sie aus dem Haus gingen, achtete Schneider auf den Kastenwagen. Tatsächlich stand der immer noch an demselben Platz. Ob jemand in dem völlig verschlossenen Auto saß und sie vielleicht beobachtete? Vielleicht war das Auto von der Polizei, eine Tarnung zu ihrem Schutz, das wäre ja wenigstens beruhigend gewesen. Vielleicht waren es aber auch ganz andere Leute, mit welchen Absichten auch immer? Leo Schneider stellte das Auto auf dem Parkplatz am Zoo ab. Es war kühl, die Abfahrtszeit des Zuges war um 21:20. Vor dem Bahnhof hockten einige Punker, die in ihren bemalten Lederjacken auf dem Boden saßen und ein paar Bierbüchsen kreisen ließen. Leo und Louisa wichen einer bettelnden Punkerin mit zwei Hunden aus und betraten die hohe, trüb erleuchtete Halle. Auf der Anzeigetafel über der Treppe zu den Bahnsteigen war der Nachtzug nach Paris mit Zwischenhalt in Hannover und Köln schon angekündigt. Sie gingen nach oben. Auf dem ungeschützten Bahnsteig wehte ein kalter Nachtwind, aber sie blieben dort, anstatt in das überfüllte Wartehäuschen zu gehen, das verqualmt war und einen siffigen Eindruck machte.

Nachdem sie sich am Zug traurig voneinander verabschiedet hatten, ging Schneider voller Gedanken zurück zum Parkplatz. Er schlenderte zuerst, aber ihm wurde kalt und er war froh mit dem Auto schnell nach Hause fahren zu können. Als er sich hinter das

Steuer gesetzt hatte, sah er den Zettel, der unter den Scheibenwischer geklemmt war. Er hatte keine Parkgebühren bezahlt, hatte gedacht, um diese Zeit würde niemand mehr die paar Autos auf dem Parkplatz kontrollieren. Als er das Papier hinter dem Scheibenwischer vorzog, war es kein Strafzettel. Es war ein Werbeflyer, auf dessen Rückseite etwas geschrieben stand. Eine Folge von Zahlen wie eine Telefonnummer und darunter stand in Blockbuchstaben „Rufen Sie an!“ Was war das denn? Zuerst wollte Leo Schneider das Papier wegwerfen, aber dann legte er es in die Ablage der Fahrertür. Wer wusste schon, was hier am Bahnhof alles ablief? Grüblerisch fuhr Schneider allein nach Hause. Der Abschied von Louisa hatte wie endgültig gewirkt. Als der Zug nach Paris langsam den Bahnhof verließ, Louisa nicht mehr aus dem Fenster winkte und die roten Rücklichter des letzten Wagens in der Dunkelheit immer kleiner wurden, hätte er heulen können.

Die Wohnung wirkte jetzt nicht mehr freundlich, sondern hatte etwas Düsteres. Die Sonne, die mit Louisa geschienen hatte, war weg. An ihre Stelle war eine bedrohliche Stille getreten, eine Stille, die Schneider auch manchmal im Labor gespürt hatte. Er ging auf den Balkon und sah nach draußen. Der Kastenwagen stand unverändert da. Er zuckte mit den Schultern. Wenn Louisa mit ihrer Vermutung recht hatte, war das aber kein gemütlicher Ort zum Übernachten. Er ging zurück in die Wohnung und schloss die Balkontür. Morgen war Samstag. Zeit, darüber nachzudenken, was er eigentlich wollte, hatte er morgen genug. Er schaute in den Wetterbericht der *Stadtzeitung*, die Louisa liegengelassen hatte. Es sollte ein schöner Tag werden, kühl aber trocken. Schneider wusste jetzt, was er morgen tun wollte. Nach der langen Winterpause zum ersten Mal wieder die Inlineskates anziehen und auf der Krone neben der AVUS laufen. Die besten Ideen kamen einem bei einer kontinuierlichen, rhythmischen Bewegung. Als ihm die Zweideutigkeit dieses Gedankens bewusst wurde, musste er plötzlich lachen.

Leo Schneider schlief überraschend tief und gut. Als er gerade beim Frühstücken war, klingelte das Telefon. Es war Louisas fröhliche Stimme, die ihm mitteilte, dass sie gut in Paris angekommen war. Er war erleichtert. Sie war in viel besserer Stimmung, offensichtlich froh wieder in Frankreich zu sein. Der Anschlusszug nach Rennes war ein TGV, der schaffte die 350 Kilometer in weniger als zweieinhalb Stunden. Am späten Nachmittag würde Louisa schon bei Elsa sein und wollte sich dann wieder melden.

Der Tag lag vor ihm zur eigenen Gestaltung, ohne Verabredungen, Termine und Verpflichtungen. Er holte die Skates vom Regal und freute sich auf seine erste Tour in diesem Jahr. Bestimmt waren schon einige Unentwegte dort unterwegs, besonders solche, die für den Marathon trainierten. Der Typ mit der aufgeklebten Badeente auf seinem Helm, oder der graubärtige, asketische Kerl, der ihn partout immer überholen wollte.

Er stellte sein Auto auf dem Parkplatz ab, wo die Autobahn und die Krone sich kreuzten. Es war kurz nach zehn, noch standen nicht viele Autos dort. Ein paar Skater und ein Trupp Rennradfahrer kreuzten seinen Weg. Schneider zog sich seine Ausrüstung an. Nach ein paar ersten, unsicheren Schritten ging es nach fünf Minuten schon besser und das befreiende Gefühl des Gleitens, Dahinschwebens stellte sich ein. Mit dem Surren der acht Rollen kamen die Gedanken zurück, die ihn die ganzen Tage beschäftigt hatten. Sollte er mit der Laborarbeit aufhören oder weitermachen? Eine Versetzung innerhalb des IEI wäre keine Verbesserung, so einen Antrag wollte er gar nicht stellen. Nein, es ging wirklich um viel mehr.

Als er nach einer Stunde wieder zu seinem Auto kam, war der Parkplatz schon viel voller. Schneider bemerkte den Zettel an der Windschutzscheibe erst, nachdem er die Skates im Kofferraum verstaut hatte. Wieder ein Werbezettel und als er ihn herauszog, stand wieder etwas auf der Rückseite. Diesmal war es persönlich. „Rufen Sie an, Dr. Schneider“, darunter stand wieder eine Telefonnummer. Es war der gleiche Flyer wie gestern, Werbung für ein Freiluftkino und Schneider sah, dass alle Autos auf dem Parkplatz damit bestückt waren. Er zog den Flyer von der Windschutzscheibe des Autos, das neben seinem parkte. Die gleiche Werbung, nur auf der Rückseite stand nichts. Schneider starrte auf die Nachricht. Sie war für ihn bestimmt. Von jemandem, der seinen Namen und sein Auto kannte. Dann holte er den Zettel aus der Ablage der Fahrertür, wo er ihn gestern gelassen hatte. Die Telefonnummern waren unterschiedlich, beides schienen Handynummern zu sein. Die Schrift auf beiden Zetteln schien ihm ähnlich und die Zahlen waren in einer Art geschrieben, die ihn an etwas erinnerte, er wusste bloß nicht an was.

Aber es würde ihm schon einfallen. Schneider stieg wieder aus, schloss sein Auto ab und schlenderte an den parkenden Autos vorbei. Wer von denen war schon um zehn Uhr da gewesen, und wer war danach gekommen? Er konnte es nicht mehr sagen. Gelegentlich kreuzten Radfahrer, Skater und Jogger den Parkplatz. Es hätte jeder von denen sein können. Seine gute Stimmung war plötzlich verflogen. Das war nicht ein anonymes Sexangebot, wie er gestern noch gedacht hatte. Es war jemand, der ihn kannte, ihn persönlich verfolgte. Jemand, der wahrscheinlich hinter dem Rizin 51 her war.

Schneider fuhr nach Hause. Während der Fahrt überlegte er, ob er anrufen sollte. Sein Stalker war vorsichtig, er schien seine Telefonnummern täglich zu ändern. Leo Schneider hielt an der Postfiliale in der Königin-Luise-Straße. Dort gab es zwei Telefonzellen und beide waren frei. Inzwischen hatten so viele Leute Handys, das, man an Telefonzellen kaum noch warten musste. Allerdings gab es gleichermaßen auch immer weniger davon. Schneider wählte die Nummer, die auf dem ersten Zettel stand. Nach einem Klingelton schaltete sich eine Mailbox ein. *Vorübergehend nicht erreichbar*. Schneider unterdrückte den Impuls, die zweite Nummer zu wählen. Er wollte erst nachdenken, schaute vom Telefonhäuschen über die Straße, aber bemerkte nichts Verdächtiges. Schließlich fuhr er nach Hause. Der Kastenwagen stand an seinem gewohnten Platz, er ging dicht daran vorbei und schlug mit der flachen Hand wie unabsichtlich auf die Karosserie. Es knallte laut, aber ehrliche Senatstiefbauamtsbeschäftigte würden ja am Samstag kaum in ihrem Werkstattwagen hocken. Er schaute verstohlen hinter sich, aber es rührte sich nichts. Vielleicht war die Kiste einfach abgestellt, defekt, was auch immer?

Zu Hause schob er sich eine Pizza in den Backofen. Er war hungrig, aß aber ohne große Lust. Diese neue Entwicklung bedrückte ihn und er fühlte sich damit allein gelassen. Gegen fünf Uhr rief Louisa an. Sie war froh, gut in Rennes angekommen zu sein, aber auch traurig, weil er nicht mitgekommen war. Louisa hatte sich vorerst bei ihrer gemeinsamen Tochter Elsa einquartiert. Schneider erzählte ihr nichts von den Zetteln, sondern von seiner Aktion gegen den Kastenwagen. Louisa konnte nicht darüber lachen. Sie ermahnte ihn, vorsichtig zu sein und so bald wie möglich nach Rennes zu kommen. Nachdem Schneider noch mit Elsa gesprochen hatte, war er wieder mit sich allein.

Nach dem Telefonat mit Louisa vertrieb er sich die Zeit mit der Fußballreportage der Sportschau, mit dem guten Gewissen, auch selbst etwas für seine Fitness getan zu haben. Er sah, wie Hertha einigermaßen glücklich 2:1 gegen Leverkusen gewann. Inzwischen war es kurz vor acht. Er wollte heute nicht mehr anrufen, sondern abwarten. Der erste Zettel war ihm gestern auf dem Parkplatz am Bahnhof Zoo zugesteckt worden. Der Zweite heute früh auf dem Parkplatz an der Krone. Ein Dritter müsste dann spätestens morgen am Auto stecken, vermutlich mit einer weiteren Nummer. Leo Schneider wollte seinen Gegenspieler analysieren, entwickelte halb im Spaß eine Theorie zu seinem Vorgehen und beschloss, diese in der Praxis zu überprüfen.

Am Morgen erwachte er mit einem Gefühl der Leere. Heute war der 1. Mai, der Tag der Arbeit. Dummerweise fiel der dieses Jahr auf einen Sonntag. Leo Schneider wusste noch weniger als gestern, wie er seine Lage grundsätzlich verbessern konnte, und verschob die Entscheidung auf später. Zuerst wollte er nachprüfen, ob wieder so ein Zettel an seinem Auto steckte, und ging zum Bäcker Schrippen holen. Der Weg dorthin führte ihn an seinem geparkten Auto vorbei. Im Vorbeigehen schielte er auf die Windschutzscheibe. Nichts. Er näherte sich, umkreiste sein Auto, aber es gab keinen Zettel, weder an seinem noch an den anderen Autos. Schneider ging weiter und kehrte mit der Brötchentüte in der Hand in seine Wohnung zurück. Wenn nicht jetzt, dann später, dachte er. Den Vormittag verbrachte er damit, die Aufzeichnungen über Rizin 51 zu sichten, hörte dabei im Radio die kämpferischen Reden zum 1. Mai und verbrannte dabei alle Protokolle im Kaminofen. Die Rezeptur war so einfach, dass er sie sowieso im Kopf hatte. Er würde sie nie wieder vergessen und brauchte keine schriftlichen Protokolle. Es bedrückte ihn, dass Tanja davon wusste. Er hatte es ihr damals erzählt, ganz unverfänglich, wie sie über alle Sachen im Labor sprachen. Aber Tanja meinte, sie wüsste das Rezept nicht mehr und er hoffte, es war auch so. Die Fanatiker hatten sie schon einmal in ihrer Gewalt gehabt und würden vor nichts zurückschrecken, um an die Rezeptur zu kommen.

Am Nachmittag fuhr Schneider bei seiner Mutter vorbei, die allein lebte, und blieb dort auf eine Tasse Tee und ein Stück Kuchen. Sie erzählte ihm von dem Kinofilm, den sie gestern gesehen hatte. Er brauchte eine Weile, um ihr den Gedanken auszureden, dass er und Louisa sich zerstritten hatten, als sie hörte, dass Louisa plötzlich nach Frankreich abgereist war. Schließlich fuhr er, beunruhigt durch die Missverständnisse, die sich aus seinem Besuch ergeben hatten, nach Hause. Während der Fahrt spähte er nach einer Telefonzelle und sah im letzten Moment eine von der Sorte, die frei unter dem Himmel installiert und in den grau-rosa Tarnfarben der Telekom gestrichen waren. Er hielt an, holte den Zettel aus seiner Brieftasche und starrte auf die Zeilen „Rufen Sie an, Dr. Schneider." Langsam tippte er die Nummer Zahl für Zahl ein. Sein Herz schlug hörbar schneller als er nach dem Freizeichen eine Stimme hörte: „Guten Tag, Herr Dr. Schneider, ich freue mich, dass Sie sich melden."

20.

Als Bea am Sonntagnachmittag auf der neurologischen Station des Universitätsklinikums eintraf, war sie so nervös, dass sie sich mit dem Fahrstuhl im Stockwerk geirrt hatte und suchend durch die baugleichen Gänge der Gastroenterologie geirrt war. Ein Pfleger, der ihr auf dem Gang entgegenkam, schickte sie eine Etage tiefer. Bea rannte fast bis in das Arztzimmer, wo sie Dr. Harry Ruf fand. Der Arzt saß am Schreibtisch und besah Fotos, die wie Röntgenaufnahmen aussahen. Als er ihre Schritte hörte, sah er sie an, wie sie in der Tür stand. „Frau Nagel, schön, dass Sie hier sind." Er versuchte ein aufmunterndes Lächeln und zeigte auf einen freien Stuhl neben sich.

„Wie geht es meinem Mann?", fragte Bea.

„Er ist wach, das erste Mal", sagte der Arzt, „und die Heilung hat während des künstlichen Komas recht gute Fortschritte gemacht. Bevor wir zu ihm gehen, möchte ich mit Ihnen noch über die neuesten Befunde reden." Er legte die Aufnahmen auf den Schreibtisch. „Sehen Sie, bei Ihrem Mann haben wir jetzt eine MRT der gesamten Wirbelsäule vorgenommen, nachdem die Röntgenaufnahmen ein nicht ganz eindeutiges Ergebnis geliefert haben." Er deutete auf eine der Aufnahmen und hielt sie Bea vor das Gesicht.

Bea sagte nichts, aber fühlte, wie ihr das Blut in den Kopf stieg, und hörte ihr Herz bis unter die Haarspitzen. Der Arzt machte eine kurze Pause, räusperte sich und fuhr mit seinem Zeigefinger über die Strukturen, die auf dem Bild zu sehen waren. „Die MRT hat leider unseren Verdacht bestätigt, dass Ihr Mann Ronald durch den Unfall eine Verletzung der Wirbelsäule erlitten hat, die zu einer Lähmung der unteren Extremitäten führt. Zum Glück liegt die Verletzung nicht so hoch, dass die Atemfunktion beeinträchtigt ist, aber es liegt eine Lähmung ab den dritten Brustwirbeln vor."

Die Hitze in Beas Kopf wurde unerträglich, ihr Mund war so ausgetrocknet, dass ihre Stimme wie ein Krächzen klang. „Und was bedeutet das jetzt?" Sie sah den Arzt an, der die Aufnahmen wieder auf seinen Schreibtisch legte und dann ein Stück von sich weg schob.

„Das bedeutet, dass Ihr Mann auf unabsehbare Zeit seine Beine nicht mehr benutzen kann, Frau Nagel. Wir müssen sehen, ob seine Blasenfunktion beeinträchtigt ist, Genaueres wird noch durch die spinale Angiographie zu erfahren sein, aber im Moment ist es das, was ich Ihnen leider mitteilen muss." Er atmete tief durch und seine Schultern sanken wieder nach unten.

„Aber", sagte Bea, „wie sind denn die Aussichten? Wird er je wieder gehen können?"

„Sie müssen sich darauf einstellen, dass Ihr Mann für lange Zeit nicht ohne Hilfe gehen kann und einer strikten Medikation unterworfen sein muss. Nachdem er jetzt aus dem künstlichen Koma geweckt wurde, werden wir vorsichtig mit Rehabilitationsmaßnahmen beginnen, wir müssen auch noch weitere Befunde erheben. Später kann dann mit kontrollierter Mobilisation auf der Bettkante und dann im Rollstuhl begonnen werden, aber das braucht seine Zeit."

„Im Rollstuhl?", fragte Bea.

„Ja", sagte der Arzt. „Ihr Mann wird für eine nicht absehbare Zeit einen Rollstuhl benötigen und weitere Prognosen möchte ich zu dem jetzigen Zeitpunkt nicht wagen. Sehen Sie, er hat seine schweren Verletzungen besser überstanden, als wir dachten. Wir waren nicht sicher, ob er überhaupt überleben würde. Aber Ihr Mann ist jung und sein körperlicher Zustand war zum Unfallzeitpunkt sehr gut. Haben Sie Geduld mit ihm."

Bea musste sich zusammenreißen. Sie wendete ihr Gesicht ab, der Arzt sollte sie so nicht sehen. Sie gingen in das

Behandlungszimmer, in dem Ronny lag. Ronny war wach, seine Augen waren offen und er konnte seinen Kopf bewegen. Der Rest seines Körpers war noch immer an allen möglichen Geräten angeschlossen und hing darin wie in einem Spinnennetz. Bea war nicht sicher, ob er sie überhaupt erkannte. Er wirkte orientierungslos.

„Das ist normal, wenn sie das erste Mal wach sind", sagte jemand hinter ihr. Bea drehte sich um. Es war die rothaarige Schwester, mit der sie schon gesprochen hatte, als Ronny gerade eingeliefert worden war. „Er wird sich vielleicht auch später nicht daran erinnern, dass er Sie heute gesehen hat, auch wenn er jetzt wach ist."

Bea wirkte fassungslos. „Ronny", sagte sie nur. Er reagierte nicht auf ihre Stimme, seine Augen kreisten hin und her, aber sein Gesicht veränderte sich nicht, so als würde er sie nicht erkennen.

„Kommen Sie, Frau Nagel, das ist ganz normal, dieser Zustand nach dem Wecken", sagte der Arzt. „Es wird eine Weile dauern, bis Sie mit ihm sprechen können. Aber Sie machen mir akut Sorgen. Ich möchte Sie nicht so gehen lassen. Soll ich Ihnen nicht etwas zur Beruhigung geben?"

Bea schüttelte den Kopf. „Nein, nichts. Ich komme schon klar, danke. Also, ich bin dann morgen Nachmittag wieder hier." Sie verließ das Zimmer, schaute sich nicht mehr um, rannte fast, um aus der Station, aus diesem Krankenhaus zu kommen, das sich für sie als eine Quelle von immer neuen Hiobsbotschaften erwies.

Eine Stunde später wusste Bea gar nicht, wie sie überhaupt in das IEI gekommen war. Eigentlich hatte sie vorgehabt, nach Hause zu gehen, aber unbewusst hatte sie ihren Weg in das Institut gelenkt. Jetzt saß sie am 1. Mai, an einem Sonntagabend, in ihrem Büro und starrte blicklos vor sich hin. Das IEI war der Schlüssel zu ihrem und Ronnys Schicksal und nur dort konnte sie das Schicksal auf ihre Weise mit beeinflussen. Ihr Blick fiel auf ihren Schreibtisch und auf die Unterlagen zu den letzen Versuchen. Es waren die Botulinumtoxin Testreihen zur LD50 Bestimmung. Es war das, was Hellman von ihr verlangt hatte. Das, wofür er ihr versprochen hatte, Ronny eine Festanstellung zu verschaffen. Morgen musste sie mit Hellman reden, falls er überhaupt im Institut erscheinen würde.

Bea legte ihre Unterlagen zusammen. Sie war müde und lehnte sich in ihrem Bürosessel nach hinten, indem sie die Rückenlehne flach stellte. Sie schlief in dieser Haltung ein, ohne es zu merken. Als sie plötzlich wieder aufwachte, wusste sie nicht, wie viel Zeit inzwischen vergangen war. Für einen Moment war sie von der Umgebung, in der sie sich befand, verwirrt. Waren da nicht Stimmen gewesen, die sie geweckt hatten? Sie schaute auf ihre Uhr, es war Viertel nach eins. Tatsächlich, sie hatte in ihrem Bürosessel geschlafen, kein Wunder, so wie sie in der letzten Zeit bis zur Erschöpfung wach geblieben war. Bea stand auf und schaute in den kleinen Spiegel über dem Handwaschbecken. Ein müdes, blasses Gesicht, mit schwarzen Ringen unter den Augen, blickte sie an. Es war Zeit, nach Hause zu fahren, um wenigstens den Rest der Nacht im Bett zu verbringen. Morgen musste sie fit sein, vielleicht war es der entscheidende Tag. Würde Hellman kommen? Würde er sich umstimmen lassen? Bea hoffte es.

Als sie zur Tür ging und das Licht in ihrem Büro ausschaltete, hörte sie von draußen eindeutig Stimmen. Mindestens zwei Männerstimmen waren es, die sie vernahm, als sie die Türklinke langsam herunterdrückte, um möglichst keine Geräusche zu verursachen. Die Tür war jetzt einen Spalt geöffnet, der Flur lag im Halbdunkel. Licht kam nur von den Fenstern am Ende des Flurs, die zum Hof zeigten. Ein paar Meter vor sich sah sie zwei Männer in Straßenkleidung den Flur entlang in Richtung Fahrstuhl gehen. Sie hielt den Atem an, blieb stehen und lauschte. Einer der beiden trug einen großen eckigen Koffer in seiner Hand. Die Tür zu ihrem Büro lag in einer kleinen Nische. Bea drückte sich hinein, so dass sie vom Flur aus nicht gesehen werden konnte. Sie hielt ihre Tür halboffen, als Fluchtweg, falls die beiden umkehren sollten, und horchte in die Dunkelheit.

„Da hinten ist der Fahrstuhl“, sagte der eine, der nichts in der Hand trug, „aber nehmen wir sicherheitshalber die Treppe.“

„Ja, das macht jetzt auch keinen Unterschied mehr“, sagte der mit dem Koffer. „Wenn es um die Zeit geht, hätten wir schon vor fünf Tagen hier sein sollen. Die SÜ hat zwar nichts ergeben, aber die Geschichte stinkt doch an allen Ecken und Enden. Nur wegen dieses ständigen Gezerres zwischen den Abteilungen dauert alles so lange.

Für mich ist jedenfalls vollkommen klar, dass diese Sache eine Angelegenheit der Abteilung Zwei ist.“

“Möglich“, sagte der andere, „aber jetzt sind halt beide Abteilungen im Spiel und es hat schon Zeit gekostet, die Polizei von der Sache abzuziehen. Wenn dann noch der ständige Kompetenzstreit zwischen der Zwei und der Drei dazukommt.“

Die Tür klappte und die Stimmen verloren sich, die Männer waren im Treppenhaus. Irgendetwas sagte Bea, dass die beiden aus Schneiders Laborbereich gekommen waren. SÜ, Abteilung Zwei, das klang nach Behördenjargon. So, wie die beiden redeten und wie sie sich benahmen, waren es keine gewöhnlichen Einbrecher. Trotzdem wollte Bea ihnen auf keinem Fall begegnen. Sie blieb noch in ihrer Nische und lauschte, aber es blieb still. Bea ging zurück in ihr Büro. Sie wartete ein paar Minuten, nahm dann ihre Sachen, schloss die Tür ab und ging so leise wie möglich den Weg, der sie über den Altbau zur Pforte führte.

In dem Glaskasten saß ein älterer Mann mit einer Uniformmütze vom Wachschutz, der nach acht Uhr den Dienst übernahm. Bea trug sich aus dem Besucherbuch aus und fragte beiläufig. „Bin ich die Einzige, oder sind noch andere heute am Arbeiten?“

Er sah in das Besucherbuch. „Heute? Am Sonntag! Na, es ist ja schon Montag und gestern war der 1. Mai!“ Er zog die Augenbrauen hoch und sein dicker Finger fuhr die Spalte in dem Buch aufwärts. „Warten Sie mal, doch ja, Herr Dr. Hartmann aus der Abteilung Elektro.. äh …“

„Elektronenmikroskopie“, ergänzte Bea, „ja, der ist eine Nachteule, aber sonst noch jemand? Haben Sie vielleicht zwei Herren gesehen, einer davon mit einem Koffer?“

„Zwei Herren?“, fragte er ungläubig. „Mit einem Koffer, um diese Zeit! Also mir sind die nicht untergekommen. Nein, niemand bis auf Sie, Frau Doktor.“ Er strahlte sie an. „Und Sie gehen ja jetzt. Nach Hause hoffe ich? Ich wünsche Ihnen eine gute Nacht.“ Dabei legte er seine graue Uniformmütze vor sich auf den Tisch und begann sich am Kopf zu kratzen. Bea bemerkte, wie Schuppen von seinem Kopf auf das Papier rieselten, und hörte im Hintergrund leise einen kleinen Fernseher. Wahrscheinlich bekam der Nachtwächter gar nicht alles mit, was hier ablief.

Bea hatte Glück. Sie erwischte noch eine U-Bahn, bevor der Betrieb bis zum frühen Morgen unterbrochen wurde. Die Bahn war überraschend voll. Bea war um diese Zeit selten mit öffentlichen Verkehrsmitteln unterwegs. Viele junge Leute, eine aufgeheizte Stimmung und alle schrien, um sich gegenseitig zu übertönen. Nach ein paar Momenten verstand sie, die meisten von denen waren auf der 1. Mai Demonstration in Kreuzberg gewesen. Offenbar war es dort wieder heiß hergegangen. Einer von ihnen hatte eine Platzwunde am Kopf und trug einen notdürftigen Verband aus einem zerrissenen T-Shirt, das seinen Irokesenhaarschnitt halb überdeckte und ein paar Blutflecke aufwies. Seine grell bemalte Jacke trug die Aufschrift: *Punk, not dead!* Als Bea ihn zu lange anstarrte, sagte er zu seinem Nachbarn: „Ey, Alta, haste jesehn, wie ick dem Bullen eene uff die Fresse jehaun habe?" Er grinste Bea dabei herausfordernd an.

Sie blieb an der Tür stehen, während die U-Bahn an den Stationen stoppte und dann wieder weiterfuhr. Das, was sie eben gehört hatte, brachte sie wieder zurück zu den nächtlichen Geschehnissen im IEI. Die beiden Männer konnten offiziell nur über die Pforte in das Institut gekommen sein. Es sei denn, sie hätten Schlüssel für die wenigen Eingänge, die noch von der Straße aus geöffnet werden konnten. Nach dem Überfall auf Schneider waren die Sicherheitsmaßnahmen verstärkt worden. Schlösser waren ausgetauscht worden und man konnte auch nicht mehr von der Tiefgarage aus direkt in das Institutsgebäude gelangen.

Polizisten waren es nicht gewesen und beim Pförtner hatten sie sich nicht blicken lassen. Bea dachte an den Polizisten, Polizeihauptkommissar Neumann, wie er betont hatte. Ein misstrauischer Mensch, sie war über seine gemeinen Verdächtigungen entsetzt. Was war eigentlich seitdem mit Neumann passiert? Der wollte sich doch wieder bei ihr melden, war doch so hinterher. Ein eifriger Polizist und plötzlich hörte man nichts mehr von ihm. Man brauchte nur eins und eins zusammenzuzählen. Hatte nicht einer der beiden Männer im Flur davon gesprochen, dass die Polizei von der Sache abgezogen wurde? Und wer war danach an die Stelle der Polizei getreten?

Am Sophie-Charlotte Platz stieg Bea aus. In der Nähe ihrer Wohnung wurde es ihr wieder schmerzlich bewusst, in welcher

Situation sich Ronny und sie befanden. Dagegen war alles unwichtig, woran sie vorher gedacht hatte. Sie fiel gegen zwei Uhr morgens ins Bett, mit dem Gefühl, am liebsten nicht mehr aufwachen zu müssen.

21.

Schneider hielt den Telefonhörer in der Hand und sagte im ersten Moment nichts, es hatte ihm die Sprache verschlagen. Bevor er überhaupt nur piep gesagt hatte, wusste sein Gegenüber bereits, wer angerufen hatte. Dabei hatte er doch extra einen anonymen Festnetzapparat auf der Straße benutzt. Unwillkürlich drehte er sich um die eigene Achse, schaute, ob es jemanden gab, der ihn beim Telefonieren beobachtete. Aber es war Sonntag und auf dieser ruhigen Straße war niemand zu sehen. Nachdem Schneider die Überraschung überwunden hatte, fragte er: „Wer sind Sie denn?“

Für einen Moment hörte er nichts, nur ein Rauschen, dann wieder die Stimme: „Ich weiß, dass Sie in großen Schwierigkeiten sind, und kann Ihnen helfen.“

„Helfen? Sie können mir helfen? Warum und wobei denn? Was wissen Sie denn von meinen angeblichen Schwierigkeiten? Ich kenne Sie doch gar nicht, oder?“

„Herr Dr. Schneider, ich weiß eine Menge über Sie. Man hat Sie an eine Arbeit gesetzt, die Ihnen nur Ärger einbringt. Ihre Chefs machen Ihnen das Leben zur Hölle. Ihre Frau Louisa ist nach Frankreich gefahren, weil sie den ganzen Stress mit dieser Situation nicht mehr aushält. Wollen Sie noch mehr hören?“

Das war eine ganze Menge, was der von ihm wusste, Schneider war perplex. Die undichte Stelle im Labor, das war sie. „Sie spionieren mir nach!“, sagte er empört: „Was wollen Sie denn von mir?“

„Sie näher kennenlernen, Herr Dr. Schneider. Ich glaube, wir können uns gegenseitig helfen, Sie müssen es nur wollen. Denken Sie doch einmal darüber nach. Ich danke Ihnen sehr, dass Sie angerufen haben.“ Es klickte, sein Gesprächspartner hatte aufgelegt. Schneider war frustriert, sein Stalker ließ ihm nicht einmal die Möglichkeit, noch etwas zu erwidern. Sofort wählte er die Nummer noch einmal, aber mehr als eine Ansage, der Anschluss wäre vorübergehend nicht erreichbar, gab es für ihn nicht zu hören. Der Bursche wollte ihn auf kleiner Flamme gar kochen. Wahrscheinlich konnte er jedes

Gespräch von ihm mithören. Ohnmächtig und wütend zerriss er die beiden Zettel mit den Telefonnummern, warf die Schnipsel auf die Straße, stieg in sein Auto und fuhr mit viel zu hoher Geschwindigkeit nach Hause.

Nachdem er es ausgeschaltet hatte, steckte der Ingenieur sein Handy in die Tasche, schlenderte langsam zurück in das Café *Hisar* und bestellte bei Yusuf einen Tee. Na, also. Es lief doch! Schneider hatte angerufen, das war mehr, als er sich erhofft hatte. Schneider musste das Wasser schon bis zum Hals stehen. Seine Telefonate, die er in den letzten Wochen abgehört hatte, sprachen Bände. Der saß vollkommen in der Patsche, hatte Skrupel und war unsicher, was er als Nächstes tun sollte. Sein Selbstvertrauen war dementsprechend.

Der Trick mit den SIM-Karten funktionierte gut. Er hatte die Möglichkeit, sie nach Belieben zu ändern und die Nummern konnten nicht zurückverfolgt werden. Man nannte ihn eben nicht umsonst den Ingenieur. So schnell konnte ihm keiner etwas vormachen, die Deutschen sollten ihm erst einmal auf die Schliche kommen. Er trank einen Schluck Tee und lächelte versonnen vor sich hin.

Schneider hatte jetzt angebissen. Phase Zwei des Kontaktes konnte beginnen, wann und wo immer er wollte. Zuerst galt zu erfahren, wo Schneiders Schwachstellen lagen. Es war gut, dass seine Frau fort war. Die ständigen Anrufe hatten sie nervös gemacht. Offenbar wollte sie auch nicht so schnell wiederkommen und das Alleinsein machte Schneider verwundbarer. Der Ingenieur kannte die Straße, in der sie wohnten. Dann und wann war er dort vorbeigefahren. Er hatte beobachtet, wie Schneider seine Frau zum Bahnhof gebracht hatte. Es war ein Kinderspiel gewesen, den beiden zu folgen. Er sah, wie sie sich auf dem Bahnhof voneinander verabschiedeten. Kurz bevor Schneider zurück zu seinem Auto ging, war er über den Parkplatz gelaufen, hatte die Werbezettel verteilt und für Schneider den mit der Telefonnummer auf der Rückseite. Niemand hatte sich dafür interessiert, was er da machte. Von Schneiders Beschattern hatte er nichts gesehen, die blieben wohl lieber in ihrem Lastwagen vor dessen Wohnung. Weil Schneider jetzt überwacht wurde, konnte er die angezapfte Telefonanlage im Institut, über die er ihn wochenlang abgehört hatte, nicht mehr verwenden.

Aber eigentlich brauchte er das auch nicht mehr. Er hatte ja jetzt einen viel direkteren Zugang zu ihm.

Das Klingeln des Telefons weckte sie unsanft. Ihr war, als hätte sie tief geschlafen, aber sie war trotzdem nicht ausgeruht. Am Telefon war Jacek. „Frau Doktor, entschuldigen Sie die Störung, aber Sie hatten sich nicht gemeldet und wir haben uns Sorgen gemacht." Bea schaute auf die Uhr, es war schon spät am Vormittag. „Ich komme gleich Jacek, war gestern noch lange im Institut gewesen und habe morgens länger geschlafen. Gibt es sonst etwas Neues?"

Jacek zögerte einen Moment und sagte dann: „Maria hat Herrn Professor Hellman heute im Institut gesehen. Er schaut etwas lädiert aus, wenn ich es so sagen darf. Ich hoffe, Ihrem Mann geht es schon besser. Es tut uns wirklich leid, was passiert ist, er ist so ein netter Kollege." Jacek schwieg einen Moment. „Bevor ich es vergesse, Tanja hatte heute schon zweimal nach Ihnen gefragt."

Bea beeilte sich, trank im Stehen schnell einen Kaffee, Hunger hatte sie nicht und war zehn Minuten später schon auf der Straße. Als sie ihr Büro aufschloss, war alles so, wie sie es gestern hinterlassen hatte. Ob diese beiden Männer gestern Nacht auch bei ihr im Büro gewesen waren? Sie war sich sicher, die waren vom Geheimdienst, was sollten sonst diese kryptischen Bemerkungen bedeuten. Bea fuhr ihren Computer hoch. Sie suchte im Internet nach dem Stichwort SÜ, außer Süd, was keinen Sinn gab, fand sie nichts. SÜ, Abteilung Zwei, diese Abkürzungen waren typischer Behördenjargon, auch am IEI benutzte man solche Abkürzungen gerne. Unter dem Stichwort Geheimdienst gelangte sie nach einigen Mausklicks auf die Seite *Geheimdienste.org, Nachrichten über Geheimdienste*. Überraschenderweise gab es sogar drei davon in Deutschland, die alle infrage kamen. Das Bundesamt für Verfassungsschutz (BfV), der Bundesnachrichtendienst BND und schließlich der Militärische Abschirmdienst MAD. Beim BfV fand sie nichts, was zu den Bemerkungen der beiden Männer gepasst hätte. Beim BND gab es mehrere Abteilungen. Die von dem Kofferträger erwähnte Abteilung 2 war mit fernmeldeelektronischer Aufklärung und Kommunikationsüberwachung befasst, die Abteilung 3 mit Bedarfsplanung und Analyse der gewonnenen Informationen. Na klar. Das war es. Telefonüberwachung! Allerdings verstand sie nicht, warum es Konflikte zwischen diesen beiden Abteilungen gab, wenn die eine die Daten sammeln und die andere sie auswerten sollte. Aber bei Behörden war so etwas trotzdem üblich. Es ging dabei nicht so sehr um die Sache, sondern um Einfluss, Prestige und um Konkurrenz zwischen den einzelnen Abteilungen.

Schließlich gelangte Bea auf die Internetseite des MAD. Auch in dieser *Firma* gab es mehrere Abteilungen. Die Abteilung II hatte mit Extremismusabwehr zu tun, die Abteilung III mit Spionageabwehr. Terroristen und Spione. Das konnte genauso gut zutreffen! Jetzt war Bea nicht viel schlauer als vorher, aber bei weiterem Suchen stieß sie auf das Akronym SÜ, das in der Sprache der Dienste für Sicherheitsüberprüfung stand. Nun war alles klar. Egal ob BfV, BND oder MAD, die Männer waren von einem der drei Geheimdienste, und würden über kurz oder lang jeden ihrer Schritte überwachen und kontrollieren. Schneiders Bereich hatten sie bestimmt letzte Nacht verwanzt. Fernmeldeaufklärung, oder wie hieß das noch? Ein Plan, der in Beas Hinterkopf schon geschlummert hatte und nur darauf gewartet hatte, geweckt zu werden, begann Gestalt anzunehmen. Die Zeit dafür wurde jetzt knapp. Sie musste bald handeln, sonst würde es dafür zu spät sein.

Am Morgen des 2. Mai wachte Leo Schneider auf und vermisste seine Frau. Die Stille in der Wohnung, die er früher manchmal herbeigesehnt hatte, belastete ihn. Er frühstückte hastig und fuhr bald ins Institut, ohne recht zu wissen, was er dort machen wollte. Das Auto vom Tiefbauamt stand immer noch an seinem alten Platz. Sollten sie! Er wollte mit niemandem über das merkwürdige Telefongespräch von gestern reden. Dieser komische Vogel, woher wusste der sofort, wer am Telefon war? Wahrscheinlich hatte er die Nummern nur Schneider mitgeteilt, so einfach war das. Und die Einzelheiten aus Schneiders Privatleben? Entweder hörte der Kerl ihn schon lange ab, oder er bekam seine Informationen von jemand anderem.

Im IEI war alles wie gewöhnlich, und wenn Krantz und seine Günstlinge nicht gewesen wären, hätte Schneider sich sogar darauf gefreut, arbeiten zu können. Im Büro setzte er sich an seinen Computer und suchte automatisch nach der Maus. Er fand sie nicht, und als er hinsah, sah er sie auf der rechten Seite liegen. Schneider war Linkshänder und seine Maus lag immer links. Allerdings blieb ihm keine Zeit, sich darüber Gedanken zu machen. Tanja hatte bemerkt, dass er gekommen war, und wollte mit ihm das Tagesprogramm besprechen. Sie hatte Bea nicht erreicht, Jacek und Maria wussten auch nicht, wo Bea war. Eigentlich waren sie für heute früh verabredet gewesen, um über die Botulinum-F-Präparationen zu sprechen.

Schneider fand das nicht so verwunderlich. „Vielleicht war Bea gestern Abend noch lange im Krankenhaus. Weißt du eigentlich, wie es Ronald geht? Bea ist so gereizt, ich will sie lieber nicht danach fragen." Tanja wusste es auch nicht.

Erst kurz vor Mittag kam Bea vorbei, um mit Tanja zu reden. Sie schaute sich auffällig in Schneiders Büro um, als wäre sie vorher noch nie dort gewesen, bis er sie schließlich fragte, ob sie etwas Bestimmtes suche. Bea verneinte, und nachdem sie mit den beiden ihre Experimente zur LD50 Bestimmung besprochen hatte, verschwand sie wieder.

„Sie sieht so blass aus", sagte Tanja, „als wäre sie die ganze Nacht wach geblieben. Geht wahrscheinlich nicht so gut mit Ronny."

„Glaube ich auch. Nachdem, was Louisa von dem Arzt gehört hat, bleibt Ronald wahrscheinlich für immer gelähmt", sagte Schneider. „Der Einzige, der den beiden wenigstens materiell helfen könnte, ist Hellman."

Bei dem Gedanken verzog er sein Gesicht und ging ins Büro, um sich die Protokolle zu dem *Clostridium* Stamm, der BoNT-A produzierte, anzusehen. Die Gene für Botulinumtoxin waren übertragbar und das war immerhin eine interessante Entdeckung. Eine Aufgabe, die ihn eine Weile beschäftigen konnte, zumindest, bis ihm klar war, was er in Zukunft machen wollte. Dann fiel ihm der Stalker wieder ein. Jemand beobachtete ihn auf Schritt und Tritt und er wusste nicht einmal, wie der das bewerkstelligte und geschweige denn, wer es war. Tanja kam wieder zurück. Sie hatte noch Fragen, die Schneider für eine Weile von seinen düsteren Grübeleien ablenkten.

Am Nachmittag rief Arnold an. Schneider war überrascht. Seit der Geschichte mit Drewitz hatte der Vize ihn geschnitten und wenn, nur über Dritte mit ihm kommuniziert. Arnold teilte ihm mit, es hätte sich eine Delegation von Industrievertretern zu Besuch im IEI angekündigt. Geplant war das Treffen für den 8. Mai, also schon für kommenden Montag. Es sollte um eine Zusammenarbeit bei der Produktion von Nachweissystemen für Rizin und Botulinumtoxinen gehen.

Bisher hatte man sich immer bemüht, die Industrie aus Angelegenheiten des halbstaatlichen Institutes herauszuhalten, schon wegen der möglichen Interessenkollision. Das schien jetzt keine Rolle mehr zu spielen: „Das Institut kann nicht alles alleine bewerkstelligen, dazu haben wir weder die Mittel noch das Personal", sagte Arnold. „Außerdem sind wir in erster Linie ein Forschungsinstitut und keine Produktionsstätte. Im Ernstfall werden große Mengen Tests zum Nachweis dieser Stoffe benötigt und auch die Bundeswehr ist daran interessiert. Wir müssen daher mit der Industrie kooperieren. Ich erwarte, dass Sie sich loyal verhalten. Weitere Einzelheiten teile ich oder Herr Hellman Ihnen noch mit."

Auch das noch, dachte Schneider. Jeden Tag wurden es mehr Leute, die begierig auf die Methoden waren, die sie in den letzten Wochen und Monaten entwickelt hatten. Hinter dieser Neugierde steckten entweder Angst, Machtstreben oder finanzielle Interessen. Alles in allem, keine besonders ehrenhaften Motive. Und was war mit ihm? Er schwamm doch irgendwie auf dieser Welle mit. Wie ein Holz in der Brandung, das irgendwo an eine Küste schlagen würde. Ohne eigene Kraft, hin und hergeworfen, abhängig von Wind, Wellen und Meeresströmung.

Das Bild des Meeres weckte bei ihm Erinnerungen. Schneider schloss die Augen, atmete tief ein und sah in Gedanken den Ozean vor sich, glaubte die salzige Luft zu spüren, die vom Meer heranwehte. Plötzlich hatte er eine tiefe Sehnsucht nach Meer, Sonne, Wind und Sand. Er rief spontan Louisa an, sagte er wüsste, was er wollte, im Juni nach Rennes kommen und mit ihr eine Zeit am Atlantik verbringen. Bestimmt wüsste er dann, was er in Zukunft machen wollte. Louisa freute sich und versprach sich um Adressen von Ferienwohnungen zu kümmern. „Ist alles in Ordnung mit dir?", fragte sie dann. „Steht der Kastenwagen noch vor unserer Wohnung?" Leo versuchte, ihre Sorgen zu zerstreuen. „Pass auf dich auf", sagte sie noch, bevor sie auflegte.

Bea hatte in Schneiders Büro trotzdem nichts Auffälliges bemerkt, aber Agenten waren Profis, und wenn sie die Büros verwanzt hatten, dann würden weder Schneider noch sie es mitbekommen. Einen Moment hatte sie überlegt, Schneider ihren Verdacht mitzuteilen, aber was würde das bringen? Sie konnte dadurch nur eine Menge Ärger und unerwünschte Aufmerksamkeit bekommen, also schwieg sie. Was wirklich wichtig war, hatte sie schon einen halben Tag vor sich hergeschoben, der Anruf bei Hellman. Bea zwang sich zu Ruhe, holte tief Luft und wählte dann Hellmans Nummer. „Ziegler, Apparat Professor Hellman", meldete sich eine Stimme, die sie in unangenehmer Erinnerung hatte.

„Beatrix Nagel, ist Professor Hellman bitte zu sprechen?" Frau Ziegler antwortete nicht. Bea hörte sie tuscheln, die Hörmuschel hatte sie wahrscheinlich mit der Hand abgedeckt.

Nach einem Moment meldete sich Hellman. „Ja, Frau Nagel, worum geht es denn?" Seine Fistelstimme hatte zusätzlich noch einen Lispelton. Nachdem was ihr Sybille erzählt hatte, wohl wegen seiner aufgeplatzten Lippe, dachte Bea.

„Ich wollte mit Ihnen über die Ergebnisse zu den Botulinumtoxin Testreihen sprechen." Bea zögerte, eigentlich ging es ihr ja um etwas ganz anderes.

Hellman schien das zu spüren. „So? Wirklich nur darüber, Frau Nagel?"

„Nein, nicht nur darüber, also ich wollte …" Bea ärgerte sich, dass sie so zurückhaltend war. Sie hatte den Eindruck, Frau Ziegler hörte im Hintergrund alles mit. „Also ich wollte mit Ihnen auch über meinen Mann sprechen …", sagte Bea schließlich.

„Ihr Mann wollte mich umbringen", kommentierte Hellman.

„Können wir nicht persönlich darüber reden, haben Sie vielleicht einen Moment Zeit?"

„Um über Ihren Mann zu reden?", fragte er. „Das kann ich Ihnen auch am Telefon sagen. Ihr Mann ist unzurechnungsfähig. Er hat mich bedroht, geschlagen und …"

„Ich weiß nicht, was mit ihm los war", unterbrach ihn Bea, „aber er ist durch seinen Unfall querschnittgelähmt, er muss im Rollstuhl sitzen."

„Das ist doch nicht meine Schuld", protestierte Hellman. „Es tut mir natürlich leid, aber ich habe ihm nichts getan."

„Nein, aber Sie sind seine einzige Chance. Ermöglichen Sie ihm doch weiter im Institut zu arbeiten, er hat doch sonst überhaupt nichts mehr, was seinem Leben einen Inhalt gibt …“

„Er hat Sie, Frau Nagel und ich hatte ihm schon vorher gesagt, dass keine Möglichkeit einer Festanstellung für ihn besteht. Nach diesem Vorfall sollte er froh sein, wenn ich nicht Anzeige erstatte. Ich habe bisher davon Abstand genommen, aber …“

„Geben Sie ihm doch wenigstens eine Chance, nur damit er für die nächste Zeit, wenn er aus dem Krankenhaus kommt, eine Aufgabe hat, die ihn …“ Bea erschreckte sich, wie klein sie sich machte. Warum trat sie so ängstlich auf? Sie überwand sich und sagte mit mehr Nachdruck: „Herr Professor Hellman, ich habe alles so schnell und so gut gemacht, wie Sie es vorgegeben hatten. Ich habe die ganzen Ergebnisse der Testreihen fertig und Sie hatten mir versprochen …“

„Versprochen? Versprechen Sie sich mal nicht, Frau Nagel, ich hatte gar nichts versprochen. Reden Sie nicht so einen Unsinn, das kann Folgen für Sie haben, wenn Sie so etwas behaupten“, sagte er mit einem drohenden Unterton.

Bea merkte, dass ihr die Tränen kamen. Im Hintergrund hörte sie die meckernde Stimme von Frau Ziegler. Diese Qualle hört alles mit, dachte sie. „Vielleicht können wir doch noch später über die ganze Sache reden?“ Bea unterdrückte ein Schluchzen, sie konnte kaum noch sprechen.

„Später reden ja, können wir“, sagte Hellman. „Sie haben ja noch Ergebnisse, die Sie mir zeigen wollten. Sie müssen auch an Ihre Zukunft denken, Frau Nagel. Wir machen einen Termin, wenn Sie soweit alles zusammengestellt haben. Bis dann, auf Wiederhören.“

Hellman hatte aufgelegt. Bea saß da und ließ ihren Tränen freie Bahn. Ihr Gefühl sagte ihr, dass Hellman Ronny keine Chance geben würde. Im Grunde hatte Ronny nie eine Chance bei Hellman gehabt und der war froh über jeden Vorwand, mit dem er alles abstreiten konnte, was er vorher zugesagt hatte. Den Rest des Tages verbrachte Bea in ihrem Büro mit immer den gleichen, endlosen Grübeleien. Die Aussichtslosigkeit der Situation erlaubte keinen klaren Gedanken. Sie dachte an Ronny, wie er an Geräten angeschlossen auf der Intensivstation lag. Jetzt wusste sie nicht mehr weiter. Als Jacek klopfte und die Tür öffnete, schickte sie ihn mit einer brüsken

Handbewegung hinaus. Bea verließ das IEI am frühen Nachmittag, um ins Universitätsklinikum zu fahren.

Als sie eine halbe Stunde später in das Krankenzimmer trat, hatte Ronny die Augen offen. „Ronny“, sagte Bea nur und nahm seine Hand.

„Bea, ich kann mich an gar nichts mehr richtig erinnern, der Arzt sagt, ich hatte einen schweren Unfall und darf mich nicht bewegen. Was ist denn passiert?“

Bea erzählte ihm bruchstückweise, was passiert war und fragte, ab welchem Zeitpunkt er keine Erinnerung mehr hatte. Ronny konnte sich noch daran erinnern, sich mit Hellman gestritten zu haben. Aber auf welche Weise er das IEI verlassen hatte und wie es zu dem Unfall gekommen war, davon wusste er nichts.

„Bea, ich fühle meine Beine gar nicht, was ist denn los? Der Arzt sagt, das wird besser, ich muss aber Geduld haben.“

Sie konnte ihn nicht anschauen, drehte sich weg und suchte mit den Augen den Arzt, der ein paar Meter hinter ihr stand. „Ja, du musst Geduld haben, Ronny“, schluchzte sie fast. „Du musst wieder gesund werden, alles andere wird dann schon.“

Harry Ruf kam an das Bett. „Sie haben so gute Fortschritte gemacht, Herr Nagel, es wird von Tag zu Tag besser, jetzt brauchen Sie erst einmal viel Geduld und eine Menge Zeit.“ Er gab Bea ein Zeichen, dass es für heute reichte.

Bea gab Ronny einen langen Kuss. „Bis morgen, da können wir länger miteinander reden. Sie folgte dem Arzt aus dem Stationszimmer. „Gibt es was Neues?“, fragte sie, als sie mit ihm allein war.

„Keine besseren Nachrichten als gestern“, sagte der Arzt. „Wir haben ihm noch nichts gesagt, das ist zum jetzigen Zeitpunkt auch nicht angebracht, aber irgendwann müssen wir Ihrem Mann Stück für Stück beibringen, das er gelähmt bleiben wird.“

„Bleiben?“, fragte Bea.

„Nach dem Stand der Dinge. Abschließendes kann man nie sagen, aber …“ Er legte Bea seine Hand auf ihren Arm. „Sie müssen beide tapfer sein und übrigens“, er übergab Bea eine Mappe mit diversen Schriftstücken, „das sind die Unterlagen für Ihre Krankenkasse. Damit können Sie Anträge auf Pflege und Rehabilitationsmaßnahmen stellen. Alles was Sie brauchen, wenn Ihr

Mann wieder zu Hause ist. Eventuell sollten Sie auch in Betracht ziehen, in eine Wohnung umzuziehen, die …“ Er wollte sagen, behindertengerecht ist und verkniff sich das Wort, als er Beas verzweifeltes Gesicht sah. „Die Ihnen den Alltag mit Ihrem Mann erleichtert“, sagte er schließlich, weil ihm kein besseres Wort einfiel.

22.

Streng geheim! Nur für den Dienstgebrauch! Stand fettgedruckt quer auf dem Umschlag mit dem Bericht, den Oberst Erich Werneuchen, Abteilungsleiter im MAD in Köln, am Montag in seiner Hauspost fand. Nachdem er das Siegel von der Umlaufmappe entfernt hatte, setzte er sich in seinen schwarzen Ledersessel und begann zu lesen, wobei er mechanisch mit der rechten Hand seinen Kaffee umrührte. Es ging um die Vorfälle im Berliner Institut für Experimentelle Infektiologie, eine der wenigen zivilen Einrichtungen, die sich mit militärisch relevanten Forschungen an Biowaffen beschäftigten. Werneuchen war aus Prinzip dagegen, Zivilisten mit militärischen Angelegenheiten zu betrauen. Zivilisten fehlte es einfach an Disziplin und Gehorsam, um solche Aufgaben mit der nötigen Verschwiegenheit und Einsatzbereitschaft zu bearbeiten. Die Bundeswehr hatte doch entsprechende Einrichtungen für solche Arbeiten. Warum ließ man diese unsicheren Kantonisten überhaupt an so etwas heran? Und jetzt, wo es wegen dieser Zivilisten haufenweise Pannen gegeben hatte, war der MAD gut genug, um den Schaden in Grenzen zu halten.

Werneuchen blies hörbar die Luft aus seiner Nase, zündete sich eine Zigarre an und begann den dicken Bericht auszugsweise zu lesen. Er wollte sich zuerst über die Entwicklungen der letzten Tage informieren, um schnell Entscheidungen über weitere Maßnahmen fällen zu können. Stirnrunzelnd blätterte er in der Akte, bis er die entsprechenden Seiten fand:

… wurde daher am 1. Mai eine Observation der Arbeits- und Privaträume der Zielpersonen Schneider und Schlosser durchgeführt. Die Überprüfung der Fernsprecheinrichtungen im Institut für Experimentelle Infektiologie (IEI) und die Rekonstruktion der an der Anlage vorgenommenen Manipulationen haben ergeben, das für einen Zeitraum von mehreren Monaten die Möglichkeit bestand, Telefongespräche, die innerhalb des Institutes von den Dienstapparaten geführt wurden, von außen abzuhören. Offenbar erfolgte die Manipulation im Rahmen

von Servicearbeiten an der institutseigenen Telefonanlage, die letzten Servicearbeiten wurden am 11. November vergangenen Jahres durchgeführt. Eine Überprüfung der Mitarbeiterliste der hiermit beauftragten Firma Halitel wird durchgeführt. Entsprechende Sicherungsmaßnahmen zur Verhinderung weiterer Manipulationen wurden sofort eingeleitet. Maßnahmen zur Kommunikationsüberwachung von sicherheitsrelevanten Bereichen des Institutes wurden unverzüglich ergriffen …

Werneuchen übersprang den Abschnitt mit den Aufzählungen der üblichen Maßnahmen und den gesetzlichen Grundlagen, er war neugierig auf das, was die Untersuchung ergeben hatte:

… und die Überprüfung der von den Zielpersonen Schneider und Schlosser verwendeten Arbeitsrechner in den Büros und zugehörigen Laboren hat ergeben, dass Schneider versucht hat, Laborprotokolle mit Daten zur Herstellung von bioterroristisch relevanten Agenzien von der Festplatte seines Arbeitsrechners zu löschen. Durch unsere Experten konnten Fragmente der Dateien wiederhergestellt werden, die darauf hindeuten, dass die Zielperson mögliche Kenntnisse hat, die mit der Eignung von Rizin als Kriegswaffe in Zusammenhang stehen. Eine genaue Rekonstruktion der hierzu dokumentierten Arbeitsabläufe, die im Labor der Zielperson dazu erfolgt sind, ist aufgrund beschädigter oder überschriebener Dateien, die auf der Festplatte des Rechners lokalisiert werden konnten, nicht vollständig möglich. Eine Abstimmung mit den an der Observation beteiligten Dienststellen sollte unverzüglich erfolgen, um geeignete Maßnahmen zu beschließen, die sicherstellen, dass die von der Zielperson erworbenen Kenntnisse zu biologischen Waffen nicht in Hände geraten, die sie zum Schaden der Bundesrepublik verwenden könnten ...

Werneuchen ließ den Bericht in seiner Hand sinken und schüttelte den Kopf. Mit seiner linken Hand fuhr er sich durch sein graues, militärisch kurzgeschnittenes Haar. Er schaute auf seinen Schreibtisch und sein Blick fiel auf das Foto seiner Frau und seinen zwei Söhnen. Möglicherweise hatten diese Zivilisten Kenntnisse, die militärisch von Bedeutung waren. Er stieß den Rauch seiner Zigarre aus und schlug mit seiner Hand auf die Tischplatte. Genau das war sein Einwand gewesen, als mit diesen Anthraxbriefen die Diskussion begann, wer sich darum kümmern sollte. Bei den Verbündeten in der NATO war das klar. Bioterror war eine militärische Angelegenheit und die zuständigen Ministerien ließen sich hier nicht reinreden. In Deutschland überwogen die Bedenkenträger. Diese ewige Diskussion, ob diese Sachen auf Bundesebene oder auf die der

Länder gehörten. Am Ende hatten sich einflussreiche Leute, die den zivilen Sektor einbinden wollten, mit ihren Vorstellungen durchgesetzt. Er erinnerte sich an diesen Juristen Dettmann, ein Sozi oder Liberaler, der ihn ständig mit seinen verfassungsrechtlichen Einwänden den Nerv getötet hatte. Werneuchen las stirnrunzelnd weiter und zog an seiner Zigarre.

… die Sicherheitsüberprüfung der operativ bearbeiteten Personen, die erfolgt war, bevor sie mit bioterroristisch relevanten Forschungen beschäftigt wurden, hatte keine Hinweise auf eine ausgehende Gefährdung ersehen lassen. Allerdings zeigten Schneider und Schlosser, nachdem sie die entsprechenden Tätigkeiten aufgenommen hatten, in ihren Äußerungen gegenüber den Vorgesetzten eine gewisse Distanz zu den notwendigen Maßnahmen, die der Staat zur Abwehr der bioterroristischen Bedrohung ergreifen muss. Da beide Personen sich nicht bedingungslos zu den notwendigen Maßnahmen der Terrorismusbekämpfung bekennen, sollte ihre weitere Tätigkeit in diesem sicherheitsrelevanten Bereich unterbunden werden. Allerdings sollte diese Maßnahme erst dann wirksam werden, wenn sämtliche Informationen, die beide Zielpersonen im Rahmen ihrer Arbeiten zu bioterroristisch relevanten Agenzien erhoben haben, auch den zuständigen Stellen zugänglich gemacht worden sind. Gleichermaßen muss sichergestellt werden, dass die Zielpersonen ihre Kenntnisse nicht zum Schaden der Bundesrepublik Deutschland einsetzen können …

Werneuchen fasste sich an die Stirn. Genau das, was er immer vorausgesagt hatte. Er blätterte in dem Bericht zurück, bis er die Angaben zur Person Schneiders fand. Es fing schon damit an, der Mann hatte nie seinen Wehrdienst geleistet. Schneider war in Westberlin geboren und aufgewachsen. Weil diese Halbstadt unter der Kontrolle der alliierten Schutzmächte stand, mussten Westberliner keinen Wehrdienst leisten. Zum Glück war es damit jetzt vorbei. Nach der Wende hatte man dann bevorzugt Westberliner eingezogen. Diese Leute sollten begreifen, dass es für sie keine Sonderbehandlung mehr gab.

… die operative Überwachung des Leonhard Schneider hat ergeben, dass er zu spontanem Aktionismus neigt und seine Handlungen unberechenbar und nur schwer zu erfassen sind. Eine Durchsuchung der Wohnung des Leonhard Schneider wurde nach der Abreise seiner Frau Louisa nach Frankreich durchgeführt. Es ergaben sich keine Hinweise auf mögliche verfassungsfeindliche Einstellungen und Tätigkeiten aber auch keine Hinweise zu Arbeiten, die von S. am IEI durchgeführt wurden. Es wird dringend empfohlen, zur Überwachung der

Ehefrau der Zielperson, Kontakte mit den dafür zuständigen Stellen in Frankreich aufzunehmen …

Werneuchen notierte den Namen Hagenau am Rand des Berichtes. In Frankreich gab es zwei wichtige Behörden, die mit nachrichtendienstlichen Aufgaben betraut waren. Für die Auslandsaufklärung war die DGSE (21) und für den Inlandeinsatz die DST (22) zuständig. Daneben gab es noch diverse Abteilungen in Ministerien, Ämter und militärischen Behörden. Major Emile Hagenau musste sich darum kümmern. Hagenau war Deutsch-Franzose. Er hatte einen elsässischen Vater und eine schwäbische Mutter, sprach perfekt Französisch und war über die NATO in diversen Verbindungen zu den französischen Geheimdienststellen. Werneuchen trank seinen Kaffee aus, der inzwischen nur noch lauwarm war, und vertiefte sich wieder in die Akte:

… die Überwachung der Tanja Schlosser ergab keine sicherheitsrelevanten Erkenntnisse. Da Frau Schlosser offenbar die Person im IEI ist, zu der Schneider das größte Vertrauen besitzt, ist davon auszugehen, dass sie sicherheitsrelevante Kenntnisse über Schneiders Arbeiten und Pläne haben könnte. Es wird daher empfohlen, Frau Schlosser weiterhin operativ zu bearbeiten, ebenso wie den griechischen Staatsbürger Dimitri Koronakis, mit dem sie seit kurzem eine intime Beziehung eingegangen ist.

„Auch das noch“, grummelte Werneuchen. Fehlte bloß noch, dass die Schlosser nach Griechenland reist. Die geheimdienstliche Zusammenarbeit mit den Griechen war nicht so gut wie mit Frankreich. Er blätterte in dem Dokument, bis er auf Hinweise zu den Terroristen stieß, die an dem Überfall auf Schneider und der Entführung der Tanja Schlosser beteiligt waren.

Die Durchsuchung der Wohnung, in welcher Ahmed Kundar, Flüchtling aus dem pakistanisch/afghanischen Grenzgebiet, tot aufgefunden und Tanja Schlosser festgehalten worden war, ergab geringe Spuren von Rizin, die durch Massenspektroskopie eindeutig nachgewiesen wurden. Allerdings weisen diese charakteristische Unterschiede zu den bekannten Spektren von Rizin auf. Die Obduktion der Leiche des Kundar wies auf Tod durch Rizinintoxikation hin. Vermutlich erfolgte der Eintrag in den Körper über eine Schnittverletzung an der Hand. Die aus Kundars Leiche festgestellten Rizinreste waren zu gering, um mit den in der Wohnung nachgewiesenen Rizinspuren verglichen zu werden. Nach Angaben des Pathologen Dr. Schumann, der die Obduktion der Leiche des A. Kundar vorgenommen hat, waren die in der Leiche nachgewiesenen Mengen von

Rizin hundertfach zu niedrig, um als mögliche Ursache für den Tod des Mannes mit einem Gewicht von über 90 Kilogramm in Frage zu kommen. Paradoxerweise deutete aber die pathologische Untersuchung der Organe des verstorbenen Kundar mit größter Wahrscheinlichkeit auf eine Rizinintoxikation als Todesursache.

Das klang mysteriös. Werneuchen dachte an die Londoner Terroristengruppe, die von Scotland Yard verhaftet worden war. Ging es da nicht auch um Rizin?

Da in der Wohnung des Kundar keine Anlagen zur Herstellung von Rizin gefunden wurden, ist anzunehmen, dass das Rizin aus dem Labor stammt, in dem die Zielpersonen arbeiten. Die in diesem Labor vorhandenen Rizinpräparate, die von Schneider für Untersuchungszwecke hergestellt waren, erwiesen sich allerdings in der Massenspektroskopie als unterschiedlich zu den Rizinspuren, die in der Wohnung des Kundar in der Reichenberger Straße nachgewiesen worden waren.

Werneuchen ließ seine Hand mit dem Bericht sinken. Was zum Teufel ging da vor?

Fingerabdrücke aus der konspirativen Wohnung in der Reichenberger Straße ergaben Hinweise auf eine zweite Person, die an dem Überfall beteiligt war. Möglicherweise handelt es sich bei dieser Person um Amir Zaher, einen Angehörigen eines Terrornetzwerks mit dem Decknamen „Seif", das in Londoner Privatwohnungen geheime Produktionsstätten für Rizin aufgebaut hatte. Nach Angaben des MI5 ist Zaher, der bei einer Wohnungsdurchsuchung nach einem Schusswechsel mit der Polizei verstarb, möglicherweise diese Person. Der Vergleich der in der Wohnung des Ahmed K. festgestellten Fingerabdrücke mit denen des Amir Z. erfolgt noch. Die Daktylogramme wurden zur biometrischen Untersuchung an die zuständigen Stellen des MI5 übermittelt. Bisher liegt hierzu noch kein Ergebnis vor. Eine Anfrage an den MI5 nach Vergleich der in London und Berlin gefundenen Rizinspuren ist von den britischen Stellen noch nicht entschieden. Bisher gibt es auch keine konkreten Hinweise auf die Hintermänner von Ahmed K. und Amir Z. in Berlin. Es wird jedoch bezweifelt, dass beide allein gehandelt haben, insbesondere die an der Telefonanlage des IEI vorgenommenen Manipulationen deuten auf die Mitwirkung weiterer Personen hin, die technische Spezialkenntnisse besitzen. Es wurde angeordnet, die Zielpersonen Schneider und Schlosser verdeckt weiter zu observieren. Nach dem bisherigen Tatbestand ist die gesetzliche Grundlage für eine Festsetzung von Schneider und Schlosser noch nicht gegeben.

Als er die plötzliche Hitze spürte, drückte Werneuchen wütend den Stummel seiner Zigarre aus, an dem er sich die Finger verbrannt hatte. Da war doch die Sicherheit der deutschen Einsatztruppe in Afghanistan, ja der gesamten ISAF-Mission im Spiel. Dieser Kundar hatte schon gegen die Russen in Afghanistan gekämpft. Wenn die Taliban dieses Zeug in die Hände bekämen! Werneuchen klingelte seine Sekretärin an, bestellte sich noch einen Kaffee und sagte: „Machen Sie mir einen Termin beim Chef. Und sagen Sie ihm, es ist dringend!“

In anderen Ländern hätte man Leute wie Schneider längst festgesetzt und ausgequetscht wie eine Zitrone. Schneider hatte sicherheitsrelevante Erkenntnisse, die er seinen Vorgesetzten verschwieg. Die Leute, die Schneider überfallen und die Schlosser entführt hatten, wussten etwas darüber. Wahrscheinlich, weil sie monatelang die Telefone im IEI abgehört hatten. Und Schneider? War der gegenüber diesen Leuten gesprächiger? „Gesetzliche Grundlagen“, fluchte der Oberst vor sich hin. Dann kämen Juristen wie dieser Dettmann, die Schneider und Schlosser mir nichts dir nichts rauspauken würden. Warum begriffen diese Leute nicht, dass man wählen musste. Freiheit oder Sicherheit! Beides zusammen ging nicht. Zumindest nicht in Krisenzeiten.

Seine Sekretärin brachte den frischen Kaffee. Er brummte ein Danke und trank fast die ganze Tasse in einem Zug leer. Nachdenklich durchblätterte er die Akte zwischen Daumen und Zeigefinger. Sein Blick fiel auf die Notiz, die er vorhin gemacht hatte. Emile Hagenau. Die Franzosen! Schneiders Frau war Französin und hielt sich derzeit in Frankreich auf. Vielleicht war das ein Ansatzpunkt. Die französischen Kollegen hatten weniger Schwierigkeiten, wenn es um ungewöhnliche Maßnahmen ging. *Opération satanique (23)* hatten sie die Aktion getauft, bei der sie das Greenpeace-Schiff vor Neuseeland versenkt hatten. Es gab dabei sogar einen Toten, aber Krieg war Krieg, das waren eben Kollateralschäden. Der elegante Major Hagenau musste das einfädeln, um an Schneider über dessen Frau heranzukommen. Werneuchen rief sein Vorzimmer an und sagte knapp: „Verbinden Sie mich mit Major Hagenau, Referat 41.“

23.

Am Dienstagmorgen meldete sich Frau Ziegler bei Schneider und bestellte ihn für elf Uhr zu einem Termin bei ihrem Chef. Schneider war überrascht. Er fragte sich, was Hellman von ihm wollte, bisher waren die Kontakte nur über Bea gelaufen. Er rief bei Bea an, aber Maria ging ran, sagte Bea wäre im Tierstall und dort konnte er sie telefonisch nicht erreichen.

„Bea macht bestimmt noch ihre LD50 Versuche“, vermutete Tanja. „Sie hat fast die gesamten Botulinumtoxin Präparationen mitgenommen. Wenn sie noch mehr braucht, müssen wir alles wieder neu herstellen.“ Bei dem Gedanken an das Labor mit der Anaerobier Werkbank wurde Tanja schlecht, nicht nur wegen des Geruchs, sondern auch weil das Arbeiten an dieser Box umständlich war.

„Ist egal“, sagte Schneider, „ich wollte nur wissen, ob sie eine Ahnung hat, was Hellman von mir will.“ Kurz vor elf klopfte Schneider im Vorzimmer von Hellman an. Frau Ziegler musterte ihn mit schwammigem Blick, meldete ihn bei Hellman an und wies dann mit hoheitsvoller Geste auf die Tür zu dessen Büro. Schneider war verblüfft, als er Hellmans Gesicht sah. Offenbar hatte man die Oberlippe genäht. Sie sah angeschwollen und grünlich verfärbt aus. Ein Pflaster klebte derart, als hätte man eine Hasenscharte überdecken wollen.

Als Hellman den Mund aufmachte, lispelte er. Wahrscheinlich wegen des Zahnprovisoriums, welches seine oberen Schneidezähne überkronte. Zischelnd begrüßte er Schneider. „Schauen Sie nicht so entsetzt. In meinem Alter habe ich schon schlimmere Dinge erlebt, als diesen tollwütigen Irren. Das wird verheilen, aber ich habe Sie gerufen, um Ihnen zwei Dinge mitzuteilen.“

Schneider nickte. Hellman wies auf einen Stuhl und sie setzten sich. Frau Ziegler kam herein und brachte eine Teekanne und zwei Tassen, die sie ohne zu fragen füllte.

„Zucker?“, lispelte Hellman. Schneider nahm einen Würfel aus der Porzellanschale. Hellman ließ ein Zuckerstück nach dem anderen in seine Tasse fallen. Schneider zählte drei, bis Hellman aufhörte und mit einem Löffel umrührte. „Milch?“, fragte er dann.

„Nein danke“, sagte Schneider.

Hellman nahm auch keine Milch und fing an zu sprechen. „Das ist jetzt noch vertraulich, aber wir haben vom Ministerium heute früh einen Erlass bekommen. Darin wird mitgeteilt, dass die Stelle von

Herrn Griebsch ohne Ausschreibung durch Herrn Dr. Werner Ramdohr besetzt werden soll. Eine Entscheidung auf Ministeriumsebene, auf die wir keinen Einfluss haben. Kennen Sie Dr. Ramdohr?"

Schneider überlegte und schüttelte den Kopf. „Nein, der Name sagt mir nichts."

„Das wundert mich nicht. Oberstarzt Ramdohr kommt von der biologischen Abwehrforschung des wehrwissenschaftlichen Institutes in Munster. Ein Institut der Bundeswehr, das unter anderem auch mit zivilen Auftragsnehmern zusammenarbeitet. Das Verteidigungsministerium möchte offenbar eine stärkere Verbindung zum IEI schaffen, weil wir zu Fragen der biologischen Sicherheit arbeiten. Dr. Ramdohr wird nach seiner Einarbeitung die Leitung der BIGA übernehmen. Ich werde dann wieder ausschließlich die Funktion des Abteilungsleiters Virologie wahrnehmen."

Hellman lispelte umso stärker, je länger er sprach, offenbar saß sein Zahnbrückenprovisorium nicht ganz fest. „So einfach wie mit Griebsch oder mir werden Sie es mit Herrn Ramdohr nicht haben." Hellman klopfte mit seinem Zeigefinger auf den Tisch, als wolle er seinen Worten Nachdruck verleihen.

Einfach, dachte Schneider und stieß die Luft hörbar aus seiner Nase. Er sagt tatsächlich „einfach." Dabei machte er ein Geräusch, das wie tssss klang.

„Dr. Ramdohr hat als Stabsarzt im Sanitätsdienst der Bundeswehr angefangen und dort seine bisherige berufliche Laufbahn verbracht. Er wird mehr auf Disziplin und Loyalität achten, als das bei Herrn Griebsch der Fall war. Nur dass Sie schon mal Bescheid wissen." Hellman sah Schneider herausfordernd an, hob seine Tasse an den Mund und trank einen großen Schluck. Gleich darauf verzog er sein Gesicht, der Tee war sehr süß und machte sich in den Zahnstümpfen durch schmerzliches Ziehen bemerkbar.

„Hören Sie mir jetzt bitte genau zu, Herr Schneider, nur um etwas klarzustellen. Vielleicht wird sich Herr Dr. Ramdohr bei Ihnen melden, bevor er seinen Dienst bei uns antritt. Deswegen muss eine Sache klar sein. Von Ihrem Gast, den Sie in Ihr Labor gelassen haben, von diesem Dr. Baloda erzählen Sie nichts. Das liegt in Ihrem eigenen Interesse, Herr Schneider, denn wenn das publik wird, können wir Sie nicht weiter im sicherheitsrelevanten Bereich des IEI beschäftigen. Und, wie Sie wissen, sind alle Bereiche des Institutes inzwischen sicherheitsrelevant. Ihnen ist klar, was das heißt!“

Klar weiß ich das, dachte Schneider, du hast Angst, Hellman. Du und Krantz, ihr habt Schiss, dass der Militärheini von der Geschichte erfährt. Das bedeutete, sie hatten die Sache mit dem falschen Dr. Baloda immer noch verschwiegen. Nur, um ihm einen Maulkorb zu verpassen, hatte Hellman ihn persönlich sprechen wollen. Aber er hatte keine Lust, sich darüber mit Hellman zu streiten. „Ich sehe keinen Grund“, sagte Schneider, „warum ich darüber reden sollte. Diese Angelegenheit ist doch abgeschlossen, nicht wahr?“

„Ja, natürlich ist sie das. Nur, damit Ihnen das eindeutig klar ist.“

Schneider nickte.

„Gut, dann?" Hellman schaute fragend. Vielleicht wunderte er sich, dass Schneider nicht widersprochen hatte. Da nichts weiter von Schneider kam, fühlte er sich wieder sicherer. „Da gibt es noch etwas anderes zu besprechen. Der Vize hat Sie schon informiert, dass am nächsten Montag eine Industriedelegation von verschiedenen Firmen das IEI besuchen wird?“

„Ja, hat er.“ Diese Geschichte, dachte Schneider. Mal sehen, was jetzt kommt.

„Wir erwarten Vertreter von Firmen aus Japan, den USA, Malaysia und Deutschland. Es ist eine Auswahl derjenigen, die nach der ersten Kontaktaufnahme weiterhin starkes Interesse an einer Zusammenarbeit zeigen. Übrigens, auf Wunsch einzelner Teilnehmer ist auch ein Besuch Ihres Labors vorgesehen.“ Hellman schaute ihn an, als hätte er ihm eben zu seiner Beförderung gratuliert.

„So?“, sagte Schneider, „ich kann mich nicht erinnern, dass wir mit Firmen Kontakt aufgenommen haben. Schon wegen der möglichen Interessenkollision. Außerdem unterliegen unsere Arbeiten nicht der Vertraulichkeit?“ Beinahe hätte er „Geheimhaltung“ gesagt, aber das verkniff er sich.

„Professor Griebsch muss in Kyoto mit Firmenvertretern verhandelt haben. Da hat er sicherlich schon einiges in die Wege geleitet. Um rechtliche Fragen brauchen Sie sich nicht zu kümmern. Sie bekommen rechtzeitig eine Namensliste und den genauen Terminplan.“

„Gut“, sagte Schneider, der jetzt gerne gehen wollte. Aber Hellman war noch nicht fertig.

„Noch etwas, Herr Schneider, es geht um Ihre Arbeitsgruppe. Frau Nagel ist im Moment etwas, äh, sagen wir mal, durcheinander. Na ja, in Anbetracht der ganzen Umstände! Aber Sie sollten auf Frau Nagel einwirken, wieder zur Normalität zurückzufinden. Besonders im Hinblick auf die Kontakte mit den Industrievertretern. Es geht dabei um Nachweissysteme von Botulinumtoxin und Rizin. Sie verstehen, worauf ich hinaus will?“

„Ich verstehe“, sagte Schneider, „und werde mit Frau Nagel darüber reden.“

„Vielleicht hört sie ja auf Sie. Ich hoffe es zumindest“, sagte Hellman, stand auf und gab damit das Zeichen, das er das Gespräch beendet hatte. Schneider verließ unter Frau Zieglers misstrauischen Blicken Hellmans Vorzimmer. Im Labor traf er auf Bea und Tanja, die Listen mit Toxinpräparationen verglichen.

„Hallo Bea“, sagte er, „ich komme gerade von Hellman.“ Bea schaute auf und wurde eine Spur blasser. Sie blickte ihn skeptisch an. Schneider wollte nicht über den Nachfolger von Griebsch reden. Die Wände hatten Ohren und Gerede über die Bestallung eines Militär Oberstarztes konnte unangenehme Folgen nach sich ziehen. „Hellman hat mich informiert, dass Repräsentanten von ein paar pharmazeutischen Firmen in der nächsten Woche in unsere Labore kommen wollen. Also, Hellman möchte anscheinend, dass ich dich auf diesen Besuch gewissermaßen einstimme. Die Leitung hat offenbar entschieden, dass wir unsere Methoden der Industrie zur Verfügung stellen sollen. Da bist du natürlich auch gefragt. Ich denke, die wollen die Nachweistests und Impfstoffe kommerziell herstellen und wir sollen unser Know-how liefern.“

Beas Hand, in der sie immer noch den Kugelschreiber hielt, zitterte leicht. Aber sie sagte nichts.

Notgedrungen sprach Leo Schneider weiter: „Es scheint, Hellman erwartet, dass du den Industrieleuten deine Methoden zu den Botulinumtoxin Nachweissystemen offenlegst“, kam er auf den Punkt. Er blickte Bea erwartungsvoll an.

Ihre Hand verkrampfte sich um den Kugelschreiber und ihre Gesichtszüge veränderten sich. Sie schaute ins Leere, während sie monoton mit leiser Stimme wie zu sich selbst sprach: „Ich habe alles gemacht, jeden Tag im Labor bis in die Puppen gesessen, habe die ganzen Nachweismethoden erarbeitet. Er hat mir versprochen, wenn ich es schaffe, rechtzeitig damit fertig zu werden, würde er Ronny eine feste Stelle geben."

Tanja und Schneider schauten sich an. Bea sprach weiter, ihre Stimme klang jetzt halb erstickt. „Und dann schmeißt dieser Dreckskerl meinen Mann, nachdem er seinetwegen zum Krüppel geworden ist, einfach raus und jetzt will er, dass ich meine Arbeit an irgendwelche Firmen verschenke. Was bildet sich dieses Scheusal eigentlich ein? Denkt der, ich bin seine Sklavin?"

„Vielleicht kannst du ihn mit dieser Firmensache unter Druck setzen, damit er Ronny wieder einstellt. Sonst erzählst du denen eben nichts", sagte Tanja zaghaft.

„Das glaubst auch nur du!", schrie Bea jetzt. „So naiv war ich auch gewesen, aber jetzt nicht mehr". Sie stürmte hinaus und ließ die beiden im Labor stehen wie begossene Pudel.

Leo gab Tanja ein Zeichen, dass er draußen mit ihr sprechen wollte. Auf dem Hof des Instituts erzählte er, dass ein Offizier der Bundeswehr Nachfolger von Griebsch werden sollte.

„Dann müssen wir morgens früh immer zum Appell antreten", scherzte Tanja.

„Das vielleicht nicht. Aber ich glaube so, wie wir bis jetzt noch arbeiten konnten, wird es dann überhaupt nicht mehr möglich sein. Ich weiß nicht, wie lange ich das durchhalten werde."

Tanja nickte. „Du, ich wollte es dir schon seit einer Weile erzählen. Ich hab jemanden kennengelernt. Also Dimitri, der mich gerettet hat, als ich in der Wohnung gefangen war. Er hatte die Polizei alarmiert und ...", Tanja stockte.

Leo Schneider wusste nichts davon. „Ja, und?"

„Na ja", sagte sie. „Er ist Grieche aus Thasos, das ist eine Insel in Nordgriechenland nicht weit von Saloniki, und … ach, was soll ich sagen, wir verstehen uns sehr gut und er lebt hier schon eine Weile und will jetzt aber wieder zurück."

„Mm", Schneider ahnte, was kommen würde.

„Leo! Er hat mich gefragt, ob ich mir vorstellen kann, dort mit ihm zu leben. Erst einmal für eine Zeit, aber später vielleicht auch für länger."

„Und? Würdest du gerne?"

„Weiß ich noch nicht. Aber ich weiß auch nicht, ob ich es hier noch lange aushalte. Ich habe außerdem das Gefühl, du willst auch nicht mehr bleiben und alleine hier wäre es furchtbar. Wer weiß, wo ich im Institut dann am Ende lande. Bea ist ja ganz nett, aber ich könnte auf die Dauer nicht mit ihr arbeiten“, sagte Tanja.

„Na ja“, sagte Leo, „warte es ab. Vielleicht fährst du erst einmal im Sommer mit ihm auf seine Insel und danach wirst du es besser wissen.“

„Genau“, sagte Tanja, „wir wollten es auch so machen. Ich bin froh, dass wir darüber geredet haben. Und du? Was hast du vor? Willst du bleiben? Ich meine hier am Institut, wo es doch immer schlimmer wird.“

„Ich weiß es nicht. Louisa sagt auch, ich soll mich entscheiden. Das wird die Zeit noch ergeben, mir wird schon etwas einfallen. Lass dich auf keinen Fall durch mich in deinen Zukunftsplänen beeinflussen“, sagte er. Beide gingen wieder zurück ins Labor.

Am Nachmittag kam Frau Schupelius aus dem Sekretariat von Arnold vorbei. Sie überreichte Schneider eine versiegelte Mappe, in der die Einladungen und die Liste mit den Namen der Industrievertreter lagen. Es handelte sich um vier Firmen, deren Vertreter das IEI am nächsten Montag besuchen wollten. Um neun Uhr war ein Treffen mit dem Leitungsstab des IEI vorgesehen. Dabei würde wahrscheinlich schon alles Wesentliche beschlossen werden, dachte er. Der Besuch der AG-Toxine sollte um elf Uhr stattfinden. Am Nachmittag war dann eine Abschlussbesprechung vorgesehen, aber nur zwischen der Institutsleitung und den Managern. Schneider schaute auf die Liste der Firmen und ihrer Vertreter.

Ishiiro Yamaguchi, *Saikan Industries*, Kobe, Japan,

Alfonso Sutter, *United Vaccine Corporation*, Kuala Lumpur, Malaysia

Samuel McLaughlin, *Toxproove Inc.*, San Diego, CA, USA

Dorothea Greintaler, *Instanta Test GmbH*, Düsseldorf

Die einzige Firma, die Schneider kannte, war *Saikan Industries*. Die Japaner stellten Tests für alle möglichen Toxine her, unter anderem auch für Tetrodotoxin, das tödliche Gift des Kugelfisches, der in Japan als teure und erlesene Delikatesse galt. Wenn die Haut und die Organe des Kugelfisches nicht sachgemäß entfernt wurden, wurde sein Fleisch zu einer tödlichen Delikatesse binnen Minuten nach Verzehr. Die Produkte von *Saikan Industries* waren ziemlich teuer, in Deutschland gab es nur eine Firma, die eine Lizenz für den Verkauf hatte.

Im Internet fand Schneider Informationen zu den anderen Firmen. *Instanta Test* war eine Neugründung. Offenbar hatten die gar keine eigene Produktion, sondern kauften Produkte von überallher ein, um sie unter ihrem Label zu vermarkten. Bei solchen Firmen wusste man nie, wo die Ware herkam, geschweige, wie es um die Qualitätskontrolle bestellt war. Die Firma *Toxproove* war wieder etwas anderes. Sie war von einem amerikanischen Kollegen gegründet worden, der so wie Schneider in der bakteriologischen Forschung gearbeitet hatte, jetzt aber sein Wissen mit seiner eigenen Firma erfolgreich vermarktete. So etwas war in den USA viel leichter zu bewerkstelligen als in Deutschland. *Toxproove* stellte Testkits für Botulinumtoxine her, Schneider wollte Bea fragen, ob sie die Produkte kannte. Über die *United Vaccine Corporation* fand Schneider wenig. Auf dem Schreiben stand als Firmensitz Malaysia, aber als er weiter recherchierte, fand er Zürich als Firmensitz. Es war nicht klar, wie dieser Konzern aufgebaut war. Wahrscheinlich war es ein Zusammenschluss mehrerer, ansonsten konkurrierender Firmen, die für eine Produktpalette unter einem gemeinsamen Label auftraten. Es ging dabei um Impfstoffe gegen Toxine.

Schneider stützte sein Kinn in seine rechte Hand, das machte er unbewusst, wenn er angestrengt nachdachte. Bea war so aufgebracht gewesen, aber es nutzte ja nichts. Sie mussten sich wenigstens in der AG-Toxine abstimmen, bevor die Industrieleute bei ihnen aufkreuzten. Morgen wollte er noch einmal mit ihr reden. Er vertiefte sich wieder in seine Arbeit. Ihm war ein Artikel in die Hände gefallen, der über Verwendung von Rizin zur Bekämpfung von Krebszellen berichtete. Die Kollegen von der Uni München hatten Rizin so verändert, das es nur an Krebszellen andockte und diese dann gezielt vernichtete. Das war zur Abwechslung einmal etwas Sinnvolles, was man mit diesem Gift machen konnte. Er beneidete seine Kollegen von der Uni, die mit einer gesundheitspolitischen Zielsetzung arbeiten konnten.

Mitten in seinen Gedanken rief Bea an. Sie entschuldigte sich wegen ihres Ausrastens von vorhin und klang sehr ruhig. „Wann sollen die Leute von der Industrie denn genau kommen?“, fragte sie.

Schneider sagte es ihr. „Wir müssen uns vorher absprechen, was wir erzählen, aber nicht am Telefon, sondern unter vier Augen.“

Bea war einverstanden und wollte sich morgen bei ihm melden. Ein paar Minuten später kam Leo Schneider mit einer Kopie der Einladung in ihr Büro. Bea war nicht da. Schneider suchte sie und fand Jacek, der ihm sagte, seine Chefin wäre in den Tierstall gegangen, um noch einige Arbeiten abzuschließen. Schneider war verblüfft, damit hätte er nach der Szene am Vormittag nicht gerechnet.

Tanja war schon am Gehen, als Leo zurückkam. Sie war aufgedreht und hatte sich mehr geschminkt als gewöhnlich. Leo hatte die ganze Zeit nicht gemerkt, dass Tanja sich verliebt hatte. Er war zu sehr mit sich selbst und den Ereignissen beschäftigt gewesen, um noch aufmerksam für seine Umgebung zu sein. Eine halbe Stunde später, nachdem er allein im Labor gesessen hatte, wollte er ebenfalls nach Hause. Vielleicht gab es Post von Louisa, er wollte sie sowieso noch später anrufen. Das Wetter war schön, vielleicht konnte er sich noch auf seine Skates stellen. Dabei kam er oft auf neue Ideen, wenn er nicht mehr weiterwusste.

24.

Als Leo Schneider in seine Wohnstraße einbog, stand der Kastenwagen des Tiefbauamtes nicht mehr vor dem Haus und wie gewöhnlich fand er in Friedenau um diese Zeit keinen Parkplatz mehr. Er stellte sein Auto auf einen reservierten Parkplatz in der Nähe seines Wohnhauses ab und wollte nur schnell zu sich in die Wohnung gehen, um die Inlineskates zu holen. Kaum war er in der Wohnung, klingelte es an der Tür. Als er öffnete, stand seine Nachbarin aus der Wohnung von gegenüber vor ihm. Frau Kunde, eine ältere, weißhaarige Dame, mit einem Brief in der Hand.

„Herr Doktor, es tut mir leid, aber der Briefträger muss sich geirrt haben und hat aus Versehen einen Brief für Sie bei mir durch den Briefschlitz gesteckt.“

„Macht nichts. Danke, kein Problem“, sagte Schneider und nahm den Umschlag.

„Ist Ihre Frau verreist?“, fragte Frau Kunde, die allein lebte und sich für den Alltag der anderen Mieter im Haus interessierte.

„Ja, auf Familienbesuch in Frankreich“, sagte Leo Schneider. Er dachte an den Parkplatz vor dem Haus, den er schnell räumen musste.

„Ich hatte mich schon gewundert“, sagte Frau Kunde, „Letzten Sonntag waren zwei Männer von der Heizungsfirma hier und hatten bei Ihnen geklingelt, aber es hat niemand aufgemacht.“

„Am Sonntag?“, fragte Schneider.

„Ja! Ich dachte, Sie wüssten Bescheid. Die Männer sind dann in Ihre Wohnung gegangen, die hatten doch Ihren Schlüssel.“

„Ach so?“ Schneider ahnte jetzt, wer das gewesen sein konnte. Dann sagte er: „Ja, doch, jetzt erinnere ich mich. Die Firma. Da war wohl Gefahr im Verzug. Ein Leck in der Leitung.“ Er musste über die Zweideutigkeit seiner ironischen Bemerkung lachen. Frau Kunde schaute ihn verblüfft an. „Ist schon in Ordnung! Nochmals vielen Dank, Frau Kunde. Es ist gut, wenn jemand im Haus aufpasst.“

Schneider zog sich um, nahm seine Skates und beeilte sich, zu seinem Auto zu kommen. Das war es also, sie hatten die Wohnung in seiner Abwesenheit durchsucht. Wahrscheinlich die Leute aus dem Kastenwagen, nahm er an. Ihm fiel die Bemerkung von Neumann wieder ein: „Sie sind jetzt besser bewacht als zuvor.“ Mehr Beweise, dass sie ihn observierten, brauchte er nicht. Er verstaute seine Sachen, setzte sich ans Steuer und merkte, dass er immer noch den Brief in der Hand hielt. Ein Fensterbrief, seine Adresse war aufgedruckt, und als er ihn öffnete, fand er auf dem weißen Bogen nur eine Internetadresse mit dem Vermerk „Anonym surfen“.

Was war das denn schon wieder? Er schaute auf den Umschlag. Der Brief trug zwar eine Marke, aber die war nicht abgestempelt. Jeder X-beliebige hätte ins Haus gehen und den Brief bei Frau Kunde durchstecken können. Schneider bezweifelte, dass es die Post war, die sich geirrt hatte. Das Ganze sah mehr nach Absicht aus. Vielleicht war es wieder der Typ, der soviel über ihn wusste. Der wusste auch, wo Leo Schneider wohnte. Sicherlich war das seine leichteste Übung. Schneider schaute auf die Internet Adresse, sie war kurz und verriet nichts über den Absender.

Jetzt war er zu gespannt, um noch Skaten zu gehen. Erst die angeblichen Heizungsmonteure, die am Sonntag in seine Wohnung spaziert waren, um nach einem Leck zu suchen. Zum Glück hatte er die Aufzeichnungen zu Rizin 51 kurz vorher verbrannt. Pech für sie! Und jetzt dieser Brief. Er seufzte, startete sein Auto und fuhr Richtung Innsbrucker Platz. Im war eingefallen, dass er auf dem Weg dorthin vor einiger Zeit beim Vorbeifahren ein Internetcafé gesehen hatte. Das Café war um diese Zeit nur mäßig besetzt. Schneider bekam von dem Mann hinter der Theke einen Computerplatz zugeteilt, er bestellte ein Bier und setzte sich vor den Rechner mit der Nummer 8. In die Zeile des schon geöffneten Browsers gab er die Internetadresse aus dem Brief ein. Es dauerte einen Moment, bis sich die Seite aufbaute. Was dann erschien, war eine schlichte einfarbige Oberfläche, auf der nichts weiter als die Adresse eines E-Mail Providers zu sehen war. Darunter standen offensichtlich so etwas wie ein Benutzername und ein Passwort. Weiter war nichts. Schneider holte sich von der Theke einen Stift und schrieb die Angaben vom Bildschirm ab, nachdem er sich noch ein Bier bestellt hatte.

Diese Schnitzeljagd machte Durst. Jemand war sehr darauf bedacht, nicht enttarnt zu werden. Jemand, der wusste, dass man Schneider beschattete und der mit ihm unerkannt in Kontakt treten wollte. Schneider gab die Adresse des E-Mail-Providers ein und auf dem Bildschirm erschien dessen Startseite. Mit dem Benutzernamen und dem Passwort loggte er sich in ein Postfach ein. Dort gab es bereits eine Nachricht für ihn. „Heute, Punkt 22:00 Uhr“, gefolgt von einer weiteren Internetadresse. Schneider kopierte die URL. Das Passwort und seinen Benutzernamen hatte er bereits. Jetzt war es erst kurz vor sieben. Punkt 22:00, es war sicherlich sinnlos, es vorher zu versuchen. Das konnte doch nur der Typ sein, der ihm die Telefonnummern zugesteckt hatte. Leo Schneider nahm sich vor, das Spielchen mitzuspielen. Irgendwann musste der andere doch die Katze aus dem Sack lassen. Schneider hatte so eine Ahnung. Er zahlte an der Theke die Getränke und zwei Euro fürs Internet. Inzwischen war es zu spät, um noch Skaten zu gehen, außerdem war nach den zwei Bieren seine Motivation dazu im Keller. Er rief in Rennes an, aber weder Elsa noch Louisa waren zu erreichen.

Draußen am Innsbrucker Platz sah er, wie die Leute ihren Beschäftigungen nachgingen. Einkaufen gehen, Hunde ausführen, von der Arbeit kommen, oder einfach nur rumhängen. Schneider beneidete die Menschen um ihre vermutete Unbeschwertheit. Für ihn galt nur, er musste sich entscheiden. Aber wofür? Er wusste ja nicht einmal, wie viel Entscheidungsfreiheit ihm noch blieb? Was jetzt passierte, war außerhalb seiner Kontrolle, sein Handeln war mehr oder weniger fremdbestimmt. Selbst in diesem Moment. Er schaute auf die Uhr, er hatte noch knapp drei Stunden Zeit. Ob ihm jemand gefolgt war?

Er setzte sich in sein Auto und beobachtete das Leben auf der Straße. Irgendwann meldete sich der Hunger und er beschloss, zu einem griechischen Restaurant in der Nähe seiner Wohnung zu fahren. Man konnte dort im Vorgarten unter Bäumen sitzen und sich bei Klängen griechischer Musik an gebratenen Sardinen oder Tintenfisch delektieren. Es war schon Mitte Mai. Das schöne Wetter und die milde Frühlingsluft täuschten über die Spannung hinweg, die in ihn wuchs. Je dringlicher es wurde diesem Teufelskreis zu entweichen, desto weniger fiel ihm dazu ein.

Seine Unruhe trieb ihn schon gegen halb zehn in das Internetcafé zurück. Er wollte rechtzeitig vor einem der Computer sitzen. Hinter der Theke stand jetzt eine Frau. Sie hatte ein Piercing an der Nase und grell grün gefärbte Haare. Schneider sah sich in dem Laden um. Nichts Auffälliges, ein paar Jugendliche, die zu Hause wohl kein Internet hatten, hingen zu dritt vor einem Rechner. Sie übertönten sich lautstark und zogen sich an ihren Sprüchen hoch. Die übrigen Gäste waren allein, die meisten waren Migranten, die telefonierten, oder Mails schrieben. Schneider nahm jetzt einen Orangensaft. Nachdem er beim Griechen einen halben Liter Retsina getrunken hatte, konnte Schneider keinen Alkohol mehr sehen. Er setzte sich an einen Rechner im hinteren Teil des Cafés. Die Zeit bis 22:00 Uhr verbrachte er damit, die Sportnachrichten zu verfolgen. Kurz vor zehn gab er die URL-Adresse ein, die er sich bei der ersten Sitzung notiert hatte.

Er gelangte auf eine Seite, es war offenbar ein Forum. Die Aufforderung, den Benutzernamen und das Passwort einzugeben, erschien. Nach einem Moment des Überlegens tippte er auf gut Glück den Benutzernamen und das Passwort ein, die er zuvor schon verwendet hatte.

Es klappte. Ein neues Fenster öffnete sich. Eine Nachricht mit seinem Benutzernamen erschien: „Jetzt online“. Leo sah, wie sich eine Zeile mit einer Nachricht an ihn aufbaute: „Guten Tag, Herr Dr. Schneider. Ich möchte gerne mit Ihnen in Kontakt treten, ohne dass jemand mithört. Sie wissen doch, dass Sie abgehört werden, Dr. Schneider?"

Leo Schneider schaute auf die Absender, er firmierte unter dem Benutzernamen Risk. Wie das englische Wort *risk*, auf Deutsch Risiko. Ein passender Name fand Schneider. Er schrieb: „Wer sind Sie, Risk?"

Die Antwort kam sofort: „Wir haben schon telefoniert, ich kenne Sie gut und kann Ihnen helfen."

„Kenne ich Sie denn?", fragte Leo.

„Nein, aber das ist auch nicht erforderlich. Sie müssen meine Hilfe nur annehmen", schrieb Risk.

„Was wollen Sie denn für mich tun?"

„Ich kann Ihnen so viel Geld beschaffen, dass Sie es nicht mehr nötig haben, sich in Ihrem Institut länger fertigmachen zu lassen. Sie brauchen dann nicht mehr arbeiten. Sie können das tun, wozu Sie Lust haben, Herr Dr. Schneider."

„Und was wollen Sie dafür?", fragte Leo.

„Das Rezept für die Herstellung von Rizin 51, wie Sie es nennen. Nichts weiter, Ware gegen Geld."

Das waren die Leute, die hinter dem Überfall steckten. Die Katze war aus dem Sack, dachte Leo. „Was soll denn das sein, Rizin 51?", fragte er naiv.

Risk schrieb: „Das wissen Sie sehr gut. Wir haben es geprüft und für gut befunden!"

„Dann waren Sie es, der mich niedergeschlagen und meine Assistentin entführt hat?"

„Nicht ich, jemand anderes. Jemand, der durch Ihr Rizin 51 qualvoll gestorben ist, Herr Dr. Schneider, vergessen Sie das nicht. Ihr Schaden ist dagegen vergleichsweise gering und was wir Ihnen bieten, wird Ihren Schaden 1000fach aufwiegen."

„Wofür wollen Sie denn das Rizin? Was haben Sie damit vor? Menschen umbringen? An wem haben Sie es denn geprüft und für gut befunden? Was sind Ihre Ziele, Risk?"

Diesmal dauerte es einen Moment, bis Risk antwortete, dann schrieb er: „Wir wollen keine Menschen umbringen. Menschen kommen immer um, aber durch wen? Wer stellt sich denn dar, als

Hüter der Menschenrechte? Das sind Ihre und andere westliche Regierungen, die Tausende von unseren Brüdern abschlachten, nur weil sie nicht so leben wollen wie Ihr. Das sind unsere Ziele, wir wollen nicht nach euren Regeln leben.“

„Und dafür brauchen Sie eine Waffe, wie Rizin 51!“, stellte Leo fest.

„Nur als Drohung, mein Freund. Wir wollen niemanden töten. Am Ende gewinnen wir den Kampf sowieso, aber wir wollen verhindern, dass weiterhin Unschuldige sterben müssen.“

„Indem Ihr droht, Rizin gegen den Westen einzusetzen?“

„Glaubst du denn, dass eine Söldnerarmee mit der die Amerikaner und ihre NATO Truppen in Afghanistan kämpfen, in der Lage sein wird, unsere durch ihren wahren Glauben motivierten Kämpfer zu besiegen?“ Sein Gegenüber duzte ihn jetzt, die formale Distanz war geschwunden, jetzt kamen Gefühle ins Spiel.

„Was für eine Söldnerarmee?"

„Die Soldaten deines Landes und eurer Verbündeten“, schrieb Risk. „Wofür kämpfen denn eure Soldaten da? Glaubst du denn wegen ihrer Überzeugung, oder weil sie sich um die Zukunft von Afghanistan Sorgen machen? Die gehen doch des Geldes wegen dort hin. Also sind sie Söldner, jedenfalls die meisten von ihnen und der andere Teil ist naiv oder dumm.“

Schneider zögerte. Er fand diesen Krieg, der im Namen der Demokratie geführt wurde, irrsinnig, aber er hatte sich nie offen dazu geäußert. Der Chat mit Risk geriet immer mehr aus den Fugen.

Während Schneider noch seinen Gedanken nachhing, schrieb Risk weiter: „Selbst eure Soldaten, die unter Hitler gekämpft und an ihn geglaubt hatten, die nicht für Sold, sondern für eine Idee gekämpft hatten, wurden mit den viel schlechter ausgerüsteten Partisanen nicht fertig. Und weißt du auch, warum?“

Warum? Schneider dachte über den letzten Satz nach und tippte mit einem Finger die sechs Buchstaben des Fragewortes ein: „Warum?“

„Weil die Partisanen nichts zu verlieren hatten und eure Invasionsarmee hassten. Weil sie ihr Land liebten und gesehen haben, was ihr ihrer Heimat angetan hattet. Das gab ihnen die Willenskraft zu kämpfen und zu siegen!“

Schneider schwieg. Er dachte an den Vietnamkrieg, der näherlag, als der 2. Weltkrieg. Er hatte den Vietnamkrieg bewusst mitverfolgt und dachte an die hochgerüstete US-Armee, die über Vietnam mehr Bomben abgeworfen hatte, als damals über Deutschland. Trotzdem hatten die Amerikaner den Vietnamkrieg verloren.

Risk war nicht mehr zu bremsen und schrieb weiter: „Unsere Kämpfer sind noch viel stärker als die Partisanen, denn wir haben den wahren Glauben an das Jenseits. Sie hoffen nicht auf ein besseres Leben auf der Erde, wie die atheistischen Kommunisten, gegen die ihr in Jugoslawien und Russland gekämpft habt. Unsere Leute fürchten den Tod nicht, denn sie wissen, dass ihnen nach dem Tod das wahre Paradies zuteilwird."

Es reichte jetzt. „Ich bin froh", schrieb Leo, „dass ich in einem Land lebe, wo die Menschen weder für ihre Überzeugungen oder Religion sterben noch andere töten wollen!"

„Eure Welt ist dekadent", schrieb Risk. „Wofür lebt ihr? Für euren Wohlstand und eure billigen Vergnügungen. Die meisten von euch haben den Glauben an Gott verloren. Das Geld ist an seine Stelle getreten, zum Geld bekennt ihr euch. Angst vor dem Tod habt ihr, weil ihr an nichts glaubt, was nach dem Tod kommt. Und da glaubt ihr, ihr könntet uns besiegen?"

„Ja, ihr fürchtet den Tod nicht. Weder euren Eigenen noch den der anderen. Aber die meisten Opfer eurer Taten sind eure eigenen Brüder, was soll denn daran so moralisch sein?"

„Ich warne dich", schrieb Risk, „versuche nicht mich zu provozieren. Ich biete dir viel Geld, zwei Millionen Euro gegen eine lächerliche Formel. Ich habe nicht erwartet, dass du unsere Überzeugung teilst. Du glaubst doch an nichts! Du denkst, die Wissenschaft kann deinem Leben einen Sinn geben. Und wohin hat sie dich geführt, die Wissenschaft? Du hast Waffen entwickelt und versuchst dich jetzt herauszureden. Tu nicht so unschuldig. Ich versuche dich mit Argumenten zu überzeugen, aber das ist nicht der einzige Weg."

Schneider hielt die Spannung nicht mehr aus. So massiv hatte er sich noch nie angegriffen gefühlt. Der Mauszeiger in seiner Hand wanderte langsam, aber unaufhaltsam auf die rechte obere Ecke des Bildschirms, wo das rettende rote Feld mit dem weißem X zu sehen war. Schneider klickte es an, der Browser schloss sich, der Kontakt war beendet. Er blieb noch wie betäubt eine Weile sitzen und sah sich die unschuldig leuchtenden Icons auf dem Bildschirm an.

Risk hatte ja recht mit manchem, was er über die Gesellschaft sagte. Das Materielle dominierte. Man bekannte sich nicht mehr zu seinem Glauben oder moralischen Prinzipien, sondern zur liberalen Marktwirtschaft und der parlamentarischen Demokratie. Wie sollte das funktionieren, wenn der Sinn des Lebens nur noch auf störungsfreie Funktion und auf Konsum ausgerichtet war? Die meisten handelten, als lebten sie ewig. Hinter den Bestrebungen stand keine geistige Orientierung. Die bessere Technik des Westens bot nur eine trügerische Überlegenheit. Der Geist und der Wille der Menschen waren stärker als die Technik, das hatte sich in der Geschichte von der Antike bis heute immer wieder bestätigt.

So eine materiell orientierte Gesellschaft war verwundbar und Schneider grauste es bei dem Gedanken an einer vom religiösen Fanatismus geleiteten Diktatur, die Leute wie Risk auf den Trümmern der westlichen Gesellschaft errichten wollten. Ein Rückfall in die Barbarei, aber was setzte die bestehende Gesellschaft dem eigentlich entgegen? Immerhin bot die westliche Gesellschaft dem Einzelnen, Leuten wie ihm, die Möglichkeit anders zu denken und zu handeln, als der Mainstream. In einer Diktatur, religiös oder ideologisch geprägt, was genau genommen kein Unterschied war, gäbe es für Leute wie Leo Schneider überhaupt keinen Platz.

Was sollte er jetzt tun? Schneider überlegte. Zur Polizei gehen? Man würde ihn anhören und viele Fragen stellen. Warum er denn nicht früher die Behörden informiert hatte und was der Mann denn genau von ihm wollte? „Rizin 51, aha! Was ist denn das, Herr Dr. Schneider, Rizin 51? Wenn Sie wollen, dass wir Sie schützen, müssen Sie kooperieren. Sie müssen Vertrauen zum Staat und seinen Institutionen haben!“

Er dachte an die moralisch korrupten Existenzen, die es in allen Institutionen gab und denen der Staat einen Freifahrtschein ausgestellt hatte, der ihnen erlaubte zu agieren, wie es ihnen passte. Wer kontrollierte das Tun dieser Leute? Niemand. Es waren doch nach offizieller Lesart die Stützen der Gesellschaft!

Nein, für Leute wie Leo Schneider war kein Platz, weder auf der einen noch auf der anderen Seite. Er stand allein. Leute wie er gehörten seit jeher zu einer Randgruppe, die bestenfalls toleriert und schlimmstenfalls eliminiert wurde. Er seufzte, stand auf und ging an die Theke. Die gepiercte Frau nahm das Geld und sah ihn an. „Ist Ihnen nicht gut? Sie sehen aus, als wäre Ihnen übel. Vielleicht sollten Sie an die frische Luft."

„Ich gehe auch", sagte Schneider, der sich wunderte, wie rau seine Stimme klang. Er räusperte sich. „Tschüss, dann." Die Frau sah ihm gedankenvoll nach. Ein Typ, der hierher kommt, um sich anonym etwas Perverses anzusehen, was er sich zu Hause nicht traut. So wie der aussah, war es ihm aber nicht gut bekommen. Sie riss sich aus ihren Gedanken. Letztendlich war es ihr egal und sie widmete sich wieder dem Putzen der Biergläser.

Der Ingenieur lehnte sich zurück. Er saß vor einem Computer in einem Internetcafé im Stadtteil Neukölln. Sein Tee war inzwischen längst kalt geworden und die süße Flüssigkeit schmeckte ekelhaft, als er den letzten Schluck davon trank. Er löschte die Spuren seiner Internetsitzung, damit niemand auf die Seiten kam, die er besucht hatte. Gedankenverloren stand er auf. „Einfach aussteigen, so leicht geht das nicht, Herr Dr. Schneider. Ich bin kein Computerspiel, mich kann man nicht einfach ausklicken", sagte er für sich. Aber es war mit Schneider schwieriger, als er gedacht hatte, er musste seine Taktik ändern. Schneider war nicht einfach mit Geld zu ködern, normalerweise war das die sicherste Methode. Schneider hatte moralische Skrupel, aber zweifelte an sich selbst. Er war ohne rechten Glauben, ungefestigt und voller Angst. Das spürte der Ingenieur. Bei seinen Zweifeln und seiner Angst musste er ihn packen. Er musste das Rezept bekommen. Das Rizin 51 hatte die Prüfung bestanden. Die Anweisung der Bruderschaft war eindeutig: Beschaffe uns die Formel, wir brauchen sie!

25.

Bea hatte am Dienstag noch lange im Labor gearbeitet. Am frühen Nachmittag war sie ins Klinikum gefahren. Ronny ging es physisch besser, aber er war sehr deprimiert, weil er nicht mehr glaubte, dass die Taubheit in seinen Beinen nur vorübergehend war. Er stellte Bea eindringliche Fragen zu seiner Gesundheit und seiner beruflichen Zukunft. Ihr fiel es immer schwerer auszuweichen und zu lügen, was seine Gesundheit und das IEI betraf. Als der Arzt kam und Ronny für einen weiteren CT-Scan abholte, war Bea froh, dass ihr Besuch damit für heute beendet war.

Was sie vorhatte, duldete keinen Aufschub mehr. Sie verabschiedete sich von Ronny und fuhr ins IEI zurück. Es war kurz vor 22:00 Uhr, bis sie mit allen Vorbereitungen fertig war. Sie hatte die Berechnungen immer wieder gemacht, alles stimmte, es gab keinen Fehler. Für die Präparationen war sie extra in den Mäusestall gegangen. Dort, glaubte sie, wurde sie nicht beobachtet, dort waren keine Überwachungsanlagen installiert. Es machte nichts, wenn jeder Aufenthalt im Tierstall durch Einlesen der Chipkarte zentral registriert wurde. Diese Kontrolle war schon vor ein paar Jahren eingeführt worden, nachdem Tierschützer nachts in den Stall eingedrungen waren und Kaninchen, Hamster und Mäuse befreit hatten. Danach hatte die Institutsleitung diese Eingangskontrolle installieren lassen. Außerdem hatte der Tierstall nur einen Zugang, der nur über eine Schleuse betreten werden konnte. Man merkte, wenn jemand in den Stall wollte und es dauerte ein paar Minuten, bis man durch die Schleuse gelangt war. Nur an diesem Ort konnte man wirklich noch ungestört arbeiten.

Sie desinfizierte sich die Hände und wartete die Wirkung ab, bevor sie sich mit der Seifenlösung wusch. Dann ging sie zurück in ihr Büro, um sich die Unterlagen anzusehen. Morgen musste sie zuerst mit Schneider bereden, was sie den Industrievertretern sagen wollten. Und dann …

Bea ging ganz in Gedanken an der Pforte vorbei und bemerkte in letzter Minute den Nachtwächter, der in seiner Uniform in dem Glaskasten saß.

„Ach, Frau Doktor“, sagte er, „wieder so spät. Haben Sie denn niemanden, der zu Hause auf Sie wartet?“

Bea schluckte und sagte nichts. Sie bemerkte, dass über der Telefonanlage neue Bildschirme installiert waren, auf denen die Flure des Institutes deutlich zu sehen waren. „Das ist aber neu“, stellte Bea fest und zeigte auf die Monitore.

„Brandneu!“, sagte der Wachmann. „Technik vom feinsten, sach ick Ihnen. Wurde Anfang der Woche installiert. Brauch ick ja nich mehr meene Runden zu drehen, sieht man allet von hier.“

„Die Flure, ja“, sagte Bea.

„Nich nur, Frau Doktor. Nach Dienstschluss können ooch die Laborräume überwacht werden, natürlich nur, wenn da keena mehr arbeitet."

„So?", fragte Bea.

„Is Vorschrift wejen Persönlichkeitsschutz oder wie man dit nennt. Aber wer wees schon, wer wann die Monitore überwacht?" Er zuckte mit den Schultern. „Sie sitzen in Ihrm Labor jenau wie ick hier im Glashaus, Frau Doktor!" Er lachte.

Bea dachte an ihre Arbeiten, die sie heute im Tierstall zu Ende geführt hatte. „Dann können Sie ja auch die Kaninchen in ihren Käfigen sehen, ist ja wie im Zoo."

„Kaninchen?" Er hob den Kopf. „Sie meinen den Tierstall?"

Bea nickte.

„Nee, da jibt's keene Monitore, nur im Flur davor. Der Tierstall und das L3 Labor sind abjeschlossene Bereiche. Man wees sowieso, wann da eena ein- und ausjeht, da brauch man keene Videoüberwachung."

Bea atmete hörbar aus. „Besser so, sonst beobachten Sie die Kaninchen noch bei ihren intimsten Beschäftigungen."

Der Wachmann verzog das Gesicht und berlinerte: „Also hörn se Mal, Frau Doktor, ick bin doch keen Spanner!"

„War ein Scherz", sagte Bea und ging, nachdem sie sich freundlich verabschiedet hatte.

Bea fuhr nach Hause. Sie fühlte sich sehr müde, aber entspannt. Sie würde gut schlafen. Das Telefon klingelte, als sie zur Tür hineinkam. Es war ein Journalist, der gleich begann, sie mit Fragen zu bombardieren. Jetzt hatten sie ihre Nummer herausbekommen, obwohl sie nicht im Telefonbuch eingetragen waren. Bea sagte nichts, legte auf und stellte das Telefon auf stumm. Sie stand auf und nahm aus dem Kühlschrank eine kleine Flasche Sekt, die sie vor einiger Zeit gekauft hatten, für den Fall, dass es etwas zu feiern gäbe. Sie goss sich ein und hörte das zischelnde Geräusch. „Auf Dich Ronny", sagte sie leise. „Auf Dich!" Dann stürzte sie die schäumende Flüssigkeit in einem Zug hinunter, um danach ins Bett zu gehen. Morgen gab es einiges zu tun, da musste sie ausgeschlafen sein.

Schneider kam am Donnerstag mit starken Kopfschmerzen ins Labor. Tanja war schon da und in glänzender Laune, offenbar hatte sie einen schönen Abend mit ihrem Lebensretter und Geliebten verbracht. Sie trällerte beim Arbeiten vor sich hin, etwas, das sie seit Ewigkeiten nicht mehr gemacht hatte.

Schneider verzog das Gesicht, das grelle Licht der Neonlampen empfand er als Qual, sein Kopf dröhnte. Nach dem Chat mit Risk war er nicht gleich nach Hause gefahren. Er war viel zu aufgedreht gewesen und hatte noch in einer Kneipe Bier getrunken. Soviel, bis er aus Angst um seinen Führerschein damit aufhörte, aber doch genug, dass ihn die Geschichte nicht mehr so sehr bedrückte. Er vertrug es schlecht, Bier und Wein durcheinanderzutrinken. Die Quittung dafür hatte er jetzt in Form von Kopfschmerzen.

„Hast du mal ne Aspirin“, fragte er Tanja.

„Geht’s dir nicht gut? Was ist denn?“

Leo winkte ab und sagte nur, „Nachher“. Er wollte im Labor nicht darüber reden. Tanja verstand und hatte sogar ein Aspirin für ihn. Er starrte in das Glas, in dem die Tablette im Wasser Purzelbäume schlug, wobei sie immer kleiner wurde, bis am Ende nur noch ein wütendes Zischen ertönte. Er trank alles in einem Zug. „Hat Bea sich schon gemeldet?“, fragte er.

„Ja, du sollst zurückrufen“, sagte Tanja und trällerte weiter vor sich hin, während sie an der Waage Reagenzien abwog, um Lösungen und Puffer anzusetzen.

Wie in alten Zeiten, dachte Leo wehmütig. Er riss sich aus der trüben Stimmung und wählte Beas Nummer.

„Nagel“, hörte er ihre Stimme.

„Bea, ich bin jetzt im Büro, wolltest du mit mir über den Besuch der Industrieleute sprechen?“

„Ja“, sagte Bea überraschend gutgelaunt. „Ich habe mir gedacht, wir bleiben zunächst allgemein und sondieren, ob eine Firma bereit ist, die Nachweisverfahren für Botulinumtoxine industriell herzustellen. Ich kann die monoklonalen Antikörper abgeben, aber nicht die Hybridomazellen. Ohne die Zellen können sie selbst keine Antikörper herstellen. Da müssen sie uns kontaktieren, wenn sie neue Antikörper brauchen. Ich denke, du bist damit einverstanden. Wenn ich denen die Hybridomazellen gebe, dann heißt es: „Danke, tschüs und das war es.“ Dann müssen wir am Ende noch für teures Geld die von uns entwickelten Testkits kaufen.“

„Finde ich gut“, sagte Schneider. „Ich denke, das ist für alle akzeptabel. Wir kooperieren, aber haben trotzdem eine Gewähr, dass wir weiterhin gebraucht werden, und sichern die Zukunft unserer Arbeitsgruppe.“

„Und mit dem Rizin, was willst du da machen?“, fragte Bea.

„Ich gebe denen die Antiseren, die wir hergestellt haben, aber nicht die Immunisierungsmethode. Das käme sonst nämlich aufs Gleiche heraus, als wenn du ihnen die Hybridomazellen geben würdest. Wenn sie mehr Serum wollen, müssen sie mit uns reden. Einverstanden?“

„O. k, machen wir so“, bestätigte Bea, „also, dann erst mal tschüs.“

Schneider legte auf und war zufrieden. Schön, das Bea sich wieder beruhigt hatte. Wenn sie beide an einem Strang zogen, würden sie ihre Trümpfe in der Hand behalten.

Bea schloss die Augen und lehnte sich in ihrem Stuhl zurück. Der erste Schritt war getan, nun kam der Zweite. Sie ging in ihr Labor und sah sich an, was Jacek und Marie gearbeitet hatten. Beide waren mit der Zeit selbständiger geworden und sie musste sich nicht mehr um jede Einzelheit kümmern und jeden Schritt nachkontrollieren. Sie war aufgeregt, als sie daran dachte, was sie vorhatte. Plötzlich überkam sie die Lust zu rauchen, aber Jacek hatte keine Zigaretten mehr. Weil er befürchtete, Bea würde sich welche kaufen, besorgte er ihr eine von Tanja. „Aber nur die eine, Frau Doktor, für heute“, er sah sie ein wenig tadelnd an.

„Mal sehen, ob es mit einer Zigarette bis heute Abend reicht.“ Bea ließ sich von ihm Feuer geben und ging zurück in ihr Büro. Sie hatte alle Unterlagen vorbereitet, nahm einen tiefen Zug und rief Hellman an. Überraschenderweise war das Telefon direkt zu ihm durchgestellt. Frau Ziegler war also nicht da. Zum Glück, dachte Bea.

„Hier Hellman“, die Kastratenstimme drang durch den Hörer in ihr Ohr.

„Beatrix Nagel hier. Herr Professor Hellman, ich rufe wegen des Besuchs der Industrievertreter an.“

Hellman war überrascht. Die Frau schien ihm so ruhig. Vielleicht hatte Schneider es ja geschafft und sie davon überzeugt, zu kooperieren. „Ja, ich höre.“

„Ich habe alles zu den Nachweismethoden für Botulinumtoxin zusammengestellt und wollte das mit Ihnen zusammen noch durchgehen. Vor allem geht es darum, was wir den Firmenleuten offenlegen können und wie wir uns die Kooperation mit der Industrie vorstellen", sagte Bea.

„Können Sie heute noch zu mir kommen, Frau Nagel, damit wir die Sachen anschauen können?"

„Es ist vielleicht besser, Sie kommen zu mir ins Büro", sagte Bea. „Ich habe die ganzen Daten, die wir für die Besprechung brauchen, auf meinem Rechner. Die Dateien sind mit anderen auf dem Server verknüpft und es ist einfacher, wenn ich Ihnen das an meinem Arbeitsplatz zeige."

„Ich kann aber erst ab 17:00 Uhr, falls Sie da nichts anderes geplant haben."

Bea schluckte, Hellman wusste genau, dass sie um diese Zeit immer zu Besuch ins Krankenhaus fuhr, aber sie spielte mit. „Nein, das passt schon", sagte sie.

„Gut, dann um fünf bei Ihnen, Frau Nagel, Wiederhören." Er legte auf.

Bea war mit sich zufrieden. Sie war wieder die coole Wissenschaftlerin, sachlich und um Kooperation bemüht. Hellman wollte kommen, wenn Jacek und Maria schon weg wären. Dann rief sie bei Schneider an: „Ich habe jetzt alles soweit zusammengestellt und kläre das mit Hellman noch heute. Es bleibt dabei, wie wir es besprochen haben, o. k.?"

„Ja", sagte er, „ich mache dann die Präsentation für das Rizinantiserum. Wenn Hellman etwas von mir will, soll er sich bei mir melden. Wir können ja morgen zusammen unsere Entwürfe durchgehen."

Gut! Schneider würde sie heute auch nicht mehr stören. Jetzt musste sie nur noch im Krankenhaus anrufen, um Ronny mitzuteilen, dass sie ein wenig später als gewohnt kommen würde. Ronny verstand das. Er wusste ja, wie es in einem Labor zuging.

Schneider war erstaunt, wie gelassen Bea plötzlich war. Diese Frau gab ihm ständig Rätsel auf. Zuerst war sie völlig am Ausrasten und dann wieder so cool und distanziert, als wäre nichts gewesen. Sie hatte Hellman angerufen! Frauen tickten eben oft anders als Männer.

Als er es Tanja erzählte, meinte sie: „Vielleicht will sie sich jetzt an ihn ranmachen, um auf diesem Weg etwas zu erreichen, das sie anders nicht bekommen hat. Sie hat ein Ziel, einen unheimlich starken Willen und ist sehr berechnend, noch viel mehr als du!“

„Das bringt unser Beruf eben so mit sich“, versuchte sich Leo mit einer Rechtfertigung.

„Oder berechnende Menschen wählen sich eben diesen Beruf“, konterte Tanja.

Leo ließ ihr das letzte Wort, ihm fiel keine passende Antwort ein und vielleicht hatte Tanja ja sogar recht. Er setzte sich mit Widerwillen daran, das Exposé für die Industrievertreter zusammenzustellen. Bea war mit ihrem schon fertig und spätestens morgen musste seine Präsentation stehen. Der Clou war die Herstellung des Antiserums. Der Trick, mit dem er das Rizin an einen Träger koppelte, damit es bei der Immunisierung zwar in die Blutbahn kam, aber nicht in die Körperzellen. So konnte es die Zellen nicht zerstören. Gebändigt wie ein Raubtier an der Kette, dachte er. Das Verfahren war einfach, aber Gold wert. Er würde es nicht ohne Not preisgeben. Die Antiseren konnten sie haben, aber nicht die Methode zu ihrer Herstellung. Allerdings war es nicht sicher, ob Hellman und Arnold diese Lösung akzeptieren würden. Er wollte sie aber nicht vor den Verhandlungen mit der Industrie darüber ins Bild setzen.

Ob Bea am Ende bei dem bleiben würde, was sie vereinbart hatten? Sie wollte ja heute mit Hellman noch persönlich reden. Schneider war gespannt, wie Hellman darauf reagieren würde. Wahrscheinlich versuchte Bea, etwas für Ronald zu erreichen.

Er setzte sich an seinen Computer, um die Präsentation zu gestalten. Es fiel ihm schwer, sich auf diese Arbeit, die er als eine Werbeveranstaltung empfand, zu konzentrieren. Dazu kam noch der Brummschädel, den er sich gestern Abend angetrunken hatte. In der Katerstimmung kam ihm wieder dieser Risk in den Sinn. Was würde der jetzt unternehmen, nachdem Schneider den Kontakt abgebrochen hatte? Risk stand hinter den Leuten, die ihn und Tanja überfallen hatten. Ein Fanatiker, aber keinesfalls dumm, wie Schneider bei dem Chat mit ihm gemerkt hatte. Auf jeden Fall war er wesentlich gefährlicher, als Leute wie Hellman und Arnold, die er im Vergleich bestenfalls als nervtötend wahrnahm.

Das Klingeln des Telefons riss ihn aus seinen Gedanken. Er meldete sich und hörte eine ihm unbekannte Stimme sagen: „Guten Tag, Herr Dr. Schneider, mein Name ist Alfonso Sutter von der *United Vaccine Corporation.* Ich gehöre zu der Industriedelegation, die am nächsten Montag Ihr Institut besuchen wird."

Schneider war überrascht. Er hatte nicht daran gedacht, dass die Industrieleute ihn vorher kontaktieren könnten.

Sutter fuhr fort: „Die UVC hat ein großes Interesse an einem Impfstoff gegen Rizin. Ich hatte das Vergnügen, Ihren sehr verehrten Herrn Professor Griebsch auf einer Tagung der OECD in Kyoto kennenzulernen und war von seinem Vortrag über die bei Ihnen entwickelte Rizinvakzine sehr beeindruckt."

Immer wieder Griebsch, dachte Schneider, aber er ließ sich nichts anmerken. „Ich weiß nicht, was Herr Griebsch Ihnen im Einzelnen dazu berichtet hat. Ich kenne seinen Vortrag nicht und vielleicht wissen Sie es nicht, aber Herr Griebsch ist bis heute nicht von dieser Reise zurückgekehrt. Keiner hat seitdem mehr etwas von ihm gehört."

„Ach ja?", Sutters Stimme klang nicht besonders überrascht. „Ich war schon erstaunt, seinen Namen nicht auf der Liste zu finden, die uns von ihrer Institutsleitung übersandt wurde. Aber, warum ich Sie anrufe, Herr Dr. Schneider, ist Folgendes. Herr Professor Griebsch hatte mir in Kyoto erzählt, dass Sie derjenige wären, der sich fachlich mit der Entwicklung des Rizinantiserums beschäftigt."

„Hat er das wirklich?", fragte Schneider. „Das wundert mich aber."

Sutter ließ sich nicht beirren. „Vielleicht ist Ihr Verhältnis zu Herrn Griebsch nicht ganz ohne Spannungen, aber das spielt jetzt wohl keine Rolle. Weshalb ich Sie anrufe, es geht um Folgendes: Ich möchte Ihnen ein interessantes Angebot machen."

„Ein Angebot?"

„Ja. Unser Konsortium, die UVC, entwickelt Vakzine, Impfstoffe aller Art. Als Experte wissen Sie, dass so etwas mit sehr hohen Kosten verbunden ist. Ihre Methode zur Herstellung der Rizinvakzine interessiert uns und wir wären bereit, Ihre Unkosten zu vergüten, wenn Sie uns diese Methode zur Verfügung stellen."

„Hat Ihnen denn Herr Griebsch darüber nichts Genaueres erzählen wollen?", fragte Schneider neugierig.

„Herr Griebsch?“ Sutter stockte einen Moment und lachte: „Ja, wissen Sie, er schien mir doch nicht so sehr mit den Einzelheiten vertraut zu sein. Jedenfalls nach allem, was ich von ihm erfahren konnte. Er nannte schließlich Ihren Namen als den des wirklichen Experten.“

Für Schneider hörte es sich an, als hätte Sutter Griebsch restlos ausgequetscht. „Hören Sie, Herr Sutter...“, Schneider zögerte, ihm schwirrte der Kopf. Jetzt waren es schon zwei Angebote, die er in den letzten beiden Tagen erhalten hatte.

„Eine Million Euro, wenn wir von Ihnen eine Methode bekommen, die funktioniert. Wir machen einen Vertrag. Wenn Sie wollen, ist für Sie eine lukrative Anstellung bei der UVC vorgesehen, in unserer Schweizer Niederlassung. Wir sind sehr an guten Leuten interessiert, Herr Dr. Schneider und wir zahlen bestimmt besser als das IEI!“

Schneider dachte daran, dass sein Apparat abgehört wurde. Alles, was er am Telefon sagte, konnte gegen ihn verwendet werden. Das Gespräch mit Bea, indem sie besprochen hatten, nicht alle ihre Trümpfe aus der Hand zu geben, hatte man sicher auch brav mitgeschnitten. Er musste Sutter abwiegeln, bevor die Sache ganz aus dem Ruder lief. Er zog hörbar die Luft ein. „Ach, das kommt ja sehr überraschend. Ich kann Ihnen im Moment nichts weiter dazu sagen. Schließlich gehören unsere Ergebnisse ja dem Institut …“ Schneider stockte, weil das Angebot ihn reizte, er aber am Telefon nicht weiter darauf eingehen wollte. Sonst gäbe es noch einen Grund, ihn wegen Verrat von Betriebsgeheimnissen und Vorteilsnahme zu feuern und ihm noch dazu ein Verfahren anzuhängen.

„Wie Sie wollen …“, Sutters Stimme war um eine Spur kühler geworden. „Günstige Gelegenheiten gehen schnell vorüber, Herr Dr. Schneider. Überlegen Sie sich mein Angebot bis Montag. Ich freue mich auf unser Treffen. Bis bald und auf Wiederhören.“

Das musste der jetzt auch noch von sich geben. Anscheinend hatte Sutter keine Probleme, so etwas am Telefon zu besprechen. Schneiders Gesprächspartner hatten immer das letzte Wort. Er war wohl zu nachdenklich, um immer sofort die passende Antwort parat zu haben. Er dachte an das viele Geld, das Sutter ihm anbot. Die Vorstellung, er könnte damit dem IEI den Rücken kehren, zog ihn an. Aber Sutter hatte auch etwas in seiner Stimme, das ihn gleichermaßen abschreckte.

Ein paar Türen weiter saß Bea in ihrem Büro und überblickte alles mit prüfender Mine. Schließlich erwartete sie einen hochrangigen Gast. Kurz nach siebzehn Uhr klopfte es an der Tür. Das konnte nur Hellman sein. Sie stand auf, alles war vorbereitet. Auf einem kleinen Tisch, den sie in die Mitte ihres Büros geschoben hatte, stand eine Kanne Tee, zwei große Tassen, eine Schachtel mit Schokoladentrüffeln, die sie extra für diese Gelegenheit gekauft hatte, ein Milchkännchen und eine Schale mit drei Zuckerstückchen. „Herein“, rief Bea laut.

Die Tür öffnete sich. Hellman stand im Türrahmen und blickte in ihr Büro. Er trat in den Raum und sah den Tisch mit dem Tee und den Pralinen. „Also, Frau Nagel, das sieht ja fast so aus, als wollten Sie mich bestechen“, er deutete mit seinem Kopf auf den Tisch.

„Das ist doch nicht der Rede wert. Wenn Sie sich schon zu mir bemühen, dann sollen Sie sich auch wie in Ihrem Büro fühlen.“ Bea bemühte sich um einen unbefangenen Eindruck.

„Gut“, sagte Hellman, indem er sich hinsetzte und nach den Pralinen schielte. „Ich bin nämlich, trotz meiner Schwäche für Schokolade, vollkommen unbestechlich.“

Bea setzte sich vor den Computer und begann ihre Präsentation hochzuladen. Sie begann, ihm das Exposé eingehend zu erklären. Nach den ersten beiden Folien schenkte Bea Tee ein und nahm einen Trüffel aus der Schachtel. Hellman tat es ihr nach, nahm einen Kaffeelöffel und suchte auf dem Tisch nach Zucker. „Ich habe sogar noch Zucker aufgetrieben“, sagte sie stolz, „denn ich selbst süße meinen Tee nie.“

„Dann kann ich mich ja ohne schlechtes Gewissen bedienen“, sagte Hellman und ließ alle drei Würfel in seine Tasse fallen.

Bea fuhr mit ihrem Vortrag fort und Hellman kam bald auf den entscheidenden Punkt. Für ihn war klar, dass man den Kooperationspartnern auch die Hybridomazellen geben müsste. „Da werden wir langfristig nicht darum herumkommen, Frau Nagel.“ Er führte seine Tasse an die Lippen. „Ich meine, was hat es für einen Sinn, dem Industriepartner die Antikörper produzierenden Hybridomazellen vorzuenthalten?“

„Wir machen uns damit restlos überflüssig, das ist es", sagte Bea.

„Wir können ja prüfen, ob man die Hybridomazelllinien patentieren kann. Andererseits bedenken Sie die Kosten für ein weltweit abgesichertes Patent. Das kann das IEI gar nicht stemmen. Vielleicht geht das ja auch besser gemeinsam mit der Industrie." Er schaute sie an und verzog den Mund zu einem halben Lächeln. Seine Oberlippe sah immer noch ziemlich lädiert aus.

Viel zu wenig, was der abbekommen hat, dachte Bea, als sie die Spuren von Ronnys Attacke in Hellmans Gesicht sah. Im Angesicht von Hellmans Grimasse kochte sie innerlich. Wer zuletzt lacht, lacht am besten. Oder besser, wer zuletzt grinst! Bei dem letzten Gedanken musste sie unwillkürlich auflachen.

„Was ist denn daran so lustig?", hörte sie Hellmans Fistelstimme.

„Nichts", wehrte Bea ab und bemühte sich wieder ernst zu werden. „Mir ist nur plötzlich etwas eingefallen, nicht der Rede wert."

„Also", sagte Hellman, den ihr Lachen verunsichert hatte und der jetzt zum Ende kommen wollte. „Also, Sie haben das alles sehr schön vorbereitet und Ihre Präsentation ist überzeugend. Die Verhandlungen mit den Vertretern der Wirtschaft wird aber nur die Leitung führen."

„Wie Sie meinen", sagte Bea nur. Die Leitung, das war er. Sie hatte ihm nichts weiter zu sagen. Es gab keinen Grund mehr, das Gespräch fortzusetzen.

Hellman trank seinen Tee aus, nahm zum Abschied noch einen Trüffel und stand auf. „Ich bin Ihnen dankbar, Frau Nagel, dass Sie nicht versucht haben, dieses Kooperationsvorhaben mit dem der Anstellung Ihres Mannes zu verknüpfen. Ich denke, Sie können ihm am Besten helfen, wenn Sie in jeder Hinsicht kooperieren und Ihre eigene Position am IEI nicht gefährden."

Er ging zur Tür, drehte sich aber wieder um, weil von Bea keine Antwort kam. Sie musterte Hellmans massige Gestalt, während er zur Tür hinausging. Der einzige unbestimmte Faktor war Hellmans Gewicht. Sie hatte es schätzen müssen.

26.

Es war Freitag, der 5. Mai. Schneider gingen die Angebote, die er in den letzten beiden Tagen bekommen hatte, nicht aus dem Kopf.

Risk wollte das Gift, Rizin 51. Sutter wollte das Gegengift, das Rizinantiserum. Das war schon irgendwie kurios. Beide kannten sich sicherlich nicht. Vordergründig war Risk der Bösewicht, der Menschen umbringen, und Sutter der Gutmensch, der sie davor retten wollte. Aber wie hieß es in einem Essay von Szagun: *Wer Bunker baut, wirft Bomben.* Jemand, der einen Impfstoff gegen Rizin besaß, konnte ebenso gut vorhaben, Rizin als Waffe gegen Menschen einzusetzen, die diesen Impfstoff nicht hatten. Wer konnte das am Ende schon wissen?

Sutters Angebot bot ihm die Chance, aus dem IEI auszusteigen und trotzdem seine wissenschaftliche Laufbahn weiter fortführen zu können. Nach Tanjas Worten hatte sie selbst mit dem IEI schon innerlich abgeschlossen. Bald würde Schneider dort allein sein und im günstigsten Fall einer chronischen Depression anheimfallen. Sein Traum der letzten Nacht fiel ihm wieder ein. Er stand am Strand, sah auf das Meer und einen leblosen Körper, der wie Treibholz am Ufer hin und her trieb. Jetzt fiel ihm eine mögliche Bedeutung ein. Das Treibholz war er selbst. Lange konnte er sich einer Entscheidung nicht mehr entziehen.

Er dachte an Louisa, die vor einer guten Woche nach Rennes abgereist war. Gestern hatte Louisa erzählt, dass sie am *Place de Lices* gezielt von zwei Polizisten angehalten worden war. Sie musste sich ausweisen und mit aufs Polizeirevier kommen. Dort hatte man sie ausgefragt. Warum sie in Rennes wäre? Warum allein? Für wie lange sie bleiben wolle? Was sie vorhätte? Sie hätte doch in Berlin ihren Wohnsitz, und so weiter …

„Leo, was die alles von mir wussten“, hatte Louisa am Telefon gesagt. „Ich habe noch nie erlebt, dass man mir nachspioniert. Und als ich fragte, wieso wollen Sie das wissen, wieso spionieren Sie mir hinterher? Da antworteten sie mir: alles reine Routine, Madame, kein Grund zur Aufregung. Und ob ich schon einmal vom Plan *Vigipirate (24)* gehört hätte. Nein? Ah. Sehen Sie! Weil Sie schon lange nicht mehr in Frankreich wohnen, Madame Schneider. Das sind nur die üblichen Sicherheitsmaßnahmen gegen Terrorismus.“ Louisa war völlig aufgeregt gewesen. Zum Glück hatte Elsa sie beruhigen können.

„Ob das mit mir zusammenhängt?“, dachte Schneider. Er wurde mit Sicherheit von V-Leuten überwacht. Und damit auch seine

Umgebung. Risk wusste das, sonst hätte er nicht solche Umstände gemacht, nur um mit Schneider in Kontakt zu kommen. Sutter schien nichts davon zu wissen, oder wenn, störte es ihn nicht. Offiziell konnte man Sutter auch nichts vorwerfen. Leute abwerben, das gehörte zu den Spielregeln der Marktwirtschaft. Und Entscheidungen mit Geld zu beeinflussen, war doch Usus bei den Eliten der Gesellschaft.

„Auch gut“, sagte Schneider laut zu sich selbst. Wenn er wirklich überwacht wurde, war es für Risk schwer, an ihn heranzukommen. Der Gedanke, Risk und seine Leute kämen nicht so leicht an ihn heran, beruhigte ihn. Auf weitere Kontaktversuche von Risk würde er nicht mehr reagieren. Und Sutter? Sein Angebot war verlockend, aber wenn er darauf einging, wäre er ihm und seiner Firma vollkommen ausgeliefert. Ob er bei der UVC mehr Freiheit haben würde als am IEI, war zu bezweifeln. Und was die UVC wirklich war und plante, darüber wusste Leo Schneider gar nichts. Wieder schien es besser zu sein, einfach abzuwarten. So, als säße er im Auge eines Wirbelsturms. Da, wo er sich gerade befand, war es ganz ruhig. Aber um ihn herum tobten entfesselte Gewalten, die ihn mitreißen würden, wenn er einen falschen Schritt machte. Der Gedanke gefiel ihm und Schneider lächelte. Morgen wollte er auf der Krone skaten gehen, mit dem Gefühl, dass jeder seiner Schritte von unsichtbaren Augen überwacht wurde. Hatte er nicht den eher unbeliebten Innenminister, begleitet von zwei unauffälligen Herren auf Fahrrädern, sich auf der Krone sportlich betätigen sehen? Wenn der das konnte, dann sollte es für ihn doch wohl noch einfacher sein.

Ihm fiel seine Präsentation ein, die immer noch nicht fertig war. Er rief Bea an, um zu erfahren, wie Hellman auf ihre Vorschläge reagiert hatte. „Er möchte, dass ich die Hybridomazellen und die Seren abgebe“, sagte sie lakonisch.

„Und? Hast du ihm nicht widersprochen?“

„Nein“, sagte Bea ungerührt, „er will sich um ein gemeinsames Patent kümmern.“

„Na, wenn du meinst.“ Schneider war verunsichert, weil es Bea anscheinend nicht mehr zu kümmern schien, was sie gestern vereinbart hatten. „Wollen wir denn noch unsere Präsentationen zusammen durchsprechen?“

„Ach, das muss nicht sein. Mal sehen, wie es am Montag läuft. Ich gehe heute schon früher zu Ronny ins Krankenhaus, hab ihm vieles zu erzählen“, sagte sie noch, bevor sie auflegte.

Die Sache mit Ronny macht sie total fertig, dachte Schneider. Er wählte Hellmans Nummer. Wenigstens telefonisch musste er sich mit ihm abstimmen, gerade weil Bea jetzt plötzlich einen Rückzieher machte. Es war immer das Gleiche, dachte er. Du denkst, alle ziehen an einem Strang und im entscheidenden Moment springen die Leute ab.

„Ziegler, Apparat Professor Hellman“, meldete sich die Sekretärin.

„Ist Professor Hellman zu sprechen? Es geht um den Besuch der Industriedelegation am Montag.“

„Einen Moment, bitte“, sagte Frau Ziegler. Es rauschte, wahrscheinlich hielt sie den Hörer zu, um mit Hellman zu reden. Dann hörte er sie sagen: „Sie sollen gleich herkommen, Professor Hellman hat nicht viel Zeit.“

Leo Schneider ging mit seiner Präsentation in den zweiten Stock. Frau Ziegler war in ihre Arbeit vertieft und winkte ihn mit der Hand durch. Die Tür von Hellmans Büro war angelehnt. Als Schneider eintrat, saß Hellman am Tisch und hatte seine Brille in der Hand, deren Gläser er mit einer mechanischen Bewegung putzte. Hellman schaute kaum auf, deutete mit einer Hand auf den freien Stuhl ihm gegenüber. Schneider setzte sich und legte Hellman seine Präsentation vor.

„Ihr Vortrag?“, fragte Hellman. Er hob den Kopf, setzte sich seine Brille wieder auf und betrachtete die Folien. Schneider begann zu erzählen, was er am Montag vorstellen wollte. Hellman schien zuzuhören, sagte nichts, runzelte wiederholt die Stirn und kniff die Augen zusammen. Dann nahm er seine Brille ab und legte sie auf den Tisch. Er griff nach einer der Folien, hielt sie sich dicht vor sein Gesicht und fixierte seinen Blick darauf.

„Zuviel Text auf den Folien?“, fragte Schneider, der sich keinen Reim auf Hellmans Gebaren machen konnte.

„Nein, nein“, Hellman zögerte. „Es ist nur …, ich kann den Text nicht gut erkennen. Seit heute Mittag ist etwas mit meinen Augen. Die Zeilen verschwimmen und manchmal erscheinen sie wie doppelt.“

„Wir können das sonst mit dem Beamer anschauen“, schlug Schneider vor. „Dann ist das Bild größer. Ich habe die Datei hier auf dem USB-Stick.“ Er holte den Stick aus seiner Tasche und wollte ihn Hellman geben, aber der schüttelte nur den Kopf.

„Einen Moment.“ Hellman rief Frau Ziegler, sie solle ihm eine Flasche Mineralwasser bringen. „Die Luft ist so trocken hier“, sagte Hellman. „Die Klimaanlage muss verstellt sein, ich habe schon die ganze Zeit einen fürchterlich trockenen Mund.“

Frau Ziegler brachte Wasser und Hellman trank gierig aus der Flasche. Schneider war über sein Verhalten erstaunt. Er fand die Klimaanlage wie immer. Hellman schaute auf Schneiders Papiere. „Jetzt geht es besser.“ Er deutete auf die erste Folie. „Also, Sie glauben, Ihr Antiserum hält, was Sie versprechen, Herr Schneider? Ich habe von Ihnen nie so genaue Unterlagen bekommen, wie von Frau Nagel. Wir dürfen uns vor der Industrie nicht blamieren.“

Schneider zeigte auf die dritte Folie. „Hier sind alle Informationen zur Sensitivität und Spezifität zusammengefasst.“

Hellman schaute auf das Blatt, aber reagierte nicht weiter. Dann nahm er wieder seine Brille ab. Er rieb sich mit dem Handrücken mehrmals über die Augen, legte die Folie zurück und schüttelte den Kopf. „Ach, jetzt ist es wieder da, die Schrift verschwimmt. Es hat keinen Sinn, so weiterzumachen.“ Er griff zum Telefon. „Frau Ziegler machen Sie mir bitte gleich einen Termin beim Augenarzt, Dr. Schmule. Sagen Sie, es ist sehr dringend. Sie finden die Nummer der Praxis im Adressbuch.“

Er wandte sich wieder an Schneider. „Ich verlasse mich auf Frau Nagel und auf Sie. Sie tragen beide vor und beantworten Fragen, falls es überhaupt welche gibt. Die Verhandlungen mit den Wirtschaftsvertretern führt die Institutsleitung. Frau Nagel ist davon schon in Kenntnis gesetzt. Entschuldigen Sie mich bitte jetzt.“

Hellman stand auf und ging mit Schneider zusammen zur Tür. Frau Ziegler telefonierte gerade mit dem Augenarzt. Als Schneider aus dem Vorzimmer ging, hörte er, wie sie sagte. „Weil es dringend ist, haben Sie heute noch einen Termin bekommen. Soll ich Ihnen ein Taxi rufen, Herr Professor?“ Schneider ließ die Tür hinter sich zuschnappen und ging den Gang entlang zum Treppenhaus, um in sein Labor zurückzukehren.

Im Café *Hisar* war die Luft blau vom Zigarettenqualm. Die Gäste waren ausschließlich Männer, sie saßen an kleinen Tischen, rauchten, tranken Tee und schwatzten. Der Ingenieur saß für sich allein und starrte auf sein Glas mit Tee, das halbvoll vor ihm stand. In der linken Hand bewegte er ein kleines Kettchen und ließ die Perlen zwischen Daumen und Fingern durch seine Hand gleiten. Gestern hatte er die dringende Anweisung von der Bruderschaft bekommen, endlich das Rezept für Rizin 51 zu beschaffen. So leicht, wie sie dachten, war es aber nicht. Nachdem der Kontakt von Schneider abgebrochen worden war, hatte der Ingenieur sich auf die Spur von Schneiders Assistentin Tanja Schlosser gemacht. Er hatte schnell gemerkt, dass diese Frau genauso überwacht wurde wie Schneider. Außerdem war sie ständig mit einem Mann zusammen, was die Kontaktaufnahme noch schwieriger machte.

Schneiders Telefon im Institut konnte er nicht mehr abhören. Sie mussten den Zugang, den er als Mitarbeiter der Firma Halitel gelegt hatte, entdeckt und inaktiviert haben. Es war damals so einfach gewesen, den Auftrag für Halitel zu bekommen. Man musste einfach nur der billigste Anbieter sein und schon hatte man den Vertrag in der Tasche. Hauptsache billig! Das Geld ließ sie jede Vorsicht vergessen! Wie dumm diese Leute doch waren.

Das Einzige, was ihm blieb, war die Nummer von Schneiders Handy. Ahmed hatte es eingesteckt, nachdem er Schneider niedergeschlagen hatte. Zum Glück hatte Schneider seine Mobilnummer beibehalten, auch nachdem er eine neue SIM-Karte und ein neues Handy bekommen hatte. Der Ingenieur hatte das überprüft. Die Frau eines Freundes hatte Schneider angerufen und gesagt, sie hätte sich verwählt. Schneider war am Telefon gewesen. Mit der Mobilnummer konnte er über das GSM-Ortungssystem den Aufenthaltsort von Schneider ziemlich genau bestimmen. Nicht umsonst hieß er der Ingenieur, telefontechnisch war ihm fast alles möglich. Irgendwann musste Schneider doch nach Frankreich fahren, um seine Frau zu treffen. Man musste nur Geduld haben. In Frankreich würde es leichter sein, an Schneider heranzukommen.

Genau das hatte er seinem Kontaktmann auch erzählt, den er heute im Café *Hisar* getroffen hatte. Der Ingenieur hatte den Mann, der sich unaufgefordert an seinen Tisch setzte, nie zuvor gesehen. Ein hagerer Typ mit großen, dunklen Augen, der sich mit dem

Namen Halil vorstellte. Er sprach einen libanesisch-arabischen Dialekt und der Ingenieur vermutete, dass auch er im Libanon groß geworden war. Aber er durfte ihn nicht danach fragen. Nachdem er Halil von seinem Plan erzählt hatte, Schneider in Frankreich zu kontaktieren, wechselte Halil spontan ins Französische. Für den Ingenieur ein weiterer Hinweis, dass sein Kontaktmann aus dem Libanon stammte. Nachdem Halil gemerkt hatte, dass der Ingenieur so gut Französisch sprach, um in Frankreich nicht besonders aufzufallen, war er zufrieden und billigte seinen Plan.

„Aber wann wird Schneider nach Frankreich fahren?“, fragte Halil, hielt sein Teeglas zwischen beiden Händen und sah den Ingenieur unverwandt in die Augen. Er war ins Arabische zurückgefallen.

„Bald, bestimmt sehr bald“, sagte der Ingenieur. „Er ist nervös und kommt kaum allein zurecht. Ich werde ihn dort pflücken, wie einen reifen Apfel.“

„Wir zählen auf Dich. Enttäusche die Bruderschaft nicht!“ Halil stand auf und verließ mit einem Gruß das Café. Der Ingenieur blieb stoisch an seinem Tisch sitzen, rauchte, trank seinen Tee und spielte mit seinem Kettchen, das er mit einer schnellen Handbewegung immer wieder in die Ausgangsposition in der Innenfläche seiner Hand zurückfallen ließ.

27.

Am Samstag, den 6. Mai lag Alfonso Sutter zufrieden halb ausgestreckt und halb ausgezogen auf seinem Bett im Hotel Steigenberger. Das Hotel lag in der City des alten West-Berlins und Sutter schaute durch das Fenster auf einen kleinen Park, der direkt am Hotel angrenzte. Sutter war bereits am Freitag in Berlin eingetroffen, nachdem er Schneider am Donnerstag aus Zürich angerufen hatte. Den Abend und die halbe Nacht hatte er mit der charmanten Ella des *Berlin Escort Service* verbracht. Sie hatte seine Erwartungen in keiner Hinsicht enttäuscht. Ein Problem, das noch blieb, war Schneider. Nach dem letzten Kontakt war er nicht sicher, ob Schneider zusagen würde. Vielleicht konnte ein persönliches Gespräch in einer angenehmen Atmosphäre helfen. Sutter wollte das vor dem offiziellen Treffen im Institut arrangieren. Die potentiellen Konkurrenten waren für die UVC nicht besorgniserregend. *Saikan* war mehr an Nachweistests interessiert, genauso wie *Toxproove.* Sam McLaughlin war eher ein Bastler, der sein akademisches Wissen zu Geld machte, seine Firma war eigentlich nur eine kleine Klitsche. Blieb noch die *Instanta-GmbH.* Aber das waren eigentlich nur Großhändler, die keine eigenen Produktionsstätten hatten.

Als der UVC die Kooperationswünsche des IEI bekannt wurden, hatte Alfonso Sutter sich bei Direktor Krantz persönlich gemeldet. Dank der Gesprächigkeit von Griebsch, der seinen Hals retten wollte, wusste Sutter viel über die Strukturen und Interna des IEI. Das erwies sich jetzt als sehr hilfreich. IEI Direktor Krantz war einverstanden, als er ihn darum bat, mit Schneider in Kontakt zu treten. Krantz hatte Sutter bald an seinen Vize Arnold verwiesen, der ihm die nötigen Ansprechpartner nennen sollte.

Die UVC benötigte dringend die Methode zur Herstellung eines Rizinimpfstoffes. Aufträge von mehreren Hundert Millionen Dollar hingen davon ab. Es lagen dazu schon Anfragen einer Reihe von Staaten vor, die an der ISAF-Mission in Afghanistan beteiligt waren. Alfonso Sutter konnte es sich nicht leisten, noch einmal soviel Zeit zu verschwenden, wie er es mit Griebsch getan hatte. Mehr als ein ganzer Monat für nichts! Am Ende hatte Griebsch sich als Schwätzer und die ganze Aktion als ein Flop erwiesen. Wenn Schneider nicht mitmachte, musste er über Schneiders Umfeld an die Methode herankommen. Die Konkurrenz schlief nicht. Die UVC wusste von Firmen aus Russland und Israel, welche auch an einem Rizinimpfstoff arbeiteten. Allerdings waren die Kapazitäten der UVC ungleich besser, als die der Konkurrenz. Es bestand noch Hoffnung, in dem Wettrennen die Nase vorne zu behalten.

Schneiders private Telefonnummer hatte ihm seine Sekretärin aus der Züricher UVC Zentrale übermittelt. Am Vormittag hatte er ihn nicht erreicht, er wollte es nachmittags noch einmal versuchen, Schneider zu erreichen, um ihn dazu zu bringen, die Einladung zum Abendessen im Hotel Steigenberger annehmen. In einer gepflegten Umgebung, die Schneider etwas von dem Luxus spüren lassen sollte. Luxus, den er sich auch leisten könnte, wenn er das Angebot der UVC annahm. Alfonso Sutter hoffte, das verführerische Ambiente würde Schneiders Bereitschaft zur Kooperation steigern. Vielleicht konnte man auch die Damen des Escort-Service einsetzen, wenn Schneider solchen Abenteuern zugeneigt war. Das würde sich zeigen.

Dr. Harry Ruf trat am Samstagmorgen seinen Wochenenddienst auf der neurologischen Station des Klinikums an. Freitagabend hatte er freigehabt, und nachdem er aus dem Kino gekommen war, hatte ihn sein Kollege Franz Weckerle angerufen, um zu berichten, was kurz zuvor auf der Station passiert war. Ruf und Weckerle kannten sich gut und vertraten sich oft mit ihren Bereitschaftsdiensten.

Was Franz erzählte, war aufregender als der Film, den Harry Ruf gerade gesehen hatte. Zuerst berichtete er von dem Patienten Ronald Nagel, der einen akuten depressiven Schub bekommen hatte, nachdem ihn seine Frau Beatrix besucht hatte. Sie war bis spät abends bei ihm am Bett geblieben und hatte auf ihn eingeredet. Bald ging es dem Patienten Nagel so schlecht, dass sie ihm massiv Beruhigungsmittel geben mussten.

Aber das war nicht alles. Am Freitagabend wurde gegen 21:00 Uhr ein Notfallpatient eingeliefert, dessen Krankenakte vor Harry Ruf jetzt auf dem Tisch lag. Es handelte es sich um einen 61 Jahre alten Mann, der von seinem Augenarzt wegen neurologischer Ausfälle in die Neurologie des Klinikums eingewiesen worden war. Dieser Patient lag jetzt auf der Intensivstation, in dem Behandlungszimmer, das neben dem des Patienten Nagel lag.

Nachdem, was Franz Weckerle erzählt hatte, hatte man Frau Nagel am Freitagabend überraschend am Bett des frisch eingelieferten Patienten angetroffen. Sie schien ihn offenbar zu kennen und ihm etwas ins Ohr zu flüstern. Was sie sagte, konnte Schwester Angela, als sie den Raum betrat, nicht verstehen. Schwester Angela wunderte sich, dass Frau Nagel, die für einige Momente allein mit dem Patienten im Zimmer gewesen sein musste, in aufgelöster Stimmung war und laut lachte, als die Schwester sie aus dem Raum verwies. Auf die Nachfrage der Schwester, was sie bei dem Patienten zu suchen hätte, behauptete Frau Nagel, sie wäre auf der Toilette gewesen und hätte sich bei der Rückkehr in der Zimmertür geirrt. Angela meinte, Frau Nagel konnte gar nicht auf der Toilette gewesen sein, denn sie selbst war von dort gekommen und das Licht im WC wäre die ganze Zeit ausgeschaltet gewesen.

Da weiter nichts passiert war, schenkte der Kollege Weckerle dem Bericht von Schwester Angela keine weitere Beachtung. Allerdings war ihm aufgefallen, dass Frau Nagel nach diesem Vorfall völlig überdreht am Bett ihres Mannes saß und auf ihn einredete. Bei Ronald Nagel hatte allerdings schon die Wirkung des Benzodiazepins eingesetzt, sodass er nicht mehr sonderlich Anteil an dem Redefluss seiner Frau genommen hatte. Das war es in Kürze, was ihm sein Kollege Weckerle noch am Freitagabend am Telefon erzählt hatte.

Harry Ruf dachte daran, als er die Krankenakte des Patienten Gerhard Hellman in der Hand hielt. Was Franz erzählt hatte, passte nicht zu der Beatrix Nagel, die er kannte. Harry Ruf wurde stutzig, als er in der Akte las, dass Hellman im gleichen Institut wie Beatrix und Ronald Nagel arbeitete. Dann war Frau Nagels Abstecher an das Krankenbett des Patienten Hellman vielleicht doch kein Zufall gewesen? Beatrix Nagel musste Hellman kennen, aber warum hatte sie sich so merkwürdig verhalten?

Zu dem neuen Patienten ging aus der Krankenakte Folgendes hervor. Professor Hellman war von seinem Augenarzt, der eine Praxis in der Nähe des Universitätsklinikums betrieb, überwiesen worden. Am Freitagnachmittag war der Patient mit akuten Sehstörungen in die Praxis des Kollegen gekommen. Er schob seine Symptome auf beruflichen Stress und seine nicht richtig angepasste Lesebrille. Der Kollege Schmude fand die Reaktionen der Pupillen des Patienten auffällig schwach. Er vermerkte, das Hellman auf Lichtreize ungewöhnlich empfindlich reagierte. Die Frage an den Patienten, ob er Drogen oder Medikamente genommen hatte, wurde von diesem strikt verneint. Bei der weiteren Untersuchung des Patienten ergaben sich Anzeichen auf ein neurologisches Geschehen. Der Kollege bemerkte eine Ptosis und eine zunehmende Dysphonie, so dass es immer schwieriger wurde, zu verstehen, was der Patient sagte. Auf den nochmals geäußerten Verdacht, der Patient müsste Drogen oder Medikamente eingenommen haben, erwiderte dieser plötzlich: „Wenn ich vergiftet bin, dann war es die Nagel!"

Der Patient wiederholte das noch mehrmals und erklärte sich bereit, seiner Überweisung auf die neurologische Station des Universitätsklinikums zuzustimmen. Auf der Station angekommen, konnte der Patient kaum noch artikulieren. Diagnostiziert wurde eine schlaffe Lähmung der quergestreiften Muskulatur mit reduzierter Zungen- und Kieferspannung, Schlucklähmung, Speicheln, mit progredientem Verlauf. Dabei zeigte er aber keine Anzeichen einer Bewusstseinstrübung und schien auch sensorisch nicht beeinträchtigt zu sein. Sprachlich konnte er sich aber kaum noch ausdrücken und schrieb, nachdem man ihm Papier und Kugelschreiber gebracht hatte: „Es ist Botulinumtoxin. Beatrix Nagel hat mich gestern mit Botulinumtoxin vergiftet!"

Harry Ruf traute seinen Augen nicht. Beatrix Nagel und Botulinumtoxin, wie passte das zusammen? Einen Fall von Botulismus hatten sie seit Jahren nicht mehr im Klinikum gehabt. Pro Jahr waren es weniger als eine Handvoll Fälle in Deutschland. Meistens Leute, die Konserven oder Räucherwaren herstellten und sich darauf nicht richtig verstanden. Jeder, der diese Produkte aß, bekam Botulismus. Falls es sich bei dem Patienten Hellman wirklich um Botulismus handelte, musste schnell etwas geschehen. Je eher Hellman das polyvalente Antitoxin bekam, desto besser war seine Chance, zu überleben. Sein Kollege Weckerle hatte das noch im Klinikum vorhandene Antitoxin dem Patienten gegen dreiundzwanzig Uhr spritzen lassen.

Allerdings musste man andere Ursachen, die für Hellmans Symptome verantwortlich sein konnten, ausschließen. Schließlich war die Serumtherapie nicht ungefährlich für den Patienten, es bestand das Risiko eines anaphylaktischen Schocks. Man musste sicher sein, dass es sich wirklich um Botulismus handelte, bevor man mit der Therapie begann. Am eindeutigsten war der Nachweis des Botulinumtoxins aus dem Blut. Franz Weckerle hatte Blut von Hellman abgenommen und an das IEI in Berlin und das Referenzlabor in Leipzig geschickt. Das polyvalente Antitoxin war bereits nachbestellt, sie erwarteten die Lieferung gegen Samstagmittag.

Hoffentlich würde das Ergebnis der Blutuntersuchung bald vorliegen. Eine Besserung war nach der ersten Antitoxinbehandlung noch nicht erfolgt. Wenn die Lähmung fortschreiten und auf die Atemmuskulatur übergreifen sollte, bedeutete das den Tod des Patienten. Gegebenenfalls konnte man ihn künstlich beatmen, so lange, bis das Gift in seinem Körper abgebaut war. Aber ein Erfolg war ungewiss und die Behandlung konnte Monate dauern.

Harry Ruf dachte wieder an Beatrix Nagel. Warum hatte sie so komisch reagiert, als ihr Kollege Hellman eingeliefert wurde? Er blätterte in dem Verzeichnis, in dem vermerkt war, an welche Einrichtungen Proben für bestimmte Untersuchungen geschickt werden mussten. Schließlich fand er das IEI und fuhr mit seinem Finger über die Abschnitte zu den einzelnen Abteilungen. Als er zur Botulismusdiagnostik las: AG-Toxine, Leiter Dr. Leonhard Schneider, Vertretung Dr. Beatrix Nagel, hielt er unwillkürlich den Atem an.

Was hatten Schneider und Nagel mit Hellman zu tun? Harry Ruf wusste es nicht, aber es schien möglich, dass Hellman mit seiner Behauptung recht hatte. Nur, warum sollte Beatrix Nagel ihm Botulinumtoxin verabreicht haben? Er musste ihr auf den Zahn fühlen, falls sie heute Nachmittag wieder zu ihrem Mann kommen sollte. Ronald Nagel war psychisch viel zu labil, um ihn damit zu belasten, das musste sie doch einsehen. Aber als behandelnder Arzt musste Harry Ruf wissen, was es mit dem Patienten Hellman auf sich hatte.

Am Samstagmorgen hatte Leo Schneider seine Skates eingepackt und war zum Kronprinzessinenweg gefahren. Es war kurz nach zehn und an diesem Wochenende waren dort schon reichlich Leute unterwegs. Skater, Radfahrer, Jogger, die sich gegenseitig den Platz streitig machten, dazu noch Spaziergänger und Leute, die unbedingt genau auf dieser befahrenen Strecke ihren Hund ausführen mussten. Auf dem Rückweg hielt Schneider an der Luise, einem großen Biergarten, in der Nähe der Universität. Er hatte sich dort mit einem Freund auf ein Bier und einen Imbiss verabredet. Auf dem Weg dorthin schaute er öfter in den Rückspiegel, ob ihm jemand folgte. Aber es gab immer Autos, die einem scheinbar folgten, dazu waren die Straßen, die quer durch die Stadt verliefen, einfach zu befahren. Nachdem er sich mit seinem Freund getroffen hatte, fuhr Schneider nach Hause. Er hatte sich zwar an das Singledasein gewöhnt, aber vermisste Louisas Nähe. Nachdem er mit ihr telefoniert hatte, holte er sich noch ein Bier aus dem Kühlschrank und legte sich auf die Couch. Eine Weile zappte er ziellos durch die Fernsehprogramme, aber es war nur das übliche belanglose Zeug, für die Sportschau war es noch zu früh. So hörte er im Radio die Liveübertragung der Bundesliga. Kurz nach siebzehn Uhr, mitten in der Schlusskonferenz, riss ihn das Klingeln des Telefons aus der Spannung. Er meldete sich unwirsch und war mit einem Anrufer konfrontiert, den er am allerwenigsten erwartet hatte.

„Hier spricht Alfonso Sutter“, hörte er, „von der *United Vaccine Corporation*. Sie erinnern sich? Wir hatten am Donnerstag schon miteinander telefoniert.“

„Woher haben Sie denn meine private Telefonnummer?“, fragte Schneider.

„Die Sekretärin Ihres Herrn Direktors hatte sie mir freundlicherweise gegeben. Ich hoffe, das ist in Ordnung. Störe ich Sie? Sonst melde ich mich noch einmal später.“

„TOOOR“, klang aus dem Radio die unverwechselbare Stimme der einzigen Sportschau Reporterin: „TOOOR in Hamburg und WASS für ein Schuss ….“

Schneider hörte mit halbem Ohr hin, konzentrierte sich dann wieder auf seinen Anrufer und sagte: „Nein, nein. Das ist kein Problem, worum geht's denn?“

„Ich bin aus geschäftlichen Gründen früher nach Berlin gekommen und wollte fragen, ob Sie nicht heute zum Abendessen mein Gast sein wollen. Ich wohne direkt in der City im Hotel Steigenberger. Wenn Sie möchten, kommen Sie doch gegen acht Uhr her, Sie können gerne Ihre Frau mitbringen.“

„Ich bin zurzeit allein, meine Frau ist in Frankreich. Aber, Herr Sutter, es ist so, ich will mich nicht festlegen.“

„Nein, die Einladung ist ganz unverbindlich, Herr Dr. Schneider. Wir lernen uns persönlich kennen und reden noch einmal bei einem guten Essen und einem guten Wein über meinen Vorschlag.“

„Gut“, sagte Schneider, der keine Lust hatte, den Abend allein zu Hause zu verbringen. „Aber wirklich unverbindlich, wie gesagt.“

„Selbstverständlich. Wenn es Ihnen recht ist, sehen wir uns kurz vor acht in der Lobby des Hotels Steigenberger, Los Angeles Platz. Ich lasse im Hotelrestaurant einen Tisch reservieren. Ich freue mich, bis dann also.“

Schneider legte auf. Im Radio wurden gerade die Schlussstände der Samstagsspiele der Bundesliga verlesen. Hertha hatte 2:3 verloren. Gut, dass er die Schlussphase, in der der Führungstreffer von Werder gefallen war, nicht mitbekommen hatte. Schneider war neugierig auf die Begegnung mit Sutter. Dieser Mann war kein Spinner, er musste ziemlich viel Einfluss bei der UVC haben. So, wie er am Donnerstag einfach eine Million angeboten hatte. Vielleicht würde er so auch etwas über Griebsch erfahren, was der in Kyoto gemacht hatte und zu welchem Zweck er eigentlich dorthin gefahren war.

Kurz vor acht war Schneider in der Lobby des Hotels. Auf der Fahrt hatte er hin und her überlegt, ob er Sutter überhaupt treffen wollte. Seine Beschatter würden das mitbekommen, aber was war schon dabei. Zum Schluss hatte seine Neugierde über die Bedenken gesiegt. Leo Schneider musterte die Menschen, die sich in der Eingangshalle aufhielten. Die meisten von ihnen schienen sich zu langweilen. Wer konnte Sutter sein? Er blieb nicht lange im Ungewissen. Mit dem ersten Blickkontakt löste sich in Mann mit straff nach hinten gekämmten, halblangen, dunkelblonden Haaren, den er auf höchstens vierzig schätzte, vom Tresen der Rezeption und kam zielsicher auf ihn zu. Als er näherkam, fiel Schneider die gezackte Narbe auf, die über seinen Wangenknochen schräg hoch zur Schläfe verlief. Burschenschaftler, schlagende Verbindung, dachte Schneider in dem Moment, als der Mann ihn ansprach.

„Herr Dr. Schneider?" Schneider war überrascht, nickte nur und verzog seinen Mund zu einem Lächeln. „Sehr angenehm, Alfonso Sutter, es freut mich, dass Sie sich Zeit für einen geselligen Abend genommen haben." Sie gaben sich die Hand. „Wie haben Sie mich erkannt", fragte Schneider, „wir haben uns doch nie zuvor gesehen?"

„Verzeihen Sie bitte die Indiskretion", Sutter geleitete Schneider in das Hotelrestaurant. „Aber unser Unternehmen versorgt uns mit allen notwendigen Informationen, bevor wir uns mit unseren Geschäftspartnern treffen." Der Oberkellner führte sie an einen bereits reservierten Tisch, der ein wenig abseits von den übrigen stand. „Ich dachte, wir reden gerne etwas ungestörter", sagte Sutter.

Ein Kellner brachte die Speisekarten. „Einen Aperitif, die Herren?" Sutter ließ Schneider nicht aus dem Auge. „Ein Kir", sagte Schneider und Sutter schloss sich seiner Bestellung an. Beide öffneten die Speisekarten, die saisonbedingt überwiegend Spargelgerichte anboten. Der Kellner kam zurück, servierte die zwei Kir und nahm die Essensbestellungen entgegen.

Als er fort war, begann Sutter vorsichtig Schneider auszufragen. Anfangs war es mehr wie eine Unterhaltung, aber dann wurde Sutter direkter, fragte nach Schneiders Situation im IEI, wie viel er verdiente, nach den Möglichkeiten, wissenschaftlich zu arbeiten und ob er genügend Geld und Personal für seine Forschungen hätte. Schneiders Gegenfragen über die UVC und zu Sutters Position beantwortete dieser in einer unverfänglichen Weise, ohne auf das Wesentliche groß einzugehen. Nach den Erfahrungen, die er mit Griebsch und Arnold gemacht hatte, versuchte Schneider sich keine Blöße zu geben, konnte aber die Konflikte, die er im Institut hatte, nicht ganz verbergen. Außerdem schien Sutter über viele Interna des IEI gut im Bilde zu sein.

Die UVC schien einen gut funktionierenden Nachrichtendienst zu unterhalten, dachte Schneider und fragte, warum die UVC ein so großes Interesse an dem Rizinimpfstoff hätte.

„Das ist ganz einfach“, sagte Sutter. „Denken Sie beispielsweise an den Irak. Dort lagerten tonnenweise Chemie- und Biowaffen. Die hätten doch eingesetzt werden können. Immer mehr verbündete Staaten sind an militärischen Aktionen in solchen Krisengebieten beteiligt. Und das endet ja nicht mit dem Irak. Da möchte jede Nation ihre Soldaten gegen Biowaffen, zum Beispiel eben durch geeignete Impfstoffe schützen. Für Botulinum haben die Amerikaner einen solchen Impfstoff bereits, allerdings nur für besondere Personengruppen, wenn Sie verstehen, was ich damit meine. Für Rizin gibt es aber tatsächlich, selbst in den USA, noch keinen Impfstoff. So einfach ist das!“

An ihren Nachbartisch hatten sich inzwischen zwei Männer gesetzt. In Schneider wuchs der Eindruck, dass sie sich für sein Gespräch mit Sutter sehr interessierten. Vom Typ her waren die beiden schwer einzuordnen. Wie Geschäftsleute sahen sie aber nicht aus. Sutter hatte die beiden noch nicht bemerkt, weil sie schräg hinter ihm saßen, aber Schneider konnte sie ohne Mühe beobachten. Er sprach instinktiv leiser, als er Sutter fragte: „Wenn ich Ihnen die Methode gäbe, würden Sie diese geheim halten?“

„Ja, unbedingt“, sagte Sutter und schob sich ein Spargelstück in den Mund. „Das ist die Bedingung für jedwede Kooperation zwischen uns, wenn es dazu kommt, was ich sehr erhoffe, Herr Dr. Schneider. Wenn die Methode nicht geheim bleibt, hat sie keinen Wert mehr, jedenfalls für uns.“

Leo überlegte. Wenn er sich bereit erklärte und den Impfstoff für die UVC entwickelte, gab er seinem Auftraggeber damit auch eine potenzielle Waffe in die Hand. Vor allem, wenn nur die UVC einen solchen Impfstoff besaß. „Dann bin ich doch als Geheimnisträger ein Risiko für Sie?“, fragte Schneider, dem das Essen nicht so gut schmeckte, wie es das eigentlich verdient hätte.

„Nun, Sie müssen sich natürlich zum Schweigen verpflichten. Es ist ja nicht von ungefähr, das wir Ihnen eine Million Euro zahlen und dazu eine gut bezahlte Stelle in unserer Schweizer Niederlassung anbieten. Das ist dann auch eine endgültige Entscheidung, wenn Sie sich entschließen, mit uns zusammenzuarbeiten. Alles hat seinen Preis, Herr Dr. Schneider“, sagte Sutter und wischte sich den Mund mit der Serviette ab.

Die Narbe an Sutters Wange sah ziemlich frisch aus, zu frisch für einen Schmiss aus Studententagen, fand Schneider. „Hatten Sie kürzlich einen Unfall?“, fragte er, indem er auf die Narbe deutete.

„Einen Unfall? Ja, so ungefähr. Ist nicht der Rede wert, mit der Zeit verblasst das. Aber bleiben wir doch beim Thema. Ich merke, Sie zögern mit Ihrer Entscheidung.“ Er schaute Schneider durchdringend an. „Denken Sie doch einmal an Ihr Leben. Am IEI haben Sie doch keine echte Chance mehr.“

„So? Woher wollen Sie das denn wissen?“, antwortete Schneider. Offensichtlich was Risk nicht der Einzige, der ihn ausspionierte und einiges über ihn wusste. Soviel Interesse an seiner Person war ihm unheimlich.

„Ich habe doch in Kyoto Ihren Vorgesetzten kennengelernt, Herrn Professor Griebsch. Der war richtig gesprächig, was Sie und Ihr Institut angeht. Man sagt ja, Alkohol und Angst lockern die Zunge.“ Sutter lachte, aber es klang nicht besonders freundlich. „Sehen Sie, Herr Schneider, was ist denn Ihre Alternative zu meinem Vorschlag? Sie haben das Rezept für das Rizinantiserum und behalten es für sich. Damit nutzt es Ihnen aber rein gar nichts. Selbst Ihre Vorgesetzten wollen, dass Sie mit der Industrie zusammenarbeiten. Die UVC bietet Ihnen einen lukrativen Vertrag. Wenn Sie ausschlagen, werden wir oder werden andere die Methode trotzdem irgendwann bekommen und dann ist sie nichts mehr wert, zumindest nicht für Sie.“ Sutter trank einen Schluck Wein und seine Mimik ließ die Narbe in seinem Gesicht noch mehr zur Geltung bringen. Schneider schielte mit einem Auge zum Nachbartisch, die beiden Männer redeten nicht miteinander, sie saßen stumm vor ihren Gläsern, aber wirkten aufmerksam, fast sprungbereit. Als ob sie ihrem Gespräch zuhörten. Allerdings saßen sie dafür eigentlich zu weit weg.

„Sie sind viel zu bescheiden, Herr Dr. Schneider", fuhr Sutter fort. „Sie sitzen da in Ihrem kleinen Labor, mit Ihrem bescheidenen Budget und mit gerade einmal einer Assistentin. Sie müssen sich mit den Nickeligkeiten Ihrer Vorgesetzten herumquälen und wissen gar nicht, was Ihnen alles entgeht. Denken Sie doch nur einmal daran, was Sie mit dem vielen Geld und einer neuen beruflichen Existenz alles anfangen könnten. Sie sind auch nicht mehr so jung, aber wie sagt man, Macht und Geld wirken erotisch." Er lachte und winkte jemandem im Hintergrund, den Schneider nicht sah, zu. Eine junge Frau höchstens Mitte zwanzig trat an ihren Tisch.

„Darf ich vorstellen, Ella!", Sutter blickte zu Ella und danach zu Leo Schneider. „Ella, Herr Dr. Schneider." Die Frau lächelte Schneider an. Sie sah attraktiv aus, mit ihren langen, blonden Haaren. Sie trug einen kurzen Rock, der sich hochschob, als sie sich neben Schneider setzte. Schneider schaute sie an. Sein Blick glitt von ihrem Gesicht mit den blauen Augen, deren Brauen so hell waren, dass man sie kaum sah, weiter über ihre Bluse, die saß, als wäre sie eine Nummer zu klein, bis hinunter zu ihrem Rock. Der war immer noch hochgerutscht und darunter hatte sie nicht viel an, eigentlich gar nichts. Schneider sah auf nackte rasierte Haut, auf ihre Spalte, die sich deutlich abzeichnete. Ella begegnete seinem Blick, ihre Augen versprachen viel und sie öffnete halb ihre Lippen, über die sie ihre Zunge kreisen ließ. Schneiders Blick blieb an ihr haften und er musste sich von ihrem Anblick gewaltsam losreißen, als der Kellner an den Tisch kam.

Ella schloss rechtzeitig ihre Beine und lächelte Schneider vielsagend an. Sutter bestellte zwei Kaffee und gab Ella ein Zeichen. Sie rekelte sich langsam aus dem Sessel, stand einen Moment dicht vor Leo Schneider und bewegte sich auf ihren hochhackigen Schuhen mit den Worten „Vielleicht bis später", vom Tisch. Schneider wurde bewusst, nachdem Louisa abgereist war, hatte er nicht mehr an diese Sache gedacht. Diese Sache war jetzt sehr präsent, verkörpert in einer Ella ohne Slip, die ihn mit ihren Kurven und ihrem Lächeln deutlich daran erinnerte.

Ella ging und versperrte seinen Blick nicht mehr. Die sinnliche Stimmung verflog, als er die beiden Männer am Nebentisch sah, die unverhohlen und scheinbar gespannt zu ihm herüberstarrten. „Kennen Sie die beiden Herren hinter Ihnen?“, fragte er Sutter, der sich umdrehte und die beiden, die sich sofort weggedreht hatten, musterte.

„Nein. Wieso? Sollte ich?“, fragte Sutter irritiert.

„Ich dachte, vielleicht“, sagte Schneider.

Sutter runzelte die Stirn, was sollte das, er kannte die Männer nicht. „Gefällt Ihnen Ella?“, fragte er plötzlich. Schneider antwortete nicht und Sutter sattelte drauf. „Ich sehe es Ihnen doch an, dass sie Ihnen gefällt. Sie können die Nacht hier mit ihr verbringen. Spesen gehen auf das Konto der UVC. Nur damit Sie eine Ahnung bekommen, welchen Lebensstil Sie führen könnten, Herr Schneider, wenn Sie nur wollen.“ Sutter wirkte jetzt ganz anders, er hätte ebenso gut Ellas Zuhälter sein können. Schneider schaute ihn mit großen Augen an.

„Ella ist gewissermaßen der Einstand auf unsere künftige enge Zusammenarbeit“, fügte Sutter hinzu. Der Kellner brachte zwei Kaffee und entfernte sich wieder. Sutter holte aus seiner Aktentasche einen Umschlag, legte ihn auf den Tisch und klappte ihn auf. Aus den Augenwinkeln beobachtete Schneider die Männer vom Nebentisch, die jetzt sehr aufmerksam wirkten.

„Hier ist der Scheck, der bald Ihnen gehören wird“, sagte Sutter und zeigte einen Scheck, auf dem eine Eins von sechs Nullen gefolgt stand. „Den unterschreibe ich aber erst, wenn wir das Rezept von Ihnen bekommen. Und hier ist der Vertrag mit der UVC, den Sie jetzt schon unterschreiben können.“

„Und dann?“, fragte Schneider.

„Dann können Sie sich erst mal mit Ella die Nacht versüßen“, sagte Sutter und ab Morgen beginnt für Sie ein vollkommen neuer Lebensabschnitt.“

Vom Wein und vom Kaffee hatte Sutters Gesicht Farbe bekommen, die mit der weißlichen, gezackten Narbe auf seiner Wange kontrastierte. Wenn es doch kein Unfall gewesen war? Wenn ihm einer diese Narbe absichtlich zugefügt hatte, wollte er ihn töten, dachte Schneider. Sutter lockte mit Geld, Sex und Einfluss, aber der Preis dafür war seine Freiheit. Wenn er erst unterschrieben hatte, war sie verloren. Und Louisa und Elsa? Schneider spürte, dass er fast zu weit gegangen wäre. Zudem hatte Sutter etwas, das Leo Schneider abschreckte. Eine gewisse Kälte, trotz seiner warmen Worte. Es war sicherlich schlimm, diesen Mann als Feind zu haben.

Schneider trat den Rückzug an. „Ich habe immer mehr den Eindruck, dass wir hier die ganze Zeit beobachtet werden“, sagte er.

„So?“, meinte Sutter, „wir können auch auf mein Zimmer gehen, dort sind wir ungestört.“

„Ich glaube nicht, dass mir das jetzt noch hilft“, erwiderte Schneider.

„Ich weiß nicht, was Sie meinen“, konterte Sutter.

„Ich meine, dass ich so einen Vertrag nicht mir nichts dir nichts unterschreiben kann, ohne dass ich mir reiflich überlegt habe, worauf ich mich einlasse.“

Sutters Blick nahm Distanz. Er griff in seine Reverstasche und zog seine Visitenkarte heraus. „Denken Sie gut nach, Herr Dr. Schneider. Sie haben Bedenkzeit bis morgen Abend. Danach sind Sie für die UVC nicht mehr interessant!“ Sutter stand auf. „Die Rechnung geht auf mein Zimmer“, sagte er. „Meine Telefonnummer ist auf der Karte. Guten Abend.“

Er entfernte sich rasch vom Tisch, an dem Leo Schneider verdattert sitzengeblieben war und auf die Visitenkarte starrte. Er kam erst wieder zur Besinnung, als der Kellner herantrat und das übrige Geschirr vom Tisch räumte. Leo Schneider stand auf und sah sich im Restaurant um. Die beiden Männer vom Nebentisch hatten den Kellner gerufen. Sutter war fort und Ella war auch nicht mehr zu sehen.

28.

Das Telefon klingelte und riss Bea aus dem Tiefschlaf. Sie war, nachdem sie Ronny im Klinikum besucht und Hellman dort hatte liegen sehen, irgendwann nach Hause gegangen. Lange fand sie keinen Schlaf, so aufgedreht war sie gewesen. Hellman sollte spüren, was es hieß, gelähmt zu sein. Gelähmt, wie Ronny! So zynisch, wie Hellman sie beide behandelt hatte, geschah ihm das nur recht. Hellman war in seiner Boshaftigkeit zu weit gegangen, hatte sie beide schamlos belogen und ausgenutzt. Aber er hatte nicht damit gerechnet, dass Beatrix einfordern würde, was er ihr versprochen hatte. So oder so. Selbst wenn er jetzt ohnmächtig ans Bett gefesselt war, blieb Hellman Bestandteil ihres Plans. Ronny sollte wenigstens seine Stelle wieder bekommen. Bea hob ab und schaute auf die Uhr. Es war fünf nach sechs. Das bedeutete, sie hatte höchstens drei Stunden geschlafen.

„Frau Dr. Nagel, hier spricht Meyer von der Pforte des IEI. Entschuldigen Sie die Störung am frühen Morgen, aber für Sie ist dringendes Untersuchungsmaterial aus dem Klinikum eingetroffen. Verdacht auf Bo-tu-lis-mus“, las er vom Begleitschreiben der Probe ab.

„Ich komme“, sagte Bea knapp. Sie beendete das Gespräch und stand auf, um sich anzuziehen. Ihr war schwindlig und sie hatte einen schlechten Geschmack im Mund. Der Anruf! Das musste die Blutprobe von Hellman sein. Die nächste Überraschung war fällig. Bea grinste und schob ihr schlechtes Gewissen beiseite. „Du hast mich als dein Spielzeug betrachtet, das soll dir jetzt eine Lehre sein, Hellman“, sagte sie leise.

Natürlich hatte Bea daran gedacht, das man Hellman untersuchen und ihn mit dem polyvalenten Antitoxin behandeln würde. Lange hatte sie überlegt, als sie im Tierstall den Würfelzucker mit den Botulinumtoxinpräparationen versetzt hatte. Auch der zeitliche Ablauf stimmte. Nach ihren Berechnungen sollten die ersten Symptome binnen vierundzwanzig Stunden eintreten. Dass Hellman so gierig war und gleich alle drei Zuckerstücke genommen hatte, konnte sie nicht ahnen. Dadurch ging nun alles ein bisschen schneller. Bea trank rasch einen Kaffee und beeilte sich, ins Institut zu kommen. Es war Sonntag, weder Schneider noch die anderen aus Arbeitsgruppe würden dort sein und neugierige Fragen stellen. So konnte sie in Ruhe die Probe von Hellman untersuchen. Wahrscheinlich hatten die Ärzte auch eine Parallelprobe an das Referenzlabor in Leipzig geschickt. Sie durfte sich keine Fehler bei der Untersuchung erlauben.

Sie betrat die Pforte des IEI und trug sich in die Anwesenheitsliste ein. Herr Meyer begrüßte sie gutgelaunt und holte die Probe, die vor wenigen Stunden abgegeben worden war, aus dem Kühlschrank. Zwar stand der Name des Patienten nicht auf dem Röhrchen, aber aus dem Begleitschein ging hervor, dass die Probe aus dem Klinikum stammte und am Samstagabend um 22:40 Uhr abgenommen worden war. Demnach konnte es eigentlich nur die Probe von Hellman sein.

Bea ging in ihr Büro, zog sich um und lief dann die Treppe hinunter in das Kellergeschoss, wo sich der Tierstall befand. Mäuse für den Bioassay hatte sie immer vorrätig. Zuerst musste sie aber aus der Blutprobe das Serum gewinnen. Während die Blutzellen in der Zentrifuge sedimentierten, spritzte sie zwei Mäuse mit dem polyvalenten Antitoxin, das die Botulinumtoxine A, B und E neutralisierte. Bea lächelte versonnen, als sie es tat, das Ergebnis würde ihr endgültig sagen, ob die Probe von Hellman stammte. Weiteren zwei Mäusen spritzte Bea ein Antiserum gegen Botulinumtoxin F, das sie selbst hergestellt hatte. Tanja hatte sich soviel Mühe gegeben, das Botulinumtoxin F herzustellen und Bea war ihr dafür dankbar. Es war Teil ihres Plans, nicht die üblichen Toxine A, B oder E für Hellman zu verwenden.

Hellman hatte sie immer nur abgewimmelt, als sie ihm das Nachweissystem für Botulinumtoxin präsentieren wollte, angeblich nur, weil BoNT-F noch fehlte. Das war sein Vorwand gewesen, sein Versprechen nicht halten zu müssen. Nun hatte Hellman sein BoNT-F und sogar näher als ihm lieb war, nämlich in seinem eigenen Körper! Bea lachte laut und freudlos auf, als sie daran dachte. Nach einer halben Stunde spritzte sie die Mäuse, die sie mit den Antitoxinen behandelt hatte, sowie zwei unbehandelte Mäuse mit der Blutprobe aus dem Klinikum. Nachdem sie die Tiere zurück in ihre Käfige gesetzt hatte, zog sie die Latex-Handschuhe aus und wischte sich den Schweiß von der Stirn. Heiß war es hier, und bei dem Test musste man aufpassen, sich nicht an der Nadel zu verletzen, sonst könnte sie sich gleich neben Hellman als Patientin auf die Neurologie legen. Nach ihren Berechnungen musste in vier bis fünf Stunden ein deutlicher Effekt bei den Mäusen zu sehen sein.

Bea ging zurück in ihr Büro und verließ das IEI, um am Nachmittag wiederzukommen. Spätestens heute Abend würde sie ihren Befund ans Klinikum schicken. Die Ärzte taten ihr leid. Sie gaben sich soviel Mühe mit den Patienten, aber nach ihrem Befund würden sie noch weniger wissen, wie sie den Patienten Hellman behandeln konnten.

Bea fuhr ein paar Stationen mit der U-Bahn in die Innenstadt, um im Schleusenkrug frühstücken zu gehen. Der Schleusenkrug war ein Gartenlokal in der Nähe des Bahnhofs Zoo, unmittelbar am Spreekanal im Tiergarten gelegen. Vom Garten aus sah Bea zu, wie die Schiffe durch die Schleuse fuhren, während sie ihren Kaffee trank. Es war noch Zeit, um im Tiergarten spazieren zu gehen, bis sie gegen Mittag wieder in das IEI zurückkehrte.

Als sie die Käfige mit den Mäusen aus dem Regal nahm, war das Ergebnis wie erwartet. Vier der sechs Mäuse zeigten eine deutliche Einschnürung am Hinterleib und eine Lähmung der hinteren Extremitäten. Es waren die beiden Mäuse, die kein Antitoxin bekommen hatten und die beiden anderen, denen sie das polyvalente Antitoxin gegen die Botulinumtoxine A, B und E gespritzt hatte. Diese vier Tiere würden bald sterben. So wie auch Hellman, denn das polyvalente Antitoxin A, B, E war das einzige Mittel gegen Botulismus, das der Klinik zur Verfügung stand. Den beiden Mäusen, denen sie vorher das Serum gegen Botulinumtoxin F gespritzt hatte, ging es erwartungsgemäß gut. Jetzt war auch endgültig klar, dass die Blutprobe von Hellman stammen musste.

Sie war gespannt, wie die Ärzte auf ihren Befund reagieren würden. Bea rief die Telefonnummer, die auf dem Begleitzettel zu der Probe angegeben war, an. Am anderen Ende meldete sich eine Schwester Ursula, Bea fragte nach dem diensthabenden Arzt. Nach einer halben Minute meldete sich Dr. Harry Ruf.

„Ach, Sie sind es, Herr Dr. Ruf!“ Bea war für einen Moment überrascht. „Beatrix Nagel am Apparat. An Sie hatte ich gar nicht gedacht, aber natürlich, Verdacht auf Botulismus, das gehört ja auf die Neurologie. Herr Ruf, diesmal habe ich einen Befund für Sie. Zu der Probe mit der Nummer ZR2945737/4, mit der Verdachtsdiagnose auf Botulismus.

Harry Ruf traute seinen Ohren nicht. Da sprach tatsächlich Beatrix Nagel, die Ehefrau seines Patienten Ronald Nagel. Die Frau, von der sein Patient Gerhard Hellman behauptet hatte, sie hätte ihn vergiftet. Er zwang sich zur Ruhe, aber trotzdem klang seine Stimme gepresst. „Ja, Frau Nagel, ich höre.“

Beatrix war in ihrem Element, sie sprach wie in einem Vortrag, sachlich und distanziert und zum Schluss kam der entscheidende Satz: „Vom Ergebnis des Mausassays ist es das typische Bild einer Botulinumtoxin Vergiftung, allerdings nicht neutralisierbar mit dem trivalenten Antitoxin A, B, E.“

„Und das bedeutet?“, fragte Harry Ruf.

„Das wissen Sie besser als ich! Das bedeutet, Sie können Ihren Patienten nicht erfolgreich mit dem polyvalenten Antitoxin A, B, E behandeln“, antwortete Bea.

„Aber wir haben schon damit begonnen und welches nachbestellt“, erwiderte er ohne eigene Überzeugung.

„Es würde mich wundern, wenn es etwas bewirkt hat“, meinte Bea. „Aber ich habe noch einen zusätzlichen Vorbefund, Herr Ruf. Und der zeigt, dass es sich bei Ihrem Fall um eine Vergiftung mit Botulinumtoxin F handelt.“

„Botulinumtoxin F! Wie kommen Sie denn darauf? Dagegen wirkt das polyvalente Antitoxin aber nicht“, sagte der Arzt.

„Eben“, kommentierte Bea und ließ ihre Worte bei ihm wirken. Aber Harry Ruf schwieg.

„Es gäbe aber die Möglichkeit, Ihren Patienten mit einem Antitoxin gegen BoNT-F zu behandeln, das ich selbst für Versuchszwecke im Labor hergestellt habe. Es ist das gleiche Serum, welches die Mäuse gegen das Botulinumtoxin aus Ihrer Patientenprobe geschützt hat.“ Beas Körper war wie ein Bogen, so gespannt war sie, wie der Arzt auf ihr Angebot reagieren würde. Zum Glück sah er sie nicht. Wenn er annahm, war ihr Plan so gut wie aufgegangen.

Harry Ruf war im Verlauf des Gesprächs immer misstrauischer geworden. Das klang ihm alles viel zu glatt. Frau Nagel wusste doch, dass es sich bei der Probe um das Blut von Gerhard Hellman handelte. Hellman hatte sie belastet, indem er behauptete, sie hätte ihn absichtlich vergiftet. Und dann ihr merkwürdiges Verhalten auf der Station am Freitagabend, als Schwester Angela sie an Hellmans Krankenbett überrascht hatte. Und jetzt wollte sie ihn als behandelnden Arzt dazu benutzen, dem Patienten ein Serum zu spritzen, das sie selbst hergestellt hatte. Ein Serum, das weder kontrolliert noch als Medikament zugelassen war. Wenn er zustimmte, würde er sich möglicherweise noch zu ihrem Komplizen machen.

Allerdings hatte das Antitoxin A, B, E dem Patienten Hellman bisher nicht geholfen, vielleicht war es aber einfach zu wenig gewesen, was sie gespritzt hatten. Die neue Lieferung sollte ja heute noch eintreffen. Harry Ruf wollte auf jeden Fall den Befund des Referenzlabors in Leipzig abwarten.

Also hielt er Bea hin und bedankte sich für ihre diagnostische Unterstützung und ihr Angebot. "Ihr Serum ist nicht als Medikament zugelassen, Frau Nagel. Ich kann nicht allein darüber entscheiden, sondern muss das mit den Kollegen auf der Station abklären. Ich melde mich bei Ihnen, sobald wir uns entschieden haben."

Bea war über seine Antwort enttäuscht. „Warten Sie damit nicht zu lange, sonst wird das gesamte Toxin an die Nervenzellen Ihres Patienten andocken und dann hilft auch das passende Antitoxin nicht mehr", versuchte sie ihn unter Druck zu setzen. Ihr Plan war in Gefahr. Harry Ruf schwieg, Bea nahm das als Schwäche und setzte nach: „Was würde das eigentlich für einen Eindruck machen, wenn Sie Ihrem Patienten die notwendige Hilfe verweigern? Wenn das an die Öffentlichkeit gelangt …"

Harry Ruf war enttäuscht und wütend zugleich. Diese Frau, die ihm so hilfsbedürftig und sympathisch erschienen war, drohte jetzt unverhohlen, ihn beruflich fertigzumachen. „Hören Sie, Sie können mir nicht drohen. Der Patient hat behauptet, Sie hätten ihm das Botulinumtoxin verabreicht! Ist Ihnen das eigentlich bekannt?" Was haben Sie dazu zu sagen?"

Bea ging darauf nicht ein und blieb gleichgültig. „Diese Behauptungen gehen mich nichts an. Sie können mich unter meiner Mobilnummer erreichen, wenn Sie sich entschieden haben. Das ist allein Ihre ärztliche Entscheidung und Verantwortung." Sie unterbrach die Verbindung, setzte sich hin und stöhnte leise. Natürlich tat sie dem Arzt Unrecht, er tat ihr leid, aber es musste sein. Hellman hatte sie beschuldigt, ihn absichtlich vergiftet zu haben. Na und? Konnte das jemand beweisen? Nein! Sie steckte das Handy in ihre Tasche und war sicher, dass der Arzt sie bald wieder anrufen würde. Spätestens dann, wenn es auf Leben und Tod ging.

Harry Ruf war außer sich. Angespannt wählte er die Nummer des Referenzlabors in Leipzig und war so aufgebracht, dass er sich dabei dreimal vertippte. Nach zwei Minuten war er endlich mit seinem Kollegen Radegast, dem Leiter des Referenzlabors, verbunden. Ob er schon ein Befund zu der Serumprobe hätte, die sie gestern Nacht geschickt hatten?

Karl Radegast räusperte sich, was er immer tat, wenn Schwierigkeiten zu berichten waren: „Also, ich hätte Sie schon angerufen, Herr Kollege Ruf. Der Test ist gemacht, aber wir sind nicht sicher, ob mit unserem Antitoxin alles in Ordnung ist. Alle Mäuse, die wir mit Ihrer Patientenprobe gespritzt haben, sind gestorben. Unabhängig davon, ob sie das polyvalente Antitoxin bekommen haben oder nicht. Wir wollten diesen Befund noch einmal mit einer anderen Antitoxincharge überprüfen. Es tut mir leid, dass sich dadurch alles verzögert."

„Und wenn Ihr erstes Ergebnis doch stimmt?", fragte Ruf aufgeregt.

„Wie? Aber dann müsste es etwas anderes sein, als Botulinum A, B, oder E", sagte Radegast irritiert. „Aber das ist extrem unwahrscheinlich, so gut wie ausgeschlossen. Es käme dann eigentlich nur noch Botulinumtoxin F in Frage oder ein anderes Toxin, das wir nicht kennen und wie ein Botulinumtoxin wirkt."

„Was sollen wir denn jetzt mit dem Patienten machen?"

„Wenn unser Ergebnis wirklich stimmt, dann ist es kontraindiziert, den Patienten mit dem polyvalenten Antitoxin A, B, E zu behandeln. Schließlich besteht die Gefahr eines anaphylaktischen Schocks", sagte Radegast. „Es bleiben also nur Supportivmaßnahmen. Aber vielleicht war ja wirklich etwas mit unserer Antitoxincharge nicht in Ordnung, in ein paar Stunden wissen wir mehr." Er überlegte einen Moment und sagte dann: "Deshalb würde ich den Patienten doch weiter mit dem polyvalenten Antitoxin A, B, E behandeln, jedenfalls solange, bis wir die endgültige Bestätigung haben, dass es etwas anderes ist."

Harry Ruf schwieg und dachte daran, was ihm Beatrix Nagel vor ein paar Minuten gesagt hatte.

Radegast schien seine Gedanken gelesen zu haben. „Haben Sie denn die Probe nicht auch an das IEI in Berlin geschickt? Das ist doch bei Ihnen gleich nebenan."

„Ja!", sagte Harry Ruf unwillig, „und da heißt es eben auch, das polyvalente Antitoxin A, B, E neutralisiert nicht."

„Ach!", hörte er Radegast überrascht sagen. „Dann bin ich ja wegen unseres Befundes beruhigt. Ich muss schon sagen, Sie haben mich ja richtig auf die Folter gespannt, Herr Kollege. Hat denn Frau Dr. Nagel mehr zu dem Fall herausgefunden als wir?"

„Sie meint, es wäre Botulinumtoxin F", sagte Harry Ruf resigniert. Er war erstaunt, dass Radegast Frau Nagel kannte. „Sie hat vorgeschlagen, uns ein Antitoxin dagegen zur Verfügung zu stellen … Ein Antitoxin, das sie selbst hergestellt hat."

„Na, so etwas!", sagte Radegast verblüfft. „Das ist zwar gegen alle Regeln, aber in der Not frisst der Teufel Fliegen, nicht wahr? Antiserum gegen BoNT-F ist nirgendwo erhältlich. Wenn Frau Nagels Serum die einzige Hilfe für Ihren Patienten bedeutet, würde ich es mir gut überlegen, Herr Kollege Ruf."

Harry Ruf dachte daran, Radegast über den Verdacht gegen Beatrix Nagel zu informieren, aber bringen würde das auch nichts und stattdessen fragte er: „Halten Sie denn Frau Dr. Nagel für so kompetent, dass man ihren Vorschlag annehmen sollte?"

„Sie ist gegenwärtig die Beste auf diesem Gebiet in Deutschland, glaube ich", sagte Kurt Radegast. „Sie ist aber keine Medizinerin und die Verantwortung für die Therapie und für eventuelle Fehler lastet damit ganz auf Ihren Schultern, Herr Kollege. Vergessen Sie das nicht! Ich melde mich sofort, wenn wir die Ergebnisse von dem zweiten Bioassay haben." Nachdem er Harry Ruf noch viel Glück gewünscht hatte, legte Radegast auf.

Harry Ruf ging zurück in das Krankenzimmer und sah nach dem Patienten Hellman.

„Irgendwelche Veränderungen, Ursula?", fragte er die Oberschwester.

„Sein Zustand verschlechtert sich langsam, aber stetig, so wie es aussieht. Ich wollte es Ihnen schon sagen, aber Sie waren am Telefon. Die neue Charge des polyvalenten Antitoxins ist gerade mit dem Kurier eingetroffen. Wir können jederzeit mit der Behandlung fortfahren."

„Gut", sagte Ruf. Er straffte seine Haltung, wie um seiner Anordnung, von der er nicht wusste, ob sie gut oder schlecht war, mehr Gewicht zu geben. „Wir geben ihm nochmals fünfhundert Milliliter, bereiten Sie alles vor, wir müssen langsam infundieren, die zweite Hälfte als Dauertropf. Wenn das auch nicht hilft, müssen wir eben intralumbal injizieren."

Er stand vor dem Bett, auf dem Hellman lag. Dessen Atmung war schon sichtlich beeinträchtigt, sein Gesicht wirkte seltsam ausdruckslos. Hellmans blödes Grinsen war die sichtbare Wirkung des Botulinumtoxins, das die Gesichtsmuskeln erschlaffen ließ. Der Arzt betrachtete das ausdruckslose Gesicht des Mannes. Wenn es wirklich Beatrix Nagel war, die ihn vergiftet hatte, dann absichtlich mit Botulinumtoxin F, damit das polyvalente Antitoxin nicht half. Dadurch war er auf sie angewiesen und sie konnte als Retterin auftreten, als die Einzige, die ein Antitoxin gegen BoNT-F hatte. Aber warum trieb sie dieses Spiel und ging dabei ein solches Risiko ein? Nur um berühmt zu werden? Das gab doch keinen Sinn!

Schwester Ursula riss ihn aus seinen Gedanken. „Es ist alles für die Infusion vorbereitet, Herr Doktor.“ Ruf nickte und machte sich an die Arbeit, in seinem Büro klingelte das Telefon. Er schickte die Schwester an den Apparat. Nach zwei Minuten kam sie zurück.

„Es ist jemand von der Kripo, wegen des Patienten Hellman.“

Harry Ruf nahm den Hörer: „Oberarzt Dr. Ruf, neurologische Station, was kann ich für Sie tun?“, murrte er.

„Guten Tag Herr Doktor, Polizeihauptkommissar Neumann am Apparat, wir hatten schon einmal das Vergnügen“, hörte er sein Gegenüber.

„Ja, hatten wir!“ Das Letzte, was Harry Ruf jetzt brauchen konnte, war dieser aufdringliche Schnüffler. „Machen Sie es bitte kurz, wir haben einen akuten Notfall.“

„Vielleicht ist Ihr Notfall ja unser Fall“, sagte Neumann gutgelaunt. „Uns liegt eine Anzeige wegen gefährlicher Körperverletzung nach §224 StGB vor, begangen durch Beibringung von Gift. Das Opfer soll bei Ihnen auf der Station liegen, sein Name ist Professor Gerhard Hellman. Ist dieser Mann bei Ihnen mit Vergiftungserscheinungen aufgenommen worden?

„Ist er“, sagte Harry Ruf.

„Ist er vernehmungsfähig?“

„Er ist nicht vernehmungsfähig, wir kämpfen um sein Leben“, sagte der Arzt.

„Tja, dann wird daraus vielleicht sogar Mord, §211 StGB“, konstatierte Neumann. „Es gibt Tatverdächtige, mehr kann ich Ihnen dazu jetzt noch nicht sagen. Es kann sein, das die Täter ihr Vorhaben nochmals versuchen. Lassen Sie daher keinesfalls unbefugte Personen in die Nähe des Patienten. Haben Sie die Karte mit meiner Telefonnummer noch?“ Ruf wusste es nicht, aber bejahte, um seine Ruhe zu haben.

„Dann melden Sie sich bitte sofort, wenn Ihnen etwas auffällt, und sagen Sie mir sofort Bescheid, wenn wir den Patienten vernehmen können. Bis bald, Herr Doktor." Neumann unterbrach die Verbindung und rieb sich die Hände. Jetzt war er an dem Fall wieder dran. Es machte Spaß, diesen arroganten Weißkitteln vorzuschreiben, was diese zu tun und zu lassen hatten. Sein Vorgesetzter, Dr. Blümel, hatte ihn und seinen Kollegen Schultz auf den Fall angesetzt.

„Sie kennen doch die ganze Sippschaft schon, Neumann", hatte Blümel gesagt. Da gibt es eine Verdächtige, eine Frau Dr. Beatrix Nagel. Möglicherweise besteht auch ein Zusammenhang mit dem Überfall auf Leonhard Schneider und der Entführung der Frau Schlosser im IEI. Übrigens, das Opfer, dieser Professor Hellman, wurde kurz vor der Tat von dem Mann der Tatverdächtigen, der auch im IEI arbeitet, tätlich angegriffen und zusammengeschlagen!"

„Und die Schlapphüte?", fragte Neumann.

„Keine Sorge, die sind daran nicht interessiert", sagte Blümel. „Das ist Polizeiarbeit. Aber ich kann Ihnen für die Zukunft natürlich nichts garantieren, was BND und Co. angeht", lachte er. „Ich werde mich um einen Haftbefehl für die Beatrix Nagel kümmern. Ich melde mich, wenn es soweit ist. Wenn es zur Verhaftung kommt, nehmen Sie Schultz mit und seien Sie vorsichtig, man kann nie wissen, was solche Leute noch in petto haben!"

Es wurde Abend und das Befinden des Patienten Hellman verschlechterte sich weiter. Harry Ruf war so mit der Arbeit auf der Station so beschäftigt gewesen, dass er gar nicht gemerkt hatte, als Beatrix Nagel bei ihrem Mann gewesen war. Allerdings war sie nicht lange geblieben, wie Schwester Ursula ihm später erzählte. Zumindest hatte sie sich diesmal von Hellman ferngehalten.

Harry Ruf fiel wieder ein, was der Polizist gesagt hatte. „Tatverdächtige", damit konnte doch eigentlich nur Beatrix Nagel gemeint sein. Wenn es bis morgen mit Hellman keine Wendung zum Besseren nehmen sollte, musste er ihm ihr Serum applizieren, wenn er nicht seinen Tod in Kauf nehmen wollte. Aber zuvor wollte er sich noch einmal mit seinem Kollegen Radegast absprechen.

29.

Erich Werneuchen war Frühaufsteher und immer im Dienst, auch wenn er sich nicht in der Kaserne, sondern bei sich zu Hause aufhielt. Seine Frau war mit den beiden Jungs über das Wochenende zu ihren Eltern nach Garmisch gefahren, damit hatte er alle seine Zeit, sich mit den neusten Entwicklungen am Berliner IEI zu beschäftigen. Eine Woche war es her, seitdem der MAD dieses Institut ins Visier genommen hatte. Was allein in dieser einen Woche dort passiert war, spottete jeder Beschreibung. Seine Ordonnanz hatte heute früh gegen sieben Uhr an der Wohnungstür geklingelt und den neuesten Bericht gebracht, den er sich jetzt bei einer Tasse Kaffee und einer ersten Zigarre zu Gemüte führte. Werneuchen sah aus dem Fenster und ließ seinen Blick über die spitzen Kuppeln des Kölner Doms schweifen. Von der Kaserne bis zu seiner Wohnung waren es nur drei Kilometer. Er war froh, diese luxuriöse Wohnung in der Kölner Altstadt zu besitzen, anstatt wie viele seiner Kameraden in einem Reihenhaus in einer langweiligen Vorortgegend zu wohnen. Nachdem er den Bericht zuerst quer gelesen hatte, legte er die Mappe auf den Tisch, schaute zur Zimmerdecke und rekapitulierte.

Seiner Initiative, Oberstarzt Ramdohr als Nachfolger für den verschwundenen Professor Griebsch einzusetzen, hatte das Ministerium entsprochen. Wahrscheinlich hatten die Ministerialen von den vielen Pannen im IEI auch genug und wünschten sich eine straffe Führung. Das war auch nötig. Ramdohr musste so schnell wie möglich nach Berlin in Marsch gesetzt werden, um diesen Augiasstall aufzuräumen. In der Zwischenzeit war auf den Leiter der BIGA, Professor Gerhard Hellman, ein Giftanschlag verübt worden. Werneuchen zog die Augenbrauen hoch, als er las: „*vermutlich ausgeführt mit Botulinumtoxin*!“ Dafür kamen ja nur wenige potentielle Täter in Frage. Als Hauptverdächtige galt die am IEI beschäftigte Wissenschaftlerin Dr. Beatrix Nagel. Werneuchen überraschte das, die Sicherheitsüberprüfung der Frau Nagel hatte keinen Hinweis auf terroristischen Aktivitäten ergeben. Möglicherweise lag der Fall anders. Sollte Beatrix Nagel doch in ein terroristisches Netzwerk verstrickt sein, dann hatten der MAD und alle anderen Dienste aber mächtig gepatzt. Werneuchen konnte sich das nicht vorstellen. Der Führungsstab hatte jedenfalls beschlossen, das MAD zunächst aus den offiziellen Ermittlungen im Fall Hellman herauszuhalten. Stattdessen hatte man der Berliner Polizei die relevanten Informationen zugespielt. Wenn die Frau Nagel von der Polizei in die

Mangel genommen worden war, konnte der MAD die Sache jederzeit wieder an sich nehmen.

Außerdem schien es endlich eine heiße Spur zu dem mysteriösen Verschwinden des IEI Mitarbeiters Griebsch in Singapur zu geben. Hauptverdächtig war der Schweizer Staatsbürger Alfonso Sutter. Sutter war einer der Geschäftsführer in der Niederlassung der *United Vaccine Corporation* in Malaysia gewesen, als Griebsch in Singapur verschwunden war. Ein paar Wochen danach war Sutter dort abgelöst worden und in die Züricher Zentrale der UVC zurückgekehrt. Als offizieller Vertreter der UVC hatte sich Sutter auf eine Ausschreibung des IEI beworben. Es ging dabei um eine Zusammenarbeit bei der Entwicklung von Nachweissystemen für biologische Waffen. Was die Zivilisten in Berlin aber nicht wussten - Sutter hatte zum weiteren Kreis der Verdächtigen gehört, die mit dem Professor Griebsch kurz vor seinem Verschwinden wiederholt Kontakt gehabt hatten. Damals hatten die weiteren Ermittlungen nichts ergeben, was den Verdacht erhärten konnte. Aber nun gab es neue Hinweise von befreundeten Diensten. Werneuchen glaubte, dass der Tipp von den Amerikanern oder den Israelis gekommen war. Jedenfalls hielt sich Sutter zurzeit in Berlin auf, gewissermaßen in Werneuchens Geschäftsbereich. Dort hatte er sofort mit Leonhard Schneider Kontakt aufgenommen. Was Sutter nicht wusste, Schneider wurde längst rund um die Uhr überwacht.

Sutter hatte mindestens zweimal versucht, mit Schneider in Kontakt zu treten, um ihn dann zu einem Treffen im Berliner Hotel Steigenberger einzuladen. Bei dem Treffen hatte er dann offen versucht, Schneider zum Geheimnisverrat und zu einer Zusammenarbeit mit der UVC zu überreden. Werneuchen blies genüsslich den Rauch seiner Zigarre in die Luft. Seine Frau hasste es, wenn er zu Hause rauchte und jetzt, da sie verreist war, genoss er seine Havanna doppelt.

Der gesamte Vorgang um das IEI reizte sein strategisch ausgerichtetes Denken. Nach den Berichten der beiden Ermittler hatte Sutter bei der Kontaktaufnahme Schneider eine Million Euro und eine Anstellung bei der UVC als Preis für die Übergabe von Informationen zu einem Rizinimpfstoff versprochen. Schneider blieb zweideutig und hielt sich bedeckt. Nach Meinung der beiden V-Leute war nicht klar, wie Schneider sich in Zukunft verhalten würde.

Sutter hatte noch versucht, Schneider durch den Kontakt mit einer Edelprostituierten zu einer Mitarbeit zu bewegen. Schneider hatte das Treffen dann aber platzen lassen, ohne dass es zu einer konkreten Vereinbarung kam.

Eigentlich schade, dachte Werneuchen. Man hätte sonst Gründe gehabt, Schneider zu verhaften. Die Informationen über den Rizinimpfstoff hätte man bei robuster Befragung schnell und unbürokratisch erhalten. Aber dieses Hin und Her passte zu Schneiders Profil. Zudem bestand die Gefahr, dass er sich nach Frankreich absetzte. Schneiders Frau, eine Französin, war bereits dort und sondierte wohl schon das Terrain. Major Emile Hagenau hatte inzwischen Kontakt mit den französischen Dienststellen aufgenommen, die Schneiders Frau seitdem überwachten. Auch dort war die Schlinge bereits gelegt und es würde diesen Ratten nicht gelingen, durch irgendwelche Schlupflöcher zu entkommen.

Manchmal hat die EU auch ihr Gutes, dachte Werneuchen. Sein Vater hatte 1940 noch als Panzergrenadier am Frankreich-Feldzug teilgenommen und heute kooperierte man eben mit denen. Die Taktik änderte sich, aber die Strategie blieb die gleiche. Das gefiel ihm am Militärwesen. Zielgerichtet vorgehen, abwarten, um dann im entscheidenden Moment zuzuschlagen.

In der Nacht zum Sonntag fand Harry Ruf nur wenig Schlaf. Das Befinden des Patienten Hellman hatte sich in den letzten Stunden so sehr verschlechtert, dass er künstlich beatmet werden musste. Herz-Kreislaufversagen war nicht mehr auszuschließen. Karl Radegast hatte ihm gestern den Befund bestätigt, den er bereits von Beatrix Nagel erhalten hatte. Das polyvalente Antitoxin A, B, E wirkte nicht bei seinem Patienten. Radegast hatte ihm dringend geraten, den Vorschlag von Beatrix Nagel anzunehmen und dem Patienten ihr Antitoxin F zu spritzen. Das war die letzte Hoffnung und viel falsch machen konnte er damit auch nicht mehr, zumindest was den Zustand seines Patienten betraf. Harry Ruf musste sich zwingen, seinen Widerwillen zu überwinden, aber schließlich wählte er die Nummer von Beatrix Nagel. Er bekam ein Freizeichen, aber sie meldete sich nicht. Als er gerade abbrechen wollte, hörte er eine sehr müde Stimme: „Ja?“

„Frau Nagel, ich möchte doch auf Ihren Vorschlag zurückkommen. Wir brauchen jetzt dringend Ihr Serum. Das polyvalente Serum hat sich als wirkungslos erwiesen. Wenn Sie einverstanden sind, lasse ich Sie mit einem Rettungswagen abholen, bitte bringen Sie Ihr Serum so schnell wie möglich auf die Station!“ Harry Ruf befürchtete, dass sie ihren Triumph auskosten würde, aber das tat sie nicht.

„Meine Adresse haben Sie ja“, sagte Bea, stand vom Sofa auf und zog sich schnell um. Sie nahm die Flasche mit dem Serum aus dem Kühlschrank und trank einen Schluck Wasser. Es wurde auch Zeit. Bea war sich sicher gewesen, dass der Arzt früher oder später anrufen musste, hatte das Serum mit nach Hause genommen und die halbe Nacht auf seinen Anruf gewartet. Schließlich war sie vor Übermüdung auf dem Sofa eingeschlafen.

Zehn Minuten später klingelt es an der Wohnungstür. Vor ihr stand ein junger Mann in der Uniform des Deutschen Roten Kreuzes. Sie fuhren mit Blaulicht und brauchten nur wenige Minuten, bis sie auf der Rampe zur Ersten Hilfe ankamen. Dort erwartete sie bereits ein junger Arzt, den Bea auf der neurologischen Station schon einmal flüchtig gesehen hatte. Sie übergab ihm die Flasche mit dem Serum. „Antitoxin F vom Kaninchen, vielleicht besser verträglich als das trivalente Pferdeserum.“

Der junge Arzt war von Bea beeindruckt. Sie war für ihn ein Typ Wissenschaftlerin, wie er sie nur aus Medizingeschichtsbüchern kannte. Eine Jeanne d’Arc der Medizin, das weibliche Gegenstück zu Robert Koch. „Verehrte Frau Kollegin, ich bin Dr. Thomas Schuster“, stellte er sich vor: „Wie viel davon sollen wir dem Patienten applizieren?“

Bea zuckte mit den Schultern. „Geben Sie ihm alles, ich habe nicht mehr. Bis ich wieder neues Serum habe, dauert es eine Weile.“ Notgedrungen rannte Bea hinter dem Arzt her, der sie im Zickzack durch Gänge und Treppenhäuser lotste. Im Eilschritt durchquerten sie das Krankenhaus und nahmen am Ende eines Flurs den Lift, um auf einem ganz anderen Weg, als den sie kannte, auf die Station zu gelangen. Dort erwartete sie schon Harry Ruf mit schwarzen Ringen unter den Augen. „Gut, das Sie so schnell kommen konnten“, sagte er mit müder Stimme.

„Ich hätte Ihnen das Serum schon gestern gegeben, aber Sie waren ja so misstrauisch“, erwiderte sie. Der junge Dr. Schuster riss die Augen auf und wich nicht von ihrer Seite. „Gleich alles dem Patienten infundieren“, sagte Harry Ruf. „Oder gibt es dabei etwas zu beachten, Frau Nagel? Sagen Sie mir das dann bitte vorher!“, sagte er schroff zu Bea.

Sein Kollege Schuster schaute ihn erschreckt an. Wie konnte er mit seiner Jeanne d’Arc nur so unfreundlich umgehen? Bea schüttelte den Kopf. „Nein, nichts, es ist nichts, wirklich“, sagte sie abwehrend, als der Arzt sie eingehend musterte. Sein Kollege Schuster rief eine Schwester und beide gingen zum Bett des Patienten Hellman.

Harry Ruf war jetzt mit Bea allein. „Entschuldigen Sie, ich bin ziemlich geschafft. Ich hatte Sie gestern gar nicht gesehen, als Sie auf der Station waren.“

„Ich war gestern auch nur kurz bei meinem Mann“, erwiderte Bea. „Wie geht es ihm heute?“

„Unverändert, er schläft jetzt“, sagte Harry Ruf. Immerhin, Beatrix Nagel war freiwillig gekommen, um zu helfen. Zumindest schien es, als ob sie helfen wollte. Harry Ruf musste sich überwinden, um sie mit dem neuen Sachverhalt zu konfrontieren. „Frau Nagel, es ist mir wirklich unangenehm, aber gestern hat jemand von der Kripo angerufen und sprach von einem Mordversuch an dem Patienten Hellman. Wissen Sie etwas darüber?“ Bea schüttelte den Kopf.

„Ich hatte Ihnen ja bereits am Telefon gesagt, das Herr Hellman Sie explizit bezichtigt hatte, ihn mit Botulinumtoxin vergiftet zu haben. Nun, offenbar hat jemand die Polizei über diese Beschuldigung informiert.“ Bea schaute ihn mit großen Augen an.

„Ich war es nicht!“, sagte Harry Ruf und machte eine abwehrende Handbewegung. „Vielleicht der Augenarzt, der ihn am Freitag an uns überwiesen hat, oder Hellmans Verwandte?“ Bea sagte nichts und sah ihn nur an. Harry Ruf zwang sich dazu, fest in ihre grauen Augen zurückzuschauen. „Frau Nagel, ich habe zugelassen, dass der Patient Ihr Serum bekommt, weil ich Ihnen vertraue. Obwohl ich auch den Eindruck habe, Sie verbindet etwas mit Hellman, das Sie dazu bringen könnte …“, er stockte.

„Ihn umzubringen?“ Bea führte seinen Gedanken zu Ende. Harry Ruf nickte. „Keine Sorge“, sagte sie, „das Serum ist nicht vergiftet, und wenn ihm noch etwas helfen kann, dann nur dieses Serum. Ich hätte es Ihnen sonst nicht gegeben, glauben Sie mir."

Harry Ruf gab sich einen Ruck. „Frau Nagel", sagte er mit einer Stimme, mit der er sonst Patienten auf das schlimmste vorbereitete. „Frau Nagel, wir mussten die Kripo darüber informieren, dass Sie heute auf die Station kommen. Nachdem wir telefoniert hatten, bekam ich einen Anruf von Kriminalkommissar Neumann." Sein Redefluss stockte und er schaute auf seine Füße. „Er und sein Kollege warten auf Sie im Flur vor der Station. Ich habe Sie auf einem anderen Weg von meinem Kollegen Schuster hier hereinbringen lassen, damit wir ..."

„Damit Sie das Serum noch bekommen", beendete Bea seinen Satz. „Der Kommissar hätte es sicherlich beschlagnahmt und Sie hätten es nicht verwenden können."

„Ja, das stimmt", gab sich der Arzt geschlagen. „Aber ich habe es im Interesse des Patienten und auch zu Ihrer Entlastung getan."

„Sehr edel von Ihnen", sagte Bea. „Wo sind denn die Herren?" Harry Ruf ging mit ihr in sein Büro, von wo aus sie auf den Flur gelangten. Dort warteten die beiden Polizisten.

Neumann ging auf Bea zu und hielt ihr den Haftbefehl vor das Gesicht. „Frau Dr. Beatrix Nagel, ich verhafte Sie wegen Verdachts auf gefährliche Körperverletzung und Mordversuch an Ihrem Vorgesetzten, Herrn Professor Gerhard Hellman. Wenn Sie nicht freiwillig mitkommen, müssen wir unmittelbaren Zwang anwenden."

Bea schien, als hätte ihm das letztere Vergnügen bereitet. Sie schaute ihn abschätzig an. „Was bleibt mir denn anderes übrig?"

Harry Ruf stand plötzlich neben ihr. „Frau Nagel, sagen Sie mir, wenn ich etwas für Sie tun kann."

„Tun? Berichten Sie mir, wenn es Ihrem Patienten bessergeht, Sie wissen schon. Außerdem, bitte sagen Sie meinem Mann nichts von dem hier", sie zeigte auf die beiden Polizisten.

Neumann unterbrach das Gespräch. „Keine privaten Unterredungen mehr, Verdunklungsgefahr. Kommen Sie bitte jetzt sofort." Er schaute den Arzt finster an. „Ich hoffe, Sie haben die Tatverdächtige nicht an den Patienten herangelassen. Sie hatten die ausdrückliche Anweisung, Unbefugte nicht auf die Station zu lassen. Wie ist Frau Nagel überhaupt auf die Station gekommen, ohne dass wir es bemerkt haben?"

„Mit einem Kollegen, der nichts von Ihren Anweisungen wusste“, sagte Harry Ruf müde und ging langsam in sein Büro zurück. Was verstand Neumann schon von dem Konflikt, den er als behandelnder Arzt freiwillig auf sich genommen hatte? Neumann schaute ihm misstrauisch hinterher, dann nahmen er und sein Kollege Schultz Beatrix Nagel in ihre Mitte.

„Was machen Sie denn da mit Frau Dr. Nagel?“, rief jemand hinter den Polizisten. „Lassen Sie sie sofort los.“ Neumann und Schultz stoppten abrupt und drehten sich um. Ein paar Meter weiter stand Thomas Schuster neben Harry Ruf und gestikulierte.

„Wir vollstrecken einen Haftbefehl, und wenn Sie die Absicht haben, Widerstand gegen Vollstreckungsmaßnahmen zu leisten, nehmen wir Sie auch gleich mit“, warnte Neumann, dessen Laune sichtbar getrübt war.

„Sie Unmensch! Frau Dr. Nagel ist unsere letzte Hoffnung“, schrie Schuster. Harry Ruf tuschelte ihm etwas ins Ohr.

„Ihre letzte Hoffnung?“, fragte Neumann. „Wie soll ich das denn verstehen, Herr …? Haben Sie diese Frau etwa doch an den Patienten herangelassen?“

„Nein, nichts“, antwortete Harry Ruf. „Gar nichts. Gehen Sie bitte jetzt. Mein Kollege hatte die ganze Nacht Dienst und wir sind es nicht gewohnt, dass von der Station Menschen abgeführt werden!“

„Klingt ja fast, als gehörten Sie hier schon zum Personal“, sagte Neumann zu Bea. Er bekam keine Antwort. Mit einem Achselzucken schaute er seinen Kollegen Schultz an. Sie nahmen Bea wieder in ihre Mitte und setzten den Weg zu ihrem Dienstwagen, der vor dem Haupteingang des Krankenhauses geparkt stand, fort.

Alfonso Sutter hatte Ella schließlich weggeschickt, nachdem Schneider das Hotel verlassen hatte. Es erstaunte ihn immer wieder, wie weltfremd diese Wissenschaftler waren und nichts aus den seltenen Gelegenheiten machten, die das Leben ihnen bot. Eine Million Euro und ein guter Job bei der UVC waren doch das Beste, was einem Menschen wie Schneider widerfahren konnte. Vielleicht hatte der einfach Angst oder irgendwelche Skrupel. Für Sutter kam das auf das Gleiche hinaus. Man durfte weder das eine noch das andere haben.

Paranoid war dieser Schneider, so wie er die anderen Gäste im Restaurant beargwöhnt hatte. Und Ella, die hatte ihm doch gefallen, so wie er sie angestarrt hatte. Und dann der Rückzieher. Möglich, dass Schneider sich doch noch zur Zusammenarbeit bereit erklärte, aber auf ihn allein wollte Sutter nicht mehr setzen und für diesen Fall hatte er noch einen Plan B in der Tasche.

Plan B hatte einen Namen und der lautete Arnold. Arnold war Schneiders Vorgesetzter, Vizedirektor am IEI und von Krantz offiziell als Ansprechpartner für die Kontakte mit der Industrie benannt. Mit Arnold hatte er bereits verhandelt, der war gierig, das hatte Sutter sofort gespürt. Er wusste auch, dass es für Arnold kein Problem war, einen Beratervertrag mit lukrativen Nebeneinkünften abzuschließen, die Nachrichtenabteilung der UVC war ziemlich effizient. Arnold hatte schon einmal einen Beratervertrag mit einer Schweizer Pharmafirma abgeschlossen. Die Sache war nur durch Arnolds eigene Dummheit ans Licht gekommen. Zum Glück für ihn hatte Krantz damals seine Verbindungen spielen lassen und die Angelegenheit niedergeschlagen. Arnold würde also keine Bedenken haben, ein Angebot von 100.000 € für die Aushändigung von gewissen Protokollen aus Schneiders Labor zu akzeptieren. Wenn Schneider bis morgen nichts weiter von sich hören ließ, wollte Alfonso Sutter Arnold auf die Sache ansetzen. Am besten gleich nach dem offiziellen Treffen. Schließlich durfte Arnold legal über Schneiders Protokolle verfügen. Als Vorgesetzter hatte er ein Anrecht darauf. Die Informationen von Arnold zu bekommen, käme die UVC billiger und einen Arbeitsvertrag müssten sie diesem Schwellkopf auch nicht geben.

Es blieb noch Zeit für ein wenig Ablenkung vom Geschäftlichen. Sutter ging auf die Homepage des Escort Service und suchte sich einen dunkelhaarigen Kontrast zu Ella aus. Eine andere Dame, die ihn tagsüber begleiten und am Abend verwöhnen sollte. *Carpe diem*, hatte sein Lateinlehrer öfter gesagt, den Tag nützen, das war das Einzige, was Sutter aus seinem Unterricht in den Alltag integriert hatte. Morgen musste er sich wieder mit diesen Einfaltspinseln aus dem IEI herumschlagen. Schon deswegen hatte er jetzt eine Belohnung verdient.

„Nun, Frau Dr. Nagel, so wie es um Ihren Herrn Professor Hellman steht, werden Sie wohl mit einer Mordanklage rechnen müssen“, sagte Neumann, während er Bea durch den wuchtigen Haupteingang des LKA in der Schöneberger Keithstraße bugsierte. Im Vorbeigehen las Bea die Aufschrift auf dem Eingangsschild: *LKA 1, Abteilung für Delikte am Menschen.* Das war es, was man ihr vorwarf, Delikte am Menschen! Und was hatte Hellman mit ihr und Ronny gemacht? Aber solche Art Delikte wurden strafrechtlich nicht verfolgt. Neumann geleitete sie zu einem Tresen im Eingangsbereich. Dort stand ein ältlicher Polizist und gab die Personalien der Beschuldigten umständlich in die Tastatur eines Computers ein. Als er damit fertig war, brachten sie Bea in einen der abgeteilten Räume, die für Vernehmungen vorgesehen waren. In dem spärlich möblierten Raum, der nach Linoleum, Schweiß und kaltem Rauch roch, zog Neumann einen Stuhl vor und setzte sich Bea gegenüber. Sein Kollege Schultz blieb zuerst stehen und lief dann hinter Beas Rücken auf und ab, während Neumann mit dem Verhör begann.

Als Neumann ihr die Gründe für ihre Festsetzung und den dringenden Tatverdacht auf absichtliche Beibringung von Gift darlegte, blieb Bea ungerührt. Nach ein paar Minuten fragte sie aber nach einer Zigarette, die ihr Schultz bereitwillig gab.

„Ich wusste gar nicht, dass Sie rauchen, sind Sie nervös?“, fragte Neumann. Er beschloss, aufs Ganze zu gehen. „Frau Nagel, in Ihrem Fall ist die Beweislage eindeutig. Laut Aussage der Ärzte im Universitätskrankenhaus wurde Herr Professor Hellman mit Botulinumtoxin vergiftet. An diesen Stoff kommen außer Ihnen nur noch Ihre beiden technischen Assistenten, Herr Dr. Schneider und seine Assistentin Tanja Schlosser heran. Nur wenige Leute, mit denen das Opfer zu tun hatte, konnten den Anschlag auf ihn verübt haben.“ Er blickte Bea in die Augen, die den Rauch ihrer Zigarette in seine Richtung ausstieß und nicht sichtlich auf seine Auslassungen reagierte. „Zudem hat das Opfer Sie laut Aussage mehrerer Zeugen beschuldigt, ihn absichtlich mit Botulinumtoxin vergiftet zu haben. Was sagen Sie dazu?“

„Herr Hellman nimmt das vielleicht an, aber es ist nicht wahr.“

„Warum beschuldigt Sie Herr Hellman dann?“

„Er hasst mich und meinen Mann und versucht uns zu schaden, wo er kann“, sagte Bea. „Er kann sich seine Vergiftung doch sonst wo zugezogen haben. Weiß ich, was er alles gegessen hat? Geben Sie sich keine Mühe, Herr Kommissar, Sie haben doch überhaupt keine Beweise, dass ich ihn vergiftet habe."

„Frau Dr. Nagel, wir haben Zeit. Die Beweise werden sich finden, in Ihrem Labor oder bei Ihnen zu Hause und Ihre Mitarbeiter und Kollegen werden wir uns auch noch vornehmen. Im Augenblick läuft bereits die Durchsuchung Ihrer Arbeitsräume und Ihrer Wohnung. Wir werden die Beweise finden, verlassen Sie sich darauf."

Bea blieb gleichgültig. „Sie werden dort nichts finden, Herr Neumann."

„Wo dann?", fragte er. Bea verzog den Mund zu einem Lächeln und schwieg. „Nun, wir werden ja sehen", fügte Neumann hinzu. Es war Zeit, sie mit Ihrer Festnahme zu konfrontieren. Bei manch einem hatte diese Ankündigung schon ausgereicht, um ein Geständnis zu erzielen. „Weiter haben Sie nichts zu sagen? Gut! Frau Dr. Nagel, wir behalten Sie in Untersuchungshaft. Sie sind der Ihnen vorgeworfenen Straftat dringend verdächtig und es besteht Flucht- und Verdunkelungsgefahr. Genügend Gründe, Sie hierzubehalten, nicht wahr? Leeren Sie bitte Ihre Taschen, Ihre persönlichen Gegenstände werden für die Zeit der Haft bei uns in Verwahrung genommen, natürlich gegen Quittung."

Neumann beobachtete sie, während Schultz ihr eine Blechkiste vor die Nase schob, in die sie ihre persönlichen Gegenstände legen sollte. Zusammengezuckt war die Dame, aber das ging fast allen so, wenn sie hörten, dass man sie einsperren würde. „Haben Sie einen Rechtsbeistand, den Sie anrufen möchten?"

Bea kannte keinen Anwalt. Ronny und sie hatten nie rechtlichen Beistand benötigt. Sie starrte Neumann ungläubig an und drehte die Zigarette, die sie fast bis zum Filter aufgeraucht hatte, zwischen ihren Fingern hin und her.

„Wir können Ihnen einen Anwalt besorgen", sagte Neumann und lehnte sich auf seinem Stuhl zurück.

„Wie lange wollen Sie mich denn hier festhalten? Sie haben doch überhaupt keine Beweise? Dazu haben Sie kein Recht!"

„Maximal können Sie bis zu sechs Monate in U-Haft verbleiben. Überlegen Sie es sich gut, Frau Dr. Nagel, ob Sie nicht doch zu den Anschuldigungen eine Aussage machen wollen", sagte Neumann, der merkte, wie Beas Selbstsicherheit schwand.

„Eine Aussage habe ich doch gemacht. Sie meinen doch wohl eher ein Geständnis? Das bekommen Sie von mir nicht!“, sagte Bea wütend.

„Es ist wegen Ihres Mannes, nicht war? Deswegen haben Sie es gemacht. Warum hat Ihr Mann Hellman angegriffen?“ Neumann sah sie an, Bea kniff Ihre Lippen zusammen und schaute weg. Von ihr war im Moment nichts weiter zu holen, das merkte er.

„Gut, warten wir eben ab.“ Neumann drückte eine Klingel und eine Polizistin kam herein, um Bea in eine der Zellen, die sich im hinteren Teil des riesigen Altbaus befanden, zu bringen. Bea war wie betäubt, sie ließ es mit sich geschehen. Neumann war sich sicher, das Motiv für die Tat gefunden zu haben. Alles andere war eine Frage der Zeit. Der Frau war bewusst geworden, dass sie eine Gefangene war und dieses Gebäude nicht so bald wieder verlassen würde. Die Zeit spielte für ihn.

Inzwischen war es später Nachmittag. Die Zeit, in der Bea gewöhnlich ihren Mann im Krankenhaus besuchte. Ronny würde denken, ihr wäre etwas passiert, oder sie hätte ihn aufgegeben. Bei dem Gedanken schrie Bea aus ihrer Zelle, sie müsste dringend telefonieren. Nach einer Weile ließ Neumann sie von der Polizistin herausholen. Er erlaubte ihr, im Krankenhaus anzurufen, aber ließ es sich nicht nehmen, das Gespräch mitzuhören.

Als Bea anrief, war Harry Ruf am Apparat. Sie hätte Glück gehabt, ihn noch zu erwischen, meinte er. Ein paar Minuten später und er wäre fortgewesen. Schließlich hatte er schon das ganze Wochenende Dienst gehabt. Nein, ihr Mann sei jetzt nicht ansprechbar. Er hätte sich furchtbar aufgeregt, als er erfahren hatte, dass sie verhaftet worden war. Nein, er hätte es ihm nicht erzählt. Sie hätten ihrem Mann wieder Beruhigungsmittel geben müssen und er schliefe jetzt.

Bea war zum Heulen. Vor Neumann wollte sie nicht nach Hellmans Befinden fragen, aber der Arzt fing von selbst an, davon zu sprechen. Ihr Serum hatte anscheinend geholfen und dem Patienten ginge es etwas besser. Zumindest musste er nicht mehr künstlich beatmet werden, Herz und Kreislauf hätten sich stabilisiert. Der Kollege Schuster wäre so begeistert von ihr, dass er alles tun wollte, um sie aus dem Gefängnis herauszubekommen. Als Neumann das mitbekam, unterbrach er das Gespräch. „Sie dürfen mit Ihrem Mann sprechen, aber nicht mit dem Arzt über den Zustand des Tatopfers." Er nahm Bea den Hörer aus der Hand.

„Kriminalhauptkommissar Neumann. Herr Doktor Ruf?", begann er.

„Wie lange wollen Sie Frau Dr. Nagel noch festhalten?", unterbrach ihn der Arzt.

„Solange Flucht- und Verdunkelungsgefahr besteht, Frau Nagel ist nicht kooperativ und wir müssen sie deshalb hierbehalten."

„Hören Sie bitte, Herr Kommissar, der Mann von Frau Nagel hat einen akuten depressiven Schub bekommen, als er gehört hat, dass seine Frau verhaftet wurde. Frau Nagel kann uns mit ihren Kenntnissen auch bei der Behandlung des Patienten Hellman helfen. Sie müssen sie freilassen, ich verbürge mich dafür, dass sie keine Gefahr darstellt.

„Sie können sich nicht für die Tatverdächtige verbürgen, Herr Doktor. Solange Sie nicht damit herausrücken, was Frau Nagel mit Ihrem Patienten zu tun hat, können Sie von mir kein Entgegenkommen erwarten."

„Das fällt unter die ärztliche Schweigepflicht. Ich darf Ihnen dazu überhaupt keine Auskunft erteilen", gab der Arzt zurück.

„Sehen Sie! Und ich sehe bisher keine Veranlassung die Beschuldigte Nagel freizulassen, auf Wiederhören!", konterte Neumann und legte auf. „Bringen Sie die Frau wieder zurück in ihre Zelle. Mal sehen, ob sie morgen gesprächiger sein wird." Die Polizistin führte Bea ab, die niedergeschlagen mit ihr ging.

.

Harry Rufs Kollege Thomas Schuster war außer sich. Er verstand die Zurückhaltung des Oberarztes nicht. Dem Patienten ging es doch deutlich besser. Die Progredienz der Lähmungserscheinungen war gestoppt. Akute Lebensgefahr bestand nicht mehr. Es war nur noch eine Frage der Zeit, der Patient würde sich erholen, auch wenn es Monate dauern konnte.

Was diese wild gewordenen Staatsbüttel mit seiner Jeanne d'Arc machten, verletzte sein Gerechtigkeitsempfinden. Er war bereit, für ihre Rettung vieles zu tun. Der Oberarzt zog sich gerade um und war am Gehen. Thomas Schuster hatte Nachtdienst zusammen mit Schwester Angela bis morgen früh um sechs. Mit Angela verband ihn ein kleines Techtelmechtel. Sie würde dichthalten, vorausgesetzt, ihre

Anstellung am Klinikum wurde nicht gefährdet. Thomas Schuster musste heute Nacht handeln. Eine so günstige Gelegenheit gab es sobald nicht mehr.

Nachdem der Oberarzt gegangen war, rief Thomas Schuster seinen Schwager Kurt an. Kurt arbeitete in der Anzeigenabteilung der *Stadtzeitung*, und Schuster setzte auf Kurts Kontakte mit Journalisten. Nachdem er Kurt die Geschichte von der wundersamen Rettung des Patienten Hellman durch die Tat einer engagierten Wissenschaftlerin aus dem IEI erzählt hatte, die man zum Dank dafür verhaftet hatte, war Kurt begeistert. Er versprach zu helfen. Bereits eine halbe Stunde später rief ein Journalist auf der Station an und ließ sich die Geschichte noch einmal genau erzählen. Die Tatsache, dass der Mann von Beatrix gelähmt auf der Station neben dem Anschlagsopfer Hellman lag, faszinierte ihn. Ja, er kenne die Hintergründe, im IEI würde vieles laufen, das nicht an die Öffentlichkeit gelangen sollte, aber er würde helfen, die Wahrheit ans Licht zu bringen. Schuster verabredete sich mit dem Journalisten in der Eingangshalle des Klinikums. Von dort aus wollte er ihn über einen Schleichweg auf die Station bringen.

Eine halbe Stunde später trafen ein Mann und eine Frau in der Eingangshalle des Klinikums ein, die Frau trug zwei Taschen mit Fotoausrüstungen. Schuster sprach sie an. „Meine Kollegin Klara Heinze“, stellte der Journalist die Fotografin vor. „Ich bin Bernd Könneke. Klara macht Fotos, wenn möglich.“ Thomas Schuster nickte stumm. „Wir wollen das morgen noch in der Montagsausgabe haben“, sagte Klara, „Gehen wir?“

Während Bernd Könneke sich von dem Arzt die Geschichte auf Band sprechen ließ, machte Klara Unmengen Fotos und ließ dabei auch Hellman und Ronald Nagel nicht aus. Bernd Könneke wollte den Patienten Nagel interviewen, aber das ging Thomas Schuster zu weit. Er wusste sowieso noch nicht, wie er später erklären sollte, dass Journalisten auf der Station gewesen waren und keiner sie wahrgenommen haben wollte. Angela hatte sich in das Schwesternzimmer verdrückt. Die beiden Journalisten versprachen Schuster, dass weder sein noch Angelas Name in dem Artikel erscheinen würden.

Nach einer halben Stunde war alles vorbei. Bernd und Klara waren gegangen und die beiden Patienten brauchten für die nächste

Stunde keine besondere Aufmerksamkeit. Wenn doch, würden die Geräte das lautstark melden. Thomas Schuster konnte sich mit Schwester Angela für eine Weile in das Ärztezimmer zurückziehen, um sich bei ihr auf liebevolle Art zu bedanken.

30.

Am Montag, den 8. Mai, kam Leo Schneider später als gewöhnlich ins Labor. Tanja wartete bereits ungeduldig auf ihn. Dadurch, dass Louisa schon länger fort war, hatte sich sein Lebensrhythmus geändert. Er ging spät zu Bett, es machte ihn einfach niemand darauf aufmerksam, wenn es an der Zeit war, schlafen zu gehen. Tanja hatte eine Menge Neuigkeiten für ihn. So erfuhr er, dass Hellman vergiftet im Krankenhaus lag und Bea deswegen verhaftet worden war. Tanja legte ihm die Zeitung vor die Nase: „Lies mal, das ist der helle Wahnsinn!"

Bevor er dazu kam, rief Arnold an, sichtlich schlechtgelaunt. Professor Hellman sei erkrankt, Frau Nagel nicht zur Arbeit erschienen und jetzt käme es auf Schneider an, das Treffen mit den Industrievertretern erfolgreich zu gestalten. Er sollte sich dessen bewusst sein und nichts verpatzen. Kaum, dass Arnold aufgelegt hatte, klingelte es wieder. Es war Alfonso Sutter. Ob Schneider sich sein Angebot überlegt hätte? Er wüsste das gerne vor dem Meeting um elf Uhr. Schneider meinte, es hätte noch Zeit, aber Sutter blieb stur. „Das ist jetzt oder nie, Herr Dr. Schneider."

Wenn Sutter schon so mit ihm umsprang, bevor er unterschrieben hatte, was wäre erst danach? „Wenn es sofort sein soll, dann eben nicht", sagte Leo Schneider.

„Wie Sie wollen!", sagte Sutter eisig und legte auf.

Die beiden Anrufe hinterließen eine aggressive Spannung und Leo Schneiders Blick fiel auf die Zeitung, die Tanja ihm hingelegt hatte *„Forscherin am Berliner Institut für experimentelle Infektiologie unter Mordverdacht verhaftet!"* Leo blickte Tanja mit großen Augen an, die mit verschwörerischer Miene den Mund spitzte und mit dem Kopf nickte. Also fing er an zu lesen:

Wer steckt hinter dem vermeintlichen Giftanschlag auf den IEI-Professor Gerhard H.? Die bekannte Wissenschaftlerin Dr. Beatrix N., die sich am IEI mit dem Nachweis von Bakteriengiftstoffen befasst, ist unter dem Verdacht verhaftet worden, ihren Vorgesetzten Gerhard H. vorsätzlich mit

Botulinumtoxin vergiftet zu haben. Dieser Giftstoff, allgemein unter der Bezeichnung Botox bekannt, wird in der Kosmetik als Antifaltenmittel verwendet. Professor H. wird im Berliner Universitätsklinikum medizinisch versorgt. Wie wir aus Kreisen der Ärzteschaft erfahren konnten, wurde Professor H. nur durch den selbstlosen Einsatz von Beatrix N. vor dem sicheren Tod gerettet, da sie ein Heilserum hergestellt hatte, das nirgendwo anders verfügbar ist. Gerhard H. soll sich bereits auf dem Weg der Genesung befinden. Umso unverständlicher erscheint es, dass die engagierte Forscherin als Tatverdächtige verhaftet wurde. Von der Polizei war dazu keine Auskunft zu erhalten.

Wir erinnern uns noch gut an die Vorgänge an demselben Institut, die in der Entführung einer Mitarbeiterin aus der Arbeitsgruppe von Beatrix N. gipfelten und über die sich die Polizeibehörden ebenfalls ausgeschwiegen haben. Besteht eine Verbindung zwischen diesen Ereignissen und der Tatsache, dass am IEI mit biologischen Waffen experimentiert wird? Beides wird von der Leitung des IEI nachdrücklich abgestritten. Wir werden in dieser Sache weiter ermitteln und Sie, als unsere Leser auf dem Laufenden halten. Es ist ein Skandal, dass die Berliner Bevölkerung über gefährliche Entwicklungen mitten im Herzen unserer Stadt nicht informiert wird …

Am Ende des Artikels war noch ein Foto eingefügt, das offenbar auf der neurologischen Station des Klinikums aufgenommen war. Schneider erkannte das Behandlungszimmer und den Eingang zum Ärztezimmer deutlich wieder.

„Bea hatte sich am Freitagnachmittag noch mit Hellman getroffen, um über die Konferenz mit den Industrievertretern zu reden", sagte Leo, nachdem er die Zeitung beiseitegelegt hatte. „Sie war komisch an diesem Tag, merkwürdig ruhig, zu gelassen könnte man sagen. Plötzlich war es ihr egal, ob die Industrieleute ihre Hybridomazellen bekommen. Erinnerst du dich noch, wie sie wegen der gleichen Sache vorher ausgerastet ist? „Wissen Jacek und Maria mehr über diese Sache?"

„Hab schon gefragt, aber die beiden waren schon gegangen, als Bea sich mit Hellman getroffen hat. Auf jeden Fall wussten die auch nichts von dem Treffen", meinte Tanja.

„Wer kümmert sich jetzt um Ronald, nachdem sie Bea verhaftet haben?", fragte Leo.

Tanja zuckte mit den Achseln. „Ich weiß es nicht. Aber eins ist klar. Grund genug, Hellman zu vergiften, hatte Bea ja, nachdem, was der mit Ronny und ihr angestellt hat."

„Möglich, aber warum hilft sie ihm dann wieder mit ihrem Serum?“, wandte Leo ein.

„Frauen sind in ihren Plänen oft raffinierter, als Männer sich das vorstellen können“, sagte Tanja und lächelte. „Wenn sie ihn fast umbringt, um dann im rechten Moment den rettenden Engel zu spielen, ist ihr doch das IEI zu tiefstem Dank verpflichtet! Vorausgesetzt, niemand kann ihr beweisen, dass sie es war, die Hellman das Botulinumtoxin verabreicht hat!“

„Hört sich ja fast so an, als hättest du davon gewusst“, sagte Leo überrascht.

Tanja winkte ab. „Nein Leo, das ist nur weibliche Intuition. Aber auffällig hat sie sich schon verhalten, unsere Bea. Selbst nachdem Hellman und das Institut Ronny endgültig abgeschrieben hatten, hat sie ständig nach dem BoNT-F gefragt und war Ewigkeiten im Tierstall, um damit herumzuexperimentieren. Eigentlich brauchte sie sich doch für Hellman nicht mehr krummzulegen, nachdem er sein Versprechen gebrochen und Ronny abserviert hatte. Aber das sind natürlich nur Vermutungen, Genaues weiß ich nicht!“

„Na, wir werden ja sehen. Wenn du recht hast, muss Krantz Bea zur Rettung Hellmans alle Ehren erweisen und Ronny wieder einstellen, selbst wenn er für ihn einen extra Arbeitsplatz einrichten muss.“

Tanja nickte nur und ging zurück in ihr Labor. Leo Schneider verbrachte die restliche Zeit bis zur Konferenz mit allen möglichen Dingen. Er war nervös und konnte sich auf nichts richtig konzentrieren. Nun war Bea auch noch weg! Immerhin, Hellman würde auch sobald nicht wiederkommen. Nicht, dass ihn das gestört hätte, im Gegenteil, aber Hellman hatte ihm ja schon den Militäroberstarzt Ramdohr als seinen Nachfolger angekündigt. Was das bedeutete, konnte er sich unschwer ausmalen. Tanja würde wahrscheinlich auch bald aussteigen, dann würde er im Institut endgültig allein dastehen. All das, was er vermeiden wollte, als er sich auf die Stelle in der AG-Toxine beworben hatte, holte ihn jetzt wieder ein.

Er dachte daran, wie er am Sonntagabend mit Louisa telefoniert und ihr von Sutters Angebot erzählt hatte. Den Auftritt Ellas hatte er verschwiegen, Louisa wäre nur eifersüchtig geworden und es war ja nichts weiter passiert. Louisa hatte es ihm quasi unmöglich gemacht, auf Sutters Angebot einzugehen. „Schweigegeld“, sagte sie, „Judaslohn“, und in die Schweiz gehen wollte sie auch nicht. Vielleicht, wenn es Frankreich gewesen wäre, aber so. Viel Wahl ließ sie ihm auch nicht, aber Sutters aggressiver Ton von vorhin erschien Leo Schneider als eine Bestätigung von dem, was ihm Louisa gesagt hatte.

Punkt elf Uhr fand Schneider sich im Seminarraum bei Arnold ein. Ein Beamer war bereits aufgebaut, aber weder von Arnold noch von den Gästen war etwas zu sehen. Nach circa zehn Minuten kam Arnold herein, begleitet von drei Herren und einer Dame. Man stellte sich gegenseitig vor. Sutters höhnischer Gesichtsausdruck wetteiferte mit der gezackten Narbe unter seinem Jochbein, um Schneider endgültig abzuschrecken. Alfonso Sutter schien sich mit Tobias Arnold glänzend zu verstehen, als würden sich die beiden schon länger kennen. Leo Schneider hielt seinen Vortrag zu den Rizinarbeiten und zu möglichen Kooperationen mit der Industrie. Nachdem er damit zu Ende gekommen war, hatten Yamaguchi von *Saikan* und der Amerikaner McLaughlin noch Fragen. Dann war die Vorstellung vorbei. Arnold schickte Schneider ohne weitere Erklärung aus dem Raum.

Arnold war froh, Schneider los zu sein. Alfonso Sutter hatte am Vormittag angerufen und ihm einen Beratervertrag mit der UVC angeboten. Arnold war überrascht und wollte Genaueres wissen. Sutter deutete an, es ging um die Herstellung des Rizinantiserums. Arnold hatte sich daraufhin mit ihm für 13:00 Uhr zu einem Treffen in seinem Büro verabredet.

Oberst Erich Werneuchen saß in seinem Büro auf dem Kasernengelände in der Nähe von Köln und ließ sich die Aufzeichnungen der Gespräche, die Sutter vom Hotel aus geführt hatte, abspielen. Schneider hatte Sutter abblitzen lassen. Einfach zu bestechen war Schneider nicht, möglicherweise hatte er aber auch noch andere Optionen. Auf jeden Fall war er ein unsicherer Kantonist, den man eng an die Kandare nehmen müsste. Aber der Herr Professor Arnold war sofort auf Sutters Angebot eingegangen! Werneuchen stoppte die Wiedergabe und kratzte sich am Kopf.

Zwar hatte man inzwischen mehr Informationen über Sutter und es war ziemlich sicher, dass er mit dem mysteriösen Verschwinden des IEI Professors Griebsch in Malaysia etwas zu tun gehabt hatte. Sutter war hinter dem Impfstoff her, aber der MAD hatte nicht genug Beweismaterial, um ihn wegen krimineller Aktivitäten verhaften zu lassen. Außerdem war Sutter Schweizer Staatsbürger. Für eine Abschiebung aus Deutschland würde es aber reichen. Die Berner Behörden hielten sich in der Angelegenheit bedeckt. Sutter sollte zuerst sein Geschäft mit Arnold einfädeln, dann wusste man, wie weit Arnold in seinen verräterischen Aktivitäten gehen wollte.

Auf die Weise würde man auch an die Informationen zum Rizinantiserum herankommen, ohne dass der MAD sich direkt mit Schneider beschäftigen musste. Auf diese Weise wüsste Schneider gar nicht, wer im Hintergrund agierte und die Gefahr, dass er die Sache an die Öffentlichkeit brachte, war damit gebannt. Schneider würde es nur mit seinem Vorgesetzten Arnold zu tun haben. Mit der Bereitstellung eines Rizinimpfstoffes konnte sich Deutschland als zuverlässiger Partner bei der ISAF-Mission bestätigen und er, Oberst Werneuchen, war die Person, von der jetzt alles abhing.

Er zündete sich eine Zigarre an und legte sie auf den Rand des Aschenbechers, während er Arnolds Akte durchlas. Da gab es schon einige Flecken auf der weißen Weste dieses Herrn. Arnold hatte schon einmal einen, sicherheitspolitisch allerdings unbedeutenden, Beratervertrag mit einer Pharmafirma abgeschlossen und war durch Intervention von Institutsdirektor Krantz vor Disziplinarmaßnahmen bewahrt worden. So würde es diesmal nicht laufen. Es ging hier um die Interessen der Bundesrepublik Deutschland und der NATO. Werneuchen ließ die Aufzeichnung weiter abspielen. Über die Telefonanlage des IEI konnte der MAD mithören, was Arnold und Sutter vereinbarten. Die Qualität der Wiedergabe war nicht besonders, aber die Techniker des MAD hatten sich Mühe gegeben, die störenden Geräusche herauszufiltern.

„… ich habe den Vertrag gleich mitgebracht, Herr Professor." Sutters Stimme und die Geräusche eines aufschnappenden Aktentaschenschlosses waren zu hören.

Werneuchen rührte gedankenverloren seinen Kaffee um. Er hörte Rascheln von Papier, dann wieder die Stimme von Sutter. „Ihre einzige Arbeit Herr Professor Arnold besteht darin, dass Sie uns das

Rezept zur Herstellung der Rizinvakzine übergeben. Sie müssen sich von der Echtheit überzeugen. Nach Lieferung und Prüfung erhalten Sie 100.000 €. Was sagen Sie dazu?"

Arnold hustete und räusperte sich. "Bis wann brauchen Sie denn das Rezept?"

„Je schneller desto besser. Die UVC ist im scharfen Wettbewerb. Ich logiere bis kommenden Samstag im Hotel Steigenberger, wenn Sie das Rezept bis dahin besorgt haben, bekommen Sie die volle Summe, danach werden für jede Woche Verzögerung 10.000 € abgezogen."

Ein Stuhl wurde weggeschoben. Werneuchen hörte Arnold quengeln: „Wie soll ich denn das so schnell bewerkstelligen? Schneider wird wissen wollen, wofür ich das Rezept brauche. Bisher habe ich mich nie um seine Laborangelegenheiten gekümmert."

Sutter blieb ungerührt: „Lassen Sie sich etwas einfallen, Herr Professor! Sie sind der Vizedirektor und Vorgesetzte von Schneider, da müsste es Ihnen doch ein Leichtes sein."

„Und wenn er sich weigert?", widersprach Arnold.

„Dann mahnen Sie ihn eben ab. Disziplinarmaßnahmen. Also, ich bitte Sie!"

„Ähm, gut", sagte Arnold und räusperte sich wieder. „Geben Sie her, wo soll ich unterschreiben?"

Werneuchen hörte das Kratzen des Füllfederhalters und trank genüsslich seinen Kaffee. Die eine Maus war in der Falle, mal sehen, was die andere noch anstellte.

Wieder Rascheln von Papier, das Schnappen eines Verschlusses. Sutters Stimme. „Ein Exemplar für Sie Herr Professor. Das ist nur zu Ihrer Sicherheit, dass wir es ernst mit Ihnen meinen. An Ihrer Stelle würde ich den Vertrag vernichten, wenn Sie das Geld bekommen haben, damit Ihnen nicht wieder das gleiche passiert, wie schon früher einmal."

„Was meinen Sie? Wovon reden Sie denn?", hörte Werneuchen Arnolds empörte Stimme.

"Die UVC weiß gerne etwas über die Menschen, mit denen sie Geschäfte abschließt", hörte er Sutters arrogante Stimme. „Auch wir haben unsere Informationsquellen. Und passen Sie auf Schneider auf, der Mann ist unberechenbar!" Arnold gab keine Antwort. Nach einer kurzen Pause sagte Sutter. „Ich höre dann von Ihnen." Ein

Stuhl wurde weggeschoben. „Machen Sie sich keine Umstände, ich finde meinen Weg." Das Klappen einer Tür. Sutter war offenbar gegangen und von Arnold war ein stöhnender Seufzer zu hören.

Werneuchen stoppte die Wiedergabe und griff zum Telefon. Dann hielt er einen Moment inne, den Hörer in der Hand. Der MAD sollte im Hintergrund bleiben, es war besser, wenn die Berliner Polizei diese Arbeit übernahm. Die Polizei würde dem MAD damit auch gleich das Rezept für das Antiserum beschaffen. Er drückte die Eins. Seine Sekretärin meldete sich. „Machen Sie mir eine Verbindung zum LKA Berlin, Polizeidirektor Dr. Blümel." Werneuchen zündete sich seine inzwischen erloschene Zigarre neu an, während er auf das Freizeichen wartete.

Ferdinand Neumann hatte den Artikel in der *Stadtzeitung* noch nicht gelesen, als schon die ersten Anrufe in seiner Dienststelle eingingen. Alle möglichen Leute erkundigten sich nach der verhafteten Beatrix Nagel. Am späteren Vormittag kam Schultz und legte seinem Chef die Zeitung auf den Tisch. Nachdem sie die Nacht in ihrer Zelle geschmort hatte, hatten sie Beatrix Nagel am frühen Morgen nochmals verhört, und außer, dass sie eine Zigarette verlangte, von ihr keine weitere Aussage bekommen. Schließlich war sie in trotziges Schweigen verfallen. „Wie Sie wollen!", hatte Neumann geantwortet, ihr keine Zigarette bewilligt und sie von der diensthabenden Polizistin zurück in ihre Zelle bringen lassen.

Gegen 14:00 Uhr tauchte unerwartet ein Anwalt auf. Nicht irgendein Anwalt, die Nagel hatte keinen bestellt, sondern Dr. Ernst Weingarten, ein Prominentenanwalt, den sich Leute mit dem Gehalt einer Frau Dr. Nagel nicht leisten konnten. Neumann hielt die Luft an. Auf seine Frage, wer ihn denn bestellt habe, gab Weingarten ihm keine Antwort, sondern verlangte seine Mandantin zu sprechen. Neumann ließ ihn in die Zelle zu Beatrix Nagel bringen. Kaum war der Anwalt aus der Blickweite, rief Neumanns Vorgesetzter, Dr. Blümel an.

„Heiße Sache Neumann! Mit der Frau Dr. Nagel müssen wir, fürchte ich, vorsichtiger umgehen. Im Klartext heißt das, sie vorläufig auf freien Fuß setzen. Die Durchsuchungen an ihrem Arbeitsplatz und in ihrer Wohnung haben nichts ergeben, was den Verdacht gegen sie erhärtet. Leider hat sich die Presse in dieser Sache gegen uns sehr engagiert. Haben Sie die Zeitung von heute schon gelesen, Neumann? Nein? Ach, die liegt bei Ihnen auf dem Tisch. Dann schauen Sie rein, Neumann, schauen Sie rein! Sie bekommen heute im Laufe des Tages noch ein Fax von der Staatsanwaltschaft, mit der Anweisung, die Frau Nagel unter den üblichen Auflagen freizulassen."

Neumann schluckte, zu oft hatte er schon erlebt, dass der Fisch, den er an der Angel glaubte, wieder ins Wasser gesprungen war. Aber Blümel hatte noch mehr für ihn. „Passen Sie auf, Neumann. Noch etwas Erfreulicheres. Laden Sie den Kollegen der Frau Nagel, den Leonhard Schneider bei sich vor. Noch für heute. Wieso? Bestellen Sie ihn zu sich auf die Dienststelle, wir brauchen seine Mithilfe für eine Beweisaufnahme. In welcher Angelegenheit? Vertraulich sage ich es Ihnen, Verrat von Staatsgeheimnissen! Und der Fall Hellman? Alles zu seiner Zeit, alles zu seiner Zeit, verehrter Herr Kollege. Sie bekommen heute noch genauere Instruktionen." Blümel grüßte kurz und legte auf.

Eine gute Stunde später, der Anwalt war schon gegangen, kam Schultz und brachte das Fax von der Staatsanwaltschaft. *Frau Dr. Beatrix Nagel ist unter der Auflage, sich alle vierundzwanzig Stunden bei der Polizei zu melden, unverzüglich freizulassen.* Neumann ließ Beatrix Nagel aus der Zelle holen. „Sie sind unter Auflagen auf freiem Fuß", nach einer Pause sagte er betont: „Vorläufig, Frau Dr. Nagel! Unterschreiben Sie das bitte." Mürrisch schob er Bea ein Formular hin.

Schultz stellte die Schachtel mit Beas persönlichen Sachen auf den Tisch. „Quittieren Sie bitte die Vollständigkeit, Frau Dr. Nagel."

Bea unterschrieb. „Also kann ich jetzt gehen?", fragte sie, als sie langsam aufstand und zur Tür gehen wollte. Neumann nickte nur.

Als sie fast schon draußen war, rief er ihr hinterher, „und ich glaube doch, dass Sie es waren, Frau Nagel!"

Bea hielt an und drehte sich um. Sie sah ihm ins Gesicht und lächelte ihn zum ersten Mal an. „Pech für Sie, Herr Neumann." Dann ließ sie die Tür hinter sich zufallen.

Neumann knurrte etwas, das Schultz nicht verstand, holte tief Luft und sagte: „Und jetzt, holen wir uns den Schneider. Sieben auf einen Streich, Schultz!" Sein Kollege schaute ihn unverständig an.

Kurz nach siebzehn Uhr, als Schneider gerade gehen wollte, rief Frau Schupelius aus dem Leitungsbüro an. „Sie haben morgen um neun Uhr einen Termin bei Professor Arnold." Schneider wollte wissen, in welcher Angelegenheit, aber Frau Schupelius wusste nur soviel, dass es um die Kooperation mit der Industrie ging.

Er bestätigte den Termin und verließ das Institut. Auf dem Weg zu seinem Auto klingelte sein Handy. Kriminalhauptkommissar Neumann. Schneider konnte sich nicht erinnern, ihm seine Mobilnummer gegeben zu haben, aber was tat das schon, die Polizei hatte sicherlich ihre Möglichkeiten. Neumann bestand darauf, Schneider sollte noch heute auf seine Dienststelle in der Keithstraße kommen. Als Schneider zunächst widersprach, bot Neumann an, ihn von zu Hause abzuholen, wenn ihm das lieber sei. Schneider merkte, dass Neumann ihn liebend gerne zwangsweise vorgeführt hätte, und willigte ein. „Sehr einsichtig", kommentierte Neumann, „Ausnahmsweise dürfen Sie Ihr Fahrzeug auf dem Hof der Dienststelle abstellen."

Als Schneider eine halbe Stunde später in der Keithstraße eintraf, nahmen ihn Neumann und Schultz in Empfang. Neumann bot Kaffee an, auf Schneiders Frage nach Tee schüttelte er den Kopf: „So etwas haben wir hier nicht."

„Sie haben mich ja auch nicht herbestellt, um mit mir Kaffee zu trinken", meinte Schneider gereizt. „Worum geht es denn? Hat es etwas mit Frau Nagel zu tun?"

„Hatte ich das gesagt? Haben Sie im Fall Hellman eine Aussage zu machen?", wandte Neumann ein. Sein Kollege musterte derweilen Schneider eindringlich von Kopf bis Fuß.

„Herr Hellman und Frau Nagel, sehen Sie da einen Zusammenhang?", fragte Schneider.

„Vielleicht, aber es gibt auch noch andere Möglichkeiten."

„Ich kann Ihnen dazu nichts weiter sagen", antwortete Schneider.

„Dachte ich mir bereits, aber wer könnte Herrn Hellman denn sonst das Gift beigebracht haben? Sie kämen doch auch dafür in Frage. Sie haben doch auch Zugang zu Botox, Herr Dr. Schneider?"

„Und warum sollte ich so etwas tun?"

Neumann lächelte. „Tun Sie doch nicht so. Hellman war Ihnen doch im Weg, Sie wollten ihn loswerden."

„Eher umgekehrt“, meinte Schneider. „Wie geht es denn dem Herrn Hellman?“

„Interessiert Sie das? Dank der Hilfe Ihrer Kollegin Nagel anscheinend besser.“

„So? Na also! Was wollen Sie denn eigentlich von mir?“, fragte Schneider.

„Dass Sie Ihre Pflicht als Staatsbürger tun.“

„Ich habe weiter nichts mit der Sache Hellman zu schaffen.“

„Nicht in der Sache Hellman.“

Schneider schaute Neumann erstaunt an.

„In der Sache Tobias Arnold.“

„Der Vize? Verdächtigen Sie den jetzt, Hellman vergiftet zu haben?“

„Es geht hier nicht um Hellman! Herr Arnold hat Kontakt zu einem gewissen Alfonso Sutter. Kennen Sie Alfonso Sutter, Herr Schneider?“

Schneider durchfuhr ein Schreck. Was wusste Neumann von Sutter? „Ich habe ihn heute Vormittag bei den Verhandlungen im IEI als Vertreter der UVC kennengelernt“, log Schneider. Er sah Neumann dabei an, um zu sehen, wie er darauf reagierte.

„Ach, heute haben Sie ihn also zum ersten Mal kennengelernt? Ich bezweifle das, aber es ist jetzt auch unwichtig. Es geht um Folgendes. Herr Arnold will dem Herrn Sutter geheime Unterlagen übergeben, die aus Ihrem Labor stammen.“

Was? Woher wissen Sie das denn?“, fragte Schneider überrascht.

„Das ist doch unsere Sache, Herr Dr. Schneider. Hören Sie einfach zu. Arnold wird Sie auf die Unterlagen ansprechen und Sie werden auf seine Forderung eingehen. Händigen Sie ihm alle Unterlagen aus, die er von Ihnen verlangt, und lassen Sie sich den Empfang möglichst quittieren.“

„Aber warum? Herr Arnold kann meine Laborunterlagen als Vorgesetzter rechtmäßig von mir anfordern“, sagte Schneider.

„Ja, aber er will sie an die UVC, die durch Herrn Sutter vertreten wird, verkaufen und das ist kriminell. Zumal, weil es sich anscheinend um sicherheitsrelevante Daten handelt! Das wissen Sie ja selbst am besten. Als Bürger sind Sie verpflichtet mitzuhelfen, um eine Straftat zu vereiteln.“

„Und wenn ich da nicht mitspiele?“, fragte Schneider.

„Begünstigung einer Straftat, dann können Sie gleich hierbleiben“, sagte Neumann. Er öffnete und schloss seine Hände, wie ein Krebs seine Scheren. Man merkte ihm an, dass es ihm Spaß machen würde. Schultz nickte bestätigend und grinste.

„Das war ein Scherz, ich erfülle natürlich gerne meine Pflicht als Staatsbürger.“ Schneider grinste. Erst Griebsch, dann Hellman und jetzt Arnold. Und raus bist du. Er dachte an Drewitz Bemerkung, die Krantz und dessen Eier betraf.

Neumann riss ihn aus seinen Gedanken. „Herr Dr. Schneider, Sie halten uns auf dem Laufenden, wenn Herr Arnold Sie auf Ihre Protokolle anspricht. Sie teilen uns mit, wo und wann Sie die Unterlagen übergeben haben, mehr brauchen Sie nicht zu tun.“

„Was ist denn nun mit Frau Nagel?“, fragte Schneider, als er aufstand.

„Ihre Frau Nagel werden Sie wahrscheinlich morgen in Ihrem Institut wieder sehen“, brummte Neumann missmutig. Schneider wollte gehen, Neumann hielt ihn zurück und ließ ihn noch eine Erklärung unterschreiben, in der Angelegenheit Stillschweigen zu bewahren. Als Schneider durch die Tür ging, hörte er Neumann ihm hinterherrufen: „Keinerlei Äußerungen über diese Sache, das ist eine polizeiliche Anordnung!“ Schneider ging, ohne weiter darauf zu reagieren. Er konnte sich jetzt denken, zu welchem Zweck Frau Schupelius ihn für morgen um neun zu Arnold bestellt hatte.

31.

Professor Herbert Krantz saß in seiner Villa im Berliner Vorort Kleinmachnow und frühstückte. Die Morgenzeitung lag vor ihm auf dem Tisch. Sein Biss in das frisch gebutterte Brötchen blieb stecken, als er umblätterte und den Namen seines Institutes in den Schmutz gezogen sah. Unwillkürlich holte er tief Luft. Die Krümel in seinem Hals erzeugten einen so starken Hustenreiz, dass er die hängengebliebene Brötchenhälfte auf den Tisch spuckte. Von unhaltbaren Zuständen war da die Rede, Mordanschläge, Mobbing, geheime Forschung an Biowaffen … Wozu hatte er monatelang die Presse auf Linie gebracht, was sein Institut betraf? Und nun so etwas. Sein Blick eilte über die Zeilen. Nein, das war keine Art von Veröffentlichung, die ihm gefiel, auch wenn er dort mehrmals namentlich erwähnt wurde. …

… wie üblich gibt es keine offizielle Stellungsnahme aus dem IEI. Institutsdirektor Krantz hüllt sich in Schweigen, obwohl er mit Sicherheit von einer Entwicklung Kenntnis haben muss, die mit dem spurlosen Verschwinden des Leiters der Biowaffenabteilung beginnt, mit dem Überfall und der Entführung von zwei Mitarbeitern aus derselben Abteilung sich fortsetzt und in einem Giftanschlag auf Gerhard H., den Nachfolger des verschwundenen Abteilungsleiters, gipfelt.

Als wäre das nicht schon genug, scheint man im IEI nicht gerade zimperlich mit Mitarbeitern umzugehen, die unverschuldet in Not geraten sind. So wurde der Wissenschaftler Ronald N., nachdem er durch einen Verkehrsunfall querschnittgelähmt ist, fristlos entlassen. Vielleicht ist das kein Zufall: Ronald N. ist der Ehemann der gestern verhafteten Beatrix N., die verdächtigt wird, den Giftanschlag auf Gerhard H. verübt zu haben. Gerhard H. wurde nur durch die selbstlose Hilfe von Beatrix N., die ein Gegengift zu seiner Rettung hergestellt hatte, vor dem sicheren Tod bewahrt. Die Geschehnisse scheinen in keinem Zusammenhang zu stehen, bis auf dass alle Beteiligten direkt oder indirekt in die Biowaffenforschung des IEI eingebunden sind. Hier erscheint alles möglich, aber die Vertuschung der mysteriösen Vorfälle und die rücksichtlosen Methoden, die am IEI im Umgang mit möglicherweise unbequemen Mitarbeitern praktiziert werden, hat der Institutsleiter Prof. Krantz mit zu verantworten. Ein Mann, der sonst um große Worte nicht verlegen ist, hüllt sich weiterhin über diese Vorfälle in seinem Institut in Schweigen …

Unterzeichnet war der Artikel von einem gewissen B. Könneke. Selten hatte Krantz eine Publikation so verabscheut, wie diese. Er schaute auf die Uhr, es war kurz vor neun. Sein Fahrer würde in einer Viertelstunde da sein. Wenn er jetzt nicht sofort etwas unternahm, war sein Lebenswerk bedroht. Ihm, der sich bemüht hatte, dieses dümpelnde Institut wieder auf Kurs zu bringen, drohte sonst bestenfalls die Abschiebung in den vorzeitigen Ruhestand und in die Bedeutungslosigkeit.

Etwa zur gleichen Zeit verließ Leo Schneider sein Labor, um Vizedirektor Arnold aufzusuchen. Er war vorbereitet, wusste, was kommen würde und war neugierig darauf, wie Arnold es anstellen wollte. Im Vorzimmer winkte Frau Schupelius ihn weiter zur Tür von Arnolds Büro. Der Vize schien ihn also schon sehnlichst zu erwarten. Arnolds Büro war eine B-Version der Bürosuite von Krantz, etwas kleiner und nicht ganz so pompös ausgestattet. Als Schneider eintrat, saß Arnold an seinem Schreibtisch, verschanzt hinter Stapeln von Akten und Papieren. Er unterschrieb mit hektischen Gesten Akten, deren Seiten er vor und zurückblätterte. Nach einer Weile sah er hoch und blickte Schneider an. Seine weißlichen Augenbrauen waren mit winzigen Schweißtröpfchen bedeckt. Arnold zeigte deutliche Zeichen von Stress und Nervosität, bemühte sich aber, das nicht zu sehr sehen zu lassen. „Herr Schneider, die Kooperation mit der Industrie geht jetzt in ihre entscheidende Phase." Er vermied es, Schneider anzusehen. „Es geht um die Herstellung des Rizinantiserums. Dieser Impfstoff kann im erforderlichen Maßstab nur industriell hergestellt werden, wie Sie sich denken können." Schneider nickte und Arnold redete weiter: „Als Basis für die Kooperation benötigen wir die Methode, mit der Sie das Serum hergestellt haben, damit diese für die industrielle Produktion angepasst werden kann."

„Aber diese Methode ist weder veröffentlicht noch patentiert und trotzdem wollen Sie die so einfach herausgeben?"

„Das ist keine Frage von Herausgeben, Herr Schneider, es handelt sich um eine Zusammenarbeit zwischen dem IEI und der Industrie. Die Methode gehört nicht Ihnen, Herr Schneider, sondern dem Institut."

„Aber wie wird gesichert, dass die Rechte an der Erfindung beim IEI verbleiben?", wandte Schneider ein.

„Das soll nicht Ihre Sorge sein, Herr Schneider! Sie sind hier nicht für rechtliche Fragen angestellt, sondern für Forschungstätigkeiten. Was ich brauche, ist die Methode, schriftlich, ausführlich. Punkt für Punkt mit allen Einzelheiten bis heute Nachmittag um vierzehn Uhr."

„Natürlich, wenn Sie darauf bestehen. Ich schicke Ihnen das Protokoll heute noch per E-Mail."

„Wie? Nein! Das ist zu unsicher. Bringen Sie mir das Protokoll persönlich vorbei. Ich möchte es mir in Ihrer Gegenwart ansehen. Es soll nicht in falsche Hände geraten. Sie reden doch ständig von vertraulichen Unterlagen, Herr Schneider. Also, kein Mail, keine Datei!"

„Ist unser Mailsystem denn nicht mehr sicher?"

„Tun Sie einfach, was ich Ihnen gesagt habe. Ich habe wirklich noch andere Verpflichtungen, Herr Schneider. Bis vierzehn Uhr, auf

Wiedersehen." Arnold deutete auf die Tür. Schneider stand auf und ging. Kaum war Arnold allein, rief er Sutter an und meldete Vollzug.

Sutter gratulierte und schlug vor, ihm das Protokoll heute Abend in seinem Hotel zu übergeben. Sie würden dann bei einem guten Abendessen den Abschluss ihres Geschäftes besiegeln. Wenn alles einwandfrei wäre, könnte Arnold das Geld schon am nächsten Tag bekommen.

Arnold schluckte. Er konnte den Abend kaum noch erwarten.

Pünktlich um vierzehn Uhr brachte Leo Schneider das Protokoll zu Arnold. Niemand außer ihm kannte das genaue Verfahren, wie er das Rizin gebunden hatte, um es für die Immunisierung zu neutralisieren. Neumann hatte ausdrücklich verlangt, er sollte Arnold alle Laborunterlagen geben, die er verlangte, aber warum eigentlich? Wenn Arnold die Informationen an die UVC geben wollte, war es doch fahrlässig, mit dem echten Rezept herauszurücken. Leo Schneider hatte deshalb das Rezept in entscheidenden Punkten geändert und wichtige Einzelheiten durch plausibel klingende, aber unsinnige Veränderungen, ersetzt. Weder Arnold noch irgendjemand anderes würde das bemerken, dessen war er sich sicher.

Arnold war offenbar in Eile. Er bot Schneider keinen Platz an, griff sich gleich die zwei Seiten und begann zu lesen. Binnen einer Minute hatte er den Text überflogen, und nachdem er Schneider noch einmal gefragt hatte, ob er auch nichts ausgelassen hatte, entließ er ihn mit den Worten: „Herr Schneider, die Sache ist streng vertraulich. Wir wollen das Know-how für das IEI sichern und das geht nur mit einem verlässlichen Partner aus der Industrie. Also kein Wort darüber zu niemand und das Protokoll geben Sie auch nicht an Dritte weiter, haben wir uns verstanden?"

Schneider nickte und verließ das Büro. Frau Schupelius wunderte sich über seine gute Laune, als er sich von ihr verabschiedete. Als er in sein Labor kam, erzählte Tanja, dass Bea wieder aufgetaucht war. Sie war nicht besonders gesprächig gewesen, als Tanja sie danach gefragt hatte, was sie in der Zeitung gelesen hatte. Bea wirkte nervös und erzählte nur, Direktor Krantz hätte sie für heute zu einer Unterredung bestellt.

Schneider erzählte Tanja nichts von der Geschichte mit Arnold. Von seinem Büro aus rief er Neumann an, um zu berichten, dass er das Protokoll für das Rizinantiserum Arnold übergeben hatte. Neumann schien zufrieden und meinte dann, Schneider müsste sich darauf einstellen, bald wieder bei ihm auf der Dienststelle zu einer Gegenüberstellung zu erscheinen.

Um siebzehn Uhr fand sich Bea mit einem klammen Gefühl in Bauch in der Bürosuite von Krantz ein. Überraschenderweise nahm dieser sie gleich persönlich in Empfang und legte ihr in einer väterlichen wirkenden Geste den Arm um die Schulter. Bea war verblüfft. Sie hatte alles Mögliche, bis hin zu ihrem Rauswurf erwartet, nur nicht das. Kein Leitungsstab, kein Arnold noch Frau Kanter, niemand außer Krantz war anwesend. Nachdem dieser Bea an einen Tisch, auf dem Kaffee, Tee und Gebäck bereitstand, gebeten hatte, kam er gleich auf das Wesentliche zu sprechen.

„Wie Ihnen bekannt ist, war ich in letzter Zeit sehr beschäftigt, und konnte mich nicht um all das kümmern, um das ich mich hätte kümmern müssen“, er verschränkte seine blassen Hände zu einer Geste des Bedauerns. „Ich kann Ihnen versichern, dass die Art und Weise, wie mit Ihrem Mann verfahren wurde, nachdem er diesen schrecklichen Unfall erlitten hat, nicht meine Billigung findet. Ich möchte mich dafür in aller Form entschuldigen. Herr Arnold hat in dieser Sache wohl zu voreilig, und wie ich betonen möchte, nicht in Absprache mit mir, entschieden.“ Krantz sah sie dabei eindringlich an, als wollte er prüfen, wie seine Worte auf Bea wirkten. Bea fehlten die Worte und Krantz fuhr fort: „Die Entlassung Ihres Mannes mache ich hiermit rückgängig und wir werden ihn weiter mit einem unbefristeten Vertrag in der Virologie beschäftigen. Auf einem Arbeitsplatz, der äh, seinen momentanen Zustand berücksichtigt.“

Bea glaubte zu träumen. Krantz nahm ihren versonnenen Gesichtsausdruck als Zustimmung und fügte hinzu: „Im Namen der Institutsleitung möchte ich Ihnen meinen Dank aussprechen, dass Sie unserem geschätzten Kollegen Gerhard Hellman durch Ihre hervorragende Arbeit und Ihren selbstlosen persönlichen Einsatz das Leben gerettet haben. Als eine Geste der Anerkennung und des Dankes veranlasse ich, dass Ihnen eine Leistungsprämie in Höhe von zwei Monatsgehältern ausgezahlt wird. Außerdem wird Ihr Arbeitsvertrag umgehend auf die nächsthöhere Gehaltsstufe angehoben. Sie werden zukünftig als Leiterin einer eigenen selbstständigen Arbeitsgruppe agieren, Frau Nagel." Krantz verzog seine Lippen zu einem dünnen Lächeln und schaute Bea erwartungsvoll an.

Bea wusste immer noch nicht, was sie sagen sollte. Ihr Plan war mehr als aufgegangen. Dass es so schnell und so glattging, hatte sie nicht erwartet. Sie hatte die Zeitungen nicht gelesen und nicht viel von dem mitbekommen, was seit ihrer Verhaftung alles abgespielt hatte. Auch der Staranwalt, der sie überraschend bei der Polizei aufgesucht hatte, hatte ihr nicht sagen wollen, wer ihn beauftragt hatte. Schließlich rutschte es ihr zögerlich heraus: „Also, wenn das so ist …"

Krantz hatte Bea in seinem Boot, nun wollte er sie daran erinnern, dass sie ihm etwas schuldig war. „Frau Nagel, ich möchte gerne einen Schlussstrich über diese ganze Sache ziehen, nicht zuletzt auch über die Umstände der Vergiftung unseres geschätzten Kollegen Hellman …" Krantz sprach wieder leise, wie es seine gewöhnliche Art war: „Es wird nie endgültig geklärt werden, wie das zustande gekommen ist, aber ..." Er machte eine Pause und schaute sie auf eine Art an, die ihr sagte, dass er genau wusste, wer Hellman vergiftet hatte.

„Wenn Sie also meinen Vorschlägen zustimmen können, werden Sie auch sicher bereit sein, in einer Presseerklärung jeden Verdacht gegen das IEI und alle Mitarbeiter, ich schließe ausdrücklich Sie und Ihren Mann ein, restlos auszuräumen." Er lächelte wieder, aber es war das Lächeln eines Mannes, der sie als Instrument für seine Zwecke geprüft und für geeignet befunden hatte.

„Natürlich. Das ist doch selbstverständlich", brach es aus Bea hervor.

Krantz nickte. „Ich habe es auch nicht anders von Ihnen erwartet. Ich veranlasse das mit der Presseerklärung für morgen. Und kein Wort über unsere Vereinbarung zu den anderen Kollegen im Institut, bis zur offiziellen Erklärung. Ihrem Mann richten Sie meine besten Genesungswünsche aus und ihm dürfen Sie natürlich von den guten Neuigkeiten schon berichten."

Bea verließ das Büro wie in Trance. Die Nachricht hatte sie zuerst betäubt, aber je weiter sie den Flur entlang ging, desto schneller eilten ihre Füße. Schließlich fing sie an zu rennen, schluchzte vor Freude und ließ an der Pforte ein Taxi rufen, das sie möglichst schnell zu Ronny ins Krankenhaus bringen sollte, um ihm von ihrem Glück zu erzählen.

Etwa um die gleiche Zeit, als Bea wie betrunken vor Glück ins Klinikum fuhr, traf ein erwartungsfroher Professor Arnold im Hotel Steigenberger ein. Alfonso Sutter nahm ihn in der Lobby in Empfang und führte ihn in das Hotelrestaurant. Nachdem sie einen Aperitif zu sich genommen und ihr Essen bestellt hatten, fragte Sutter nach dem Protokoll. Arnolds Augen glänzten, als er die beiden Blätter Sutter mit der ihm eigenen theatralischen Gestik vorlegte. Mit fragendem Blick: „Was sagen Sie nun?“, schaute er Sutter erwartungsvoll an. Sutter nahm die Seiten und vertiefte sich für längere Zeit in den Text, ohne Arnold weiter zu beachten. Dieser saß ungeduldig am Tisch, wie ein Schüler, der auf die Benotung seiner Klassenarbeit wartet und zappelte mit den Beinen. Sutter las konzentriert, während Arnold ihn beobachtete. Er traute sich nicht, das vor ihm stehende Weinglas anzurühren. Einfach, weil Sutter es bisher auch nicht getan hatte.

„Scheint ja soweit alles in Ordnung zu sein“, hörte Arnold plötzlich Sutters Stimme. Arnolds Mund verzog sich zu einem Lächeln, das erstarb, als Sutter hinzufügte: „Allerdings muss ich das Protokoll an die UVC-Zentrale in Zürich faxen, damit unsere Experten sich ein genaues Bild davon machen. Sie werden sich innerhalb der nächsten Stunden melden. Um die Wartezeit zu verkürzen, essen wir gemeinsam und ich habe danach noch ein geselliges Zusammensein mit zwei Damen organisiert, wenn Ihnen das recht ist.“

Arnold bekam einen trockenen Mund und trank jetzt doch einen Schluck Wein, wobei er vergaß, mit Sutter anzustoßen „Ja, aber, das ist ja wunderbar.“

Sutter grinste, als er Arnold stottern hörte. „Sie sind bis morgen früh mein Gast. Ich habe für diese Nacht ein Doppelzimmer auf Ihren Namen reservieren lassen.“ Er zwinkerte Arnold zu, der sich nochmals bei ihm bedankte.

„Entschuldigen Sie mich bitte für ein paar Minuten.“ Sutter stand auf und nahm das Protokoll mit. In seinem Zimmer fotografierte er die beiden Seiten mit seiner Digitalkamera. Nachdem er das Protokoll an die UVC-Zentrale in Zürich gefaxt hatte, entsorgte er die Papiere auf der Toilette des Hotels. Als er nach einer Viertelstunde zurückkam, wurde gerade das Essen serviert.

„Also, bis spätestens morgen früh haben wir die Antwort von der UVC und Sie, Herr Professor, werden eine unvergessliche Nacht hier erleben. Morgen verlassen Sie dann das Hotel mit 100.000 € in der Tasche. Wie finden Sie das?" Sutter lachte unvermittelt so laut, dass die Gäste vom Nebentisch neugierig herüberschauten.

Arnold rutschte auf seinem Stuhl hin und her und begann umständlich herumzureden: „Lieber Herr Sutter, äh, ich meine, da ich ja älter bin als Sie, wollte ich Ihnen, äh, Dir das Du anbieten. Also ich bin Tobias." Er schaute Sutter erwartungsvoll an. Sutter hob sein Glas: „Gerne Tobias, ich bin Alfonso." Sie stießen an.

Nachdem sie mit dem Essen fertig waren, setzten sich zwei junge, reichlich geschminkte Frauen an ihren Tisch. „Darf ich vorstellen", sagte Sutter: „Ella." Er deutete auf die blonde Frau, die Arnold darauf hin anlächelte. „Und das ist Nora." Er zeigte auf die dunkelhaarige Frau mit den vollen Lippen, die Arnold mit einem Augenaufschlag begrüßte. Arnold schaute von einer zur anderen und schluckte. „Du bist mein Gast, du hast die Wahl", sagte Sutter auffordernd.

Arnold war es peinlich, so offen vor den Frauen um sie zu schachern und er traute sich nicht richtig, beide genau anzuschauen. Schließlich gab er Sutter mit Blicken, die von Ella und ihm hin und herhuschten, zu verstehen, dass er sich entschieden hatte. „Gut", lachte Sutter und zog Nora mit seinem Arm an sich. Dabei zwinkerte er Ella zu, die sich mit ihrer Zungenspitze über die Oberlippe fuhr. „Du wirst es nicht bereuen, Tobias", fügte Sutter hinzu. Arnold wusste nicht, was er sagen sollte, er war verlegen, die Situation war ihm fremd.

Nach einem verkrampften Moment brach Ella das Schweigen und flüsterte ihm ins Ohr: „Nach dem Kaffee können wir es uns bei dir auf dem Zimmer gemütlich machen, was meinst du?" Arnold nickte nur.

Eine Viertelstunde später nahm ihn Ella bei der Hand, in der anderen spielte sie mit dem Zimmerschlüssel. Sie zog ihn sanft, sodass er aufstehen musste und als sie mit ihm in Richtung Fahrstuhl ging, rief ihm Sutter hinterher „Morgen gegen neun hier unten beim

Frühstück, Tobias." Er und Nora lachten, als sie sahen, wie Ella Arnold im Schlepptau hinter sich herzog.

Etwa eine Stunde, nachdem Ella mit Arnold abgezogen war, trafen Neumann und Schultz, begleitet von vier Polizisten, im Hotel Steigenberger ein. Sutter und Nora hatten das Restaurant in der Zwischenzeit ebenfalls verlassen und sahen die Polizisten nicht, die eifrig in der Hotellobby herumliefen. Neumann hatte von seinem Vorgesetzten Blümel grünes Licht bekommen, dass der Zugriff heute Abend um diese Zeit im Hotel Steigenberger stattfinden sollte.

Ferdinand Neumann wunderte sich ein wenig, woher sein Vorgesetzter Blümel so genau wusste, wo Arnold und Sutter sich aufhielten. Schließlich waren die beiden vorher nicht beschattet worden, aber letztendlich war es ihm egal. Hauptsache, er konnte seinen Trumpf auszuspielen. Nachdem er aus der Zeitung erfahren musste, welche schlechte Presse die Polizei in der Sache Nagel hatte, war er begierig darauf, sich selbst ins rechte Licht zu setzen. Ohne Wissen seiner Dienststelle hatte er die Redaktion der *Stadtzeitung* von der bevorstehenden Verhaftung in Kenntnis gesetzt. Die Journalisten würden denken, es hätte etwas mit dem Giftanschlag auf Hellman zu tun. Eine gute Presse konnte seiner Beförderung zum Ersten Polizeihauptkommissar nur nützlich sein, Blümel hatte die Nagel doch nur wegen des Presserummels wieder auf freien Fuß gesetzt. Für Neumann war sie weiterhin die Hauptverdächtige und es war ihm eine Genugtuung, heute Nacht wenigstens einen dieser arroganten Weißkittel publikumswirksam verhaften zu können. Wie diese Dr. Nagel plötzlich einen Prominentenanwalt zur Seite und sich elegant aus der Affäre gezogen hatte, das verdarb ihm immer noch den Appetit.

Neumann und Schultz gingen an die Rezeption und ließen sich die Zimmernummern von Arnold und Sutter geben. Der Empfangschef wollte kein Aufsehen und begleitete den Tross, um mit dem Generalschlüssel notfalls die Türen zu den Appartements von Sutter und Arnold öffnen zu können. Er begleitete Neumann und zwei der Polizisten zu Arnolds Suite. An ihren Fersen hingen zwei Journalisten der *Stadtzeitung*, die Fotoausrüstung der Frau war nicht zu übersehen. Neumann übersah die Reporter geflissentlich, selbst als der Empfangschef und einer der Wachbeamten ihn darauf aufmerksam machten. „Solange sie dokumentieren, wie gute Polizeiarbeit aussieht, soll uns das recht sein, so wie sich die Zeitungen das Maul über uns zerrissen haben." Der Polizist widersprach seinem Vorgesetzten nicht und die Proteste des Empfangschefs blieben ungehört. Auf dem Flur teilte sich die Gruppe, Schultz und die beiden anderen Beamten gingen zu Sutters Suite.

Als sie vor der Tür mit der 314 angekommen waren, klopfte Neumann mit seinem Zeigefinger an die Tür. „Aufmachen Polizei", sagte er und das nicht einmal besonders laut. Aus dem Zimmer drang kein Ton. „Öffnen", rief Neumann dem Empfangschef zu.

„Man hat Sie vielleicht nicht gehört, Herr Kommissar", wandte der Empfangschef ein. „Ich werde es noch einmal versuchen."

„Hauptkommissar, wenn ich bitten darf und gar nichts werden Sie versuchen. Den Schlüssel!", blaffte Neumann ihn an. „Treten Sie zurück." Er und die beiden Polizisten zogen ihre Dienstwaffen. Die Tür öffnete sich und gab den Blick auf einen Flur frei, in den das Licht vom Eingang hineinfiel. Das angrenzende Zimmer war nur von Kerzenschein schwach erleuchtet. Als Neumann mit der linken Hand nach dem Lichtschalter tastete und schließlich die Zimmerbeleuchtung anging, sahen sie in die aufgerissenen Augen von Ella, die ihren Kopf in ihre Richtung gedreht hatte und rittlings auf Arnold saß, der mit dem Rücken ausgestreckt auf dem Bett lag. Als Arnold seinen Kopf hob, blitzte es zweimal, einer der beiden Polizisten drängte die Reporter zurück auf den Flur. In diesem Moment riss Ella sich von Arnold los und rannte ins Badezimmer, die Bettdecke hatte sie halb um sich gewickelt.

Neumann trat an das Bett, auf dem Vizedirektor Arnold in seiner vollen Blöße ausgestreckt lag und ihn aus seinen Albinoaugen erschreckt anstarrte. „Tobias Arnold, ich verhafte Sie im Namen des Gesetzes wegen Geheimnisverrats zum Nachteil der Bundesrepublik Deutschland sowie wegen Vorteilsnahme im Amt und Korruptionsvergehen. Stehen Sie auf und ziehen Sie sich etwas an."

Arnolds Augen wurden größer und sein Blick panisch, langsam begriff er, was sich hier gerade abspielte, wo er doch eben noch die wonnigen Berührungen von Ellas Mund und Händen genossen hatte. Er stand wortlos und wie mechanisch vom Bett auf, um sich anzuziehen. Einer der beiden Polizisten hatte Ellas Kleidung zur

Badezimmertür gebracht und auch sie wurde aufgefordert, mit auf das Revier zu kommen. Neumann verzichtete großmütig darauf, ihr Handschellen anzulegen, die hochhackigen Schuhe, in die sie geschlüpft war, machten nach seinem Ermessen eine Flucht sowieso unmöglich.

Auf dem Flur begegneten sie Alfonso Sutter, der von Schultz und den beiden anderen Polizisten gerade abgeführt wurde. Arnold streckte ihm seine gefesselten Hände entgegen. „Alfonso! Was hat denn das zu bedeuten?"

Sutter, der keine Handschellen trug, würdigte ihn keines Blickes und ging mit den beiden Polizisten an der Gruppe vorbei, die sich ihnen anschloss. Der Empfangschef rannte hinterher. In der Hotellobby hatte er es schließlich geschafft, die Gruppe zu überholen. Er stellte sich mit ausgebreiteten Armen davor und sagte zu Sutter: „Sie müssen Ihre Zimmerrechnung noch bezahlen, Herr Doktor."

Sutter wandte sich an Schultz: „Darf ich?", und zog seine Kreditkarte.

„Was ist mit Zimmer 314?", fragte der Empfangschef, nachdem Sutter nur für seine Suite unterschrieben hatte.

„Das müssen Sie den Herrn fragen, der dort genächtigt hat", meinte Sutter und deutete auf Tobias Arnold.

„Aber du hattest …", Arnold verkniff sich den Satz, um sich nicht noch mehr in Schwierigkeiten hineinzureden.

„Was hatte Herr Sutter?", fragte Neumann neugierig.

„Nichts, gar nichts", stotterte der Vizedirektor und fummelte mit seinen gefesselten Händen nach seiner Brieftasche. Einer der Polizisten holte sie heraus. Der Empfangschef buchte von Arnold den Betrag für das Zimmer 314 ab.

„Außer Spesen nichts gewesen", sagte Neumann. „Gut, dann können wir ja."

„Ich möchte gerne wissen, warum Sie mich festnehmen", fragte Sutter ruhig.

„Beamtenbestechung, Verdunklungsgefahr", gab Neumann zurück.

„Das wird sich aufklären", winkte Sutter ab.

Neumann sagte weiter nichts dazu und auf sein Zeichen hin bewegte der Tross sich auf die Straße. Die beiden Reporter liefen mit etwas Abstand hinterher, bis zu den beiden Polizeiwagen, die vor dem Hotel geparkt standen. Dann setzten sich die beiden BMWs in Bewegung und ließen die Journalisten und den Empfangschef vor der Hoteltür zurück.

„Können Sie bitte sofort auf die Dienststelle in der Keithstraße kommen?", hörte Schneider Neumanns Stimme am Telefon. Schneider hatte es sich längst zu Hause gemütlich gemacht, wollte allmählich zu Bett gehen und nicht noch spät abends auf diesem trüben Revier erscheinen. „Dann brauchen wir Sie morgen nicht mehr", sagte Neumann überraschend freundlich. „Es ist nur für eine Gegenüberstellung." Schneider wurde neugierig und willigte ein.

Neumann musterte Arnold, Ella und Sutter nacheinander und schwieg. Alle saßen sie in einem der für Vernehmungen eingerichteten Räume in der Keithstraße. Schultz hatte einen Laptop aufgeklappt vor sich stehen und schrieb das Protokoll. Ein wachhabender Polizist stand neben der Tür.

Sutter ergriff die Initiative. „Ich bin Schweizer Staatsbürger und möchte wissen, was Sie mir konkret vorwerfen und warum Sie mich hier festhalten. Außerdem möchte ich mit meiner Botschaft telefonieren."

„Vollendete Beamtenbestechung zum Nachteil der Bundesrepublik Deutschland", konstatierte Neumann.

„Machen Sie sich nicht lächerlich, Herr Kommissar, dafür gibt es doch überhaupt keine Anhaltspunkte."

„So? Dann schauen Sie mal, was wir bei Herrn Arnold gefunden haben. Einen Vertrag mit Ihnen als Vertreter der UVC über eine Bestechungssumme von 100.000 € für die Übergabe von geheimen Protokollen aus dem IEI." Neumann wedelte mit dem Papier vor Sutters Gesicht.

„Davon weiß ich nichts. Dieses Schriftstück ist mir unbekannt. Meine Unterschrift trägt es nicht und 100.000 € schleppe ich auch nicht mit mir herum. Davon konnten Sie sich doch bei der Durchsuchung meines Zimmers überzeugen", gab Sutter zur Antwort.

„Sie haben dem Herrn Arnold doch 100.000 € für die Überlassung von sicherheitsrelevanten Unterlagen aus seinem Institut versprochen", konterte Neumann.

„So? Habe ich das? Fragen Sie doch Herrn Professor Arnold, ob das stimmt?“

Neumann wandte sich an Arnold: „Und Sie, Herr Arnold, was sagen Sie dazu?“ Arnolds Augen waren weit aufgerissen. Er schaute hasserfüllt auf Sutter, der ihn gönnerhaft anlächelte. Dann stieß er hervor: „Äh, nein, so war es nicht.“

„Sehen Sie, sagte ich Ihnen doch!“, rief Sutter triumphierend. „Herr Professor Arnold und ich haben uns nur zu einem informellen Gespräch getroffen, über die Verhandlungen, die heute am IEI stattgefunden haben. Nicht wahr, Herr Professor Arnold?“

Arnold schluckte kniff die Lippen zusammen und nickte kurz. Sein Kopf war inzwischen puterrot. Ella musste kichern, als sie ihn ansah.

„Und Sie, Frau Keutner. Warum lachen Sie? Wissen Sie etwas von dem Bestechungsversuch?“ Neumann schaute Ella an, ihr eng geschnittenes Kleid fesselte seinen Blick und machte ihn nervös.

„Ich weiß nichts davon, Herr Kriminalkommissar. Ich werde dafür bezahlt, meinen Kunden eine angenehme Gesellschaft zu leisten. Und da habe ich mir nichts vorzuwerfen.“ Sie lächelte Neumann vielsagend an und klimperte mit ihren Augenlidern.

In diesem Moment betrat Schneider den Raum. Arnold zuckte zusammen, als hätte man ihm einen Stromstoß versetzt. Ella lächelte, als sie Schneider sah und sagte: „Hallo.“

„Aha, die Dame scheint Sie zu kennen“, stellte Neumann fest.

„Wir hatten uns einmal rein zufällig getroffen“, sagte Schneider.

„So?“ Wieder rein zufällig! Und diese beiden Herren hier, kennen Sie die zufällig auch?“

„Ja natürlich. Hier sitzt Herr Professor Arnold, stellvertretender Direktor am IEI und dort Herr Sutter von der Firma UVC“, sagte Schneider.

„Kann ich jetzt nicht gehen?“, fragte Ella. „Sie wissen doch alles, was Sie von mir wissen wollten.“

Neumann und Schultz wechselten rasch ihre Blicke. „Wer hatte Sie denn beauftragt, Herrn Arnold heute, äh, Gesellschaft zu leisten, Frau Keutner?“

Sutter warf Ella einen raschen Blick zu.

„Dieser Herr“, sie deutete auf Arnold. „Er hat mich im Hotelrestaurant angesprochen.“

„Das ist doch die Höhe!", fuhr es aus Arnold heraus.

„Wieso, du hast mich doch gemietet!", sagte Ella und ihr Gesichtsausdruck änderte sich. „Und du hast meine Dienste in Anspruch genommen. Und der Tarif für eine Nacht sind achthundert Euro!" Arnold schnappte nach Luft.

Sutter schaute ihn mit einem ironischen Lächeln an. „Seien Sie Kavalier, Herr Arnold."

„Wenn du das Geld nicht bei dir hast, unterschreib hier", sagte Ella und holte einen Vordruck aus ihrer Handtasche. „Der Escort Service schickt dir die Rechnung, das kostet dann aber mehr als bei Barzahlung."

Sutter lachte plötzlich laut auf.

„Du, du, du mieses…", Arnold hatte sich halb in Sutters Richtung vom Stuhl erhoben und der wachhabende Polizist zog ihn wieder zurück auf den Stuhl.

„Sie können dann erst einmal gehen, Frau Keutner, nachdem Sie Ihre Aussage unterschrieben haben", sagte Neumann. „Gegebenenfalls melden wir uns wieder bei Ihnen." Er wandte sich an Arnold. „Herr Arnold, nachdem wir Sie mit Frau Keutner in eindeutiger Lage angetroffen haben, gehe ich davon aus, dass ihre Ansprüche gerechtfertigt sind?"

Arnold sagte nichts, er unterschrieb den Schuldschein, den Ella ihm vorlegte. Sie steckte ihn in ihre Handtasche, nahm eine Visitenkarte heraus und legte sie auf den Tisch „Falls einer der Herren mal …",

Stecken Sie das wieder ein", blaffte Neumann. „Sonst können Sie mit Herrn Arnold heute Nacht die Zelle teilen!"

Als Ella gegangen war, sagte Sutter: „Sie können mich hier nicht länger festhalten, Herr Kommissar, Sie haben keinerlei Beweise gegen mich."

„So? Haben wir nicht? Und das Fax, das Sie an Ihre Züricher Zentrale geschickt haben, diese Labormethode?"

Sutter zog die Augenbrauen hoch: „Das sind Unterlagen, die mir Herr Arnold zur freien Verfügung überlassen hat."

„Sie kommen sich sehr schlau vor, Herr Sutter. Machen Sie sich keine Illusionen, Ihr Fax aus dem Hotel ist nicht in Zürich angekommen, sondern bei der Berliner Polizei. Wir haben die Unterlagen, nachdem Sie das Original ja offensichtlich vor Ihrer

Festnahme vernichtet haben. Gehen Sie von mir aus in Ihr Hotel zurück. Sie haben zur Auflage, Deutschland innerhalb von achtundvierzig Stunden zu verlassen. Ihre Botschaft ist informiert und erhebt keine Einwände.“ Neumann öffnete einen Aktenordner und legte Sutter ein Schriftstück vor.

Sutters Gesichtszüge verzerrten sich. „Ich hatte sowieso nicht die Absicht noch länger in Ihrem Land zu bleiben und mich von solchen Leuten beschuldigen zu lassen!“

„Unterschreiben Sie hier und gehen Sie endlich“, sagte Neumann angeekelt.

„Und nun zu Ihnen, Herr Professor Arnold. Geben Sie zu, Herrn Dr. Schneider zur Herausgabe von Laborprotokollen aufgefordert zu haben, einzig zu dem Zweck, diese an Herrn Sutter zu verkaufen?“

„Ich sage dazu überhaupt nichts“, erwiderte Arnold.

Neumann wandte sich an Schneider: „Herr Dr. Schneider, hat Herr Professor Arnold die Protokolle von Ihnen verlangt, trotz Ihrer Einwände, dass es sich um sicherheitsrelevante Daten handelt, und haben Sie ihm die Protokolle ausgehändigt?“

„Ja, ich habe das Protokoll für die Herstellung des Rizinantiserums übergeben, so wie er es ausdrücklich von mir verlangt hat“, sagte Schneider. Er musste Arnold einfach angrinsen.

„Das wird Konsequenzen haben, Schneider“, brach es aus Arnold hervor.

„Für Sie, fürchte ich. Verrat von Dienstgeheimnissen“, sagte Neumann.

Nachdem Schneider das Vernehmungsprotokoll abgezeichnet hatte, durfte auch er gehen. Arnold wurde mitgeteilt, er habe die Ehre, den Rest der Nacht in der Zelle zu verbringen, die Frau Nagel vor ihm bezogen hatte.

Als Schneider das Polizeirevier verließ, war auf der Straße plötzlich Sutter an seiner Seite. Er musste draußen auf ihn gewartet haben. „Das war sehr vernünftig von Ihnen, Herr Schneider, nichts von unserem Gespräch zu erzählen.“

„Welches Gespräch?“, gab Schneider zurück.

„Sie Schlaumeier. Ihre Immunisierungsmethode haben wir trotzdem, auch wenn Ihre Polizei mein Fax abgefangen hat!“

„So? Na dann, viel Spaß damit!“, sagte Leo Schneider und musste lachen.

Sutter stutzte für einen Moment. „Hören Sie, Herr Schneider, falls Sie Arnold ein falsches Rezept gegeben haben sollten, mein Angebot steht noch! Überlegen Sie es sich.“

„Ich sehe ja, wie Sie Arnold reingeritten haben. Nicht, dass er mir besonders leidtut, aber es soll mir Lehre genug sein.“ Schneider winkte ab und ging zu seinem Auto.

Sutter rief hinter ihm her: „Ich habe nicht gewusst, dass Ihr stellvertretender Direktor so dumm ist! Und Sie sind es auch, Schneider, denn Sie können die Methode auf Dauer nicht geheim halten. Früher oder später wird einer sie Ihnen abnehmen, vielleicht sogar mit Gewalt, aber sicherlich, ohne dass Sie einen Cent dafür bekommen, das verspreche ich Ihnen.“

Schneider durchfuhr ein unangenehmes Gefühl. Aus Sutter Stimme sprach die Bereitschaft alles zu tun, um das zu bekommen, was er wollte.

32.

Die Presseerklärung des Direktors Krantz war für Mittwoch um elf Uhr angesetzt. Jemand, der seinen Namen nicht nannte, hatte ihn zwei Stunden vorher darüber informiert, dass Arnold verhaftet worden war und unter Anklage stand. Vor einer Stunde hatte Frau Schupelius ihm die *Stadtzeitung* auf den Tisch gelegt. „*Stellvertretender Direktor des Institutes für experimentelle Infektiologie unter Verdacht der Bestechlichkeit verhaftet*“, stand dick gedruckt und weiter unten, ein Foto, das Arnold in Handschellen zeigte, wie er abgeführt wurde. Krantz musste umdisponieren. Als die Pressekonferenz begann, war ihm nichts anzumerken. Unerschütterlich stand er, wie aus dem Ei gepellt, in seinem dunklen Anzug vor den Journalisten.

Als Erstes teilte Krantz mit, er bedaure, dass durch Fehler einzelner Mitarbeiter das IEI Schaden genommen habe. Professor Arnold sei bis zur Klärung aller Umstände, die zu seiner Verhaftung geführt hatten, vom Dienst freigestellt. Aber eigentlich wollte er die Gelegenheit nutzen, um über die außergewöhnlichen Leistungen einzelner Mitarbeiter zu reden, anstatt über Pannen, die schließlich überall vorkämen. Damit hob er zu einer Lobeshymne auf Beatrix Nagel an, sprach über ihre Verdienste bei der Rettung des mit dem

Tode ringenden Kollegen und Freundes Gerhard Hellman. Auch Ronald Nagel sei ein verdienstvoller Wissenschaftler, auf den das IEI nicht verzichten wollte. Für die übereilte Entlassung von Ronald Nagel sei Herr Arnold verantwortlich gewesen. Er als Direktor sei darüber nicht informiert worden. Man hätte sein Vertrauen missbraucht, schließlich sei er doch als Leiter eines Institutes mit über sechshundert Mitarbeitern auf die Loyalität seines Leitungsstabes angewiesen.

Aber er hätte schon für die erforderlichen Kurskorrekturen gesorgt und das IEI wieder flott gemacht. Ein neuer Leiter, Dr. Ramdohr, werde die Arbeit der Abteilung Biologische Gefahrenabwehr zukünftig transparenter gestalten und die Notwendigkeit dieser wichtigen Abteilung der Öffentlichkeit einsichtiger begründen. Die unsinnigen Gerüchte, am IEI werde an Biowaffen geforscht, würden durch Fakten entkräftet werden. Nachdem Direktor Krantz seinen Vize vor laufenden Kameras zum Sündenbock gemacht hatte, konnte er sich wieder einer guten Presse gewiss sein. Einzelne kritische Stimmen würde er im Lauf der Zeit zum Schweigen bringen oder der Lächerlichkeit preisgeben.

Oberst Werneuchen war zufrieden. Die Berliner Polizei hatte gute Arbeit geleistet und das Terrain gesäubert. Nachdem der korrupte Tobias Arnold ausgeschaltet war, würde Oberstarzt Ramdohr den Laden auf Spur bringen, ohne dass der MAD offiziell damit etwas zu tun hatte. „Tadellos, Herr Oberst", sprach Werneuchen sein Spiegelbild an, das ihn aus der Glasscheibe der Vitrine, in der Orden und Ehrenzeichen drapiert waren, anschaute.

Dank Arnolds Hilfe hatte man jetzt auch die Methode zur Herstellung des Rizinantiserums, ohne das Schneider wusste, wer in Wirklichkeit im Hintergrund die Fäden zog. Der MAD hatte den Wert dieser Methode erst durch Informationen aus befreundeten Geheimdiensten richtig begriffen. Ein Impfstoff gegen Rizin war eine wertvolle Hilfe für die Soldaten der ISAF-Mission und damit ein wichtiger Beitrag zur Terrorismusbekämpfung.

Aber auch andere waren auf diese Sache aufmerksam geworden. Werneuchen dachte vor allem an die Franzosen. Nachdem Major Hagenau zwecks Überwachung von Schneiders Frau mit dem französischen DST Kontakt aufgenommen hatte, hatten die

Franzosen weiter ermittelt und schließlich herausbekommen, was dem MAD an der Geschichte wirklich wichtig war. Fazit, der MAD wusste, dass der DST wusste, was der MAD gerne wissen wollte. Die Geister, die man gerufen hatte, wurde man nicht mehr los. Mit Schneiders Methode war nicht nur ein Zuwachs an Macht und Prestige, sondern auch an Geld verknüpft. Wer die Methode hatte, konnte sie vermarkten und den daran Beteiligten war es egal, auf welchem Weg und unter welchen Umständen das Rezept in ihre Hände gelangen würde. Warum sonst hatte Sutter soviel Geld dafür geboten?

Dann war da noch eine andere Geschichte, die Werneuchen Kopfzerbrechen bereitete. Die Sache mit dem toten Terroristen. Dieser Kundar, der Schneiders Assistentin entführt hatte und bei dem man eigentlich viel zu wenig Rizin in seinem Blut gefunden hatte, um seinen Tod damit zu erklären. Vielleicht gab es noch etwas, dass Schneider geheim hielt. Die Durchsuchung seiner Wohnung und seiner Laborräume hatte zwar nichts ergeben, aber vielleicht war er raffinierter, als man dachte? Werneuchen starrte auf die Fotos von Schneider, die der Akte beilagen. Eigentlich traute er diesem Zivilisten so viel Schneid nicht zu. Und der Pathologe, der diesen Kundar untersucht hatte, konnte sich ja auch in der Kommastelle geirrt haben …

Warum sich die Gentlemen vom MI5 so zugeknöpft verhielten, verstand Werneuchen auch nicht. Die Briten wussten doch mehr, als sie erzählten. Zum Beispiel, welche Gruppe hinter den Leuten stand, die Schneider überfallen und seine Assistentin entführt hatten. Der zweite Terrorist, der in Berlin aktiv gewesen war, war in London erschossen worden, damit wollten sie den MAD abspeisen. So nicht, Sir! Und wenn noch mehr von diesen Leuten in Berlin aktiv waren? Andererseits, Schneider wurde rund um die Uhr überwacht und seit dem Überfall hatte es keine Hinweise mehr auf die Terroristen gegeben.

Es blieb dann Ramdohrs Sache herauszufinden, ob noch mehr dahinter steckte. Schneider musste möglichst bald aus dem sicherheitsrelevanten Bereich des IEI entfernt werden. Der Mann war einfach nicht richtig steuerbar. Beatrix Nagel konnte seine Position im IEI übernehmen. Wenn es nötig werden sollte, hatte man genug Beweise, die zeigten, dass sie den Professor Hellman vergiftet hatte. Aber schon um ihres Mannes wegen würde diese Frau schön auf Spur bleiben.

Leo Schneider hatte die Pressekonferenz, bei der Krantz seinen Stellvertreter Tobias Arnold zum Sündenbock gemacht hatte, nicht mitbekommen. Aber die Gerüchteküche, die ausnahmslos für alle kochte, brachte ihn auf den neuesten Stand. Die Nachricht, dass Krantz den Vize fallengelassen hatte, verbreitete sich schnell und hinterließ wenig Betroffenheit. Am Nachmittag kam Bea bei Schneider vorbei und wirkte wie verwandelt. Plötzlich war sie wieder auf Distanz, so wie am Anfang ihrer Zusammenarbeit, als sie den Versprechungen von Griebsch und Hellman noch glaubte. Jetzt war es Krantz, der sie steuerte.

Bea setzte ihre Botoxarbeiten fort, als wäre weiter nichts gewesen. Ronny war auf die Reha-Station des Krankenhauses verlegt worden und sie besuchte ihn jeden Nachmittag. Bea hoffte, dass er in einigen Wochen das Klinikum verlassen konnte. Auch Hellmans Gesundheitszustand hatte sich stabilisiert. Das Botulinumtoxin war aus seinem Blutkreislauf eliminiert und er brauchte kein weiteres Antitoxin mehr. Man musste abwarten, wie gut sich sein Nervensystem wieder erholen würde. Der Heilungsprozess konnte Monate dauern und für diese Zeit musste er auf der Intensivstation des Klinikums bleiben. Es war fraglich, ob Hellman danach je wieder seinen Dienst im IEI antreten würde. Selbst wenn, würde nicht er, sondern Oberstarzt Ramdohr Beas Vorgesetzter sein.

Dr. Ramdohr würde in den nächsten Tagen die Leitung der BIGA übernehmen, teilte Bea ihrem noch Vorgesetzten Leo Schneider mit. Die AG-Toxine würde neu organisiert werden. Die Botulinum und Rizin Projekte waren so gut wie abgeschlossen. Die Kooperation mit der Industrie war vorerst auf Eis gelegt, Ramdohr würde entscheiden, wie es damit weiterging. Schneider merkte, wie weit Bea in die Interna der Institutsleitung eingeweiht war. Es war klar, dass Beatrix und Ronald Nagel jetzt zum Tafelsilber des Direktors Krantz zählten. Es war auch klar, dass Bea von nun an bestimmen würde, wie es in der AG-Toxine weiterging.

Eine Woche nach der Pressekonferenz stellte Direktor Krantz Oberstarzt Dr. Werner Ramdohr als neuer Leiter der BIGA den Mitarbeitern vor. Ein Mann der Praxis und der klaren Entschlüsse hieß es. Tanja hatte die Zeit vor Ramdohrs Antritt ausgenutzt, um ihren gesamten Jahresurlaub zu beantragen. Anfang Juni wollte sie für sechs Wochen nach Griechenland fahren. Wenn es mit ihrem Dimitri so gut lief, wie sie hoffte, wollte sie sich für ein Jahr unbezahlt von der Arbeit freistellen lassen, um mit ihm auf Thasos zu leben. Leo Schneider wusste, es war das Ende ihres gemeinsamen beruflichen Weges, der sie so viele Jahre verbunden hatte. Aber auch für ihn selbst bot das IEI keine Aussicht auf eine berufliche Zukunft mehr.

Werner Ramdohr war schon eine Woche im Amt, hatte sich um Schneider aber nicht gekümmert. Bea schien ihn dagegen schon gut zu kennen. Nachdem, was Jacek und Maria erzählt hatten, war Ramdohr schon zweimal bei ihnen gewesen und hatte sich lange mit Bea in ihrem Büro unterhalten. Als Schneider langsam zu glauben begann, Ramdohr würde ihn in Ruhe lassen, kam am 29. Mai der Anruf mit der Aufforderung, sich beim Abteilungsleiter einzufinden.

Ramdohr hatte das Büro von Arnold bezogen. Frau Schupelius war durch eine Dame, die Ramdohr von seiner früheren Dienststelle aus Munster mitgebracht hatte, ersetzt worden. Als Schneider Arnolds früheres Büro betrat, blickte er in das Gesicht eines hageren Mannes im mittleren Alter, mit scharf geschnittener Nase und einem ebenso scharf geschnittenen Mund. Die zusammengekniffenen Lippen standen im Gegensatz zu den dunklen Augen, die ihn unter den hängenden Lidern forschend-distanziert anschauten. Zwar trug Ramdohr Zivilkleidung, aber seine straffe Haltung täuschte diesem Aufzug Lügen. Wahrscheinlich hätte man ihm auch nur mit einer Badehose bekleidet den Berufsoffizier angemerkt.

Ramdohr kam militärisch knapp sofort zur Sache. Ihm sei bekannt, Schneider hätte eine Methode zu Herstellung eines Rizinantiserums entwickelt. Es sei richtig gewesen, die tatsächliche Methode nicht an Arnold weiterzugeben, aber jetzt gäbe es keinen Grund mehr, dem Institut diese Informationen vorzuenthalten. Schneiders Einwand, er hätte Arnold doch die richtige Methode gegeben, wischte Ramdohr beiseite. Er solle sich gut überlegen, was er da sage! Das könnte schon als vorsätzliche Täuschung ausgelegt werden und hätte strafrechtliche Konsequenzen. Schneider sollte sich nicht weiter in Ausflüchte verstricken, denn er wüsste bereits durch die Analyse von Frau Dr. Nagel, dass es sich bei der Methode, die

Schneider Arnold übergeben hatte, um eine Fälschung handele. Kurz und knapp gab er Schneider die dienstliche Anweisung das echte Protokoll der Immunisierungsmethode an ihn und an Frau Nagel zu übergeben.

Schneider fügte sich. Es gab keine Möglichkeit mehr, das Antiserumrezept geheim zu halten. Bea hatte Ramdohr geholfen, die Echtheit der Rezeptur zu überprüfen und war ganz auf seiner Linie. Leo Schneiders Spiel war nicht aufgegangen und Ramdohr würde nicht zögern, ihn mit einem Strafverfahren zu überziehen. Immerhin, Ramdohr hatte nicht nach dem Rizin 51 gefragt. Leo Schneider hoffte, dass außer ihm und Tanja niemand davon wusste. Niemand, außer Risk. Aber Risk hatte sich nicht mehr gemeldet, seitdem Schneider die Chat-Verbindung gekappt hatte. Seitdem gab es keine Zettel und keine Anrufe mehr von ihm. Vielleicht waren er und seine Gruppe schon aufgeflogen?

Schneider ging zurück in sein Labor. Tanja war heute den vorletzten Tag da, körperlich noch anwesend, aber in ihren Gedanken schon weit weg. Als er ihr von Ramdohr berichtete, sagte sie nur: „Gib ihm das Rezept doch. Wenn er nichts anderes von dir will!“ Sie schaute ihn vielsagend an, hielt den Finger auf den Mund und Schneider wusste, dass sie auf das Rizin 51 anspielte. „Sei froh, dass du die Belastung los bist und dieses Versteckspiel ein Ende hat. Für uns gibt es hier sowieso keine Zukunft mehr.“

Schneider antwortete nicht, aber nickte Tanja zustimmend zu. Sie mussten nicht hören, was er wirklich dachte. Tanja schien es schon egal zu sein. Für Leo ein Zeichen, dass sie nicht ernsthaft vorhatte, ans IEI zurückzukommen. Als er Ramdohr gegenüberstand, hatte er selbst gespürt, dass seine Zeit am IEI dem Ende entgegenging. Zumindest, wenn er ehrlich zu sich selbst war. Vorher war er der Illusion aufgesessen zu glauben, wenn seine Widersacher endlich weg wären, könnte er wieder wie früher arbeiten. Inzwischen war der eine spurlos verschwunden, der andere schwerkrank und der Dritte saß hinter Gefängnismauern. Und trotzdem, es war auch ohne Griebsch, Hellman und Arnold nur noch schlimmer geworden. Tanja hatte recht, das IEI war kein Ort mehr für sie.

Es war jetzt über einen Monat her, seit Louisa abgereist war. Am Abend des gleichen Tages, als Ramdohr von ihm das Rezept einforderte, hatte Leo noch mit ihr telefoniert. Beide hatten gemerkt, wie sehr sie sich vermissten, und planten einen gemeinsamen Urlaub in der Bretagne. „Gib ihm bloß das Rezept, sonst lässt er dich nie fahren!“, hatte Louisa gesagt. Das gab den endgültigen Ausschlag, Schneider sah selbst keinen Sinn mehr darin, diesen Leuten das Rezept weiter vorzuenthalten. Immerhin hatte er verhindert, dass Alfonso Sutter die Methode in die Hand bekam. In welche Hände sie gelangen würde, nachdem er sie Werner Ramdohr übergeben hatte, konnte man allerdings auch nicht wissen.

Zwei Tage später übergab er Ramdohr das vollständige Rezept zur Herstellung des Rizinantiserums und reichte gleichzeitig seinen Urlaubsantrag ein. Tanja war schon abgereist und Bea kam, wie sie sagte, gut ohne Schneider aus. Ramdohr genehmigte den Urlaubsantrag, nachdem Bea ihm versichert hatte, das die Immunisierungsmethode diesmal echt war. Schneider musste eine Verpflichtung unterschreiben, das Dienstgeheimnis zu wahren, gemeint war damit insbesondere die Methode zur Herstellung des Antiserums. Außerdem musste er seinen Urlaubsort nennen. Gegen Frankreich konnten sie nichts einwenden, es gehörte nicht zu der langen Liste von Staaten, die der verfassungsmäßigen Ordnung der Bundesrepublik feindselig gegenüberstanden und in die man als sicherheitsrelevante Person nicht ohne Ausnahmegenehmigung reisen durfte.

In einem gut ausgestatteten Büroraum, der zu dem schmucklosen Gebäude im 20ten Arrondissement am *Boulevard Mortier* in Paris kontrastierte, klingelte ein Telefon. Der Abteilungsleiter Paul Cardinal, den im Haus alle nur mit seinen Initialen „PC“, bezeichneten, nahm den Hörer ab und gab ein kurzes „*Oui, j'écoute*“, von sich. Am anderen Ende war Frédéric Lemoine, den er auf die Sache mit dem deutschen Wissenschaftler angesetzt hatte. Lemoine hatte eine Weile nichts mehr von sich hören lassen und sagte diesmal nur: „Chef, Schneider ist auf dem Weg nach Frankreich!“

„Endlich! Also dann um 17:00 Uhr zur Besprechung in meinem Büro und seien Sie diesmal pünktlich, Lemoine!“ PC legte auf und drückte eine Kurzwahltaste. „Filiale Rennes“, meldete sich eine neutrale Stimme.“ „Zentrale Paris“, gab er zurück. „Verbinden Sie mich mit *Alouette*." Nach zwei Sekunden meldete sich eine ihm bekannte Stimme. „Hallo Zentrale?"

„Phase Rot. Ab jetzt verstärkte Überwachung der Zielperson L. S. Erwarten wichtigen Besuch. Melde mich in Kürze wieder." Er legte auf und rieb sich die Hände. Sein Gefühl hatte ihn wieder einmal nicht getäuscht. Nachdem Emile Hagenau für den deutschen MAD den Kontakt mit der DGSE hergestellt hatte, war PC schnell klargeworden, dass mehr dahintersteckte, als nur eine Routineüberprüfung. Warum waren die Deutschen so sehr an Louisa Schneider interessiert? Die Frau lebte seit einem Monat in Rennes und verhielt sich völlig unauffällig, wenn man von ihrem exzessiven Aufsuchen von Buchhandlungen und Bibliotheken absah. Die Telefongespräche mit ihrem Mann Leo waren aber umso aufschlussreicher und bestätigten bald seinen Verdacht. Nicht Louisa Schneider, sondern ihren Mann Leonhard hatten die Deutschen im Visier. Auch wenn es manchmal Mühe machte, das Gemisch aus Deutsch und Französisch, das beide miteinander sprachen, zu verstehen, wusste der DGSE sehr bald, worum es ging.

Leo Schneider arbeitete an Biowaffenprojekten in einem Berliner Forschungsinstitut. Das war weiter nicht aufregend, auch in Frankreich gab es solche Institute, die von der Armee Auftragsarbeiten bekamen und sich über die zusätzlichen Forschungsgelder freuten. Aber Schneider hatte anscheinend etwas von militärischem Interesse entdeckt und was auffällig war, er versuchte, es vor den Deutschen geheim zu halten. Schneiders Motive dafür waren nicht klar. Möglicherweise wollte er sein Wissen gewinnbringend verkaufen, oder er steckte selbst mit Terroristen unter einer Decke. Solange er in Deutschland war, hielt sich der DGSE zurück, zumal der MAD Schneider intensiv überwachen ließ. Aber was der MAD vielleicht nicht wusste, inzwischen interessierten sich immer mehr Leute für Schneider, und nur weil er sich in Deutschland aufhielt, hatten die anderen sich bisher noch zurückgehalten.

Wenn Schneider Deutschland jetzt verließ, würde sich das ändern. Der DGSE musste im rechten Moment präsent sein, ganz einfach. Und Schneiders kleines Geheimnis würde man dabei schon erfahren. „Gib ihm doch das Rezept!", hatte seine Frau gestern am Telefon gesagt. Genau darum ging es. Emile Hagenau, der

Verbindungsmann vom MAD, war beim letzten Treffen richtig redselig gewesen. Man musste die Leute nur richtig behandeln und das konnten die Franzosen besser als die spröden Deutschen. Bei Elsässer Wein und einem Fünf Sterne Menü im Pariser Nobelrestaurant *Tour d'Argent* hatte Emile mehr geredet, als ihm gestattet war. Sachen, die die Deutschen lieber für sich behalten hätten. Auch über seinen Vorgesetzten Werneuchen hatte er sich beklagt, dessen preußisch-zackiges Gehabe ihn nervte. PC lächelte versonnen. Es war eben nicht leicht, wenn man sich zwei Nationen verpflichtet fühlte, man hatte immer ein schlechtes Gewissen, dass eine von beiden Seiten zu kurz kommt. Das war Emile Hagenaus Schwäche und die hatte der DGSE für sich ausgenutzt.

Allerdings, dass die Deutschen Schneider jetzt so einfach gehen ließen, verwunderte PC. Entweder hatten sie die wichtigen Informationen von ihm schon bekommen, oder Schneider hatte doch nichts herausgefunden, was von militärischem Wert war. So oder so, der DGSE würde sich intensiv mit Schneider beschäftigen müssen.

33.

Als Leo Schneider am Abend des 2. Juni das IEI verließ, war es nicht mit dem Gefühl, nur für drei Wochen in den Urlaub zu fahren, sondern der Eindruck eines endgültigen Abschieds. Eigentlich hatte er immer noch keine Pläne für seine Zukunft, außer sich morgen früh ins Auto zu setzen, um zu seiner Frau und seiner Tochter nach Rennes zu fahren. Dann erst einmal Urlaub machen. Und danach? Würde man sehen.

Nachdem er das Institut durch die Pforte verlassen hatte, wurde ihm bewusst, wie einsam er in der letzten Zeit dort gewesen war. Vor dem Eingang des IEI, den er unzählige Male achtlos durchschritten hatte, drehte er sich noch einmal um und schaute auf die Backsteinfassade des über hundert Jahre alten Gebäudes. Direktor Krantz hatte den Efeu, der die Mauern grün umrankt hatte, abreißen lassen und die Backsteine einer Sandstrahlbehandlung unterzogen. Das alte Gebäude hatte seinen Charme verloren und wirkte nun ebenso steril wie die Klinkerneubauten, die Leo Schneider bei einer Durchreise in Neumünster gesehen hatte.

Herr Meyer stand vor der Pforte und rauchte. Als Schneider sich umdrehte, dachte er, es wäre seinetwegen und winkte ihm zu. Schneider winkte heftig zurück und grüßte laut, es war ein Abschied, der eigentlich nicht dem Mann, sondern dem ganzen Institut galt. Danach lief er schnell zu seinem Auto, das einige Meter weiter geparkt stand, ohne sich noch einmal umzudrehen.

Als er die Wohnung in Friedenau betrat, empfand er sie als ohne Leben. Er konnte die Vorstellung nicht ertragen, den Abend dort verbringen zu müssen. Nachdem er schnell gepackt hatte, ging er etwas essen. Es war spät geworden, als er wieder in die Wohnung zurückkam und noch viel später, als er endlich einschlief.

Am frühen Morgen des 3. Juni fuhr Leo Schneider auf der Autobahn in Richtung Westen. Er hoffte, am Abend in Paris anzukommen. Am nächsten Tag wollte er bis Rennes, das 1400 km von Berlin entfernt war, weiterfahren. Hinter der Stadtgrenze fühlte er sich freier. Die Reise führte ihn schnell weg vom Institut und den Ereignissen, die ihm seit Monaten das Leben schwergemacht hatten. Das Gefühl des Losgelöstseins, das bei langen Autofahrten auftritt, nahm von ihm Besitz und seine Gedanken vagabundierten durch Zeit und Raum.

Alfonso Sutter konnte Niederlagen schwer verkraften. Als er in Zürich seinem Vorgesetzten Roger Bächi von der Schlappe in Berlin berichtete, musste er zugeben, versagt zu haben.

„Sie werden alt, Sutter“, sagte Bächi, der mindestens zwanzig Jahre mehr auf dem Buckel hatte, herablassend. „Die Zeit läuft uns davon! Die Russen, die Israelis und wer weiß ich noch arbeitet an diesem Antiserum. Das Rezept, das Sie aus Berlin mitgebracht haben, ist das Papier nicht wert auf dem es steht. Arnold hat Sie für dumm verkauft, Sutter.“ Bächi lachte böse.

„Aber dafür sitzt Arnold im Gefängnis und außerdem war es Schneider, der Arnold das falsche Rezept gegeben hat. Arnold war nur zu dumm, um das zu bemerken, Herr Dr. Bächi“, rechtfertigte sich Sutter.

„Sie aber auch, Sutter!“, sagte Bächi spitz. „Sehen Sie, das ist genau Ihr Fehler. Sie halten sich immer an die falschen Leute. Erst Griebsch, dann Arnold. Warum halten Sie sich nicht an Schneider? Das hätten Sie schon längst tun sollen.“ Sutters linke Gesichtshälfte mit der Narbe zuckte. Er dachte daran, wie er Schneider umworben hatte. „In Deutschland können Sie nicht mehr agieren, Sutter, nach dem Scherbenhaufen, den Sie dort hinterlassen haben."

Sutter dachte an ein Reptil, als Bächi, der ungerührt weiterredete, ihn mit seinem Blick fixierte. „Vor Schriftlichem muss sich jeder hüten, wie vor einer Klippe, denn nichts kann dich leichter überführen als ein Schreiben von deiner Hand. Das sagte schon Machiavelli vor fünfhundert Jahren. Danach hätten Sie sich richten sollen, Sutter. Erst Malaysia, dann Deutschland, Sie hinterlassen viel zu viele Spuren, der Ruf unseres Unternehmens steht auf dem Spiel!"

Sutter stand vor Bächis Schreibtisch. Einen Stuhl hatte man ihm nicht angeboten. Er musste Bächi ins Gesicht sehen und sich gleichzeitig bemühen, seinen Hass zu verbergen. Bächi lehnte sich selbstzufrieden zurück, faltete die Hände über seinen Bauch und wirkte jetzt wie ein freundlicher, älterer Herr. Aber der Eindruck täuschte, er ließ Alfonso Sutter keine Zeit zu weiteren Überlegungen: „Sie bekommen noch eine Dritte, Ihre letzte Chance, Sutter. Sie wissen, was das bei uns heißt. Halten Sie sich von jetzt an nur noch an Schneider! Er hat Ihnen doch erzählt, dass seine Frau sich in Frankreich aufhält. Worauf warten Sie noch? Man soll den Menschen entweder schmeicheln, oder ihn sich unterwerfen. Das eine haben Sie schon versucht Sutter, nun probieren Sie das andere. Aber warten Sie nicht zu lange."

Sutter riss sich zusammen. „Herr Dr. Bächi, ich danke Ihnen für Ihr Vertrauen."

Bächi bemerkte den falschen Ton in Sutters Stimme. „Danken Sie Ihrem Schicksal, falls Sie es doch noch schaffen sollten. Ich fürchte fast, Sie sind solchen Aufträgen nicht mehr gewachsen, nun ja." Für Bächi war die Unterredung beendet. Sutter wandte sich zum Gehen. „Lassen Sie sich die Unterlagen über Schneiders Frau im Sekretariat geben. Einen schönen Tag noch, Herr Sutter."

Alfonso Sutter fluchte leise vor sich hin. Mit einem hatte Bächi recht, es war sein größter Fehler gewesen, sich mit Hohlköpfen wie Griebsch und Arnold abzugeben. Er musste an Schneider herankommen, aber das ging nicht, solange Schneider sich in Deutschland aufhielt. Er schaute sich die Unterlagen an, welche die Nachrichtenabteilung der UVC zusammengestellt hatte. Schneiders

Frau lebte seit ein paar Wochen wieder in Frankreich. Er erinnerte sich, dass Schneider beim Essen erzählt hatte, seine Frau wäre zurzeit in Rennes. Aber es hatte sich nicht so angehört, als wäre das für immer. Irgendwann würde sie wieder zu ihrem Mann nach Berlin zurückkehren. Es sei denn, etwas hinderte sie daran! Es galt, zwei Dinge zu bewerkstelligen. Schneiders Frau musste Gründe haben, weiter in Rennes zu bleiben und Schneider dazu bringen, sie dort aufzusuchen. Als Alfonso Sutter las, dass Louisa Schneider als Übersetzerin arbeitete, kam ihm eine Idee. Wenn Bächi glaubte, er würde es nicht schaffen, hatte er sich getäuscht. Alfonso Sutter rief seinen alten Bekannten Léon in Paris an, mit dem er früher schon zusammengearbeitet hatte.

Es war zur Routine geworden. Wie jeden Tag bestimmte der Ingenieur den Standort Schneiders über seine Mobilfunknummer, nur um festzustellen, dass dieser sich weiterhin in seinem gewohnten Umfeld aufhielt. Heute glaubte er für einen Moment nicht, was er auf dem kleinen Bildschirm sah. Schneider war nicht mehr in Berlin! Nach der Peilung lag sein Standort in der Nähe von Hannover. Der Ingenieur wartete eine ganze Weile, und nachdem er noch eine Messung vorgenommen hatte, schien es, als würde Schneider sich weiter in westlicher Richtung bewegen.

Seitdem der Ingenieur Schneiders Bewegungen mitverfolgen konnte, hatte dieser Berlin selten verlassen und wenn, dann blieb er im engeren Umland. Soweit entfernt wie heute war er noch nicht gewesen. Der Ingenieur pfiff leise vor sich hin und ging in den hinteren Bereich seines Ladens, um sich einen Tee zu machen. Er musste erfahren, wohin Schneider wollte. Wahrscheinlich war er mit dem Auto unterwegs. Schneiders Frau hatte er nicht mehr gesehen, seitdem sie vor einem Monat abgereist war. Nachtzug nach Paris. Eins und eins, das macht zwei! Schneider fuhr wahrscheinlich zu seiner Frau nach Frankreich. Ein Anruf im Institut und dieser ewig angetrunkene Pförtner würde ihm erzählen, ob Schneider verreist war. Vielleicht sogar wohin und für wie lange. Diese Leute waren alle sehr naiv. Nur mit sich selbst beschäftigt, materiell orientiert und ohne geistiges Ziel, so waren sie. Genau das würde früher oder später auch ihren Untergang besiegeln.

Der Ingenieur schlürfte das heiße Getränk in kleinen Schlucken. Sobald er sicher war, dass Schneider Deutschland verlassen würde, wollte er ihm hinterherfahren. Jenseits der Grenze konnte die deutsche Polizei nicht viel ausrichten. Er stellte das geschwungene Glas behutsam auf den Tisch. Mit Schneider hatte er noch eine Rechnung offen. Schneider dachte, Risk hätte aufgegeben. Wenn er merkte, dass es nicht der Fall war, würde es für ihn zu spät sein.

Der Ingenieur rief seinen Verbindungsmann bei der Bruderschaft an. Sie verabredeten sich im Café *Hisar* zum Tavla. Sollte jemand mithören, so klang das harmlos. Beim Brettspiel an einem kleinen Tisch im Café konnte man sich über alles austauschen, ohne dass es auffiel. Deutsche kamen kaum in das Café und wenn, dann merkten sie bald, dass es kein Ort für sie war, und gingen von selbst. Als er drei Stunden später seinen Verbindungsmann Halil traf, hatte der Ingenieur schon fast Gewissheit. Kurz zuvor hatte er Schneider zwischen Köln und Aachen geortet. Er war jetzt sicher, Schneiders Ziel war Frankreich. Nachdem sie ein paar Züge gespielt hatten, berichtete der Ingenieur Halil von seiner Entdeckung.

„Natürlich fährst du ihm hinterher", sagte Halil, „aber nicht mit dem Auto oder mit dem Flugzeug. Da wird zu viel kontrolliert. Nimm die Bahn." Er zog ein Bündel Geldscheine aus seiner Jackentasche, gab sie dem Ingenieur und schrieb eine Telefonnummer auf einen Zettel. „Nimm das Geld für deine Ausgaben und zahle nur bar, das hinterlässt keine Spuren. Rufe auch nicht von unterwegs an. Wenn du das Rezept für das Rizin 51 hast, meldest du dich bei dieser Nummer. Stell keine Fragen, du kennst die Leute nicht. Man wird dir sagen, ob das Rezept echt ist und was du als Nächstes tun sollst. Wenn wir das Rezept haben, muss Schneider verschwinden! Du weißt, was das bedeutet. Er darf nicht mehr nach Berlin zurückkehren. Hast du das verstanden?" Der Ingenieur nickte stumm. „Wenn du in Paris ankommst, gehst du zu dieser Adresse. Dort wird man dich mit allem Nötigen versorgen."

Halil schob dem Ingenieur einen Zettel zu. „Die Adresse ist in der Nähe des Bahnhofs *Gare du Nord*, wo du mit dem Zug ankommst. Du gehst möglichst gleich dorthin, es ist unsere Basis in Paris. Man wird dir ein paar Fragen stellen, die du beantworten musst. Ein Spitzel wird die Fragen nicht beantworten können." Halil grinste und machte mit seinem Zeigefinger die Geste des Halsabschneidens. „Was hast du an Papieren?“

„Einen libanesischen Pass mit einer gefälschten Aufenthaltserlaubnis für Deutschland, den ich hier aber nicht benutze“, sagte der Ingenieur.

„Gut, sehr gut. Das wird gehen. Es erklärt dann auch, warum du so gut französisch sprichst“, antwortete Halil. Er stand auf und sagte: „So Gott will, werden wir uns wiedersehen, Ingenieur.“

Der Ingenieur führte seine rechte Hand zum Herzen und grüßte Halil respektvoll, als dieser das Café *Hisar* verließ. Kurz danach ging er auch und beeilte sich, in sein nahe gelegenes Geschäft zu kommen. Er musste unbedingt wissen, wo Schneider sich jetzt befand. Das Gerät zeigte ihm die Gegend von Mons, einen Ort in Belgien, nicht weit von der französischen Grenze. Jetzt war es sicher, er musste handeln. Der Ingenieur packte einen kleinen Koffer mit Sachen für ein paar Tage, schloss sein Geschäft, fuhr zum Bahnhof Zoo und besorgte sich dort ein Ticket für den Nachtzug nach Paris. In der Nähe des Bahnhofs ging er essen und wartete dort auf die Abfahrt seines Zuges. Mit Gottes Hilfe war er morgen um neun in Paris und Schneider würde sich nicht mehr vor ihm verstecken können.

Am Vormittag des 3. Juni saß Louisa auf der Terrasse vor einer Bar mit dem Namen *L'Equinoxe*. Ihr Blick schweifte über den *Place de Lices* im Zentrum von Rennes und sie genoss ihren ersten Kaffee. Um sie herum war reges Treiben, die Stände für einen der größten Wochenmärkte in Frankreich waren schon fast alle aufgebaut. Es würde nicht mehr lange dauern, bis sich die Menschen in Massen um die großzügig angebotene Ware drängen, und das Geschrei der sich gegenseitig übertönenden Händler den Platz erfüllen würde. Ein Duft von Obst, Gewürzen und frischen Meeresfrüchten lag in der Luft. Es war ein warmer und schmeichelnder Wind, ein paar Grad wärmer als in Berlin, wie Louisa auf dem Bildschirm ihres Netbooks, das vor ihr auf dem Tisch stand, lesen konnte. Endlich, Leo war auf dem Weg zu ihr. Nach der langen Zeit der Trennung würden ihnen ein paar Wochen gemeinsamer Urlaub gut tun.

Sie rekelte sich auf ihrem Stuhl und hing ihren Gedanken nach, als ein kleines *Ping* ihr den Empfang einer neuen E-Mail ankündigte. Manchmal konnte so ein *Ping* einen Auftrag bedeuten. Louisa arbeitete freiberuflich als Übersetzerin und hatte manchmal kleinere Jobs. Im Moment war jedoch Flaute. Den Absender der E-Mail, einen Michel Gondard, kannte sie nicht. Als Louisa die Nachricht öffnete, war sie überrascht. Es war tatsächlich ein Angebot und sogar ein großes für die Übersetzung eines ganzen Buches. Michel Gondard schrieb, er wäre auf ihren Namen über die Liste des Übersetzerverbandes gestoßen. Es ging um ein populärwissenschaftliches Sachbuch, naturwissenschaftliche Kenntnisse waren jedoch Voraussetzung für diesen Auftrag. Bei Interesse sollte sie sich telefonisch melden.

Louisa rief gleich an. Michel hatte eine sympathische Stimme, und nachdem sie sich prinzipiell einig geworden waren, wollte er wissen, ob sie in nächster Zeit nach Frankreich kommen könnte. Es gäbe doch eine Menge Details zu besprechen und der Verlag hätte noch andere Buchprojekte, die er ihr vorstellen wollte. Als er dann hörte, sie wäre in Rennes, war er fassungslos. Das gäbe es doch nicht! Sein Büro sei in Bruz, nicht einmal eine Autostunde von Rennes entfernt, in der Nähe des Flughafens. Wenn sie es einrichten könnte, würde er sie gerne heute noch treffen. Sie verabredeten sich für den Nachmittag im *L'Equinoxe*. Michel kannte das Café und meinte, sie könnten dort alles Weitere besprechen. Louisa war begeistert. Sie versuchte Leo anzurufen, aber er ging nicht ran.

Nach einer Stunde rief Leo zurück. „Ich habe einen Superauftrag an der Angel“, sagte Louisa. „Es ist etwas für uns beide. Sachbücher für Übersetzer mit naturwissenschaftlichen Kenntnissen. Ich treffe den Vertreter vom Verlag heute Nachmittag hier in Rennes. Vielleicht können wir beide uns in Zukunft mit solchen Sachen selbständig machen und du musst nicht mehr weiter im IEI arbeiten.“

Leo war beeindruckt, er fand die Idee toll. Er erzählte Louisa, dass er heute bis Paris fahren wollte, um dort bei einem Kollegen, der im Pariser Vorort *Charenton-le-Pont* lebte und mit dem er früher zusammengearbeitet hatte, zu übernachten. Morgen wollte er dann den Rest der Strecke bis Rennes fahren.

Am Nachmittag traf Louisa Michel auf der Terrasse des *L'Equinoxe*. Er wirkte eigentlich nicht wie jemand, dessen Lebensinhalt Bücher waren. Mit seiner Ray Ban Sonnenbrille und seinem trainierten Körper wirkte er mehr wie ein gutaussehender

Bodyguard aus einer amerikanischen Filmserie. Louisa und er wurden sich schnell einig. Michel genügten die Referenzen, die Louisa ihm gab, durchaus. Allerdings hatte er Bedenken, ob ihre naturwissenschaftlichen Kenntnisse ausreichten, um den Text fachgerecht zu übersetzen. „Sie sagten, Ihr Mann ist Mikrobiologe?" Michel schaute sie an, seine Sonnenbrille hatte er hochgeschoben, sodass sie in seine braunen Augen blicken konnte. Louisa nickte. „Ich denke nur, es wäre gut, wenn Sie mit ihm bei der Übersetzung zusammenarbeiten, wegen der naturwissenschaftlichen Aspekte", sagte Michel. „Was meinen Sie, könnte Ihr Mann denn in nächster Zeit nach Rennes kommen?"

Louisa lachte: „Noch so ein Zufall! Ja, morgen schon! Er ist auf dem Weg hierher, wir wollen zusammen Urlaub am Meer machen."

Michel nahm seine Sonnenbrille in die Hand und blickte Louisa ungläubig an. „Aber Madame, Sie scherzen. So viele günstige Zufälle gibt es doch gar nicht!" Als er begriffen hatte, dass Louisa es ernst meinte, sagte er: „Wenn Sie nicht schon etwas Anderes vorhaben, fahren wir morgen Vormittag in mein Büro nach Bruz. Ich kann Ihnen dort unsere Buchprojekte vorstellen, und wenn Ihr Mann kommt, können Sie ihn mit einem fertigen Auftrag überraschen. Was meinen Sie?" Sie verabredeten sich für Sonntag um zehn, Michel wollte sie mit seinem Auto vom *L'Equinoxe* abholen.

Alfonso Sutter war überrascht, dass Léon ihn schon so bald zurückrief. Die unangenehme Begegnung mit Bächi lag erst zehn Tage zurück. Da war Léon ihm nur als eine vage Hoffnung erschienen, um an Schneider heranzukommen. Jetzt hatte Sutter ein Flugticket nach Paris in der Tasche. Abflug heute Abend, Zürich Kloten um 20:05, Ankunft Paris Flughafen *Charles de Gaulle* um 21:20. In Paris wollte er übernachten, um am nächsten Morgen den TGV nach Rennes zu nehmen. Bei den Hochgeschwindigkeitszügen lohnte sich das Fliegen nicht mehr. Noch vor zehn Uhr konnte er in Rennes sein.

Bächis Worte waren klar. Wenn er es beim dritten Anlauf nicht schaffte, das Rezept zu besorgen, würde die UVC ihn observieren. Was das konkret hieß, konnte er sich unschwer ausmalen. Als er vor fünfzehn Jahren am Anfang seiner Laufbahn bei der UVC stand, hatte er eines Morgens seinen Vorgesetzten erhängt in seinem Büro aufgefunden. Selbstmord, hieß es. Die Witwe des Mannes hatte das angezweifelt. Es kostete die Firma einiges Geld und Überredungskunst, um der Frau die Version der UVC über den Tod ihres Mannes plausibel zu machen. Sutter hatte danach dessen Stelle bekommen und später erfahren, dass die UVC den Mann schon seit einer Weile loswerden wollte.

Er hatte Léon, der notorisch in Geldschwierigkeiten steckte, 25.000 € geboten, wenn er ihn mit Schneider in Frankreich zusammenbrachte. Bedingung war, es musste an einem sicheren Ort sein, wo man Schneider für eine Zeit festhalten konnte, ohne dass es auffiel. Solange, bis er das verdammte Rezept ausgespuckt hatte. Léon versprach, sich um alles zu kümmern. Was danach mit Schneider geschehen sollte, hatte Léon gefragt. Das war nicht Sutters Sache. Schneider sollte ihn, wenn möglich, überhaupt nicht zu Gesicht bekommen. Und wenn Sutter das Rezept hatte, musste Léon sich um Schneider kümmern, 25.000 € waren schließlich keine Peanuts.

Die Maschine hatte Verspätung und rollte um 21:30 auf der Betonpiste in *Roissy*, dem Großflughafen nördlich von Paris, aus. Der Bus brachte Alfonso Sutter mit den anderen Passagieren zum Terminal 1. Er hatte nur einen Handkoffer dabei, mit wenig Kleidung zum Wechseln und dem Geld für Léon. Das Hotel hatte er von Zürich aus reserviert, es lag im 14. Arrondissement in der *Rue de la Gaîté*. Nur drei Minuten vom *Gare Montparnasse* entfernt, wo er morgen den TGV nach Rennes nehmen wollte. Nach der Passkontrolle ging er durch einen der Ausgänge, wo ein Schild mit der Aufschrift TAXI hinwies. Auf dem Gehsteig vor dem Eingang zum Terminal herrschte ein großes Gedränge. Durch die Glastüren sah Sutter zwei wartende Reisebusse. Davor lief eine Gruppe von Asiaten entlang, die im Kontrast zu ihrer Körpergröße überdimensionale Gepäckstücke mit sich herumschleppten, als hätten sie gerade ihren gesamten Hausstand aufgelöst.

Alfonso Sutter schob sich durch die Menschenmenge bis zum Bordstein und spähte nach der Reihe der Taxis, die zwanzig Meter weiter links in einer Reihe parkten. Jemand stieß ihn von der Seite an. Als plötzlich eine Hand von hinten in seine Jackentasche griff, spürte er den Stich der dünnen Nadel kaum, die ihn zwischen den Schulterblättern traf und sofort wieder herausgezogen wurde. Im

Moment, als er sich dessen bewusst wurde, fiel er bereits bewusstlos zu Boden. Die auf dem Gehsteig wartenden Menschen bildeten einen dichten Kreis um ihn, der auf dem Asphalt lag. Unter denen, die weitereilten, während niemand richtig begriffen hatte, was passiert war, war eine sportlich angezogene junge Frau. Sie überquerte rasch die Straße und strebte auf einen an der gegenüberliegenden Seite wartenden Lieferwagen zu, in den sie durch die geöffnete Seitentür verschwand. Alles dauerte nur ein paar Sekunden. Während die Tür sich schloss, der Lieferwagen anfuhr und sich in die Reihe der abfahrenden Autos einfädelte, lief einer der Leute, die um den am Boden liegenden Alfonso Sutter herumstanden, zum nächsten Wachpolizisten, um ihn darauf aufmerksam zu machen, dass da jemand auf dem Bürgersteig lag und sich nicht mehr rührte.

Etwa um die gleiche Zeit war Leo Schneider bei seinem Kollegen Serge in *Charenton* angekommen. Die tausend Kilometer Autobahn von Berlin bis Paris hatte er ohne größere Probleme bewältigt, aber zwei Kilometer vor seinem Ziel an der Ausfahrt *Porte Dorée* war er doch noch in einen Stau gekommen, sodass er für diese kurze Strecke über eine Stunde brauchte, bis er sein Auto in der Tiefgarage seines Kollegen abstellen konnte. Außerdem verspürte er ein dringendes Bedürfnis und ärgerte sich über die Ausflügler, die alle zu gleicher Zeit losfahren mussten, um von ihrem Ausflug ins Grüne wieder in die Stadt zurückzukommen.

Schließlich saß Schneider mit Serge und seiner Frau Sophie am Tisch und nach einem ersten Bier hatte er sich wieder beruhigt. Sie hatten sich lange nicht gesehen und es gab eine Menge zu erzählen. Auch Serge hatte Schwierigkeiten auf seiner Arbeitsstelle, die ihn öfter verzweifeln ließen. In Frankreich liefen die Dinge in den Instituten ähnlich wie in Deutschland. Nach einem sich über drei Stunden hinziehenden Abendessen mit einem Aperitif, zwei verschiedenen Weinsorten, Digestif und mehreren Gängen fiel Schneider mit viel zu vollem Magen todmüde ins Bett. Er konnte lange nicht einschlafen, aber morgen hatte er Zeit. Bis Rennes blieben dreihundertfünfzig Kilometer Autobahn und am Sonntag waren die Straßen nicht so voll. Louisa hatte am Sonntagvormittag ihre Verabredung mit Monsieur Michel vom Wissenschaftsverlag.

Schneider war gespannt, was dabei herauskommen würde. Vielleicht eine neue Zukunft für sie beide. Bei diesem Gedanken schlief er ein.

34.

Als der Nachtzug aus Berlin am Sonntagmorgen gegen neun Uhr morgens im Kopfbahnhof *Gare du Nord*, im 10. Arrondissement in Paris einlief, war der Ingenieur schon seit vielen Stunden wach. Die mehr als zwölfstündige Reise in dem abgedunkelten, überhitzten Liegewagenabteil, dessen sechs Pritschen alle besetzt waren, war ihm wie eine endlose Fahrt durch die Hölle erschienen. Als Spätbucher hatte er nur noch einen Mittelplatz bekommen und so lag er eingeklemmt wie eine Sardine zwischen einem Schnarcher, dessen periodisch ausgestoßene, explosionsartige Atemgeräusche seine Pritsche von unten erzittern ließen und einem Unruhegeist, der sich auf der Liege über ihm ruhelos hin und herwälzte. Mehrere Male in der Nacht kletterte dieser unruhige Mensch die Leiter hinunter, verließ das Abteil, um bald darauf wiederzukommen. Der Ingenieur hatte Angst um seinen Koffer, den er aus Platzmangel unter das Bett des Schnarchers hatte schieben müssen. Er hatte seinen Computer und das Zusatzgerät für die GSM-Ortung von Mobiltelefonen eingepackt, und jedes Mal wenn der Mann über ihm die Leiter hinunter stieg, bemühte er sich, im Dunkeln zu erkennen, ob dieser sich an seinem Gepäck zu schaffen machte.

Das Geldbündel, das Halil ihm gegeben hatte, steckte noch in seiner Jackentasche. Es war so dick, dass es die ganze Nacht auf seine Rippen gedrückt hatte, wenn er auf der Seite oder auf dem Bauch lag. Übernächtigt und zerschlagen stieg der Ingenieur die drei Stufen aus dem Eisenbahnwagen hinunter auf den Bahnsteig. Er beachtete die architektonische Schönheit des einhundertfünfzig Jahre alten, aus Sandstein gebauten *Gare du Nord* nicht. Wie ein Schlafwandler lief er den Zug entlang bis zum Ende des Gleiskörpers, wo er im Bahnhofgebäude auf eine Reihe von Tischen stieß, die sich als Ausläufer einer Bar herausstellten. Gegen seine Gepflogenheit genehmigte er sich, um wach zu werden, einen doppelten Espresso. Nachdem er den Kaffee zur Hälfte getrunken hatte, holte er den Zettel mit der Adresse aus seiner Brieftasche. N.H. 20, *Rue de la Goutte d'Or*. Er fragte die Bedienung nach dem Weg und freute sich, dass sein Französisch nach der langen Zeit in Berlin noch verständlich geblieben war. Glücklicherweise lag die Adresse nicht weit entfernt. Der Ingenieur nahm seine Reisetasche und verließ den Bahnhof über die *Rue de Maubeuge*, auf der um diese Zeit viele Menschen unterwegs waren. Die meisten von Ihnen waren Einwanderer und viele schienen aus dem Maghreb zu stammen. An den wartenden Taxen und Omnibussen vorbei lief er etwa einhundert Meter bis zum *Boulevard de la Chapelle*, der durch eine Hochbahn in der Mitte geteilt war und der ihn an die Skalitzer Straße in Berlin-Kreuzberg erinnerte. Unter den eisernen Streben der Bahntrasse war ein großer Markt aufgebaut. Nachdem er sich durch die Stände gedrängelt und schließlich die gegenüberliegende Seite der Straße erreicht hatte, musste er nur noch ein paar wenige Meter die *Rue de Chartres* entlanglaufen, bis er schließlich vor einem schlichten Gebäude mit der Nummer 20 in der *Rue de la Goutte d'Or* stand.

Nachdem er einige Male den Klingelknopf gedrückt hatte, sich aber nichts tat, trat der Ingenieur einen Schritt von der Tür zurück, um zu schauen, ob er sich nicht in der Hausnummer geirrt hatte. Es war die Nummer 20. Als er die Fassade des Hauses aufmerksam musterte, sprach ihn jemand von hinten auf Arabisch an: „Das Hamam ist geschlossen. Wer hat dich hierher geschickt?"

Der Ingenieur drehte sich um. Er sah einen untersetzten, vollbärtigen Mann, der mit einem einfachen Anzug gekleidet war und ihn aus seinen dunklen Augen unverwandt musterte. „Halil schickt mich."

„Welcher Halil?", sagte der Fremde.

„Halil aus Berlin."

„Woher kennst du ihn?"

„Aus dem Café *Hisar*."

„Wer bist du?"

„Man nennt mich den Ingenieur."

Das Fragespiel ging weiter, bis sich der Unbekannte genügend von der Identität des Ingenieurs überzeugt hatte. „Komm mit", sagte er schließlich und ging mit ihm in ein nahe gelegenes Café. Der Ingenieur musste ihm erzählen, warum er nach Paris gekommen war. Nachdem er damit fertig war, sagte der Fremde befehlend: „Warte hier auf mich."

Der Fremde ging. Nach fast einer Stunde war er immer noch nicht zurück. Den Ingenieur hatte die Müdigkeit der durchwachten

Nacht wieder eingeholt. Ihn plagten Zweifel, ob er nicht in eine Falle geraten war. Wo war Schneider jetzt? Es war Zeit ihn zu orten, er überlegte, ob er seine Ausrüstung in diesem Café auspacken konnte. Dann kam der Fremde wieder und übergab ihm eine Plastiktüte. „Das ist für dich, du brauchst es für deinen Auftrag. Packe es erst aus, wenn du unbeobachtet bist. Deine Aufgabe musst du allein durchführen, wir können dir dabei nicht helfen. Solltest du selbst Hilfe brauchen, dann komm hierher, warte einfach und stelle keine Fragen. Jemand wird kommen und sich um dich kümmern. Hast du alles verstanden?“ Der Ingenieur nickte.

„Gut“, sagte der Fremde. „Ich gehe jetzt. Du wartest noch zehn Minuten, bevor du gehst. Eine günstige Übernachtung findest du im Hotel *Safir* am Ende der Straße.“ Der Mann verabschiedete sich mit dem traditionellen Gruß und verschwand.

Der Ingenieur verließ das Café zehn Minuten später und mietete sich im Hotel *Safir* ein. Als er in dem halbdunklen Zimmer auf der durchgelegenen Matratze saß, öffnete er die Tüte. Er wickelte das Paket aus und fand darin ein älteres Modell einer deutschen Walther Polizeipistole mit zwei Schachteln Munition. Solche Aufträge waren nicht nach seinem Geschmack. Amir hätte sich darüber wahrscheinlich gefreut. Aber was notwendig war, musste geschehen. Er musste erfahren, wo Schneider sich jetzt befand. Der Ingenieur nahm das Ortungsgerät aus seinem Koffer, tippte Schneiders Nummer ein und war erleichtert, nach einer Weile ein Signal zu bekommen. Schneider befand sich nicht weit von ihm am westlichen Stadtrand von Paris. Irgendwann musste Schneider an dem Ort ankommen, wo sich seine Frau aufhielt. An diesem Ort würde er ihn treffen. Der Ingenieur schaltete das Gerät wieder aus, streckte sich auf dem Bett aus und schlief augenblicklich ein.

Léon beobachtete hinter der Windschutzscheibe seines Autos, wie Louisa an einen Tisch auf der Terrasse des *L'Equinoxe* Platz nahm. Alfonso hatte gestern noch mitgeteilt, dass er mit dem TGV gegen zehn Uhr vormittags in Rennes ankommen würde. Léon hatte ihm eine SMS mit der Adresse geschickt, zu der er Schneider lotsen wollte. Es war ein leerstehendes Büro in Bruz, einem Vorort von Rennes, in der Nachbarschaft befanden sich nur Lagerräume. Heute am Sonntag war dort niemand und bis zum Abend wollten sie die

Sache durchgezogen haben. Léon stieg aus seinem betagten Peugeot 404. Er lief über den Platz bis zur Terrasse des Cafés und machte einen Schlenker, damit Louisa ihn erst im letzten Augenblick sah.

„*Bonjour Madame*, schön, dass Sie gekommen sind. Wenn Sie möchten, können wir gleich losfahren, falls Sie noch nichts bestellt haben."

Louisa willigte ein unter der Bedingung, dass sie bei ihm im Verlag einen Kaffee bekäme. Sie überquerten den *Place de Lices* und stiegen in den Peugeot von Léon. „Erzählen Sie mir ein bisschen mehr von Ihrem Verlag, Michel", forderte sie ihn auf.

Léon hatte keine Lust, sich eine Geschichte auszudenken. „Wir sind in zwanzig Minuten da, ich zeige Ihnen dann alles an Ort und Stelle, Madame." Er kannte sich mit Verlagen nicht aus und wollte sie nicht misstrauisch machen. Mittlerweile hatten sie sich auf der *Rocade*, dem Autobahnring, der um Rennes herumführte, eingefädelt und fuhren in südlicher Richtung. Léon versuchte sich in Small Talk. Als ihm das nicht so recht gelang, schaltete er das Radio ein. Sie gelangten in die Vororte von Rennes, die am Sonntag wie ausgestorben wirkten. Als sie an einer Ampel hielten, schaute Leon auf sein Telefon, ob Alfonso sich gemeldet hatte, aber es gab nichts.

„Erwarten Sie eine Nachricht?", fragte Louisa, um das Schweigen zu brechen. Aber in diesem Moment klingelte ihr Telefon. Es war Leo. Er war kurz vor Chartres und wollte gegen Mittag in Rennes ankommen. Léon bog auf die Ausfallstraße D177 ab, die am Flughafen von Rennes vorbei weiter nach Bruz führte. Im Radio liefen gerade die Kurznachrichten: eine Massenkarambolage auf der Autobahn bei Versailles. Louisa war froh, das sie gerade mit Leo telefoniert hatte, sonst hätte sie sich Sorgen gemacht, ihm wäre vielleicht etwas passiert. In Paris war ein Mann am Flughafen *Roissy* tot aufgefunden worden, seine Identität war ungeklärt. Die neue Eisenbahnergewerkschaft *SUD-Rail* kündigte massive Streiks für die kommende Woche an. „Mein Mann ist heute Mittag schon in Rennes und zum Glück haben wir ein Auto", scherzte Louisa.

Léon blieb einsilbig, er wollte möglichst schnell ankommen und die Sache zu Ende bringen. Er musste ihr im richtigen Augenblick das Handy abnehmen. Im Kopf ging er noch einmal durch, wie er sie in dem Büro überwältigen und fesseln wollte. Dann wollte er sie zwingen, Schneider anzurufen, um ihn in das Büro nach Bruz zu lotsen. Alles lief nach Plan, einzig Alfonso hatte sich noch nicht gemeldet. Die Straße war kurvig und das leichte Auf und Ab der Hügel, über die sich der Asphalt zog, ließ keine weite Sicht zu. Der Straßenrand war mit leuchtend gelben Ginstersträuchern gesäumt. Hinter einer Kurve auf der Höhe des Flughafens wurden sie von einer Polizeistreife am Straßenrand gestoppt. Léon sah einen Mannschaftswagen, in dem mehrere Polizisten saßen. Dicht daneben zwei Polizisten auf Motorrädern. Einfach Gas geben und weiterzufahren hätte keinen Sinn gehabt. Er hielt in letzter Sekunde und kurbelte die Seitenscheibe herunter.

Die zwei Motorradpolizisten kamen auf sein Auto zu. Einer stellte sich breitbeinig vor die Motorhaube und notierte das Kennzeichen, der andere kam an die Fahrertür: „Fahrzeugkontrolle, bitte machen Sie den Motor aus. Ihre Papiere?"

Léon gab ihm die Fahrzeugpapiere. „*Monsieur Léon Vrignaud*?", fragte der Polizist, als er den Fahrzeugschein ansah. Léon nickte kurz. Louisa warf ihm einen überraschten Blick zu: „Aber Michel, ich verstehe nicht?"

„*Madame*?", fragte der Polizist.

„Das ist ein Missverständnis, ich erkläre es Ihnen nachher", sagte Léon leise zu Louisa.

„Ihren Ausweis, Monsieur", sagte der Polizist.

Léon zog den Ausweis aus seiner Brieftasche. Louisa konnte den Namen Vrignaud lesen, bevor er ihn dem Polizisten übergab. „Sie heißen gar nicht Michel Gondard", sagte Louisa und öffnete halb die Beifahrertür.

Léon legte ihr wie zur Beruhigung seine Hand auf den Arm. „Bleiben Sie, Louisa, ich kann es Ihnen nachher erklären."

„Ihre Papiere, Madame", sagte der Polizist stoisch. Er musterte die Dokumente, die Louisa ihm gegeben hatte, gab sie zurück und fragte dann Léon. „Monsieur Vrignaud, warum haben Sie sich gegenüber Frau Schneider mit einem falschen Namen ausgegeben?"

Léon schwieg, Louisa war inzwischen ausgestiegen. „Steigen Sie bitte aus dem Wagen", sagte der Polizist zu Léon. Sein Kollege war inzwischen dazu gekommen, Léon musste sich am Auto mit den Händen abstützen und die Polizisten durchsuchten ihn. Einer zog eine Pistole aus Léons Jackentasche. „Haben Sie eine Genehmigung für diese Waffe?"

„Ja, aber nicht dabei", zischte Léon.

„Dann müssen wir Sie bitten, uns zu begleiten, um das zu klären. Madame, wir können Sie nach Rennes mitnehmen, wenn Sie möchten."

Louisa nickte, sie stand sichtlich unter Schock. „Ich glaube, Sie haben Glück gehabt", sagte der eine Polizist zu Louisa, als sie zu dem Streifenwagen gingen.

„Michel oder Léon? Wie heißen Sie denn nun wirklich und was ist mit der Übersetzung und dem Verlag?", fragte Louisa.

„Ach, halt's Maul blöde Kuh", fluchte Léon, der den Rest seiner Galanterie verloren hatte.

Der Polizist gab ihm einen leichten Stoß. „Ein bisschen mehr Höflichkeit gegenüber Madame." Er wandte sich zu Louisa: „Wir müssen Ihre Aussage zu Protokoll nehmen, Madame, aber das dauert nicht lange." Léon und Louisa stiegen in den Mannschaftswagen und die beiden Polizisten auf ihre Motorräder. Die Fahrzeugkolonne setzte sich in Bewegung und fuhr die D177 zurück in Richtung Rennes.

Schneider kam gegen Mittag in der Wohnung seiner Tochter Elsa am *Place St. Anne* in Rennes an. Sie freuten sich über das Wiedersehen und begannen zu erzählen. Nach einer halben Stunde kam Louisa. Sie sah mitgenommen aus, und nachdem sie Leo lange umarmt und geküsst hatte, fing sie an zu erzählen, was ihr passiert war.

„Mir ist immer noch nicht klar, was der Kerl von dir wollte und wie er überhaupt an dich geraten ist?", fragte Leo.

„Ich glaube, es hängt mit dir zusammen", sagte Louisa. „So wie er redete, war es ihm sehr wichtig, dass du nach Rennes kommst."

„Und die Polizisten, was meinten die?"

„Ich weiß nicht. Die haben nur meine Aussage zu Protokoll genommen und mich dann gehen lassen. Ich weiß nicht einmal, warum sie uns eigentlich angehalten haben. Er fuhr ganz normal, vor und hinter uns fuhren andere Autos und keines von denen wurde kontrolliert. Als ob sie es nur auf uns abgesehen hätten."

Sie verbrachten den Abend gemeinsam mit Elsa, froh, dass am Ende alles glimpflich verlaufen war. Elsa hatte zurzeit viel an der Uni zu tun. Zu dritt war es recht eng in Elsas kleiner Wohnung. Leo und Louisa wollten deswegen schon am nächsten Tag losfahren, um auf der einhundertfünfzig Kilometer von Rennes entfernten Atlantikinsel *Belle-Ile* Ferien zu machen. Die lange Trennung, der Stress in Berlin und nicht zuletzt die Geschichte des heutigen Tages hatten den beiden zugesetzt. Louisa war enttäuscht, dass die Aussicht auf die Buchübersetzung sich als Illusion erwiesen hatte.

Nachdem sie zu Abend gegessen hatten, ging Elsa noch weg, um sich mit Freunden zu treffen. Schneider blätterte unkonzentriert in der Zeitung, die Elsa heute vom Einkaufen mitgebracht hatte. Auf der Seite Vermischtes fiel sein Blick auf ein Foto. Er erkannte das Gesicht mit der Narbe sofort. *Wer kennt diesen Mann? Unbekannter ohne Gepäck und Papiere am Flughafen Roissy tot aufgefunden. Entsprechende Hinweise nimmt jede Polizeidienststelle entgegen …*“ Das ist doch Sutter!“, rief Leo aufgeregt.

Louisa schaute ihn überrascht an. „Sutter? Ist das nicht der von der Schweizer Firma, die dir soviel Geld geboten haben?“

„Genau. Der von mir das Rezept für das Antiserum wollte und wegen dem Herr Arnold in den Knast gewandert ist.“

„Womöglich ist er dir absichtlich hinterher gereist?“, fragte Louisa.

„Quatsch, der weiß doch nicht, wo ich bin!“, sagte Schneider. Aber der Gedanke, dass Sutters Tod ihm nicht ungelegen kam, war sofort da. Sutters Drohung, die dieser ihm nach der Gegenüberstellung in der Keithstraße nachgerufen hatte, hatte er nicht vergessen. Louisa riss ihn aus seinen Grübeleien, sie wollte noch heute Abend packen, wenn sie morgen früh fahren wollten. Schneider war plötzlich in so guter Stimmung, dass es Louisa richtig auffiel. Mit dem Tod Sutters war eine unsichtbare Last von ihm abgefallen. Er zog Louisa an sich und sagte: „Komm, ich habe eine bessere Idee als Kofferpacken.“ Louisa hatte nichts dagegen einzuwenden und beide gingen in Elsas Schlafzimmer. Ihre Tochter würde nicht so schnell wiederkommen.

„Also Lemoine, hat unser Mann gesungen?“, fragte PC neugierig.

„Wie ein Vögelchen! Er hatte den Auftrag, Schneider auszuquetschen und damit Schneider auch pariert, wollte er dessen Frau in einem leerstehenden Büro festhalten und gegebenenfalls ein bisschen kitzeln.“

Der Chef nickte langsam und kniff die Lippen zusammen: „Und Sutter? Hat Vrignaud zugegeben, dass er Sutter kennt?“

„Erst wollte er nichts davon wissen, als wir ihm dann aber die Aufzeichnungen seiner Telefonkontakte vorgespielt haben, hat er es zugegeben. Allerdings streitet er ab, dass er Schneider umlegen wollte.“

PC zuckte mit den Schultern. „Vielleicht war das auch nicht unbedingt vorgesehen.“

„Wir haben Vrignaud noch gesagt, wir glauben, er hätte etwas mit Sutters Tod zu tun.“

„Und? Wie hat er darauf reagiert?“, fragte PC gespannt.

Lemoine grinste. „Er ist ausgerastet. Vrignaud glaubt, wir sind gewöhnliche Bullen. Dummerweise hat er kein Alibi, in dieser Zeit nicht in Paris gewesen zu sein. Dann hat er auch noch ein Motiv, er wollte Sutter erpressen! Dazu noch illegaler Waffenbesitz. Gründe genug, um ihn jedenfalls für eine Weile einzulochen.“

„Gut“, sagte PC. „Mal sehen, wer Sutter sonst noch wiedererkennen möchte. Er hatte ja keine Papiere mehr bei sich, als ihn der Krankenwagen aufgesammelt hat.“ Er grinste, als er das sagte.

„In Frankreich kennt niemand Sutter, außer eben Vrignaud. Bis der aus dem Knast wieder raus ist, redet keiner mehr über den unbekannten Toten in *Roissy*“, meinte Lemoine.

PC nickte wieder. „Hat Vrignaud erzählt, was er aus Schneider herausquetschen sollte?“

Lemoine schaute in sein Heft. „Vrignaud sagte wortwörtlich: das Rezept für das Rizinantiserum, die genaue Methode, Punkt für Punkt. So hatte es ihm Sutter vorgegeben. Und weil Vrignaud gar nicht genau wusste, was damit gemeint war, wollte Sutter dabei sein und von einem Nachbarraum zuhören, um zu kontrollieren, ob Schneider auch mit dem richtigen Rezept herausrückt. Er hatte ja Schneiders Frau in der Hand, um ihn unter Druck zu setzen.“

„Er wollte wirklich nichts Anderes, nur das Rezept für das Serum?“, bohrte PC nach. Er blickte Lemoine an, der zustimmend nickte. „Na gut, es gibt so ein paar Vermutungen. Ich dachte, da wäre noch mehr.“ PC strich sich nachdenklich über das Kinn. „Wir werden den Schweizern in ein paar Tagen stecken, dass wir Sutters Identität geklärt haben. Dann bekommen sie ihn von uns zugeschickt und finden nichts mehr, selbst wenn ihre Gerichtsmediziner ihn in seine Atome zerkleinern."

„Und diese Firma, die UVC?", fragte Lemoine.

„Vielleicht bekommen die später sogar den Zuschlag, das Antiserum zu produzieren. Aber nur, wenn wir das Rezept haben und wir sie mit der Produktion beauftragen. Nicht anders herum, wie es sich die Herren vom Vorstand der UVC vorstellen!" PC lachte. „Die Deutschen haben das Rezept womöglich schon von Schneider, aber wenn, dann erst seit kurzem. Wir werden das herausbekommen, da gibt es eine undichte Stelle."

„Tatsächlich?", fragte Lemoine.

„Ja, und diese undichte Stelle hat sich heute aus Deutschland zu einem Blitzbesuch angekündigt, und zwar in der Sache Schneider. Was sagen Sie dazu, Lemoine?"

„Was soll ich sagen? Perfekt! Aber was ist jetzt mit Schneider? Was machen wir mit dem?"

"Den behalten wir weiter im Auge. Bevor er Frankreich verlässt, müssen wir das Rezept von ihm haben. Allzu viel Zeit darf uns das nicht kosten. Selbst wenn die Deutschen das Rezept schon haben, dann läuft es eben als eine Parallelentwicklung. Außerdem müssen wir dafür sorgen, dass Schneider und seiner Frau in Frankreich nichts passiert. Sicherlich sind noch andere Leute als Sutter hinter ihm her. Es ist Ihre Aufgabe, das herauszubekommen, Lemoine!"

„Genial Chef und das werden wir auch." Lemoine fügte hinzu: „Wissen Sie, es ist mir immer wieder eine Ehre für Sie zu arbeiten."

„Übertreiben Sie nicht, Lemoine. Sie arbeiten schließlich nicht für mich, sondern für Ihr Land."

35.

Als der Ingenieur am Montagmorgen aufwachte, brauchte er einige Sekunden, um zu begreifen, wo er sich befand. Er lag in der Kleidung, die er seit zwei Tagen nicht mehr ausgezogen hatte, auf einem Bett in einem drittklassigen Hotelzimmer mitten in Paris. Er schaute auf seine Uhr. Es war kurz nach sechs, er hatte über zwölf Stunden geschlafen. Seine rechte Hand tastete über das Bett. Er fühlte das kalte Metall der Pistole, die dort liegengeblieben war, wo er sie ausgepackt hatte. Langsam fügten sich die Bilder in seinem Kopf wieder zusammen. Bei der Rückfahrt nach Berlin wollte er die Nacht lieber im Sitzen verbringen, als noch einmal im Liegewagen. Er dachte an das gestrige Treffen, das Café, die Waffe. Sein Auftrag, das Rezept für Rizin 51. Der Ingenieur richtete sich halb auf, um nach seiner Tasche neben dem Bett zu suchen. Da waren sein Laptop und das GSM-Ortungsgerät. Als er Schneiders Handy anpeilte, bekam er kein Signal. Das musste nichts bedeuten, meistens hatte Schneider sein Telefon nachts ausgeschaltet. Der Ingenieur merkte, wie durstig er war, und trank das schale Wasser aus dem Hahn über dem Handwaschbecken. Es schmeckte scheußlich, aber es half für einen Moment. Die Toilette und die Dusche befanden sich auf dem Flur. Nachdem er sich gewaschen und so gut es ging, zurechtgemacht hatte, nahm er seine Tasche. Die Pistole steckte er nach einigem Nachdenken in die Innentasche seines Sakkos. Das Gewicht der Waffe fühlte sich ungewohnt an, aber bald würde er es nicht mehr merken.

Draußen fiel ein dünner Nieselregen. Der Asphalt auf dem Bürgersteig glänzte vor Nässe, die sich mit Ölspuren vermischte. Viele Menschen waren um diese Zeit noch nicht auf der Straße. Er vermied es, an dem Café vorbei zu gehen, wo er seinen Kontaktmann getroffen hatte und lief den gleichen Weg, den er gestern gekommen war, zurück zum *Gare du Nord*. Am Bahnhof fand er ein Bistro, das schon offen war. Der Duft von frischem Kaffee und warmen Croissants ergab eine Mischung, die ihm das Wasser im Mund zusammenlaufen ließ. Als er seinen Hunger und Durst gestillt hatte, war es kurz vor acht. Das Café hatte sich inzwischen mit Menschen gefüllt. Er konnte dort nicht seine Ausrüstung benutzen, ohne aufzufallen, und ging ins Hotel zurück. Dort trocknete er sich seine Haare, die vom feinen Sprühregen durchnässt waren. Er loggte sich in seinen Computer ein und wählte Schneiders Nummer. Diesmal hatte er Kontakt. Schneider war inzwischen weiter gereist und befand sich jetzt dreihundertundfünfzig Kilometer von Paris entfernt in Rennes, in Westfrankreich. Der Ingenieur stieß einen Seufzer aus. Aber es half nichts, er musste Schneider folgen.

Er packte alle seine Sachen und ging die steile Treppe hinunter bis zur Nische im Erdgeschoss zur Rezeption. Nachdem er das Zimmer bezahlt hatte, lief er den nun schon vertrauten Weg zum *Gare du Nord,* um sich dort über die Zugverbindungen zu erkundigen. Pro Tag gab es fünf bis sechs Züge nach Rennes, der nächste TGV fuhr um 10:05 und würde nur zwei Stunden für die Fahrt brauchen. Allerdings fuhren die Züge nach Westfrankreich von einem anderen Bahnhof im Süden von Paris ab, dem *Gare Montparnasse*. Er nahm die Metro am *Gare du Nord* und war schon fünfzehn Minuten später dort. Er hatte noch genug Zeit, um sich eine Fahrkarte und Reiseproviant zu kaufen. Als er mit der Rolltreppe hoch bis in die große Halle fuhr, wo die Gleise des Kopfbahnhofes parallel in einer langen Reihe endeten, bemerkte er, dass etwas nicht stimmte. Die Leuchttafeln, welche die Abfahrt und Ankunft der Züge anzeigten, waren dunkel. Auf den Gleisen standen leere Züge und der Bahnhof war voller Menschen. Das Wort *grève* war überall zu hören. Also Streik. Der Ingenieur zuckte mit den Schultern und richtete sich auf eine unbestimmte Wartezeit ein. Irgendwann würde wieder ein Zug nach Rennes fahren. Seine orientalische Geduld ließ ihn die Aufgeregtheit der durcheinander rennenden und diskutierenden Menschen als sinnlos erscheinen. Er setzte sich auf eine Bank und beobachtete die unruhige Menge. Er hatte schon einen langen Monat in Berlin gewartet, bis Schneider sich endlich bequemte, seiner Frau nach Frankreich nachzureisen, da machte diese Verzögerung auch nichts mehr aus. Früher oder später würde er Schneider gegenüberstehen und seinen Auftrag so gewissenhaft erfüllen, wie es die Bruderschaft von ihm erwartete.

Oberst Werneuchen drückte mit dem Finger auf die Gabel und legte danach den Hörer auf, nachdem er über eine Stunde mit Oberstarzt Ramdohr geredet hatte. Dieser Ramdohr, alle Achtung, wie schnell er Schneider das Rezept für das Rizinantiserum aus den Rippen geschnitten hatte. Bis zum letzten Moment hatte Schneider versucht, herumzutricksen. Aber am Ende hatte er doch klein beigeben müssen, das Rezept war echt, die Frau Dr. Nagel hatte das überprüft und bestätigt. Ramdohr war eine gute Wahl gewesen, er hatte in kurzer Zeit diesen verschnarchten Laden auf Zack gebracht.

Und es gab noch mehr. In die Sache mit dem Überfall auf Schneider war Licht gekommen. Der MAD hatte die Liste der Mitarbeiter der Firma Halitel, welche die Telefonanlage des IEI gewartet und wahrscheinlich manipuliert hatte, befreundeten Geheimdiensten zugespielt. Dann kam aus London die Nachricht, dass einer der Rizinattentäter, den man bei einer Razzia erschossen hatte, Verbindung zu einem der Mitarbeiter von Halitel gehabt hatte. In der Wohnung des Attentäters hatten sie eine Notiz mit zwei Vornamen gefunden, die unter dem Wort Halitel standen. Neben einem Namen stand in Klammern ein Zusatz „der Ingenieur." Die Londoner Gruppe hatte sich überwiegend aus Leuten zusammengesetzt, die aus dem Vorderen Orient und aus Pakistan stammten. Die Adresse der Firma Halitel war im Berliner Stadtteil Neukölln, einer Gegend mit vielen arabischen Migranten, entsprechenden Cafés und Geschäften. Sie würden dort suchen müssen. Es konnte eine Weile dauern, aber früher oder später würde der MAD fündig werden.

Werneuchen zündete sich gedankenvoll eine Zigarre an. Er ging noch einmal alles durch und blätterte in den Akten, die zum Fall Leonhard Schneider und Tanja Schlosser auf seinem Tisch lagen. Was hatten diese Entführer von Schneider und seiner Assistentin gewollt? Werneuchen glaubte nicht, dass es nur das Rizinantiserum war. Diese Leute waren offensiv ausgerichtet. Die wollten zuschlagen und sich nicht damit aufhalten, ihre eigenen Leute zu impfen. Im Gegenteil, die sollten doch als Märtyrer sterben. Das sah man ja immer wieder in der Art, wie sie ihre Anschläge überall auf der Welt durchzogen.

Werneuchen zog den Rauch seiner Zigarre ein und hielt für einen Moment die Luft an. Mit den neuen Informationen hatte sich seine Einschätzung der Lage geändert. Wenn es Kontakte zwischen den Berliner Terroristen und den Londoner Rizinattentätern gab, hatte Schneider vielleicht doch etwas, das noch bedeutender war, als das Antiserum. Der tote Terrorist in der Wohnung, die Rizinspuren, eine Kriegswaffe. Damit war Schneider in großer Gefahr. Am liebsten hätte er ihn eigenhändig zurückgeholt. Es war ein Fehler gewesen, dass Ramdohr ihm den Urlaub gewährt hatte, aber rechtlich war dagegen nichts zu machen. Außerdem waren die Franzosen inzwischen auf Schneider aufmerksam geworden, zumindest nachdem, was Hagenau das letzte Mal erzählt hatte. Die Franzosen hatten sich nicht damit begnügt, Schneiders Frau zu überwachen. Was bildete sich dieser Schneider eigentlich ein, sein Wissen als Privatsache zu betrachten? Sein Institut, sein Ministerium, sein Land hatten verdammt noch mal ein Recht zu erfahren, was er da gefunden hatte. Schließlich wurden seine Arbeiten vom deutschen Staat finanziert. Verrat war das, nichts anderes. Er fing an sich auszumalen, wie man mit Verrätern umgehen sollte, aber die Wirklichkeit riss ihn aus seinen Gedanken. Schneider war jetzt in Frankreich, das war eine Tatsache. Der MAD konnte dort nicht operieren, die DGSE überwachte Schneider jetzt. Da blieb nur Hagenau. Der musste dranbleiben, seine Verbindungen zu den Franzosen spielen lassen. Andererseits durfte die DGSE nicht darauf aufmerksam gemacht werden, dass Schneider möglicherweise noch mehr kriegswichtige Geheimnisse besaß. Hagenau musste das deichseln.

Am Montagmorgen fuhren Leo und Louisa Schneider von Rennes über die Nationalstraße N24 einhundertundfünfzig Kilometer, bis sie auf die schmale Halbinsel gelangten, die nach *Quiberon* führte. Von dort aus fuhren regelmäßig Autofähren bis *Port Maria*, dem Hafen von *Le Palais*, der Hauptstadt der Insel *Belle-Ile*. Es war Juni und außerhalb der Schulferien war es problemlos, einen Platz auf der Fähre und eine Unterkunft auf der Insel zu bekommen. Louisa hatte telefonisch eine Ferienwohnung in *Port Salio*, einem Ort an der Küste und in der Nähe von *Le Palais*, angemietet. Leo und Louisa hatten Glück, das Wetter war für diese Jahreszeit sehr warm. Nur der Atlantik war noch kühl, um die 17 bis 18°C, aber nach ein paar Tagen Gewöhnung war es ein angenehmer Reiz, in die Wellen zu springen, auch wenn man es nicht sehr lange im Wasser aushielt. Sie kannten *Belle-Ile* aus früheren Zeiten, liebten die wilde Natur der Insel, mit ihren kleinen Buchten und der hohen Steilküste zum Atlantik.

Entlang der gesamten Inselküste verlief ein schmaler Pfad, *le sentier des douaniers,* der einst zur Überwachung von Schmuggelaktivitäten gedient hatte, denn man konnte von jedem Punkt des Weges den Ozean überblicken. Heute war dieser Pfad von etwa einhundert Kilometer Länge ein wundervoller Wanderweg, der durch die verschiedenartige Natur der Insel führte. Die kargen, mit Erika und Seegras bewachsenen Höhen der felsigen Steilküste, von dort konnte man bis an den Horizont blicken, wo sich das Meer mit dem Himmel in einer dünnen Linie vereinigte. Weil die Steilküste nach Westen ausgerichtet war, gab es dort malerische Sonnenunteruntergänge zu sehen. Der Weg entlang der felsigen Küste wurde nur durch viele Buchten und durch kleine Fjorde, in denen an windgeschützten Plätzen sogar subtropische Pflanzen wuchsen, unterbrochen.

Belle-Ile war um diese Jahreszeit wenig besucht. Damit bestand Aussicht auf menschenleere Strände und ungestörte Naturerlebnisse. Genau das, was Leo Schneider nach den vergangenen, stresserfüllten Monaten am IEI brauchte. Nur ein kleiner Rucksack mit Badesachen und etwas Proviant, damit konnte man es fast den ganzen Tag draußen aushalten. Er und Louisa durchwanderten lange Abschnitte des Küstenweges, um dann in einer Bucht Pause zu machen und ein Bad im Meer zu genießen.

Im IEI hatte er niemanden erzählt, wo genau er Urlaub machen wollte, nur gesagt, er würde zu seiner Frau nach Frankreich fahren. Wenn etwas wäre, könnte man ihn ja über sein Handy erreichen. Tanja hatte sich inzwischen aus Griechenland gemeldet. Ihr schien es blendend zu gehen und seiner Frage, ob sie nach ihrem Urlaub zurückkommen wollte, war sie ausgewichen. Inzwischen waren schon ein paar Tage auf der Insel vergangen und Leo dachte immer seltener an das IEI. Er schaltete sein Handy nur noch abends an, wenn sie in der Wohnung waren. Wenn ihn jemand erreichen wollte, würde er das über die Mailbox oder über SMS erfahren. Vom IEI kam nichts. Nachdem er Ramdohr das Rezept für das Antiserum gegeben hatte, schien man es dort gut ohne ihn auszuhalten.

Über eine Woche waren sie bereits auf *Belle-Ile*. Leo und Luisa hatten sich an die Meeresluft gewöhnt, waren abends erschöpft, aber es war eine wohlige Müdigkeit und nicht die Abgeschlagenheit, die Leo oft nach einem Arbeitstag am Institut verspürte, selbst wenn er ihn nur schreibend im Büro verbracht hatte. Anders als in Berlin war er am nächsten Morgen wieder voller Energie und konnte es kaum erwarten, wieder die Sonne und das Meersalz auf der Haut zu spüren.

An einem Donnerstagabend, nach einem langen Bade- und Wandertag, schaltete Leo Schneider wie gewöhnlich sein Handy an. Nur zur Kontrolle, ob jemand vielleicht versucht hatte, ihn zu erreichen. Nach einigen Minuten kam der Signalton für eine SMS. Leo drückte die Taste zum Öffnen, die Nachricht war um 15:47 von unbekannt gesendet worden. Der Text war kurz: „Ich weiß, wo Sie sind. Treffen morgen um 13:00 Uhr im Restaurant an der

Apothicairerie. Kommen Sie allein und in Ihrem eigenen Interesse. Risk."

Von einem Moment auf den anderen hatte Leo Schneider das Gefühl, die Zeit auf der Insel wäre nur ein Traum gewesen, aus dem er plötzlich brutal erwacht war. Er schloss die Nachricht, stöhnte auf und öffnete sie wieder. Das konnte doch nicht wahr sein! Woher hatte dieser Mensch seine Handynummer? Woher kannte er ihren Aufenthaltsort? Zweifel kamen ihm, ob Tanja erpresst worden war. Er schickte ihr eine SMS mit Fragen. Louisa hatte das Piepsen der Handys gehört und fragte, ob etwas mit Elsa oder dem Institut wäre.

„Ist von Tanja. Sie braucht die Handynummer von Karin, wollte ihr zum Geburtstag gratulieren, nichts Besonderes."

Nach einer Weile kam die Nachricht von Tanja: „Niemanden was erzählt, keine Ahnung, woher das kommt, pass auf dich auf."

Nein, er wollte Louisa nichts davon erzählen. Dass Risk ihn bis hierher verfolgt hatte. Wie würde sie darauf reagieren? Er nahm sich vor, die SMS nicht weiter zu beachten. Leo schaltete das Handy ab und sie gingen schlafen. Zum ersten Mal seit ihrer Ankunft auf *Belle-Ile* schlief er schlecht, wachte oft auf, war unruhig und wälzte sich im Bett hin und her. Morgens gegen halb sechs konnte er nicht wieder einschlafen, sein Körper war hundemüde und sein Kopf hellwach. Er ging aus dem Schlafzimmer und setzte sich aufs Klo. Die Müdigkeit drückte ihn auf den kalten Sitz wie eine Last und er war für eine Weile nicht in der Lage, sich zu bewegen.

Durch die geöffnete Toilettentür fiel sein Blick auf sein Handy, das auf dem Tisch im Wohnzimmer lag. Magisch zog es ihn an. Nach einer Weile raffte er sich auf, nahm es und setzte sich wieder. Unschlüssig bewegte er es in seiner Hand. Schließlich schaltete er es ein, unterdrückte die Signaltöne, um seine Frau nicht zu wecken. Immer noch auf dem Klo sitzend starrte Leo von Müdigkeit betäubt wie hypnotisiert auf das Display. Nach einigen Minuten erschien ein Briefsymbol als Zeichen für eine neue Kurznachricht. Sie war um 23:12 abgeschickt worden, er hatte das Handy zu dieser Zeit schon ausgeschaltet gehabt. „Wenn Sie nicht zu unserer Verabredung kommen, werden Sie allein von der Insel zurückkehren. Kommen Sie in Ihrem eigenen Interesse, Risk."

Leo Schneider wurde es plötzlich kalt. Seine nackten Füße froren auf dem gefliesten Boden des Badezimmers und ihm wurde schlecht.

Risk musste ihn und Louisa auf *Belle-Ile* schon beobachtet haben, seine Drohung war eindeutig. Es gab keine andere Wahl, als sich mit ihm zu treffen. Solange Risk die Informationen zum Rizin 51 nicht hatte, war Schneider für ihn von Wert. Natürlich konnte er Risk falsche Informationen geben, aber auch, wenn Risk ihm diese abnahm, war sein Leben danach nichts mehr wert. Er war danach nur noch ein Zeuge, den Risk oder seine Helfer aus dem Weg schaffen würden und Louisa sicherlich gleich mit. Die Galgenfrist reichte also nur bis zur Übergabe des Protokolls.

Der Treffpunkt, den Risk angegeben hatte, das Restaurant an der *Apothicairerie* war ein beliebter Ausflugsort, direkt an der Felsenküste nach Westen gelegen. Jeder, der sich Informationen über *Belle-Ile* besorgte, stieß auf dieses Restaurant. Dass Risk diesen Ort gewählt hatte, hieß also nicht, dass er die Insel kennen musste. Es gab viel einsamere Orte auf der Insel, wo es leicht gewesen wäre, in Ruhe unbeobachtet jemanden aus der Welt zu schaffen. Solange er sich mittags mit Risk in diesem Restaurant aufhielt, gab es zumindest Zeugen und damit, wenn man so wollte, eine gewisse Sicherheit. Wie Risk ihn aufgespürt hatte, war Leo ein Rätsel. Dieser Mensch wusste anscheinend genau, wo Louisa und er wohnten. Der Gedanke, dass Risk um das Ferienhaus herumschlich, war entsetzlich. Vielleicht war Risk schon seit Tagen auf der Insel und selbst, wenn sie sich begegnet wären, hätte Leo nichts geahnt.

Nein, alles Entscheidende würde sich in dem Restaurant abspielen. Leo musste einen Grund finden, um allein dort hinzugehen. Louisa sollte nichts von Risk erfahren, am besten sie würde morgen die Insel verlassen, zumindest solange, bis die Sache mit Risk, Leo zögerte bei dem Gedanken, erledigt war.

Er musste sich etwas ausdenken, um Louisa nicht argwöhnisch zu machen. Sie hatte ihm gestern erzählt, dass sie gerne für einen Tag mit der Fähre nach *Quiberon* fahren wollte, um dort ein paar Einkäufe zu erledigen. Hauptsächlich ging es ihr darum, in einen besser sortierten Buchladen zu gehen, als es auf *Belle-Ile* gab. Leo hatte ihr gesagt, dass er an diesem Tag dann einen Tauchgang an der Steilküste machen wollte. Tauchschulen, die Geräte verliehen und Ausflüge organisierten, gab es einige auf der Insel. Er hatte vor Jahren den Sporttauchschein gemacht und kannte die reizvollen Tauchgänge an der Steilküste von Belle-Ile. Nachdem Leo Schneider sich das überlegt hatte, fühlte er sich etwas besser. Er würde Risk in dem Restaurant alleine treffen. Wahrscheinlich würde Risk versuchen, ihn zu überreden, das Rezept freiwillig herauszurücken. Von Geld war in der SMS keine Rede mehr gewesen. Vielleicht konnte er Risk hinhalten, schließlich trug man ja Laborprotokolle nicht im Urlaub mit sich herum. Aber in diesem Fall würde Risk sich an Louisa oder Elsa halten, er hatte ja mitbekommen, dass Schneider freiwillig nicht kooperieren wollte.

Leo legte sich wieder ins Bett, ohne jedoch wieder einschlafen zu können. Als Louisa gegen acht aufwachte, hatte er schon über eine Stunde vor der Tür draußen gesessen, ohne jemand Verdächtiges um das Haus schleichen zu sehen. Er kam herein, als er hörte, dass Louisa wach war, und erzählte ihr von seiner Idee heute tauchen zu gehen und dass sie doch mit der Fähre nach *Quiberon* fahren könnte, was sie ohnehin vorgehabt hatte. Sie könnten sich dann abends wieder am Hafen treffen.

Louisa war einverstanden, aber überrascht, weil Leo sich spontan dazu entschlossen hatte, ohne vorher darüber zu reden. Eigentlich war das nicht seine Art, aber sie dachte sich nichts weiter dabei. Nach dem Frühstück fuhren sie zum Hafen von *Le Palais*. Leo wartete an der Anlegestelle, bis Louisa die Fähre bestiegen hatte, die sie in weniger als einer Stunde nach *Quiberon* bringen sollte. Er schaute sich öfter um, nach Leuten, die ihm verdächtig vorkamen, aber da war niemand, der in diese Kategorie gepasst hätte. Genauso war es gewesen, als Risk ihm die Zettel ans Auto gesteckt hatte. Der Kerl war gerissen, wahrscheinlich war er irgendwo und beobachtete sie beide. Einmal drehte Leo sich abrupt um, weil er meinte, in seinem Rücken Blicke zu spüren. Aber es gab nur typische Touristen und ansonsten Leute, die eindeutig beruflich mit der Fähre unterwegs waren. Typen, die einem Risk ähnelten, so wie er sich ihn vorstellte, gab es nicht. Die paar Nordafrikaner, die ihren Job am Hafen oder in den beiden Restaurants gegenüber machten, gehörten bestimmt nicht dazu.

Inzwischen war Louisa auf der Fähre, winkte ihm vom Deck aus zu und rief noch: „*Amuse-toi bien et ramène moi de beaux poissons (25).* Drei kurze Hupsignale, die Fähre fuhr rückwärts, um danach zu wenden. Leo wartete, bis das Schiff aus der Hafeneinfahrt verschwunden und der weiße Fleck auf dem Meer immer kleiner wurde. Er grübelte, ob er das Richtige getan hatte, aber er hatte keine bessere Idee gehabt und Louisa war auf dem Schiff und in *Quiberon* vielleicht sicherer, als in der Ferienwohnung in *Port Salio.*

Möglich, dass Risk auch heute mit der Fähre nach *Belle-Ile* kam. Wenn er auf der Insel übernachtete, würde er mehr Spuren hinterlassen, als ein Tagesbesucher, der am gleichen Abend wieder ging. Vielleicht wohnte er in *Quiberon* und fuhr mit den anderen Touristen auf die Insel. Leo schaute auf die Uhr. Es war kurz nach neun, die Tauchschule würde in einer Stunde aufmachen, aber er hatte nicht die Absicht dort hinzugehen, es war nur sein Alibi für Louisa gewesen.

Er überlegte, wie er am besten anstellen sollte. Auf jeden Fall musste er vor 13:00 Uhr am Treffpunkt sein. Dann konnte er vielleicht beobachten, wie und woher Risk kam. Viele Menschen würden sich an der *Apothicairerie* um diese Zeit nicht aufhalten. Die meisten kamen außerdem erst gegen Abend, um sich den Sonnenuntergang über den Felsen, die aus dem Meer ragten, anzusehen. Aber im Juni und am Mittag? Wenn Risk ihn, nachdem er das Rezept ausgespuckt hatte, umbringen wollte, wäre die Umgebung des Restaurants vielleicht doch kein so ungeeigneter Ort.

Der Gedanke, dass Risk ihn schon die ganze Zeit beobachtete, ließ ihn nicht los. Zuerst musste er herausfinden, ob Risk sich bereits an ihn angehängt hatte. Leo setzte sich auf die Terrasse des *Hotel de la Frégate,* von wo aus man den Hafen überblicken konnte. Er bestellte eine Schale Cidre und schrieb auf, was er Risk erzählen konnte. Sachen, die belanglos waren, aber für Laien wichtig und plausibel klangen. Oder aber, einen Teil erzählen, um dann zu sagen, dass man doch die Aufzeichnungen aus dem Labor in Berlin brauchte. Würde Risk ihm das abnehmen? Ob der Kerl fachlich auf der Höhe war? Sein Komplize, der falsche Dr. Baloda hatte sich durch seine naiven Fragen schnell als Laie entpuppt. Das würde Leo im Gespräch schnell merken, ob Risk Ahnung von den Einzelheiten hatte.

Risk würde Schneiders Auto sicher erkennen, er hatte ihm in Berlin ja die Zettel unter die Scheibenwischer gesteckt. Es war also besser, nicht mit dem Auto bis zur *Apothicairerie* zu fahren. Ansonsten gab es nur einen Bus, der jede Stunde dort hinfuhr und es gab auch nur eine Zugangsstraße. Alle anderen Wege gingen nur zu Fuß, da gab es allerdings viele Möglichkeiten, dorthin zu gelangen.

Vom Restaurant an der *Apothicairerie* hatte man einen weiten Blick über die Ebene. Der Parkplatz lag ein Stück davor wie auf einem Präsentierteller und man konnte ihn noch aus zwei Kilometer Entfernung mit einem Fernglas gut einsehen. Leo wusste das durch frühere Spaziergänge an der Küste mit Louisa. Ja, er musste dorthin laufen, auf Wegen, die Risk nicht kennen konnte, es sei denn, er wäre schon auf *Belle-Ile* gewesen. Und das war unwahrscheinlich. Leo bezahlte und stand auf. Er hatte einen Plan, wie er jetzt weiter vorgehen wollte.

Um sich zu vergewissern, ob ihm jemand folgte, fuhr Leo mit seinem Auto auf kleinen Nebenstraßen bis zu dem Dorf *Donnant*. Unweit des Dorfes gab es einen Parkplatz, von dem aus ein Schotterweg zu einem der größten Strände der Insel hinunterführte. Der Strand war bekannt für seine riesigen Dünen. Die Brandung war dort manchmal so stark, dass die Strandaufsicht das Schwimmen verbot, weil der Sog bei nachlassender Flut die Badenden in das offene Meer oder gegen die Klippen gezogen hätte. Vom Strand waren es etwa zehn Kilometer Fußweg über den Küstenweg bis zur *Apothicairerie*. Jetzt war es kurz vor zehn. Um diese Zeit würden dort kaum Leute sein. Das Hochplateau an der Steilküste war übersichtlich, und Leo würde schnell merken, ob ihm jemand folgte. Er stellte sein Auto auf dem kleinen sandigen Parkplatz ab, der nur durch ein paar Holzpfosten von der mit Erika bewachsenen Ebene abgegrenzt war. Auf dem Weg von *Le Palais* nach *Donnant* war ihm kein Auto gefolgt. Auf dem Parkplatz standen zwei Autos mit französischen Kennzeichen. Nach den Nummern der Departements war eins davon aus der Umgebung von Paris und das andere aus Marseille. Die Sachen, die in den Autos lagen, ließen auf Badetouristen schließen. Leo hatte seinen kleinen Rucksack mitgenommen, eine Badehose, ein Handtuch und ein kleines Fernglas. Er schloss sein Auto ab und ging den Kiesweg hinunter zum Strand. Nach zweihundert Metern kam er an dem kleinen Hotel vorbei, das an einer Stelle gebaut war, wo niemals ein weiteres Gebäude die Aussicht auf das Meer versperren würde.

Noch dreihundert Meter weiter und er war unten angekommen. Vor ihm lag der gelbe Strand, der sich jetzt bei Ebbe scheinbar endlos bis in den Horizont ausgedehnt hatte. Das Meer hatte sich weit zurückgezogen und Leo ging etwa einen Kilometer am Strand entlang, um auf der anderen Seite der Bucht über den kleinen gewundenen und steilen Pfad des *Sentiers des douaniers*, auf die etwa fünfzig Meter höher gelegene Ebene hinaufzusteigen. Von dort aus würde er bei normalem Lauftempo etwa zwei Stunden bis zur *Apothicairerie* brauchen, die vielen Auf- und Abstiege, die durch die kleinen Täler führten, die jeweils in einer von Felsen bedeckten Bucht mündeten, erschwerten den Weg. Als er oben angekommen war, sah er zurück auf den Strand von *Donnant*. Dort lief ein Paar Arm in Arm und weiter entfernt, eine Familie mit drei kleinen Kindern. Das mussten die Leute aus den beiden Autos vom Parkplatz sein. Niemand sonst war zu sehen. Das Meer war ruhig, es wäre wirklich ein schöner Tag zum Tauchen gewesen. Leo lief jetzt den Küstenweg in Richtung der *Apothicairerie*, abgesehen vom Rauschen der Brandung an den schwarzen Felsen und dem Geschrei der vielen Seevögel gab es nichts.

Die Sonne schien, aber von Westen zogen Wolken auf und man konnte nie wissen, wann es auf der Insel plötzlich zu einem Wetterumschwung kam. Manchmal überraschte einen der Regen, bevor man sich irgendwohin flüchten konnte, so nahe an der Küste gab es keine Bäume oder andere Möglichkeiten, sich unterzustellen. Leo nahm sein Fernglas und schaute in die Runde. Niemand schien ihm zu folgen, noch ein ganzes Stück weit entfernt sah er einen Jogger, der ihm auf dem Weg entgegen kam. Weiter hin zum Inselinnern sah er ein kleines Dorf, ein paar Kühe, die auf dem hügeligen Land davor herumstanden. Eigentlich wie immer, dachte er. Aber trotzdem war es ganz anders.

Nach einer Dreiviertelstunde Fußmarsch sah er am Horizont die Ruinen der *Semaphore*, einer alte Seezeichenanlage. Von dort aus war es, wenn man zügig lief, dreißig bis vierzig Minuten bis zur *Apothicairerie*. Auf der Wiese vor den Ruinen saßen ein paar Leute auf Decken und picknickten, mit Blick auf das Meer. Der Jogger kam näher, ein kurzes *bonjour* und er war vorbei. Leo lief zügig weiter, in der Ferne konnte er schon die Silhouette des Restaurantgebäudes an der *Apothicairerie* sehen. Er nahm das Fernglas und schaute in Richtung des vor dem Restaurant gelegenen Parkplatzes. Dort standen vier Autos. Es war kurz vor Mittag, als Leo Schneider das Restaurant erreicht hatte. Er schlenderte wie unentschlossen um das Gebäude herum. Die Tür zum Restaurant war geöffnet, die

Hotelrezeption war leer, soweit man das durch die Glastür sehen konnte. Schließlich betrat er das Gebäude durch die Hoteltür, ging an der leeren Rezeption vorbei und gelangte durch eine zweite, offene Glastür in das Restaurant.

Es war noch zu früh zum Mittagessen und nur zwei der zahlreichen Tische waren besetzt. An einem saß ein Paar, an dem anderen ein Mann mittleren Alters. Eine junge Frau stand mit gelangweiltem Gesicht hinter der Bar und sah den neuen Gast neugierig an. Leo bestellte eine Karaffe Cidre. Eigentlich hätte er nach dem Fußmarsch Hunger haben müssen, aber die Spannung vor dem Treffen schnürte ihm den Magen zusammen. Der Cidre würde vorerst reichen. Er fragte die Bedienung, ob das Hotel um diese Jahreszeit schon gut besetzt war, ob gestern oder heute vielleicht ein neuer Gast angekommen sei. Sie schüttelte den Kopf. In der Vorsaison wären nur ein paar Stammgäste da, sagte sie, indem sie mit einer Kopfbewegung auf das Paar deutete. Ab Juli würde es hier richtig viel zu tun geben.

Schneider nahm seinen Cidre und setzte sich an einen freien Tisch, von dem aus er die Eingangstür sehen konnte. Allerdings lag der zweite Eingang vom Hotel, durch den er gerade gekommen war, damit in seinem Rücken. Er trank den Cidre in kleinen Schlucken und grübelte unentwegt darüber nach, wie er mit Risk umgehen sollte. Die Zeit verstrich und als er auf die Uhr schaute, war es zehn Minuten vor eins. Leo schaute aus dem Fenster, den Parkplatz konnte er von seinem Sitz aus nicht ganz überblicken. Die Geräusche von ankommenden Autos wurden vom Meer übertönt und dann noch mehr von der Musik, die die Kellnerin angemacht hatte.

Hinter ihm diskutierte das Paar angeregt, Wortfetzen drangen herüber, aber er war gegen seine Angewohnheit nicht neugierig, etwas davon zu verstehen. An der Tür tauchte jetzt ein junges Paar mit einem Kinderwagen auf, er schaute unschlüssig in das Restaurant. Nach einer Weile kamen sie doch herein und setzten sich zwei Tische von Leo entfernt hin. Die Frau nahm das Baby aus dem Wagen und nahm es auf ihren Schoß. Ihr Mann rief nach der Kellnerin. Der Einzelgast, der bereits schon vor einer knappen Stunde im Restaurant gesessen hatte, stand jetzt auf, ohne die Kellnerin gerufen zu haben. Er ging auf Leo zu, der zusammenzuckte, aber der Mann lief ausdruckslos an Schneiders Tisch vorbei durch die Tür zum Hotel.

Leo blickte ihm nach. Der Mann durchquerte eine zweite Tür zum Treppenhaus, in dem er verschwand.

Das laute Geräusch der zuschlagenden Tür riss Leo aus seinen Gedanken. Als er sich wieder umdrehte, um in die Richtung des Restauranteingangs zu sehen, stand jemand an seinem Tisch. Jemand, den er nicht hatte kommen hören. Leo blickte unwillkürlich auf seine Uhr. Es war kurz nach eins und bevor er den Mann richtig sah, hörte er dessen Stimme, die er bisher nur vom Telefon her kannte, sagen: „Gut, Herr Dr. Schneider, dass Sie meiner Einladung gefolgt sind. Ich freue mich, Sie persönlich kennenzulernen. Sie wissen, wer ich bin."

Vor ihm stand ein etwa fünfzigjähriger Mann. Es ließ sich schwer sagen, was für ein Landsmann er war, aber was bedeutete das schon. Der Ingenieur trug eine dunkle Hose, ein weißes Hemd und eine helle Windjacke. Seine Haare waren dunkel, etwas gelichtet und seine Augen durchforschten kurz das Restaurant, um dann Schneider in den Blick zu nehmen. Dann ließ er sich ungebeten auf den Stuhl neben Schneider nieder. Auf einen zweiten Stuhl stellte er eine Ledertasche ab, die er an einem Riemen über der Schulter getragen hatte. Er wirkte nicht wie ein Tourist, eher wie ein Vertreter. Er vertrat ja schließlich auch etwas, von dem Leo nicht genau wusste, was es war.

„Einladung kann man das wohl kaum nennen, diese Drohung, die Sie mir geschickt haben", sagte Leo empört.

„Sie wären sonst nicht gekommen. Ich wusste das. Sie hatten ja auch in Berlin kein Interesse an einem weiteren Kontakt", stellte der Ingenieur fest.

„Woher wussten Sie eigentlich, dass ich auf *Belle-Ile* bin? Ich habe das niemanden erzählt", fragte Leo.

„Sehen Sie, ich habe Mittel und Wege Ihren Aufenthaltsort zu kennen, ohne dass Sie es merken. Es sollte Sie davon überzeugen, das meine Möglichkeiten groß und meine Absichten ernst sind." Der Ingenieur winkte die Kellnerin mit einer brüsken Geste herbei. Nach einem Moment näherte sie sich unwillig ihrem Tisch. Der neue Gast, der beim Hereinkommen nicht einmal gegrüßt hatte und so herrisch tat, gefiel ihr nicht. Leo war überrascht, wie gut Risk Französisch sprach, als er zwei Portionen Steak, mit *Pommes Sautées* und grünen

Bohnen orderte. Er blickte auf die Schale Cidre, die vor Schneider stand, verzog das Gesicht und bestellte eine Flasche Mineralwasser.

Vom Typ her Levantiner, vielleicht Libanese, die sprachen oft sehr gut Französisch, dachte Leo. Dann sagte er: „Ich möchte nichts Essen und auch nicht von Ihnen eingeladen werden."

„Machen Sie keine Umstände", antwortete der Ingenieur. „Ich meine es ernst und ich möchte nicht, dass wir hier auffallen, auch in Ihrem eigenen Interesse!"

„Wer versteckt sich denn hinter Ihrem Decknamen, Risk? Für wen arbeiten Sie?" fragte Leo. „Sie sprechen sehr gut Französisch, ich tippe, Sie sind aus dem Nahen Osten, sind Sie vielleicht aus Israel?" Das Letztere glaubte Leo nicht, sondern er versuchte Risk, den er im Chat als unbeherrscht kennengelernt hatte, damit aus der Reserve zu locken.

Risk blieb aber gelassen. „Das spielt doch alles gar keine Rolle, Herr Schneider. Sie haben einen Namen, mit dem Sie mich ansprechen können, das reicht völlig für unser Geschäft."

„Apropos Geschäft", sagte Leo. „Was wollen Sie eigentlich von mir, ich kann Ihnen nicht helfen. Griebsch ist derjenige, der Bescheid weiß."

„Erzählen Sie mir keine Geschichten. Halten Sie mich denn immer noch für so dumm? Sie dachten wohl, Sie könnten mich einfach abschalten, so wie Sie zuletzt unser Gespräch beendet haben. Ich hatte Ihnen damals ein Angebot gemacht, Herr Schneider. Sie wissen genau, es geht um Rizin 51." Der Ingenieur lächelte überlegen: „Jetzt sitze ich hier vor Ihnen und ein Mausklick reicht nicht mehr, um unsere Unterhaltung zu beenden."

„Was ist denn nun mit Griebsch passiert?", fragte Leo Schneider, der fieberhaft überlegte, wie er ohne Gefahr für Louisa und sich aus dieser Situation herauszukommen konnte. Er blickte Risk mit einem Ausdruck an, der Unwissenheit vermitteln sollte. „Haben Sie etwas mit dem Verschwinden von Griebsch zu tun?"

Der Ingenieur ließ seine Augen an Leo auf und abgleiten. „Die Fragen stelle ich hier, oder ist Ihnen das nach meiner letzten Nachricht immer noch nicht klar? Unser Angebot ist nicht mehr so großzügig. Sie haben gar keine andere Wahl mehr, als mit uns zusammenzuarbeiten." Er deutete mit einer Handbewegung auf Schneiders Handy, das auf dem Tisch lag.

Das Essen wurde aufgetragen und Risk unterbrach das Gespräch. Leo war übel, er glaubte keinen Bissen herunter zu bekommen, ohne kotzen zu müssen. Der Ingenieur begann mit großem Appetit zu essen und schnitt sich große Stücke von dem saftigen Steak ab. „Essen Sie!“, herrschte er Schneider an.

Leo nahm vorsichtig einen Bissen. Merkwürdigerweise beruhigte sich das flaue Gefühl in seinem Magen, nachdem er ein paar Happen heruntergebracht hatte. Er hatte nicht viel gefrühstückt und vielleicht nach dem Fußmarsch einfach zu wenig im Magen. Er schaute auf, als er hörte, dass ein neuer Gast das Restaurant betrat, und erwiderte dessen *Bonjour*. Der Ingenieur hob kurz den Kopf, sah den Neuankömmling und verzog sein Gesicht, ohne dessen Gruß zu erwidern. Der neue Gast setzte sich an einen Tisch in ihrer Nähe und Risk rief quer durch den Raum nach der Kellnerin: „*Deux cafés, s'il vous plait.*“

Der Neuankömmling sah auch nicht wie ein Urlauber aus. Sein Anzug, die Krawatte und die teuren Lederschuhe passten eher zu einem Business-Lunch. Er trug einen Aluminiumkoffer bei sich, den er überraschenderweise auf den Tisch stellte. Leo fand das auffällig und war alarmiert. War das ein Komplize von Risk? Wieso stellte er diesen Koffer auf den Tisch? Leo beobachtete Risk, aber der tat so, als wäre ihm der neue Gast vollkommen gleichgültig. Risk hatte seinen Teller schon fast leer gegessen. Die Kellnerin brachte den Kaffee, Leo nippte nur an dem heißen Espresso. Ein Tee wäre ihm lieber gewesen. Es schien ihm jetzt eher so, als würde der neue Gast Risk irritieren, der warf öfter kurze Blicke zu ihm hinüber, trank seinen Espresso in einem Zug und knallte die kleine, schwere Porzellantasse auf den Tisch.

Leo bemerkte die Änderung in Risks Verhalten und versuchte an das Gespräch anzuknüpfen, als er ziemlich laut sagte: „Also, was wollen Sie wissen und werden Sie mich danach endlich in Ruhe lassen?“

Risk ging darauf nicht ein, sondern sagte plötzlich: „Ich bezahle jetzt und wir reden draußen weiter.“

Der neue Gast trank seinen Kaffee in kleinen Schlucken. Offenbar hatte er nichts zum Essen bestellt. Er schaute öfter in die Richtung des Tisches, an dem Schneider und Risk saßen, aber sein Blick schien durch beide hindurchzugehen. Leo drehte sich um, ihm war, als erwartete dieser Mann jemanden, der vom Hotel aus hereinkommen würde. Risk rief nach der Rechnung: „*l'addition*". Als die Kellnerin an den Tisch kam und die Karte brachte, schnitt er ihr das Wort ab: „Nein danke, wir wollen nichts mehr."

Sie ging zum Tresen und kam schnell zurück mit der Rechnung. Schneider zog seine Brieftasche, worauf Risk nur sagte: „Lassen Sie stecken, ich bezahle." Er zog ein Bündel Geldscheine aus seiner Jackentasche, gab ihr fünfzig Euro und verzichtete auf das Wechselgeld. Es schien jetzt, als wollte Risk nur möglichst schnell aus dem Restaurant herauskommen. Als die Kellnerin das Geld genommen hatte, stand Risk auf und griff nach seiner Ledertasche. „Kommen Sie endlich", zischte er Schneider zu, der widerstrebend seinen Rucksack nahm und ihm zum Ausgang folgte, nachdem er der Bedienung übertrieben laut: „*Au revoir, merci*", zugerufen hatte. Es erschien ihm gefährlicher, mit Risk draußen zu sein, als im Restaurant. Vielleicht würde die Kellnerin sich besser an ihn erinnern, falls Risk die Absicht hatte, ihn ebenso verschwinden zu lassen, wie Griebsch.

Kaum waren sie draußen, sagte Risk: "Wir gehen jetzt ein bisschen spazieren und ich stelle Ihnen Fragen. Sie brauchen darauf nur wahrheitsgemäß zu antworten. Alles was wir besprechen, wird hier aufgenommen." Er zog ein kleines Aufnahmegerät aus seiner Schultertasche. „Sie brauchen nichts aufschreiben."

Beide standen vor dem Eingang des Restaurants und schauten auf die ebene Landschaft, die sich weit erstreckte. Der Ingenieur war unschlüssig, in welche Richtung sie gehen sollten, er kannte die Insel nicht. Leo bemerkte das und drehte sich noch einmal um. Er sah, wie der Mann mit dem Aluminiumkoffer ihnen nachschaute und ein paar Münzen auf den Tisch legte. Der Ingenieur drängte Schneider weiterzugehen und, als wollte er ihn abzulenken, versuchte er sich mit Belanglosigkeiten: „Es war nicht einfach, diesen Ort zu finden. Ich verstehe nicht, wie man hier überhaupt Urlaub machen kann. Es gibt nichts hier, keine großen Hotels, keine guten Restaurants und dann dieses unbeständige Wetter."

„Gerade deshalb bin ich gerne hier", erwiderte Leo, um dann zu fragen: „Der Mann mit dem Koffer aus dem Restaurant, ist der auch von Ihrer Organisation?"

Risk zuckte nur mit Achseln und schaute finster drein, er blickte kurz hinter sich, um Schneider danach zu drängen, weiterzugehen und nicht wieder stehenzubleiben. Leo ging auf dem schmalen Weg vom Restaurant, übertrat eine kleine Absperrung und gelangte über einen Kiesweg auf die mit Gras und Blumen bewachsene Ebene. Von dort aus gab es verschiedene Möglichkeiten. Auf dem Weg zum Parkplatz liefen ein paar Leute. Der Ingenieur wählte die entgegengesetzte Richtung, da gab es mehrere Wege und er ließ Leo Schneider die Richtung bestimmen, in der sie gingen.

Leo hatte den Eindruck, dass Risk nicht viel von Rizin verstand. Er nahm sich vor, ihn mit belanglosen Informationen abzuspeisen und hinzuhalten. Günstigstenfalls würde Risk das nicht sofort merken, damit hätte Leo ein wenig Zeit gewonnen. Andererseits war Leo Schneider kein Held. Er bildete sich ein, schnell in eine Lage kommen zu können, in der er jedes Geheimnis verraten würde. „Wie sind Sie denn hierher gekommen? Wenn man kein Auto hat, ist es nicht leicht. Es gibt ja nur wenige Busverbindungen auf der Insel", sagte er dann.

„Mit dem Bus", erwiderte Risk, um gleich wieder auf seine Fragen zurückzukommen: „Was wir von Ihnen wollen, ist nicht viel. Sie wissen, wie man Rizin 51 herstellt. Geben Sie uns einfach das Rezept." Er hatte sein Aufnahmegerät eingeschaltet. Inzwischen waren sie ein paar Hundert Meter vom Restaurant entfernt und befanden sich auf einem Weg, den die Touristen benutzten, um den Sonnenuntergang über den Klippen zu beobachten. Der Wind war stärker geworden und die Geräusche von der Brandung wurden lauter, als sie sich dem Meer näherten.

Der Ingenieur trat mit seinem Rekorder einen Schritt dichter an Schneider heran, um das, was dieser sagte, aufnehmen zu können und sprach in das Mikrofon: „Sie haben die Methode dazu entwickelt, geben Sie sie uns. Ihr Name wird nicht genannt und Sie werden weiter nichts mehr von mir hören." Er hielt Leo das Aufnahmegerät hin.

„Vielleicht doch", sagte Leo. „In den Nachrichten, wenn Sie das Zeug irgendwo eingesetzt haben."

„Das wird nicht geschehen", sagte sein Gegenüber. „Wenn auf unsere berechtigten Forderungen eingegangen wird, gibt es dafür keinen Anlass."

„Und wenn nicht?“, fragte Leo Schneider.

Inzwischen waren sie auf dem Küstenweg. Der Ingenieur hatte kein Auge für die Landschaft und hantierte an seinem Mikrofon, das er Leo vor das Gesicht hielt. „Schluss jetzt. Reden Sie endlich! Und seien Sie gewarnt, wir werden Ihre Angaben nachprüfen, und wenn etwas nicht stimmt, haben Sie die Konsequenzen zu tragen. Denken Sie an Ihre Familie, Herr Schneider. In Ihrem eigenen Interesse.“ Den letzten Satz schien er gerne zu verwenden.

„Also gut“, begann Leo umständlich: “Wir haben das Rizin mit den verschiedensten Mitteln behandelt, um es zu inaktivieren, aber das brachte kaum etwas. Ich fing dann an, Substanzen zu modifizieren. Sehen Sie, am interessantesten ist doch Formaldehyd, das inaktiviert ja quasi alles und ich dachte, das müsste doch auch mit Rizin gehen und habe verschiedene Temperaturen und Einwirkungsdauer..“

„Das wissen wir alles schon“, schnitt Risk ihm das Wort ab. „Wir wissen, dass Formaldehyd nicht funktioniert! Was haben Sie stattdessen genommen?“

„Schon gut“, sagte Leo Schneider resigniert und lief den Weg weiter, sodass Risk mit dem Rekorder in der Hand ihm folgen musste. „Ich sehe, Sie kennen sich gut aus.“ Die Spannung wurde langsam unerträglich, wie konnte er seinen Widersacher noch weiter hinhalten? Inzwischen waren sie an einem rot-weißen Absperrband angekommen, das neugierige Besucher abhalten sollte, zu dicht an den Felsüberhang zu gehen, da die Steilküste an einigen Stellen brüchig war.

„Der Gast da im Restaurant mit dem Koffer“, sagte Leo plötzlich und drehte sich um, wobei er in die Hocke ging, um seinen Schnürsenkel festzubinden. Risk folgte ihm unwillkürlich mit der Hand, in der er das Mikrofon hielt. Gleichzeitig schaute er nach hinten, um den Verfolger vergeblich mit seinen Augen zu suchen. In diesem Augenblick richtete Leo Schneider sich mit einem Ruck wieder auf. Er verlagerte dabei sein Gewicht auf ein Bein, sodass er schräg hochkam und mit seiner Schulter gegen Risk prallte. Der Ingenieur, der sich immer noch suchend halb umgedreht hatte, geriet ins Straucheln. Schneider verstärkte die Bewegung noch, indem er Risk mit beiden Armen einen kräftigen Schubs in Richtung des Felsüberhangs gab. Der fiel gegen das rot-weiße Absperrband, das aber nur nachgab und seinen Fall nicht bremste. Risks Hand, die das Aufnahmegerät krampfhaft festhielt, schlug auf den Boden, ohne sich festhalten zu können, während der Schwerpunkt seines Körpers sich über den Abhang befand und seine freie Hand hilflos in der Luft ruderte. Er fiel über die Böschung in die Bucht, die etwa vierzig Meter unter ihnen lag. Leo hörte einen heiseren Schrei, der in einem klatschenden Geräusch endete. Danach war da nur noch die Geräuschkulisse des Ozeans, der weiter gegen die Felsen schlug, als wäre nichts geschehen. Leo Schneider konnte wegen des Felsüberhangs nicht nach unten schauen, er ging einige Meter weiter zu einer Stelle, an der die Felsküste steil, aber überschaubar schräg nach unten abfiel. Risk lag auf den Klippen, mit dem Gesicht nach unten und das Wasser spülte im regelmäßigen Rhythmus gegen seine Beine, die sich auf und nieder bewegten. Leo war sich sicher, dass Risk tot war. „*Au secours*“, schrie er um Hilfe und bekam einen Schreck, als der Mann mit dem Aluminiumkoffer plötzlich dicht neben ihm stand und auf den leblosen Körper in der Dünung herabschaute.

„*Il est mort*“, kommentierte der Mann nüchtern Risks Tod. Die Bucht war klein und es gab kein Boot, das dort ankerte. Zu Fuß konnte man nicht hinunter, da hätte man sich abseilen müssen. Leos Augen suchten nach dem Rekorder, aber der war nicht zu sehen.

„Ich werde die Polizei rufen“, sagte der Mann ruhig. Leo schoss der Gedanke in den Kopf, dass dieser Mann Zeuge eines Mordes war. Eines Mordes, den er, Leo Schneider, gerade begangen hatte. „Man würde Sie sonst verdächtigen, etwas mit dem Unglück zu tun zu haben“, hörte er den Mann weiterreden. „Zum Glück habe ich alles gesehen. Es war ein Unfall, nicht wahr?“ Er blickte Schneider mit einem unbestimmten Gesichtsausdruck an.

Unfall, dachte Leo. Wie kam der Mann so plötzlich hierher? Er musste ihnen von Restaurant aus sofort nachgelaufen sein. Wieso wollte er unbedingt bezeugen, dass es ein Unfall war?

„Besser, Sie rufen die Polizei. Hier, nehmen Sie mein Telefon, die Nummer ist 112“, sagte sein Gegenüber. „Übrigens, ich heiße Gaston Denfert. Ich warte hier mit Ihnen, bis die Polizei eintrifft.“

Leo nahm das Telefon, seine Hand zitterte, als er die Wähltasten drückte. „*Allo Police?*“ hörte er und stammelte etwas von einem Sturz vom Felsen. Er begriff erst nach einigem Hin und Her, dass der

Polizist eine Ortsangabe brauchte. Es würde etwa eine halbe Stunde dauern, bis seine Kollegen vor Ort wären und der Polizist sagte noch: „Warten Sie dort und verändern Sie nichts am Unfallort."

„Ich hatte Sie gar nicht gesehen", sagte Leo Schneider zu Denfert, als er ihm sein Handy zurückgab.

Der ging nicht weiter darauf ein. „Sie sind Deutscher, nicht wahr? Ihr Französisch ist aber sehr gut. Kannten Sie den Mann, der da unten liegt?"

Leo sah den Abhang hinunter und registrierte, dass die Flut am Ansteigen war. Es war Ebbe gewesen, als er vor drei Stunden in *Donnant* losgelaufen war. Blieb zu hoffen, die Flut würde Risk und seinen Rekorder für immer ins Meer hinaus ziehen. Tatsächlich bewegte sich die Leiche im Rhythmus der Wellen stärker, auf Risks weißem Hemd war jetzt ein großer Blutfleck zu sehen.

„Nein, ich habe ihn nur zufällig im Restaurant in der *Apothicairerie* getroffen", gab Leo zur Antwort.

Denfert nickte. „Ich hatte Sie beide dort sitzen sehen. Ihr Bekannter hatte Sie zum Essen eingeladen. Also eine Zufallsbekanntschaft. Nun, manchmal findet man jemanden so sympathisch, dass man ihn gleich zum Essen einlädt. Mir passiert das aber nur mit Frauen. Ich hoffe, Monsieur wollte nichts weiter von Ihnen?", meinte Denfert und grinste dabei etwas linkisch.

„Nein, nein", wehrte Leo ab und schielte immer wieder zu den Klippen hinunter. Die Leiche lag immer noch auf den Felsen. Er hoffte inständig, bis die Polizei mit einem Boot vor Ort wäre, würde Risks Körper schon abgetrieben sein.

Nach einer Dreiviertelstunde kam die Polizei, zwei Beamte in einem kleinen schwarzweißen Citroën. Die Männer in ihren dunklen Uniformen stiegen aus dem Auto und gingen auf Denfert und Schneider zu. Der eine legte grüßend die Hand an seine Mütze. Bevor Leo etwas sagen konnte, redete Denfert schon auf die beiden ein. Sie schauten hinunter auf die Leiche, die sich in der Brandung regelmäßig bewegte. Nach weiteren Sätzen wandte sich der ältere der beiden Polizisten an Leo Schneider und forderte ihn auf zu berichten, wie sich der Unfall abgespielt hatte.

Leo erzählte, dass er und dieser Mann, den er zufällig im Restaurant kennengelernt hatte, den Weg an den Klippen entlanggelaufen waren. Sein Bekannter hatte wohl nicht auf die Absperrungen geachtet. Als er selbst sich gebückt hatte, um seinen Schuh zuzubinden, hatte er ein Geräusch gehört und nur noch gesehen, wie der Mann das Gleichgewicht verlor und über die Kante stürzte.

„Er tat einen furchtbaren Schrei", sagte Leo unwillkürlich und dieser Satz erschien ihm wie ein Geständnis.

Denfert nickte zustimmend. Er hätte alles aus etwa zehn Metern Entfernung mit angesehen und könnte Schneiders Schilderung bestätigen. Der Mann hätte überhaupt nicht auf den Weg geachtet, und als er fiel, wäre nichts mehr zu machen gewesen. Schneider trüge keine Schuld an dem Vorfall.

„Das ist dieses Jahr schon der dritte Tourist, der an der Steilküste abstürzt", sagte der jüngere Polizist. „Die Leute sind so leichtsinnig, man kann doch nicht die ganze Insel einzäunen! Ich werde über Funk ein Boot anfordern, um den Toten zu bergen. Mit der Flut könnte das schwer werden." Er ging zum Auto, um die Sprechverbindung nach *Le Palais* herzustellen.

Der ältere Polizist, der die Aussagen von Schneider und Denfert protokolliert hatte, wandte sich wieder an Leo. „Sie sind Tourist auf *Belle-Ile*? Wie lange bleiben Sie noch auf der Insel?"

„Noch zehn Tage, dann geht unsere Fähre zurück nach *Quiberon*." Der Polizist griff nach Schneiders Ausweis. „Ah, Sie sind aus Berlin. Mein Schwager war dort bei der Armee. *Cité Foch*. Ich hatte ihn dort einmal besucht, mir hatte es gut gefallen." Er übertrug die Angaben aus dem Ausweis und gab Schneider das Protokoll zur Unterschrift.

„Wir werden uns bei Ihnen in den nächsten Tagen melden. Ihre Adresse in *Port Salio* haben wir notiert. Tut mir leid für Ihren Urlaub, diese furchtbare Sache." Dann wandte er sich an Denfert: „Ich brauche auch noch Ihre genauen Personalien."

Denfert zückte einen Pass, *Corps diplomatique* las Leo. Ein Diplomatenpass. Der Polizist war beeindruckt und verhielt sich Denfert gegenüber noch respektvoller. Er trug die Daten aus dem Pass schweigend in das Protokoll ein. „Vielen Dank, dass Sie Ihre wertvolle Zeit geopfert haben, um Ihre Aussage zu machen", sagte der Polizist schließlich. „Ich möchte Sie nicht länger aufhalten."

„Von Ihnen brauche ich noch eine Telefonnummer, unter der ich Sie erreichen kann“, sagte er dann zu Schneider. Leo gab ihm seine Handynummer. „Sie müssen 0049 für Deutschland vorwählen“, sagte er. Der Polizist sah ihn erstaunt an. Nachdem Leo es ihm erklärt hatte, blickte er Denfert hinterher, der gegangen war, ohne sich zu verabschieden. Die beiden Polizisten hoben ihre Hände zum Gruß und gingen zu ihrem Auto. Leo sah, wie Denfert eilig zum Parkplatz lief und vor einem schwarzen BMW Geländewagen stehenblieb. Die Nummer konnte er aus der Entfernung nicht erkennen und sein Fernglas wollte er vor den Polizisten nicht herausnehmen. Die beiden Beamten machten keine Anstalten loszufahren, und der eine füllte immer noch irgendwelche Papiere aus. Erst nach mehr als fünf Minuten starteten sie den Motor und fuhren zurück über die felsige Ebene bis zur Straße. Denfert war inzwischen schon längst außer Sichtweite.

Leo schaute über den Abgrund hinunter auf den Menschen, dem er den Tod gebracht hatte. Die Wellen hoben Risk inzwischen deutlicher an, aber der Körper klebte immer noch am Uferfelsen wie festgehakt. Leo nahm sein Fernglas und suchte die Umgebung der Leiche nach dem Rekorder ab. Er hoffte, das Gerät würde nie wieder auftauchen, oder wenn, in völlig unbrauchbarem Zustand. Anderenfalls müsste er der Polizei schon einiges erklären. Zuerst wollte er abwarten, bis das Boot der Polizei kam, aber dann entschloss er sich, nach *Donnant* zurückzulaufen. Mittlerweile kamen immer mehr Ausflügler vom Parkplatz zur Steilküste und Leo Schneider beeilte sich. Er wollte nicht noch in Gespräche über den Toten verwickelt werden. Inzwischen war es kurz vor sechzehn Uhr und der Wind von See nahm stetig zu.

Auf dem Weg zurück nach *Donnant* ging Denfert ihm nicht aus dem Kopf. Mit dem stimmte doch was nicht. Denfert war in dem Moment, als Risk die Klippen hinunter fiel, so nahe gewesen, dass er gesehen haben musste, wie Leo Schneider nachgeholfen hatte. Als er sich den Schuh zuband, hatte er Denfert nicht gesehen und Risk, der sich umgedreht hatte, auch nicht. Denfert musste ihnen in einem weiten Bogen nachgerannt sein, sonst wäre er doch nach dem Sturz nicht so schnell bei ihm gewesen. Warum war er ihnen überhaupt gefolgt? Warum hatte er von sich aus erzählt, dass Risks Sturz ein Unfall gewesen war?

Andere Gedanken kamen hoch und ließen sich nicht so einfach vertreiben. Er war zum Mörder geworden und hatte diesen Risk umgebracht. Die Idee dazu war ihm spontan gekommen, als nicht mehr wusste, was er auf Risks Fragen antworten sollte. Außerdem hatte Risk damit gedroht, Schneider würde alleine von der Insel zurückfahren. Was hieß das denn anderes, als dass er vorhatte, Louisa zu kidnappen oder umzubringen. Und danach wahrscheinlich auch ihn selbst. Leo war verwirrt und lief wie im Traum. Er zog die feuchte Meeresluft mit Stoßseufzern in seine Lungen, gab sie wieder von sich und wurde sich seiner selbst erst wieder bewusst, als er auf dem Parkplatz von *Donnant* vor seinem Auto stand. Inzwischen war es fast sechs Uhr nachmittags. Ihn überkam ein Schauer. Auf dem leeren Parkplatz kam plötzlich die Panik, wahrscheinlich würden Risks Leute hier auf ihn lauern. Aber es war niemand da, der ihn hinderte, in sein Auto zu steigen und abgesehen von einem Mann, der seinen Hund ausführte, war ihm auf dem Rückweg kein Mensch begegnet.

Jetzt wurde ihm erst bewusst, wie groß sein Hunger und Durst inzwischen geworden war. Er beeilte sich, nach *Le Palais* zurückzufahren. Um halb acht kam die Fähre aus *Quiberon* mit Louisa an Bord. Es dauerte eine Weile, bis er einen Parkplatz in der Nähe gefunden hatte und er lief die *Avenue Carnot* bis zum Hafen hinunter. Dort setzte sich er sich in ein Restaurant nahe der Anlegestelle und bestellte sich ein Bier und etwas zum Essen. In der Ferne konnte man schon das weiße Schiff am Horizont sehen. Was würde er Louisa sagen? Erzählen, wie schön der Tauchgang gewesen war? Getaucht, das war er, aber in die Abgründe der menschlichen Existenz.

Als die Fähre schließlich in den Hafen kam und er Louisa, die an der Reling stand, erkannte, fiel plötzlich eine Last von ihm. Ein Gefühl, das er verdrängt hatte, ein Gefühl, ihr könnte etwas zugestoßen sein. Sie lief über die Gangway, in den Händen zwei Tüten voller Bücher, die sie in *Quiberon* gekauft hatte. Als Leo Louisa umarmte, konnte er ihr nichts von einem Tauchgang erzählen. Er berichtete von seiner Wanderung an der Steilküste in allen Einzelheiten, nur ließ er die Geschichte mit Risk aus. Wie sollte er ihr auch erklären, dass Risk sie beide aufgespürt und bis hierher verfolgt hatte. Und dann der Mord. Wie würde Louisa darauf reagieren? Leo wusste es nicht, auch wenn sie sich schon so lange kannten.

Als sie in *Port Salio* angekommen waren, er das Auto abgestellt hatte und beide die Steintreppe an der Außenwand des weiß getünchten Hauses hochgingen, fiel ihm jeder Schritt nach oben schwerer. In der Wohnung angekommen, ließ Leo sich auf das Sofa fallen und starrte in die Luft. Louisa hatte schon auf der Fahrt gemerkt, dass etwas nicht stimmte, aber es brauchte eine Weile, bis sie ihn daraufhin ansprach.

„Du bist mit mir zusammen hier nicht mehr sicher", platzte es aus Leo unvermittelt heraus und Louisa blickte ihn nur fragend an. Leo schossen Tränen in die Augen. „Erinnerst du dich? Gestern Abend, die SMS, die war nicht von Tanja." Er erzählte ihr die ganze Geschichte und ließ nichts mehr aus, allerdings ließ er Louisa in dem Glauben, der Erpresser hätte es, ebenso wie Sutter, auf das Rizinantiserum abgesehen.

Louisa stand auf und nahm ihn in den Arm. „Ich habe jemanden umgebracht!" Leo schaute in ihre Augen, die immer größer zu werden schienen und ihn fragend ansahen. „Einen Erpresser!" Leo erzählte stückweise, und während er redete, was ihm zunehmend leichter fiel, da Louisa nicht entsetzt zu sein schien über das, was er getan hatte, klingelte sein Handy. Er erschrak, als er las „keine Nummer" und dachte an die SMS, die Risk geschickt hatte.. Nachdem er angenommen hatte, hörte er jemanden sagen: *„Allo, Bonsoir, Monsieur le Dr Schneederr?"* Es war die Gendarmerie. „Es ist wegen des Unfalls heute Mittag an der *Apothicairerie*. Leider konnten wir die Leiche Ihres Bekannten nicht mehr bergen. Die Flut hat ihn fortgezogen, bevor wir mit dem Boot an Ort und Stelle waren. Er wird sicher gefunden werden, aber niemand weiß, wo und wann. Wir brauchen daher noch weitere Angaben von Ihnen und zu Ihrem Begleiter. Können Sie morgen um zehn Uhr in die Gendarmerie nach *Le Palais* zur Aussage kommen?"

„Ja, natürlich komme ich", sagte Leo. Er ließ sich die Adresse geben, bevor er auflegte.

„Louisa, du musst jetzt sofort von hier weg!", sagte er dann aufgeregt. „Am Besten, du bleibst in Frankreich und ich fahre allein nach Berlin zurück. Du bist sonst in Gefahr. Risk hat damit gedroht, ich würde ohne dich zurückfahren, wenn er nicht bekommt, was er will. Jetzt wird es nicht lange dauern und seine Leute werden kommen."

Louisa schwieg einen Moment. „Nein", sagte sie dann mit überraschender Sicherheit. "Wir trennen uns jetzt nicht schon wieder! In Berlin hatte er dich in Ruhe gelassen, vielleicht hat er gar keine Leute, die kommen werden. Vielleicht blufft er nur. Und wenn nicht, wie soll er denn seine Leute auch alarmiert haben, wenn er so überraschend …" Sie beendete den Satz nicht, als sie in Leos Gesicht sah. „Hör mal, wir waren schon einen Monat lang getrennt und es hat überhaupt nichts gebracht, im Gegenteil, denk an diesen Michel oder besser Léon, wie er wirklich heißt. Morgen gehen wir zusammen zur Gendarmerie und überlegen uns vorher, was wir denen sagen und dann sehen wir weiter."

36.

Als Leo und Louisa am nächsten Vormittag das Gebäude der Gendarmerie verließen und durch die kleinen Straßen von *Le Palais* liefen, war ihnen die Erleichterung deutlich anzusehen. Die Leiche von Risk war immer noch nicht geborgen worden. Das Meer hatte ihn wahrscheinlich für immer verschluckt, und alle Beweisstücke, die Leo belasten konnten, ebenfalls. Die Polizisten schienen nicht weiter an dem Fall interessiert zu sein, nachdem Leo ihnen versichert hatte, dass er den Mann nicht weiter kannte und nicht einmal seinen Namen wusste. Sie ließen die beiden bald wieder gehen. Am Hafen setzten sich Louisa und Leo auf die Terrasse der Bar *La Frégate* und beratschlagten, was sie jetzt machen wollten. Eigentlich konnten sie doch für den Rest ihres Urlaubs auf *Belle-Ile* bleiben. Wenn Risk ihn auf der Insel gefunden hatte, würden seine Komplizen, falls es sie überhaupt gab, Schneider auch andernorts finden.

Mitten in ihrem Gespräch erschien Gaston Denfert wie aus heiterem Himmel an ihrem Tisch und begrüßte Leo wie einen alten Bekannten. Denfert machte keine Anstalten weiterzugehen und Leo stellte ihn seiner Frau als den Zeugen vor, der gesehen hatte, wie sein Begleiter die Klippen herabgestürzt war.

„Wir waren gerade bei der Gendarmerie. Stellen Sie sich vor, die Polizei sagt, man hat ihn bis jetzt immer noch nicht geborgen." sagte Louisa.

„So, sagen sie das? Manch einer verschwindet spurlos, um dann plötzlich wieder aufzutauchen, Madame. Wirklich seltsam, wie dieser Mann sich verhalten hat. Als ich ihn mit Ihrem Mann zusammen im Restaurant sah, war ich sicher, dass sich beide schon länger kennen." Denfert musterte Louisas Gesichtsausdruck, als wollte er überprüfen, ob Leo ihr das verschwiegen hatte. Louisa blieb gleichgültig. Dann sagte er plötzlich „Sehen Sie, so kann man sich eben täuschen. Und Sie beide, bleiben Sie noch länger hier auf *Belle-Ile*?"

„Wir haben uns noch nicht entschieden", sagte Louisa. „Nach dieser furchtbaren Sache. Ich habe so ein ungutes Gefühl, als könnte noch mehr passieren."

„Aber beruhigen Sie sich doch, Madame. Es ist ja immer jemand zur Stelle, wenn es nötig ist. Es hätte für Ihren Mann sehr unangenehm werden können, wenn kein Zeuge belegt hätte, dass sein Begleiter durch eigenes Verschulden von der Klippe gestürzt ist." Sein ironischer Tonfall war nicht mehr zu überhören. "Bleiben Sie doch ruhig bis zum Ende Ihrer Ferien auf der Insel. Was soll schon weiter passieren, es war ja nur ein Unfall, nicht wahr? Und vielleicht findet sich ja doch noch eine Spur von unserem Unbekannten und es klärt sich alles auf." Er wandte sich zum Gehen. „Schönen Tag noch, Monsieur, Madame. Ich bin sicher, man sieht sich …". Denfert verschwand so plötzlich, wie er gekommen war, und ließ die beiden bestürzt zurück.

„Hinter dem steckt, doch was", sagte Louisa. „Der weiß viel mehr, als er erzählt. Diese Andeutungen. Was ist denn das für ein komischer Typ?"

„Weiß ich nicht. Der stand plötzlich da, bot sich als Zeuge an, und außer, dass er einen schwarzen BMW Geländewagen fährt und sich mit einem Diplomatenpass ausgewiesen hat, weiß ich nichts von ihm."

„Und warum hat er für dich gelogen? Warum hat er gesagt, es war ein Unfall?", fragte Louisa.

„Weil ich jetzt glaube, dass er auch etwas von mir will. Ich kann mir schon denken was, aber ich weiß nicht, in wessen Auftrag er unterwegs ist", antwortete Leo resigniert.

Ein paar sonnige Tage auf der Insel vergingen, ohne dass etwas Besonderes passierte. Leo Schneider wusste immer noch nicht, wie er weitermachen sollte, wenn sein Urlaub zu Ende war. Dann kam von Tanja eine SMS, in der sie ankündigte, ein Jahr unbezahlten Urlaub zu nehmen. Sie hatte das schon beantragt, bevor sie nach Griechenland gefahren war, und hatte es jetzt nur noch bestätigt. Ihr Zusammenleben auf Probe mit Dimitri muss vielversprechend verlaufen sein, dachte Leo. Ramdohr hatte Tanjas Antrag anscheinend problemlos zugestimmt. Wahrscheinlich waren sie eher froh, wenn Leute wie er und Tanja gingen.

Als er Louisa davon erzählte, meinte sie: „Warum beantragst du nicht auch eine Auszeit? Wir haben doch Ersparnisse und können ein Jahr überbrücken, wenn wir uns ein bisschen einschränken. Nach dem Jahr wird dir vieles klarer sein, ob du deine Arbeit wirklich noch vermisst, oder vielleicht etwas anderes machen willst. Wir bleiben in Frankreich, oder gehen für zwei Monate auf dem Jakobsweg pilgern, das wollten wir doch schon immer machen. Stell dir vor, einfach jeden Tag laufen, immer zu einem neuen Ziel. Eine Freiheit, die wir uns hier und jetzt verwirklichen können. Und auf dem Weg wird uns bestimmt einfallen, was wir danach machen können."

Louisa hatte recht. Leo konnte sich auch nicht vorstellen, in gut einer Woche wieder an seinem Arbeitsplatz im IEI anzutreten. Ohne Tanja, aber mit Beatrix, die nach den letzten Entwicklungen sicherlich die Chefposition im Labor bekleiden würde. Als Abteilungsleiter dazu Oberstarzt Ramdohr, der in Schneider nur einen subalternen Befehlsempfänger sah. „Gut", sagte er zu Louisa. „Aber ich muss vorher die Freistellung beantragen. Und unsere Wohnung?"

„Können wir untervermieten", sagte Louisa, und als Leo sie fragend anschaute, beschwichtigte sie ihn: „Nur für eine Zeit, bis wir wissen, wie es weitergeht."

Zwei Tage, bevor die beiden von der Insel abreisen wollten, begegnete Leo wieder Denfert, während er in *Le Palais* zu Einkäufen unterwegs war. Es passierte scheinbar rein zufällig auf der Straße, aber Leo glaubte nicht mehr an einen Zufall. Er hatte das Gefühl, dass Denfert ihm nachspionierte und ihn abgepasst hatte. „Ah, Dr. Schneider, schön Sie zu treffen, wie geht's?" Ohne die Antwort abzuwarten, fuhr Denfert fort. „Stellen Sie sich vor, man hat jetzt doch Ihren Bekannten im Meer gefunden."

Leo durchfuhr ein Schreck. „Woher wissen Sie das denn? Die Polizei hat sich seit dem letzten Mal nicht wieder bei uns gemeldet."

„Ich bin wohl immer zur rechten Zeit am rechten Ort", antwortete Denfert und grinste. „Aber Spaß beiseite, Ihr Bekannter hatte offenbar versucht, die Unterhaltung mit Ihnen aufzuzeichnen. Hatten Sie das gewusst?"

Leo Schneider schüttelte den Kopf und wollte weitergehen. Denfert folgte ihm im gleichen Schritt. „Ihr Begleiter war kein gewöhnlicher Tourist. Er war mit einem Auftrag unterwegs, ein Auftrag, der Sie betraf. Erzählen Sie mir nicht, dass Sie das nicht gewusst haben."

„Hören Sie, Monsieur Denfert, ich kannte den Mann nicht. Wieso interessieren Sie sich so für diese Sache? Und was wollen Sie denn von mir?"

Denferts Verhalten änderte sich von einem Moment auf den anderen. Er straffte sich, machte einen großen Schritt und mit einer Kehrtwendung stellte er sich Leo in den Weg, sodass beide sich Auge in Auge gegenüberstanden. „Monsieur Schneider, wir beide wissen doch ganz genau, dass Sie den Mann damals absichtlich von der Klippe geworfen haben."

Leo starrte ihn entsetzt an „Was? Und wieso …"

Denfert schnitt ihm das Wort ab. „Dieser Mann war ein international gesuchter Terrorist. Und so naiv, wie Sie sich mir gegenüber ausgeben wollen, sind Sie nicht. Sie hatten doch Gründe, ihn aus dem Weg zu räumen. Der Mann wollte Sie erpressen, um Informationen über biologische Waffen, an denen Sie in Berlin arbeiten, von Ihnen zu bekommen. Dieser Mann gehört zu einer uns bekannten Organisation mit dem Ziel …"

„Sie sagen immer uns. Für wen arbeiten Sie denn, Monsieur Denfert? Oder wie Sie auch immer heißen mögen?"

„… mit dem Ziel, Anschläge in Deutschland, England und Frankreich durchzuführen, und zwar mit Rizin. Warum sollte er denn sonst hinter Ihnen her sein?", beendete Denfert seinen Satz.

„Also, sagen Sie doch, was wollen Sie denn von mir?", fragte Leo.

„Man hat bei Ihrem Begleiter auch noch etwas anderes gefunden. Etwas, das Sie interessieren wird, Herr Schneider. Eine Pistole, deutsches Fabrikat. Es besteht kein Zweifel, dass er sie auch benutzt hätte. Wahrscheinlich sind noch mehr solche Leute auf Sie angesetzt. Dieser Mann operierte nicht allein. Wir wollen Sie schützen, aber Ihre Sicherheit wird nur dann garantiert sein, wenn Sie Ihr Wissen nicht für sich behalten."

Leo überlegte und schwieg für einen Moment, dann sagte er: „Wieso? Je weniger Leute davon etwas wissen, desto besser!"

„Großer Irrtum, Monsieur Schneider! Je mehr Personen davon Kenntnis haben, desto weniger stehen Sie als einzige Informationsquelle im Fadenkreuz dieser Leute", erwiderte Denfert mit vielsagender Miene.

„Klingt sehr logisch", gab Leo zu. „Aber bei diesem Spiel weiß man nicht, wem man trauen kann und wem nicht. Herr Denfert, ich kenne Sie nicht. Offenbar spionieren Sie mir nach. Nach allem, was Sie über mich wissen, sind Sie sicher im Auftrag eines Geheimdienstes unterwegs. Wer Ihre Hintermänner sind, weiß ich nicht. Sollte mich das beruhigen? Ich glaube nicht."

„Sie machen sich nur selbst das Leben schwer. Es bringt Ihnen gar nichts, wenn Sie das erfahren. Im Gegenteil, je mehr Sie über uns wissen, desto mehr werden Sie für uns zu einer Belastung. Vergessen Sie nicht, ich bin der einzige Zeuge, der beobachtet hat, was wirklich an der Klippe passiert ist. Ich habe es sogar gefilmt und kann meine Aussage jederzeit ändern. Wir haben die Aufzeichnungen des Terroristen gefunden und es könnte ebenso gut sein, dass Sie sein Komplize sind und ihn nach einem Streit die Klippe heruntergeworfen haben. Was das für Sie heißt, brauche ich Ihnen nicht zu sagen. Sie könnten auf unabsehbare Zeit hinter den Mauern von *Fleury Mérogis* oder eines anderen Hochsicherheitsgefängnisses verschwinden. Vielleicht wissen Sie das nicht, aber französische Gefängnisse haben einen schlechten Ruf."

„Ach, so läuft das also!", rief Leo, dem plötzlich der Atem stockte.

„Ja, genau so, aber nur, wenn Sie weiterhin so stur bleiben. Der Zweck heiligt die Mittel, das ist bei Ihnen genauso wie bei uns. Und falls Sie das beruhigt, in Ihrem Land wird man genauso hinter Ihnen her sein, wie hier in Frankreich. Ihr Verfolger kam aus Deutschland, auch das wissen wir. Machen Sie mir nicht weis, dass man Sie nicht bereits in Berlin unter Druck gesetzt hat, Ihre Kenntnisse offenzulegen."

„Was wissen Sie denn von meinen angeblichen Kenntnissen?“, fragte Leo, der erfahren wollte, ob Denfert über Rizin 51 Bescheid wusste.

„Wir wissen mehr als genug, Herr Schneider, um zu wissen, dass es sich lohnt. Der Name Sutter und die UVC bedeutet Ihnen sicher auch etwas.“

„Das Antiserum!“, stieß Leo mit gespielter Entrüstung heraus. Er war froh, dass Denfert nicht auf das Rizin 51 anspielte.

„Der Impfstoff gegen Rizin“, präzisierte Denfert. „Aber das ist vielleicht nicht alles, Herr Schneider. Wir glauben nicht, dass der Terrorrist, der Ihnen bis hierher gefolgt ist, den Impfstoff im Auge hatte. Wir werden es aber bald wissen, wenn wir seine Tonaufzeichnungen ausgewertet haben.“ Denfert schaute Schneider dabei eindringlich an, wohl um zu sehen, wie er darauf reagierte.

„Doch“, sagte Leo, „er war der Meinung, ich hätte ein Antiserum gegen Rizin.“ Jetzt hatte er zugegeben, das Risk nicht die harmlose Zufallsbekanntschaft war, wie er es Denfert und den Polizisten gegenüber dargestellt hatte.

„Jetzt sagen Sie es ja selbst, dass Sie den Mann gut kannten und auch wussten, was er von Ihnen wollte. Überlegen Sie nicht zu lange. Bevor Sie Frankreich wieder verlassen, müssen wir die Informationen von Ihnen haben und lange können wir darauf nicht mehr warten.“ Denfert zog eine Visitenkarte aus seiner Jacke, auf der sich nur zwei Initialen und eine Telefonnummer befanden. „Rufen Sie an. Je eher, desto besser. *Au revoir.*“ Denfert entfernte sich im Strom der Touristen, die durch die Inselhauptstadt flanierten. In der letzten Woche war es auf *Belle-Île* merklich voller geworden.

Nach diesem Vorfall hatte Leo Schneider keine Ruhe mehr, seine Einkäufe zu Ende zu bringen. Er setzte sich auf die Terrasse eines kleinen Cafés und bestellte sich einen Kir. Der Kellner brachte den Aperitif und ein paar Oliven. Die Sonne strahlte, den Himmel trübte keine Wolke. Wie könnte das Leben schön sein, dachte er, um sich dann aus seinem Selbstmitleid zu reißen. Wenn er die Sache nüchtern betrachtete, was blieben noch für Möglichkeiten? Selbst wenn er Denfert das Rezept gab, welche Garantie gab es, dass nicht neue Denferts auftauchten, um ihn weiterhin unter Druck zu setzen? So konnte die Lösung nicht aussehen. Früher oder später würden sie auch auf das Rizin 51 kommen. Denfert hatte so etwas schon angedeutet, sie analysierten Risks Aufzeichnungen. Vielleicht hatten sie die Hintermänner von Risk geschnappt und schon in der Mangel. Wenn die erzählten, was sie im Labor von Leo Schneider gefunden hatten, gab es für ihn keine ruhige Minute mehr.

Falls Denfert ein französischer Agent war, würden sie Schneider nicht aus dem Land lassen, bevor er sein Wissen preisgegeben hatte. Wenn Leo nicht auspackte, bedeutete das für ihn Mordanklage und Gefängnis. Das hatte Denfert doch schon angekündigt. Wahrscheinlich hatte er seine Kamera in seinem Aluminiumkoffer versteckt gehabt und schon im Restaurant an der *Apothicairerie* alles minutiös aufgezeichnet. Im Knast würden sie ihn so zermürben, dass er sämtliche Rezepte, die er kannte, lieber gestern als heute ausspuckt hätte.

Falls Denfert für den Geheimdienst eines anderen Landes arbeitete, war Leo Schneiders Lage dadurch nicht besser. Denfert oder andere Agenten würden ihm auf den Fersen bleiben und versuchen, sich sein Wissen mit Gewalt zu holen. Sutter! Hatte Denfert nicht von Sutter gesprochen? Sutter hatte ihm in Berlin angekündigt, er würde sich notfalls das Rezept mit Gewalt holen. Jetzt war Sutter tot und Denfert stand an seiner Stelle. Vielleicht hatte der sogar etwas mit Sutters Tod zu tun? So oder so, für Leo Schneider war das ein Dilemma, aus dem er keinen Ausweg fand. Dann waren da noch Louisa und Elsa, Schneider war völlig erpressbar.

Nachdem er mit allen seinen Überlegungen zu keiner Lösung gekommen war, setzte er sich in sein Auto und fuhr zurück nach *Port Salio.* Er und Louisa saßen in der Abendsonne auf der Terrasse vor ihrer Wohnung und Leo erzählte von der unheilvollen Begegnung mit Denfert und von seinen Erwägungen.

„Du hast das Rezept doch schon Ramdohr übergeben. Im Grunde genommen ist es egal, ob Denfert es auch erfährt. Ich glaube, dass er für die DGSE oder einen anderen französischen Geheimdienst arbeitet und dich mit seiner Aussage, die er jederzeit widerrufen kann, bei der Justiz in der Hand hat."

„Na, dann soll er in drei Teufels Namen die Methode bekommen", rief Leo.

Louisa zog ihre Stirn kraus. „Wenn du zu ihm gehst und ihm mir nichts dir nichts das Rezept gibst, wird er damit nicht zufrieden sein.

Er wird denken, du hast noch mehr auf Lager, das hat er doch angedeutet und er wird dich weiter unter Druck setzen. Auch wenn du ihm das Rezept gibst, kann er trotzdem seine Aussage widerrufen. Wir müssen uns etwas anderes ausdenken."

„Du und Elsa, ihr müsst erst einmal von hier weg", sagte Leo. „Am Besten, ihr fahrt zurück nach Berlin und ich bleibe noch hier. Dann seid ihr aus seiner Reichweite."

„Das ist überhaupt keine Lösung", sagte Louisa. „Elsa studiert in Rennes und kann nicht einfach alles aufgeben. Außerdem, ich glaube nicht, dass sie soweit gehen und sich an Elsa und mich vergreifen. Schließlich operieren die nicht im rechtsfreien Raum, selbst wenn sie vom Geheimdienst sind. Wenn Denfert aber von einem ausländischen Geheimdienst ist, wird er sich Mühe geben, in Frankreich nicht aufzufallen. Er wird sich nur auf dich konzentrieren. So oder so, in erster Linie bist du gefährdet und nicht wir."

„Da fällt mir noch etwas ein. Denfert hat gesagt, je mehr davon wissen, desto weniger ist meine Person als Informationsquelle interessant. Und wenn ich ihm sage, dass Ramdohr und die deutschen Behörden das Rezept schon längst haben?"

„Ob er das glaubt? Er meint natürlich Terroristen wie diesen Risk, aber eigentlich trifft das auch auf Leute seines Kalibers zu", sagte Louisa nachdenklich. Sie bekam einen abwesenden Gesichtsausdruck, wie immer, wenn sie angestrengt überlegte. Nach einer langen Weile sagte sie: „Wenn ich eine Lösung finde, die uns hilft, aus dieser Sache herauszukommen, versprichst du mir, dass du ein Jahr Auszeit vom IEI nimmst und wir zusammen auf dem Jakobsweg wandern gehen?"

„Klar, aber wie willst du das denn anstellen?", fragte Leo.

„Das erfährst du erst, wenn es soweit ist. Versprich mir, vorher keine Fragen zu stellen, das würde alles gefährden. Und da ist noch etwas, du musst mir ganz genau das Rezept für das Antiserum aufschreiben, in einer Form, die jeder versteht. Machst du das?"

„Wozu denn? Damit gefährdest du dich doch nur selbst, dann wirst du zur Mitwisserin."

„Du hast mir versprochen, keine Fragen zu stellen. Entweder du machst mit und ich finde eine Lösung, sodass sie uns endgültig in Ruhe lassen, oder?" Louisa hob ihre Schultern hoch bis zu den

Ohren und ließ sie wieder fallen. Sie blickte ihn aufrichtig an. „Vertrau mir", sagte sie.

Sie gingen in ein Restaurant, das von einer Brauerei in der Nähe von *Port Salio* betrieben wurde. Die Einkäufe hatte Leo nach der Begegnung mit Denfert seinlassen. Er war am Ende seiner nervlichen Kraft, aber Louisa wirkte fast locker und zog seinen Kopf mit ihrem Arm zu sich heran. „Schreib mir heute noch alles auf und morgen fahre ich mit dem Boot rüber aufs Festland, aber allein!"

Leo schaute sie ungläubig an: „Und dann?"

„Lass mich nur machen", sagte Louisa. Leo schwieg und ließ Louisa bei ihren Plänen. Hatte er nicht selbst oft genug versucht, Pläne zu machen, von denen er nicht wusste, ob sie funktionierten? Er war mit seinen Ideen am Ende und verfluchte die Naivität, mit der er die ganzen letzten Monate an seine Arbeit und deren Ergebnisse herangegangen war. In seiner Verzweiflung merkte er, wie das Vertrauen zu Louisa wuchs, sodass er sich wie ein Kind einfach fallenließ, und beschloss ihrem Weg zu folgen.

Am nächsten Morgen verabschiedete sich Louisa von ihm. Sie zog sich ihren Rucksack über die Schultern. Leo schlug vor, sie mit dem Auto nach *Le Palais* zu bringen, aber Louisa wollte nicht. „Ich laufe die sechs Kilometer an der Küste entlang. Und du musst am Vormittag hierbleiben, auf jeden Fall solange, bis ich mit dem Boot von der Insel weg bin. Ich melde mich bei dir. Ach, das hätte ich fast vergessen, gib mir die Digitalkamera mit."

Er schaute sie ungläubig an: „Willst du fotografieren gehen?"

Louisa lächelte nur, steckte die Kamera in ihren Rucksack und lief los, den Sandweg zur Küste hinunter. Leo schaute ihr noch eine Weile hinterher. Als er sah, dass niemand ihr folgte und als sie um eine Ecke gebogen und außer Sichtweite war, schloss er die Tür. Er ließ sich auf einen Stuhl fallen und starrte vor sich hin, ohne einen klaren Gedanken fassen zu können.

37.

Louisa lief den Weg am Strand entlang, hielt kurz an, um ihr Handy auszuschalten, sie wollte nicht mehr telefonisch erreichbar sein. Dann lief sie den Sandweg weiter, bis in die Vororte von *Le Palais*. Von dort aus ging sie über die kleinen Straßen bis zur Hafenanlage, die von einer gewaltigen Festung aus dem 17.

Jahrhundert umgeben war. Eine halbe Stunde später stand sie schon auf dem Deck einer der Autofähren, die sie in weniger als einer Stunde bis *Port Maria*, den Hafen von *Quiberon*, bringen sollte.

Louisa kannte *Quiberon*, sie wusste, dass sie ihr Vorhaben dort nicht durchführen konnte. Von *Port Maria* lief sie einen halben Kilometer weiter in die Stadt bis zum Bahnhof. Von dort aus fuhr eine Schmalspurbahn, die „*Le Tire Bouchon*", der Korkenzieher, genannt wurde, weil sie die flaschenhalsförmige Halbinsel von *Quiberon* der Länge nach durchfuhr. Louisas Ziel war *Auray*, die nächste größere Stadt, etwa 30 km von *Quiberon* entfernt. Am späten Vormittag stieg sie am Bahnhof von *Auray* aus und lief bis zu dem von Fachwerkhäusern umsäumten Hauptplatz des mittelalterlich geprägten, bretonischen Städtchens. Auf dem Bahnhof hatte Louisa sich aufmerksam umgesehen. Etwa zwanzig Leute waren mit ihr ausgestiegen, und ob ihr jemand folgte, war nicht sicher. Aber Denferts Gesicht war nicht in der Menge gewesen. Nachdem sie gegangen war, hatte Denfert es sicherlich vorgezogen, Leo weiter im Auge zu behalten.

Louisa griff in ihren Rucksack und vergewisserte sich, dass sie die Blätter bei sich hatte, auf denen Leo mit wissenschaftlicher Genauigkeit die Schritte zur Herstellung des Rizinantiserums aufgeschrieben hatte. Am Marktplatz setzte sie sich in das nächstbeste Café und trank einen Espresso. Als sie bezahlte, erkundigte sie sich bei der Bedienung nach einer Firma in der Stadt, die mit Computern handelte, oder Computerreparaturen ausführte. Der Kellner schickte sie zu der Einzigen, die es in *Auray* gab, Firma *Ordepan*, in der *Rue du Capitaine Bertrand.*

Louisa beeilte sich, noch vor der Mittagspause dort anzukommen. Dem Techniker von *Ordepan* erzählte sie, ihr Laptop wäre ausgefallen und sie müsste dringend eine Arbeit zu Ende führen. Gegen Hinterlegung einer Kaution vermietete er ihr ein Leihgerät für einen Tag. Viel war auf dem Laptop nicht installiert, außer einer einfachen Software zur Textverarbeitung und der Möglichkeit eine Internetverbindung mit dem Computer herzustellen. Das reichte für ihren Zweck. Sie hatte ja sicherheitshalber die Digitalkamera mitgenommen.

Sie steckte den Laptop in eine Plastiktüte und schlenderte zum Hafen von *Auray*, setzte sich dort auf eine Bank und übersetzte das handschriftliche Protokoll, das ihr Leo gegeben hatte, Punkt für Punkt ins Französische. Viel Honorar hätte sie für diese Übersetzungsarbeit nicht bekommen, aber es hing soviel mehr davon ab, als sämtliches Geld Wert gewesen wäre. Nach einer knappen Stunde war sie mit ihrem Ergebnis zufrieden. Entstanden waren sechs Seiten, in einer großen Schrift, mit deutlichen Überschriften und genauen Bezeichnungen der einzelnen Abschnitte, die bei der Herstellung des Antiserums wichtig waren.

Louisa stand auf und erkundigte sich bei einer Passantin nach dem Fremdenverkehrsbüro. Es war nicht weit und zum Glück noch offen. Dort erkundigte sie sich nach einem Hotel mit Internetanschluss. Eine halbe Stunde später checkte Louisa im Hotel *Logis de France* ein. Der Mann an der Rezeption war misstrauisch, weil sie außer ihrem kleinen Rucksack und der Tüte kein Gepäck bei sich hatte, aber sie konnte ihn beruhigen, weil sie das Zimmer für eine Nacht im Voraus zahlte. Für den Zugang zum Internet bekam sie ein Passwort, das für zwölf Stunden gültig war. Ihren Ausweis für die Anmeldung versprach sie später vorbeizubringen, sie gab vor Frauenbeschwerden zu haben, dringend auf ihr Zimmer zu müssen, um die Toilette zu benutzen. Dann eilte sie die Treppe nach oben.

Als sie angekommen war und auf dem Hotelbett saß, dachte sie daran, dass Leo sicherlich versuchen würde, sie zu erreichen. Er machte sich sicher Sorgen, weil ihr Handy abgeschaltet war. Aber es war gut, dass er nicht ahnte, was sie vorhatte und noch wichtiger, dass er sie nicht erreichen konnte. Louisa klappte den Bildschirm des Laptops in die Senkrechte, schaltete das Gerät an und öffnete die erste Seite ihrer Übersetzung. Die kleine Digitalkamera stellte sie gegenüber auf ein Buch und vergewisserte sich, dass der Inhalt des Bildschirms auf dem Display zu sehen war. Sie schaltete auf Videofunktion und nahm einen Film auf, indem sie langsam Seite für Seite ihre Übersetzung auf dem Bildschirm durchblätterte. Der Film dauerte insgesamt etwas über vier Minuten, man hatte genügend Zeit, die einzelnen Seiten in Ruhe zu lesen. Nachdem sie damit fertig war, lud sie das Video von der Digitalkamera auf den Computer. Danach tippte sie den Code ein, den sie von der Rezeption für den Internetzugang bekommen hatte. Nach ein paar Versuchen und einem Anruf in der Rezeption war sie im Netz. Sie suchte sich einen Anbieter, bei dem sie eine kostenlose E-Mail-Adresse einrichten konnte. Das ging schnell, aber es dauerte eine Weile, bis sie die E-Mail mit der Bestätigung vom Provider erhielt. Jetzt kam es darauf an, dass auch der Rest ihres Plans aufging. Was hatte Denfert zu Leo gesagt? Je mehr Leute von dem Antiserum wüssten, desto weniger wäre er als Informationsquelle interessant. Genau darum ging es. Dafür konnte sie etwas tun.

Louisa rief die Seite der Internetplattform *YouTube* auf, dort konnte man Videos anschauen, aber auch einstellen, damit diese weltweit über das Internet abrufbar waren. Sie eröffnete ein Konto bei *YouTube* und benutzte ihre neue E-Mail-Adresse zur Identifizierung. Bis das Konto eingerichtet war, musste sie warten und ging in der Zwischenzeit in ein Restaurant in der Nähe des Hotels Muscheln essen. Nach einer Stunde war sie zurück im Hotel und schaltete den Computer wieder ein. Sie hatte jetzt die Bestätigung für ihren neuen *YouTube* Account und begann den Film mit dem Rezept zur Herstellung des Rizinantiserum hochzuladen. Die Internetverbindung vom Hotel war nicht schnell, aber nach einer guten Stunde war sie trotzdem damit fertig. Danach löschte sie den Film vom Computer, und soweit sie konnte, auch alle Spuren ihrer Internetaktivitäten. Natürlich würde ein Profi alles wiederherstellen können, aber man musste erst einmal darauf kommen, dass auf diesem Laptop brisante Daten vorhanden waren.

Als Louisa soweit fertig war, nahm sie ihren Rucksack und brachte den Laptop zurück in die Firma in der *Rue du Capitaine Bertrand*. Der Techniker prüfte kurz, ob der Rechner hochfuhr, und gab ihr dann die Kaution zurück. Louisa ging zum Bahnhof, um mit dem nächsten Zug nach *Quiberon* zurückzufahren. Sie hatte im Hotel nichts hinterlassen, das einen Aufschluss über ihre Person zuließ. Wahrscheinlich warteten sie an der Rezeption immer noch auf ihren Ausweis für die Anmeldung. Aber sie würde nicht mehr kommen und war ein anonymer Gast geblieben. Denfert konnte ihre Spur nicht so schnell zurückverfolgen und das sollte für den Zweck reichen.

Als Louisa spät abends in *Le Palais* ankam, meldete sie sich bei Leo, ließ ihm keine Zeit für Fragen, sondern sagte nur: „Alles klar, ich warte in unserer alten *Créperie* auf dich. Bis gleich."

Leo wusste, dass sie die *Créperie* in *Le Palais* meinte, in der sie vor Jahren öfter essen gegangen waren. Louisa hatte ihr Handy gleich wieder ausgeschaltet. Louisa bestellte sich einen Kir und wartete, Leo würde nicht lange brauchen, um hierherzukommen.

Am frühen Morgen des 25. Juni bekam PC in seinem Büro am *Boulevard Mortier* einen Anruf von Emile Hagenau. Der Verbindungsmann des MAD war entgegen seiner Gepflogenheit sehr direkt und auch nicht besonders höflich. Er beschwerte sich sofort bei PC über den Vertrauensbruch. „Monsieur Cardinal, ich hatte mich auf Ihre Diskretion verlassen, aber wie soll ich das Oberst Werneuchen erklären? Wie stehe ich jetzt vor meinem Vorgesetzten da?"

PC war überrascht, er wusste nicht, auf welche Angelegenheit sich die Anspielung von Hagenau bezog. Aber er wollte sich keine Blöße geben. Worauf Hagenau anfing, über ein Video zu reden, das im Internet kursierte und von dem der MAD Kenntnis bekommen hatte. Ein Video aus Frankreich, und in diesem Video ging es um das Rezept für die Herstellung eines Antiserums gegen Rizin. Punkt für Punkt wurde das darin beschrieben, und zwar in französischer Sprache. Das konnte doch nur über die DGSE gelaufen sein! Ob sie Schneider unter Druck gesetzt hatten, wollte Hagenau wissen. Das wäre gegen die Abmachung gewesen. PC müsste doch davon längst Kenntnis haben. Hagenau warf ihm vor, PC hätte ihn beim letzten Treffen nur in das Nobelrestaurant *Tour d'Argent* eingeladen, um ihn auszuhorchen.

Als PC das hörte, war ihm klar, dass bei der Observation von Schneider etwas schief gelaufen sein musste. Aber er hatte noch nichts von Lemoine gehört und wollte er sich gegenüber Hagenau daher auch nicht weiter äußern. Er gab sich naiv, behauptete, er wüsste nicht, was das mit ihm und der DGSE zu tun hatte. Das brachte Hagenau aber noch mehr in Rage. Er warf PC vor, ihn bewusst für seine Zwecke ausgenutzt zu haben und seine Karriere beim MAD könnte er wohl abschreiben. PC versprach, alles aufzuklären. Hagenau solle sich keine Sorgen machen, gegebenenfalls würde er persönlich mit Werneuchen reden.

Als er mit Hagenau fertig war, rief er Lemoine an. Der war schon über alles im Bilde und PC ärgerte sich, dass die Information über Hagenau zu ihm gelangt war und nicht über seine eigene Dienststelle.

Lemoine versuchte ihn zu beschwichtigen: „Ich hatte schon versucht, Sie anzurufen, Chef. Da gab es wirklich so ein Video bei *YouTube*, aber wir haben erreicht, dass sie es nach wenigen Stunden wegen gefährlicher Inhalte wieder aus dem Netz genommen haben."

„Dann soll sich Hagenau nicht so aufregen, vielleicht hat das niemand richtig mitbekommen", sagte PC. Er konnte sich nicht vorstellen, wie schnell Informationen sich im Internet verbreiteten.

Lemoine klärte ihn auf. „Leider doch Chef, das Video ist inzwischen zwar nicht mehr bei *YouTube*, aber auf diversen Seiten im Internet, das streut, wir können es nicht mehr aufhalten. Es ist wie mit der Atombombe. Ist das Wissen einmal in der Welt, kann niemand es mehr zurückholen, Chef. Wir haben ja damals auch davon profitiert", fügte er schelmisch hinzu.

PC fand das nicht witzig. „Machen Sie sich nicht lächerlich, Lemoine. Hat man schon herausgefunden, wer das Video ursprünglich ins Internet gestellt hat?"

„Noch nicht, aber wir werden das herausbekommen, Chef. Denfert meint, es kann eigentlich nur Schneider gewesen sein!"

„Denfert ist doch dazu abgestellt, um Schneider lückenlos zu beschatten. Gerade er hätte das doch verhindern müssen. Oder ist Ihr Mann so dumm? Vielleicht ist das Ganze auch ein Coup des MAD. Die haben gemerkt, dass wir mehr über Schneider wissen, als ihnen lieb ist und deshalb wollen sie uns mit diesem Video diskreditieren. Deswegen auch der Anruf von Hagenau. Der spielt doppeltes Spiel und er hatte sicherlich die Idee mit dem Text auf Französisch. Schicken Sie mir das Video umgehend, ich will mich selbst überzeugen, Lemoine."

„Und was ist jetzt mit Schneider?", fragte Lemoine.

„Glauben Sie, dass die im Internet veröffentlichte Methode echt ist?", fragte PC zurück.

„Unsere Experten glauben das schon", antwortete Lemoine kleinlaut.

„Dann lassen Sie Schneider ab sofort in Ruhe, pfeifen Sie Denfert zurück und sorgen Sie dafür, dass Schneider und seiner Frau, solange sie sich in Frankreich aufhalten, nichts passiert!", rief PC. „Es fehlte noch, dass man uns vorwirft, wir hätten uns an den beiden vergriffen, wegen dieses verdammten Rezepts! Der MAD wartet doch nur darauf. Haben Sie denn vergessen, was die Greenpeace-

Geschichte damals für einen Wirbel gemacht hat? Der Tote auf dem Boot, das wir versenkt haben. Sollen die Deutschen doch selbst sehen, was sie mit diesem Schneider machen!"

„Und der Terrorist, der hinter Schneider her war? Denfert meint, der war hinter etwas anderem her, als dem Antiserum. Er ist überzeugt, dass Schneider noch weitere Informationen hat, die für uns von Interesse sind", hakte Lemoine nach.

„Die Hintermänner von diesem Kerl wurden in Berlin vor zwei Tagen hochgenommen, Lemoine. Leute, die Anschläge mit Rizin durchführen wollten, aber keine Ahnung hatten, wie sie das anstellen sollten. Der Mann, der Schneider nach *Belle-Ile* gefolgt war, hieß Amal und wurde in seiner Gruppe „der Ingenieur" genannt. Amal war ein Techniker, der aufs Abhören spezialisiert war. Deswegen ist er Schneider hinterhergefahren. Er wollte ihn bespitzeln. Möglich, dass die Terroristen dachten, Schneider könnte ihnen bei der Herstellung von Rizin von Nutzen sein. Aber die Berliner Gruppe war nur ein Ableger der Londoner Zentrale, und die hat Scotland Yard alle verhaftet, oder eliminiert. Zusammengefasst, von dieser Seite kommt nichts weiter, vergessen Sie die Geschichte!"

„Also Chef, Sie finden doch immer wieder die besten Lösungen", schmeichelte Lemoine.

„Hören Sie bloß auf. Die ganze Sache ist richtig beschissen gelaufen, wenn ich das einmal so sagen darf, Lemoine. Sie sorgen mir jetzt dafür, dass es nicht noch schlimmer kommt. Und Monsieur Denfert können Sie bestellen, er wird zukünftig in unserer Filiale in Neukaledonien arbeiten, als Quittung dafür, dass er mit Schneider alles verpatzt hat. Und schicken Sie mir endlich dieses idiotische Video. Bis bald, Lemoine."

Am nächsten Tag packten Leo und Louisa ihre Sachen und verließen die Ferienwohnung in *Port Salio*, wo sie schöne und auch turbulente Tage verbracht hatten. Gegen Mittag fuhren sie nach *Le Palais*, um mit der Fähre nach *Quiberon* auf das Festland überzusetzen. Sie kamen erst kurz vor dem Ablegen an. Leo fuhr das Auto in den Bauch des Schiffes, während Louisa mit den anderen Passagieren über die Gangway hoch auf das Deck ging. Nachdem er das Auto unter den lauten Kommandos der Besatzung zentimetergenau zwischen den anderen Fahrzeugen abgestellt hatte, stieg er aus, um über die steile Treppe am Ende des Frachtraums auf das Passagierdeck zu steigen. Da sah er den schwarzen BMW Geländewagen in der zweiten Reihe der verladenen Autos stehen.

Ein schwarzer BMW Geländewagen mit CD Nummernschild, das konnte nur der Wagen von Denfert sein. Kein Zweifel, Denfert verfolgte sie weiter. Er war kurz vor ihnen auf dem Schiff angekommen. Er hatte gewusst, wann Leo und Louisa abreisten. Leo rannte die Treppe zum Deck hoch und suchte Louisa. Er fand sie nicht, als er sich seinen Weg zwischen den Gruppen der Touristen bahnte, die auf den Fluren und zwischen den Sitzen herumstanden. Nichts. Auch Denferts Gesicht suchte er vergeblich zwischen all den Leuten. Vielleicht hatte er sich mit dem Auto geirrt, immer mehr Leute fuhren solche Geländewagen. Aber nicht mit einem Diplomatenkennzeichen und sein Gefühl sagte ihm, dass er Louisa dringend finden musste. Schließlich gelangte er in das vordere Deck des Schiffes. Dort waren mehrere Sitzreihen wie in einem Kino in Richtung einer Fensterwand angeordnet, welche die Aussicht zum Bug des Schiffes freigab. Draußen war es sehr windig und die Scheiben waren von der Gischt beschlagen. Leo konnte kaum erkennen, ob jemand auf dem Bugdeck stand.

Inzwischen hatte die Fähre den Hafen verlassen und fuhr stampfend durch die aufgewühlte See aus dem Hafen hinaus auf das offene Meer. Als Leo näher an die Fensterfront kam, konnte er doch schemenhaft Personen auf dem Bugdeck erkennen. Bei Windstärke fünf und bei der Gischt, die jedes Mal über den Bug spritzte, wenn das Schiff in ein Wellental eintauchte, zogen es die meisten vor, im geschützten Innenraum zu bleiben. Links neben der Fensterwand befand sich eine eiserne Tür, die man mit einem Hebel entriegeln musste, um über eine hohe Stufe auf das Bugdeck zu gelangen. Offenbar war das der einzige Durchgang. Leo schob den Riegel hoch. Die Tür gab nach einigem Druck ihren Widerstand auf und schwenkte nach außen.

Der Wind wehte Leo plötzlich und ziemlich heftig ins Gesicht. Die Luft war voller Wassertropfen, die sein Gesicht im Nu durchnässten und nach Salz schmeckten. Er sah Louisa vorne am Bugspriet stehen, sie schaute auf das Meer und schien den Mann nicht zu beachten, der dicht neben ihr stand und heftig auf sie einredete. Obwohl Leo ihn nur von hinten sah, war er sicher, dass es Denfert war.

Leo rannte jetzt und konnte, als er näherkam, einige Worte von dem hören, was Denfert sagte. Leo rief Louisas Namen. Louisa und Denfert wandten sich beide gleichzeitig um. Denfert trug eine verspiegelte Sonnenbrille. Angesichts des stark bewölkten Himmels erschien das absurd, aber es gab seinem Gesichtsausdruck eine feindselige Note, die durch seine verzerrten Gesichtszüge noch verstärkt wurde.

„Ach, der Herr Dr. Schneider“, rief Denfert: „Sie sehen so besorgt aus, haben Sie Angst um Ihre Frau?“

Louisa nutzte den Moment, um sich einen Schritt weg von Denfert zu entfernen, der nicht weiter darauf achtete: „Ihr ward das mit dem Video gewesen! Wenn ich gewollt hätte, dann wärt Ihr beide schon auf dem Meeresgrund. Schneider, Sie wissen ja gut, wie man so etwas macht.“

„Lassen Sie uns in Ruhe“, rief Leo. „Ich weiß nicht, von welchem Video Sie reden, aber es ist mir auch egal, hauen Sie ab!“

„Seid froh, dass es Anweisungen gibt, euch beide in Ruhe zu lassen“, drohte Denfert. „Irgendwann kreuzen sich unsere Wege wieder und dann interessiert sich keiner mehr dafür, was mit euch passiert.“

„Komm Louisa“, rief Leo, „wir gehen rein.“

Louisa machte einige Schritte auf Leo zu und Denfert spuckte vor ihr auf das Deck. „Ich hätte dich anzeigen sollen, Schneider, wegen Mord, dann könnte deine Frau dich im Knast besuchen!“

Leo Schneider durchfuhr wie ein Stich die Erinnerung an die Szene, wie er Risk von den Klippen gestürzt hatte.

„Ja, du hast diesen Typen auf dem Gewissen, Schneider“, rief Denfert, der ihm seine Gedanken ansah. „Um Leute wie dich ist es nicht schade, wenn sie verrecken.“

Leo nahm Louisa in den Arm und sie gingen durch die Tür, über die er aufs Deck gelangt war, in den Raum zu den anderen Passagieren.

„Wollte er dir etwas tun?“, fragte Leo seine Frau.

„Ich weiß es nicht“, sagte sie. „Ich hatte gar keine Ahnung, dass er auch auf dem Schiff war. Er stand plötzlich hinter mir, als ich auf das Deck gegangen bin. Ich wollte mir den Wind noch einmal um die

Nase wehen lassen. Er wollte wissen, ob du etwas entwickelt hast, was das Rizin in seiner Wirkung verstärkt. Er sagte, die Terroristen würden dich weiter verfolgen und der Mann auf *Belle-Ile* wäre nur der Anfang gewesen. Und er meinte, du solltest besser alles sagen und dich unter den Schutz der Regierung stellen, anderenfalls würden wir nicht mehr lange leben und lauter solche Drohungen. Dann meinte er noch, dass er unseretwegen Ärger bekommen hatte, obwohl er nur zu unserem Schutz da gewesen war. Und das er uns das nicht vergessen würde. Den Rest hast du ja mitbekommen, als du dann auf dem Deck warst."

Louisa sah Leo an. Sie bemerkte, dass sein Gesicht nach ihrer Erzählung blasser geworden war.

„Stimmt das denn?", fragte sie ahnungsvoll. „Hast du so etwas erfunden? War Denfert deswegen hinter dir her und nicht wegen des Serums?"

Leo sagte nichts und drückte seine Lippen zusammen.

„Nun sag schon, du hast mir soviel verschwiegen", drängte Louisa.

„Durch Zufall", sagte er zögernd. Er schüttelte den Kopf und fuhr fort: „Durch Zufall hatte ich etwas gefunden, was das Rizin in seiner Wirkung extrem verstärkt. Risk war deswegen hinter mir her. Er gehörte zu den Leuten, die mich überfallen und Tanja entführt hatten. Die hatten auch etwas mit dem Besuch von dem falschen Dr. Baloda zu tun, der angeblich aus London kam, um in unserem Labor herumzuspionieren. Kurz nachdem Baloda weg war, bin ich abends im Institut überfallen worden und Tanja wurde entführt. Das muss mit der Londoner Gruppe zusammengehangen haben, die Rizinanschläge geplant und die sie in England kürzlich verhaftet hatten."

„Dann sind es bestimmt deren Komplizen, die sie in Berlin vor kurzem verhaftet hatten", sagte Louisa.

„Wie? Davon weiß ich gar nichts", sagte Leo.

„Als ich nach *Quiberon* gefahren bin, stand es in einer deutschen Zeitung, die ich in der Auslage vor einer Buchhandlung gesehen hatte. Die war schon drei Tage alt, ich hatte sie deshalb nicht gekauft. Es war nur eine kleine Notiz auf der Titelseite. Da stand, sie hätten in Berlin einen Ableger der Londoner Gruppe der Rizinattentäter verhaftet. Ich hatte das wieder vergessen, weil ich keinen Bezug zu uns gesehen habe …"

„Das erklärt vielleicht, warum niemand gekommen ist, nachdem Risk…" Leo ließ den Satz unvollendet.

„Bestimmt", sagte Louisa, „hatte der etwas mit denen zu tun. Hör mal, der war bewaffnet, der wollte dich umbringen. Du brauchst dir kein schlechtes Gewissen zu machen, weil er über die Klippe gestürzt ist, das war Notwehr."

„Er hatte mich ja noch nicht direkt bedroht, aber den Entschluss, ihn runterzustürzen, kam mir in den paar Sekunden, bevor ich es tat. Es war wie eine Eingebung", sagte Leo. „Und spätestens, wenn er mit mir fertig gewesen wäre, hätte er mich wahrscheinlich umgebracht."

„Weiß sonst noch jemand von deinem Geheimnis?", fragte Louisa.

„Nur Tanja", sagte Leo, „aber nicht die Einzelheiten und die Aufzeichnungen darüber sind alle vernichtet."

„Na, dann? Dann sind frei!", rief Louisa laut lachend. „Keiner will mehr was von uns!"

„Ja, sieht so aus", sagte Leo nach einem Moment.

„Dann musst du dein Versprechen einlösen, das du mir gegeben hast."

„Ein Jahr Auszeit und auf dem Jakobsweg mit dir pilgern." Leo umarmte sie.

„Genau", antwortete Louisa, „genau das ist es!"

EPILOG

Etwas mehr als sechs Wochen waren seit den Ereignissen auf *Belle-Ile* vergangen. Leo und Louisa waren am späten Nachmittag in dem nordspanischen Städtchen *Santo Domingo de la Calzada* eingetroffen. Beide hatten sich daran gewöhnt, jeden Tag 25 bis 30 km mit ihren Rucksäcken auf dem Rücken auf dem Jakobsweg zu pilgern. Nachdem sie eine Unterkunft gefunden hatten, gingen sie in die berühmte Kathedrale des Ortes. In deren Mittelschiff hielt man zwei Hühner in einem Käfig, die den Gottesdienst bisweilen durch ihr lautes Gegacker unterbrachen.

Als Louisa nach dem Besuch der Kathedrale Leo aus dem Reiseführer die Geschichte des Hühnerwunders von *Santo Domingo de la Calzada* vorlas, war es 7500 km weiter westlich in der kleinen Stadt *Curtis* kurz nach acht Uhr morgens. Der Biologe Larry Smith am *Nebraska College of Technical Agriculture* setzte sich gerade an sein Mikroskop, um die Wirkung von Rizinpräparationen auf Zellkulturen zu beobachten. Larry Smith arbeitete auf dem Gebiet der Onkologie. Er suchte nach Möglichkeiten, Rizin so zu verändern, um es als Mittel zur Bekämpfung von Krebszellen einzusetzen. Der heutige Tag bot ihm eine Überraschung. Eine seiner Rizin Präparationen zeigte eine stark potenzierte Wirkung und brachte die Zellen viel schneller zum Absterben als das unbehandelte Rizin. Larry beschloss, der Sache weiter nachzugehen …

Francis Galton,, britischer Naturforscher und Gelehrter (geb. 1822, gest. 1911), schrieb 1869: «Es ist offenkundig, dass die gleiche Entdeckung oft gleichzeitig und ziemlich unabhängig von verschiedenen Personen gemacht wird. Es scheint, dass Entdeckungen gewöhnlich dann gemacht werden, wenn die Zeit reif für sie ist – das heißt, wenn die Ideen, aus denen sie hervorgehen, in den Köpfen vieler Menschen gären.»

Zum Hintergrund des Romans:

Mein Wissenschaftskrimi RIZIN beruht auf einer fiktiven Handlung, er gibt Ihnen aber dennoch einen realistischen Einblick in eine Welt, die den meisten von Ihnen versperrt ist. Wissenschaftliche Institute sind nach außen hin eher abgeschlossene Biotope, von denen die Öffentlichkeit, außer bei spektakulären Ereignissen, kaum etwas erfährt. Für viele erscheint die Welt der Wissenschaft als eine von der Ratio bestimmte, emotionsarme Welt, in der nur die objektiven Ergebnisse zählen und der Charakter der Menschen eine untergeordnete Rolle spielt. Als jemand, der über 35 Jahre als Wissenschaftler in der Welt der Institute arbeitet, muss ich Ihnen sagen: Dem ist nicht so. Die Welt der Wissenschaft wird viel mehr als Sie denken, von den dort arbeitenden Menschen und ihren Charaktereigenschaften bestimmt. Selbst die Forschungsprojekte, die dort vorangetrieben werden, sind viel mehr dem Zeitgeist, dem politischen Tagesgeschehen und den Launen der Führungskräfte, die keine Wissenschaftler sein müssen, geschuldet, als dem tatsächlichen gesellschaftlich Notwendigen. Der Typus des neugierigen, oft naiven Forschers, der im Roman durch die Hauptfigur Leo Schneider dargestellt wird, spielt in der Hierarchie der Institute häufig eine untergeordnete Rolle, seine wissenschaftliche Aktivität wird durch die Institutshierarchie, durch Zuteilung oder Verweigerung von Forschungsgeldern und Personal viel mehr bestimmt, als von möglichen genialen Ideen, Erfindungen und der eigenen Leidenschaft für die Forschung. Charakterliche Schwächen, Konkurrenzdenken und Angst vor kreativen Ideen und Veränderungen bestimmen leider zu häufig das Bild der Leitungsebene, wo es oft nur mehr darum geht, die eigene Macht zu bewahren, als etwas Neues zu schaffen. Diese Bedingungen bestimmen oft viel mehr den Arbeitsalltag in den Instituten, als die sogenannten objektiv-sachlichen Faktoren. Manchmal dringt von diesem Klima etwas nach außen, wenn Plagiatsaffären und Fälschungen, in die Prominente aus Politik und Wissenschaft verstrickt sind, aufgedeckt werden. ´

Mit der Entwicklung biologischer Waffen seit den 1940 Jahren hat auch die biologische Forschung, wie vorher schon ihre Schwestern Physik (Atombombe) und Chemie (Gaskrieg) ihre Unschuld verloren. Politik, Militär und Geheimdienste interessieren sich seitdem für biologische Forschung und Institute unter militärischer Kontrolle wurden in vielen Ländern gegründet. Schon der Verdacht, gegnerische Staaten oder Terroristen könnten biologische Waffen entwickeln oder vorrätig halten, erzeugt den Bedarf nach Abwehrmaßnahmen und sogar nach kriegerischen Präventivschlägen wie in jüngster Zeit. In einem solchen Klima gedeihen geltungssüchtige und paranoide Charaktere, wie im Roman durch Professor Horst Griebsch dargestellt, und können in der Hierarchie schnell aufsteigen. Ähnlich wie im Film und Theater gibt es auch in der Wissenschaft nur wenige Stars, mit den dementsprechenden Allüren. Der

Prototyp eines solchen Menschen im Roman RIZIN ist der Institutsleiter Professor Herbert Krantz.

In dieser Gemengelage geraten eher naive Forscherpersönlichkeiten wie Leo Schneider und Beatrix Nagel aus ihren wissenschaftlichen Elfenbeintürmen und müssen im Strudel von Ereignissen sich Realitäten stellen, die sie zu Handlungen zwingen, die ihnen vorher gänzlich unvorstellbar erschienen. Aber auch der Mut vieler Menschen und der Wille gegen die sogenannten Sachzwänge ihre Menschlichkeit zu bewahren, bestimmt den Verlauf der Handlungen viel mehr, als es den Mächtigen und den Machern lieb ist.

„RIZIN ist mehr als ein bloßer Wissenschaftskrimi, es ist gleichermaßen ein Gesellschaftsroman, der die Charaktere, die Machtverhältnisse und die psychologischen Triebfedern des Handelns von Menschen offenlegt, die in diesem Soziotop unter ebenso autoritären und wie prekären Bedingungen regieren und arbeiten“ (J.T.K.).

Anmerkungen im Text:

(1) *Ricin as a potential bioterrorist weapon, new vaccination strategies:* Rizin als potenzielle Biowaffe, neue Impfstrategien

(2) *Hai!:* Japanisch für Ja. Hier als Aufforderung zu Aufmerksamkeit gemeint.

(3) *Pachinko*: japanische Glückspielautomaten

(4) *Gaijin:* japanische Bezeichnung für Ausländer (wörtlich: Mensch von draußen)

(5) *Konnichiwa:* Hallo!

(6) *Irasshaimase:* herzlich Willkommen!

(7) *I think this is not the place to go into the experimental details:* Ich denke, das nicht der Ort, um experimentelle Einzelheiten zu besprechen.

(8) *I've got the impression that some people just present their ideas. But we want facts and not fiction:* Ich habe den Eindruck, dass manche Leute hier nur ihre Vorstellungen präsentieren. Aber wir wollen Fakten und keine Dichtung.

(9) *I was listening to your interesting presentation:* Ich habe Ihren interessanten Vortrag gehört.

(10) *Speakers Dinner:* ein festliches Abendessen, zu dem nur die Vortragenden eingeladen werden.

(11) *You might have an answer to my question, now?:* Haben Sie jetzt eine Antwort auf meine Frage?

(12) *You know, we are not broadcasting all our methods in public, you certainly would not make too!:* Wissen Sie, wir werden nicht alle unsere Methoden öffentlich ausposaunen, das würden Sie sicherlich auch nicht machen.

(13) *You know, if you really had found something, then I knew it long ago!:* Wissen Sie, wenn Sie wirklich etwas gefunden hätten, wüsste ich es längst!

(14) *Taiko:* traditionelle japanische Schlaginstrumente, die zu mehreren gespielt werden.

(15) *Today, I was talking to our director, Professor Krantz. We would like to invite you for a visit at our institute. You could learn more about our ricin projects. Professor Krantz and I would be pleased if you could accept:* Ich habe heute mit unserem Direktor, Prof. Krantz gesprochen. Wir möchten Sie einladen, unser Institut zu besuchen. Sie können dort mehr über unser Rizin Projekt erfahren. Professor Krantz und ich würden sich freuen, wenn Sie annehmen könnten.

(16) *May be I was too aggressive with you, yesterday. But can you imagine what kind of nonsense people talk sometimes? So please excuse and tell Professor Krantz I am happy to visit you at your institute. See you later.* Vielleicht war ich gestern zu aggressiv mit Ihnen. Aber wenn Sie wüssten, was für einen Unsinn die Leute einem manchmal aufschwatzen wollen. Also entschuldigen Sie und richten Sie Prof. Krantz aus, dass ich gerne Ihr Institut besuchen werde. Bis später.

(17) *I know a very good jewellery shop Sir, you can buy precious stones, very good quality. I come later and bring you there, Sir:* Ich kenne einen sehr guten Juwelier, mein Herr, Sie können dort Edelsteine kaufen, sehr gute Qualität. Ich komme später und bringe Sie dort hin!

(18) *Enfin, t'es reveillé :* Endlich bist du aufgewacht!

(19) *Kafira:* Arabisch: ungläubige Person

(20) *Un panier des crabes:* wörtlich: Ein Korb voller Krebse (gemeint sind Leute, die sich gegenseitig das Leben zur Hölle machen)

(21) *DGSE* Direction Générale de la Sécurité Extérieure

(22) *DST :* Direction de la Surveillance du Territoire

(23) *Opération satanique :* satanisches Unternehmen

(24) *Vigipirate:* Begriff für französische Sicherheitsmaßnahmen gegen Terrorismus

(25) *Amuse-toi bien et ramène moi de beaux poissons :* Viel Spaß und bring mir ein paar schöne Fische mit.

17748991R00233

Printed in Poland
by Amazon Fulfillment
Poland Sp. z o.o., Wrocław